Julie Hastrup
Die Toten am Lyngbysee

PIPER

Zu diesem Buch

Eine 46-jährige Frau wird tot aufgefunden. Stark geschminkt und in Designerkleidern aus den 80er-Jahren sitzt sie auf einer Bank am Lyngbysee. Die Obduktion ergibt, dass sie vergiftet wurde. Dem Opfer wurde jedoch zusätzlich ein Gegengift injiziert, um den Tod hinauszuzögern. Rebekka Holm und die Ermittler der Mordkommission Kopenhagen tappen im Dunkeln. Handelt es sich um einen Serientäter, um eine Beziehungstat oder liegt dem Mord ein ganz anderes Motiv zugrunde? Die Ermittlungen sind breit angelegt, Tipps aus der Bevölkerung wird ebenso nachgegangen, wie jedem Detail im Leben der Toten genaue Beachtung geschenkt wird – etwa, dass die Tote im Internet Kontakt zu jüngeren Männern gesucht hat. Eine Woche nach dem Mord wird eine 59-jährige Frau von ihrem Sohn vermisst gemeldet, zwei Tage später findet man ihre Leiche auf derselben Bank am Lyngbysee. Sie ist stark geschminkt, trägt Designerkleidung aus den 80er-Jahren und sitzt da, als würde sie für ein Porträt posieren. Auch sie wurde vergiftet, auch ihr Tod wurde durch ein Gegengift hinausgezögert und auch sie hat über das Internet Kontakt zu jüngeren Männern gesucht …

Julie Hastrup, geboren 1968 in Ringkøbing, ist eine der erfolgreichsten Schriftstellerinnen Dänemarks. Sie arbeitete als Journalistin, ehe sie 2009 mit »Vergeltung« den Auftakt zu ihrer Thriller-Serie um die beliebte Ermittlerin Rebekka Holm veröffentlichte. Julie Hastrup ist verheiratet und lebt mit ihren zwei Kindern in Kopenhagen.

Julie Hastrup

Die Toten am Lyngbysee

Thriller

Aus dem Dänischen von
Hanne Hammer

Piper München Zürich

Mehr über unsere Autoren und Bücher:
www.piper.de

Von Julie Hastrup liegen bei Piper vor:
Todessommer
Blut für Blut
Vergeltung
Die Toten am Lyngbysee

MIX
Papier aus verantwortungsvollen Quellen
FSC® C083411
www.fsc.org

Deutsche Erstausgabe
Dezember 2014

Titel der dänischen Originalausgabe:
»Portræt af døden«, Rosinante & Co 2013

Umschlaggestaltung und Artwork: Cornelia Niere
Umschlagabbildung: Christie Goodwin/Arcangel (Frau)
Satz: Kösel Media GmbH, Krugzell
Gesetzt aus der Quadraat
Papier: Munken Print von Arctic Paper Munkedals AB, Schweden
Druck und Bindung: CPI books GmbH, Leck
Printed in Germany ISBN 978-3-492-30557-0

Für meine Eltern

DONNERSTAGABEND

Ich stelle mir vor, wie sie vor dem Spiegel steht und sich fertig macht – für mich. Das Badezimmer dampft nach der heißen Dusche, und sie wischt mit der Hand über den beschlagenen Spiegel. Dann dreht sie den Deckel der Puderdose auf, greift nach dem dicken, kurzen Pinsel und pudert dezent ihr Gesicht. Sie weiß, dass der Puder sich nicht in die feinen Fältchen legen darf, denn das ließe sie älter aussehen, als sie ist. Sie legt Rouge auf, lässt es über den Wangenknochen verlaufen. Die Konsistenz der Schminke hat sich über die Jahre ebenso geändert wie die Farben. Die Modezeitschriften empfehlen ein jugendliches Pink oder Apricot, ich bevorzuge ein gedecktes Braun, einen Bronzeton. Sie beugt sich zum Spiegel vor, trägt entlang des Amorbogens eine fettige Schicht Lippenstift auf und verteilt ihn, indem sie die Lippen aufeinanderpresst. Dabei kneift sie die Augen leicht zusammen. Sie braucht eine Lesebrille, ist jedoch noch nicht so weit, dass sie sich eine Gleitsichtbrille verordnen ließe. So alt fühlt sie sich nun auch wieder nicht. Als Letztes kommt die Wimperntusche. Sie darf nicht klumpen, jede Wimper muss sich voll entfalten können. Es ist eine Kunst, Mascara perfekt aufzutragen – das weiß ich von mir selber.

Ich glaube, sie hält die Luft an, als sie ihre Hose anzieht. Sie fragt sich, ob die durchsichtige Spitzenbluse zu viel des Guten ist, zu verführerisch für ein erstes Treffen. Schließlich knöpft sie den Blazer zu und fährt sich durch die Haare, reißt die Augen auf, spitzt den Mund und lächelt vorsichtig ihr Spiegelbild an, probeweise.

Sie schaltet das Licht aus, ein Fenster nach dem anderen wird dunkel. Dann greift sie nach ihrem Mantel und einem großen Wolltuch, und einen Moment, einen kurzen Moment nur, überlegt sie, ob sie die Wollmütze aufsetzen soll, doch die Eitelkeit siegt.

Ich ziehe mich ganz in die Toreinfahrt zurück, als ich sie aus der Haustür treten sehe. Sorgfältig schließt sie die Tür, es soll kein Fremder ins Haus kommen. Sie fingert an ihrem Tuch herum, bindet es fester um den Hals und geht mit kleinen, schnellen Schritten die Straße entlang. Auf einmal fällt mir auf, dass ihre Größe nicht stimmt. Sie ist zu klein, sie kann unmöglich einen Meter fünfundsiebzig sein, wie sie behauptet hat. Ärger steigt in mir auf. Einen kurzen Augenblick ziehe ich in Betracht, den ganzen Plan aufzugeben, doch dann macht sie eine Bewegung, die so anmutig ist, dass ich sofort wieder Feuer und Flamme bin. Sie eilt die Straße entlang, so schnell das bei dem Matsch möglich ist. Es scheint ihr wichtig zu sein, dass sie sich vor unserem Treffen nicht schmutzig macht, weshalb sie beinahe trippelt. Ich lasse sie nicht aus den Augen. Ich genieße dieses kleine Ich-sehe-dich-Spiel. Sie ist die Beute, ich bin das Raubtier, und sie hat nicht die geringste Ahnung davon.

In den Straßen der Stadt liegt der Schnee hoch, er dämpft alle Geräusche – dämpft unsere Schritte. Die Leute behaupten, die Winter würden immer kälter und niederschlagsreicher. Dem stimme ich nicht zu. Die Winter sind genauso, wie ich sie aus meiner Kindheit kenne: kalt, dunkel und endlos, mit nackten, schwarzen Bäumen, die sich sehnsüchtig der bleichen Wintersonne entgegenstrecken, mit gelber Hundepisse im grauweißen Schnee und einer schneidenden Kälte, die den Körper noch gefühlloser macht, als er ohnehin schon ist.

Bald werden wir uns treffen. Sie wird mich interessiert ansehen. Nach ein paar Drinks werde ich ihr vorschlagen, zu mir nach Hause zu fahren. Ihr wird schwindelig, sie wird nicht sie selbst sein, und für einen Moment wird ihr Blick vor Unsicherheit flackern, doch ich werde ihr ein überzeugendes Lächeln schenken, ein Lächeln, von dem die Leute weiche Knie bekommen. Schon meine Mutter hat gesagt: »Mit diesem Lächeln bekommst du alles von den Leuten, mein Junge. Einfach alles.«

»Verdammt!«

Rebekka stieß einen lauten Fluch aus, während sie sich bemühte, zwischen den Schneehügeln zu parken, die sich wie eine Gebirgskette entlang des Straßenrands vor ihrer Parterrewohnung im Valbygårdsvej türmten. Die heftigen Niederschläge in diesem Monat hatten die Schneeberge steinhart und zu einer täglichen Herausforderung für die Autofahrer werden lassen. Nach einigen Minuten gelang es ihr schließlich, das Auto so nahe wie möglich an der derzeit unsichtbaren Bordsteinkante zu parken. Um aus dem Wagen zu steigen, musste sie auf den Beifahrersitz hinüberklettern, und als sie endlich auf der spiegelglatten Straße stand, wäre sie in ihren Stiefeletten beinahe ausgerutscht.

Die Dunkelheit lastete schwer auf dem Haus, und einen kurzen Moment machten die schwarzen, viereckigen Fenster sie melancholisch. Mit kalten, steifen Fingern hob sie ein paar Einkaufstaschen aus dem Kofferraum und ging zitternd vor Kälte auf den Hauseingang zu. Sie hatte den ganzen Tag gefroren, und wie viele Lagen sie auch anzog, ihr war nicht warm geworden. Aber morgen …

Sie stellte die Tüten in der Diele ab und betätigte den Lichtschalter. Der weiß gestrichene Flur offenbarte sich vor ihr, und sie seufzte erleichtert auf. Es war niemand da. Natürlich nicht. Trotzdem musste sie die Wohnung Quadratmeter für Quadratmeter abgehen und sämtliche Lampen und das Radio anschalten, um sich entspannen zu können. Sie begann im Esszimmer. Nein, niemand versteckte sich unter dem Esstisch, auch im Wohnzimmer mit dem weißen Sofa war kein Mensch – ebenso wenig wie im unmöblierten Arbeitszimmer. Ihr Rundgang endete im Schlafraum, der zum Garten hinausging. Sie stützte sich mit der Hand gegen die Schrankwand und öffnete schnell erst die eine und dann die anderen Schranktüren, bis schließlich alle offen standen. Kein Gewaltverbrecher versteckte sich zwischen den Kleidern und wartete auf sie. Sie atmete tief durch, bückte sich schnell und vergewisserte sich, dass auch unter dem Doppelbett nur Wollmäuse herumlungerten.

Zurück in der Diele, griff sie nach den Einkaufstüten, stieß die Tür zum Badezimmer auf – auch dort versteckte sich niemand – und ging in die hellgraue Küche. Das helle Licht und die Stimmen aus dem Radio verdrängten die Unruhe aus ihrem Körper. Mit routinierten Handgriffen packte sie die Lebensmittel aus und inspizierte ihren Einkauf: drei Flaschen guter Rotwein, ein knuspriges Landbrot, einige Stücke Käse, ein Glas Oliven und ein paar gesalzene Mandeln. Sie räumte alles ein und wärmte sich an dem Gedanken an Niclas, der bald von Stockholm nach Kopenhagen fliegen würde, um ein verlängertes Wochenende mit ihr zu verbringen. Wenn Niclas bei ihr war, fühlte sich alles sicher an, warm und geborgen, wie eine mollige Decke, die sie über ihre Angst ziehen und damit verschwinden lassen konnte.

Rebekka fuhr sich mit der Hand durchs Haar. Sie war sich sehr wohl bewusst, dass ihre Angst eine Reaktion auf das erschütternde Erlebnis vor einigen Monaten war, als sie in ihrem Sommerhaus um Haaresbreite von ihrem Mentor ermordet worden wäre. Dieses traumatische Geschehen hatte mit großer Wahrscheinlichkeit auch zu der Fehlgeburt geführt, bei der sie ihr ungeborenes Kind verloren hatte. Obwohl sie zunächst geglaubt hatte, die brutalen Vorfälle so gut wie möglich verarbeitet zu haben, musste sie nun feststellen, dass die Angst sich langsam bei ihr eingenistet und sich ihrer Abende und Nächte bemächtigt hatte. Sie musste nicht nur ihre Wohnung durchsuchen, um abschalten zu können, sondern sie brauchte außerdem jeden Abend ein paar Gläser Wein, und wenn es sehr schlimm war, konnte nur die Gesellschaft anderer Menschen ihre Angst eindämmen. Meistens kamen ihre Freundin Dorte oder ihr Kollege Reza vorbei. Insbesondere mit Reza konnte sie gut reden, wenn sie Angst hatte. Reza hatte ihr an jenem Morgen das Leben gerettet, und seitdem bestand ein enges Band zwischen ihnen.

Einen kurzen Augenblick erwog sie, ihn anzurufen, ihn zum Essen und zu einem Glas Rotwein einzuladen, doch dann verwarf sie den Gedanken. Sie musste lernen, alleine klarzukommen, verdammt noch mal. Als Ermittlerin bei der Mordkommission war sie doch diejenige, bei der man Schutz suchte.

Sie sollte sich etwas zu essen machen, dachte sie, öffnete den Kühlschrank und starrte in das halb leere Innere. Pasta mit Pesto und geriebenem Parmesan als Hauptgericht. Sie rümpfte die Nase und konnte sich nicht einmal dazu aufraffen, Teewasser aufzusetzen.

Ihr Handy klingelte. Sie war ein ganz klein wenig enttäuscht, als sie sah, dass es Dorte war. Sie meldete sich und bemühte sich darum, unbeschwert zu klingen. Dorte war trotz allem ihre engste Freundin, oder genau genommen ihre einzige, und in den fünfzehn Jahren, die sie sich kannten, hatten sie so gut wie alles miteinander geteilt. Das letzte halbe Jahr war für ihre Freundin wirklich hart gewesen. Dorte und ihr Mann Hans-David hatten sich entschlossen, in ihrer zehn Jahre langen Beziehung eine Pause einzulegen – eine Entscheidung, auf die ihre beiden kleinen Kinder, Alma und Anton, heftig reagiert hatten. Auch Dorte hatten angesichts ihres Entschlusses Zweifel befallen, und Rebekka hatte viele Stunden mit ihr geredet und alle anstehenden Fragen mit ihr erörtert.

»Sag mal, Bekka, bist du allein, oder ist Niclas schon da?«

»Er kommt erst morgen. Warum?« Rebekka kramte in ihrem Sekretär im Esszimmer herum und entdeckte schließlich eine halb zerknüllte Zigarettenpackung, aus der sie sich eine herauszog und anzündete – eine weitere schlechte Angewohnheit, die sie seit Jahren abzulegen versuchte. Sie sah sich als Gesellschaftsraucherin, das Problem war nur, dass in diesem Fall auch ihre eigene Gesellschaft zählte, weshalb sie mehrmals in der Woche allein rauchte. Genüsslich inhalierte sie den Rauch bis tief in die Lungen.

»Kann ich vorbeikommen? Ich muss dir etwas erzählen. Ich habe jemanden kennengelernt.«

Dortes Stimme zitterte vor Begeisterung.

»Nicht zu fassen! Erzähl!«

Rebekka freute sich aufrichtig für ihre Freundin. Dorte hatte in der letzten Zeit immer wieder betont, was für ein Glück Rebekka doch mit Niclas habe, und außerdem zugegeben, dass auch sie sich danach sehne, ihr Leben wieder mit jemandem zu teilen.

»Ist es okay, wenn ich kurz rüberkomme? Ich habe morgen Spätdienst und muss einfach mit jemandem reden.«

Rebekka war nach ihrem langen Arbeitstag müde, doch Dortes Vorschlag hatte eine belebende Wirkung, und sie willigte schnell ein, woraufhin Dorte in ein solches Jubelgeschrei ausbrach, dass Rebekka die Ohren klingelten.

Eine Tafel Marabou-Nussschokolade und ein paar selbst gebackene Vanillekränzchen. Ihre eigenen waren die besten, mürbe und mit Butter und echter Vanille gemacht. Sie hatte das Rezept von ihrer Tante geerbt. Astrid Hemmingsen ließ sich reichlich Zeit, die Leckereien in einer Porzellanschale mit dem bekannten blauen Muschelmuster anzurichten. Die Schokolade wurde in Stücke gebrochen, die Kekse wurden fächerförmig angeordnet – es sollte schließlich appetitlich aussehen. Im DVD-Spieler lag der Film bereit. Eine Liebeskomödie, ihr Lieblingsgenre. Geruhsam wippte sie mit den Füßen auf und ab, während sie wartete, bis der Tee lange genug gezogen hatte, eine Venenpumpübung, die sie in ihrer wöchentlichen Pilatesgruppe gelernt hatte. Ihr Blick fiel auf die leeren Seiten des aufgeschlagenen Terminkalenders, und plötzlich ergriff sie eine heftige Melancholie. Am 31. Januar würde sie ein halbes Jahrhundert alt werden. Es waren noch ein paar Wochen bis dahin, und allein der Gedanke daran ließ ihr Herz flattern. Fünfzig Jahre. Sie ließ die Zahl auf der Zunge zergehen, eine Zahl, die zementierte, dass sie die mittleren Jahre erreicht hatte. Mittelalt, ausgedient, fertig, Schluss.

Sie öffnete den Küchenschrank, griff nach der Keksdose und legte noch etwas Gebäck ins Schälchen. Nachdem sie festgestellt hatte, dass der Tee noch nicht fertig war, griff sie nach einem Stück Schokolade und steckte es sich in den Mund. Die Nüsse knirschten zwischen den Zähnen, die Schokolade schmolz auf der Zunge, sie kaute eifrig, konnte es kaum abwarten, die Masse hinunterzuschlucken, um sich noch ein Stück zu nehmen. Wieder sah sie nach dem Tee, der inzwischen lange genug gezogen hatte, nahm das Teesieb aus der Kanne und balancierte das Tablett ins Wohnzimmer. Ihre weichen Pantoffeln erzeugten ein flappendes Geräusch auf dem Läufer in der Diele. Im Vorbeigehen sah sie sich selbst im Spiegel und blieb abrupt stehen, konfrontiert mit dem jämmerlichen Anblick einer fast fünfzigjährigen Frau, der ein weiterer einsamer Abend mit ihrem Fernseher und ihren Süßigkeiten bevorstand. Sie stellte das Tablett auf der alten Kommode ab, betrachtete sich kritisch und studierte jeden Zentimeter ihrer einen Meter zweiundachtzig großen Gestalt aufs Genaueste. Den kleinen Kopf, die tiefen Falten, die an den schmalen, blutleeren Lippen entlang verliefen. Die dunklen, großen Augen, die in jungen Jahren von einem strahlenden Braun gewesen waren, deren Farbe inzwischen aber verblasst war und aus denen sie ihre Umwelt mit einem matten Blick musterte. Ihr Haar war immer ihr ganzer Stolz gewesen. Es war lang und kräftig und fiel in hübschen Wellen, doch sie hatte es nie richtig gepflegt, sondern nur mit einer billigen Bürste aus dem Supermarkt gebürstet, die einem fast die Haare ausriss. In all den Jahren hatte sie es einfach nicht geschafft, sich nach einer anderen, besseren umzusehen. Sie hatte stets an Shampoos, teuren Haarkuren und Besuchen in schicken Friseursalons gespart, und jetzt sah sie, dass das Alter auch hier zugeschlagen hatte. Die meisten ihrer dunkelbraunen Haare waren struppigen grauen gewichen, die überall hervorsprossen und sie älter aussehen ließen, verbraucht. Ihr fülliger Busen versteckte sich unter einer wenig kleidsamen Hemdbluse, die ein wenig spannte. Ihr Bäuchlein war ihr Schwachpunkt, doch wenn sie die Luft anhielt, sah sie ganz okay aus, zwar nicht schlank und sportlich, aber immerhin einigermaßen normalgewichtig. Astrid schauderte dankbar bei dem Gedanken daran, wie viele Süßigkeiten sie aß, denn ihr war durchaus bewusst, dass sie gnädig davongekommen war. Es stand außer Frage, dass sie das ihrer Größe zu verdanken hatte. Wäre sie kleiner gewesen, hätte man sie als dick bezeichnen müssen. Doch das war auch der einzige Pluspunkt, den ihre Größe mit sich brachte. Als Kind und vor allem als Jugendliche hatte sie darunter gelitten – die Größe hatte ihrer Gestalt etwas Bedrohliches gegeben.

Sie trat einen Schritt zurück und kniff die Augen zusammen. Sollte sie sich selbst und ihr Leben, mit einem einzigen Wort beschreiben, wäre es das Wort »vertan«. Sie hatte ihr Leben verschwendet, ihre Chancen verspielt, und jetzt, da ihr runder Geburtstag sich unaufhaltsam näherte, traf diese Erkenntnis sie noch heftiger. Zugleich war die Hoffnung auf eine Änderung, der Glaube, dass sie etwas tun, den Kurs noch korrigieren konnte, ein für alle Mal verschwunden.

Tränen stiegen ihr in die Augen, und sie blinzelte sie schnell fort. Die Dunkelheit verdichtete sich vor den Fenstern, eine Dunkelheit, die sie normalerweise als beruhigend empfand und in der man sich unter warmen Decken und mit Süßigkeiten verkriechen konnte, die ihr jetzt jedoch die Luft zum Atmen nahm. Man konnte sie von draußen durch die erleuchteten Fenster sehen, wie einen Hamster in einem Käfig. Schnell zog sie die Gardinen vor.

Wie hatte sie so enden können? Als alte Jungfer mit einer Festanstellung als Bibliothekarin in der Zentralbücherei, einem schweren Damenfahrrad mit drei Gängen und einer Dreizimmerwohnung in der Nansensgade, in der sie gewohnt hatte, seit sie vor dreißig Jahren zu Hause ausgezogen war. Ihre Mutter hatte sie im nur hundert Meter entfernten Elternhaus in der Vendersgade zurückgelassen, von wo aus man einen Blick auf den alten Gemüsemarkt hatte, wo mittlerweile die neuen Markthallen standen, zwei gläserne Gebäude voller Delikatessen.

Damals war sie voller Lebensmut gewesen. Sie erinnerte sich, wie sie mit ihrem Koffer auf dem Bürgersteig gestanden hatte. Ein kleiner Möbelwagen hatte bereits ihre wenigen Möbel in die frisch gestrichene Wohnung gebracht, und sie wusste noch, wie sich die Sonne in ihrer großen honigfarbenen Sonnenbrille gespiegelt und Goldfäden über die Steinplatten gesponnen hatte.

Sie schnaubte. Was war sie naiv gewesen! Und in gewisser

Weise war sie das immer noch. Sie hatte nicht viel erlebt in ihren fast fünfzig Jahren auf dieser Erde. Manchmal verglich sie sich mit einem übersehenen Paket, das man ganz hinten in dem verstaubten Postregal vergessen hatte. In jungen Jahren waren ihre Träume groß und hochtrabend gewesen. An der Sorbonne in Paris hatte sie studieren wollen. Immer wieder hatte sie sich ausgemalt, wie sie während der Kirschblüte mit einer Tasche voller Bücher an der Seine entlangspazierte und mit einem Café crème und einem Croissant in einem der vielen Straßencafés saß und die Leute studierte, die an ihr vorbeiflanierten. Sie hatte sich vorgestellt, dass die Franzosen sie auf eine geheimnisvolle Weise attraktiv fanden, dass sie die Muse irgendeines Künstlers wurde und vielleicht selbst eines Tages mutig genug war, etwas zu schreiben.

Als sie die Sorbonne-Phantasie hinter sich gelassen und Bibliothekarin geworden war, hatte sie davon geträumt, nach Alaska zu gehen. Natur und Stille hatten sie schon immer fasziniert, und schließlich musste es auch dort Bibliotheken und Buchhandlungen geben. Die Möglichkeiten lagen vor ihr aufgereiht, man musste nur die Hand danach ausstrecken wie nach den Waren in den Regalen im Supermarkt, doch aus Angst, nur Luft zu greifen, hatte sie die Hände nie ausgestreckt. Sie war ein wenig in Europa herumgereist, unter anderem nach Spanien, doch das war wirklich nichts Besonderes. Sie war nichts Besonderes. Sie erinnerte sich an einen Urlaub mit ihrer Mutter, als sie Ende zwanzig war. Sie waren in den kleinen nordspanischen Badeort Palamós gereist, und der Urlaub war von Anfang an eine Katastrophe gewesen. Sie hatten sich unablässig gestritten, und jeden Abend hatte Astrid mehrere Gläser Sangria in sich hineingeschüttet, während ihre Mutter abwechselnd die Kellner herumkommandiert und auf ihr herumgehackt hatte. Der letzte Abend des Ferienaufenthalts jedoch war ihr in Erinnerung geblieben, dabei war die Episode so unvorstellbar banal gewesen. Der Barkeeper Juan hatte hemmungslos mit ihr geflirtet, nachdem ihre Mutter ins Bett gegangen war und Astrid allein mit der Sangria zurückgelassen hatte. Juan hatte darauf geachtet, dass es ihr an nichts fehlte, und sie mit Komplimenten überschüttet, die sie mit einer Gier in sich aufgenommen hatte, die sie selbst überraschte. Im Grunde hatten sie nicht viel gemeinsam gehabt, und Juan hatte vermutlich keine anderen Bücher gelesen als die, zu deren Lektüre man ihn in der Schule gezwungen hatte. Doch es hatte so wundervoll im Bauch gekribbelt – von den süßen Worten in dem unbeholfenen, mit Spanisch vermischten Englisch, von den braunen Augen und den olivenfarbenen Händen, die sich nach ihr ausgesteckt hatten, erst nach ihren Schultern, dann nach ihrem Arm und schließlich nach ihrem Schoß. Als die Bar um Mitternacht schloss, hatte Juan darauf bestanden, sie zurück ins Hotel zu bringen. Keine Frau sollte nachts allein nach Hause gehen, hatte er gesagt, man wisse ja nie. Ihr war schwindelig gewesen von der Sangria, sie war es nicht gewohnt, so viel zu trinken, und sie war glücklich gewesen, sich auf ihn stützen zu können. Die Nacht war lau gewesen, und sie waren die Strandpromenade entlangspaziert, und plötzlich hatte Juan sie an der Taille gepackt und feurig geküsst. Ihre Zungen hatten sich ineinander verschlungen, sich zurückgezogen und wieder vereint, und bis heute erinnerte sich Astrid an den Geschmack von säuerlichem Alkohol und fremdem Mann. Die Küsse hatten sie überrumpelt, und wäre sie nicht so betrunken gewesen, hätte sie ihn weggestoßen, sie war beträchtlich größer als er, vermutlich auch stärker, doch der Alkohol hatte sie tollkühn gemacht, und sie hatte sich seinen Berührungen hingegeben, hungrig nach Liebkosungen, wie sie war, und sie waren im Sand zwischen vergessenen Eisstielen und Zigarettenkippen miteinander verschmolzen. Am kommenden Vormittag hatte sie abreisen müssen, und sie hatte ihr schönstes Kleid angezogen, eifrig darauf bedacht, eine gute Erinnerung bei Juan zu hinterlassen. Sie war in das noch geschlossene Lokal gestürmt, doch kein Juan hatte an der Bar gestanden, und eine etwas mürrische Kellnerin hatte ihr erklärt, dass der Mittwoch Juans freier Tag sei. Die Enttäuschung hatte Astrid wie ein Faustschlag getroffen, die Tränen hatten in ihren Augen gebrannt, doch sie hatte Geistesgegenwart genug besessen, schnell ihren Namen und ihre Adresse auf ein Blatt zu kritzeln, das sie aus ihrem Kalender gerissen hatte. Die Kellnerin hatte widerwillig versprochen, Juan den Zettel zu geben, sobald sie ihn sah, und Astrid war nach Hause geflogen. Monatelang hatte sie auf eine Nachricht von ihm gewartet, war nach der Arbeit schnell die Treppe hochgelaufen, um zu sehen, ob vielleicht ein Brief für sie auf der Fußmatte lag. Doch sie war jeden Tag auf Neue enttäuscht worden, und allmählich hatte sie erkennen müssen, dass sie nie etwas von ihm hören würde. Es tat noch immer ein wenig weh, wenn sie daran dachte, obwohl das Erlebnis mehrere Jahrzehnte zurücklag.

Sie riss sich zusammen, griff nach dem Tablett, ging ins Wohnzimmer und setzte sich auf das Sofa. Sie schenkte sich Tee ein, schob sich ein paar Kekse in den Mund und drückte auf *Play*. Der Film begann, sie spulte zu ihren Lieblingsszenen vor, den Anfang kannte sie längst auswendig. Ryan Gosling und Rachel McAdams erschienen auf dem Bildschirm, und Astrid spürte, wie ihr ein Schauer den Rücken hinunterlief. Sie führte die Tasse zum Mund und trank einen Schluck Tee, um im nächsten Moment festzustellen, dass er nur noch lauwarm war. Sofort spuckte sie ihn zurück in die Tasse. Auf der Mattscheibe küsste Ryan Gosling im strömenden Regen seine Rachel McAdams, und Astrid brach auf einmal in Tränen aus.

»Er ist einfach phantastisch, Bekka. Er ist der wunderbarste Mann, den ich je kennengelernt habe.« Dorte blickte träumerisch vor sich hin.

Sie saßen auf dem Sofa und hatten jede ein großes Glas Rotwein vor sich. Ein paar Stumpenkerzen waren die einzige Lichtquelle, und im Halbdunkel wurden die Silhouetten der beiden Freundinnen an die nüchternen weißen Wände geworfen. Der Wein und Dorte vollbrachten Wunder, stellte Rebekka fest, die sich eine weitere Zigarette anzündete und den Rauch langsam in kleinen Wölkchen ausblies.

»Fang von vorne an. Wo hast du ihn aufgetrieben?«

»Im Internet.«

»Wirklich?«, fragte Rebekka überrascht und verstummte angesichts von Dortes strengem Blick.

»Bevor du etwas sagst, möchte ich hervorheben, dass er sein Profil in keiner Weise beschönigt hat. Wir haben uns zweimal getroffen, und er entspricht voll und ganz meinen Erwartungen, im Grunde genommen übertrifft er sie sogar noch ...«

Dorte lachte vor sich hin, und Rebekka ließ sich anstecken, während die Sehnsucht nach Niclas sich in ihrem Körper ausbreitete, je detaillierter Dorte ihre Dates mit ihrer neuen Flamme beschrieb.

»Ich hätte einfach nicht gedacht, dass du der Typ für Internetbekanntschaften bist.«

»Nein, ich weiß. Das habe ich auch nicht gedacht. Doch vor ein paar Wochen habe ich an einem Abend allein zu Hause gesessen und Hans-David vermisst, das heißt, ich habe nicht ihn vermisst, sondern einfach irgendwen, und da ist mir die Idee mit dem Internet-Dating gekommen. Warum eigentlich nicht? Es kam mir so unkompliziert und in gewisser Weise auch erst mal ziemlich unverbindlich vor. Ich hatte überhaupt nicht damit gerechnet, dass etwas dabei herauskommt.«

»Okay, und jetzt zu den Fakten. Wie heißt er, was macht er, wie sieht er aus, hat er Kinder ...?«

Dorte lächelte.

»Du glaubst es nicht, aber er hat einen supercoolen Job. Er ist Fotograf und hat ein eigenes Studio. Mode, Porträts ... Er heißt Andreas Bruun. Es kann durchaus sein, dass du seine Fotos schon in irgendeinem Modemagazin gesehen hast.«

Rebekka schüttelte den Kopf. Der Name sagte ihr nichts, aber sie las auch nur selten Frauenzeitschriften.

Dorte trank einen Schluck Wein und fuhr fort: »Er sieht phantastisch aus, groß, muskulös, mit blauen Augen und wunderschönen Lachgrübchen ... Also, er sieht so gut aus, dass sein Aussehen fast schon ein Minuspunkt ist. Im Vergleich zu ihm fühle ich mich nämlich alt und dick.«

»Jetzt hör aber auf. Du siehst doch gut aus!«, rief Rebekka und meinte es auch so.

»Du solltest ihn erst mal sehen, Bekka. *He is to die for.* Und ja, er war noch nie verheiratet, hat keine Kinder, hat noch nie mit einer Freundin zusammengewohnt, sagt er. Und er ist jung.«

»Das ist doch nur ein weiteres Plus. Ich mag auch junge Männer«, sagte Rebekka und fügte grinsend hinzu: »Wie jung ist er, wenn man fragen darf?«

»Er ist siebenundzwanzig, bald achtundzwanzig.«

»Dann ist er zehn Jahre jünger als du. Das ist doch gar nicht so viel ...«

»Elf, um genau zu sein. Du vergisst, dass ich drei Jahre älter bin als du.« Dorte fingerte an ihrer dünnen Halskette herum, an der ein kleines, rundes Goldherz baumelte.

»Das Alter ist nicht so wichtig, Dorte, wenn er verrückt nach dir ist.«

»Schauen wir mal, wie sich das Ganze entwickelt. Wir haben uns ja erst zweimal getroffen. Es ist alles noch so frisch.«

Rebekka verstand genau, was Dorte meinte. Obwohl sie schon ein paar Monate mit Niclas zusammen war, fühlte sich ihre Beziehung noch immer neu und ein wenig zerbrechlich an. Das lag nicht nur an der Entfernung, sondern auch an ihren unkalkulierbaren Jobs und der ständigen Unsicherheit, wann sie sich wohl das nächste Mal sehen würden. Doch genau diese Unsicherheit brachte Spannung in ihre Beziehung, eine Sehnsucht und eine Form des körperlichen Begehrens, wie sie sie noch nie zuvor erlebt hatte.

Rebekka schenkte ihnen nach, während sich ganz leise das schlechte Gewissen bei ihr meldete. Sie musste endlich den Rotwein aus ihrem Leben verbannen. Tagsüber trank sie nie, denn sie hätte nicht im Traum daran gedacht, während der Arbeit unter Alkoholeinfluss zu stehen, aber abends ... Das musste ein Ende haben. Morgen ... Da fiel ihr Niclas ein und die Tatsache, dass zu ihren Treffen immer auch der Genuss von Wein gehörte. Dann eben am Montag, nahm sie sich vor. Sie schob ihr Glas zur Seite, zündete sich eine Zigarette an und zog nachdenklich daran. Der Rauch waberte zwischen ihnen wie eine sich windende Schlange.

»Ich habe es übrigens getan«, meinte Dorte und sah Rebekka an, die sich auf dem Sofa aufrichtete. »Ich habe die Scheidungspapiere unterschrieben und Hans-David gebeten, das auch zu tun. Wir haben es lange genug aufgeschoben, weil wir uns beide ganz sicher sein wollten, aber ich habe keine Zweifel mehr. Ich freue mich darauf, die Formalitäten geregelt zu bekommen, und ich freue mich darauf, wieder eine freie Frau zu sein.« Dorte lachte kurz auf.

Normalerweise hätte Rebekka mitgelacht, doch plötzlich überfiel sie eine seltsame Traurigkeit bei dem Gedanken, dass die Ehe von Dorte und Hans-David definitiv zu Ende war. Es gab so viele schöne Erinnerungen aus ihrer gemeinsamen Zeit. Im gemütlichen Genossenschaftshaus der beiden in Østerbro hatte sie sich immer willkommen gefühlt, sie war die Patentante von Anton und Alma, vor allem aber mochte sie Hans-David sehr, der auf den ersten Blick recht introvertiert wirkte, aber klug und lustig war, wenn man ihn besser kennenlernte.

»Wie hat Hans-David reagiert?«, fragte sie leise.

Dorte zuckte resigniert mit den Schultern. »Er war natürlich traurig. Ich bin überzeugt, dass er sich in seinem tiefsten Inneren wünscht, dass wir wieder zueinanderfinden, aber ...« Dorte holte tief Luft. »Ich will das hier. Ich will verliebt sein und spüren, dass ich lebe.« Sie griff nach ihrem Glas und prostete Rebekka zu, und sie stießen miteinander an.

»Wie geht es den Kindern?«, erlaubte Rebekka sich zu fragen.

»Ich weiß nicht so genau ...«

»Entschuldige, ich wollte dich nicht traurig machen.«

»Das tust du auch nicht«, unterbrach Dorte sie. »Es geht ihnen ganz gut, denke ich. Das Ganze verwirrt sie natürlich, und hin und wieder habe ich ein schlechtes Gewissen. Aber dann sage ich mir immer, dass die Kinder mit einer glücklichen Mutter besser bedient sind als mit einer, der es schlecht geht.«

Sie prosteten sich erneut zu. Dorte zündete sich ebenfalls eine Zigarette an, und sie rauchten schweigend im Halbdunkel. Rebekka fand, dass solche Momente die besten ihrer Freundschaft waren. Wenn sie einfach sie selbst sein konnten. Dorte aschte ab und sah Rebekka an.

»Was meinst du, wann ich Andreas wieder anrufen kann? Diese Spielchen zu Beginn einer Beziehung finde ich das Schlimmste daran. Ich bin wirklich verrückt nach ihm, und dann soll ich so tun, als wäre ich nicht so leicht zu kriegen.«

»Da bin ich wohl nicht die beste Ratgeberin – mir geht es mit Niclas noch immer so«, sagte Rebekka, und Dorte seufzte resigniert.

»O nein, was glaubst du, wie lange ich ihn noch schmoren lassen soll?« Sie sah ihre Freundin mit großen Augen an.

Rebekka musste lachen. »Ich weiß es nicht. Ich weiß nur, dass ich mich furchtbar nach Niclas sehne, wenn er in Stockholm ist, und das ist er ja die meiste Zeit. Ich versuche, cool zu sein, und habe ja auch jede Menge zu tun mit meiner Arbeit und so, aber trotzdem muss ich mich zusammenreißen, ihn nicht mehrmals am Tag anzurufen, weil ich seine Stimme hören will, oder ihm eine heiße SMS zu schicken.«

»Ich glaube, es ist das erste Mal in all den Jahren, die ich dich kenne, dass es dich offenbar so richtig erwischt hat. Von Michael warst du nie so hin und weg.«

Rebekka wollte protestieren, doch Dorte fuhr unverdrossen fort: »Ich weiß sehr wohl, dass du Michael auch sehr gemocht hast, aber mit Niclas ist es etwas anderes. Das spürt man.«

Rebekka nickte widerwillig. Sie hatte im vergangenen Herbst eine Fernbeziehung mit einem Kollegen aus Jütland beendet, Michael Bertelsen. Sie war ihm in ihrer Heimatstadt Ringkøbing begegnet, als sie der örtlichen Polizei bei einer Mordermittlung zur Seite gestanden hatte. Michael und sie hatten sich auf Anhieb verstanden und waren eine Beziehung eingegangen, die knapp ein Jahr gedauert hatte. Schließlich hatte Rebekka das Ganze beendet: Ihnen beiden war klar gewesen, dass Michael sich mehr wünschte, als sie freiwillig zu geben bereit war. Sie hatte seine ruhige Art genossen, das Gefühl der Sicherheit, wenn sie in seinen Armen lag, doch schon wenige Monate nach Beginn ihrer Beziehung war die Leidenschaft versiegt. Außerdem hatte sie ihn mit Niclas betrogen. Jetzt, wo sie schon einige Monate mit ihm zusammen war, musste sie sich eingestehen, dass sie kaum noch an Michael gedacht hatte, seit Niclas im Herbst ihr Büro betreten hatte, um bei den Ermittlungen in einer Mordserie mitzuarbeiten. Da der Serienmörder nicht nur in

Dänemark, sondern auch in Schweden sein Unwesen trieb, war eine Kooperation zwischen den Ländern erforderlich gewesen.

Rebekka nickte. »Du hast recht. Es ist das erste Mal, dass ich so empfinde. Ein kontinuierliches Ziehen im ...«

»Unterleib?« Dorte schnitt eine Grimasse, und Rebekka musste grinsen.

»Ja, da auch.«

»Genauso will ich das auch.« Dorte wurde wieder ernst. »Ich hoffe wirklich, dass sich das mit Andreas gut entwickelt. Ich sehne mich so nach Liebe.«

Als Dorte kurz darauf nach Hause ging, war Rebekka von Wein, Zigaretten und Müdigkeit ganz schwindelig. Sie putzte sich die Zähne, während sie durch die Wohnung lief und sich vergewisserte, dass sämtliche Türen und Fenster ordentlich verschlossen waren. Als sie unter der Decke lag, versuchte sie, Niclas heraufzubeschwören, seinen Duft, die schmale Narbe auf dem Nasenrücken, das helle, borstige Haar und den kräftigen Körper. Dennoch ergriff die Angst still und leise Besitz von ihr wie ein inneres Klopfen, ein leichtes Pulsieren in der Brust. Sie seufzte, drehte sich erst auf die eine und dann auf die andere Seite, doch ihr Körper fand keine Ruhe. Angespannt lauschte sie in die Dunkelheit, während ihr Herz unregelmäßig schlug, und lag stundenlang wach, bis sie schließlich in einen unruhigen Schlaf fiel.

FREITAG

»Auf einer Bank am Lyngbysee sitzt eine tote Frau und starrt auf das Wasser. Es sieht wohl ziemlich verdächtig aus, fast so, als hätte jemand sie dort hingesetzt.«

Reza Aghajan, Rebekkas Partner seit letztem Jahr, hatte aufgeregt die Tür zu ihrem gemeinsamen Büro aufgerissen. Rebekka hielt die Sprechmuschel des Telefonhörers zu und schaute ihn fragend an.

»Ein Mord«, formte er mit den Lippen, und sie beendete schnell das Gespräch, während ihr Puls sich beschleunigte. Ein Mord, und das ausgerechnet heute, wo Niclas kam, konnte sie noch denken, bevor die Mordermittlerin Rebekka Holm das Kommando übernahm und sämtliche Gedanken an ihn verbannte. Sie sah Reza neugierig an.

»Erzähl!«

»Also, man hat eine tote Frau am Lyngbysee gefunden, nicht weit von der Stelle entfernt, wo der Bootsverleih ist. Die Todesumstände kommen mir etwas seltsam vor, um es einmal vorsichtig auszudrücken, aber jetzt beeil dich bitte! Die Techniker sind schon da, und auch wir sollten möglichst bald hinfahren. Ein paar Streifenpolizisten sind am Tatort ...«

Rebekka runzelte missbilligend die Stirn, und Reza fügte schnell hinzu: »Keine Sorge, das Gebiet ist abgesperrt, und momentan werden gerade die Spuren gesichert. Die beiden jungen Polizisten haben versprochen, nichts anzufassen. Sie waren zumindest geistesgegenwärtig genug, uns anzurufen.«

»Was ist an dem Todesfall seltsam?«

Rebekka zog ihren Wintermantel an und schlang sich ihr Tuch mehrmals um den Hals. Draußen war die bleiche Wintersonne verschwunden, dafür zogen dunkelgraue Wolken über den Himmel und kündigten Regen an. Sie hoffte, dass die steigenden Temperaturen die massiven Schneemassen endlich zum Schmelzen bringen würden.

»Ich weiß nicht sehr viel mehr, ich habe nur ein kurzes telefonisches Briefing bekommen. Die Leiche sitzt auf einer Bank, als hätte jemand sie in Szene gesetzt. Sie hat keinen Mantel an, sondern nur einen Rock und einen dünnen Blazer und ist stark geschminkt. Ein älteres Ehepaar hat die Tote gefunden und sie erst für eine Schaufensterpuppe gehalten. Dann haben die beiden die Polizei gerufen, und die ersten Streifenpolizisten, die am Tatort eingetroffen sind, haben glücklicherweise erkannt, dass das ein Fall für die Mordkommission ist.«

Rebekka hörte aufmerksam zu, während sie zum Auto hinuntergingen. Die Szenerie kam ihr ungewöhnlich makaber vor, und während sie den Sicherheitsgurt anlegte, ließ sie ein paar amerikanische Mordfälle Revue passieren. Sie hatte vor ein paar Jahren eine viermonatige Weiterbildung beim FBI gemacht. Es war eine lehrreiche Erfahrung gewesen, und sie hatte erlebt, wie weit manche Menschen gingen, um anderen zu schaden.

»Hallo, Rebekka. Du antwortest gar nicht auf meine Frage.«

Beim Klang von Rezas Stimme zuckte sie zusammen und sah ihn verwirrt an.

»Entschuldigung, ich war in Gedanken …«

»… an Niclas, richtig?« Reza blinzelte ihr zu.

Doch sie winkte ab. »Mache ich einen so verliebten Eindruck?«

»Verliebt trifft es nicht ganz«, meinte er und lachte. »Eher besessen.«

Rebekka musste einfach mitlachen. »Ich kann dich beruhigen. Ich habe nicht an Niclas gedacht, sondern an das Mordopfer. Die ganze Sache klingt irgendwie merkwürdig.«

Reza nickte, während er nach rechts abbog, und warf ihr

einen Seitenblick zu. »Apropos Niclas. Wann besucht er dich eigentlich wieder?«

»Heute.« Rebekka konnte die Freude in ihrer Stimme nicht unterdrücken. »Es ist gut, dass er kommt. Im Moment fällt es mir nicht ganz leicht, allein zu sein.«

»Ich wollte dich gerade fragen, wie es dir geht mit dem Alleinsein«, sagte Reza besorgt.

Rebekka biss sich fest auf die Lippe, bevor sie antwortete. »Ach, geht schon irgendwie. Obwohl es manchmal schwer ist. Ich durchlebe das, was passiert ist, immer wieder und mache mir Vorwürfe – und das ist das Schlimmste daran. Ich mache mir Vorwürfe, dass ich ihn nicht durchschaut habe, bevor es zu spät war, und dass ich dich in Gefahr gebracht habe.«

Sie schwieg und spürte den Blutgeschmack in ihrem Mund. Wie üblich hatte sie sich zu fest auf die Unterlippe gebissen und die Haut aufgerissen, eine Unart, die sie hatte, solange sie zurückdenken konnte, und durch die ihre Lippe ständig aufgebissen war.

»Hast du noch immer Schlafprobleme?«

Sie nickte. Rezas Fürsorge rührte sie.

»Warum holst du dir keine professionelle Hilfe?«

Rebekka schnaubte. Ihr Bedarf an Psychologen war für dieses Leben gedeckt. Nach dem Tod ihres Bruders war sie bei einem Kinderpsychologen gewesen und hatte in jeder Stunde Bilder zeichnen müssen, während der Therapeut sie beobachtet hatte. Nach fünf Sitzungen hatte er erklärt, dass ihre Trauer um den kleinen Bruder bearbeitet sei. Seit damals nährte sie ein ernsthaftes Misstrauen gegen diesen Berufsstand.

»Ich – zum Psychologen? Ich dachte, du kennst mich gut genug, um mir so etwas nicht vorzuschlagen ... Lieber laufe ich eine Runde, als dass ich meine traumatischen Erlebnisse seziere.«

»Manchmal bist du wie ein verstockter alter Mann«, schimpfte Reza. »Du erinnerst mich an meinen Vater. Der Unterschied ist nur der, dass er bald siebzig wird und aus einem anderen Kulturkreis stammt. Verdammt, Rebekka, du gehst langsam vor die Hunde, und das ist ja auch kein Wunder. Ein guter Freund von dir hat versucht, dich umzubringen ...«

»Wir sind da«, unterbrach ihn Rebekka, erleichtert darüber, das Thema wechseln zu können.

Schon von Weitem sahen sie den abgesperrten Bereich. Der blaue Kombi der Techniker stand neben mehreren Streifenwagen. Rebekka und Reza stiegen mit konzentriertem Gesichtsausdruck aus dem Auto und gingen auf die Absperrung zu, vor der ein junger, blasser Streifenpolizist Wache hielt.

»Sie sitzt dort«, erklärte er, nachdem sie ihm ihre Ausweise gezeigt hatten, und machte eine Handbewegung nach rechts.

»Habt ihr etwas angefasst? Seid ihr etwa da rumgelaufen?«, fragte sie schroffer als beabsichtigt.

Der junge Polizist wurde noch blasser und schüttelte schnell den Kopf.

»Wir haben nichts angefasst. Wir haben sofort gesehen, dass das irgendwie merkwürdig war. Die Art, wie sie dasitzt und so ...« Er schluckte hörbar.

Rebekka nickte und empfand Mitleid mit ihrem jungen Kollegen, der sichtlich bemüht war, den Schock über den Anblick der Toten zu überwinden. Sie erinnerte sich an die ersten Leichen, die sie als junge Polizeianwärterin gesehen hatte. Es war jedes Mal gleich verstörend gewesen, und obwohl sie nach all den Jahren bei der Polizei gar nicht mehr wusste, wie viele tote Menschen sie gesehen hatte, war ein solcher Anblick für sie nie zur Routine geworden.

Rebekka und Reza legten den obligatorischen Schutzanzug inklusive Mundschutz und Schuhüberzüge an und traten durch die Absperrung. Vor ihnen lag eisgrau der See, auf dessen blanker Wasseroberfläche große Eisschollen schwammen. Der Frost biss ihnen in die Wangen, die Wintersonne stand tief und grell am Himmel und ließ ihre Augen tränen. Eine Möwe kreiste schreiend über ihnen, während sie zum Fundort gingen. Einige Techniker waren damit beschäftigt, das Gebiet abzustecken. Rebekka und Reza grüßten sie kurz und gingen weiter, während der Schnee unter ihren Füßen knirschte.

»Bei dem vielen Schnee dürften die Chancen, ein paar Fußabdrücke von einem eventuellen Täter zu bekommen, doch ganz gut stehen«, meinte Reza.

Rebekka sah sich um. »Das schon, aber sieh mal, wie viele Abdrücke es hier gibt. Der Schnee ist ziemlich festgestampft. Ich glaube, dass die Techniker ihre Schwierigkeiten haben werden. Aber lass uns das Beste hoffen.«

Als sie knapp fünfzig Meter weiter Richtung Ufer gegangen waren, sahen sie die Frau. An der Bank wurden sie von dem Rechtsmediziner begrüßt. Einen kurzen Moment betrachteten sie schweigend die Tote.

»Sie sieht wirklich so aus, als würde sie noch leben«, meinte Rebekka und schauderte.

Der Rechtsmediziner, ein Mann in den mittleren Jahren, dessen Namen sie vergessen hatte, nickte bedächtig.

»Das sieht alles sehr merkwürdig aus. Die Kleidung, das Haar, das Make-up und die Art, wie sie dasitzt, fast so, als würde sie posieren. Und riechen Sie mal.« Sie beugten sich vorsichtig vor und atmeten den charakteristischen Duft eines bekannten Parfüms ein.

»Diesen Duft kennt man, oder?«

Sie nickten beide, doch keiner von ihnen kam auf den Namen. Der Rechtsmediziner schüttelte den Kopf und fügte hinzu: »So etwas habe ich wirklich noch nie gesehen.«

Die Frau saß aufrecht auf der Bank, das Gesicht dem See zugewandt. Ihre Augen standen weit offen, als würde sie das Wasser und die Vögel betrachten, die sich auf dem Eis wie schwarze, flatternde Striche sammelten. Erst wenn man näher kam, konnte man feststellen, dass sie nichts sah, weil ihre Iris von einer matten, weißlichen Schicht bedeckt waren. Die gefalteten Hände der Frau lagen in ihrem Schoß, das rechte Bein war angewinkelt und über das linke geschlagen. Sie trug tatsächlich keinen Mantel, sondern einen geblümten bordeauxfarbenen Blazer mit dicken Schulterpolstern, einen engen, staubgrünen Rock, Nylonstrümpfe und dunkelrote Pumps, die zu den Blumen auf dem Blazer passten. Am auffälligsten jedoch war das starke Make-up. Das Gesicht der Frau war mit einer dicken Schicht Puder versehen, und ihre offenen Augen wurden von kräftigem grünem Kajal eingerahmt. Die Wimpern waren schwarz getuscht, und ihre hohen Wangenknochen traten durch das bronzefarbene Rouge noch stärker hervor. Das halblange, braune Haar war von zahlreichen grauen Strähnen durchzogen und sah so aus, als wäre es mit einem Lockenstab bearbeitet worden. Rebekka spürte den Blick des Rechtsmediziners auf sich ruhen.

»Sie sehen schockiert aus, Rebekka.«

»Ich bin überrascht«, entgegnete sie ruhig. Sie konnte den Blick kaum von der Frau abwenden. Schließlich zwang sie sich, den Rechtsmediziner anzusehen. »Kann sie auch eines natürlichen Todes gestorben sein?«

»Nichts ist ausgeschlossen, doch wenn sie zum Beispiel an einem Herzstillstand gestorben wäre, dann wäre ihr Kopf natürlich nach vorn gefallen. Außerdem ist es bei diesem Wetter höchst ungewöhnlich, ohne Mantel nach draußen zu gehen.«

»Das stimmt. Doch theoretisch könnte sie einiges getrunken haben, nach draußen gegangen sein und sich hierhin gesetzt haben, um sich auszuruhen, und dann erfroren sein. Es könnte sich auch um Selbstmord handeln – sie könnte eine Handvoll Pillen geschluckt und hier auf der Bank auf den Tod gewartet haben, oder?«, schlug Rebekka vor.

Der Rechtsmediziner nickte. »Wie gesagt: Nichts ist unmöglich.«

»Können Sie denn schon etwas zur Todesursache sagen?«

Der Rechtsmediziner zuckte mit den Schultern. »Derzeit noch nicht. Ich habe gerade ihre Temperatur gemessen, sie beträgt sechzehn Grad. Das spricht dafür, dass sie seit gut zehn bis zwölf Stunden tot ist, und das würde bedeuten, dass sie irgendwann gegen Mitternacht gestorben ist. Wie lange sie hier gesessen hat, weiß ich nicht. Wir werden erst nach der Obduktion genauere Angaben machen können. Auf den ersten Blick weist sie keine äußerlichen Verletzungen auf – bis auf die Flecken an den Knöcheln, die wie Blut aussehen.«

Rebekka und Reza folgten seinem Blick. Bei näherem Hinsehen stellten sie fest, dass die grünen Nylonstrümpfe bräunliche, eingetrocknete Flecken aufwiesen. Rebekka ging in die Hocke, um sie sich genauer anzusehen, als sie von raschen stapfenden Schritten gestört wurde. Sie drehte den Kopf in die Richtung, aus der das Geräusch kam, und sah den Leiter der Mordkommission, Gundersen, mit hochrotem Gesicht auf sie zukommen.

Allein sein Anblick verursachte Rebekka Unbehagen. Gleich würde er wieder Befehle erteilen und sich in ihre Arbeit einmischen, was der frühere Leiter der Mordkommission, Henrik Brodersen, nie getan hatte. Er hatte sich immer auf seine Mitarbeiter verlassen, ihnen wichtige Aufgaben anvertraut und sie mit der Verantwortung wachsen sehen. Rebekka hielt große Stücke auf Brodersen, der sich vor ein paar Monaten vorzeitig hatte pensionieren lassen, weil seine Frau, mit der er seit vierzig Jahren verheiratet war, an Krebs erkrankt war und im Sterben lag. Eine kurze Zeit lang hatte Rebekka gehofft, seine Nachfolgerin zu werden, doch als Brodersen stattdessen Gundersen zu seinem Nachfolger bestimmt hatte, musste sie akzeptieren, dass Gundersen über einiges mehr an Erfahrung verfügte als sie. Jetzt hoffte sie, wenigstens den Posten als seine Stellvertreterin zu bekommen. Obwohl Gundersen bereits seit ein paar Monaten im Chefsessel saß, hatte er noch keinen Stellvertreter ernannt, sondern lediglich verkündet, dass er sich Zeit lassen wolle, die Stärken und Schwächen der Abteilung zu studieren, bevor er eine so wichtige Entscheidung traf.

Es war Rebekkas größter Wunsch, die Karriereleiter weiter zu erklimmen, doch sie war sich durchaus darüber im Klaren, dass sich an dem Verhältnis zwischen ihr und Gundersen noch sehr viel ändern musste, wenn er sie überhaupt in Erwägung ziehen sollte. Andererseits zweifelte sie nicht einen Moment, die am besten geeignete Kandidatin für diesen Posten zu sein. Sie hatte inzwischen mehrere Mordermittlungen geleitet und eine hohe Aufklärungsrate vorzuweisen. Nun schenkte sie Gundersen ein vorsichtiges Lächeln, das er jedoch nicht erwiderte. Stattdessen bedachte er alle mit einem finsteren Blick.

»Was zum Teufel ist hier los? Warum hat man mich nicht früher informiert?«

Sein Blick fokussierte Rebekka, die ihn verwirrt ansah.

»Wir sind selbst gerade erst informiert worden und vor fünf Minuten hier eingetroffen«, antwortete sie und spürte, wie sich das Gefühl, ungerecht behandelt zu werden, in ihr ausbreitete.

»Das ist korrekt. Wir sind gerade erst gekommen«, bestätigte Reza, und sie sah ihn dankbar an. Gundersen brummte etwas Unverständliches und richtete seinen scharfen Blick auf die tote Frau auf der Bank.

»Wissen wir, wer sie ist?«

»Nein, sie hat keinen Ausweis bei sich. Keine Tasche, kein Handy, keinen Schmuck und keine besonderen Kennzeichen. Sie dürfte Mitte vierzig sein«, antwortete der Rechtsmediziner.

»Todesursache?«

»Hier und jetzt kann ich zu der Todesursache nichts sagen. Die Leiche muss in die Rechtsmedizin. Möglicherweise werden das MRT oder die toxikologischen Proben etwas ergeben ...«

»Ja, ja«, unterbrach ihn Gundersen ungeduldig, »aber es muss doch zum gegenwärtigen Zeitpunkt auch schon irgendwelche Erkenntnisse geben, oder?« Seine Schuhspitzen klopften rhythmisch auf die gefrorene Erde und hinterließen verzweigte Risse in dem vereisten Boden.

»Wir wollten uns gerade die Füße genauer ansehen.« Rebekka zeigte auf die eingetrockneten bräunlichen Flecken an den Nylonstrümpfen.

»Die Füße? Was zum Teufel sind das für Flecken?« Gundersen sah den Rechtsmediziner fragend an, der mit den Schultern zuckte.

»So weit bin ich noch nicht gekommen, mir ist nur das Blut aufgefallen. Aber sehen wir es uns doch mal genauer an.«

Er breitete einen Leichensack unter den hochhackigen Pumps aus und zog der Frau den einen Schuh aus. Der Fuß wirkte seltsam rund, registrierte Rebekka. Anschließend wurde der zweite Schuh sorgsam entfernt. Der Fuß hatte die gleiche runde Form wie der erste. Der Rechtsmediziner zog den linken Nylonstrumpf aus, und alle starrten wie paralysiert auf den Fuß, während die Wahrheit sich langsam setzte. Dort, wo die Zehen hätten sitzen sollen, befanden sich nur noch Stümpfe von faserigem Fleisch und eingetrocknetem Blut und hier und da ein paar weiße Knochenstücke.

»Man hat ihr die Zehen abgehackt!«, rief der Rechtsmediziner. Seine Augen über dem Mundschutz waren weit aufgerissen, und er zog der Frau schnell den anderen Strumpf aus. Auch am rechten Fuß fehlten die Zehen.

Es sauste in Rebekkas Ohren, und sie registrierte, dass Reza sich in den Schnee erbrach. Eine bräunliche Masse in all dem Weiß.

1979

»Punkt, Punkt, Komma, Strich …«

Meine Mutter lässt ihren Finger vorsichtig von meinen Augen zu meiner Nase hinuntergleiten, bis er meine Lippen streift. Ich bin drei oder vier Jahre alt. Wir sitzen im Wintergarten auf dem Boden, die Sonne fällt schräg herein, rahmt uns golden ein, und meine Mutter lächelt mich an. Ihre Haut ist sommerlich braun, ihr Haar lang, gelockt und steif von Haarspray, und ihr Rock ist hochgerutscht, sodass ihre schmalen Oberschenkel zu sehen sind.

»Mach das noch mal, Mama.«

Sie lacht laut, legt den Kopf zurück und schließt einen kurzen Moment die Augen. Ich schaue ihre glänzenden Lippen an. Die hellrote Zungenspitze, wie bei einer Katze.

»Erst kommst du her.« Sie breitet die Arme aus, und ich krieche zu ihr, in ihre Wärme, in ihren Duft. Sie duftet immer gleich.

»Du bist mein wunderbarer Junge. Mein Herzallerliebster.«

Sie hält mich von sich weg, sieht mein Gesicht forschend an und sagt: »Du bist mein kleiner Mann, nicht? Mein kluger, schöner, kleiner Mann.«

Der goldene Schein um uns verschwindet, und ein Schatten

tritt an seine Stelle. Meine Mutter sieht das nicht. Sie sieht nur mich.

»Lächle mich an, Schatz.«

Ich lächle, bis mein Kiefer spannt. Meine Mutter nickt.

»Ja, genau so, lächle mich richtig an. Das macht deine Mama glücklich.«

»Da sitzt eine tote Frau auf einer Bank am Lyngbysee, in teuren Kleidern, geschminkt, aber ohne Zehen. Also ...«

Gundersen gestikulierte dramatisch, und die Kollegen, die zu einem Briefing in den Besprechungsraum der Mordkommission einberufen worden waren, folgten aufmerksam seinen Ausführungen.

»Es ist noch nicht klar, was genau vorgefallen ist, aber wir können eine natürliche Todesursache vermutlich ausschließen. Ich meine, die Frau wird sich die Zehen wohl kaum selbst abgehackt haben und anschließend am See entlangspaziert sein, um sich auf die Bank zu setzen.«

Es wurde gemurmelt, und Gundersen fuhr fort: »Es ist das reinste Glück, dass uns die Presse noch nicht die Türen einrennt, aber das kann nicht mehr lange dauern. Wir sprechen da eher von Minuten als von Stunden.«

Er ließ einen ernsten Blick über die Versammlung schweifen. Es war ihm innerhalb kürzester Zeit gelungen, die gesamte Mannschaft herzubeordern, wie es bei einem potenziellen Mordfall üblich war. Die Stimmung war wie immer angespannt, die Ermittler saßen wie auf heißen Kohlen, wollten endlich anfangen. Der Leiter der Mordkommission räusperte sich, schob die kräftigen Schultern vor und hob sein rosiges Gesicht.

»Ich fasse die vorläufigen Fakten zusammen. Um 9.41 Uhr wird eine Frau mittleren Alters von einem älteren Ehepaar, das mit seinem Hund unterwegs war, tot auf einer Bank am Lyngbysee gefunden. Die beiden wohnen einen Steinwurf vom Fundort entfernt und waren natürlich total schockiert. Kollege Super hat gerade mit ihnen gesprochen, aber leider konnten sie ihm ansonsten keine Hinweise geben. Nun gut, das Ehepaar hat die Polizei gerufen, und selbst den jungen Beamten war sofort klar, dass der Todesfall mehr als verdächtig wirkt. Die Frau sitzt ohne Mantel auf der Bank, sie ist stark geschminkt, und man hat ihr an beiden Füßen die Zehen abgehackt oder abgeschnitten. Wie sie auf die Bank gekommen ist, wissen wir nicht, aber wir gehen davon aus, dass der Täter sie dorthin getragen hat. Die nächste Parkmöglichkeit liegt etwa dreihundert Meter entfernt. Das ist eine ganz schöne Strecke, wenn man eine Leiche trägt, und erfordert einiges an Kraft. Wir suchen demnach nach einem einigermaßen kräftigen Täter. Die Leiche kann natürlich auch auf anderem Weg dorthin gebracht worden sein, zum Beispiel in einer Schubkarre oder auf einem Fahrrad, aber es wurden keine Reifenabdrücke von einem solchen Transportmittel gefunden. Die Frau trug keinen Ausweis bei sich, sodass wir im Moment nicht wissen, wer sie ist. Wir haben bei den Kollegen in allen Polizeikreisen des Landes nachgefragt, doch nirgends wurde jemand als vermisst gemeldet, auf den ihre Beschreibung gepasst hätte. Die Todesursache ist zurzeit noch nicht bekannt. Theoretisch könnte sie eines natürlichen Todes gestorben sein, doch dagegen sprechen die abgehackten Zehen ... die wir übrigens nicht gefunden haben. Sie sind weg.«

Das Besprechungszimmer summte. Es fiel den Ermittlern sichtlich schwer, die Zusammenfassung des makabren Mordfalls nicht zu kommentieren. Erst als Gundersen sich kräftig räusperte, verstummten die Stimmen.

»Super ist Einsatzleiter, Simonsen und Oliver bilden das erste Team, Rebekka und Reza das zweite ...«

Rebekka warf Simonsen einen raschen Blick zu, als sein Name fiel. Jan Simonsen war einer der jüngeren Kollegen in der Mordkommission, ein aufgeweckter Ermittler, der offensichtlich nach oben strebte und den Rebekka als nervig und übereifrig empfand. Leider teilte Gundersen ihre Meinung nicht, zu ihrem Ärger schätzte er den Kollegen sogar sehr. Simonsen grinste Gundersen zustimmend an, und Rebekkas Haut kribbelte, so sehr ärgerte sie sich über ihn. Es konnte nicht mehr lange dauern, bis der Posten des stellvertretenden Leiters vergeben wurde. Ob Gundersen womöglich erwog ...

Sie schob den Gedanken fort und warf einen schnellen Blick auf ihr iPhone, das auf dem Tisch vor ihr lag. Sie stellte fest, dass ihre Eltern zweimal angerufen, aber keine Nachricht hinterlassen hatten. Im selben Moment ging eine SMS von Niclas ein, dass er gegen halb sechs in Kopenhagen sein werde. Die Uhr zeigte 14.15. Sie musste ihm eine Nachricht schicken, dass er vom Flughafen direkt in den Valbygårdsvej fahren sollte. Er hatte längst einen Schlüssel, und es hatte sich nicht einmal grenzüberschreitend angefühlt, ihn ihm zu überlassen. Im Gegenteil. Die Vorfreude auf ihn durchströmte ihren Körper, und plötzlich kam es ihr unerträglich vor, auch nur eine Sekunde zu warten, bis sie ihn spüren würde. Reza hatte recht. Sie war besessen.

»Hey, das Briefing ist überstanden, kommst du?«

Reza stupste sie in die Seite. Rebekka fuhr zusammen und eilte hinter ihm her in ihr gemeinsames Büro mit dem grau gesprenkelten Teppichboden und den abgenutzten Büromöbeln. Sie setzten sich an ihre Computer und checkten ihre Mails, doch ihre Gedanken kreisten um die Frau auf der Bank. Nach einigen Minuten spürte Rebekka, dass Reza sie ansah.

»Was ist?«, fragte sie leicht irritiert. Reza hatte die Fähigkeit, sie mit einem Blick anzusehen, der sie zwang, sich ihm zuzuwenden, egal, was sie gerade machte.

»Sie hat wirklich Eindruck auf mich gemacht …«

»Ich gehe mal davon aus, dass du von der toten Frau sprichst«, sagte sie, und er nickte.

»Natürlich.«

»Mich lässt ihr Bild auch nicht los.«

Reza richtete sich auf. »Wenn du in Gedanken zurück zum Fundort spulst, was fällt dir als Erstes ein? Dabei bitte nicht analysieren, sondern einfach nur sagen, was dein erster Gedanke ist.«

»Die Art, wie sie dagesessen hat, das kräftige Make-up, das Haar und die Kleidung … Sie hat mich an jemanden aus einem anderen Jahrzehnt erinnert.«

»Genau.« Reza schlug mit der Faust auf die Tischplatte. »Sie erinnert mich an die Fotos in den Frauenzeitschriften, als ich Mitte der Achtziger nach Dänemark gekommen bin. Ich war hin und wieder mit meiner Mutter beim Friseur, und wenn niemand hingesehen hat, habe ich in den Illustrierten geblättert. Ich habe die Glamourfotos geliebt.«

»Du hättest so viel erreichen können, Astrid. Ich meine, du hast einen klugen Kopf. Es ist einfach schade, dass du einen so schwierigen Charakter hast.«

Die Mutter zündete sich einen Zigarillo an, eigentlich herrschte in ihrem Zimmer Rauchverbot, doch das Pflegepersonal drückte angesichts ihrer Zigarillos aus mehreren Gründen die Augen zu: Zum einen war Ella Hemmingsen niemand, mit dem man sich gern anlegte, und zum anderen war sie im Gegensatz zu den meisten anderen Bewohnern geistig vollkommen klar und besaß eine scharfe Zunge, was die Angestellten als befreiend empfanden. Sie hatten genug lebende Leichen.

»Den schwierigen Charakter dürftest du bestens kennen – schau dich doch selbst an«, zischte Astrid verärgert und zupfte ein verwelktes Blatt von der Pelargonie auf der Fensterbank, während sie über den zugefrorenen Sortedamssee blickte. Draußen dämmerte es, und die blauschwarzen Wolken vertrieben den letzten Rest der untergehenden Sonne. Astrid seufzte tief. Ihre Lust auf Schokolade wuchs. Wenn sie ihr nachgab, wäre das in dieser Woche das vierte Mal. Am Dienstag hatte sie sich zusammengenommen, doch der Dienstag war auch ihr Pilatestag, und Astrids Über-Ich war immer in Topform, wenn sie Sport trieb. Auch wenn das nur an diesem einen Tag in der Woche der Fall war. An den restlichen Tagen war sie weniger diszipliniert – nachgiebiger gegenüber ihren plötzlich auftauchenden Gelüsten.

»Hör doch auf, über die Wahrheit zu seufzen und zu meckern. Und wenn du mir unterstellst, dass du dein depressives Gemüt von mir hättest, muss ich dich enttäuschen. Ich hatte immer ein positives Wesen. Im Gegensatz zu deinem Vater. Er war schwermütig und hat mich meiner Energie beraubt.«

Eine Tafel Marabou-Nussschokolade. Eine große. Astrid antwortete nicht, sondern streute ein wenig Dünger in die ausgetrocknete Erde der Topfpflanzen. Obwohl sie ihrer Mutter den Rücken zugewandt hatte, spürte sie deren herausfordernden Blick. Die Mutter liebte es, sie zu provozieren, vor allem indem sie sich herablassend über ihren Vater äußerte.

Astrid weigerte sich, die Aussage ihrer Mutter zu kommentieren, kniff die Lippen zusammen und hing lieber ihren Erinnerungen nach. Ihr Vater war knapp zwanzig Jahre älter als ihre Mutter gewesen, als sie geheiratet und wenig später Astrid, ihr einziges Kind, bekommen hatten. Der Vater war einige Wochen vor ihrer Konfirmation gestorben. Sie konnte sich nur ganz vage an ihn erinnern: ein älterer Herr, der in seinem Stuhl saß und nach altem Mann roch. Sie hatte ihn nie richtig kennengelernt. Er war mehr eine Art Statist in ihrer Familie gewesen. Er war zur gleichen Zeit krank geworden, als sie zur Welt kam. Er verbrachte lange Phasen im Krankenhaus, und wenn er zu Hause war, saß er im Sessel und schlummerte. Sie konnte sich nicht erinnern, dass er jemals mit ihr gespielt oder ihr eine Geschichte vorgelesen hätte, genau genommen konnte sie sich nicht einmal an seine Stimme erinnern. Nur sein Altmännergeruch suchte sie in regelmäßigen Abständen heim.

»Dir fehlt ein Mann, Astrid. Da liegt der Hund begraben.«

»Hör auf, Mutter.«

Ella Hemmingsen schwieg einige Sekunden, dann hellte sich ihr runzliges Gesicht plötzlich auf.

»Du kennst doch Solveig, nicht? Die aus dem Zimmer siebzehn.«

»Der Name sagt mir nichts … Warum?«

»Solveig hat eine Tochter in deinem Alter. Ihre Tochter hat Kinder und ist mittlerweile geschieden, aber jetzt hat sie einen unglaublich netten Mann im Internet gefunden. Das solltest du auch mal probieren, Astrid. Du kennst dich doch mit Technik so gut aus. Und du sitzt die meiste Zeit des Tages am Computer.«

Astrid drehte sich um und begegnete dem Blick ihrer Mutter, brachte es aber nicht fertig, ihr zu erzählen, dass sie bereits vor einigen Jahren ein Profil auf eine Partnersuchseite gestellt hatte, leider ohne Erfolg. Nicht, dass sie keine Antworten bekommen hätte, ganz im Gegenteil – doch die meisten Männer, die ihr schrieben, hatten einen seltsamen Eindruck auf sie gemacht, und einige hatten sich sogar erdreistet, ihr Fotos von ihrem Gemächt in erigiertem Zustand zu schicken. Beim Gedanken an diese Bilder bekam sie noch immer einen roten Kopf. Pilzköpfe auf Stielen in verschiedenen Farben und Größen.

»Ich bin davon überzeugt, dass Online-Dating nichts für mich ist«, sagte Astrid bestimmt und widmete sich einem Haufen Wäsche, der in der Ecke des Zimmers lag und den sie zusammenzulegen begann. Es fühlte sich gut an, etwas in den Händen zu haben, wenn sie mit ihrer Mutter zusammen war. Sie ertrug es nicht, ihr gegenüberzusitzen und den Leerraum nur mit Worten füllen zu können.

»Ich denke, dass du ruhig einen Versuch wagen solltest, Astrid.« Die Mutter zog an ihrem Zigarillo, der bläuliche Rauch schwebte in Astrids Richtung und brannte in den Augen. Sie hatte sich nie an den Rauch gewöhnt. Obwohl ihre Eltern immer starke Raucher gewesen waren, wurde ihr übel davon – oder vielleicht gerade deshalb. Sie hustete demonstrativ und fächelte den Rauch mit der Hand weg.

»Soll ich nicht deinen Kleiderschrank aufräumen, bevor ich gehe, Mutter? Da drinnen herrscht das reinste Chaos. Ich finde, die Angestellten geben sich wirklich nicht viel Mühe damit, Ordnung zu halten.«

Die ältere Frau schüttelte energisch den Kopf.

»Ich finde, dass wir reden sollten, Astrid. Jedes Mal, wenn du hier bist, fängst du an aufzuräumen. Du setzt dich nie zu mir und sprichst mit mir. Du bist so rastlos ...«

»Wir können doch nicht die ganze Zeit reden. Ich komme drei- bis viermal die Woche hierher. Mindestens«, fauchte sie und fügte hinzu: »Was glaubst du, wie oft die anderen Bewohner Besuch bekommen?«

»Du musst ja nicht kommen, wenn du nicht willst. Mir macht das nichts – ich kann mich mit so vielem anderen beschäftigen«, erwiderte die Mutter und drückte den Zigarillo in dem schweren Keramikaschenbecher aus. Sie verschränkte ihre dünnen Arme vor der Brust. Ihre Haut hatte Rillen wie nasser Sand am Meeresstrand, über den die Wellen ständig hinwegspülen. Die schmalen Lippen hatten sich zu einem unregelmäßigen Strich zusammengezogen, und Astrid drückte sofort das schlechte Gewissen. Ihre Mutter hatte nur sie, und sie selbst hatte nur ihre Mutter. *Zwei Tafeln Marabou.* Vielleicht sollte sie eine der neuen Sorten probieren – mit karamellisierten Nüssen und Meersalz?

»Natürlich will ich dich besuchen, Mutter. Ich wollte auch nur meine Hilfe anbieten …«

»Ich will nicht deine Hilfe, sondern deine Gesellschaft, Astrid.«

Es klopfte an der Tür, und eine Pflegerin steckte lächelnd den Kopf herein und grüßte freundlich.

»Schön, Sie machen es sich gemütlich«, sagte sie und fügte hinzu: »Ella, ich wollte Sie nur daran erinnern, dass es in zehn Minuten Abendessen gibt.«

Die Mutter nickte, Astrid bedankte sich, und die Pflegerin verschwand wieder. Ihre Mutter zündete sich einen neuen Zigarillo an.

»Wo waren wir stehen geblieben? Ach ja, das Internet. Ich habe nur gedacht, dass du vielleicht mehr Glück hast, wenn man dich erst einmal auf diesem Weg kennenlernt, bevor …«

»… bevor man mich im wirklichen Leben trifft, meinst du das?«

»Nein, aber …«

»Du glaubst also nicht, dass ein Mann sich spontan in mich verlieben könnte?« Astrid spürte die Tränen wie einen Kloß im Hals.

»Sei nicht so überempfindlich, Astrid. Du könntest wirklich gut aussehen, wenn du etwas aus dir machen würdest. Du bist doch hübsch. Deine Augen und deine hohen Wangenknochen hast du von mir. Dein Haar ist lang und kräftig, und du hast lange Beine. Dein Problem ist deine Trägheit. Und du musst schon zugeben, dass die Männer, die du im Lauf deines Lebens kennengelernt hast, sterbenslangweilig waren.«

Astrid seufzte erneut. Obwohl es wehtat, das zu hören, musste sie einräumen, dass ihre Mutter recht hatte. Sie hatte bei Männern nie Glück gehabt. Über ihre Arbeit hatte sie zwar den einen oder anderen Mann kennengelernt. Der erste war ihr Kollege Aksel gewesen, dem sie kurz nach ihrem Examen begegnet war. Sie hatten über mehrere Jahre eine Beziehung geführt, die die meiste Zeit jedoch platonisch gewesen war, da Axel erhebliche Erektionsprobleme hatte. Allerdings hatten sie gut miteinander reden können. Aksel war ein Intellektueller, verfügte über ein großes Wissen, und sie hatte ihre Gespräche über Literatur und Kunst bei ihren freitäglichen Abendessen genossen, wenn sie etwas Leckeres auf den Tisch brachte, während er den Wein beisteuerte. Aber schließlich verebbten auch die Gespräche, und als Aksel in seiner Heimatstadt Fredericia ein Traumjob angeboten wurde, schlief der Kontakt still und leise ein.

Zehn Jahre später hatte sie Flemming getroffen, einen Bibliotheksbesucher, der Comics liebte und sie eines Tages darum bat, ihm bei der Suche nach einem *richtigen* Buch zu helfen. Er hatte seit der Schulzeit keins mehr gelesen. Astrid nahm die Aufgabe ernst. Sie dachte lange darüber nach, welches Buch sie ihm empfehlen sollte, um seine Lesefreude zurückzugewinnen. Welches Buch würde ihm das wunderbare Land offenbaren, das die Literatur nun einmal war, und in ihm die Lust wecken, auf Entdeckungsreise zu gehen? Sie entschied sich schließlich für *Der versäumte Frühling* von Hans Scherfig, das sie ihm mit zitternden Händen überreichte. Anschließend hatte sie mehrere Tage lang Bauchschmerzen gehabt – vor Angst, dass ihm das Buch nicht gefallen könnte. Knapp einen Monat später war er wiedergekommen, einen Tag bevor die Leihfrist abgelaufen war, hatte sie angelächelt und gesagt, das sei ein gutes Buch und sie habe einen guten Geschmack. Ob sie ihm wohl auch künftig behilflich sein wolle? Flemming war Zimmermann, muskulös und im Bett durchaus erfinderisch, doch ihre Treffen hatten sich trotzdem zäh und wortkarg gestaltet. Eines Tages war er zu einer Verabredung einfach nicht erschienen. Astrid war in Panik geraten, hatte ihn zu Hause aufgesucht, bei ihm angeklingelt, hatte gebrüllt und geschrien, ihn angefleht, zu ihr zurückzukommen, doch Flemming hatte nicht mit ihr reden wollen. Er ignorierte ihre Anrufe und Briefe, und nachdem sie ihn mehrere Monate später am Bahnhof Nørreport Hand in Hand mit einer anderen Frau gesehen hatte, gab sie auf. Seitdem hatte sie keinen Sex mehr gehabt. Sie vermisste die Schwere eines Männerkörpers, das Gefühl des Ausgefülltseins, die Kraft einer Hand, die ihre hielt, und den Atem eines anderen Menschen im Dunkeln.

»Vielleicht sollte ich diesem Online-Dating doch eine Chance geben«, murmelte sie, und ihre Mutter nickte zufrieden.

Es nieselte, als Astrid am See entlang nach Hause radelte. Ihre Beine fühlten sich bleischwer an, und die Kälte biss in die Wangen. Statt nach rechts abzubiegen, fuhr sie geradeaus Richtung Nørreport. Kurz darauf stand sie in einer Filiale der Supermarktkette Irma. Sie liebte diese Supermärkte, sie waren eine Art verbotene Zone, denn eigentlich hatte sie mit sich selbst ein Abkommen geschlossen, nur bei Fakta oder Netto einzukaufen, doch hin und wieder hielt sie sich nicht daran. Als wären die Waren bei Irma schöner gestapelt und die Etiketten verführerischer. Sie bildete sich auch ein, dass die Qualität besser als in den anderen Lebensmittelläden war.

Einen Moment fühlte sie sich versucht, einen Einkaufswagen zu nehmen, doch die Vernunft siegte. Als einzige Transportmöglichkeit hatte sie ihren Fahrradkorb, und Einkaufstüten, die am Lenker baumelten, waren lästig, sodass sie lieber nach einem Korb griff. Sie zog ihren Einkaufszettel aus der Tasche, auf dem sie drei Sachen notiert hatte: Mischhack, Blumenkohl und ein Liter Magermilch. Widerwillig hatte sie sich auf den Rat ihres Arztes eingelassen, etwas für ihren Cholesterinwert zu tun und weniger fetthaltige Produkte zu kaufen. Als Erstes war die Sahne verschwunden, dann hatte sie die Vollmilch durch fettarme Milch ersetzt, und inzwischen war sie bei der Magermilch angekommen, was allerdings dazu führte, dass ihr der Kaffee nicht mehr so gut schmeckte wie früher. Sie suchte die Sachen zusammen und bewegte sich auf die Kasse zu. Bei der Schokolade blieb sie stehen, ihre Hand griff automatisch nach der Marabou-Schokolade, und sie warf drei Tafeln in ihren Korb. Ihr Blick blieb an der Titelseite einer Frauenzeitschrift hängen: *Junger Mann, reife Frau = das perfekte Paar.* Sie griff nach dem Heft. Normalerweise las sie solche Zeitschriften nur in der Bibliothek, denn sie hielt es für hinausgeworfenes Geld, sich so etwas zu kaufen, doch diese Zeitschrift musste sie haben. Eilig radelte sie nach Hause. Inzwischen goss es, doch die Fahrt fühlte sich plötzlich viel weniger beschwerlich an.

»Hallo, Schatz.«

Niclas stand in der Tür, als Rebekka nach Hause kam. Es war fast halb zehn. Sie hatte ihm im Lauf des Nachmittags und Abends mehrere SMS geschickt, um ihm mitzuteilen, dass die Arbeit sie noch eine Weile in Anspruch nehmen werde. Niclas war verständnisvoll wie immer gewesen und hatte ihr geraten, ihr schlechtes Gewissen zu vergessen und sich einfach zu freuen, dass sie sich bald sehen würden. Dankbar hatte sie weitergearbeitet, und als sie endlich das Präsidium verlassen konnte, war ihr schlecht gewesen vor Müdigkeit. Die Übelkeit schwand jedoch in dem Augenblick, in dem sie ihn sah. Er streckte die Arme nach ihr aus, und sie versank mit einem dankbaren Seufzer in seiner Umarmung. Ihre Körper drängten sich aneinander, während sich ihre Lippen sanft berührten.

»Hast du Hunger?«

Er sah sie forschend an. Sie nickte. Er nahm ihre Hand und zog sie mit sich in die Küche. Auf dem Schneidebrett lagen zwei große Steaks, und die Pfanne stand bereits auf dem Herd. Niclas bräunte die Butter und warf die Steaks in die Pfanne, während Rebekka ihnen Wein eingoss. Sie spürte ihn hinter sich. Seinen muskulösen Körper, die breiten Hände, die sie streichelten, und die warme Zunge, die sie im Nacken kitzelte. Sie drehte sich zu ihm um – sie wollte ihn. Jetzt. Gierig küsste sie ihn, und sie lehnten sich gegen den Küchentisch, ganz ineinander versunken, während die Steaks in der Pfanne neben ihnen brutzelten. In wenigen Sekunden hatten sie einander ausgezogen und ließen sich auf den Boden gleiten. Rebekka schloss die Augen, gab sich hin, genoss das Gefühl der Zusammengehörigkeit, ihren gemeinsamen Rhythmus. Sie näherte sich gerade dem Höhepunkt, als ein schriller Ton sie beide zusammenfahren ließ. Der Rauchmelder.

»Verdammt! Die Steaks!«

Niclas sah ihr in die Augen, dann sprang er auf, griff nach der qualmenden Pfanne, beförderte sie in die Spüle und drehte den Wasserhahn auf. Die Butter spritzte gewaltig, und bräunlicher Rauch stieg wabernd zur Decke. Lachend kam Rebekka auf die Beine. Niclas riss die Fenster zum dunklen Garten auf, und schaltete den Alarm am Rauchmelder über der Küchentür aus. Beide starrten sie die beiden verkohlten Klumpen an, die vor Kurzem noch zwei große, rote Steaks gewesen waren. Dann begegneten sich ihre Blicke, und sie brachen in Gelächter aus.

»Zumindest haben wir noch den Wein«, meinte Niclas und griff nach der Flasche. Eng umschlungen ließen sie sich auf Rebekkas Doppelbett fallen.

Astrid hatte ihr Essen ausnahmsweise nicht angerührt. Die Hacksteaks waren kalt geworden, und der gekochte Blumenkohl lag unangetastet auf dem Teller – so faszinierend fand sie den Artikel in der Frauenzeitschrift über den neuesten Trend des sogenannten Cougar-Datings zwischen jüngeren Männern und reifen Frauen, das jetzt erfolgreich über den Atlantik herüber nach Dänemark geschwappt war. Sie lehnte sich auf dem Sofa zurück und schloss die Augen, während sie versuchte sich zu konzentrieren. Sollte sie auf einer Cougar-Datingseite ein Profil errichten? Es gefiel ihr, dass das Konzept so klar definiert war. Beide Seiten wussten, was sie wollten. Trotzdem war sie unsicher. Was, wenn niemand sich meldete? Ihr klangen noch immer die Worte ihrer Mutter im Kopf, als sie mit zweiundzwanzig ihre Ausbildung an der Bibliothekarschule angefangen hatte. *Blasse Haut, graues Haar, leicht übergewichtig und viel zu großer und schwerer Bernsteinschmuck – so stelle ich mir eine Bibliothekarin vor. Jetzt weißt du es, Astrid.* Die krächzende Stimme ihrer Mutter war wie ein nie endender Tinnitus. Sie konnte sie nicht abschalten.

Mühsam erhob sie sich vom Sofa und brachte den Teller mit den Essensresten in die Küche. Sie warf sie in den Abfalleimer und ließ den Blick über den Küchentisch schweifen, der nach ihrem halbherzigen Kochversuch im Chaos versank. Sie brachte es nicht fertig aufzuräumen, sondern ging stattdessen ins Schlafzimmer und blieb vor dem Nachttisch mit dem ovalen Spiegel stehen, einem Erbstück aus der Familie ihres verstorbenen Vaters und ein Möbel, für das ihre Mutter nur Hohn übrig hatte. Sie hielt es für hoffnungslos unmodern und betonte gern, dass das Möbelstück Astrid älter erscheinen ließ, als sie war. Falls sich denn jemals ein Mann in ihr Schlafzimmer wagen sollte. Sie seufzte tief und betrachtete ihre Silhouette im Halbdunkel. Ihre Mutter hatte recht: Sie hatte die wenigen Chancen, die das Leben ihr geboten hatte, verspielt.

Die Person im Spiegel braucht nichts so sehr wie eine Umarmung. Auf einmal erschien ihr der Gedanke, mit einem starken Körper zu verschmelzen, lebensnotwendig. Abrupt stand sie von ihrem Stuhl auf, zog sich ihren Bademantel an und eilte ins Wohnzimmer, wo ihr Computer stand.

Finn Nyholm hatte sich den ganzen Tag über gefreut. Er verglich seine freudige Erwartung mit der, die die meisten Kinder an Heiligabend empfanden: einem Tag, an dem die Stunden dahinkrochen, bis es endlich Abend war.

Alles war bereit. Hjørdis hatte natürlich den größten Teil vorbereitet, und er hatte es genossen, ihr dabei zuzusehen. Von der Rasur, die sie genauso sorgfältig machte wie ein altmodischer Friseur, bis zu der Dusche, bei der ihre blassen, molligen Hände ihn mit festen Bewegungen wuschen. Er saß auf einem Schemel, während die harten Strahlen der Handbrause die Seife von seinem massigen Körper entfernten, während sie das Bett frisch bezog. Anschließend trocknete sie ihn gründlich mit einem Handtuch ab und stützte ihn die paar Meter vom Badezimmer ins Schlafzimmer. Sie hatte eine saubere Unterhose und sein schönstes T-Shirt bereitgelegt.

»So. Jetzt kannst du dich bequem hinsetzen.«

Er ließ sich auf das Bett fallen, das heftig nachgab und knarrte, sodass er einen Augenblick befürchtete, es würde unter ihm zusammenbrechen und alles ruinieren.

»Hast du das gehört?«, fragte er und sah in Hjørdis' blasses Gesicht.

Sie nickte.

»Ja, das war knapp.«

»Gut, dass ich in ein solides Bett investiert habe, als ich das letzte Mal eins gekauft habe«, sagte er und lehnte sich vorsichtig zurück. Der Schweiß brach ihm bereits aus allen Poren und tropfte auf die sauberen Laken, und er atmete schwer. Hjørdis beugte sich vor und half ihm mit den Kissen, und er nahm ihren Duft in sich auf, den säuerlichen Duft nach junger Frau. Er schloss einen Moment die Augen, genoss den Augenblick.

»So, ich habe alles vorbereitet«, sagte sie.

Er schlug die Augen auf und schaute sich um. Die Kamera war aufgestellt, und das Licht war angeschaltet. Auf dem Tisch neben der Tür stand der Shake aus Vanilleeis, Banane und Mango. Der Gummischlauch war am Trichter befestigt und baumelte über seinem Kopf. Ein paar Plastikstrips lagen auf dem Nachttisch bereit. Er lächelte selig.

»Freust du dich?«

Er nickte, und Hjørdis schenkte ihm ein kleines diabolisches Lächeln, das sein Gefühl noch verstärkte. Dann schloss er wieder die Augen.

»Mach den Mund auf.«

Er tat, was sie sagte, und sie führte den Gummischlauch vorsichtig in seinen Mund ein. Anschließend band sie seine Handgelenke am Bett fest. Er bewegte leicht die Arme und merkte, dass er sich nicht rühren konnte. Gut. Vorsichtig öffnete er das eine Auge, sah flüchtig ihren molligen Körper in dem schwarzen Fischernetzkleid und schloss es gleich wieder. Jetzt würde er jede einzelne Sekunde des Prozesses genießen. Sie machte sich neben ihm zu schaffen, und er roch den Shake. Gleich würde sie den Mix in den Trichter gießen, der an der Röhre befestigt war, und ihn in aller Ruhe abfüllen.

»Ich schalte jetzt die Kamera ein, Mister Fat Finn.«

Ihre Stimme war dicht neben seinem Ohr. Er liebte ihre Stimme, sie war so süß wie Honig, dickflüssig und golden. Sie hatten sich vor knapp zwei Jahren in einem Internetforum für sogenannte *gainers* und *feeders* kennengelernt und festgestellt, dass sie im wirklichen Leben nur wenige Kilometer voneinander entfernt wohnten. Als er kurz darauf einen Mieter für die Erdgeschosswohnung in seinem Haus suchte, war es naheliegend gewesen, Hjørdis zu fragen. Sie hatte sich oft über die schlechten Wohnverhältnisse im Studentenwohnheim beklagt und sofort zugesagt. Das Arrangement funktionierte für beide Seiten überraschend gut.

Es klickte. Die Videokamera lief. Hjørdis' Stimme veränderte sich. Sie war noch immer zärtlich, aber mit einem schärferen Unterton.

»Hello everybody and welcome to Mister Fat Finn's website. Today we're doing your absolute favorite – tubefeeding. Mister Fat Finn is having a shake, a mixture of vanilla ice cream, mashed banana and mango. Well, Mister Fat Finn, here it comes.«

Der Shake war dickflüssiger und kälter, als er erwartet hatte, und ihm traten augenblicklich die Tränen in die Augen, als die Masse durch die Speiseröhre glitt. Er schluckte, es kam mehr, er schluckte erneut und versuchte mitzukommen. Schlucken, stöhnen, schlucken, stöhnen.

Die Kälte breitete sich in ihm aus. Er spürte, wie sein Magen sich weitete, immer mehr nachgab und rumorte. Er konnte fast hören, wie die Därme sich wie Schlangen unter der Haut wanden – sie waren in konstanter Bewegung. Allmählich spürte er die Wärme, das kitzelnde Gefühl, das sich im Unterleib ausbreitete. Schlucken, stöhnen, schlucken, stöhnen. Er hörte, wie er selbst gurgelnde Laute ausstieß. Er war jetzt zum Platzen voll. Hatte das Gefühl, als werde er gleich bersten, und stellte sich vor, wie das wohl aussehen würde – wenn es denn dazu käme.

Hjørdis hörte auf, Shake nachzufüllen, und massierte stattdessen seinen Bauch, immer im Kreis. Er keuchte, der Schlauch im Hals fühlte sich unangenehm an, und einen Augenblick schoss Panik durch seinen Körper. Sein Herz hämmerte, und der Schweiß brach ihm aus. Ihre Berührungen hörten auf, und mit entschlossenen Bewegungen zog sie den Schlauch aus seinem Hals, während sie ihn mit leiser, süßer Stimme lobte.

»Good boy, Mister Fat Finn, good boy.«

Die Reste der kühlen Masse spritzten auf seinen Oberkörper. Er rülpste laut, kämpfte gegen die Übelkeit an und stellte sich vor, wie glitschig und glänzend sein Körper von dem Milchshake war. Vor allem aber stellte er sich die wilde Begeisterung seiner Fans vor, wenn sie sich gleich den Film im Internet ansehen würden.

Rebekka wälzte sich schlaflos im Bett herum, in der Hoffnung, irgendwann Ruhe zu finden. Niclas lag neben ihr wie eine große, mollige Lokomotive, und sie rutschte ein wenig näher an ihn heran, kroch unter seine Decke, spürte die Wärme seines Körpers.

Die Angst war fort, wenn er neben ihr lag, dafür ließ sie der Anblick der toten Frau auf der Bank nicht los, und jedes Mal, wenn sie sich zwang, an etwas anderes zu denken, glitt das Bild der Füße mit den abgehackten Zehen an ihrem inneren Auge vorbei. Wer die Tote wohl sein mochte? Alle großen Fernsehsender hatten über den Fund berichtet, Gundersens rotwangiges Gesicht war über den Bildschirm geflimmert, und er hatte die Leute eindringlich aufgefordert, sich bei der Polizei zu melden, wenn sie wüssten, wer die Frau sei.

Rebekka checkte ihr iPhone und stellte fest, dass ihre Eltern am frühen Abend noch einmal versucht hatten, sie zu erreichen. Sofort meldete sich ihr schlechtes Gewissen. Ob irgendwas passiert war? Konnte sie jetzt noch anrufen? Sie sah auf die Uhr. 02:04. Sie schloss die Augen und versuchte, alle Gedanken aus ihrem Kopf zu verbannen. Es gelang ihr nicht, und nach einer weiteren schlaflosen Stunde kroch sie leise aus dem Bett und schlich ins Wohnzimmer. Sie setzte sich aufs Sofa und zündete sich eine Zigarette an, die sie rauchte, während sie in die Dunkelheit hinausstarrte. Alte und neue Gedanken vermischten sich, und sie beschloss, bald ihre Eltern anzurufen, denn sie freuten sich immer so über einen Anruf, insbesondere ihr Vater – das konnte sie an seiner Stimme hören, die deutlich heller wurde, wenn sie sich meldete. Ein paar Minuten Freude schenken, das müsste doch zu schaffen sein.

Sie drückte die Zigarette aus und lauschte in die Lautlosigkeit. Draußen war es schwarz, durch das transparente Rollo konnte sie einen perfekt geformten Halbmond ahnen. Sie ging zurück ins Bett und betrachtete einen Moment Niclas' breite Schultern, den Brustkasten, der sich rhythmisch hob und senkte. Sie wurde seines Anblicks nie überdrüssig. Die Freude darüber, dass er hier in ihrem Bett lag, wurde begleitet von der plötzlichen Angst, dass er wieder aus ihrem Leben verschwinden könnte, wie er das schon einmal getan hatte, als er mit den Worten »Man sieht sich« von ihrem Sofa aufgestanden, mit dem Taxi davongefahren war und sich mehrere Monate nicht gemeldet hatte.

Sie wusste so gut wie nichts über ihn. Nur dass er ein paar Jahre älter war als sie, auf Ingarö in den Stockholmer Schären geboren und aufgewachsen und zur Polizei gegangen war, sobald er alt genug gewesen war – so wie sie. Niclas hatte schnell Karriere gemacht und galt als einer der erfahrensten Ermittler Schwedens, doch wie sein Leben sonst aussah, wusste sie noch immer nicht. Wenn sie ihn nach seiner Vergangenheit fragte, nach seinen Familienverhältnissen oder früheren Freundinnen, antwortete er nur vage. Am Anfang hatte ihr das nichts ausgemacht. Sie hatte es genossen, dass sie ihre wenigen gemeinsamen Stunden im Hier und Jetzt lebten, doch allmählich hatte die Neugierde überhandgenommen. Sie wollte mehr wissen.

Plötzlich schauderte sie und kroch unter die Decke, drückte sich an seinen warmen Körper und hatte gerade die Augen geschlossen, als sie seine warme Hand auf ihrem Oberschenkel spürte.

SAMSTAG

Verwirrt erwachte Rebekka vom Klingeln ihres Telefons. Sie meldete sich, während sie sich den Schlaf aus den Augen rieb. Es war Gundersen, der sie mit wenigen Worten bat, so schnell wie möglich ins Präsidium zu kommen. Die ermordete Frau war identifiziert worden, und die Obduktion war für Punkt neun Uhr angesetzt. Nach dem Gespräch blieb sie einen Moment auf der Bettkante sitzen und versuchte, zu sich zu kommen. Dann drehte sie sich zu Niclas um und streifte seine Lippen mit ihren. Er öffnete die Augen und richtete sich halb auf.

»Was ist los? Wer war das?«

»Gundersen. Ich muss ins Präsidium. Das Opfer ist identifiziert …«

Niclas gähnte laut.

»Es tut mir leid, ich hatte mich so darauf gefreut, mit dir zusammen ...«

»So ist das nun einmal, Bekkaschatz«, antwortete er ruhig und fuhr sich mit der Hand durch seine blonden Haare. Rebekka sah ihn eindringlich an. Diese Aussage war typisch für Niclas. Michael war jedes Mal ein wenig beleidigt gewesen, wenn die Arbeit ihre Pläne durchkreuzt hatte, und seine Reaktion hatte sie immer gewaltig geärgert, doch sie musste zugeben, dass Niclas' Art ihr noch mehr zusetzte. War es ihm letztendlich gleichgültig, ob sie sich sahen oder nicht?

»Bevor du gehst, müssen wir noch schnell etwas erledigen.« Niclas warf ihr einen koketten Blick zu, streckte die Hand nach ihr aus und zog sie mit einem Ruck an sich.

———

»Bei dem Opfer handelt es sich um die sechsundvierzigjährige Hanne Christoffersen. Sie ist Zahnmedizinische Fachangestellte und Single«, empfing Reza seine Kollegin, als diese mit roten Wangen zur Tür ihres gemeinsamen Büros hereinstürmte.

»Es ist noch Kaffee da – du hast es wohl nicht mehr geschafft, noch einen zu trinken?«, fügte er lächelnd hinzu und goss ihr eine Tasse ein, während sie ihren Mantel auszog.

»Danke.« Sie trank einen Schluck und fragte: »Wer hat sie eigentlich identifiziert?«

»Ihr Chef. Die Kollegen haben sich gewundert, dass sie nicht zur Arbeit erschienen ist. Hanne Christoffersen war immer sehr pünktlich und hat sogar Bescheid gesagt, wenn sie nur ein paar Minuten später kam. Sie haben mehrmals bei ihr angerufen, und als sie nicht an ihr Handy gegangen ist, hat Lars Peitersen, einer ihrer Chefs, bei ihr zu Hause vorbeigeschaut. Er hat angeklingelt, aber natürlich hat niemand aufgemacht. Die Kollegen haben schließlich Kontakt zu Hanne Christoffersens alten Eltern aufgenommen, die auch nichts von ihr gehört hatten. Dann haben sie die Meldung von der toten Frau gehört und gestern Abend bei uns angerufen.«

»Was wissen wir über ihre letzten Stunden?«

»Bis jetzt nicht viel. Gundersen und Simonsen haben kurz mit ihrem Chef und ihrer Schwester gesprochen, die in Odense wohnt, doch keiner der beiden hat gewusst, was sie Donnerstagabend vorhatte. Leider. Ihr Handy ist verschwunden, aber wir besorgen uns natürlich eine Liste ihrer Anrufe. Und wir müssen mit ihren Chefs und Kollegen reden. Sie sind die Letzten, die sie am Donnerstagnachmittag gesehen haben.«

»Was wissen wir denn bisher über das Opfer?«, fragte Rebekka weiter. Reza warf einen kurzen Blick in seine Notizen.

»Hanne hat als Zahnmedizinische Fachangestellte in einer Zahnarztpraxis am Kongens Nytorv gearbeitet. Sie war ledig und kinderlos. Ihre Eltern sind schon alt und leben in Nordjütland, ihre jüngere Schwester wohnt mit ihrer Familie in Odense. Die Eltern und die Schwester haben regelmäßig mit Hanne gesprochen, hatten aber nichts Interessantes zu berichten. Bei ihrem letzten Telefonat schien alles wie immer. Hanne hatte ihres Wissens keine Probleme, und der Gedanke, dass sie Feinde gehabt haben soll, war ihnen völlig fremd. Hanne hat diverse Kurse in einem Fitnesscenter belegt, doch darüber hinaus gibt es wenig zu berichten. Der Schwester zufolge war sie ein Computerfreak und hat viele Stunden vor dem Bildschirm verbracht. Sie hatte mehrere Profile auf Social-Media-Seiten, unter anderem bei Facebook. Die Schwester hatte außerdem den Eindruck, dass Hanne ab und zu Dates mit irgendwelchen Männern hatte, ohne jedoch mit genaueren Details aufwarten zu können.«

»Vielleicht hat sie sie per Online-Dating kennengelernt?«, vermutete Rebekka.

Reza nickte. »Laut ihrer Schwester hat Hanne offenbar mehrere ihrer Partner auf dem Weg kennengelernt.«

Rebekkas Gedanken kreisten einen Moment um Dorte. Sie spürte Rezas Blick auf sich ruhen.

»Ich musste gerade an eine gute Freundin von mir denken. Sie hat auch gerade jemanden über das Internet kennengelernt.«

»Warum denn nicht? Das ist heutzutage doch kein ungewöhnlicher Ort, um Bekanntschaften zu schließen.«

»Natürlich nicht, obwohl es mir seltsam vorkommt, auf diese Weise einen Beziehungspartner zu finden.«

»Das ist typisch für dich, Rebekka. Du bist so altmodisch.«

»Hör auf. Ich finde es nur etwas sonderbar. Wo bleibt die körperliche Anziehungskraft? Dieses undefinierbare Etwas, das man nicht herbeireden kann?« Sie dachte an Niclas und spürte eine ziehende Sehnsucht.

Reza zuckte mit den Schultern. »Was auch immer du darüber denken magst, das Internet ist äußerst beliebt.« Er trank einen Schluck von seinem Kaffee. »Ach ja, hast du eigentlich schon die neue Ermittlerin kennengelernt?«

»Wen?«

»Die Kollegin, die Gundersen zu uns geholt hat. Tatjana heißt sie wohl ...«

»Nein, ich habe ja nicht einmal gehört, dass jemand Neues kommen soll. Wer ist das?«

»Ich habe nur kurz mit ihr gesprochen. Sie war ein paar Jahre in der Abteilung zur Bekämpfung von Bandenkriminalität, und den Gerüchten zufolge ist Gundersen total begeistert von ihr.«

Rebekka runzelte die Stirn. Die Information erzeugte in ihr ein seltsames Unbehagen.

Eine halbe Stunde später parkten sie in der Borgergade vor dem Haus, in dem Hanne Christoffersens Zweieinhalbzimmerwohnung lag. Ein bestellter Schlosser wartete bereits auf sie, und wenige Minuten später standen sie in der Wohnung. Sie gingen sie einmal kurz durch und kamen zu dem Schluss, dass die Wohnung nicht der Tatort war, denn sie war sauber und ordentlich und zeigte keine Spuren eines Kampfes. Es sei denn, sie hatten es mit einem sehr versierten Täter zu tun, der anschließend gründlich sauber gemacht hatte.

In der Küche standen ein gespülter Teller und ein Weinglas in einem Geschirrständer, und auf dem Doppelbett im Schlafzimmer waren ein paar Kleider ausgebreitet. Rebekka spürte einen Kloß im Hals. Hanne Christoffersen hatte ihre letzten Stunden in der Wohnung damit verbracht, sich schön zu machen. Für ihren Mörder, wer immer er war.

Sie durchsuchten die Wohnung systematisch. Reza nahm sich das Bad und die Küche vor, Rebekka begann im Schlafzimmer. In regelmäßigen Abständen hielten sie sich auf dem Laufenden. Reza entdeckte ein paar niedrig dosierte Schlaftabletten und eine Packung Kondome im Schrank über dem Waschbecken. Rebekka fand ganz hinten in der Unterwäscheschublade einen Dildo, doch das war nicht weiter bemerkenswert. Es gab keinerlei Notizen über Treffen mit Männern, keine Tagebücher, keine extremen Sexspielzeuge oder etwas anderes, das den Rahmen des Normalen verließ.

»Siehst du irgendwo einen Computer?«, fragte Reza, der in der Tür stand.

Rebekka schüttelte den Kopf. »Bist du dir denn sicher, dass sie einen eigenen Computer hatte? Es kann doch sein, dass sie einen in der Zahnarztpraxis benutzt hat. Oder im Internetcafé. Es gibt immer noch Leute, die keinen eigenen PC haben.«

»Die Schwester hat ausdrücklich gesagt, dass Hanne einen

großen Teil ihrer Freizeit im Internet verbracht hat. Ob der Mörder ihren PC mitgenommen hat?«

»Vielleicht. Könnte ja sein, dass sie hier gewesen sind, bevor er sie umgebracht hat, obwohl es nicht danach aussieht. Ich meine, auf dem Tisch stehen keine Gläser oder heruntergebrannte Kerzen herum. Oder er war allein hier. Nach der Tat, um Spuren zu beseitigen. Es ist nicht auszuschließen, dass sich auf dem Computer irgendetwas befindet, das ihm gefährlich werden könnte.«

Reza forderte die Techniker an. Gerade als sie gehen wollten, klingelte es an der Wohnungstür. Reza öffnete. Draußen stand eine jüngere Frau, die sie verblüfft ansah.

»Wer sind Sie?«, fragte sie, und noch bevor sie antworten konnten, rief sie: »Ist mit Hanne alles in Ordnung?«

»Sie kannten Hanne Christoffersen?«, fragte Reza.

Die Frau erbleichte. »Warum sagen Sie ›kannten‹?«, fragte sie mit schriller Stimme. Rebekka legte ihr beruhigend die Hand auf den Arm und erklärte ihr, wer sie waren. Die Frau stellte sich als Hanne Christoffersens Nachbarin vor. Sie wohnten seit fünf Jahren nebeneinander, erzählte sie. Die beiden Ermittler traten aus der Wohnung, und Reza schloss die Tür hinter ihnen.

»Ist Hanne etwas passiert?«, flüsterte die Frau und sah sie mit glänzenden Augen an.

»Leider muss ich Ihnen mitteilen, dass Hanne Christoffersen tot ist.«

»O nein.« Die Nachbarin schlug sich die Hände vor den Mund und sah sie mit großen Augen an.

»Wann haben Sie Hanne das letzte Mal gesehen?«

»Wie ist sie gestorben?« Die Frau nahm die Hände von ihrem Mund. Rebekka antwortete nicht darauf, sondern wiederholte ihre Frage.

»Das muss vorgestern gewesen sein ... am Donnerstagabend.

Sie hatte irgendetwas vor … Sie wollte sich mit jemandem treffen. Sie hat glücklich ausgesehen. Am frühen Abend hat sie bei mir geklopft, um sich etwas Milch für den Kaffee zu borgen. Sie hatte keine mehr und wollte ausgerüstet sein, falls sie zu Hause bei ihr noch einen Kaffee trinken würden … Aber ich verstehe nicht … Wie ist sie denn gestorben? Hanne hat einen so gesunden und fitten Eindruck gemacht. Sie hat auch Sport getrieben.«

»Sie sagen, dass Hanne am Donnerstagabend ausgehen wollte. Hat sie erwähnt, mit wem sie sich treffen oder wo sie hinwollte?«, fragte Rebekka hoffnungsvoll und fügte hinzu: »Bitte denken Sie ganz genau nach. Diese Information ist sehr wichtig für uns.«

Die Frau schüttelte den Kopf, während die Tränen ihr über die Wangen liefen.

»Nein, sie hat nicht gesagt, mit wem sie sich treffen wollte, so gut haben wir uns auch wieder nicht gekannt. Aber sie hat sich sichtlich gefreut. Ihre Augen haben gestrahlt. Sie hatte ein neues Kleid an, hellgrau, mit so einem silbernen Schimmer. Es hat ihr gut gestanden. Sie hat schön ausgesehen …«

Rebekka und Reza wechselten einen Blick.

»Was für einen Mantel hatte sie an?«

Die Nachbarin sah mit tränennassem Gesicht zu ihr hoch.

»Sie hatte ihren schwarzen Pelz an«, hickste sie. »›Mein Kaninchen‹, hat sie ihn immer genannt. Den hat sie nur bei besonderen Gelegenheiten getragen. Sie hat ihn in Ehren gehalten, das weiß ich.«

Sie schluchzte still vor sich hin. Dann dämmerte ihr plötzlich eine Erkenntnis.

»O Gott, aber es war doch nicht Hanne, die man an dem See gefunden hat, oder?«

»Leider doch«, bestätigte Reza, und die Nachbarin schlug erneut die Hände vors Gesicht und brach in ein leises, klagendes

Weinen aus. Sie ließen ihr ein paar Minuten Zeit, um sich zu beruhigen, bevor sie mit ihren Fragen fortfuhren.

»Besaß Hanne einen Computer?«

»Ja«, murmelte die Frau mit den Händen vor dem Gesicht. »Natürlich hatte sie einen. Sie hat ihren Computer geliebt. Sie hat Stunden davor verbracht. Sie hatte sich gerade erst einen neuen gekauft. Einen Mac. Warum fragen Sie das?«

»Hat Hanne übers Internet Männer kennengelernt?«

Die Nachbarin schüttelte den Kopf.

»Keine Ahnung. Sie hat in den letzten Jahren mehrere Männerbekanntschaften gehabt, aber keine längeren Beziehungen. Ich weiß, dass sie mal etwas mit einem Kollegen hatte ...«

»Mit einem Kollegen, sagen Sie. Vor Kurzem?«

»Das ist schon einige Zeit her, aber ich glaube nicht, dass es etwas Ernstes war. Für Hanne jedenfalls nicht.«

»Wie hieß der Kollege?«

»Das weiß ich nicht. Wir waren nicht so eng miteinander, dass wir Details aus dem Leben der anderen gekannt hätten.«

Sie bedankten sich, und Rebekka gab der Frau ihre Visitenkarte und bat sie anzurufen, wenn ihr etwas einfiele, das für die Ermittlung von Bedeutung sein könnte. Es war kalt, wenn man auf dem Treppenabsatz stand, und die Wände waren in einem hässlichen Krankenhausgrün gestrichen, von dem Rebekka beim bloßen Hinsehen Kopfschmerzen bekam. Sie spürte, wie sich die Traurigkeit in ihr einnistete.

Gerade waren sie und Reza unten an der Haustür, als die Nachbarin ihnen hinterhergelaufen kam.

»Warten Sie«, rief sie außer Atem. »Mir ist noch etwas eingefallen. Ich weiß nicht, ob es Ihnen etwas nützt, aber ... Hanne stand auf jüngere Männer, das hat sie mir mal erzählt.«

»Hello Mister Fat Finn, just wanna thank you big time. The tubefeeding was awesome.«

»Best tubefeed ever!!!«

»Had a hard on the entire night. ;-D Fantastic. Can't wait for the next feeding session.«

»Hello fattie. Love your site. Would love it even more if you could indulge in some gallons of whipped cream. How many can u do? Love from The Forcefeeder.«

Finn lächelte vor sich hin, als er die Liste der Kommentare auf sein Zwangsfütterungsvideo durchging. Der Film stand erst seit vierundzwanzig Stunden im Netz, doch das Interesse war überwältigend. 3341 Besucher.

Manchmal musste er sich angesichts seiner Voraussicht und nicht zuletzt seines Muts in den Arm kneifen. Er war vor ein paar Jahren auf die Idee gekommen, als er zufällig eine amerikanische Fernsehdokumentation über den steigenden Fettleibigkeitsfetischismus gesehen hatte. Der Dokumentarist hatte ihn mit den Begriffen *gainers* und *feeders* vertraut gemacht. *Gainers* waren Menschen, die es bewusst darauf anlegten, immer dicker zu werden, bis sie im Extremfall ans Bett gebunden und komplett von anderen abhängig waren. *Feeders* hingegen waren Menschen, die nicht nur auf Fettleibigkeit standen, sondern es genossen, ihre Partner zu mästen. Die meisten *gainers* waren Frauen, während der überwiegende Teil der *feeders* Männer waren, und genau das hatte ihn auf die Idee gebracht. Was, wenn man das Ganze umkehrte? Wenn er der *gainer* wäre und sich eine eigene Website zum Thema zulegte?

Seine Homepage war vom ersten Tag an ein Erfolg gewesen. Innerhalb von vierundzwanzig Stunden hatte er ein paar Tausend Besucher, und schon bald entwickelte sich die Pflege der Website, die er zunächst nur hin und wieder auf den neuesten Stand gebracht hatte, zu einer Art Job, in den er täglich ein paar

Stunden investierte. An den meisten Wochentagen bloggte er und stellte Rezepte und Fotos ins Netz, manchmal auch einen kleinen Film. Seine Fans waren von ihm abhängig – und er war abhängig von ihnen. Ihre Antworten bedeuteten ihm fast ebenso viel wie das Essen selbst. Er liebte ihre Kommentare. Er war gerührt, wenn er Geschenke aus der ganzen Welt zugeschickt bekam. Darunter eine Personenwaage, deren Skala bis zu fünfhundert Kilo ging – natürlich aus den USA –, erlesene belgische Schokolade und sexy Herrenunterwäsche in Übergrößen. Dafür erwarteten seine Fans, gut unterhalten zu werden.

Er legte sich vorsichtig in die Kissen zurück, schloss die Augen und versuchte zu überlegen, was er heute essen wollte. In seinem früheren Leben als Partner und Kreativdirektor einer Werbeagentur waren ihm rund um die Uhr Ideen gekommen, sogar im Traum, weshalb er immer einen Notizblock neben seinem Bett liegen hatte. Die Ideen kamen ihm auch während des Duschens oder in einer Besprechung – oder auf der Toilette, überall eben. Die Kreativität war immer sein großes Plus gewesen, und jahrelang hatte er eine Wahnsinnsangst davor gehabt, sie irgendwann einzubüßen. Wovon sollte er dann leben? Doch während seiner gesamten Karriere war dieser Fall nie eingetreten, und jetzt, wo er alles aufgegeben hatte, kamen ihm immer noch massenhaft Ideen, die ihm für sein Leben im Cyberspace nützlich waren.

Es war eine Herausforderung, sich Neues auszudenken, und er lernte die ganze Zeit, tastete sich vor. Anfangs hatte er sich einen Überblick verschafft, wie die anderen *gainers* es machten, doch schon bald war ihm klar geworden, dass er sie ohne Weiteres übertreffen konnte – dank seiner Phantasie. Mayonnaise wurde zu seinem Lieblingsnahrungsmittel, oft in Verbindung mit anderen Lebensmitteln, zum Beispiel Krabben. Seine Fans waren fasziniert davon zu sehen, wie viele Eimer er vertilgen konnte. Immer wieder musste er sich selbst übertreffen, sich etwas noch Phantastischeres einfallen lassen. Er nahm einen großen Löffel, er nahm die Finger, er ließ die Mayonnaise in den Rachen tropfen, schmierte sie sich um den Mund, bis er glänzte, und manchmal, als ganz besonderen Clou, schmierte er sich zur großen Begeisterung seines Publikums den Oberkörper damit ein.

Obwohl er allmählich beträchtliche Mengen an Essen in sich hineinstopfen konnte, kannten die Wünsche seiner Fans keine Grenzen. Sie wollten von allem mehr, es musste immer gigantischer und spektakulärer sein.

Er schloss für einen Moment die Augen und seufzte tief. Als er sich vor einigen Jahren im Auftrag seiner Hausärztin die tägliche Kalorienzufuhr notiert hatte, da hatte sie ihn angewidert angesehen. Und Finn war aus der Praxis nach Hause gehumpelt und hatte im Badezimmerspiegel das gesehen, was die Ärztin gesehen hatte. Einen Fettberg mit Pausbacken und schwarzen Ringen unter den Augen, die sich unter einer dicken, wilden Mähne versteckten. Resolut hatte er den Badezimmerspiegel entfernt – ihn mit den bloßen Händen von der Wand gerissen. Dabei war der Spiegel in tausend Stücke zersplittert. Er konnte sich glücklich preisen, dass er nicht abergläubisch war. Doch nachts, als er allein im Dunkeln gelegen hatte, seinem eigenen unruhigen Atem ausgeliefert, hatten ihn trotzdem gewisse Zweifel befallen.

Rebekka und Reza schlug der Formalingeruch schon entgegen, als sie leicht verspätet im Rechtsmedizinischen Institut eintrafen. Rebekka presste die Lippen aufeinander – an den Geruch, der am ehesten noch an Schweißfüße erinnerte, würde sie sich nie gewöhnen. Simonsen und Gundersen standen bereits im Obduktionssaal und unterhielten sich mit der leitenden Rechtsmedizinerin, Inge Aamund. Die Leiche von Hanne Christoffersen lag vor ihnen auf einer Stahlbahre.

Inge Aamund begrüßte Rebekka und Reza freundlich, und Rebekka war wieder einmal fasziniert von der Energie, die die zierliche Frau ausstrahlte. Die Ärztin war eine Legende in der Rechtsmedizin. Sie hatte bei mehreren Mordermittlungen eine zentrale Rolle gespielt, und obwohl sie sich dem Rentenalter näherte, zeigte ihre Erscheinung nicht das geringste Anzeichen einer nachlassenden Vitalität. Behände sprang sie in ihren schweren Gummistiefeln herum, während sie sägte, schnitt, abmaß und wog. Dabei verfügte sie über eine Ernsthaftigkeit kombiniert mit einer gewissen Ironie, die Rebekka durchaus zu schätzen wusste.

Inge Aamund sah sie ernst an.

»Das ist ein interessanter Fall. Auf unheimliche Weise interessant«, sagte sie finster und nickte ihrem Assistenten zu, einem glatzköpfigen Mann mittleren Alters. »Wir haben heute früh mit der Obduktion angefangen, um die genaue Todesursache festzustellen. Unser Opfer hatte einen harten Cocktail aus Alkohol und Ecstasy ...«

»Aber daran ist sie nicht gestorben, oder?«, unterbrach Simonsen die Medizinerin, was diese mit einem leichten Kopfschütteln bestätigte.

»Nein, aber die Kombination von Alkohol und Ecstasy ist gefährlich, denn sie macht die Leute träge und willenlos ... Sie können nicht mehr auf sich aufpassen.«

Sämtliche Ermittler hörten gespannt zu, als Inge Aamund fortfuhr. »Wie Sie wissen, haben wir es mit einer sechsundvierzig Jahre alten Frau zu tun. Hanne Christoffersen war als Zahnmedizinische Fachangestellte tätig, was man auch an ihrem Gebiss sieht. Es ist in einem unglaublich guten Zustand, sie hat nur eine Füllung. Hanne Christoffersen war bei ihrem Tod einen Meter siebzig groß, wog fünfundsechzig Kilo und hatte nie ein Kind zur Welt gebracht. Sämtliche Organe waren gesund, und das MRT zeigt keine Anzeichen von Krankheiten oder Verletzungen.« Inge Aamund hielt einen Augenblick inne, um sich den Schweiß von der Stirn zu wischen. »Die Leiche zeigt keine Anzeichen von Abwehrläsionen, Gewalt oder anderen Verletzungen – abgesehen von den fehlenden Zehen natürlich.«

»Wie wurden die Zehen abgetrennt?«, erkundigte sich Rebekka.

»Ich denke, sie wurden mit einer Art Heckenschere abgeschnitten. Darauf lassen die Wunden schließen«, antwortete Inge Aamund freundlich. »Und bevor Sie fragen, möchte ich gleich hinzufügen, dass es ante mortem passiert ist.«

Einen Moment zitterte die Luft im Obduktionssaal. Die verstorbene Frau hatte also gelebt, als ihr die Zehen abgehackt oder abgeschnitten wurden.

»Wäre es post mortem geschehen, wäre kein Blut ausgetreten, doch es besteht kein Zweifel, dass Blut gespritzt ist«, ergänzte Inge Aamund.

»Ja, aber wo ist der Tatort?«, brummte Gundersen.

Inge Aamund zuckte mit den Schultern. »In einem geschlossenen Raum, vermute ich. Einerseits ist es zu kalt, um sich draußen aufzuhalten, und andererseits brauchte der Täter einen Ort, an dem er in Ruhe arbeiten konnte. Sie haben am Fundort ja auch keine Spuren gefunden – weder die Zehen noch Blut oder irgendetwas anderes, nicht wahr?«

Gundersen brummte bestätigend.

»Nun gut, Sie wollen natürlich gern erfahren, woran Hanne Christoffersen letztlich gestorben ist. Zum jetzigen Zeitpunkt kann ich es Ihnen noch nicht genau sagen, aber ich habe ein paar toxikologische Proben weitergegeben – als Eilauftrag. Die Frau wurde weder erwürgt noch erschossen, erstochen oder erschlagen. Sie hat mit Ecstasy versetzten Alkohol zu sich genommen, weshalb ich annehme, dass sie mit großer Wahrscheinlichkeit vergiftet wurde. Was Ihren Verdacht auf Mord ja bestätigt.«

Alle sahen die Rechtsmedizinerin konzentriert an. Giftmorde waren inzwischen selten.

»Wir haben den Körper ganz genau untersucht, ohne etwas zu finden. Das hat mich geärgert, deshalb habe ich noch einmal von vorne begonnen und bin auf zwei sehr interessante Dinge gestoßen, die meinen Verdacht unterstützen …«

Ein kleines Lächeln brachte die Augen der Rechtsmedizinerin zum Leuchten. Sie folgten ihren Händen, als sie vorsichtig Hanne Christoffersens Haare auseinanderzog. Rebekka beugte sich, genau wie die übrigen Ermittler, vor, und siehe da: Am Haaransatz, mitten im Wirrwarr aus braunen und grauen Haaren, war ein kleiner roter Punkt zu erahnen. Die Haut um die Stelle war bläulich – wie nach einem Schlag.

»Ist das ein Einstich?«, fragte Simonsen.

Inge Aamund nickte. »Der Einstich stammt von einer Injektionsnadel und ist kaum zu sehen … aber er ist da. Und sehen Sie mal hier.«

Inge Aamund ging zum anderen Ende der Leiche und zeigte auf den linken Knöchel. Alle folgten ihr, guckten, konnten aber zunächst nichts sehen.

»Es ist unglaublich schwer zu erkennen, doch in der Ader da«, sie zeigte auf eine dünne, bläuliche Ader, »befindet sich ebenfalls ein Einstich. Es sind sogar mehrere. Hier hat der Täter vermutlich mehrmals gespritzt. Die Frage ist, warum er das getan hat. Entweder hat das Medikament nicht so gewirkt, wie es sollte, oder er hat sie bewusst nach und nach betäubt, um ihr schließlich die endgültige, tödliche Dosis zu verabreichen. Ich bin sehr gespannt, was die Toxikologen herausfinden.«

Rebekka meldete sich zu Wort. »Warum sollte das Gift nach und nach injiziert worden sein?«

Inge Aamund zuckte die schmalen Schultern. Ihr roter Rollkragenpullover guckte aus dem Halsausschnitt des weißen Kittels hervor.

»Ich vermute, dass er einen Zweck damit verfolgt hat. Zum Beispiel den, sie am Leben zu erhalten, solange er sie brauchte.«

Alle starrten die Rechtsmedizinerin an, die schroff nickte. »Das ist alles, was ich heute für euch habe. Im Magen waren noch einige Speisereste und einiges an Alkohol, wie gesagt.« Sie räusperte sich kräftig und fügte hinzu: »Die Frau ist nahezu mit Parfüm überschüttet worden – was euch am Fundort nicht entgangen sein dürfte.«

Alle nickten. Der Parfümgeruch war kräftig gewesen. Jetzt war er fast verschwunden.

»Er muss eine ganze Flasche auf ihr ausgeleert haben ... Chanel No. 5. Mein Lieblingsparfüm.« Die Rechtsmedizinerin räusperte sich.

Reza ergriff das Wort. »Hat es sexuelle Gewalt gegeben?«

Inge Aamund schüttelte entschieden den Kopf. »Wir konnten zumindest nichts in der Art feststellen. Natürlich schicken wir alle Gewebeproben zum DNA-Test, genau wie die Kleidung.«

Sie ging zum Fußende der Stahlbahre und betrachtete nachdenklich die malträtierten Füße.

»Und ihr habt am Fundort wirklich keine Spur von den Zehen gefunden?«

»Nein, nichts!« Aus Gundersens Stimme war die Frustration deutlich herauszuhören.

Inge Aamund musterte nach wie vor die bläulichen Füße. Aus

den eingetrockneten Wunden sahen die Knochenstümpfe hervor. Langsam richtete sie sich auf, und ihr runzliges Gesicht zog sich noch mehr zusammen.

»Die abgeschnittenen Zehen sind wirklich interessant. Die Schuhe liegen da drüben in der Tüte für die Techniker. Wirklich schöne Schuhe. Von Yves Saint Laurent, Größe 38,5. Ein älteres Modell, in jüngeren Jahren habe ich selbst ein Paar solcher Schuhe gehabt. Auch bei der Kleidung handelt es sich um teure Designerware. Allerdings sind es keine neuen Stücke. Diese Kleidung war vor zwanzig, dreißig Jahren modern.«

»Warum zum Teufel hat man ihr die Zehen abgeschnitten?«, murmelte Simonsen, ohne den Blick von den malträtierten Füßen abzuwenden.

»Das herauszufinden ist eure Aufgabe«, antwortete Inge Aamund mit einem Lächeln in den graubraunen Augen. »Aber es ist eine interessante Frage. Ich kann mich nicht erinnern, schon einmal so eine Obduktion gemacht zu haben. Ich vermute, dass ein ganz praktischer Grund dahintersteckt. Sie hatte einfach zu große Füße ... und schnipp.«

Inge Aamund machte eine Schneidebewegung mit ihren schmalen, sorgfältig manikürten Händen.

Rebekka sah schnell zu Reza hinüber, der erneut leichenblass geworden war. Er starrte auf den Boden.

»Ich nehme an, dass er eine Heckenschere benutzt hat, ihr wisst schon, so eine kleine, und dass er ihr dann einen Zeh nach dem anderen abgeschnitten hat ...«

Bei diesen Worten taumelte Reza leichenblass aus der Tür.

Rebekka war so in den Fall vertieft, dass es bereits früher Abend war, als sie feststellte, dass sie den ganzen Tag nichts gegessen hatte – bis auf das Croissant, das sie sich auf dem Weg ins Präsidium beim Bäcker besorgt hatte. Ihr Magen knurrte heftig, doch noch schlimmer war ihre Sehnsucht nach Niclas. Da sie beide bei der Mordkommission waren, kannten sie die Arbeitsbedingungen zur Genüge. Sie hatte ihn per SMS laufend über die neuesten Entwicklungen unterrichtet, konnte aber trotzdem nicht ihr schlechtes Gewissen ignorieren, weil sie ihn allein gelassen hatte. Was sollte er in ihrer Wohnung machen, wenn sie nicht da war? Sie warf einen Blick auf ihr iPhone. Niclas hatte auf ihre letzte SMS nicht geantwortet. Sie rief ihn an, erreichte aber nur die Mailbox, und sie verzichtete darauf, ihm eine Nachricht zu hinterlassen.

Es war fast acht Uhr. Der Mond stand bereits am Himmel, und die Straßen waren menschenleer. Die Kälte zwang die Leute ins Haus. Rebekka drückte das Gaspedal durch. Auf dem Heimweg war sie bei ihrer Lieblingspizzeria vorbeigefahren, und der Duft von geschmolzenem Käse breitete sich im Auto aus. Sie hatte gerade neben den Schneebergen geparkt – allmählich hatte sie sich daran gewöhnt –, als ihr Blick auf die dunklen Fenster fiel. Ihr Magen zog sich augenblicklich zusammen. Wo steckte Niclas?

Sie eilte ins Haus, schloss die Wohnungstür auf und lief durch alle Zimmer. Keine Spur von ihm. Nach einigen panischen Minuten entdeckte sie eine Nachricht auf dem Küchentisch: Er habe sich mit einem Freund getroffen, es werde vermutlich spät werden. Sie spürte die Enttäuschung wie einen Faustschlag in den Magen und stellte die Kartons mit den Pizzen ab. Der Appetit war ihr vergangen. Stattdessen schenkte sie sich ein Glas Wein ein, an dem sie auf dem Weg ins Schlafzimmer nippte. Dort sank sie aufs Bett und blieb einen Moment mit geschlossenen Augen sitzen, während sie mit ihren Gefühlen kämpfte.

Warum hatte er nicht angerufen oder ihr zumindest eine SMS geschickt? Sie hätte im Präsidium bleiben und noch etwas länger arbeiten können. Sie legte sich auf das weiche Federbett, bohrte ihr Gesicht in das Kissen, das schwach nach ihm, nach seinem Aftershave roch, einem leichten Zitrusduft – zum Glück, denn sie mochte keine süßlichen Düfte. Sie schloss die Augen und fühlte sich plötzlich so verletzlich wie feuchtes Seidenpapier, das fast zwangsläufig reißen würde.

1985

»Du weißt, dass du meine große Liebe bist, oder?«

Die Worte meiner Mutter gehen mir herunter wie Öl. Sie erfüllen mich mit einer Süße wie ein Sonnentag im Garten mit Limonade und Honigbroten: golden, klebrig und warm.

Ich sitze auf ihrem Schoß, obwohl ich allmählich zu groß dafür bin, doch solange mein Vater nicht zu Hause ist und protestiert, darf ich das. Ihr orangeroter Rock ist an den schmalen Oberschenkeln hochgerutscht, ihre beigefarbenen Nylonstrümpfe glitzern leicht, und ich habe noch nie etwas Schöneres gesehen. Vorsichtig lasse ich meinen Kopf auf ihrer Brust ruhen. Sie duftet stark nach Parfüm, es ist immer derselbe Duft, mein Vater bringt ihn ihr regelmäßig von seinen Reisen mit.

»Papa kommt morgen nach Hause.«

Ich runzle die Stirn. Die Jungen in meiner Klasse sprechen oft über ihre Väter und erzählen, was sie mit ihnen unternehmen. Ich unternehme nie etwas mit meinem Vater. Er ist ein ferner Held, ein Fremder, der hin und wieder mit an unserem Esstisch sitzt und mit tiefer Stimme von den exotischen Orten erzählt, an denen er arbeitet. Ich beteiligte mich nie an diesen Gesprächen. Ich sitze nur da und höre zu, sauge die Worte in mich auf, lasse sie auf meiner Zunge zergehen. Ich bin erleichtert, wenn er am Sonntagabend seinen Koffer packt.

Am liebsten bin ich mit ihr alleine. Meine Mutter und ich. Dann schlafe ich auf der Bettseite meines Vaters, und wir machen unsere Kitzelspiele. Kitzelspiele sind etwas Geheimes, das weiß ich, etwas, das nur uns gehört. Ein Sache zwischen meiner Mutter und mir. Ihre Finger sind federleicht und lassen es überall kribbeln. Dann schließe ich die Augen und genieße jede Berührung an meinem Körper und wünsche mir, dass es nie aufhören möge.

——

Rebekka erwachte mit einem Satz, als das Telefon klingelte. Verwirrt blinzelte sie in die Dunkelheit. Sie brauchte ein paar Sekunden, um zu begreifen, dass sie in ihrem Bett lag. Dann stürmte sie in die Diele, griff nach dem Handy und sah, dass es kurz nach zehn war. Niclas war noch immer nicht aufgetaucht. Am anderen Ende war ihre Mutter.

»Vater ist auf die Transplantationsliste gesetzt worden.« Ihre Stimme zitterte, und Rebekka spürte ein Ziehen im Magen.

»Was? Er braucht eine Lungentransplantation?«

»Ja. In Kopenhagen. Im Reichskrankenhaus.«

»Ja, aber ...«

»Seit Weihnachten ist es rapide bergab gegangen. Er hat fast keine Kraft mehr, auch nicht zum Sprechen. Er liegt nur noch da.« Ihre Mutter atmete tief ein und fügte hinzu: »Er braucht eine Transplantation, sonst ...«

»O nein.« Die Diele begann sich vor Rebekkas Augen zu drehen. Sie streckte die Hand nach der glatten Oberfläche des Türrahmens aus und klammerte sich daran fest.

Rebekkas Vater litt an einer Steinstaublunge, solange sie zurückdenken konnte, und die letzten Jahre hatte er ein Sauerstoffgerät gebraucht. Die Bewegungsfreiheit ihrer Eltern war dadurch stark eingeschränkt, und ihre Mutter, die sich darauf gefreut hatte, im Ruhestand einiges mit dem Vater zusammen zu unternehmen, verbrachte stattdessen ihre gesamte Zeit damit, sich um ihn zu kümmern. Er saß fast den ganzen Tag im Sessel vor dem Fernseher, zu etwas anderem reichte seine Kraft nicht mehr. Die belastende Situation hatte die Stimmung ihrer Mutter nicht gerade verbessert, und ihre ohnehin schon krächzende Stimme hatte einen chronisch verärgerten Unterton bekommen.

»Wann hat man das entschieden?«

»Gestern. Ich habe mehrmals versucht, dich zu erreichen, aber du gehst ja nicht ans Telefon.«

Da war er wieder, der wohlbekannte vorwurfsvolle Ton.

»Ich habe viel zu tun. Wir haben gerade einen Mordfall …«

»Das habe ich schon in den Nachrichten gesehen … und was für einen furchtbaren«, unterbrach ihre Mutter sie und fuhr fort: »Ich fasse es nicht, wie du diese Arbeit aushältst. Nun gut, Vater steht jetzt jedenfalls auf der Warteliste. Wir hatten gestern eine Besprechung mit den Ärzten. Wenn er nicht bald eine neue Lunge bekommt, stirbt er.«

Ihre Mutter weinte leise vor sich hin, nicht so hysterisch, wie sie es sonst vor ihrer Tochter tat, und Rebekka spürte einen Kloß im Hals. Ihr Vater war ihr fester Halt gewesen, nicht zuletzt seitdem ihr kleiner Bruder Robin gestorben war. Seit jenem fatalen Sommertag an der Nordsee war die Mutter Rebekka gegenüber verschlossen gewesen, beinahe kühl. Hätte ihr Vater nicht als Puffer zwischen ihnen gestanden – wer weiß, ob sie ihre Kindheit und Jugend überlebt hätte.

»Ich hoffe so sehr, dass alles gut geht«, sagte Rebekka.

»Bei so etwas weiß man ja nie«, hickste ihre Mutter. »Sie sagen, dass zehn Prozent der Patienten innerhalb eines Jahres sterben. Je älter man ist, desto größer ist das Risiko.«

»Denk nicht an so etwas, denk lieber an die Fortschritte, die die Transplantationsmedizin in den letzten Jahren gemacht hat.«

Ihre Mutter schwieg.

»Und denk daran, wie gut es ihm gehen wird, wenn es überstanden ist«, fügte Rebekka hinzu. »Er wird ein ganz neuer Mensch sein – der Mann, in den du dich einmal verliebt hast.«

»Ja, da ist etwas dran«, antwortete ihre Mutter zögerlich und putzte sich lautstark die Nase.

»Denk an all das, was ihr dann nachholen werdet«, fuhr Rebekka enthusiastisch fort.

»Einfach einen Spaziergang durch die Stadt zu machen wäre schon schön«, sagte ihre Mutter.

»Genau das meine ich. Und was passiert jetzt?«

»Jetzt müssen wir abwarten. Wie lange es dauern wird, weiß niemand ... Es kann morgen so weit sein oder in einem halben Jahr oder ... nie.« Ihre Mutter seufzte resigniert und wirkte wieder ganz wie sie selbst, was Rebekka ziemlich beruhigend fand. Dann hatte sie die Flinte noch nicht ganz ins Korn geworfen.

SONNTAG

»Guten Morgen, du Schöne.«

Rebekka spürte einen Finger über ihre Lippen streichen und das Gewicht eines Arms auf ihrem Bauch.

Verwirrt schlug sie die Augen auf und sah direkt in Niclas'

blaue Augen. Wenn er lächelte, zogen sich die feinen Linien um seine Augen zusammen, und er sah noch besser aus. Die Wintersonne schien durch die Lamellen der Rollos und rahmte sein Gesicht ein, und sie musste sein Lächeln einfach erwidern.

»Wo warst du?« Sie streichelte seine raue Haut mit den leichten Bartstoppeln, die im Schein der Wintersonne glitzerten.

»Gumman hat angerufen. Er hat gerade in Kopenhagen zu tun und hatte nach den ganzen Besprechungen Lust auszugehen. Du hast gearbeitet, und ich habe zugesagt. Es ist spät geworden.«

Gumman war Niclas' bester Freund. Sie kannten sich seit ihrer Kindheit und redeten sich bis heute mit ihren alten Spitznamen an. Für Gumman war Niclas immer noch Nille. Rebekka fand ihre Spitznamen etwas lächerlich, unterließ es jedoch, sie zu kommentieren. Sie hörte sich Niclas' Erklärung an, und obwohl sie nachvollziehen konnte, dass er gerne mit seinem Freund hatte ausgehen wollen, blieb ihre Enttäuschung, dass er nicht ihr die oberste Priorität eingeräumt hatte. Niclas zog sie an sich. Er roch schwach nach Alkohol und frischem Schweiß.

»Hey, Baby, ich wollte dich nicht traurig machen.«

»Mmmm«, murmelte sie und kuschelte sich an ihn.

»Vergibst du mir? Darf ich dich ansehen?« Er hielt ihr Gesicht sanft ein Stück von sich weg und sah sie ruhig an. Seine breiten Hände waren warm auf ihren kühlen Wangen.

»Du sieht immer noch traurig aus«, stellte er fest und küsste sie. Im ganzen Gesicht.

»Alles vergeben«, flüsterte sie tränenerstickt und erzählte ihm schnell von ihrem Vater, der auf eine Warteliste für zwei neue Lungenflügel gesetzt worden war. Niclas hatte ihre Eltern noch nicht kennengelernt, aber er war teilnahmsvoll, sagte die richtigen Worte, und langsam verblasste ihre Enttäuschung. Sie küssten sich, und er schmeckte gut, wie immer.

Niclas hatte etwas Besonderes an sich, und sie war bei Weitem nicht die Einzige, der das auffiel. Die wenigen Male, die sie zusammen ausgegangen waren, hatte sie die interessierten Blicke der anderen Menschen bemerkt, vor allem die der Frauen. Niclas jedoch ließ sich nicht davon beeindrucken. Er bewegte sich unbeschwert durch die Welt – frei.

Zärtlich stieß er sie zurück ins Bett und ließ seinen Finger auf ihrem Körper spielen, forschend und aufreizend zugleich. Sie gab sich seinen Berührungen hin, doch mittendrin kroch plötzlich die Angst herauf, und sie wand sich leicht unter ihm. Er zog sie fester an sich, doch das Gefühl, festgehalten zu werden, sich nicht befreien zu können, erinnerte sie an jenen Morgen, und Panik stieg in ihr auf. Sie wusste, dass sie mit allen Kräften dagegen ankämpfen musste – die Angst durfte ihr Verhältnis nicht vergiften. Es reichte doch, dass sie das Kind verloren hatte, sie wollte nicht auch noch ihn verlieren. Sie zwang sich dazu, sich zu entspannen, tief in den Bauch zu atmen und sich auf positive Gedanken zu konzentrieren. Alles war gut. Niclas war gut.

Es wirkte, und langsam glitt sie in einen tranceähnlichen Zustand, sodass sie ganz weg war, als das Klingeln des Telefons sie abrupt zurück in die Wirklichkeit holte. Blind tastete sie nach dem Telefon, bekam es zu fassen und meldete sich. Reza war am anderen Ende.

»Ich bin unterwegs!«, rief er. Es knatterte in der Leitung.

»Du brauchst nicht so zu schreien.«

»Ich bin gerade aufgewacht und habe einen Schock bekommen, als ich gesehen habe, wie spät es ist. Bist du schon im Büro?«

»Immer mit der Ruhe, ich bin auch eben erst aufgewacht«, log sie und fügte hinzu: »Aber ich werde mich beeilen.«

Rebekka hörte im Hintergrund eine tiefe Stimme etwas sagen.

»Wo steckst du?«, fragte sie.

»Wir sehen uns, Rebekka«, antwortete Reza nur und legte auf, und sie wusste, dass irgendetwas passiert sein musste.

Es fiel ihr schwer, sich von Niclas und ihrem Bett zu trennen, doch schließlich musste sie gehen. Die Fahrt ins Präsidium erschien ihr trotz der sonntäglich leeren Straßen plötzlich lang, und erst als sie die hallende Steintreppe zu ihrem Büro hinaufging, wurde die Sehnsucht nach Niclas schwächer. Mit jedem Schritt drängte sich der Fall der ermordeten Hanne Christoffersen in den Vordergrund, und als sie im Büro stand, war Niclas zu einem angenehm warmen Gefühl im Körper geschrumpft.

Astrid hatte sich das ganze Wochenende mit ihrem Datingprofil herumgeschlagen und war trotzdem nicht zufrieden. Immer wieder las sie sich den Text durch, löschte etwas und fügte etwas Neues hinzu. Sie wollte nicht zu intellektuell, zu belesen erscheinen aus Angst, jemanden zu verschrecken, fragte sich aber trotzdem, ob Wissen nicht doch auf einige junge Männer anziehend wirken mochte und ob kluge Frauen a priori unsexy waren – eine Art No-Go? In ihrem Kopf häuften sich die Argumente dafür und dagegen, und schließlich begnügte sie sich mit einem Text, der in der Mitte lag.

Jetzt fehlte nur noch ein geeignetes Foto. Woher sollte sie ein Bild nehmen? Es war Jahre her, dass sie das letzte Mal fotografiert worden war. Sie mochte es nicht, wenn sie abgelichtet wurde, und gehörte zu den Leuten, die immer den Kopf wegdrehten, wenn die Familie oder Kollegen sie verewigen wollten.

Sie schob ihren Bürostuhl mit einem kräftigen Stoß vom Schreibtisch weg, stand auf und streckte sich. Es knackte in den Gelenken. Astrid warf einen flüchtigen Blick aus dem Fenster.

Die Sonne schien matt, und sie beschloss, eine Pause zu machen, bevor sie die Kiste mit den alten Fotos durchsah. Was sollte sie mit dem Rest des Tages anfangen? Eine wohlbekannte Melancholie meldete sich. Der Sonntag war der absolute Tiefpunkt für Singles, es gab keinen deprimierenderen Tag in der Woche. Sonntage waren etwas für Familien oder zumindest für Paare, die zum Brunchen und hinterher Hand in Hand ins Museum gingen. Astrid empfand immer einen leisen Neid, gefolgt von einem heftigen Hass, wenn sie solche Paare sorglos herumspazieren sah. Nach dem Brunch hatten sie bestimmt phantastischen Sex, dachte sie und seufzte tief. Sie würde alles für so einen Sonntag geben. Einen Moment überlegte sie, ob sie ihre Mutter besuchen und ihr vielleicht Kuchen mitbringen sollte, kam jedoch zu dem Schluss, dass beides nicht gut für sie war.

Ein ihr unbekannter Drang, etwas aus sich zu machen, ergriff Besitz von ihr, und sie entschloss sich, ein Bad zu nehmen, die Hände und Füße zu pflegen, sich vielleicht die Beine zu rasieren – das letzte Mal lag lange zurück – und sich auf das neue Leben vorzubereiten, das sich vielleicht vor ihr auftun würde, sobald sie ihr Profil eingerichtet hätte.

Sie ließ Wasser ein und zog sich langsam aus, wobei sie es vermied, sich im Spiegel anzuschauen. Kurz darauf glitt sie in das warme Wasser. Sie legte den Nacken auf der Badewannenkante ab und ließ ihren Blick schließlich doch an sich hinunterwandern. Dabei betrachtete sie ihre fülligen Brüste, die im Wasser schwammen, die hellbraunen Brustwarzen und die großen, dunklen Brustwarzenhöfe. Was für eine Verschwendung, dachte sie. Niemand liebkoste sie, spielte mit ihnen. Nie hatten Kinder an ihnen gesaugt. Tränen stiegen ihr in die Augen, doch sie blinzelte sie fort, schloss die Augen und verlor sich in Tagträumen.

Phantasien hatten schon immer einen großen Raum in ihrem

Leben eingenommen, doch mit den Jahren waren sie häufiger und zu einem zentralen Bestandteil ihres Alltags geworden. Der Ausgangspunkt war immer derselbe. Sie war eine schöne Frau – schlank, klug und amüsant. Sie leitete ein größeres Unternehmen, was für eins, blieb dabei unklar, und ihre Angestellten waren größtenteils junge Männer, die ihre Fähigkeiten und nicht zuletzt ihren gut gebauten Körper bewunderten. Ihre schwärmerischen Blicke durchbohrten sie. Sie konnten ihr nicht widerstehen, und jede Phantasie endete mit einem schweren Männerkörper auf ihren zarten Gliedern und muskulösen Armen, die sie hielten – und viel, viel Leidenschaft …

Astrid kam plötzlich zu sich und merkte, dass das Badewasser nur noch lauwarm war. Schnell stieg sie aus der Wanne, trocknete sich ab und schlüpfte in ihren Bademantel. Obwohl ihre Zähne vor Kälte klapperten, spürte sie in ihrem Inneren noch immer einen Rest Wärme von dem Tagtraum. Als sie an der Kiste mit den alten Fotos vorbeiging, versetzte sie ihr einen kräftigen Tritt. Die Kiste fiel um, und ein Stapel Fotos glitt auf den Boden. Sie konnte sich nicht aufraffen, sie aufzuheben, und stieg stattdessen mit einem großen Schritt darüber hinweg, doch ihr Fuß landete auf einem der Fotos, einem Porträt von ihr, und hinterließ einen nassen Abdruck.

———

»Hallo, du musst Rebekka Holm sein.«

Rebekka stand in der Teeküche, um sich Kaffee nachzufüllen, als eine gleichaltrige Frau ihr die Hand hinstreckte. Sie war von gedrungener Gestalt, hatte kurzes, blondes Haar und mehrere Piercings an den Ohren. Ihre blauen Augen schauten sie hellwach an.

Rebekka erwiderte den Händedruck. »Stimmt, und du musst unsere neue Kollegin sein. Willkommen.«

»Danke. Ich heiße Tatjana. Tatjana Melchior.«

Sie lächelte etwas verlegen, was sie sehr jung aussehen ließ, und Rebekka war sich nicht mehr so sicher, was ihr Alter anging.

»Wo warst du vorher?«, fragte sie.

»Ich war zwei Jahre in der Abteilung zur Bekämpfung von Bandenkriminalität. Das war total lehrreich, aber ich habe immer davon geträumt, hier zu arbeiten.«

Rebekka nickte, und Tatjana fügte hinzu: »Ich freue mich so, dass es Steen gelungen ist, mich hierherzuholen. Er hat es schon mehrmals versucht ...«

»Steen?«, fragte Rebekka und verschüttete etwas vom Kaffee auf ihrer Hand. Es brannte. Wer zum Teufel war Steen?

Tatjana kicherte leise.

»Na ja, ich meine Gundersen. Mir fällt es so schwer, ihn mit dem Nachnamen zu nennen, das klingt so förmlich, aber ich werde mich wohl daran gewöhnen müssen. Normalerweise nenne ich ihn Steen.«

Normalerweise nenne ich ihn Steen?

»Woher kennst du Gundersen?«, fragte Rebekka und versuchte, desinteressiert zu klingen, während sie das kalte Wasser aufdrehte und ihre Hand unter den Wasserstrahl hielt.

Tatjana lachte erneut. Ein kurzes raues Lachen – wie kleine elektrische Stöße.

»Ach, weißt du, das ist eine längere Geschichte. Ich werde sie dir irgendwann einmal erzählen. Sagen wir einfach, wir kennen uns von ... früher, von viel früher.«

Mit diesen Worten verließ sie die Küche und ließ eine verwirrte Rebekka zurück. Sie sah sich den Schaden auf ihrer Hand an. Der kochend heiße Kaffee hatte ein großes, rotes Brandmal auf dem Handrücken hinterlassen, das höllisch wehtat.

1987

Anders aus meiner Klasse ist der absolute Albtraum für mich: Blutergüsse am ganzen Körper, bösartige Streiche und höhnische Worte. Aber am schlimmsten ist sein Lachen – es schrillt in den dunkelgrauen Himmel und erstickt alle anderen Laute. Anders ist der unbestrittene Anführer. Die anderen Jungen folgen ihm wie Schatten. Ihre Blicke, in denen sich Schrecken und Bewunderung zu gleichen Teilen spiegeln, kleben an ihm.

In der fünften Klasse ist Schluss damit.

Wieder einmal liege ich auf dem Asphalt des Schulhofs. Feste Tritte treffen mich am ganzen Körper. Ich bin ein Muttersöhnchen. Der Klassenbeste. Ein Angeber. Über mir schweben die Gesichter der Klassenkameraden – Augen in allen Formen und Farben, aufgesperrt vor Vergnügen.

Langsam komme ich auf die Beine. Schleppe mich zu den Toiletten, während mir das Blut am Gesicht hinunterläuft. Im Spiegel über dem gesprungenen Handwaschbecken beschließe ich, dem Ganzen Einhalt zu gebieten. Ein für alle Mal.

Ich folge Anders, als es nach der letzten Stunde läutet, ohne dass er es bemerkt. Er ist mit seinen Freunden beschäftigt, sie reden, lachen laut, schubsen einander. Im Laden an der Ecke kaufen sie sich Zigaretten und paffen grauen Rauch in die Welt hinaus.

Anders wohnt in einem kleinen Haus nahe der Schule. In den Bäumen zwitschern die Vögel. Ich verstecke mich im Gebüsch, das an den Garten grenzt.

Von meinem Aussichtsposten aus sehe ich einen neuen Anders. In einer schattigen Ecke des Gartens, ein paar Meter von meinem Versteck entfernt, steht ein Kaninchenstall. Anders ist den ganzen Nachmittag mit den Tieren beschäftigt. Er hält ihnen Löwenzahnblätter in den Stall, wechselt ihr Heu und holt die Kaninchen heraus, eins nach dem anderen. Er drückt sie an seine Wangen, küsst sie, seine Hände streicheln zärtlich ihr Fell, und sein Gesicht strahlt dabei.

Am Abend schleiche ich mich aus dem Haus. Meine Mutter schläft. Nach unseren Kitzelspielen schläft sie immer besonders fest. Ich klopfe auf meine Jackentaschen, versichere mich, dass ich habe, was ich brauche.

Die Stille hängt in den Bäumen, während ich mich unauffällig wie ein Schatten zu Anders' Haus begebe. Ich krieche durch das Gebüsch in den Garten. Das Gras ist nass, und die Feuchtigkeit dringt in meine Kleider. Ich schleiche mich zum Kaninchenstall und werfe einen raschen Blick zum Haus hinüber. Die Gardinen sind vorgezogen, und es ist lau draußen. Ich ziehe die Flasche mit dem Grillanzünder hervor und versprühe ihn schnell über dem Stall. Anschließend spritze ich die Flüssigkeit durch das Drahtgitter. Die Tiere rumoren im Heu herum, hüpfen hin und her. Ich erahne eine schnuppernde Schnauze hinter dem Draht. Dann zünde ich das Streichholz an – stecke es durchs Gitter und lasse es los. Ein leiser Knall ist zu hören, und kräftige gelbe Flammen breiten sich im Heu aus. Ich zünde ein weiteres Streichholz an und werfe es auf das Dach des Käfigs.

Dann verschwinde ich in der Nacht.

Am nächsten Tag ist Anders völlig aufgelöst. Hicksend steht er am Pult und erzählt, dass alle seine Kaninchen tot seien. Verbrannt. Jemand habe den Käfig in Brand gesteckt. Die Polizei sei da gewesen. Der Lehrer legt ihm die Hand auf die Schulter. Anders sieht uns alle mit roten Augen an. Es ist ganz still in der Klasse. Mehrere Kinder schniefen leise. Sein Blick stoppt bei mir, und ich lächle. Es ist ein winziges Lächeln, doch so eindeutig, dass Anders erstarrt. Er wird kreideweiß im Gesicht und schwankt. Der Lehrer bittet ihn, sich zu setzen und sich zu beruhigen.

Künftig macht Anders einen großen Bogen um mich. Und die wenigen Male, die ich ihn in den folgenden Jahren lachen höre, ist sein Lachen gedämpft. Kraftlos.

Die Telefone in der Mordkommission klingelten ununterbrochen. Der Mord an Hanne Christoffersen sorgte für Schlagzeilen und eine ungeduldige Presse, die unablässig anrief und mehr wollte. Jede Nachrichtenredaktion wollte als Erste von den neuesten Entwicklungen berichten. Außerdem gingen jede Menge Tipps von Leuten ein, die mit Informationen über verdächtige Personen in ihrem Bekanntenkreis helfen wollten, die möglicherweise hinter dem Mord an Hanne Christoffersen standen. Die ständigen Telefonate waren auch der Grund, weshalb Rebekka erst nach mehreren Stunden ungestört mit Reza reden konnte.

»Hattest du einen netten Abend gestern?«, fragte sie leichthin, als sie schließlich ein paar Minuten Ruhe hatten.

»Sehr nett«, antwortete er mit gleichgültiger Miene.

»Hast du jemanden Neues kennengelernt?«, fuhr sie fort.

Reza hob den Blick, und ein kurzes Lächeln huschte über sein Gesicht, obwohl er versuchte, cool zu wirken.

»Du hast jemanden kennengelernt, ich sehe es dir an.« Sie sprang von ihrem Stuhl auf und stürzte sich auf ihren Kollegen. Der zog sich lachend vor ihr zurück, während er sich darüber beschwerte, dass man aber auch nichts vor ihr geheim halten könne.

»Erzähl«, bettelte sie und schaute ihn erwartungsvoll an, während sich eine leichte Röte auf Rezas hellbraunen Wangen ausbreitete. »Komm schon. *Talk to me.*«

Reza versuchte lachend, sich aus ihrem Griff zu befreien.

»Okay, ich gebe auf. Du hast recht. Ich habe jemanden kennengelernt. Hast du gedacht, du bist die Einzige, die ein Anrecht auf Dates hat?«

Rebekka lachte. »Natürlich nicht. Wer ist er?«

»Er heißt Hugo. Hugo Venzo.«

»Das klingt nicht gerade dänisch.«

»Er ist Halbitaliener – und sieht sehr gut aus.«

Sie ließ ihn los und lächelte ihn schief an. »Was macht er beruflich?«

Sie stellte fest, dass sie wie ihre eigene Mutter klang – dennoch fiel es ihr schwer, sich zu beherrschen. Die Fragen lagen auf ihrer Zunge wie Perlen auf einer Schnur.

»Er ist Dekorateur. Und zwar ein verdammt guter. Er hat unter anderem bei Harrods in London gearbeitet.«

»Wo habt ihr euch kennengelernt?«

»Das sind ganz schön viele Fragen, Fräulein Holm.«

»Klar. Ich muss mich doch davon überzeugen, dass es ein vernünftiger Mann ist«, antwortete sie schnell und fügte hinzu: »Verrückte können wir nicht gebrauchen – mit denen haben wir bei unserer Arbeit schon genug zu tun.«

Beide betrachteten verstohlen Rezas vernarbten Handrücken.

»Keine Sorge. Hugo ist völlig in Ordnung. Wir sind uns über gemeinsame Bekannte begegnet. Zwar kennen wir uns erst ein paar Wochen, aber ich habe ein gutes Bauchgefühl, und ich sehne mich nach ihm, wenn wir nicht zusammen sind. Du weißt ja, wie das am Anfang ist, man kann von der Gesellschaft des anderen einfach nicht genug bekommen.«

»Ja, ich weiß, wie das ist«, meinte Rebekka seufzend.

In diesem Moment klingelten die Telefone, und sie stürzten

sich wieder in die Arbeit. Rebekka überflog gerade den Bericht der Rechtsmedizin von Hanne Christoffersens Obduktion, als es aus Reza herausbrach: »Ich glaube, du würdest Hugo mögen.«

Sie begegnete seinem Blick und nickte.

»Ich würde ihn dir gern vorstellen, damit ihr euch kennenlernt. Weißt du, ich würde ihn so gerne in der Öffentlichkeit vorzeigen, aber du bist die Einzige, bei der ich das kann ...«

Reza seufzte tief, doch Rebekka lächelte ihm aufmunternd zu. »Ich würde mich *sehr* freuen, ihn kennenzulernen«, sagte sie.

Anfangs war das Essen gar nicht das Beste an der Sache gewesen. Das Allerbeste war das befreiende Gefühl, das damit einherging, loszulassen, die Karten auf den Tisch zu legen, das Handtuch zu werfen oder wie auch immer man es nennen wollte. Er musste sich nicht mehr beweisen im Leben, hatte keine feuchten Handflächen mehr vor Angst, nicht zu genügen, Er befürchtete nicht mehr, abgewiesen zu werden – von Frauen, Arbeitgebern, Kollegen und Kunden.

Es war wie ein Ritt auf einer riesigen Welle, und er empfand eine kitzelnde Leichtigkeit im Magen dabei. Er hatte den Entschluss vor vier Jahren gefasst, von einem Moment auf den anderen. Ein Großkunde hatte sich für eine andere Agentur entschieden. Das war an und für sich nichts Ungewöhnliches, so etwas passierte dauernd, man konnte sich in dieser Branche nie sicher sein. Doch diesmal war etwas anders als sonst: Er hatte die Nase voll. Von seinem Job, von sich, von seinem Leben. Er konnte einfach nicht mehr. Er war seit knapp zwanzig Jahren im Rennen, er war, fachlich gesehen, erfolgreich, er hatte eine Menge Geld verdient und das meiste davon wieder ausgegeben.

An dem Tag, an dem der Kunde abgesprungen war, beschloss er, das Gleiche zu tun. Er verkaufte seinen Agenturanteil an seinen Partner, kaufte sich ein eigenes Haus, das er bar bezahlte, und stürzte sich in ein Leben, das im Cyberspace und in diversen Fast-Food-Restaurants stattfand. Er nahm schnell zu, da er schon vorher ziemlich kräftig gewesen war, und seine Bekannten, die sich als genauso oberflächlich erwiesen, wie er sich das ausgerechnet hatte, wandten sich schnell von ihm ab. Jetzt, wo er arbeitslos war, keine prestigereichen Kampagnen mehr verantwortete und darüber hinaus zu fett war, um sich der Umwelt zu präsentieren, sank sein Wert als Liebhaber beträchtlich. Das Telefon verstummte allmählich, und die Besucher blieben aus.

Die ersten paar Jahre in Freiheit waren phantastisch, auch wenn er hin und wieder die jungen Frauen vermisste, mit denen er sich als erfolgreicher Kreativdirektor umgeben hatte. Er hatte sie nie sonderlich nett behandelt, das war in der Werbebranche einfach nicht üblich, und sie waren alle One-Night-Stands geblieben. In all den Jahren hatte er sich nie verliebt, hatte sich nie auf etwas einlassen können. Bis er Hjørdis getroffen hatte. Die dunkle, mollige Hjørdis mit ihrem schwermütigen Blick, ihrem dicken, schwarzen Haar und ihrer Jugend, die in seinem Haus herumlief. Er wurde nie müde, sie anzusehen, ihr zuzuhören, ihren Duft einzuatmen und sie zu spüren. Obwohl er gut zwanzig Jahre älter war als sie, fühlte er sich als Seelenverwandter. Hjørdis war als Einzelkind alter Eltern aufgewachsen, genau wie er. Sie in Rødekro und er in Brønshøj, doch der geografische Abstand konnte die Parallelen zwischen ihnen nicht mindern. Genau wie er war Hjørdis eine Einzelgängerin, die immer allein auf dem Schulhof herumgestanden hatte, während die anderen Kinder sich lautstark über sie lustig machten. Allein der Gedanke an die kleine Hjørdis, die sich in einer Ecke versteckte, ließ seine Brust eng werden.

Der dicke Finn, der dicke Finn – hat ein Riesendoppelkinn!

Finn schob seine Kissen zurecht. Allmählich fiel ihm das Atmen schwer, wenn er lag, weshalb er die meiste Zeit aufrecht saß. Es freute ihn, dass das Bett am Fenster stand, sodass er freie Sicht in den Garten des Nachbarn und in die ruhige Anliegerstraße hatte. Vor dem Haus wuchs eine hohe Eiche, deren Krone bei Wind manchmal den Fensterrahmen streifte und ihm ein Gefühl von Leben vermittelte. Die Straße selbst war sterbenslangweilig mit ihren tristen Bungalows aus Backstein oder Porenbeton.

Eine Ausnahme stellte die alte Patriziervilla seines Nachbarn dar. Ein wenig heruntergekommen war sie zwar, doch es stand außer Frage, dass sie einst ein Prachtstück gewesen war und auch wieder werden konnte, wenn man etwas Geld in das Projekt investierte. Früher hatte ein älterer Mann in der Villa gewohnt, doch jetzt lebte darin ein Typ in den Dreißigern, und zwar allein. Von seiner Position aus konnte Finn ihn beobachten. Jeden Morgen fuhr er in seinem Auto davon, manchmal nahm er auch das Fahrrad. Finn sah nie andere Menschen bei ihm – bis auf neulich, da hatte er gesehen, wie der Nachbar zusammen mit einer Frau mittleren Alters ins Haus gegangen war. Er hatte sie im Dunkeln gestützt, der Weg war bestimmt vereist gewesen, und die Geste hatte Finn gerührt. Die Frau war vermutlich die Mutter des Nachbarn gewesen, doch nicht alle Söhne waren so fürsorglich wie er.

Finn veränderte seine Sitzposition. Allein diese kleine Bewegung ließ sein Herz hämmern. Sein Gewicht machte allmählich alle Körperstellungen beschwerlich. Er merkte, dass er pinkeln musste, doch allein der Gedanke, aus dem Bett aufstehen und ins Bad zu müssen, erschien ihm unmöglich. Er würde es hinauszögern.

Seine Gedanken kreisten erneut um den Nachbarn. Er war

immer gut angezogen, trug Anzüge in dezenten Farben mit passenden T-Shirts darunter, blank geputzte Schnürschuhe oder modische Sneakers. Sein Haar war zurückgekämmt, er war wirklich gut aussehend – und trotzdem hatte er etwas Beängstigendes an sich, fand Finn und kam sich wie ein Spanner vor, wie er da zurückgelehnt in seinem Bett saß und aus dem Fenster starrte. Doch was sollte er sonst tun? Außer dem Essen blieben ihm nur das Internet, das Fernsehen und die Erinnerungen. Trotz aller Unterschiede erinnerte der Nachbar ihn auch an sich selbst, wie er in seinem alten Leben gewesen war. Ein Roboter, der zur Arbeit ging und wieder nach Hause kam. Ohne ein anderes Leben zu haben. Vom Aussehen her unterschieden sie sich allerdings beträchtlich. Finn war ein Wirbelwind in einem Teddykörper gewesen, mit lockigem dunklem Haar, Cordhose und einem Künstlerschal, während der Nachbar immer äußerst adrett aussah. Wie aus dem Ei gepellt. Darüber hinaus war er pünktlich – was Finn nie gewesen war. Der Nachbar verließ sein Haus jeden Morgen um sieben und kam ungefähr zwölf Stunden später wieder zurück. Manchmal ging der Mann später am Abend noch einmal weg und kam erst nachts wieder, und Finn fragte sich oft, wo er hinging und was er wohl trieb. Er hatte keine Ahnung, was er beruflich machte – kannte nicht einmal seinen Namen.

In diesem Moment hörte Finn das wohlbekannte Geräusch des Gartentors, das über den Kies scharrte, und warf einen Blick aus dem Fenster und dann auf den Radiowecker auf der Kommode. Es war eine Minute nach sieben. Finn konnte ein Lächeln nicht unterdrücken. Dann konzentrierte er sich auf die Nachrichten, die lautlos über den Fernsehschirm an der gegenüberliegenden Wand flimmerten. Er fand die Fernbedienung zwischen den Laken und stellte den Ton an.

Gerade lief ein Beitrag über eine Frau, die man nicht weit von hier, am Lyngbysee, ermordet auf einer Bank gefunden hatte. Der Leiter der Mordkommission, ein unsympathischer Typ, bat in einem Interview die Bevölkerung um Mithilfe bei der Aufklärung dieses rätselhaften Mords. Finn wollte gerade weiterzappen, als ein Foto der ermordeten Frau auf dem Bildschirm erschien. Er runzelte die Stirn. Irgendwie kam sie ihm bekannt vor. Er starrte das Bild an, bis zum Moderator zurückgeschaltet wurde. Sie sah genauso aus wie ... Ein lautes Klopfen unterbrach Finn in seinen Gedanken. Sekunden später hörte er die Haustür gehen. Wenn Hjørdis nicht da war, verschafften sich die Boten vom Bringdienst selbst Einlass ins Haus – der Schlüssel lag unter der Matte, das wussten alle. Ein Trampeln war auf der Treppe zu hören. Er richtete sich erwartungsvoll im Bett auf und stellte den Fernseher aus. Heute war Burger-Tag, und er konnte das Beefsteak schon riechen, das leicht säuerliche Dressing, den knackigen Salat, die salzigen Baconscheiben und den geschmolzenen Cheddar.

Niclas war fort, als Rebekka nach Hause kam. Er hatte ihr per SMS mitgeteilt, dass er nach Hause nach Stockholm müsse. In einem wichtigen Fall, mit dem er betraut war, gab es neue Entwicklungen. Das war ärgerlich, aber sie verstand ihn gut. Sie hätte genauso gehandelt.

Wie gewöhnlich ging sie durch die Wohnung, sah in jede Ecke, schaltete jede Lampe an, und trotzdem spürte sie die Angst als ständiges Ziehen im Bauch.

Sie zündete sich eine Zigarette an, inhalierte den Rauch bis tief in die Lungen und blieb einen Moment unschlüssig stehen. Normalerweise hätte sie sich auf die breite Fensterbank im

Schlafzimmer gesetzt, das Gesicht gegen die kühle Scheibe gelehnt und in den dunklen Garten hinausgeschaut. Das tat sie, seit sie in der Wohnung wohnte, doch in ihrer momentanen Verfassung wagte sie nicht einmal, sich den Fenstern zu nähern, und zog daher die Jalousien herunter. Auf dem Küchentisch stand eine halb volle Flasche Rotwein. Sie schenkte sich ein Glas ein.

Schon bald spürte sie den beginnenden Kopfschmerz hinter der Stirn. Sie stellte das Glas ab, warf die Zigarette in den Aschenbecher und hätte den Tränen am liebsten freien Lauf gelassen, aber das konnte sie nicht. Stattdessen rollte sie sich auf dem Sofa zusammen, zappte durch die Fernsehkanäle und ließ sich von ein paar amerikanischen Sitcoms oberflächlich unterhalten. Schließlich schlief sie bei einem alten Clint-Eastwood-Film ein und wachte mehrere Stunden später benommen auf. Draußen war es stockdunkel, doch das Licht der Straßenlaternen schien bleich und gelb durch die Lamellen der Rollos ins Wohnzimmer und warf Schatten an die weißen Wände. Sie blieb reglos auf dem Sofa liegen und wartete, bis es sechs Uhr war und sie keine Angst haben musste aufzustehen.

MONTAG

»Ich habe mich gefragt, was für ein Betäubungsmittel oder Gift der Täter für den Mord an Hanne Christoffersen benutzt haben könnte. Hast du eine Idee, Inge?«

Rebekka war bei der vielbeschäftigten Rechtsmedizinerin vorbeigefahren und hatte sie genau zwischen zwei Obduktionen erwischt. Inge Aamund knabberte abwechselnd an einem hart gekochten Ei und einer Tomate, während sie mit der anderen Hand ein paar Formulare ausfüllte. Dann tupfte sie sich mit einer Serviette gründlich den Mund ab, bevor sie antwortete.

»Zum derzeitigen Zeitpunkt kann ich zwar nichts sagen, aber ich habe gerade noch mal bei den Toxikologen nachgefragt, und die haben versprochen, uns schon bald etwas zu schicken. Also, es gibt unzählige Möglichkeiten, und es wäre alles andere als seriös, Vermutungen anzustellen.«

Rebekka nickte. Sie verstand die Medizinerin gut. Dennoch drängte es sie, die verschiedenen Möglichkeiten zu diskutieren.

»Ich habe wie eine Wahnsinnige nachgedacht, seit du bei der Obduktion erwähnt hast, dass die Leiche mehrere Einstichstellen aufweist und der Täter ihr das Gift oder das Betäubungsmittel oder was auch immer nach und nach gespritzt haben muss«, beharrte Rebekka. »Wie lautet deine Vermutung?«

Inge Aamund schob ihre Lesebrille auf der Nase zurecht und seufzte tief. Dann lächelte sie Rebekka schief an.

»Du bist hartnäckig wie eine Bulldogge, Rebekka. Wie gesagt, es gibt mehrere Möglichkeiten. Doch wenn der Täter sein Opfer nicht sofort töten wollte, würde ich auf Curare tippen. Zum einen, weil das ein verhältnismäßig leicht zugängliches Mittel ist, und zum anderen, weil es muskelentspannend wirkt und man das Opfer bei richtiger Dosierung stundenlang am Leben halten kann, wenn man ihm ausreichend Sauerstoff zuführt.«

»Du sagst, dass es relativ leicht zugänglich ist – heißt es, dass beispielsweise Zahnärzte Zugang dazu haben?«

»Nein, das nicht, weil Zahnärzte das Medikament nicht brauchen, aber hier im Reichskrankenhaus haben wir es in großen Mengen vorrätig, drüben im Operationsbereich. Es ist ein absolut gebräuchliches muskelentspannendes Mittel, das für die Narkose verwendet wird.«

Inge Aamund biss erneut in ihr Ei und kaute ausgiebig. Rebekka folgte ihren Bewegungen mit den Augen, während der Hunger in ihren Eingeweiden rumorte. Sie hatte nach der schlaflosen Nacht nicht gefrühstückt, da sie morgens keinen Appetit gehabt hatte.

Inge Aamund schien ihren Blick nicht zu bemerken, sondern schaute konzentriert in die Papiere, die vor ihr auf dem Tisch lagen.

»Curare wird vielerorts verwendet. Von Ärzten, aber auch von Tierärzten und Forschern, die mit Versuchstieren arbeiten. Du solltest mal mit einem guten Bekannten von mir sprechen, mit Jesper Teisbæk. Er und seine Forschungseinheit verwenden Curare unter anderem bei Tierversuchen. Du kannst ihn gerne anrufen.«

Sie schrieb Jespers Kontaktdaten auf ein Rezept, das sie Rebekka reichte. Die bedankte sich und verschwand in Richtung Krankenhauskantine.

Die Zahnarztpraxis lag in einem Eckhaus mit Aussicht auf den Kongens Nytorv und das Königliche Theater. Rebekka und Reza blieben kurz am Fenster stehen und schauten auf den Platz hinaus, der aufgrund des U-Bahn-Baus voller Absperrungen war. Gestalten in verschiedenen Größen und Farben drängten sich auf dem verschneiten Platz. Die Fassaden von Nyhavn lagen zurückgezogen da, wie eine farbige Palette, die von einer bleichen Wintersonne beschienen wurde.

Ein jüngerer Zahnarzt in grüner OP-Kleidung, der sich als Lars Peitersen vorstellte, führte sie in einen Nebenraum und gab ihnen mit trauriger Miene die Hand.

»Wir sind sehr schockiert über das, was mit Hanne ... passiert ist.« Er räusperte sich und sah Rebekka und Reza unsicher an. »Es mag Ihnen gefühllos vorkommen, dass wir heute geöffnet haben, aber Hanne hätte sich das so gewünscht. Sie fühlte sich in hohem Maße für die Patienten verantwortlich.«

»Seit wann hat Hanne Christoffersen hier in der Praxis gearbeitet?«

»Sie war von Beginn an dabei, also seit ungefähr fünf Jahren. Mein Kollege und ich betreiben diese Praxis gemeinsam, und zwar mit Erfolg.« Lars Peitersen konnte ein zufriedenes Lächeln nicht unterdrücken.

Rebekka musterte ihn genauer. Sein Alter war schwer zu schätzen. Die Gesichtshaut war glatt und gepflegt, seine Zähne waren weiß und gleichmäßig – wie zu erwarten –, und er schaute sie mit jugendlich klarem Blick an. Sie schätzte ihn irgendwo zwischen fünfunddreißig und vierzig. Ob das Hanne Christoffersens bevorzugter Männertyp gewesen war?

»Für wen von Ihnen hat Hanne Christoffersen gearbeitet? Ich gehe davon aus, dass Sie als niedergelassene Zahnärzte jeder Ihre eigene Praxis und Ihr eigenes Personal hatten, bevor Sie sich zusammengetan haben?«

»Stimmt, sie ist nicht mit mir hergekommen. Dafür bin ich zu jung.« Er lachte nervös und fügte hinzu: »Hanne hat für Jens-Peter Thorn gearbeitet. Er ist der Ältere und Erfahrenere von uns beiden, könnte man sagen. Ich hingegen habe in die Praxis ganz moderne Verfahren eingebracht. Wir sind verschieden, Jens-Peter und ich – und das ist gut so.«

»Arbeitet Ihr Kollege heute?«

»Leider nein. Er hat sich aufgrund der Geschichte mit Hanne krankgemeldet. Er ist am Boden zerstört. Die beiden haben schließlich seit fast zwanzig Jahren zusammengearbeitet«, antwortete er und senkte die Stimme. »Es ist nicht so, dass ich nicht trauern würde, aber irgendjemand muss sich ja ums Geschäft kümmern.«

»Wann haben Sie Hanne Christoffersen das letzte Mal gesehen?«

Einen Moment wirkte Lars Peitersen erschrocken, so als hätte man ihm eine zutiefst persönliche Frage gestellt. Rebekka und Reza wechselten einen Blick.

»Das muss am Donnerstag gewesen sein. Am Donnerstagnachmittag.«

Er nickte entschlossen, als wollte er sich selbst vom Wahrheitsgehalt seiner Aussage überzeugen.

»Hatte Hanne an diesem Abend etwas vor?«

Lars Peitersen zuckte mit den Schultern.

»Davon hat sie nichts gesagt. Aber sie hat einen glücklichen Eindruck gemacht.«

»Wenn wir es richtig verstanden haben, dann haben Sie bei Hanne Christoffersen zu Hause vorbeigeschaut, als sie am Freitag nicht zur Arbeit erschienen ist, oder?«

Ein Zucken glitt über Lars Peitersens Gesicht.

»Das ist korrekt.« Er sah sie nicht an, sondern fokussierte einen Punkt zwischen ihnen.

»Warum hat nicht eine der Sprechstundenhilfen oder Jens-Peter Thorn bei Hanne vorbeigeschaut? Wenn sie für ihn gearbeitet hat, wie Sie gesagt haben?«

»Ich weiß nicht … Wir haben nicht weiter darüber gesprochen. Einer meiner Patienten hatte abgesagt, und da bin ich eben hingefahren.«

»Waren Sie vorher schon mal bei ihr gewesen?«

Lars Peitersens Blick flackerte. Dann richtete er sich zu seiner vollen Größe auf.

»Ja, wie wir alle. Es ist sogar erst eine Woche her. Am ersten Freitag im Januar lädt Hanne ihre Kollegen immer zu einem Glas

Wein und ein paar Tapas zu sich nach Hause ein, und das gilt auch für ihre Chefs. Ein Neujahrsempfang sozusagen, der sich über die Jahre zu einer Tradition entwickelt hat.«

»Waren Sie denn am Freitag in ihrer Wohnung?«

»Nein.« Die Antwort kam prompt. »Ich habe doch keinen Schlüssel zu ihrer Wohnung. Ich habe angeklingelt und mehrmals geklopft. Als sich nichts getan hat, habe ich versucht, durch die Fenster in die Wohnung zu sehen – sie wohnt ja im Erdgeschoss, aber die Fenster waren dunkel, es hat sich nichts gerührt, und da bin ich zurück in die Praxis gefahren. Wir haben auch versucht, ihre Eltern ausfindig zu machen, und es hat mehrere Stunden gedauert, bevor uns das gelungen ist. Sie wussten von nichts. Dann haben wir von der Toten am Lyngbysee gehört und bei Ihnen angerufen.«

Auf dem Weg aus der Praxis kamen sie an einer Wand mit Schwarz-Weiß-Fotos des Teams vorbei. Rebekka blieb stehen und sah sich die Bilder an. Reza und Lars Peitersen taten es ihr gleich.

»Ja, das ist unser komplettes Team.«

Alle drei starrten das Foto von Hanne Christoffersen an. Rebekka fiel auf, dass sie ungeschminkt war. Das Haar war glatt zu einem Pferdeschwanz zurückgekämmt. Zweifellos war sie eher der natürliche Typ.

»Hat Hanne Christoffersen sich nicht geschminkt?« Sie schaute Lars Peitersen interessiert an. Es zuckte um seine Augen. Fast unmerklich, aber nicht ganz.

»So gut wie gar nicht. Sie mochte keine stark geschminkten Frauen und hat sich immer geärgert, wenn unsere Patientinnen so viel Make-up aufgetragen hatten, dass sie sich den Kittel schmutzig gemacht hat.«

Sie nickten verständnisvoll, und ein angespanntes Schweigen entstand. Lars Peitersen brach es, indem er auf ein weiteres Foto an der Wand zeigte.

»Das da ist Jens-Peter Thorn.«

Ein grauhaariger Mann mit schwermütigen Augen hinter einer kräftigen Brille blickte sie an.

»Er hat die Fotos gemacht«, fügte Lars Peitersen hinzu. »Es war seine Idee mit der Wand, sie sollte auf unsere Kunden einladend wirken, irgendwie bodenständig. Außerdem fotografiert er gern.«

Das Präsidium wurde von Übertragungswagen der Sender DR und TV2 belagert. Wie sich herausstellte, hatte Gundersen zu einer Pressekonferenz eingeladen, auf der er kurz über den Fund des Mordopfers Hanne Christoffersen berichtete. Zum Schluss bat er die Bevölkerung eindringlich um Hilfe. Man suchte nach glaubwürdigen Zeugen, und Gundersen forderte alle auf, ihre Beobachtungen der Polizei mitzuteilen, so unbedeutend sie ihnen auch erscheinen mochten. Er hatte entschieden, die abgehackten Zehen, den verschwundenen Computer, das Parfüm und die Designerkleidung nicht zu erwähnen. Wichtige Informationen dieser Art, über die nur die Polizei und der Täter verfügten, konnten sich bei einer Ermittlung als wertvoll erweisen, wenn man einen Verdächtigen vor sich hatte.

Sobald die Pressekonferenz vorbei war, tauchte Gundersen im Besprechungszimmer auf, wo sich mehrere Ermittler versammelt hatten. Alle hatten seinen Fernsehauftritt verfolgt, und vereinzelt wurde geklatscht, als er den Raum betrat.

»Und, wie fandet ihr mich?«

Gundersens Blick streifte diejenigen, die am nächsten standen, darunter auch Rebekka und Reza.

»Die Pressekonferenz ist prima gelaufen, finde ich.« Reza lächelte Gundersen freundlich an, und auch Rebekka versuchte, eine Grimasse zu schneiden, die das Ego ihres Chefs zufriedenstellen würde. Notgedrungen musste sie sich eingestehen, dass er die Pressearbeit ausgezeichnet machte. Gundersen liebte die Kamera, und seine polternde Art und seine scharfen Kommentare brachten es mit sich, dass die Journalisten auch ihn liebten.

»Ich finde, das hast du ganz phantastisch gemacht. Du kommst vor der Kamera wirklich gut rüber.« Tatjana drängte sich zu ihnen hin und lächelte Gundersen an.

Der Chef der Mordkommission wuchs um einige Zentimeter und fügte hinzu: »Es ist ungeheuer wichtig, was wir der Presse gegenüber signalisieren. Gut, was liegt heute an?«

»Wir sind auf dem Weg zu einem von Hanne Christoffersens Chefs, Jens-Peter Thorn«, antwortete Reza und stopfte sein fliederfarbenes Hemd in seine dunkle Jeans. Die Farbe passte gut zu seinem Teint.

Gundersen sah sie ernst an.

»Nehmt ihn ordentlich ran, ja? Und enttäuscht mich nicht – wir brauchen eine schnelle Aufklärung. Immerhin ist es die erste Mordermittlung in meiner neuen Position.«

Rebekka antwortete ihm nicht, sammelte nur schnell ihre Unterlagen zusammen. So ein Ausspruch war typisch für Gundersen. Schon immer war ihm sein eigenes Image wichtiger gewesen als die Fälle, an denen er arbeitete, und deshalb fiel es ihr auch so schwer zu verstehen, dass er auf dem Thron saß. Sie biss die Zähne so fest zusammen, dass ihr der Kiefer wehtat, und bemühte sich um ein Pokerface, das einer Gleichgültigkeit Ausdruck verleihen sollte, die sie keineswegs empfand.

Als sie den Kopf hob, war Gundersen bereits auf dem Weg nach draußen, verwickelt in ein vertrauliches Gespräch mit Tatjana, wie es schien. Der Anblick der beiden – er groß, rotwangig und mit einem ungewohnten Lächeln auf den Lippen, sie fast auf den Zehen hüpfend, um Augenkontakt mit ihm zu halten, und mit einem aufgesetzten, eifrigen Grinsen – brannte sich auf ihrer Netzhaut ein und machte sich den restlichen Tag wie ein lästiges Staubkorn immer wieder bemerkbar.

Jens-Peter Thorn wohnte in einer ruhigen Straße am Rand von Gentofte, nahe Lyngby. Sein Haus war groß und ein wenig heruntergekommen, was Rebekka verwunderte. Sie hatte geglaubt, dass man als Miteigentümer einer großen Zahnarztpraxis am Kongens Nytorv mehr verdiente.

Der Zahnarzt empfing sie im Morgenmantel. Seine Haare waren zerzaust, und er sah mitgenommen aus – als hätte er zu viel Haut im Gesicht.

»Kommen Sie herein. Sie müssen meine Aufmachung entschuldigen. Ich bin gerade erst aufgestanden. Beziehungsweise wieder aufgestanden. Als ich heute Morgen das erste Mal aufgestanden bin, wusste ich sofort, dass ich zurück ins Bett musste. Es geht mir nicht gut. Ich fühle mich krank.« Er hustete leicht, um seine Worte zu unterstreichen.

Sie traten in die Diele, in der die Luft abgestanden war und nach Mottenkugeln und nasser Wolle roch. Der Zahnarzt nahm ihnen ihre Mäntel ab und hängte sie ordentlich an die Garderobe.

»Kann ich Ihnen etwas anbieten?« Er machte eine wenig enthusiastische Geste, und sie lehnten dankend ab. Er führte sie durch mehrere Zimmer in eines, das auf ein größeres Grundstück hinausging, und sie nahmen auf einem älteren, durchgesessenen Ledersofa Platz.

»Wir möchten gerne etwas mehr über Hanne Christoffersen erfahren. Sie haben ja viele Jahre zusammengearbeitet, nicht wahr?« Reza sah den Zahnarzt mitfühlend an, der schwermütig nickte.

Rebekka übernahm. »Wir haben auch gehört, dass Sie ihr besonders nahegestanden haben.«

Jens-Peter Thorn schaute überrascht und sagte dann: »Das kann Ihnen nur mein Partner Lars Peitersen erzählt haben.«

Die Bitterkeit war deutlich aus seiner Stimme herauszuhören.

»Und das stimmt nicht mit Ihrer Version der Wahrheit überein?« Rebekka sah ihn fragend an.

Thorn nickte mit gerunzelter Stirn. »Doch, und ich habe in der Hinsicht nichts zu verbergen. Hanne und ich standen uns sehr nahe ... Vor allem seit Bodil, meine Frau, vor einigen Jahren gestorben ist, aber wir hatten ja auch davor schon viele Jahre zusammengearbeitet, und da lernt man sich eben gut kennen. Hanne hat als fertige Zahnmedizinische Fachangestellte bei mir angefangen, als ich noch meine eigene Praxis in Holte hatte, und sie ist mitgekommen, als ich mich mit Lars zusammengetan habe. Ich denke, das waren insgesamt gut zwanzig Jahre.«

»Wie war Hanne Christoffersen als Mensch?«

»Hanne ist eine sehr ...« Jens-Peter Thorn suchte einen Augenblick nach den richtigen Worten, während er sich die gräulichen Bartstoppeln kratzte, die sein zerklüftetes Kinn bedeckten. »Sie war ein ordentlicher Mensch. Das trifft es am besten. Entschuldigen Sie, mir ist gerade ein Gedanke gekommen, den ich mir aufschreiben muss, denn ich werde vermutlich die Grabrede halten.«

Jens-Peter Thorn griff nach einem leicht zerknüllten Block, der auf einem Kiefernsekretär lag, und notierte sich ein paar Stichworte. Dann drehte er sich wieder zu ihnen um und stieß mit belegter Stimme hervor: »Ich bin noch immer total schockiert … Wer kann Hanne so etwas Furchtbares angetan haben?«

»Genau das wollten wir Sie fragen«, antwortete Rebekka.

»Keine Ahnung. Mir ist das völlig unverständlich. Komplett …« Er schluckte und fügte leiser hinzu: »Wie ist sie gestorben?« Er hob den Blick und sah Rebekka an. Seine Augenfarbe erinnerte an trübes Wasser.

»Zum jetzigen Zeitpunkt dürfen wir leider keine Details nennen, die die Ermittlung betreffen. Es gibt mehrere Spuren, die wir untersuchen werden, aber wir wüssten gern, wie die Stimmung in der Praxis normalerweise ist. Ist der Alltag von Intrigen und Unfreundlichkeit geprägt?«

»Absolut nicht.« Jens-Peter Thorn rieb sich das Kinn. »Es ist ein ganz normaler moderner Arbeitsplatz. Lars und ich leiten die Praxis, wir haben insgesamt fünfzehn Angestellte. Natürlich können mal Unstimmigkeiten auftauchen. Wir haben auch fachliche Auseinandersetzungen, die nicht still und leise vor sich gehen, aber zerstritten oder Feinde sind wir deshalb bestimmt nicht.«

»Hatte Hanne Christoffersen einen Freund?«

Eine leichte Röte stieg in Jens-Peter Thorns Wangen. Er drehte sich schnell um und wandte ihnen halb den Rücken zu, während er antwortete: »Soweit ich weiß, nicht. Hanne und ich hatten, wie bereits erwähnt, ein gutes, freundschaftliches Verhältnis, aber wir haben uns nicht alles erzählt.«

»Natürlich nicht, aber wenn man so eng zusammenarbeitet, bemerkt man doch manchmal …«

»Ich habe nichts bemerkt, und ich weiß nichts über Hannes … Gefühlsleben«, schnitt er Rebekka das Wort ab.

»Haben Sie sich privat getroffen?«, fuhr sie fort. Sie hatte keine Zweifel, dass der ältere Zahnarzt Hanne Christoffersen sehr viel besser gekannt hatte, als er vorgab.

»Nicht wirklich. Das heißt, nicht sonderlich oft«, antwortete Jens-Peter Thorn zögernd.

»Wie meinen Sie das?« Reza sah den Zahnarzt finster an.

»Ich meine nur, dass wir nur wenige Male zu zweit ausgegangen sind. Ich erinnere mich nicht, wie oft.«

»Lassen Sie sich ruhig Zeit zum Nachdenken. Wir haben es nicht eilig.« Reza verschränkte demonstrativ die Arme, während er Augenkontakt hielt.

»Ich denke, ein paarmal im Jahr«, meinte Jens-Peter Thorn nach einer langen Pause.

»Wann haben Sie sich das letzte Mal zu zweit getroffen?«

»Ich glaube, das war letzten Sommer. Ein paar Tage bevor wir beide in die Ferien gefahren sind. Wir haben ein Glas Wein in Hviids Weinstube getrunken. Wir haben draußen gesessen und uns nett unterhalten, und dann ist jeder seiner Wege gegangen. Auf dieser Ebene lief das.«

»Was wir wissen wollen, ist, ob Sie ein intimes Verhältnis hatten oder gehabt haben.« Rebekka ärgerte sich. Sie hatten keine Zeit für Ratespiele. Eine Frau war ermordet worden, und sie mussten so schnell wie möglich ihren Mörder finden.

Jens-Peter Thorn sah sie wütend an. Einen Moment schien es, als wollte er sie anschnauzen, dann sackten seine Schultern in sich zusammen, und er sagte mit müder Stimme: »Leider nein. Wir waren nie intim. Ich hätte es gern gewollt, aber Hanne nicht. Sie war der Meinung, dass das unsere Freundschaft zerstören und zu Problemen in der Praxis führen könnte. Damit mag sie recht gehabt haben. Oder vielleicht war sie nicht so interessiert wie ich.« Er zögerte kurz, bevor er hinzufügte: »Ich habe jahrelang gehofft, dass sie so viel Potenzial in mir sehen würde, wie sie es eine Zeit lang in Lars gesehen hat.«

»Lars?« Rebekka runzelte die Stirn. »Sie meinen Ihren Kollegen Lars Peitersen?«

Jens-Peter Thorn blickte leer vor sich hin. Dann hob er den Blick. »Lars – ja. Sie hatten eine On-off-Beziehung, aber das hat er vielleicht gar nicht erwähnt?«

Dehnungsstreifen waren gut. In der letzten Zeit hatte er richtig viele davon bekommen. Finn lächelte, während er die Streifen betrachtete, die sich wie rötlich violette Spuren auf seinem dicken Bauch ausbreiteten. Nach einiger Zeit würde die Farbe verblassen, und schließlich würden sie fast nicht mehr zu sehen sein.

Vielleicht sollte er einen kleinen Film über Dehnungsstreifen machen? Seine Fans würden bestimmt begeistert sein – Dehnungsstreifen zeugten von seiner schnellen Gewichtszunahme. Die Unterhaut riss.

Plötzlich knurrte sein Magen laut und unablässig. Hjørdis war einkaufen gegangen. Er hatte ihr eine lange Liste mitgegeben, und sie hatte versprochen, Kuchen vom Bäcker im Supermarkt mitzubringen. Besonders leckeren Kuchen. Mit Schlagsahne, Buttercreme und Marmelade. Vielleicht noch eine Brezel. Das Wasser lief ihm im Mund zusammen, und er spürte, wie sich die Rastlosigkeit in seinem Körper ausbreitete. Er rutschte nervös hin und her, versuchte, das Gefühl abzuschütteln, wusste jedoch, dass es sinnlos war. Nur Essen konnte es eindämmen.

Das war schon immer so gewesen. In seiner Schulzeit waren es Rumkugeln vom Bäcker gewesen. Er hatte mehrere auf einmal gekauft und sie an unterschiedlichen Stellen in seinem Zimmer versteckt, wie ein Alkoholiker seine Flaschen. Einmal hatte er eine vergessene Rumkugel ganz hinten im Kleiderschrank gefunden. Die Rumkugel war mittlerweile zum Leben erwacht. Nie würde er den Anblick der weißen, krabbelnden Maden in der dunkelbraunen Masse vergessen. Seitdem hatte er keine Rumkugel mehr angerührt, doch den Drang, sich vollzufressen, war er nie losgeworden. Selbst in Zeiten seines größten Erfolgs hatte er heimlich gegessen. Die Schachteln mit den Sahnetörtchen hatte er in seinem Aktenschrank im Büro versteckt und sich das Gebäck hinter verschlossenen Türen blitzschnell in den Mund gestopft. Bis heute erinnerte er sich daran, wie eine der jungen Artdirektorinnen ihn eines Tages auf frischer Tat ertappt hatte, während er sich gerade ein Gebäckstück in den Mund stopfte. Er hatte den Kuchen vor Schreck und Scham fallen lassen. Sahne und Buttercreme waren an seinem Hemd heruntergerutscht, und er war total ausgeflippt und hatte sie so angeschnauzt, dass sie ihren Kollegen gegenüber vor lauter Angst ganz sicher nichts erzählen würde.

Finn seufzte tief, warf einen Blick aus dem Fenster und entdeckte eine Familie, die den Bürgersteig entlangging. Mutter, Vater, Kind. Alle drei waren wegen der Kälte gut eingepackt – das Kind ging zwischen den Erwachsenen und hielt sie an den Händen. So hätte es auch gehen können. Einen Augenblick traf ihn der Anblick. Die Tränen zogen einen Schleier vor seine Augen und färbten alles grau. Als er sich die Augen trocken gewischt hatte, war die Familie fort.

Er lehnte sich zurück und griff nach der Fernbedienung. Ziellos zappte er durch die Kanäle. Die ganzen Fernsehserien langweilten ihn allmählich. Sie strahlten immer wieder die gleichen aus, und er konnte die Texte allmählich auswendig. Schließlich landete er bei den Nachrichten im Sender TV2. Im Studio saß ein rotwangiger Kommissar, Steen Gundersen, der Leiter der Mordkommission, den er neulich schon gesehen hatte. In dem Beitrag ging es wieder um die ermordete Frau, die auf einer Bank am Lyngbysee gefunden worden war. Man hatte sie als Hanne Christoffersen identifiziert. Sie war sechsundvierzig

Jahre alt und Zahnmedizinische Fachangestellte. Der Leiter der Mordkommission erklärte, dass man diversen vielversprechenden Spuren nachging, unterstrich jedoch gleichzeitig, dass es an konkreten Hinweisen mangele und man an Tipps von Bürgern interessiert war, die etwas gesehen oder gehört hatten, das für die Ermittlung von Interesse sein könnte. Erneut war das Foto des Mordopfers auf dem Bildschirm zu sehen. Finn kniff die Augen zusammen. Sie hatte wirklich Ähnlichkeit mit der Frau, die er neulich in den Garten des Nachbarn hatte gehen sehen … Er rief sich die Telefonnummer in Erinnerung, die die Leute wählen sollten, wenn sie der Polizei einen Hinweis geben wollten. Es war ihm immer leicht gefallen, sich Zahlen zu merken. Selbst Telefonnummern von Geschäftsfreunden, Familienangehörigen und Bekannten, die vor einigen Jahrzehnten aktuell gewesen waren, tauchten plötzlich in seinem Gedächtnis auf.

Dann hörte er die schweren Schritte von Hjørdis auf dem Gartenweg, und sein Magen begann erwartungsvoll zu knurren.

»Könnte das Motiv für den Mord ein Dreiecksdrama sein, das sich zwischen Jens-Peter Thorn, Lars Peitersen und Hanne Christoffersen abgespielt hat, wenn Jens-Peter Thorn die Wahrheit sagt?«, meinte Reza, während sie zurück zum Präsidium fuhren.

Draußen dämmerte es, und weiche Schneeflocken landeten auf der Windschutzscheibe, wo sie die Scheibenwischer mit einem sanften, monotonen Fauchen zur Seite schoben.

Rebekka zuckte mit den Schultern.

»Kann durchaus sein. Es ist schon merkwürdig, dass Lars Peitersen nicht erwähnt hat, dass er Hanne Christoffersen näher kannte. Trotzdem würde es mich wundern, wenn es so einfach wäre. Ich weiß nicht …«

»Manchmal sind die Dinge einfach – simpel, wenn du so willst …«

»Das stimmt«, unterbrach ihn Rebekka schnell, »aber irgendetwas an diesem Fall sagt mir, dass Hanne Christoffersen nicht das einzige Opfer bleiben wird.«

»Wie kommst du darauf?« Reza sah sie neugierig an, während er geschickt die Thermoskanne aufdrehte und Kaffee einschenkte. Er reichte ihr die Tasse, doch sie lehnte mit einer Handbewegung ab.

»Hanne wurde so auf der Bank platziert, dass man nicht umhinkonnte, sie zu sehen. Sie wurde zur Schau gestellt. Geschminkt, parfümiert, und sie hatte etwas anderes an als die Sachen, in denen sie ihre Wohnung verlassen hat. Allein die Art, wie sie dasaß, mit den Händen im Schoß – das ist unheimlich und völlig anders als bei allen Morden aus Eifersucht, in denen ich bisher ermittelt habe. Spontan würde ich sagen, dass das die Signatur des Täters ist. Es erinnert mich an die Vorgehensweise mancher Serienmörder. In den USA haben wir mehrere Fälle behandelt, bei denen die Opfer auf ähnliche Weise zur Schau gestellt wurden.«

Reza lehnte sich im Sitz zurück, brummte etwas, und Rebekka musste über ihren Kollegen lächeln, der auf ihren Fahrten immer die Zeit für ein kleines Nickerchen fand. Dann wanderten ihre Gedanken zurück zu Lars Peitersen, und sie fügte hinzu: »Aber es ist schon sehr merkwürdig, dass Lars Peitersen seine Beziehung mit Hanne Christoffersen uns gegenüber verschwiegen hat. Er konnte sich doch ausrechnen, dass Jens-Peter Thorn es erwähnen würde. Die beiden scheinen sich nicht gerade gut zu verstehen, und ich will nicht ausschließen, dass ein Dreiecksdrama der Grund dafür sein könnte.«

»Wir sollten noch einmal mit ihm reden.« Reza schaltete Rebekkas Autoradio ein. *Years go by and I miss you, I can't describe what you've been through, but you're gone …* Lukas Graham sang *Criminal Mind*, und Rebekka lächelte.

»Ich finde, er singt großartig.«

»Es freut mich, dass du dich trotz allem noch für etwas anderes als für die Arbeit und Niclas interessierst«, bemerkte Reza scherzhaft.

Rebekka seufzte. »Über Niclas weiß ich leider sehr viel weniger, als mir lieb ist. Habe ich dir eigentlich erzählt, dass er Samstagabend ausgegangen ist? Er hat natürlich nicht gewusst, dass ich früher nach Hause kommen würde, aber letztlich habe ich mutterseelenallein dagesessen. Die Zeit, die wir wirklich zusammen hatten, beläuft sich auf ein paar Stunden. Ich vermisse ihn wirklich.«

»Das kenne ich gut.«

»Wie läuft es eigentlich mit Hugo?« Sie sah ihn forschend an.

»Wir verbringen nicht so viel Zeit miteinander, doch unsere gemeinsame Zeit ist sehr schön. Ich bin verrückt nach ihm, und er scheint mich zu mögen, aber wir können eben nicht Händchen haltend durch die Gegend laufen. Das ist so schwierig … mit meiner Familie, du weißt schon.«

Reza sah sie gequält an, und sie nickte verständnisvoll. Rezas iranische Familie wusste nicht, dass ihr ältester Sohn homosexuell war, und obwohl Rebekka sich nicht vorstellen konnte, dass sie ihn wirklich verstoßen würden, wenn sie es erführen, war ihr klar, dass ihm eine harte Zeit bevorstünde, wenn er sich endlich outen würde.

Reza rieb sich müde die Augen.

»Du hast Glück, dass du deine Liebe offen leben kannst. Dass du dich nicht schämen musst. Mich kotzt das alles so an.«

1984

Die Frau in der Mitte des Fotos hat einen seltsamen Blick. Sie ist jung und trägt ein altmodisches, schwarzes Kleid, das hochgeschlossen ist und einen Spitzenkragen hat. Ihr Haar ist zu einem Knoten aufgesteckt, rechts und links hängen ein paar Korkenzieherlocken herunter. Sie wird von zwei gleichaltrigen Frauen eingerahmt, die ihr ähnlich sehen. Beide schauen leicht zur Seite, als wäre ihnen unbehaglich zumute.

Ich trete näher. Dieses Porträt hat mich immer schon fasziniert. Wir haben viele Bilder von verstorbenen Familienangehörigen, sie hängen Seite an Seite an einer Wand im Wintergarten. Meine Mutter nennt diese Wand den Stammbaum. Das Foto von den drei Frauen ist niedrig angebracht – direkt vor meinen Augen. Die Bodendielen unter dem Stammbaum sind abgenutzt. Ich habe häufig dort gestanden.

»Was ist mit der Frau in der Mitte?«, frage ich meine Mutter.

Einen Moment scheint sie unschlüssig angesichts meiner Frage, dann seufzt sie und erzählt: »Die Frau rechts ist deine Urgroßmutter Olga. Links sitzt ihre Schwester Edle und in der Mitte ihre kleine Schwester, Agnes.«

»Ist Agnes krank?«, frage ich.

Meine Mutter sieht zu mir hinunter, und ein Hauch von Unsicherheit streift ihr Gesicht.

»Agnes ist tot«, erklärt sie schließlich.

»Tot?« Ungläubig starre ich das Foto an. Deshalb hat sie so einen merkwürdigen Gesichtsausdruck. Die Mimik wirkt unnatürlich, die offenen Augen starren ins Nichts, und der Mund ist nur ein Strich. Das wundert mich. Ich habe gehört, dass der Mund sich öffnet, wenn man stirbt.

»Warum sitzt sie so da? Als würde sie noch leben?«

»Das ist eine sogenannte Post-mortem-Fotografie. Das machte man so im viktorianischen Zeitalter. Man fotografierte die Toten. Damals war der Tod ein ganz normaler Bestandteil des Alltags. Die Kindersterblichkeit war sehr hoch, aber auch junge Menschen wie Agnes starben früh.«

»Woran ist sie denn gestorben?«

»Damals starben viele Menschen an ganz gewöhnlichen Krankheiten. Man hatte keine Medikamente, um sie wieder gesund zu machen. Die waren noch nicht erfunden.« Meine Mutter zögert kurz, fährt sich mit der Hand durch das lange, wellige Haar. Ich atme den Duft ihres Parfüms ein. Den besten Duft der Welt.

»Agnes hat mit zwanzig eine Lungenentzündung bekommen und ist gestorben. Dein Urgroßvater hat sie ganz besonders geliebt, sie war die jüngste seiner drei Töchter. Um sich so an sie zu erinnern, wie sie zu ihren Lebzeiten aussah, hat er die Schwestern auf diesem Foto verewigt. Es wurde zu seinem Lieblingsstück. Du siehst ja, dass das Foto ganz abgenutzt ist, obwohl wir versucht haben, es zu glätten.«

Meine Mutter zeigt mit ihrer schlanken Hand, die mit Diamantringen geschmückt ist, auf das Bild, und ich nicke.

»Aber wie haben sie es geschafft, dass Agnes so dagesessen hat, als würde sie noch leben?«

Ich sehe erneut zu meiner Mutter hoch.

»Damals hat man mit Stativen gearbeitet, an denen man die Leute aufgehängt hat. So saßen oder standen sie ganz gerade.« Sie sieht mich an. Ich lächle.

»Man wollte sich an die Toten erinnern, wie sie zu Lebzeiten waren. Deshalb«, sagt meine Mutter und verlässt das Zimmer.

»Irgendetwas stört mich an den Zahnärzten ...«

Gundersen wanderte brummend, die Hände auf dem Rücken, durch das Besprechungszimmer. Alle sahen ihn schweigend an. Sie wussten, dass er erst seinen Frust abreagieren musste, und wollten lieber nicht riskieren, zur Zielscheibe seiner berüchtigten Anpfiffe zu werden. Auf einmal drehte er sich so abrupt um, dass die Kollegen, die am nächsten saßen, zusammenzuckten.

»Gehen wir die vorläufige Ermittlung noch einmal durch. Hanne ist Single, hat einen guten Ruf, geht ihrer Arbeit und ihrem Sport nach und verabredet sich gern mit Männern, die sie über das Internet kennengelernt hat. Möglicherweise steht sie auf jüngere Männer. Dann wird sie tot auf einer Bank am Lyngbysee aufgefunden. Warum gerade da? Die Zahnarztpraxis liegt am Kongens Nytorv, und Hanne selbst wohnt nur wenige Hundert Meter von ihrer Arbeitsstelle entfernt – also weit weg vom Lyngbysee. Sie ist geschminkt, man hat sie mit Chanel No. 5 übergossen, und sie trägt zwanzig Jahre alte Designerklamotten. Sie hat mit Ecstasy vermischten Alkohol getrunken, das wissen wir mit Sicherheit, und man hat ihr wiederholt einen uns bislang unbekannten Stoff injiziert. Sie ist eine ganze Weile künstlich am Leben gehalten worden, während ihr gleichzeitig die Zehen abgeschnitten wurden. Schließlich ist sie gestorben, vermutlich an einer Vergiftung. Ihr Computer ist spurlos verschwunden, ebenso wie ihre Tasche, ihre Geldbörse, ihr Telefon, ihr Schmuck und ihre eigenen Kleider.«

Gundersen hielt inne, verschränkte seine großen Hände ineinander und dehnte sie, dass es in den Gelenken knackte. Beim Geräusch lief es Rebekka kalt den Rücken hinunter, und sie sah mehreren Kollegen an, dass sie nicht die Einzige war, die das Knacken unangenehm fand.

Der Leiter der Mordkommission fuhr fort: »Beide Zahnärzte haben ein Motiv. Der ältere gibt zu, scharf auf sie gewesen zu sein, erzählt aber, dass sie nicht an ihm interessiert gewesen sei, sondern stattdessen ein Verhältnis mit Lars Peitersen gehabt habe. Beide waren vor ungefähr einer Woche bei ihr eingeladen. Bei dieser Gelegenheit könnte einer von ihnen den Zweitschlüssel zu ihrer Wohnung entwendet haben. Es ist bemerkenswert, dass Lars Peitersen am Freitag, als sie nicht zur Arbeit erschienen ist, bei ihr zu Hause vorbeigeschaut hat. Woher wissen wir, dass er nicht doch in der Wohnung war? Er könnte einen Schlüssel gehabt haben, den sie ihm womöglich selbst gegeben hatte, und er hatte reichlich Zeit, ihren Computer und andere kompromittierende Dinge verschwinden zu lassen, bevor die Kollegen aus der Praxis bei uns angerufen haben. Stimmt's? Oder was meinst du?«

Er drehte sich um und sah Rebekka direkt an.

»So könnte es natürlich gewesen sein«, antwortete sie ruhig und versuchte sich von seiner massigen Gestalt nicht einschüchtern zu lassen.

»Lars Peitersen muss zum Verhör ins Präsidium bestellt werden. Sofort«, verkündete Gundersen.

Rebekka nickte. »Wir müssen zweifellos noch einmal mit ihm reden. Er hat Informationen bezüglich seiner Beziehung zu Hanne Christoffersen zurückgehalten, aber …« Sie zögerte, spürte Gundersens Blick auf sich ruhen.

»Aber was?«

»Ich bezweifle, dass das Mordmotiv Eifersucht war. Die Art, wie die Leiche auf der Bank platziert war, hat mich an spektakuläre amerikanische Mordfälle erinnert, du weißt schon. *Die schwarze Dahlie* zum Beispiel.«

»Ich habe keine Ahnung, wovon du redest, Rebekka.«

Gundersen sah sie gereizt an. Sein ganzer Körper strahlte Ungeduld aus. Die hochrote Gesichtsfarbe, die trommelnden Finger und die Art, wie er stoßweise atmete – all das führte dazu, dass Rebekka ihren früheren Chef Brodersen noch mehr vermisste als sonst. Sie seufzte unmerklich und versuchte zu erklären, was sie meinte.

»Mich beschäftigt es, dass die Leiche so in Szene gesetzt wirkt. Das erinnert mich an einen alten Mordfall aus Kalifornien, der später auch zu einem Romanstoff wurde. Das schwarz gekleidete Opfer wurde auch ›die schwarze Dahlie‹ genannt. Man fand die in der Mitte zerteilte Leiche der jungen Frau auf einem Bürgersteig, und zwar so in Szene gesetzt, dass alle den Torso sehen konnten.«

Gundersen stöhnte noch lauter, seine Gesichtsfarbe wechselte von Rot zu Dunkelrot.

»Rebekka, du faselst von einem unaufgeklärten Mord in den USA, der etwa sechzig Jahre zurückliegt?«

Rebekka sah ihn kühl an.

»Natürlich rede ich nicht von einer Verbindung zwischen den beiden Fällen. Das ist völlig unmöglich, doch es gibt klare Parallelen zwischen den Tätern, beide besitzen die gleiche Arroganz. Sie wollen gesehen werden und sagen: *Schau, was ich mich traue*, wenn sie eine Leiche derartig zur Schau stellen. Mit anderen Worten: Ich glaube nicht, dass es um einen verschmähten Liebhaber geht ... Leider.«

»Wenn ich es richtig sehe, versuchst du gerade ein Täterprofil ...«

»Keineswegs. Ich habe nur das Gefühl, dass es hier um etwas Größeres geht, dass das noch nicht das Ende, dass der Täter noch nicht fertig ist.«

»Profiling ist keine exakte Wissenschaft, Rebekka.«

»Das weiß ich, aber ...«

Gundersen schlug ungeduldig mit der Faust auf den Tisch, in Tatjanas Mundwinkeln breitete sich ein winziges Lächeln aus, doch Rebekka ließ sich nicht davon abhalten weiterzureden.

»Ich habe mich gefragt, ob er sie vielleicht fotografiert hat. So, wie sie dasitzt, erinnert sie an die Fotomodelle in den Frauenzeitschriften der Achtzigerjahre …«

Sie spürte die hochgezogenen Augenbrauen der Kollegen und sah schnell zu Reza hinüber. Wie gut, dass sie unterschlagen hatte, dass diese Vermutung eigentlich von ihm stammte.

»Das ist möglich, Rebekka, aber nicht sehr wahrscheinlich«, antwortete Gundersen und fügte hinzu: »Können wir uns jetzt bitte wieder dem wirklichen Leben zuwenden? Wir müssen mit Lars Peitersen reden.«

Während sie den Besprechungsraum verließen, schäumte Rebekka vor Wut. Sie hatte Gundersens Reaktionen auf ihre Vorschläge mehr als satt und hätte am liebsten kehrtgemacht, die Tür zu seinem Büro eingetreten und ihm gesagt, was sie von ihm hielt. Im wirklichen Leben.

»Tu es nicht.«

Reza legte ihr die Hand auf die Schulter. Wie üblich konnte er ihre Gedanken lesen und wollte nicht, dass sie bei ihrem Chef noch mehr in Ungnade fiel, als sie es ohnehin schon war. Schweigend gingen sie Seite an Seite in ihr Büro. Reza hatte recht. Natürlich konnte sie ihrem Chef nicht hinterherlaufen und ihn anschnauzen, doch ihre Lust, Gundersen mal ordentlich ihre Meinung zu sagen, war groß wie nie zuvor. Rebekka seufzte tief und lächelte ihren Partner an.

»Danke. Du hast recht, von der Vernunft her weiß ich das auch, aber vom Gefühl …«

»Ich verstehe dich ja, aber du musst einsehen, dass du gegen dein Gefühl ankämpfen musst, wenn du auch künftig mit Gundersen zusammenarbeiten willst. Ich meine, überleg mal, wie lange es noch dauert, bis er in Rente geht.«

Sie ließen sich hinter ihren Schreibtischen nieder. Rebekka nahm ihr Haargummi heraus und schüttelte ihr Haar.

»Wie alt ist Gundersen eigentlich? Er müsste Ende fünfzig sein, oder?«

Reza lachte. »Er ist erst zweiundfünfzig. Ich habe neulich mal nachgesehen ...«

»Das ist nicht dein Ernst, oder?«

Ihr schockierter Gesichtsausdruck ließ Reza nur noch lauter lachen. »Leider doch«, sagte er. »Vermutlich hat er noch ein Jahrzehnt vor sich, es sei denn, er kippt bei einem seiner Wutausbrüche vor Erregung um. Er macht ganz den Eindruck eines Herzinfarktkandidaten.«

»So viel Glück werden wir wohl kaum haben«, meinte Rebekka, und beide warfen einen verstohlenen Blick in Richtung Tür, um sich zu vergewissern, dass niemand ihre unpassenden Kommentare gehört hatte.

War ihr Leben jetzt zu Ende? War das alles, was ihr noch blieb?

Ursula Winding starrte in den Garten hinaus, in dem sich die Schneewehen türmten. Sie hatte es nicht fertiggebracht, den Gärtner Andersen anzurufen. Er wunderte sich bestimmt, dass sie ihn nicht hierherbeordert hatte, wo er sich doch seit drei Jahrzehnten so eifrig um den Garten kümmerte, doch zurzeit schaffte sie einfach gar nichts. Weihnachten hatte sie nur mit knapper Not überlebt. Pontus, Kamilla und die Kinder waren wie üblich dagewesen, und irgendwie war es ihr gelungen, die gleiche Stimmung wie zu der Zeit zu schaffen, als Otto noch lebte. Der Baum war schön geschmückt gewesen, bei der Zubereitung des Essens hatte sie Hilfe gehabt, und die Enkelkinder waren mit ihren klebrigen Fingern herumgehüpft, gefährlich nahe an Vasen und Skulpturen vorbei, was sie jedoch nicht im

Geringsten berührt hatte. Normalerweise hegte und pflegte sie ihr Haus, die Antiquitäten, die schönen Gemälde und all das, was sie und Otto in den vielen Jahren ihrer Ehe gesammelt hatten. »Das Museum« hatte Pontus sein Elternhaus immer genannt, und jetzt ging ihr auf, dass er recht gehabt hatte. Sie hatten in einem Museum gelebt, umgeben von schönen und wertvollen Kunstgegenständen, doch all das war ihr nicht mehr wichtig. Es hatte keine Seele, war bedeutungslos, reine Staffage. Wenn es nach ihr ginge, könnte Pontus das Ganze schon jetzt bekommen oder es verkaufen oder auf die Müllhalde fahren. Es war ihr gleichgültig.

Ursula wandte sich vom Fenster ab, ging am Louis-XVI-Spiegel vorbei und blieb kurz stehen. Litt sie an einer Depression? Das ging vielen älteren Menschen so, es war ganz normal, und in einem Monat wurde sie sechzig. Nicht, dass man ihr das ansah, sie hatte sich immer gut gehalten, und Schönheitschirurgie war kein Fremdwort für sie. Sie war groß, schlank – mager nahezu, wie ein Windhund –, und die grauen Haare ließ sie sich jede vierte Woche bei Gun-Britt machen. Sie trat dichter an den Spiegel heran. Ihre Stirn war glatt wie bei einer jungen Frau. Dank Botox und Restylane. Sie schüttelte den Kopf über die Frauen, die von den vorhandenen Möglichkeiten keinen Gebrauch machten. Warum eigentlich nicht?

Sie ging weiter zum Barschrank, griff nach der Karaffe und schenkte sich ein großes Glas Cognac ein, an dem sie nippte, während sie durch die winterlich kalten, dunklen Räume wanderte. Der Cognac brannte in der Kehle, eigentlich mochte sie den Geschmack nicht, doch es lohnte sich, auf die Wirkung zu warten. Die Wärme, die sich von den Haarwurzeln bis hinunter in die Zehen ausbreitete, das Gefühl, entspannt und mit sich selbst im Einklang zu sein.

Sie ging in das Herrenzimmer, in dem sich seit Ottos Tod vor knapp einem Jahr nichts verändert hatte. Sie schaltete die dunkelgrüne Lampe auf dem blanken Mahagonischreibtisch an, und der Anblick *seines* Tisches ließ die Sehnsucht heftig aufflammen. An jenem schicksalsschwangeren Tag hatte er an genau diesem Schreibtisch gesessen und sich die Aktienkurse angesehen, bevor er zum Tennis gefahren war. Die Golfsaison war vorbei, daher spielte er mehrmals in der Woche mit ein paar Freunden im örtlichen Tennisklub. Sie hatte ihn auf die Stirn geküsst und ein paar Stunden später das Mittagessen für ihn fertig gehabt, doch Otto war nie mehr nach Hause gekommen. Stattdessen hatten kurz darauf zwei Polizeibeamte geklingelt und ihr mit betretenen Mienen mitgeteilt, dass Otto mitten in einem Satz auf dem Tennisplatz verstorben sei. Man habe ihn leider nicht wiederbeleben können.

Zuerst hatte sie einen Lachanfall bekommen, der auch im Streifenwagen nicht aufgehört und bis in den Kühlraum des Krankenhauses angehalten hatte, wo Otto auf einer Stahlbahre lag, als machte er gerade ein Nickerchen. Erst als sie die Hand ausgestreckt und die von ihm ausgehende Kälte gespürt hatte, hatte sie den Ernst der Lage begriffen, und das Lachen war in Weinen übergegangen. Ein Weinen, das mehrere Wochen angedauert und von dem sie eine Zeit lang geglaubt hatte, es würde ihr lebenslanger Begleiter werden. Doch plötzlich war es versiegt, von einer Minute auf die andere, und seitdem hatte sie keine einzige Träne mehr vergossen. Sie war wie ausgetrocknet.

Ursula ließ sich auf den mit Leder bezogenen Bürostuhl fallen und sah flüchtig in die Papiere, die vor ihr auf dem Schreibtisch lagen. Aktienkurse, Indexe, Dow-Jones, Nikkei, FTSE 100 … Sie drehte den Stuhl in Richtung Computer und schaltete ihn einer plötzlichen Eingebung folgend an.

Die nächsten Stunden surfte sie im Internet. Sie gab Stichworte wie »Trauer« und »verstorbene Ehepartner« ein und überflog einige der Treffer, doch nichts davon brachte ihr neue Perspektiven oder auch nur die geringste Linderung. Trauer war Trauer, egal, wie man sie betrachtete. Sie googelte »Trauergruppen«, und während sie die eher langweiligen Einträge las, sprang ihr die Werbung für eine neue Datingseite ins Auge. Dating? Der Gedanke hatte sie in den letzten Monaten hin und wieder gestreift. Dabei hatte es ihr nach Ottos Tod keineswegs an Angeboten gemangelt. Mehrere Witwer und auch einige Verheiratete in ihrem Freundeskreis hatten ihr Interesse bekundet, doch sie hatte sie höflich, aber bestimmt abgewiesen. Mit einem Mann aus ihrem Bekanntenkreis auszugehen hätte sie unpassend gefunden, und sie hatte sich eigentlich schon damit abgefunden, dass sie bis zu ihrem Tod keinen Mann mehr haben würde. Auf einmal wurde ihr klar, dass ein Leben als Alleinstehende sie vor der Zeit ins Grab bringen würde. Sie schickte Otto einen liebevollen Gedanken und begann ein Profil zu erstellen.

Rebekka und Reza fuhren noch einmal zu der eleganten Zahnarztpraxis am Kongens Nytorv. Die Tür war verschlossen, als sie ankamen. Sie klopften einige Male, bis ihnen eine junge Frau in einem weißen Kittel aufmachte und sie mit tränennassem Gesicht fragte, womit sie ihnen helfen könne. Die Praxis sei geschlossen, erklärte sie mit erstickter Stimme. Sie stellten sich vor und fragten nach Lars Peitersen.

»Lars ist schon gegangen«, sagte die junge Frau und schniefte. »Er hatte es plötzlich sehr eilig und hat gesagt, dass er fortmuss. Vorher hat er mich noch gebeten, zwei Patienten abzusagen.«

»War er krank?«

»Nein.« Die junge Frau schüttelte den Kopf. »Er hat keinen

kranken Eindruck gemacht, aber er schien sehr erregt. Ich habe ihn noch nie so erlebt.«

»Wir müssen so schnell wie möglich mit ihm reden«, sagte Reza und bat um die Privatadresse des Zahnarztes.

Die Frau sah sie unsicher an.

»Eigentlich geben wir keine ...«

»Ist schon in Ordnung, Sussie, das ist schließlich die Polizei«, erklang eine Stimme hinter ihnen. Sie drehten sich um und standen Jens-Peter Thorn gegenüber. Er hatte rote Wangen und sah erheblich frischer aus als das letzte Mal, als sie ihm begegnet waren, registrierte Rebekka. Dann erinnerte sie sich daran, dass Arbeit in vielen Fällen die beste Medizin gegen Trauer war. Sie nickte ihm zu.

»Wir würden gerne mit Lars Peitersen reden.«

»Lars wohnt in Ordrup. Nicht weit von mir entfernt. Natürlich können Sie seine Adresse bekommen.«

»Danke. Es scheint Ihnen besser zu gehen?«, konnte Rebekka sich nicht verkneifen zu sagen, und Jens-Peter Thorn nickte schwach.

»Ja, ich habe mir gedacht, dass es nichts bringt, zu Hause zu bleiben. *The show must go on*, wie es so schön heißt, und meine Mitarbeiter brauchen mich ja auch. Sie sind von Ihren Kollegen befragt worden und noch immer am Boden zerstört, nicht wahr, Sussie?« Er sah die junge Frau auffordernd an, die ihn zustimmend anlächelte.

Sie verabschiedeten sich. Als sie auf den Treppenabsatz hinaustraten, machte Rebekka einen letzten Schulterblick, gerade noch rechtzeitig, um ein breites Lächeln über Jens-Peter Thorns Gesicht huschen zu sehen, während er seine junge Kollegin ansah. Nachdenklich runzelte sie die Stirn. Was zum Teufel ließ ihn so zufrieden lächeln, dass es die Trauer über den Verlust seiner engsten Mitarbeiterin überschattete?

Im Auto erzählte sie Reza von ihrer Beobachtung. Er zuckte nur mit den Schultern.

»Die Leute reagieren unterschiedlich, wenn sie unter Schock stehen, aber du hast schon recht, dass er sich ziemlich schnell erholt hat, wenn man bedenkt, wie schlecht es ihm noch heute Vormittag ging.«

»Ich frage mich, ob er uns etwas vorspielt. Vielleicht genießt er sein kleines Spielchen, bei dem er uns weiszumachen versucht, dass an seinem Kollegen und Rivalen irgendetwas suspekt ist. Hast du die Adresse ins Navi eingegeben?«

Reza nickte, und kurz darauf befanden sie sich auf der Autobahn nach Lyngby.

»Diese Creme hat mehrere einzigartige Eigenschaften, vor allem in Kombination mit diesem Serum.«

Die Verkäuferin im Kaufhaus Magasin schwenkte zwei Cremetiegel vor Astrid herum, die in ihrem dicken Wintermantel bereits schwitzte.

»Aha.« Sie betrachtete kurz ihr hochrotes Gesicht im Spiegel, der im hellen Kunstlicht alle aufgeplatzten Äderchen und die anderen Hautunreinheiten unbarmherzig hervorhob, unter anderem ein schwarzes Haar, das an ihrem Kinn wuchs. Sie seufzte tief. Mit Sicherheit ging man nicht mit leeren Händen von hier fort.

»Ich garantiere Ihnen, dass diese Creme Ihrer Problemhaut guttun wird.« Die Verkäuferin blinzelte ihr vertraulich zu, bis Astrid kapitulierte und ihre Kreditkarte hervorholte, die Geheimzahl eingab und den astronomischen Betrag von 1695 Kronen bestätigte.

Sie schauderte noch immer, als sie das große Kaufhaus verließ und ihr die Kälte heftig wie eine Ohrfeige ins Gesicht schlug. Schneeflocken wirbelten um sie herum, und sie lief zum Blumenmarkt gegenüber und kaufte einen großen Strauß Tulpen für ihre Mutter. Nachdem sie ihn in ihrem Fahrradkorb verstaut hatte, trat sie in die Pedale und wäre beim Losfahren beinahe ausgerutscht. Ein gleichaltriger Mann blieb stehen und fragte, ob alles in Ordnung sei. Sie antwortete ihm nicht, sondern fuhr rasch davon. *Warum fährst du davon, Astrid? Das war ein Mann. Ein freundlicher Mann. Du hättest dich wenigstens bedanken können.*

Sie kam leicht verspätet und ziemlich atemlos im Pflegeheim an.

»Ein Strauß als Entschuldigung? Weil du mich gestern nicht besucht hast?« Ihre Mutter sah sie über die bunten Tulpen hinweg scharf an.

»Wie meinst du das?« Ärgerlich entfernte Astrid das Papier, in das die Blumen verpackt waren, und suchte in den Schränken draußen im Flur nach einer passenden Vase.

»Du wirst rot, Astrid. Du weißt, dass ich recht habe.«

Verdammt. Ihre Mutter merkte aber auch alles. Nie gab sie Ruhe. Warum starb sie nicht einfach – sie war schließlich weit in den Achtzigern? Für einen kurzen Moment schlich sich der Gedanke an den Tod der Mutter als angenehme Vorstellung an. Eine Phantasie, die sie immer öfter heimsuchte, obwohl Astrid sich jedes Mal noch lange danach dafür schämte. Wenn die Mutter starb – falls das überhaupt jemals passierte –, würde für sie zweifelsfrei ein neues Kapitel ihres Lebens anbrechen, mit viel Freizeit, vor allem aber ein Leben in Freiheit, ohne die Sticheleien und die damit verbundene Schuld, den Erwartungen der Mutter nicht genügt zu haben, nie gut genug gewesen zu sein.

Astrid wurde aus ihren Gedanken gerissen, als ihre Mutter ein lautes Husten von sich gab. Die Gedanken lösten sich wie Seifenblasen in der Luft auf.

»Ist alles in Ordnung, Mutter?«, fragte sie und lief ins Zimmer.

»Ja, ja. Ich huste nur etwas, das wird doch wohl erlaubt sein? Jetzt setz dich endlich hin, ja? Ich möchte doch mit dir reden, bevor du wieder gehst. Darum darf ich dich doch wohl bitten, ohne dass du gleich beleidigt bist.«

Astrid verschränkte die Hände so fest ineinander, dass die Knochen weiß hervortraten. *Atme tief durch. Sie ist deine Familie. Deine einzige Familienangehörige.*

»Natürlich, Mutter«, sagte sie mechanisch und setzte sich auf den Stuhl ihr gegenüber.

»Gibt es was Neues mit dem Internet?« Ihre Mutter sah sie neugierig an, und Astrid schüttelte heftig den Kopf. Sie hatte ein Profil entworfen, doch ihr fehlte noch immer ein geeignetes Foto. Das Projekt gehörte ihr, und sie wollte es mit niemandem teilen, am allerwenigsten mit ihrer Mutter. Die sah jetzt enttäuscht aus – wie ein kleines Kind, dem man sein Eis weggenommen hatte. Astrid erhob sich, um die Thermoskanne zu holen, die auf der Kommode in der Ecke stand. Sie spürte, dass ihre Mutter sie taxierend ansah.

»Du solltest etwas tun, um in Form zu bleiben, Astrid. Ich habe das immer getan, deshalb habe ich, in Anbetracht meines Alters, noch immer so eine gute Figur.«

»Ich mache doch schon einen Pilateskurs«, warf Astrid ein und goss ihnen beiden dampfend heißen Kaffee ein.

»Aber reicht das denn? Ich habe neulich in der Zeitung gelesen, dass ein paar israelische Wissenschaftler herausgefunden haben, dass man doppelt so viele Fettzellen produziert, wenn man lange sitzt. Du sitzt doch lange bei der Arbeit, oder?«

»Ich habe jetzt diesen ergonomischen Tisch. Wegen meiner Lendenwirbelsäule ...«

»Brauchst du den denn, Astrid? Ganz ehrlich.«

Astrid stellte die Kaffeetasse geräuschvoll auf dem Sofatisch ab und wollte gerade antworten, als eine Pflegerin lächelnd den Kopf zur Tür hereinsteckte. Astrid schluckte ihre Erwiderung hinunter und murmelte etwas Freundliches, und die Pflegerin verschwand mit einem kleinen, zufriedenen Nicken. Astrid trank einen Schluck von dem bitteren Gebräu und räusperte sich. Die Unterhaltung zwischen ihnen war immer zäh und mühsam, als würde man über eine unebene Klippenformation mit Zacken und scharfen Kanten klettern, an denen man sich schneiden konnte.

»Wolltet ihr nicht einen Ausflug nach Stevns Klint machen? Euer ganzer Flur?«

»Ach, hör doch auf mit dem Unsinn, Astrid. Du weißt doch, dass ich auf so einen Ausflug nicht mitfahren würde. Was soll das uns alten Dösköppen denn noch bringen? Kannst du mir das sagen? Wir können doch weder klettern noch gehen.« Ihre Mutter sah sie demonstrativ an.

Sie antwortete nicht, und ihre Mutter fuhr fort: »Vielleicht haben sie den Ausflug auch nur geplant, um uns loszuwerden. Stell dir vor, wie wir alle am Steilufer stehen, um die Aussicht zu genießen, und dann gibt man uns allen einen diskreten Schubs ...«

»Also, Mutter ...«

»Du bist immer so langweilig, Astrid. Du hast einfach keine Phantasie.«

Wenn du wüsstest. Astrid versank in ihren eigenen Gedanken. All die Stunden, die sie von Männern geträumt hatte, von einem anderen Leben und ihren ungenutzten Möglichkeiten.

»Hast du von dem Mord an dieser Frau gelesen ... Hanne Christoffersen?« Ihre Mutter blinzelte sie neugierig an.

Astrid trank noch einen Schluck Kaffee und fragte sich, wie die Pflegerinnen es schafften, dass der Kaffee jedes Mal so furchtbar schmeckte, fade und bitter. Immerhin wurde er doch von unterschiedlichen Angestellten zubereitet.

»Nein, davon will ich auch gar nichts wissen. Das ist mir zu unheimlich.«

»Unheimlich trifft es wohl nicht ganz.«

Ihre Mutter erzählte Astrid nun jedes Detail, das sie gelesen hatte. *Politiken* hatte nur wenig über den Mord geschrieben, aber einige der Heimbewohner hatten BT oder *Ekstra Bladet* abonniert, und die Regenbogenpresse breitete sich in Wort und Bild über den Fall aus.

Astrid hörte nur mit halbem Ohr zu, während die Gedanken in ihrem Kopf arbeiteten. Sie konnte es kaum erwarten, nach Hause zu kommen, und beschloss, in fünf Minuten zu gehen. Sie tranken ihren Kaffee aus, während die Geräusche von den anderen Bewohnern durch die Wände drangen. Ein schwaches Klirren von Besteck und das leise Summen von Stimmen. Ein knisterndes Radio in einem der Nebenzimmer wurde plötzlich ausgeschaltet. Das abrupte Verstummen der Laute ließ sie aufschrecken.

»So, Mutter, ich sollte zusehen, dass ich nach Hause komme. Morgen liegt ein langer Tag vor mir. Ich habe meinen Pilateskurs, und auf der Arbeit ist zurzeit sehr viel los.« Sie zwang sich zu einem Lächeln.

»Jetzt schon? Du bist doch gerade erst gekommen, Astrid. Es ist ja nicht so, dass zu Hause Mann und Kinder auf dich warten, aber bitte, wenn du etwas Besseres vorhast.«

»Mutter.« Astrid fiel es schwer, die Wut aus ihrer Stimme herauszuhalten. »Ich bin eine berufstätige Frau. Ich brauche meinen Schlaf, und wie du selbst gesagt hast, bin ich nicht mehr die Jüngste. Ich werde schließlich bald fünfzig.«

»Dann mach's gut.«

»Mach's gut.«

Ihre Mutter lehnte sich in ihrem Stuhl zurück und schloss demonstrativ die Augen. Einen kurzen Moment erwog Astrid, zu ihr zu gehen und sich zu entschuldigen, doch dann entschloss sie sich zu ihrer eigenen großen Überraschung, es nicht zu tun. Wenn ihre Mutter schmollen wollte, dann sollte sie das tun. Sie wollte nach Hause, ihr Profil in den Cyberspace entlassen und das Beste hoffen.

—

Der Himmel war schwarzblau, doch überall lag dicker Schnee und tauchte das große, weiße Haus mit dem schwarz glasierten Ziegeldach in bläuliches Licht. Sie gingen durch den Vorgarten, in dem der Schnee geräumt war. Verglichen mit seinem Kompagnon war Lars Peitersen pingelig. Warmes, gelbes Licht strömte ihnen durch die großen Panoramafenster entgegen, die zur Straße hinausgingen. Sie klingelten und warteten in der beißenden Kälte, während ihr Atem in der einsetzenden Dämmerung kleine weiße Wolken bildete. Niemand öffnete. Sie tauschten einen schnellen Blick, dann drückte Rebekka erneut auf die Klingeln. Sie hörten es drinnen läuten, doch es erklangen keine Schritte.

»Wo zum Teufel steckt er?«

Beide sahen sich im verschneiten Garten um, und mit einer wortlosen Geste signalisierte Rebekka ihrem Kollegen, dass sie zum Hintereingang gehen wolle, wenn er an der Haustür Wache hielt. Mit schnellen Schritten arbeitete sie sich durch die Schneehaufen, die das Haus umgaben. Kurz darauf befand sie sich hinter dem Haus. Der rückwärtige Garten war von einer dichten Hecke und ein paar hohen Bäumen umgrenzt. Auf dieser Seite des Hauses gab es eine Holzterrasse, doch im Gebäude selbst war alles dunkel. Schnell lief Rebekka die wenigen Stufen hoch und stand dann vor einer großen Schiebetür aus Glas. Sie legte die Hände auf die Scheibe und sah ein Wohnzimmer im Loungestil mit einem beigen Sofa und passenden Sesseln. Sie zog an der Terrassentür, um feststellen zu müssen, dass sie natürlich verschlossen war. Dann trottete sie zu Reza zurück, der noch immer vorne an der Haustür stand.

»Ich bezweifle, dass er aufmachen wird«, sagte sie.

»Wie meinst du das? Glaubst du, dass er abgehauen ist?«

Reza steckte die Hände unter die Achseln, um sie zu wärmen.

Rebekka zuckte mit den Schultern. »Keine Ahnung. Es kann auch sein, dass er einfach nicht mit uns reden will ...«

»Er könnte doch auch einkaufen sein und vergessen haben, das Licht auszumachen. Zumindest ist sein Auto nicht hier.« Reza machte eine Geste in Richtung Carport.

»Kann natürlich sein. Aber merkwürdig ist es schon, dass er zu seinen Kollegen gesagt hat, dass er schnell nach Hause muss.« Rebekka hatte kalte Füße. Sie trat auf der Stelle hin und her und klingelte dann noch einmal.

»Ich würde zu gerne hinein und mir das Haus vornehmen.«

Sie spürte, wie das Adrenalin durch den Körper schoss. Irgendetwas sagte ihr, dass Lars Peitersen sich vor ihnen versteckte, aber warum? Hatte Gundersen doch recht, wenn er daran festhielt, dass das Mordmotiv Eifersucht war?

Reza sah sie skeptisch an. »Du meinst doch nicht etwa, dass wir uns ohne einen Durchsuchungsbeschluss Zugang zu dem Haus verschaffen sollten?«

»Im Auto habe ich einen großen Schraubenzieher. Ich bin mir sicher, dass ich damit die Terrassentür aufbekomme ...«

»Verdammt, Rebekka!« Reza trat einen Schritt näher zu ihr, und sie spürte trotz der Dunkelheit seinen bestürzten Gesichtsausdruck.

Sie lächelte schief. »Das war ein Witz, das weißt du doch. Ich habe nur das Gefühl, dass ...«

»Das Gefühl, dass was? Du glaubst doch nicht einmal, dass er etwas mit dem Mord zu tun hat, oder doch?«

»Richtig, aber *wenn* einer von Hannes Kollegen dahintersteckt, dann mit großer Wahrscheinlichkeit er. Der Mord ist genau geplant, und Lars Peitersen erscheint mir erheblich organisierter als sein Partner, Jens-Peter Thorn. Erinnerst du dich nicht, wie unordentlich es bei ihm war – muffig und unaufgeräumt?«

Reza nickte, während er die Hände aneinanderrieb. Die Luft war scharf vor Kälte.

»Derjenige, der Hanne Christoffersen umgebracht hat, ist alles andere als unordentlich und unorganisiert.«

Im selben Moment klingelte ihr Handy, und sie meldete sich verärgert.

Es war Simonsen. Ein Tipp von einem Barkeeper war eingegangen, der meinte, Hanne Christoffersen und einen unbekannten Mann am Donnerstagabend bedient zu haben.

»Das klingt interessant, aber Reza und ich stehen gerade vor dem Haus von Lars Peitersen. Drinnen ist Licht, aber er macht nicht auf ...«

»Vergesst Peitersen. Das andere ist wichtiger. Der Zeuge hat den potenziellen Täter gesehen und ihn bedient.«

Rebekka spürte Ärger in sich aufsteigen. Das war typisch Simonsen, dass er, unter dem Schutz von Gundersen, seinen Kollegen meinte sagen zu können, was sie zu tun hatten.

»Gundersen hat uns ausdrücklich aufgetragen, mit Lars Peitersen zu reden. Warum schickst du niemand anderen hin?«

»Ich habe niemand anderen. Alle sind beschäftigt.«

»Das sind wir auch.«

»Das ist ein Befehl, Rebekka.«

»Entschuldige, was sagst du da?«

Rebekka verschlug es vor Wut über seinen Befehlston die Sprache.

»Ich habe nur gesagt: Vergesst Peitersen für den Moment und sprecht mit diesem Barkeeper. Er arbeitet im Café Victor. Wir halten ihn für einen glaubwürdigen Zeugen.«

»Wer ist wir, wenn ich fragen darf?«

»Gundersen und ich«, antwortete Simonsen kurz angebunden und legte auf. Rebekka stand einen Moment da und schaute verblüfft ihr Handy an.

»Worum ging es?«

»Das war Simonsen. Er hat uns befohlen, Peitersen hintanzustellen und stattdessen zum Café Victor zu fahren. Ein Barkeeper meint, Hanne Christoffersen war am Donnerstag dort – zusammen mit einem Mann …«

»Okay.« Reza machte einen Schritt die eisglatte Treppe hinunter. Rebekka starrte ihm hinterher und rief: »Du gehorchst also einfach dem Befehl?«

Reza drehte sich halb zu ihr um. »Ich gefriere langsam zu Eis, und ich muss zugeben, dass der Gedanke an das Café Victor mehr als verlockend ist.«

Er ging weiter den spiegelglatten Gartenweg entlang. Rebekka stapfte hinter ihm her.

»Stört es dich nicht, dass Simonsen meint, uns herumkommandieren zu können, wie es ihm passt?«, fragte sie empört.

»Er ist nun einmal Gundersens Sprachrohr. Sein Laufbursche. Das weißt du doch.«

Reza griff nach dem Gartentor und zog daran. Das Scharnier gab einen jammernden Laut von sich. Rebekka warf vom Bürgersteig aus einen letzten Blick auf das Haus, genau im richtigen Moment, um eine Bewegung hinter einem der Fenster in der ersten Etage zu sehen.

»Er ist zu Hause. Verdammt, Mann, er ist da.« Eifrig zeigte sie zum fraglichen Fenster. Reza folgte sofort ihrem Blick, aber es war niemand mehr zu sehen.

»Da ist nichts, Rebekka. Komm jetzt.«

Er trippelte ungeduldig im Schnee auf der Stelle, und sie schloss widerwillig das Auto auf, während sie weiter zu dem Fenster hochsah. Doch das Fenster blieb dunkel, und nichts regte sich.

Der Barkeeper hieß Johnny Rasmussen und gehörte zum festen Inventar des Café Victor, seit es 1981 aufgemacht hatte. Rebekka musste sich sehr beherrschen, nicht zu grinsen, als sie ihn sah. Mit seinem blondierten Haar und der nussbraunen Hautfarbe, die eindeutig echt war, entsprach er dem Prototyp des Yuppies von damals. Die Bar und das dazugehörige Bistro waren nur halb voll. Johnny führte sie in eine Ecke und fragte sie, was sie trinken wollten. Kurz darauf kam er mit zwei Tassen Milchkaffee zurück, in deren Schaum jeweils ein Herz zu sehen war. Sie lächelten ihn dankbar an, während er sich setzte. Ihre Finger kribbelten noch immer vor Kälte.

»Sie haben uns angerufen.« Rebekka nippte an ihrem Kaffee, während sie den Barkeeper genauer studierte. Er nickte und entblößte seine weißen Zähne.

»Ja, inzwischen habe ich so einiges über die Frau gelesen, die vor Kurzem umgebracht wurde …«

»Das lässt sich auch kaum vermeiden«, bemerkte Reza trocken, und Johnny lachte leise.

»Ja, das stimmt. Und die Fotos in den Zeitungen haben mich an eine Frau erinnert, die neulich hier war, das heißt am Donnerstag.« Er zögerte. Fuhr sich mit der braunen Hand durch das gebleichte Haar.

»Warum haben Sie erst jetzt angerufen?«

Der Barkeeper zuckte mit den Schultern. »Ich fand, dass sie in Wirklichkeit ein wenig anders aussah als auf den Fotos in den Zeitungen und im Fernsehen. Da macht sie so einen ernsten Eindruck, aber sie hat glücklich ausgesehen und gelächelt, als sie hier war ...« Er zögerte kurz und senkte leicht die Stimme. »Am meisten hat mich wohl verwirrt, dass sie Single gewesen und keine Kinder gehabt haben soll ...« Johnny rutschte verlegen auf seinem Stuhl herum. »Es hat mich verwirrt, weil die Frau, die ich am Donnerstag gesehen habe, auf mich den Eindruck einer Mutter gemacht hat, die mit ihrem Sohn in der Stadt unterwegs war ...«

»Mit ihrem Sohn?«

Jetzt war es an Rebekka und Reza, verwirrt auszusehen.

»Die Frau war mit einem jüngeren Mann hier. Einem sehr viel jüngeren Mann, um genau zu sein, und deshalb bin ich davon ausgegangen, dass sie Mutter und Sohn waren ...« Johnny fuhr sich mit der Hand durch die Haare. »Deshalb habe ich mich erst jetzt gemeldet ... Ich habe etwas gebraucht, um den richtigen Zusammenhang herzustellen.«

»Wo haben sie gesessen?« Rebekka sah sich in dem Lokal um, in dem überall Spiegel angebracht waren.

»Sie haben da drüben in der Ecke gesessen. Es war sehr voll an dem Abend ... rappelvoll. Das liegt an dem ›Champagnerdonnerstag‹, den wir vor einiger Zeit eingeführt haben, das ist ein Special mit Champagner und besonderen Beilagen. Ein Riesenerfolg.«

Johnny lächelte breit, und Rebekka bezweifelte nicht, dass die Idee zu dem Champagnerevent von ihm kam. Sie kommentierte es ebenso wenig wie Reza.

»Wie haben sie sich verhalten?«

»Ich muss gestehen, dass ich den beiden keine große Beachtung geschenkt habe. Wir haben donnerstags viel zu tun ...«

»Denken Sie ganz genau nach. Was für einen Eindruck haben die beiden auf Sie gemacht? Hatten Sie das Gefühl, dass sie einander kannten, oder haben sie sich zum ersten Mal getroffen?«

»Ich bin, wie gesagt, davon ausgegangen, dass es sich um Mutter und Sohn gehandelt hat. Sie haben sich unterhalten und es sich gut gehen lassen, hatte ich den Eindruck.«

»Wirkten sie miteinander vertraut?«

Johnny lehnte sich zurück und schloss die Augen.

»Das könnte man sagen. Sie saßen eng zusammen und haben geredet. Mir kam es so vor, dass sie sich gut kannten.«

»Haben sie sich berührt?«

»Ich glaube, dass er irgendwann nach ihrer Hand gegriffen hat ... Aber das hatte nichts ... Sexuelles, das war mehr so, als würden sie sich gut kennen.«

»Haben sie sich geküsst?«

»Nein ... und wenn doch, dann habe ich es nicht gesehen.«

»Wie hat der junge Mann ausgesehen?«

Johnny zuckte mit den Schultern, und sein Blick begann zu flackern. »Ich kann mich nicht so genau erinnern ... Ich hätte wirklich nicht anrufen sollen.«

»Sie brauchen sich nicht zu entschuldigen«, beruhigte ihn Rebekka. »Wir sind froh, dass Sie Kontakt zu uns aufgenommen haben, aber könnten Sie uns erklären, warum Sie die beiden für Mutter und Sohn gehalten haben?«

»Nun ja, der Mann war eindeutig jünger. Er hatte blondes Haar, war muskulös und sah sehr gut aus – genau wie sie. Irgendwie haben sie sich ähnlich gesehen ...« Johnny schwieg und fügte leise hinzu: »Vielleicht war sie es doch nicht.«

Rebekka seufzte innerlich. Zeugenbefragungen waren immer

schwierig. Das Gehirn war ein merkwürdiges Gebilde, das sich an einige Dinge erinnerte und andere vergaß. Mehrere internationale Untersuchungen bestätigten, dass selbst Zeugen, die dasselbe gesehen hatten, sich an total unterschiedliche Dinge erinnerten und völlig unterschiedliche Personen identifizierten.

»Können Sie sich erinnern, was sie anhatte?«

Nach einer kurzen Denkpause hellte sich das Gesicht des Barkeepers auf.

»Das kann ich tatsächlich. Sie hat die meiste Zeit gesessen, und der Sohn ... der Mann hat die Drinks an der Bar geholt, aber ich erinnere mich, dass sie ein hellgraues Kleid anhatte, so ein glänzendes mit Pailletten.«

Rebekka spürte, wie es ihr kalt den Rücken hinunterlief. Hanne Christoffersen hatte sich an dem Donnerstagabend, an dem sie verschwunden war, mit einem jüngeren Mann getroffen. Sie würden ihn zur Fahndung ausschreiben. Wenn es sich um ein ganz unschuldiges Treffen gehandelt hatte, würde er sich mit großer Wahrscheinlichkeit melden. Wenn nicht, war er höchstwahrscheinlich der Mann, den sie suchten.

»Wir möchten Sie um alle Kreditkartenabrechnungen von Donnerstag bitten und ...«

»Er hat bar bezahlt«, unterbrach sie der Barkeeper aufgeregt. »Daran erinnere ich mich ... Ich habe mich darüber gewundert. Nicht, dass das verboten wäre, natürlich nicht, aber es kommt bei uns relativ selten vor.«

Rebekka biss sich auf die Lippe. Das bestätigte ihre Annahme, dass sie es mit einem Täter zu tun hatten, der sein Verbrechen bis ins kleinste Detail geplant hatte.

—

Der Abend war dunkel und sternenlos. Rebekka stieg aus ihrem Auto, schloss ab und ging mit schnellen Schritten die Straße hinunter, während sie fluchte, weil sie keinen Parkplatz vor der Tür gefunden hatte und hundert Meter weiter weg parken musste. Der Valbygårdsvej bot eine wenig gelungene Mischung aus Einfamilienhäusern und Wohnblocks, doch am Abend lag er so ruhig und verlassen da, als befände man sich in einem Dorf. Rebekka hörte das monotone Klacken ihrer Schuhe auf dem Asphalt. Hinter ihr erklang das schwache Sausen des Verkehrs auf der Vigerslev Allé, doch ansonsten schien die Dunkelheit alle Laute zu verschlucken. Sie fröstelte und war nur noch wenige Meter von ihrer Haustür entfernt, als sie Schritte hinter sich hörte. Sie zuckte zusammen und versteifte sich. Ein Mann mit seinem Hund ging an ihr vorbei und drehte sich zu ihr um.

»Entschuldigen Sie, falls ich Sie erschreckt habe.«

Sie murmelte irgendetwas, während sie mit klopfendem Herzen auf ihre Tür zuging, und selbst als sie hinter sich abgeschlossen hatte, beruhigte sich ihr Puls nur langsam. Minutiös ging sie die Wohnung durch, in der sich wie üblich kein Täter versteckte, fand aber trotzdem keine Ruhe. Ihr Körper war gespannt wie eine Feder, sie konnte nicht abschalten und lief rastlos von einem Zimmer ins andere. Sie rief Niclas an, mit dem sie nicht mehr gesprochen hatte, seit er abgereist war, aber er meldete sich nicht, und sie hinterließ keine Nachricht. Dann probierte sie es bei Dorte, hatte aber auch dort keinen Erfolg – ihre Freundin war bestimmt mit diesem Andreas zusammen, dachte sie und sehnte sich plötzlich noch mehr nach Niclas' Armen, um sich darin zu verkriechen.

Sie schaltete den Fernseher ein, konnte sich aber auf keins der Programme konzentrieren. Sie zappte zwischen Realityshows und diversen amerikanischen Sitcoms hin und her und stellte das Gerät wieder aus, während die Gedanken weiter in ihrem

Kopf arbeiteten. Sie überlegte, ob sie ein warmes Bad nehmen sollte, um zur Ruhe zu kommen, als ihr plötzlich klar wurde, dass ihre Angst so groß war, dass sie sich nicht traute. Ich werde langsam wahnsinnig, dachte sie und sank in einer Ecke des Schlafzimmers in sich zusammen. Sie zitterte vor Angst, schwitzte und fror zugleich.

Kaum schloss sie die Augen, war sie schon wieder an jenem schicksalsschwangeren Morgen im Sommerhaus. Sie spürte seine großen Hände an ihrem Gesicht und sein spitzes Knie, das sich in ihren Rücken bohrte. Sie stellte sich vor, dass Reza es nicht schaffte, sie zu retten, und schreckte von dem lauten Knacken auf, das erklang, als er ihr das Genick brach. Wie von einem brechenden Ast.

DIENSTAG

Rebekka konnte kaum aus den Augen gucken, als sie früh am nächsten Morgen vor dem Präsidium parkte. Ihr Kopf brummte, und ihre Beine fühlten sich durch den Schlafmangel an wie Pudding. Auf den wenigen Metern von ihrem Auto zum Eingang stolperte sie mehrere Male.

»Gestern ordentlich einen draufgemacht, was?«, meinte der Wachhabende und blinzelte ihr zu. Rebekka nickte nur. Sie brachte es nicht fertig, seine Bemerkung richtigzustellen. In der Teeküche kippte sie eine Tasse schwarzen Kaffee in sich hinein, bevor sie weiter zu ihrem Büro ging.

Reza war noch nicht da, und sie nutzte die Zeit vor der Morgenbesprechung, um die Berichte über die gestrigen Befragungen zu schreiben.

Gundersen stand wie immer am Whiteboard, an dem diverse Fotos von der ermordeten Hanne Christoffersen hingen. Rebekka vermied den Augenkontakt mit ihm und konzentrierte sich stattdessen auf die Fotos. Beim Anblick des Opfers, das so lebendig aussah, wie es dort auf der Bank saß, fröstelte sie. Was für ein bizarrer Fall.

Ein lauter Kommentar ihres Chefs riss sie aus ihren Gedanken.

»Hört mal zu. Lars Peitersen ist definitiv verschwunden. Wir haben versucht, ihn über die drei Telefonnummern zu erreichen, die wir von ihm haben, und zwar privat und in der Praxis, aber wir erreichen ihn nicht, die Telefone sind tot. Seinem Kollegen zufolge hätte er heute arbeiten müssen, von acht bis fünf hatte er Termine mit Patienten, aber er ist in der Praxis nicht erschienen und hat sich auch nicht gemeldet. Sein Auto ist ebenfalls weg. Wir haben einen Streifenwagen zu ihm nach Hause geschickt und beschlossen, ihn zur Fahndung auszuschreiben. Sein Verschwinden legt nahe, dass er der Mann ist, nach dem wir suchen.«

»Es sei denn, ihm ist etwas zugestoßen«, wagte Reza einzuwenden.

»Ich verwette meine Pension darauf, dass er nicht sauber ist«, sagte Gundersen und ließ seinen Blick über die Anwesenden schweifen, bevor er einige Sekunden länger auf Tatjana verweilte. Anschließend ging er die letzten Neuigkeiten in dem Fall durch.

Es waren mehrere Hundert Anrufe von hilfswilligen Bürgern eingegangen, darunter drei Geständnisse. Wie üblich sprachen spektakuläre Mordfälle einen ganz besonderen Typ Menschen an, deren größter Wunsch maximale Aufmerksamkeit war und die daher auch gerne einen Mord gestanden, wenn ihnen das die gewünschte Beachtung einbrachte. In der Regel wurden sie von erfahrenen Polizisten durchschaut, doch es konnte auch vorkommen, dass sich selbst diese von ihnen täuschen ließen, wodurch kostbare Zeit vergeudet wurde.

Gundersen räusperte sich. »Es dürfte wohl niemanden überraschen, dass die Suche nach Lars Peitersen ganz oben auf unserer Prioritätenliste steht. Ich war ja von Anfang an davon überzeugt, dass der Mord an Hanne Christoffersen zutiefst persönliche Gründe hat und dass die Leiche deshalb auf diese Weise zur Schau gestellt wurde. Wir müssen auch herausfinden, wo Hanne wann war. Wir wissen, dass sie Donnerstagabend in Gesellschaft eines jüngeren Mannes im Café Victor war. Sie haben bar bezahlt. In dem Café gibt es leider keine Videoüberwachung, doch fünfzig Meter entfernt befindet sich eine Bank mit Geldautomat, und wir werden überprüfen, ob auf der Videoüberwachung der Bank etwas Interessantes zu sehen ist«, schloss er und sah die Versammlung mit zusammengekniffenen Augen an.

Rebekka wich seinem Blick aus und fokussierte stattdessen ihre Kollegen. Mehrere folgten aufmerksam den Äußerungen ihres Chefs und nickten eifrig, wenn er zu einer Schlussfolgerung kam, was sie maßlos ärgerte. Sie war bei Weitem nicht die Einzige in der Mordkommission, die Probleme in der Zusammenarbeit mit Gundersen hatte, doch die anderen schienen irgendwie kapituliert zu haben, als er Brodersens Platz übernommen hatte, und die Stimmung ihm gegenüber war ins Positive umgeschlagen. Rebekka wusste nur zu gut, dass es kindisch und rachsüchtig war, an der Opposition zu Gundersen festzuhalten, doch sie hatte keine Wahl, wenn sie aufrichtig bleiben wollte. Zu oft war sie von seinen Überlegungen nicht überzeugt, und ihre Persönlichkeiten rieben sich aneinander. Sie versuchte, sich wieder auf die Besprechung zu konzentrieren.

»Am ehesten kommt der Zahnarzt als Täter infrage.« Die

Äußerung kam von Simonsen, und plötzlich ritt sie ein kleiner Teufel. Sie hob die Hand.

»Diese Äußerung wundert mich wirklich sehr, Simonsen. Genauso wie dein Anruf gestern. Wenn du wirklich glaubst, dass Lars Peitersen etwas mit Hanne Christoffersens Tod zu tun hat, warum in aller Welt hast du uns dann von seiner Wohnung in die Innenstadt beordert, um den Barkeeper im Café Victor zu befragen?«

Eine leichte Röte stieg in Simonsens sommersprossige Wangen, und er sah sie mit zusammengekniffenen Augen an.

»Ich musste eben eine Entscheidung treffen. Ich war der Ansicht, dass die Befragung des Zeugen wichtig sei und uns eine Täterbeschreibung liefern könne.«

»Dem Barkeeper zufolge war Hanne Christoffersen in Gesellschaft eines jüngeren Mannes. Eines sehr viel jüngeren Mannes. Sein erster Eindruck war der, dass es sich um Mutter und Sohn handelte.« Sie räusperte sich und fügte hinzu: »Der Barkeeper konnte sich außerdem daran erinnern, dass der junge Mann blond war. Wenn wir uns die beiden Chefs von Hanne vergegenwärtigen, dürften wir uns schnell einig werden, dass Jens-Peter Thorn nicht jung und Lars Peitersen dunkelhaarig ist, sehr dunkelhaarig sogar.«

»Hört mal zu, wir sind wie immer nach allen Seiten offen.« Gundersens Blick wanderte von Simonsen zu Rebekka. »Rebekka, ich habe deinen Bericht gelesen und die Aussage des Barkeepers im Kopf, doch wie du selbst in dem Bericht schreibst, ist er sich nicht ganz sicher, was das genaue Aussehen des Mannes angeht.«

»Das ist korrekt. Er erinnert sich aber an ihr Kleid, und er erinnert sich, dass der Mann jünger war. Bist du Lars Peitersen einmal begegnet?«

»Nein, das weißt du doch ganz genau, aber ich habe mehrere

Fotos von ihm gesehen.« Gundersens Gesichtsfarbe wurde dunkler.

»Lars Peitersen ist, wie gesagt, dunkelhaarig«, wiederholte Rebekka. »Sein Aussehen ist, wie soll ich sagen, recht charakteristisch. Nun gut, wir haben den Barkeeper hergebeten, um sich ein paar Fotos anzusehen, unter anderem eins von Lars Peitersen. Dann werden wir sehen.«

Gundersen trommelte mit den Fingern auf den Tisch.

»Peitersen kann doch trotzdem der Täter sein. Hanne Christoffersen könnte mit dem jungen Mann ausgegangen sein und sich anschließend mit einem ihrer Kollegen getroffen haben, zum Beispiel mit Lars Peitersen. Offenbar haben sie sich ja um sie gerissen. Jens-Peter Thorn hat zugegeben, dass er in sie verliebt war, und ihm zufolge hatte sie ein Verhältnis mit Lars Peitersen. Möglicherweise gibt es noch andere Männer in ihrem Leben, deren Identität wir noch nicht kennen. Gerade im Moment, wo die Ermittlung noch in den Kinderschuhen steckt, ist es wichtig, für alles offen zu sein.«

»Wir behalten alle Möglichkeiten im Auge, das ist klar. Es kann einer ihrer Patienten gewesen sein, es kann einer der Zahnärzte gewesen sein, aber es kann auch der junge Mann gewesen sein, mit dem sie aus war.« Rebekka verschränkte die Arme und sah Gundersen trotzig an. »Außerdem bin ich immer für alle Möglichkeiten offen – anders als manche hier im Raum, die Lars Peitersen bereits als Täter im Mordfall Hanne Christoffersen vorverurteilt haben.«

Gundersen klatschte laut in die Hände, sodass alle ihn aufmerksam ansahen. »An dieser Stelle hören wir auf und verteilen stattdessen die Aufgaben. Wir müssen weiterkommen, wir haben einen Mörder zu fangen.«

Bevor er noch jemanden umbringt, dachte Rebekka und griff nach ihrer Tasche. Auf dem Weg zum Ausgang spürte sie Gundersens und Simonsens Blicke wie kleine Nadelstiche im Rücken und richtete sich zu ihrer vollen Größe auf, während sie den Besprechungsraum verließ.

»Wo finde ich Jane Aamunds Memoiren?«

»Was gehört Ihrer Meinung nach in eine Arbeit über moderne Literatur?«

Die Fragen der Bibliotheksbenutzer hagelten schon den ganzen Tag auf sie herab. Sie hatte bereitwillig versucht, sie alle zu beantworten, hatte zahllose Bücher hervorgeholt und sogar noch den Kollegen geholfen, die Bände hinterher an ihren Platz zurückzustellen. Die ersten Stunden waren nur so dahingeflogen, sie war guter Dinge gewesen, vielleicht wegen des Internetprofils. Es hatten ihr mehr Benutzer als üblich zugelächelt, und ihre engste Kollegin, Liselotte, hatte mehrmals gefragt, ob etwas passiert sei. Astrid hatte den Kopf geschüttelt, aber die ganze Zeit vor sich hin gelächelt, was Liselotte keineswegs entgangen war. Jetzt, am späten Nachmittag, waren ihre Kräfte allmählich verbraucht, und sie sehnte sich nach Hause zu ihrem Computer, um zu sehen, ob jemand auf ihr Profil reagiert hatte. Nicht auszudenken, wenn …

»Entschuldigung, könnten Sie mir wohl helfen?«, erklang eine tiefe Stimme hinter ihr, und sie drehte sich, innerlich fluchend, auf ihrem Bürostuhl um. Konnten die Leute sie nicht einfach in Ruhe lassen?

Vor ihr stand ein gleichaltriger Mann, der seinen Wintermantel an den Körper drückte, als wäre er ein Schutzschild gegen die Welt. Die dunkelblaue Wolle war voller großer, weißer Schneeflocken, die langsam schmolzen und vor ihren Augen verschwanden. Seine freundlichen Augen sahen sie durch eine Stahlbrille an, und sie seufzte versöhnt und versuchte, freundlich zu klingen.

»Vielleicht. Was suchen Sie denn?«

»Ich suche nach *Mrs Dalloway*, aber unter W kann ich das Buch nicht finden.«

Mrs Dalloway war eins ihrer Lieblingsbücher, und sie wunderte sich ein wenig, dass sich ein Mann gerade diesen Roman ausleihen wollte. Nun gut, bestimmt wollte er ihn für seine Frau.

»Das ist seltsam. Ich bin mir sicher, dass wir mehrere Exemplare haben. Haben Sie auch am richtigen Platz geguckt?«

Es zuckte leicht im Gesicht des Mannes. Er drückte seinen Mantel noch fester an sich.

»Ich denke schon. Ich habe genau nachgesehen, aber es war nicht da.«

Sie kehrte ihm den Rücken zu und gab Virginia Woolf in den Computer ein. Sie hatten insgesamt zwei Exemplare. Eins war ausgeliehen. Also müsste das andere im Regal stehen.

»Sie haben schon bei W geguckt – unter Woolf?«

»Ja.« Er klang jetzt leicht verärgert, und sie stand langsam von ihrem Stuhl auf und ging zusammen mit ihm zu dem entsprechenden Regal. Sie ließ den Finger über die Buchrücken von Bänden der Autoren mit dem Anfangsbuchstaben W gleiten und stellte fest, dass er recht gehabt hatte. *Mrs Dalloway* stand nicht am entsprechenden Platz. Sie machte eine bedauernde Geste.

»Stimmt, es ist nicht da. Das tut mir leid. Leider kommt es öfter vor, dass Leute die Bücher herausnehmen, ein wenig darin lesen und sie irgendwo anders wieder zurückstellen, aber ich kann Sie für das Buch vormerken, wenn Sie das möchten?«

»Ja, das möchte ich gerne.« Er reichte ihr zögernd seine Visitenkarte, und sie gab all seine Daten in den Computer ein.

»Danke, das ist nett von Ihnen«, fügte er hinzu.

Ihre Blicke trafen sich, eine braune und eine blaue Iris streiften einander, und Astrid bekam ganz warme Wangen. Sie räusperte sich schnell und sagte: »Ich schicke Ihnen eine SMS, wenn das Buch da ist.«

Er bedankte sich und ging zur Rolltreppe. Sie musste ihm einfach hinterherschauen. Kurz bevor er verschwand, drehte er sich zu ihr um und lächelte sie an. Sie stand einen Augenblick da, dann spürte sie eine Hand auf ihrer Schulter, drehte sich erschrocken um und sah direkt in Liselottes lächelndes Gesicht.

»Schläfst du im Stehen, Astrid? Ich habe mir gedacht, dass wir nach Dienstschluss vielleicht einen Cappuccino zusammen trinken könnten. Was meinst du?«

Hin und wieder tranken Liselotte und sie in einem der vielen Cafés in dieser Gegend einen Kaffee zusammen. Sie unterhielten sich, meistens über Literatur und ihre gemeinsamen Kollegen, und trennten sich nach ein paar Stunden. Das war nett, und sie mochte Liselotte, doch ihre Bekanntschaft hatte sich nicht weiterentwickelt. Obwohl sie seit knapp zwanzig Jahren zusammenarbeiteten, waren sie sich nie so nahegekommen, dass man von einer Freundschaft hätte reden können. Außerdem hatte Astrid Liselotte im Verdacht, dass sie sie nur fragte, ob sie einen Kaffee zusammen trinken wollten, wenn sie ohnehin etwas in der Stadt vorhatte und die Zeit bis dahin überbrücken musste.

»Ich kann heute nicht.«

Liselotte sah sie überrascht an. Es kam selten vor, dass Astrid ablehnte.

»Ich weiß schon, dass du deinen Pilateskurs hast, aber vielleicht könnten wir uns anschließend treffen?«

»Anschließend muss ich zu meiner Mutter. Leider.«

»Aber dienstags besuchst du deine Mutter doch normalerweise gar nicht.«

Verdammt. Sie kannten sich im Leben der anderen ziemlich

gut aus. Es stimmte, sie hatte eigentlich nichts weiter vor, doch der Gedanke, nicht gleich nach der Pilatesstunde nach Hause fahren zu können, war ihr unerträglich.

»Ich muss ein paar praktische Sachen für sie erledigen«, rutschte es Astrid heraus, und bevor Liselotte etwas dazu sagen konnte, eilte sie mit roten Wangen an ihren Schreibtisch. *Es steht dir ins Gesicht geschrieben, wenn du lügst, Astrid.*

Es war so gut wie unmöglich, Informationen über den verschwundenen Lars Peitersen zu beschaffen. Er war als Kind dänischer Eltern in München geboren, der Vater war Diplomat gewesen, und Peitersen hatte die Hälfte seiner Kindheit und Jugend in verschiedenen Ländern verbracht, bevor er nach Dänemark zurückgekehrt war, um Zahnmedizin zu studieren. Seine Eltern waren vor einigen Jahren gestorben und hatten ihm eine beträchtliche Summe Geld hinterlassen, sodass Peitersen sich nicht nur ein Haus und ein Sommerhäuschen hatte kaufen, sondern außerdem eine Zahnarztpraxis hatte eröffnen können.

Derzeit durchsuchte eine Gruppe von Kriminaltechnikern seine Häuser, und ein paar Ermittler waren in die Praxis geschickt worden, um den Rest der Belegschaft einzeln zu befragen. Der Barkeeper Johnny Rasmussen hatte soeben ausgesagt, dass der Mann, den er an jenem Donnerstag, als Hanne Christoffersen verschwunden war, im Café Victor gesehen hatte, nicht Lars Peitersen gewesen war.

Rebekka hatte stundenlang ohne Pause gearbeitet, und ihre Augen waren schon ganz müde von dem kontinuierlichen Starren auf den Bildschirm. Sie schloss sie kurz und massierte sich sanft die Schläfen, als sie vom Klingeln des Telefons unterbrochen wurde. Es war ihr Kollege Super, und sie meldete sich gespannt. *Bitte mach, dass es eine neue Spur gibt, wenigstens eine kleine.*

»Wir haben gerade die Gespräche mit sämtlichen Angestellten der Praxis abgeschlossen. Leider hatte niemand etwas Interessantes zu erzählen, weder über Lars Peitersen noch über Hanne Christoffersen. Alle sagen das Gleiche: Beide hatten einen guten Ruf und galten als sehr pflichtbewusst. Einige haben erwähnt, dass es hin und wieder Streit zwischen Lars Peitersen und Jens-Peter Thorn gegeben hat, aber dabei ist es wohl definitiv nicht um Hanne Christoffersen gegangen, sondern um die Tagesgeschäfte.«

»Ich finde, wir sollten uns mal die finanziellen Verhältnisse der Praxis ansehen«, meinte Rebekka.

Super erzählte, dass Gundersen bereits Kontakt zur Abteilung für Wirtschaftskriminalität aufgenommen hatte, deren Rechercheteam sich um Fälle kümmerte, die an der Grenze zum Ungesetzlichen lagen. Das Team war darauf spezialisiert, Gewinne und Vermögenswerte, die in vielen Fällen außerhalb des Landes deponiert waren, zu identifizieren, aufzuspüren und zu beschlagnahmen.

»Hoffen wir, dass das Rechercheteam irgendetwas findet und uns einen Hinweis liefert, was mit Lars Peitersen passiert sein könnte.«

»Und vielleicht ein Motiv für den Mord an Hanne …«

Während Super weitersprach, arbeitete Rebekkas Gehirn auf Hochtouren. Konnte es um Wirtschaftskriminalität gehen? War Hanne Christoffersen an einer Unterschlagung beteiligt gewesen, oder hatte sie einfach Pech gehabt? Hatte sie irgendetwas mitbekommen, was sie nicht wissen durfte? Doch wenn das der Fall gewesen wäre – warum sich dann die Mühe machen, sie auf der Bank so in Szene zu setzen, und was hatten die abgehackten Zehen zu bedeuten? Sie durchforstete ihr Gehirn. In manchen

Ländern war es üblich, Dieben die Hand abzuhacken. Gab es etwas Ähnliches mit Zehen?

Sie hörte nur mit halbem Ohr zu, was Super ihr berichtete, während ihre Gedanken um die vielen Eindrücke der letzten Tage kreisten. Sie musste an die junge ZFA mit den verweinten Augen denken und erinnerte sich an das unangebrachte Lächeln des älteren Zahnarztes.

»Was ist mit der jungen, blonden Frau ... ich glaube, sie hieß Sussie oder so?«, fragte sie.

»Von den Angestellten waren mehrere krank. Unter anderem Jens-Peter Thorn ...«

»Schon wieder?«

»Ja, und auch diese Sussie, die du erwähnt hast, Sussie Hertz.«

Rebekka spitzte die Ohren. Sie hörte Super in seinen Unterlagen blättern, bevor er hinzufügte: »Ein paar von den Mitarbeitern haben erwähnt, dass Jens-Peter Thorn und Sussie Hertz immer wieder mal einen Tag krank sind. Und zwar gleichzeitig.«

Sie haben keine neuen Nachrichten, stand auf dem Bildschirm, als sie sich auf der Datingseite einloggte. Schwarz auf weiß. Astrid blinzelte und versuchte, die Enttäuschung hinunterzuschlucken, doch die Demütigung brannte im ganzen Körper. Tatsache war, dass kein Mann ihr Profil interessant genug gefunden hatte, um ihr zu schreiben. Keiner. Nicht einmal eins dieser Penisfotos hatte sie bekommen. Wie ein Zombie ging sie in die Küche, automatisch griff ihre Hand in das verbotene Fach mit der Marabou-Schokolade. Sie riss das Papier mit den Zähnen auf, brach sich ein großes Stück ab, stopfte es in den Mund, kaute schnell und schluckte, bevor sie ein weiteres Stück nachschob. Nach wenigen Minuten hatte sie die ganze Tafel aufgegessen. Sie fühlte sich wie ein Fass ohne Boden, das man nicht füllen konnte, ungeachtet, wie sehr sie es versuchte.

Draußen legte sich die Dunkelheit um das Wohnhaus, und ein paar Schneeflocken wirbelten am Küchenfenster vorbei, angetrieben von einem starken Wind. Astrid kam sich plötzlich wie eine Schneeflocke vor – ziellos vorangetrieben und außerstande zu wählen, wo sie landen wollte.

Sie fuhr sich mit der Hand über das Gesicht, das nass von Tränen war, und wischte sich Rotz und Schokolade mit ihrem Cardigan ab, ganz so, als wäre da jemand, der sie beobachtete. Mit einem Ruck öffnete sie die Schranktür und sah in das Fach mit den Schokoladentafeln, die darauf warteten, verzehrt zu werden. Einen Augenblick erwog sie verschiedene Handlungsoptionen, während die Übelkeit von der bereits verzehrten Schokolade gegen die Lust kämpfte, noch mehr zu essen. Entschlossen nahm sie die Schokolade und warf sie in den Abfalleimer unter der Spüle. Einen Augenblick stand sie unentschlossen da, dann griff sie rasch nach der Abfalltüte und lief die Treppe hinunter zu dem Container im Hof. Sie warf die Tüte in den ersten großen Abfallcontainer und eilte die Treppe wieder hoch, bevor sie ihre Entscheidung bereuen konnte. Atemlos knallte sie die Küchentür hinter sich zu und schnappte kurz nach Luft, während sich ein fast unbekanntes Gefühl von Selbstzufriedenheit in ihr ausbreitete.

Dann traf sie ihre nächste Entscheidung. Wenn sie sich etwas erholt hatte, würde sie ein neues Profil erstellen, in dem sie ihre Größe verschwieg. Wenn jemand fragte, würde sie lügen. Sie war so ehrlich wie möglich gewesen, als sie sich selbst beschrieben hatte. Ausführlich hatte sie von ihrer Arbeit erzählt, von ihrem Interesse an Literatur, und sie hatte ihre genaue Größe angegeben: einhundertzweiundachtzig Zentimeter, ohne Schuhe.

Bei Gewicht hatte sie »normal« eingegeben. Sie hatte sich jahrelang nicht gewogen und wusste die genaue Zahl nicht, aber Gewicht war ohnehin eine abstrakte Größe für sie. Was waren schon Muskeln, Fett und Wasser? Ihre Körpergröße hingegen war real und für viele Männer äußerst einschüchternd.

Erinnerungsfetzen aus ihrer Jugend flimmerten an ihr vorbei. Sie sah die linkischen jungen Männer vor sich, die ihr gerade bis zu den sprießenden Brüsten reichten, während sie bei der Aufführung auf dem Abschlussball der Tanzschule an den Horden von Eltern vorbeigetanzt waren. Hunderte von Augen, die guckten und beurteilten. Astrid hatte das mit einer Heftigkeit gehasst, die sie überrascht hatte. Damals hatte sie sich darauf gefreut, erwachsen zu werden. Naiv wie sie war, hatte sie geglaubt, dass die Zeit das Gefühl auslöschen würde, irgendwie verkehrt zu sein. Inzwischen hatte sie begriffen, dass die Empfindung von Minderwertigkeit ein konstanter Zustand war, ein Joch, das mit jedem Jahr, das verging, schwerer zu tragen war.

Schwer ließ sie sich auf einen Stuhl fallen, fröstelte in ihrem Cardigan und löschte ihr Profil. Dann ging sie ins Bett und wälzte sich herum, während sie dem leisen Summen der Stadt lauschte, das nur gelegentlich von der Sirene eines Rettungswagens durchbrochen wurde. Und genau dort, unter der warmen Decke, kam ihr der Gedanke. Sie würde sich eine neue Frisur zulegen, etwas aus sich machen, und dann würde vielleicht … Kurz darauf schlief sie ein, während es vor Spannung in ihrem Bauch kribbelte.

Die Dunkelheit legte sich wie eine schwere Decke auf das Präsidium. Rebekka fielen fast die Augen zu, als sie vor dem Bildschirm saß, und ohne die klingelnden Telefone und Rezas konstantes Gebrabbel wäre sie mit Sicherheit eingeschlafen. Sie hatte sich durch den Tag mit seinen Besprechungen und dem nicht abreißenden Strom von Telefonanrufen und E-Mails gekämpft und hatte das Gefühl, als wäre sie einen Marathon gelaufen. Sie ging auf die Toilette, spritzte sich kaltes Wasser ins Gesicht und blieb einen Augenblick vor dem Spiegel stehen. Dort begutachtete sie ihr blasses Gesicht, in dem sich die Augen in zwei geschwollenen Schlitzen versteckten. Du bist nicht mehr du selbst, dachte sie und fuhr sich mit zitternden Händen durch das lange, dunkle Haar. Auf dem Weg ins Büro fasste sie einen Entschluss. Sie ging an ihrem und Rezas Zimmer vorbei zu Supers Büro, das ein paar Meter den Gang hinunter lag. Bevor sie weiter darüber nachdenken konnte, saß sie ihm gegenüber. Sie atmete tief durch und nahm Anlauf.

»Seit einiger Zeit leide ich unter Einschlafstörungen. Ich fühle mich nicht einmal in meiner eigenen Wohnung sicher. Wenn ich allein zu Hause bin, ist es am schlimmsten.« Sie biss sich auf die Lippe, um nicht zu weinen. Super war der älteste Kollege in der Mordkommission und hatte die meiste Erfahrung, und außer Reza war er derjenige, zu dem sie jetzt, nachdem Brodersen in Rente gegangen war, das größte Vertrauen hatte. Trotzdem fiel es ihr schwer, sich ihm zu öffnen.

»Mir ist schon aufgefallen, dass du in den letzten Monaten müde ausgesehen hast. Fast schon erschöpft. Ich habe mich bei Reza erkundigt, ob alles in Ordnung sei bei dir, aber er hat gemeint, ich müsse mir keine Sorgen machen. Aber ich habe gemerkt, dass er nicht zu viel preisgeben wollte.«

Rebekka seufzte tief. »Ich bin total erschöpft. Ich kann abends nur schwer einschlafen, selbst wenn ich hundemüde bin. Mich lässt jener Morgen nicht los ... der Morgen, an dem ich beinahe ...« Sie merkte, dass sie das Wort »gestorben«

nicht aussprechen konnte, ohne zu weinen, und ließ es lieber bleiben.

»Wenn ich allein bin, spielt sich die ganze Sache immer wieder vor meinem inneren Auge ab.« Sie atmete tief durch. »Ich fühle mich plötzlich schutzlos, als wäre ich in ständiger Gefahr ...«, fügte sie mit belegter Stimme hinzu. Sie räusperte sich und versuchte, die Tränen hinunterzuschlucken. Auf gar keinen Fall wollte sie vor ihrem Kollegen anfangen zu weinen. Sie wollte vor niemandem weinen.

Super lehnte sich zurück und sah sie ruhig an. »Das ist doch nicht besonders verwunderlich. Du wärst beinahe ums Leben gekommen. Ein solches Erlebnis würde jeden von uns tief berühren.«

»Es ist aber anders als sonst. Auch vor diesem Erlebnis war ich mehrmals in Lebensgefahr, das Risiko gehört nun mal zu unserem Job, aber diesmal war es anders. Wir hatten ein so enges Verhältnis ...« Ihre Stimme brach kurz, und sie musste sich räuspern, bevor sie weitersprechen konnte. »Ich vertraue den Menschen in meinem nächsten Umfeld nicht mehr, ich bin die ganze Zeit auf der Hut ...«

Super hörte ihr ruhig zu. »Möchtest du mit einem unserer Psychologen reden?«, schlug er schließlich vor. »Direkt nach dem Vorfall wurden dir ja Therapiestunden angeboten, aber du hast dich dagegen entschieden. Wenn du willst, kannst du sie noch immer in Anspruch nehmen.«

Er sah sie eindringlich an, doch sie schüttelte schnell den Kopf. »Nein, das ist nichts für mich. Ich würde lieber ...« Sie kam ins Stocken. Was würde sie lieber?

»Willst du dich krankschreiben lassen, Rebekka? Du hast mit Sicherheit ein posttraumatisches Stresssyndrom.« Super sah sie ernst an, doch sie schüttelte schon wieder den Kopf.

»Das ist gut«, meinte Super. »Ehrlich gesagt würden wir auch nur ungern auf dich verzichten, gerade jetzt, wo wir mit diesem Mordfall zu kämpfen haben ...«

»Ja, aber ...«

»Was ich sagen will, ist, dass eine Pause, vielleicht schon eine ganz kurze, manchmal ausreichen kann, um zu seiner eigentlichen Stärke zurückzufinden. Du kannst ja Schreibtischarbeit machen statt Feldarbeit. Das ist auch eine Art der Entlastung.«

»Super, hör mir zu. Ich will mich weder krankschreiben lassen noch entlastet werden oder mit einem Psychologen reden. Ich will etwas anderes machen, aktiv etwas unternehmen, um meine Psyche und meinen Körper zu stärken, meine Kampftechnik zu verbessern und vor allem mein Selbstvertrauen aufzubauen. Ich will mich verteidigen können, wenn es darauf ankommt.«

»Ich denke, dass du dich von uns allen am besten verteidigen kannst. Du bist gut in Form, du läufst regelmäßig und du beherrschst nicht nur den Polizeigriff, sondern auch Selbstverteidigungstechniken.«

»Offenbar bin ich aber nicht gut genug. Ich meine, es war so nahe dran ... Wenn Reza nicht aufgetaucht wäre ...«

»Das verstehe ich, Rebekka, aber das ist nun einmal das Risiko, das wir in diesem Job eingehen.«

»Trotzdem. Diesmal ist etwas in mir kaputtgegangen ...«

»Weißt du was?« Super strahlte plötzlich. »Warum gehst du nicht mit den Jungs boxen?«

»Boxen?«

»Ganz genau, boxen. Soweit ich weiß, trainieren sie jeden Montag- und Mittwochabend. Und es gibt wohl ein zusätzliches Training am Donnerstag. Boxen ist effektives Training.«

»Ja, ich weiß. Ich habe selbst ein paar Monate geboxt, aber nur sporadisch, in einem Fitnesscenter. Wer von unseren Kollegen trainiert denn da?«

»Aus unserer Abteilung sind es Oliver, Simonsen und Jonas, glaube ich. Die können dir auch mehr darüber sagen, wenn dich das interessiert.«

Jonas. Rebekka spürte ein Ziehen im Bauch, als sein Name fiel, und hatte Angst, dass Super ihr ansehen würde, was sie dachte.

»Du hast recht, Boxen könnte mir Spaß machen«, antwortete sie zögernd. Im vergangenen Herbst hatte sie in einem Fitnesscenter in der Nähe ein paar Stunden pro Woche trainiert. Sie war begeistert gewesen, doch die Stunden hatten sich schlecht mit ihrer Arbeitszeit kombinieren lassen. Außerdem waren die Trainer jung gewesen und hatten über wenig Erfahrung verfügt. Die Idee, mit einem kompetenten Trainer und zusammen mit ihren Kollegen zu boxen, gefiel ihr.

»Ich bin mir sicher, dass das Boxen dein Selbstvertrauen stärken wird. Der Trainer ist wohl sehr fähig. Es werden auch Selbstverteidigungstechniken angeboten. Du wirst dabei lernen, dich angemessen zu verteidigen. Allein die Theorie dürfte reichen, um dein Selbstvertrauen zu stärken.« Super lächelte sie an und fügte hinzu: »Du kannst es doch ausprobieren. Gib der Sache eine Chance, und geh morgen einfach mal hin.«

Sie nickte und stand langsam auf.

»Gut, ich werde es ausprobieren.«

Als sie kurz darauf in ihr Büro kam, telefonierte Reza gerade. Zwei Minuten, gab er ihr zu verstehen, und sie ließ sich hinter ihren Schreibtisch sinken, während es in ihrem Kopf arbeitete. Boxen. Sie hatte diesen Sport immer schon gemocht und konnte sich erinnern, als Kind mit ihrem Vater einige Kämpfe von großen Boxlegenden im Fernsehen geschaut zu haben. Sie würde der Sache eine Chance geben. Wenn es ihr mit den Kollegen zu viel wurde, konnte sie ja einfach wieder aufhören.

»Du hast mich niemals und unter gar keinen Umständen in der Öffentlichkeit zurechtzuweisen. Verstanden?«

Simonsen passte sie in dem Moment ab, als sie auf dem Gang auftauchte. Dabei war seine Stimme so leise und Unheil verkündend und sein Mund so dicht an ihrem Ohr, dass die Worte in ihrem Gehörgang unangenehm zischten. Sie trat ein Stück zurück, während ihr Gehirn fieberhaft an einer passenden Antwort arbeitete.

»Ich habe mich an die Fakten gehalten, nichts anderes. Der Barkeeper wäre uns nicht weggelaufen, es bestand also gar kein Grund, uns dorthin zu beordern, bevor wir Peitersen gefunden hatten.«

Sie sprach laut und deutlich, woraufhin mehrere der vorbeikommenden Kollegen erstaunt die Augenbrauen hochzogen.

»Peitersen ist abgehauen, Holm, und er war auch schon weg, als wir telefoniert haben. Deshalb war ich davon überzeugt, dass es nichts bringen würde, bei seinem Haus zu bleiben, und dass ihr genauso gut die nächste Aufgabe übernehmen konntet.«

»Ich weiß, dass er im Haus war. Tatsache ist, dass du uns von einem Verdächtigen wegbeordert hast. Das hat mit einer ordentlichen Ermittlung nichts zu tun, sondern nur mit Machtmissbrauch!«

»Ich finde es sehr unangenehm, dass du mich vor unseren Kollegen und nicht zuletzt vor unserem Chef vorführst.«

Rebekka spürte deutlich das Blut in ihrem Kopf pulsieren, als sie erwiderte: »Es wundert mich, dass du so gekränkt bist. Gerade du. Ich meine, du hältst dich selbst doch nie zurück.«

»Du genießt das, Rebekka, nicht wahr? Wir beide haben immer miteinander konkurriert, und du hast eine Heidenangst, dass Gundersen mich besser finden könnte. Und kompetenter.«

Rebekka schüttelte erstaunt den Kopf.

»Simonsen, ich bezweifle nicht, dass du sehr …«

»Hallo!«, rief jemand hinter ihnen. Sie drehten sich um. Es war Tatjana. Ihr Gesicht strahlte, während sie mit schnellen Schritten auf sie zukam.

»Simonsen, ich wollte dir das hier zeigen!« Sie hielt Simonsen einen Stapel Akten hin. Er lächelte sie an, und Rebekkas Blutdruck stieg weiter.

»Wir waren auch gerade fertig«, antwortete sie, machte auf dem Absatz kehrt und eilte den Gang hinunter zu ihrem Büro. Dabei hatte sie das Gefühl, als würden Simonsen und Tatjana hinter ihrem Rücken über sie lachen.

»Ich möchte gerne etwas mit meinen Haaren machen.« Astrid setzte sich in dem Friseurstuhl zurecht. Sie hatte sich einen Tag freigenommen, und es hatte Mut gebraucht, den Friseursalon zu betreten. Sie war mehrmals daran vorbeigegangen, hatte durch die riesigen Fenster hineingesehen und die jungen Männer und Frauen mit Piercings und Tätowierungen in eng anliegenden schwarzen Kleidungsstücken betrachtet, wie sie ihrer Arbeit nachgingen und eine phantastische Frisur nach der anderen hervorzauberten. Schließlich hatte sie all ihren Mut zusammengenommen und war hineingegangen. Sie hatte Glück gehabt. Gerade hatte jemand abgesagt.

»Was genau haben Sie sich denn vorgestellt?« Der junge Mann sprach mit affektierter Stimme, und Astrid hatte einen Moment das Gefühl, dass der Mut sie wieder verließ. Was hatte sie sich vorgestellt? Ihre Mutter hatte recht – ihr Verfallsdatum war längst abgelaufen. Warum überhaupt den Versuch unternehmen?

»Sie haben schönes, kräftiges Haar«, fuhr der Friseur fort und fuhr mit seinen schlanken Fingern durch ihre zum Teil schon ergrauten Locken.

Sie sah unsicher zu ihm hoch.

»Finden Sie?«, murmelte sie und strich sich über die geröteten Wangen.

»Ganz sicher, so kräftiges Haar sehe ich wirklich nicht jeden Tag. Darum werden Sie viele beneiden.«

Er nickte ihr aufmunternd zu, und sie wurde wieder mutiger.

»Ich hatte mir etwas … Auffälligeres vorgestellt.«

Der Friseur nickte eifrig. »Sie meinen so ein bisschen à la Hollywood?«

»Ich dachte an Wellen …«

»Genau.«

Der Friseur trat einen Schritt zurück und betrachtete ihr Gesicht im Spiegel. Astrid errötete unter seinem Blick noch stärker. Sie kam sich plötzlich zu matronenhaft vor, um in diesem stylishen Salon zu sitzen, obwohl sie sich für den heutigen Tag sorgfältig angezogen hatte. Sie trug einen schwarzen Rock und eine fliederfarbene Tunika mit Pailletten, inspiriert von einer Schaufensterpuppe in einem Laden in der Fiolstræde.

»Machen Sie, was Ihnen gut gefällt.«

»Ich lasse mir was Schickes einfallen. Möchten Sie eine Tasse Kaffee?«

Sie nahm dankend an, und kurz darauf hatte sie einen Frisierumhang an und einen dampfenden Kaffee und einen Stapel Zeitschriften vor sich. Sie versuchte, sich auf die Klatschgeschichten über die dänischen Promis zu konzentrieren, konnte es sich jedoch nicht verkneifen, immer wieder verstohlen in Richtung

Spiegel zu schauen, wie der junge Mann mit konzentriertem Gesichtsausdruck ihre Haare schnitt und färbte.

Ein paar Stunden später schaltete der Friseur den Föhn aus, zeigte ihr sein Werk und bat sie um ihre Meinung. Astrid hob langsam den Kopf und konnte nicht fassen, was sie sah: eine wunderschöne Frau mit welligem Haar. Es war in einem vollen, dunkelbraunen Ton gefärbt und mit ein paar effektvollen helleren Strähnen versehen. Sie betrachtete sich selbst in dem großen Spiegel. Der Friseur lächelte, und ihr fiel sein goldener Vorderzahn auf.

»Das sieht gut aus, oder?«

Sie nickte, stumm vor Verlegenheit. Es hätte nicht besser werden können.

»Wo Sie schon einmal hier sind, soll ich nicht auch gleich Ihre Augenbrauen in Form bringen? Keine Sorge, das geht heute aufs Haus.«

Einen kurzen Moment wusste sie nicht, wovon er sprach, doch dann sah sie die kräftigen Brauen, die fast zusammenwuchsen, und nickte. Ein paar Minuten später sah sie ein neues – jüngeres – Gesicht aus dem Spiegel an.

»Das hat wirklich etwas gebracht«, meinte der Friseur lächelnd und fügte hinzu: »Schauen Sie einmal, wie die Frisur Ihre hohen Wangenknochen betont. Und wenn man die Brauen zupft, wirken die Augen höher. Sie sehen sehr viel jünger aus als vorher.«

Sie stand verwirrt auf, wusste nicht, wie sie ihm danken sollte, und sagte deshalb nichts. An der Kasse bezahlte sie mit unsicheren Händen und fühlte sich ganz wirr im Kopf, als sie wieder auf dem verschneiten Bürgersteig stand. Beinahe hätte sie ihr Fahrrad vergessen, und als es ihr einfiel, merkte sie, wie freundlich die Leute waren, die ihr entgegenkamen. Mehrere von ihnen lächelten sie unaufgefordert an, und sie lächelte zurück. Der Fahrradhelm lag im Fahrradkorb, und sie streckte automatisch die Hand danach aus, doch dann hielt sie inne. Wenn sie jetzt den Helm aufsetzte, wäre die schöne Frisur ruiniert. Sie ließ den Helm, wo er war, stieg aufs Rad und fuhr mit einem prickelnden Gefühl im Körper nach Hause.

Als sie zehn Minuten später ihre Wohnung betrat, saß das Haar noch immer perfekt. Sie lächelte zaghaft. Aus Angst, ihre Frisur zu ruinieren, hatte sie kaum zu atmen gewagt. Sie machte mit dem Handy ein Foto von sich selbst und setzte sich dann an den Computer, um ein neues Profil einzurichten.

»Ich bin so was von wütend!«

Rebekka knallte die Tür hinter sich zu, und Reza sah sie erschrocken an.

»Simonsen hat mich gerade verbal attackiert. So etwas habe ich noch nicht erlebt. Er hat sich sogar dazu hinreißen lassen, zu behaupten, ich würde seine Kompetenz fürchten ...«

»Also, jetzt sollte er aber wirklich ...«

Reza stand lachend auf, verstummte jedoch abrupt, als er ihren Gesichtsausdruck sah. Ganz konnte er das Lächeln jedoch nicht aus seinen Augen verbannen.

»Rebekka, lass dich nicht von ihm ärgern.«

»Ja, aber ...« Sie setzte sich auf die Kante ihres Schreibtisches, woraufhin ein paar Unterlagen zu Boden gingen. Doch das war ihr egal, und sie sah zu, wie sich die verschiedenen Blätter auf dem PVC-Boden ihres kleinen Büros verteilten. »Mich stört das. Nicht zuletzt weil er natürlich in gewisser Weise recht hat, auch wenn ich das nur sehr ungern zugebe.«

Reza stellte sich vor sie hin, griff nach ihren Schultern und schüttelte sie leicht.

»Sieh mich an. Du glaubst doch nicht etwa, was du da sagst? Ist es deine aufrichtige Meinung, dass Simonsen ein besserer Ermittler ist als du?«

»Nein, natürlich nicht.« Rebekka fuhr sich über die Augen. »Ich lasse mich zurzeit einfach leichter aus dem Konzept bringen, was auch daran liegt, dass ich nicht schlafen kann.«

»Rebekka, verdammt. Du bist die zäheste Ermittlerin, die ich kenne.«

»Du bist ja süß ...«

»Nein, das ist wirklich meine Meinung. Du musst wieder auf die Beine kommen.«

Sie nickte, sprang vom Schreibtisch und lächelte ihn an. Er klopfte ihr auf die Schulter.

»Juchu, meine Partnerin ist wieder da.«

Sie lachte und warf die Haare zurück.

»Danke für den Anpfiff. Und da wir gerade dabei sind – kommst du heute Abend mit zum Boxen? Mit den Kollegen?«

Sie sah Reza bittend an, der in lautes Gelächter ausbrach.

»Du musst verrückt sein«, sagte er, als er wieder Luft bekam. »Willst du wirklich zum Training gehen?«

»Ich habe Super gestern von meiner Angst und meinen Albträumen erzählt und da ich weder zu einem Psychologen noch mich krankschreiben lassen will ...«

»Ich weiß«, warf Reza ein und sah sie finster an, was sie jedoch ignorierte.

»Super hat mir vorgeschlagen, es mit dem Boxen zu probieren. Einige von unseren Kollegen trainieren offenbar mehrmals pro Woche.«

»Ich weiß. Das machen sie schon seit Jahren. Ich habe nur nicht gewusst, dass du so etwas magst.«

»Ich habe auch so meine Zweifel, aber ich will es ausprobieren. Irgendwas muss ich tun.«

Ihr Blick fiel auf Rezas hellbraune Handrücken, die mit vielen hellroten Narben übersät waren – seit jenem Morgen, als er das große Fenster in ihrem Sommerhaus eingeschlagen hatte, um sie zu retten. Sie spürte, wie sich die Tränen in ihren Augen sammelten. Wenn sie ihm doch nur irgendwann einmal ein klein wenig davon zurückzahlen könnte.

1987

»Ich werde dir jetzt etwas ganz Besonderes erzählen.«

Meine Mutter sieht mich mit einem unergründlichen Blick aus ihren ovalen Augen an.

Wir sitzen auf der Bank am Lyngbysee. Unserer Bank. Sie ist zu unserer Freistatt geworden, unserem Ort, an dem die Gedanken Flügel bekommen. Hier können wir stundenlang schweigend dasitzen und auf das Wasser schauen, die Vögel beobachten, die sich hier versammeln, und den Wechsel der Jahreszeiten mitverfolgen. Das Frühjahr mit seinen Knospen und den Vogelnestern in den sprießenden Bäumen, den Sommer, wenn die Glühwürmchen im hohen Gras leuchten, den Herbst mit seinen leuchtend roten Farben und den Winter mit den nackten Bäumen, dem dunklen Wasser, das von einer dünnen Eisschicht bedeckt ist, und den verschneiten Wegen mit Fußspuren in allen Größen und Formen.

Meine Mutter hat Brot für die Enten mitgebracht. Frau Larsen hat es zerbröselt, und meine Mutter streut es mit lockerer Hand auf den Boden. Wir sind immer von Vögeln umgeben. Amseln, Tauben, Spatzen, Meisen und Möwen.

»Was denn, Mama?« Ich sehe sie erwartungsvoll an.

»Ich bin schwanger, mein Junge. Du bekommst einen kleinen Bruder – oder eine kleine Schwester.«

Meine Mutter lässt die Hand an ihrem bordeauxfarbenen Kleid hinuntergleiten und lächelt strahlend. Das Kleid ist aus einem leichten, synthetischen Material. Ich folge ihrer Hand und sehe die Rundung des Bauches. Das Kleid bildet an dieser Stelle eine leichte Falte. Ein Sonnenstrahl wird vom Stoff reflektiert und bringt ihn zum Glitzern.

Ich nicke, während sich der Gedanke an ein Baby allmählich setzt. Er fühlt sich unangenehm an. Ich will nicht, dass sich etwas ändert, ich will meine Mutter für mich haben, ihren Blick, die Kitzelspiele, die Gespräche. Ich spüre, dass meine Mutter mich ansieht, und begegne ihrem Blick. Sie sieht glücklich aus.

»Ist das nicht aufregend?« Sie wartet meine Antwort nicht ab, sondern beginnt mir stattdessen von all dem zu erzählen, was erledigt werden muss, bevor das Baby kommt. Mein Vater ist, wie gewöhnlich, unterwegs. Er weiß es noch gar nicht, ich bin der Erste, der es erfährt.

Ich kenne keine Babys, uns besucht nie jemand mit Babys, und unsere Nachbarn zu beiden Seiten sind alt. Nach der Schule komme ich immer direkt nach Hause, nie gehe ich mit zu einem Klassenkameraden, und ich bringe auch nie jemanden mit. Ich weise niemanden ab, aber es fragt mich einfach keiner, und ich frage auch nicht.

»Jetzt bekommst du Gesellschaft und bist nicht mehr allein.«

Ich nicke ernst.

Meine Mutter lacht leise. Die Schatten um uns werden dichter.

»Schenk mir ein Lächeln, mein Junge. Du weißt, dass es nichts Schöneres gibt auf der Welt als dein Lächeln.«

Ich lächle sie so an, wie ich es gelernt habe.

»Ich bin gerade vom Rechercheteam der Wirtschaftskriminalität angerufen worden und habe erfahren, dass Lars Peitersen eine Hypothek auf die Praxis aufgenommen hat – über fünfzehn Millionen Kronen. Er hat die Unterschrift seines Partners gefälscht. Wir haben es also mit Betrug und Dokumentenfälschung zu tun.«

Super sah sich triumphierend unter den Kollegen um und fügte hinzu: »Jetzt ist auch verständlich, warum er es plötzlich so eilig hatte zu verschwinden.«

»Wow! Wie zum Teufel hat er das geschafft?«, fragte Simonsen und sah fast schon beeindruckt aus.

»Wir sind uns noch nicht ganz sicher, aber die Praxis hat aufgrund ihrer Lage und Größe einen hohen Wert. Er hat das Geld in seinem und Jens-Peter Thorns Namen aufgenommen. Das Darlehen wurde vor Kurzem bewilligt – ungefähr zu dem Zeitpunkt, als Hanne Christoffersen ermordet wurde. Er muss seine Flucht schon eine Weile geplant haben, doch Details sind mir noch nicht bekannt. Ich treffe mich nachher mit der Recherchegruppe, aber wir sind einem Motiv schon einen großen Schritt näher gekommen.«

Kommentare wurden unter den Kollegen laut. Gundersen klatschte in die Hände, was die Versammlung zusammenzucken ließ.

»Das kann der Durchbruch sein, den wir brauchen. Lars Peitersen und Hanne Christoffersen hatten ja eine Art On-off-Beziehung. Irgendwann entdeckt sie den Betrug, konfrontiert ihn damit, und er bringt sie um. Um von sich abzulenken, gibt er dem Mord einen anderen Anstrich – um uns in die Irre zu führen.« Gundersen konnte seine Begeisterung kaum zurückhalten. »Gute Arbeit, Super. So, ich muss jetzt zu einer Besprechung zum Polizeipräsidenten.«

Er verließ den Raum, und sie hörten das Hallen seiner Schritte auf dem Steinfußboden, während er zum Büro des obersten Chefs ging.

Super fuhr fort, wo er aufgehört hatte. »So, wie es aussieht, ist das Geld auf eine Bank auf den Kaimaninseln überwiesen worden, aber die Recherchegruppe arbeitet noch an der Aufklärung der Details.«

Nach der Besprechung gingen Rebekka und Reza in ihr Büro. Sie waren in ihre Arbeit vertieft, als Rebekkas Telefon klingelte. Der Anruf kam von Inge Aamund.

»Rebekka, es ist Curare.« Inge Aamunds Stimme zitterte leicht vor Aufregung. »Die Toxikologen haben gerade angerufen. Hanne Christoffersen ist an einer Curarevergiftung gestorben. Darüber hinaus hat man Spuren eines Gegengifts gefunden: Physostigmin, was meinen Verdacht untermauert, dass der Täter sein Opfer bis zum Tod in einem ständigen Lähmungszustand gehalten hat. Warum er das getan hat, müsst ihr herausfinden.«

Rebekka spürte das Adrenalin durch den Körper schießen und verband die Rechtsmedizinerin zu Super weiter.

Dann holte sie das Rezept heraus, auf dem Inge Aamund ihr den Namen ihres Bekannten notiert hatte. Jesper Teisbæk. Biologisches Institut. Curare.

Eine halbe Stunde später parkte sie vor dem Institut, in dem Jesper Teisbæk ihren Informationen zufolge arbeitete. Sie hatte ihren Besuch nicht angekündigt, Inge Aamund jedoch so verstanden, dass Jesper Teisbæk mehr oder weniger im Institut wohnte.

Ihr Dienstausweis brachte sie schnell zu ihm. Er saß, umgeben von weißen Kisten und Mikroskopen, in einem Labor. Sie klopfte leicht an die Labortür und trat ein. Jesper Teisbæk, ein attraktiver Mann in den Dreißigern, erhob sich und sah sie verblüfft an.

Sie erklärte, dass Inge Aamund ihr empfohlen habe, mit ihm zu sprechen, wenn sie mehr über das Pfeilgift Curare erfahren wollte.

»Soweit ich es verstanden habe, wissen Sie sehr viel über das Gift«, sagte sie mit einem Lächeln, das er erwiderte. Dann nickte er und fuhr sich mit der Hand durch das nach hinten gekämmte Haar.

»Das stimmt. Ich arbeite gerade an einem größeren Forschungsprojekt, bei dem wir die Neuroanatomie und Neurophysiologie von Froschhirnen unter Eingabe von Toninformationen in die Gehörgänge der Tiere untersuchen. Wir lähmen die Frösche mit Curare und stimulieren sie mit Lauten und Vibrationen. Curare verwenden wir deshalb, weil eine gewöhnliche Anästhesie das Nervensystem und somit die Gehörbahnen beeinträchtigen würde.«

»Wie halten Sie die Tiere während der Versuche am Leben?«

»Würde es sich um Menschen handeln«, erklärte Jesper Teisbæk, »müssten sie mit reinem Sauerstoff versorgt werden, um nicht zu sterben, doch bei Amphibien ist das anders. Sie atmen recht effektiv durch die Haut. Die Versuche dauern acht bis zehn Stunden. Die Tiere bekommen währenddessen etwas Schmerzlinderndes und wiederholte Injektionen mit Curare. Anschließend töten wir sie.«

Er sah sie an. Sein Blick war intensiv. Bestimmt fanden viele Frauen ihn attraktiv.

»Wenn man Menschen mit Curare betäubt – was hat das für Vorteile?«

»Vorteile?« Eine leichte Furche bildete sich auf seiner glatten

Stirn. »Ich verstehe Ihre Frage nicht, aber Curare ist ein allgemein gebräuchliches Medikament, das in dänischen Krankenhäusern täglich verwendet wird. Curare ist nicht neu, es handelt sich um ein altes südamerikanisches Pfeilgift, das es eigentlich schon immer gegeben hat.«

»Ich wollte nur wissen, ob der Stoff wie eine Art Gefangenenwärter funktioniert, da er die Personen, denen er verabreicht wurde, daran hindert, sich zu verteidigen?«

Sie schaute ihn eindringlich an und sah etwas in seinen Augen, das sie nicht deuten konnte.

»Ein unheimlicher Gedanke, den Sie da äußern, aber klar, wenn man weiß, was man tut, kann man Menschen tagelang damit am Leben halten, ohne dass sie Widerstand leisten können.«

»Was genau passiert im Körper?«, fragte Rebekka.

»Kurz gefasst, blockiert Curare das Signal zwischen den Nerven und der Skelettmuskulatur, ohne das Herz oder die Darmfunktion zu beeinträchtigen. Man wird partiell gelähmt. Als Erstes Arme und Beine und zuletzt der Atem. Ich habe einmal gelesen, dass eine Curare-Vergiftung sich so anfühlt, als würde man an Land ertrinken, aber ich weiß natürlich nicht, ob das stimmt.« Er lachte kurz auf, und Rebekka nickte unangenehm berührt. Sie konnte sich keine schlimmere Todesart vorstellen.

»Wenn ich es richtig verstanden habe, gibt es ein Gegengift?«

Jesper Teisbæk nickte eifrig.

»Es gibt sogar mehrere chemische Antidote, also Stoffe, die man intravenös verabreichen kann. Sie heben die Wirkung von Curare auf.«

»Arbeiten nur Sie damit?«

Jesper Teisbæk lachte. »Keineswegs. Zurzeit arbeiten fünf Wissenschaftler an dem Projekt. Mein engster Kollege ist Aleksander Dam. Aleksander, komm doch mal her!«, rief er plötzlich jemandem draußen auf dem Gang zu, doch der Kollege winkte nur und ging eilig weiter.

Rebekka bedankte sich für die Hilfe und war schon fast an der Tür, als sie sich noch einmal umdrehte. Jesper Teisbæk saß bereits wieder hochkonzentriert über seinem Mikroskop.

»Bitte entschuldigen Sie meine Neugier – aber woher kennen Sie eigentlich Inge Aamund?«

Jesper Teisbæk hob langsam den Kopf und begegnete ihrem Blick. »Inge und ich sind beide in einer Erfahrungsaustauschgruppe für Wissenschaftler. Wir wählen abwechselnd ein Thema aus, über das wir debattieren. Bei gutem Wein und Essen.«

»Das klingt interessant.«

»Die Diskussionen, die wir bei unseren Treffen führen, sind äußerst inspirierend – auch wenn es für Außenstehende nicht so klingen mag«, antwortete er lächelnd.

Jesper Teisbæk war nicht nur begabt, sondern auch charmant, fand Rebekka. Als sie ging, wunderte sie sich nur, dass er sie gar nicht gefragt hatte, warum sie das alles wissen wollte.

»Wie siehst du denn aus, Astrid?«

Der scharfe Blick ihrer Mutter fiel in dem Augenblick auf ihr Haar, als Astrid über die Türschwelle trat. Eigentlich hatte sie sich auf dem Weg zu ihr gefreut, so sehr, dass sie weder einen Fahrradhelm noch eine Mütze angezogen hatte, obwohl es draußen klirrend kalt war. Jetzt waren ihre Ohren rot und warm und ihre Wangen steif vor Kälte, doch die Haare lagen schön.

»Ich war beim Friseur«, antwortete sie und merkte zu ihrem großen Ärger, wie sie sich bei dem Satz innerlich wand.

»Das ist nicht zu übersehen.« Die Mutter schüttelte ihre kurzen, grauen Locken. »Das sieht ja ... Ich meine, wozu brauchst du die Farbe und den ganzen Firlefanz, Astrid? Als ich gesagt habe, dass du mehr aus dir machen sollst, hatte ich an etwas gedacht, das besser zu deinem Alter passt.«

Astrid schluckte. Einen Augenblick erwog sie, ohne ein Wort wieder zu gehen, doch das würde nichts bringen. Stattdessen winkte sie mit der Bäckertüte.

»Ich habe Kuchen zum Kaffee mitgebracht«, sagte sie und hoffte, dass das ihre Mutter ablenken würde.

»Kuchen ist das Letzte, was du brauchst.« Ihre Mutter schob ihre Prothese halb aus dem Mund. Sie klagte oft darüber, dass sie scheuerte. Der Anblick des hellroten Kunststoffzahnfleischs mit den gelblichen Zähnen verursachte Astrid Übelkeit.

»Dann kannst du ihn ja essen«, sagte sie säuerlich und knallte die Tüte mit dem Kuchen auf den Sofatisch.

»Pass auf. Er wird doch ganz matschig, wenn du die Tüte so auf den Tisch knallst«, zischte ihre Mutter und schob das Gebiss an seinen Platz zurück.

Astrid starrte sie wütend an. Ihre Mutter starrte zurück. Der Streit gab ihr wie üblich neue Kraft. Sie richtete ihren schmächtigen Körper im Sessel auf.

»Du musst den Kaffee holen, Astrid. Meine Beine wollen zurzeit nicht richtig.«

Normalerweise sagte Astrid etwas Nettes, wenn ihre Mutter über ihre zunehmenden Gebrechen klagte, über ihr Alter, ihre Einsamkeit und nicht zuletzt ihre Unzufriedenheit mit ihrer einzigen Tochter. Jetzt seufzte sie nur tief und holte Kaffee. In der kleinen Diele ihrer Mutter sah sie sich kurz im Spiegel, und plötzlich wurde ihr klar, dass ihre Mutter recht hatte. Warum hatte sie geglaubt, dass sie, eine fast fünfzigjährige alte Jungfer, etwas ändern würde, indem sie etwas für ihr Aussehen tat?

Würde irgendein Mann darauf anspringen? Wen konnte sie schon an der Nase herumführen? Astrid kniff die Augen so fest zusammen, dass sie zu zwei überlangen Schlitzen wurden. *Hässliche, unattraktive, untaugliche …*

»Astriiid, wo bleibt der Kaffee?«

Astrid seufzte ergeben. Sie konnte ihr Profil genauso gut wieder löschen. Es würde ohnehin nichts bringen. Sie ging mit dem Kaffee ins Wohnzimmer und verschlang wenig später unter dem missbilligenden Blick ihrer Mutter ihr Sahnetörtchen in zwei großen Bissen.

Auf dem Weg zur Sporthalle verließ Rebekka mehrmals der Mut. Zum einen kam ihr die Idee, mit den Kollegen zu boxen, plötzlich etwas gewagt vor, und zum anderen war auch Jonas darunter, und sie hatte Angst, dass es für sie beide peinlich werden könnte. Im Herbst hatten Jonas und sie ein wenig miteinander geflirtet, ein Flirt, der damit geendet hatte, dass er eines Abends mit ihr nach Hause gegangen war. Sie hatten keinen Sex gehabt, denn ein Anruf von Reza hatte sie unterbrochen, und danach hatte Rebekka ihn gebeten zu gehen. Jonas war verärgert gewesen, und seitdem nickten sie sich nur knapp zu, wenn ihre Wege sich kreuzten, und mieden ansonsten die Gesellschaft des anderen. Es bestand kein Zweifel, dass der Ball bei ihr gewesen war, doch sie hatte es nicht geschafft, ihn aufzunehmen, und dann war sie zu sehr mit Niclas beschäftigt gewesen, um etwas an der Situation zu ändern. Jetzt war sie gezwungen, sich zusammenzureißen und den Schaden zu beheben, wenn das nach so vielen Monaten überhaupt noch möglich war.

Aus den großen Fenstern der Halle, die ein wenig abseits auf

Islands Brygge lag, strömte gelbes Licht nach draußen. Rebekka parkte vor dem Gebäude, nahm ihre Sporttasche vom Beifahrersitz und stieg aus. Die kalte Luft verschlug ihr kurz den Atem. Sie lief zur Eingangstür, schob sie auf und trat in eine größere Vorhalle, in der es nach Schweißfüßen roch. Einen Moment blieb sie stehen, bis sie Gelächter hörte. Sie folgte dem Geräusch und öffnete schließlich die Tür zu der Halle. Die anderen waren bereits da, einige hängten gerade ein paar knallrote Boxsäcke an Haken auf. Sie winkte ihnen zu.

»Wo zieht man sich hier um?«

Thiim, einer ihrer früheren Kollegen von der Mobilen Spezialeinheit der Reichspolizei, sah sie verblüfft an.

»Sieh an, wer hätte gedacht, dass wir uns hier wiedertreffen?«

Sie lächelte ihn an.

»Ich bin selbst überrascht«, antwortete sie. »Kannst du mir sagen, wo man sich hier umzieht?«

»Entweder hier drinnen oder draußen in der Herrenumkleide. Eine Umkleide für Frauen gibt es leider nicht ... aber mittlerweile gehörst du ja wohl sowieso zu den Jungs, was?«

Er lachte laut, was ein paar Kollegen anlockte, die zu ihnen herüberkamen. Rebekka sah sich schnell um. Jonas war nirgends zu sehen, und sie atmete ein wenig freier.

»Na klar«, antwortete sie so forsch wie möglich. »Aber ich will euch den Anblick ersparen, deshalb gehe ich mal gerade auf die Toilette. So etwas muss es hier doch geben.«

Thiim zeigte auf eine Tür auf der gegenüberliegenden Seite. Sie verließ die Halle und ging zu den Toiletten, wo sie sich schnell eine Sporthose und ein T-Shirt anzog. Als sie wieder in die Halle kam, sah sie, dass Jonas eingetroffen war. Er stand in einer Ecke, tapte sich die Handgelenke und ignorierte sie vollkommen. Dann tauchte Simonsen auf, dessen Stimmlage, wie üblich, einige Dezibel über der der anderen lag. Allein sein Anblick, wie er ein paar der Kollegen herumkommandierte, ärgerte sie so, dass sie vor Wut die Zähne zusammenbiss. Simonsen und Jonas auf einmal war etwas zu viel verlangt. Am liebsten wäre sie nach Hause gefahren und hätte sich mit einem Glas Rotwein auf ihr Sofa gesetzt, doch sie atmete einmal tief durch. Sie würde es ihnen zeigen.

Der Trainer war ein großer, muskulöser Mann mit Bürstenhaarschnitt. Er hieß sie willkommen und pfiff laut. Die Gespräche verstummten augenblicklich.

»Fangen wir an. Ihr werdet, wie üblich, hart arbeiten.«

Der Trainer sah die Gruppe an, die ohne Rebekka aus zwölf Mann bestand.

»Gut, beginnen wir mit dem Aufwärmen. Anschließend trainieren wir in Zweiergruppen.«

Er erklärte, welche Schläge sie üben würden, und Rebekka versuchte sich zu konzentrieren, doch ihr Blick wanderte immer wieder zu Jonas. Er stand einige Meter von ihr entfernt und folgte aufmerksam den Anweisungen des Trainers. Einmal guckte er schnell in ihre Richtung. Sie lächelte ihn vorsichtig an, und einen Moment schaute er ausdruckslos zurück, bevor sie ein winziges Grinsen auf seinen Lippen wahrnahm. Sie seufzte erleichtert. Vielleicht würden sie doch irgendwann wieder miteinander reden können.

Ihre Erleichterung hielt jedoch nur einige Minuten an, bis sie spürte, dass jemand sie anstarrte. Sie blickte auf und sah Simonsen in die Augen. Sein Blick war kühl. Schnell wandte sie sich ab und versuchte, sich auf die Einführung des Trainers zu konzentrieren, doch die ganze Zeit spürte sie seinen starren Blick im Nacken.

1987

Es ist das hässlichste Baby, das ich je gesehen habe. Wie ein runzliges Vogeljunges, glatzköpfig und rot.

Aber meine Mutter sieht die Kleine mit strahlenden Augen an, selbst auf den Lippen meines Vaters ist ein kleines Lächeln zu sehen, bevor er weitereilt – zu wichtigeren Orten. Er ist immer auf dem Sprung, seine Aufenthalte zu Hause sind wie ein Einatmen zwischen zwei Worten. Er atmet Luft ein, um sie woanders wieder auszuatmen.

Das Baby schreit. Tag und Nacht. Mit jedem Tag, der vergeht, wirkt meine Mutter erschöpfter. Ihre Haare sind verfilzt, und sie hat dunkle Ringe unter den Augen. Sie läuft fast die ganze Zeit im Morgenmantel herum, hat nicht mehr die Kraft sich anzuziehen. Sie riecht muffig, sie mag nicht mehr baden, und der Parfümflakon auf dem Schminktisch sammelt Staub an. Das Haus wird immer unordentlicher, selbst Frau Larsen kommt mit dem Aufräumen nicht mehr hinterher. Der Verfall erfolgt blitzschnell, wie bei einem Kartenhaus, das in sich zusammenstürzt. Ein säuerlicher Geruch von den Bäuerchen des Säuglings und verfaulenden Essensresten breitet sich aus, und ich gehe immer seltener in die Schule, sondern helfe stattdessen beim Aufräumen oder gehe mit dem Baby spazieren, damit meine Mutter schlafen kann. Ich fahre die Kleine im Kinderwagen herum. Lila Samt auf ruhigen Wohnstraßen. Das Baby liegt bei unseren Spaziergängen ganz ruhig da. Manchmal versetze ich dem Kinderwagen einen kräftigen Stoß. Einmal ist der Stoß so heftig, dass der Wagen auf die Straße rollt, wo er schaukelnd zum Halten kommt. Mit einem Ziehen im Bauch bleibe ich stehen und betrachte die Szenerie: Der einsame Kinderwagen mitten auf der Straße, aber es kommt kein Auto, und ich strecke die Hand nach dem Griff aus, spüre, wie die Kleine mich in dem hellen Sonnenlicht anstarrt. So, als würde sie mich wirklich sehen, als hätte sie verstanden, was passieren wird.

Als Rebekka zwei Stunden später nach Hause in ihre Wohnung kam, fühlte sie sich müde – aber auf eine andere und gute Art als sonst. Sie war physisch müde, die Muskeln taten weh – doch das Beste war, dass etwas von der Unruhe verschwunden war, die sie ständig begleitete. Es ging ihr so gut wie schon lange nicht mehr. Unter der warmen Dusche probierte sie die verschiedenen Schläge noch einmal aus: Hook, Uppercut, Jab und Cross. Der Badezimmerfußboden stand nach den vielen Schlägen in die Luft unter Wasser, doch das war ihr egal. Sie wickelte sich in ihren Bademantel, ging in die Küche und wollte gerade eine Flasche Wein aufmachen, als ihr Handy klingelte. Sofort spürte sie ein Ziehen im Bauch. Hoffentlich war nichts mit ihrem Vater ... Sie meldete sich schnell. Es war Dorte.

»Weißt du was, Bekka? Andreas ist so romantisch, es ist einfach nicht zu fassen. Er hat mich mit einem Frühstück im Bett überrascht, mit Croissants und Kaffee, einer Blume und einem Zettel, auf dem stand, dass er mich zu einem romantischen Abendessen ins Noma einlädt. Ist das nicht der Wahnsinn?«

»Das klingt gut ...«

»Das Schlimme daran ist, dass ich wahrscheinlich gar nichts herunterbekomme. Ich habe im Moment einfach keinen Appetit. Ich habe nur Hunger auf ihn.«

»Dann passt es ja, dass ihr ins Noma wollt, ich habe nämlich gehört, dass die Portionen mikroskopisch klein sein sollen«, bemerkte Rebekka. Dorte lachte laut.

»Pass auf dich auf«, fügte Rebekka hinzu. »Das ist ja nicht so ohne – die Scheidung, die Kinder und deine Arbeit.«

»Red bloß nicht davon, ich wäre am liebsten nur noch mit Andreas zusammen. Meine Arbeit ist langweilig, und die Kinder sind zurzeit nervig. Ganz zu schweigen von Hans-David, der total außer sich ist wegen der Scheidungspapiere. Neulich hat er mich gefragt, ob ich jemanden kennengelernt habe. Ich mochte nicht lügen, deshalb habe ich ihm von Andreas erzählt.«

»Und was hat er gesagt?«

»Er ist still geworden. Sehr still.«

Dorte seufzte vielsagend, was Rebekka die Stirn runzeln ließ. Normalerweise liebte Dorte ihre Arbeit als Krankenschwester im Traumacenter des Reichskrankenhauses, und es war das erste Mal, dass sie ihre Kinder als nervig bezeichnete. So etwas konnte vorkommen – trotzdem fand Rebekka die Äußerung ungewöhnlich.

»Du musst sehr verliebt sein, wenn du so empfindest«, war alles, was ihr dazu einfiel.

»Und ob. Ich habe Schmetterlinge im Bauch – ich brauche keinen Schlaf, ich brauche nichts zu essen. Ich brauche nur Andreas.«

Sie sprachen kurz über Rebekkas Vater und den Mord an Hanne Christoffersen. Schließlich erzählte sie Dorte von ihrem Boxtraining. Ihre Freundin reagierte mit kurzen Kommentaren und tröstenden Worten, doch Rebekka wurde das Gefühl nicht los, dass die Freundin in Gedanken ganz woanders war. Irgendwo, wo Rebekka sie nicht erreichen konnte. Während Dorte immer weiter von Andreas erzählte, begann sie Niclas ganz furchtbar zu vermissen.

»Ich freue mich darauf, ihn kennenzulernen«, sagte Rebekka.

»Das wirst du auch, aber im Moment gibt es nur ihn und mich, sagt er. Wir genießen einander in vollen Zügen.«

»Das sei euch auch vergönnt«, antwortete Rebekka ehrlich. »Meldet euch einfach, wenn ihr für ein Treffen bereit seid.«

»Mmmm«, antwortete Dorte geistesabwesend.

Nach dem Telefonat steckte Rebekka sich eine Zigarette an und inhalierte einige Male tief, während sie grübelnd durch die Wohnung wanderte. Sie vermisste Niclas, und es ärgerte sie, dass er nicht zurückrief. Sie hatte inzwischen mehrmals versucht, ihn zu erreichen. Auch jetzt wählte sie seine Nummer – erfolglos. Die Angst vor dem Alleinsein kehrte zurück, und sie ging ins Bett und starrte in die Dunkelheit, bis der Schlaf sich ihrer erbarmte.

DONNERSTAG

»Lars Peitersen ist via Interpol zur Fahndung ausgeschrieben, und es liegt ein Haftbefehl vor«, berichtete Gundersen in der Besprechung. »Die Recherchegruppe arbeitet weiter an der Aufdeckung des Wirtschaftsbetrugs, dessen Lars Peitersen sich offensichtlich schuldig gemacht hat. Leider haben wir noch keine konkrete Spur, die uns einen Hinweis auf seinen Aufenthaltsort geben könnte. Was mich immens ärgert. Er kann in Brasilien sein oder hier unten auf der Straße stehen.«

Alle zur Verfügung stehenden Leute waren bei der Jagd nach dem verschwundenen Zahnarzt eingesetzt. Die Durchsuchung seiner beiden Häuser hatte keine neuen Erkenntnisse gebracht. Keines der Gebäude schien der Tatort gewesen zu sein. Allerdings hatte man herausgefunden, dass Lars Peitersen hoch verschuldet war. Es gab keine Eltern oder Geschwister, mit denen sie hätten reden können, dafür bestätigte ihnen eine Handvoll

Freunde, dass Lars auf großem Fuß lebte und gern ins Casino gehe. Sie bestritten jedoch, dass er spielsüchtig sei, und waren davon überzeugt, dass er niemals jemanden umbringen würde.

Nach der Besprechung saß Rebekka grübelnd an ihrem Schreibtisch, während sie eine Tasse von Rezas starkem Kaffee nach der anderen in sich hineinschüttete.

»Rebekka, du schlürfst.«

Rezas dunkles Gesicht tauchte über dem Computer auf.

»Was sagst du? Ich denke nach, während ich dein Hexengebräu genieße.«

»Über Peitersen, vermute ich.«

»Genau. Ich frage mich, was mit ihm passiert sein könnte.«

»Er sitzt bestimmt irgendwo in der Karibik, mit einem Drink in der Hand, einem Koffer voller Geld, und plant das nächste Verbrechen ...«

Sie sah Reza mit hochgezogenen Brauen an.

»Der Mann ist abgehauen, Rebekka. Er hat die Unterschrift seines Geschäftspartners gefälscht und eine Hypothek von fünfzehn Millionen Kronen auf die Praxis aufgenommen. Seine beiden Häuser sind bis unters Dach beliehen. Er spielt gern. Vielleicht hat er mit Drogen zu tun. Irgendwann entdeckt Hanne das alles, droht ihm, und er muss sie umbringen. Er versucht, den Mord so aussehen zu lassen, als würde ein anderes Motiv dahinterstecken. Und als wir in der Praxis auftauchen, wird es zu gefährlich für ihn, und er haut ab.«

»Das klingt plausibel«, räumte Rebekka ein und fügte hinzu: »Aber es steht immer noch nicht fest, dass er Hanne umgebracht hat. Wir haben keinerlei Beweise oder DNA-Spuren, die ihn mit dem Mord in Verbindung bringen würden. Im Hinblick auf den Betrug ist immerhin auch vorstellbar, dass noch andere involviert sind. Wer sagt uns, dass Lars Peitersen Jens-Peter Thorns Unterschrift überhaupt gefälscht hat? Es kann doch auch sein, dass der alte Zahnarzt mitgemacht hat. Und dann gibt es noch die Möglichkeit, dass Lars Peitersen ebenfalls einem Verbrechen zum Opfer gefallen ist.«

»Ja, schon – aber ganz ehrlich, glaubst du daran?«

Rebekka seufzte. »Eigentlich nicht, aber irgendwie bringe ich den Mord an Hanne nicht mit diesem Dreiecksdrama und dem Betrug in Verbindung. Warum die Schminke, das Parfüm und die Kleidung? Warum hat der Täter ihr die Zehen abgehackt? Wo hat er das Curare her? Und warum hat er sie auf die Bank am See gesetzt? Er hätte sie doch verstecken können, vergraben oder ins Meer werfen. Er hat ziemlich viel riskiert, indem er das Mordopfer so in Szene gesetzt hat.«

Reza erhob sich langsam von seinem Bürostuhl und streckte sich, dass sein Körper knackte.

»Ganz sicher bin ich mir auch nicht«, gab er zu, »doch so, wie es im Moment aussieht, hatte Lars Peitersen ein Motiv und auch die Möglichkeit, sie umzubringen.«

»Ich hoffe, du hast recht«, antwortete Rebekka. »Doch ich fürchte, dass Hanne Christoffersen nicht das letzte Opfer bleiben wird …«

Sie wurden von einem Klopfen an der Tür unterbrochen. Draußen stand einer ihrer Kollegen mit Sussie Hertz, der Mitarbeiterin aus der Zahnarztpraxis.

»Kommen Sie herein.«

Rebekka führte die junge Frau zu ihrem Besprechungstisch in einer Ecke des Büros, während Reza eine Kaffeetasse holte. Die Augen von Sussie Hertz waren vom Weinen geschwollen. Es war schwierig, zusammenhängende Sätze aus ihr herauszuholen. Jedes Mal, wenn sie es versuchten, brach sie weinend zusammen. Nach mehreren Anläufen brachten sie sie endlich zum Reden.

»Ich habe lange überlegt, ob ich Ihnen das erzählen soll.« Sie schniefte laut, während sie auf die Tischplatte starrte. »Aber Hanne und Jens-Peter haben sich oft gestritten. Oder sich böse Blicke zugeworfen.«

Rebekka stutzte über die Wortwahl. *Böse Blicke.*

»Worüber haben sie gestritten?«

»Ich weiß es nicht ... Sie haben nicht viel miteinander gesprochen, aber ich glaube, es hatte irgendetwas mit den Fotos zu tun.«

»Mit den Fotos?«

»Ja, JP ...« Sussie Hertz schwieg abrupt und bekam rote Flecken am Hals. »Jens-Peter, meine ich. Er fotografiert viel, vor allem Frauen. Bei sich im Keller hat er ein eigenes Fotostudio. Ich glaube, der Streit hatte damit zu tun. Wir alle waren vor einem Monat zu einer Weihnachtsfeier bei ihm zu Hause eingeladen, und seit diesem Abend war schlechte Stimmung zwischen den beiden.«

1987

Das Baby schreit jede Nacht. Vor zwei Wochen hatten wir Taufe, und auch da hat es geschrien. Die Gäste sind früh gegangen. Wir werden langsam wahnsinnig. Mein Vater ist wieder hinaus in die Welt gezogen. Meine Mutter steht nicht mehr aus dem Bett auf. Sie isst kaum etwas, trinkt nur etwas Tee. Ich bin innerlich unruhig – als würden Tausende von Insekten durch meine Blutadern schwirren. Ich kann mich nicht hinlegen, ich kann nicht still sitzen, ich muss mich bewegen, um ihr Summen zu ertragen. Ich gehe durchs Haus, mein Magen schmerzt die ganze Zeit. Ich vermisse meine Mutter. Ich vermisse sie wie nie zuvor. Mir ist klar, dass nichts mehr wie früher sein wird. Diese Erkenntnis lässt mich erzittern. Erst vor Furcht, dann vor Wut. Ich sehe auf meine Füße hinunter, die nackt auf dem weichen Teppichboden stehen und sich in das Zimmer des Babys bewegen. Es ist dämmerig dort drinnen, ein Nachtlicht scheint auf der Fensterbank. Ich sehe in die Wiege, sehe die strampelnden Beinchen, das zusammengekniffene Gesicht, die kleinen, geballten Fäuste. Das Baby sieht mich an. Es hört auf zu weinen, und der zahnlose Mund verzieht sich zu einem Lächeln. Die kleinen Arme zucken erwartungsvoll. Ich beuge mich vor, ziehe das Kissen unter dem schmächtigen Nacken fort, der Kopf fällt zurück auf die Matratze. Die Kleine folgt meinen Bewegungen mit ihren runden, schwarzen Augen. Ich knülle das Kissen zusammen, stehe einen Moment unbeweglich da und starre das Baby an. Es beginnt, leise zu jammern, und im Handumdrehen presse ich das Kissen auf sein Gesicht. Das Weinen verstummt sofort, doch Arme und Beine zappeln kräftig auf und ab. Ruhig beobachte ich den Versuch des Babys sich zu befreien. Es ist noch so klein, dass ich nicht viel Kraft brauche, und ich lächele leicht angesichts seines Kampfs. Nach einer Weile, ich weiß nicht, wie lange, werden die Bewegungen schwächer, schlaffer, um schließlich ganz aufzuhören. Vorsichtig nehme ich das Kissen weg und betrachte die Kleine, um zu sehen, ob sie wieder aufwacht. Doch das tut sie nicht. Das kleine runde Gesicht, umgeben von weichem schwarzem Flaum, ist ganz ruhig geworden.

Ein Schneesturm näherte sich Kopenhagen.

Eine matte schwarze Dunkelheit hüllte das Auto ein, während sie auf der Autobahn Richtung Lyngby fuhren, und als sie an

Jens-Peter Thorns riesigem Haus ankamen, war die Luft schon dick von Schneeflocken.

Mit zielgerichteten Schritten gingen sie auf die Haustür zu und klopften mit dem kupfernen Löwenkopf fest gegen das dunkle Holz. Sie klopften mehrmals, doch Jens-Peter Thorn öffnete nicht, und sie sahen sich besorgt an. Ob er abgehauen war, genau wie sein Kollege? Rebekka umrundete das Haus und kam zu einem älteren Wintergarten. Er war nur sparsam beleuchtet, doch in der Dunkelheit konnte sie eine Gestalt in einem Sessel ausmachen. Sie presste das Gesicht gegen die Scheibe. Er war es. Er hatte ein paar große Kopfhörer auf, ruckte leicht vor und zurück, und plötzlich flogen seine Arme zur Seite, als würde er ein Orchester dirigieren. Rebekka klopfte an die Scheibe. Der Zahnarzt hatte die Augen geschlossen, war ganz in die Musik versunken, bei der es sich vermutlich um Klassik handelte. Sie klopfte noch fester an das Fenster, und er fuhr hoch, riss die Augen auf und sah sie erschrocken an. Sie gab ihm zu verstehen, dass sie zurück zur Haustür gehen würde. Er nickte, stand ein wenig beschwerlich auf und verschwand im Haus.

»Er macht auf«, sagte sie, als sie wieder bei Reza war.

Wenig später ging die Haustür auf, und gelbes Licht strömte ihnen entgegen.

»Ich habe Sie nicht gehört. Bitte entschuldigen Sie. Kommen Sie ins Warme. Was für ein Wetter!«

Jens-Peter Thorn führte sie in die Diele. In einer Ecke lagen Zeitungsstapel und warteten darauf, zum Altpapiercontainer gebracht zu werden.

»Wir möchten gerne mit Ihnen reden.«

Er nickte freundlich. »Es geht um Lars, nehme ich an, und das Geld? Ich bin zutiefst erschüttert. Das muss man sich einmal vorstellen, wozu er offenbar in der Lage war. Ich habe ihm vertraut ...«

»Wir sind nicht hier, um über Lars zu reden«, sagte Rebekka und nahm einen Anflug von Angst in den Augen ihres Gegenübers wahr.

»Wir haben gehört, dass Sie ein eifriger Amateurfotograf sind«, fügte Reza hinzu.

Jens-Peter Thorns Blick flackerte unruhig. Er sah plötzlich älter aus, grauer. »Ich weiß nicht, ob man mich als Amateurfotografen bezeichnen kann. Ich mache einfach Bilder ...«

»Wir möchten, dass Sie uns etwas über Ihre Fotos erzählen – über Ihr Hobby«, half Rebekka nach.

»Möchten Sie mit ins Wohnzimmer kommen?«

Sie folgten ihm durch die Küche und kamen schließlich in denselben Raum wie beim letzten Mal, als sie hier waren. Diesmal achtete Rebekka mehr auf die Einrichtung. Über dem Sofa hing eine Serie von Schwarz-Weiß-Fotos. Griechische Häuser, ein Esel mit Gepäck, ein paar peruanische Kinder, wie es schien. Der Zahnarzt folgte ihrem Blick.

»Ja, das sind ein paar meiner Werke. Ich habe immer schon fotografiert. Damals zur Konfirmation habe ich eine Kamera bekommen.«

»Was fotografieren Sie am liebsten? Landschaften, Menschen?«, wollte Rebekka wissen.

Jens-Peter Thorn antwortete prompt. »Mit Sicherheit Landschaften – die Natur bietet einem einfach alles. Eine Blume, die sich entfaltet, zum Beispiel ... Aber ich mag auch die Einsamkeit von Häusern ...« Er schwieg und kratzte sich am Kopf.

»Fotografieren Sie auch Ihre Kollegen?«

»Ja, schon. Bei mehreren Gelegenheiten.« Er kratzte sich geistesabwesend den Nasenrücken, als kreisten seine Gedanken um etwas, das er nicht zu fassen bekam.

»Fotografieren Sie auch manchmal am Lyngbysee?« Rebekka sah den Zahnarzt unschuldig an, der die Stirn runzelte.

»Soweit ich mich erinnere, nicht. Warum sollte ich?« Er sah sie fragend an, während ihm die Wahrheit langsam dämmerte. »Zum Teufel …«, entfuhr es ihm dann.

»Man hat uns erzählt, dass Sie über ein eigenes Fotostudio verfügen.« Rebekka sah sich im Wohnzimmer um.

Er antwortete nicht, sondern verschränkte lediglich die Arme.

»Wir würden gern einen Blick in Ihr Fotostudio werfen.«

Der Zahnarzt wurde erst blass, bevor sich seine Wangen vor Wut röteten. »Ich weigere mich, es Ihnen zu zeigen. Da befindet sich eine Kamera. Sonst nichts. Und Sie sollten jetzt gehen. Sofort. Ich bin sehr müde.«

Wütend stapfte er aus dem Wohnzimmer. Rebekka holte ihn ein.

»Wir müssen uns den Raum ansehen, in dem Sie fotografieren. Sie können ihn uns freiwillig zeigen, oder wir beschaffen uns einen Durchsuchungsbeschluss …«

»Warum? Ich habe nichts damit zu tun!«

»Genau deshalb wollen wir gern Ihr Studio sehen. Um Sie als Verdächtigen ausschließen zu können.«

Jens-Peter Thorn blieb in der Diele stehen. Sein Körper fiel ein wenig in sich zusammen, die langen Arme hingen an den Seiten herunter.

»Glauben Sie wirklich, dass ich etwas mit … mit diesem furchtbaren Mord zu tun habe?« Seine Augen wurden feucht, und seine Stimme bebte. Er nannte seine frühere Angestellte nicht mehr beim Namen, fiel Rebekka auf. Das war bei vielen Mördern so. Sie distanzierten sich und machten das Opfer zu einem Objekt.

»Wir glauben alles. Das ist unser Job. In dieser Phase der Ermittlung sind alle verdächtig, und nach und nach schließen wir Leute aus, soweit das möglich ist. Und zu diesen Leuten möchten Sie doch wohl gerne gehören, oder?«

»Ja, aber …«

Rebekka sah verstohlen zu einer Tür, von der die Farbe abblätterte und die mit großer Wahrscheinlichkeit in den Keller hinunterführte. Ob er sein Fotostudio dort unten hatte?

»Ich finde nur, dass das Fotostudio meine Privatsache ist.« Jens-Peter Thorn mied den Blickkontakt mit ihnen und fokussierte stattdessen die abgenutzten Bodendielen.

»Herr Thorn?« Reza klopfte dem älteren Zahnarzt leicht auf die Schulter und fuhr fort: »Sie behaupten, unschuldig zu sein. Wenn das stimmt, sollten Sie mit uns zusammenarbeiten. Wenn nicht unseretwegen, dann wegen Hanne.«

Jens-Peter Thorn seufzte laut. Dann öffnete er die Kellertür und führte sie mit mürrischem Gesicht die Treppe hinunter. Er betätigte den Lichtschalter, und es wurde hell. Sie standen in einem größeren, orange gestrichenen Raum mit einer Reihe von Schränken und einer Gefriertruhe in der Ecke. Von den vier Türen führte eine in den hinteren Garten.

»Wo ist das Fotostudio?«, drängte Reza, denn es war nicht zu übersehen, dass der Zahnarzt eine Aufforderung brauchte. Mit schleppenden Schritten ging Jens-Peter Thorn zu einer der Türen und schloss sie auf. Sie betraten einen kleinen, weiß gestrichenen Raum, der wirklich eine Art Fotostudio zu sein schien, mit einer älteren Hasselblad auf einem Stativ, Lampen und einem – überraschenderweise – sehr großen Bett, das in der Mitte des Zimmers stand, was Rebekka und Reza staunen und Jens-Peter Thorn beklommen auf den weißen Betonboden schauen ließ. Rebekka drehte sich zu ihm um.

»Jetzt bin ich wirklich neugierig, was für Bilder Sie hier machen.«

Jens-Peter Thorn antwortete nicht, er schwankte leicht.

»Sie haben zwei Minuten, sie mir zu zeigen, ansonsten besorge ich mir einen Durchsuchungsbeschluss, und dann sitzen Sie richtig in der Patsche, um es einmal gelinde auszudrücken.«

Einen Moment war die Luft dick vor Anspannung, dann winkte Jens-Peter Thorn sie zurück in den orangefarbenen Raum, in dem er eine weitere Tür aufschloss. Sie führte in ein Zimmer, und Rebekkas Puls wurde schneller, als er das Licht anschaltete. Sie befanden sich in einer Art Dunkelkammer, umgeben von nackten Körpern. Brüste, Geschlechtsteile, Hintern – aus der Nähe und als Ganzaufnahme. Frauen jeglichen Alters posierten auf den Fotos, von ganz jung bis reif.

Rebekka und Reza waren einen Augenblick sprachlos.

»Das müssen Sie uns jetzt erklären …«

»Es ist nicht strafbar, nackte Frauen zu fotografieren«, wandte Jens-Peter Thorn ein und senkte die Stimme. »Ich schwöre, dass ich nichts mit dem Mord zu tun habe.«

Als sie kurz darauf mit Jens-Peter Thorn auf dem Rücksitz ins Polizeipräsidium fuhren, dämmerte Rebekka, dass ihr mehrere der Frauen auf den Fotos bekannt vorgekommen waren. Ob das Kolleginnen waren, und wenn ja, war Hanne Christoffersen unter ihnen?

In dem Moment, als ich Ihr Bild gesehen habe, wusste ich, dass ich Ihnen schreiben muss.

So begann seine Mail.

Astrid hatte sie immer wieder gelesen, während sich in ihr langsam ein ihr unbekanntes Gefühl des Triumphs breitmachte.

Eigentlich war sie nach Hause geeilt, um ihr Profil zu löschen, doch da hatte sie seine Nachricht vorgefunden. Jesper Teisbæk hieß er, war fünfunddreißig Jahre alt und hatte halblanges, nach hinten gekämmtes Haar, hohe Wangenknochen, schöne blaue Augen und das breiteste, strahlendste Lächeln, das sie seit Langem gesehen hatte. Sie hatte sich sein Foto immer wieder angesehen, es fiel ihr schwer, den Blick davon abzuwenden. Das Bild war etwas körnig, und er stand ein Stück von der Kamera entfernt, aber trotzdem bestand kein Zweifel, dass er ihre Erwartungen bei Weitem übertraf.

Astrids Finger glitten über die glatte Tastatur. Was sollte sie über sich erzählen? Wie ging es jetzt weiter? Er schrieb gut, ja, geistreich, und es freute sie, dass er offenbar klug und humorvoll war. Sie würde ihm eine möglichst perfekte Antwort schicken. Er musste einfach einen so guten Eindruck von ihr bekommen, dass er sie um ein Date fragen würde. Sie pries sich glücklich, dass sie neulich die Schokolade weggeworfen und sich seitdem bis auf das Sahnetörtchen eisern beherrscht hatte. Und so viel konnte ein kleines Kuchenstück doch nicht anrichten?

In jedem Fall musste sie auf seine Mail antworten. Ob es zu eifrig wirkte, wenn sie ihm sofort zurückschrieb? Oder sollte sie lieber noch etwas warten? Ihr wurde klar, dass sie die Regeln nicht mehr beherrschte, möglicherweise hatte sie sie nie gekannt. Ihre Finger verharrten auf der Tastatur, und sie studierte ihre Fingernägel. Waren sie nicht ein wenig gelb? Schnell stand sie auf, ging ins Badezimmer und sah sich im Spiegel an. Das Haar saß noch immer einwandfrei, das hatte der Friseur wirklich gut gemacht – die Frisur war richtig pflegeleicht. Jetzt musste sie nur noch ihre Schokoladenlust in den Griff bekommen. Unwillkürlich zog sie den Bauch ein, hielt den Atem an und lächelte sich im Spiegel an. Zum ersten Mal seit vielen Jahren.

—

Jens-Peter Thorn schrumpfte bei den Vernehmungen vor ihren Augen. Er zerbrach in Krusten wie getrockneter Lehm. Mit jeder Frage, die sie ihm stellten, kroch er tiefer in den Stuhl hinein, und seine Stimme wurde leiser, als hätte er plötzlich eine Erkältung bekommen.

»Sie haben uns erzählt, dass Sie vor allem Landschaften fotografieren, nicht wahr?«

Rebekka sah ihn ernst an, und er nickte zaghaft, während er an einem Plastikbecher mit schwarzem, heißem Kaffee herumspielte, den sie ihm hingestellt hatten.

»Ich fotografiere auch gerne Landschaften.«

»Ihre Dunkelkammer zeugt aber von einer größeren und – sollen wir sagen – stärkeren Leidenschaft?«

Der Zahnarzt zuckte mit den Schultern und trank vorsichtig von dem glühend heißen Kaffee.

»Hanne Christoffersens Leiche war auf eine Weise in Szene gesetzt, die uns zu der Frage veranlasst hat, ob sie möglicherweise fotografiert wurde ... vor und nach ihrem Tod.«

Jens-Peter Thorn wurde blass. Er stellte den Kaffeebecher so abrupt ab, dass etwas Kaffee überschwappte und einen kleinen See auf dem Tisch zwischen ihnen bildete.

»Ich schwöre, dass ich Hanne niemals etwas Böses hätte antun können. Niemals. Ich habe doch gesagt, dass ich sie sehr gernhatte ...« Er griff erneut nach dem Becher.

»Begierde ist eins der häufigsten Mordmotive.«

Der Zahnarzt schwieg, sein Griff um den Becher wurde fester, und das weiße Plastik gab ein leises Knacken von sich.

»Seit wann fotografieren Sie nackte Frauen?«

»So, wie Sie das sagen, klingt das, als wäre ich ein Pornofotograf«, sagte Jens-Peter Thorn gekränkt. »Ich mache künstlerische Aufnahmen von Frauenkörpern, und meine Aktmodelle machen ganz freiwillig mit.«

»Beantworten Sie bitte unsere Frage.«

»Schon immer. Das heißt – seit vielen Jahren. Ich weiß nicht genau, seit wann, aber ich habe mich immer für Frauenkörper interessiert.«

»Was hat Ihre Frau zu Ihrem … Hobby gesagt, als sie noch lebte?«

Jens-Peter Thorn schnappte nach Luft. »Bodil war ein sehr großzügiger Mensch. Wir hatten beide unsere Interessen, denen wir in Ruhe nachgehen konnten. Wir mussten uns nicht gegenseitig Rechenschaft ablegen. So eine Ehe haben wir nicht geführt.«

»Wo finden Sie Ihre Modelle?«

Jens-Peter Thorn zuckte mit den Schultern. »Hier und da.«

»Unter anderem im Internet?« Rebekka sah ihn eindringlich an.

Er nickte kurz angebunden. »Da auch.«

Reza lehnte sich über den Tisch, woraufhin sich der Zahnarzt ein wenig zurückzog.

»Erzählen Sie uns, wie Sie das Internet nutzen.«

»Na ja, ich finde sie in einem Forum für Fotointeressierte …«

»Was ist mit Datingseiten?«

»Da habe ich auch ein paar gefunden. Ich gucke überall …«

»Einige der Frauen kommen mir bekannt vor – sind Frauen aus der Praxis darunter? Kolleginnen oder sogar Patientinnen?«

Der Zahnarzt sah Rebekka beleidigt an. »Patientinnen? Ich bitte Sie. Es würde mir nicht im Traum einfallen, meine Patientinnen in mein Privatleben zu involvieren …«

»Aber Ihre Kolleginnen?«

»Wenn Sie wissen wollen, ob Hanne eine der Frauen war, kann ich diese Frage verneinen.«

»Ich dachte auch eher an Sussie Hertz.«

Jens-Peter Thorn sank noch weiter in den Stuhl hinein. Kleine

Schweißtropfen erschienen auf seiner Stirn, und er atmete schwer. »Sussie, ja ... Brauche ich einen Anwalt?«

»Das liegt bei Ihnen. Wir haben Ihnen einen angeboten – soll ich ihn anrufen?«

Der Zahnarzt schüttelte langsam den Kopf.

Rebekka stand auf, ging zum Fenster und schaute hinaus. Es war ein langer Tag gewesen. Die Straße unter ihr lag verlassen und dunkel da, und sie sehnte sich danach, die Ermittlung abzuschließen. Sie spürte, wie sich Jens-Peter Thorns Augen in ihren Rücken bohrten, aber sie wollte ihn noch etwas schmoren lassen. Sie ließ sich auf ihren Schreibtischstuhl fallen, konzentrierte sich auf ihren Computer, gab ihr Passwort ein und sah nach, ob irgendwelche internen Nachrichten eingegangen waren. In dem Moment meldete ihr Handy den Empfang einer SMS. Sie stellte fest, dass sie von den Kriminaltechnikern kam, die bei Jens-Peter Thorn inzwischen über zweitausend Negative und mehrere noch nicht entwickelte Filme beschlagnahmt hatten. Außerdem hatten sie einen Karton mit Schmalfilmen gefunden, von denen sie nicht wussten, was darauf war. Weitere unangenehme Überraschungen hatte das Haus des Zahnarztes auf den ersten Blick nicht aufzuweisen.

Rebekka hörte, wie Jens-Peter Thorn gerade Reza erklärte, warum er eine analoge Kamera einer digitalen vorzog. Es hatte anscheinend irgendetwas mit der Authentizität zu tun. Sie drehte sich zu ihnen um.

»Hanne mochte Ihr Hobby aber nicht?«, fragte sie.

Thorn schaute sie mit mattem Blick an.

»Nein«, räumte er leise ein.

»Was ist passiert?«

»Ich habe unser gesamtes Praxisteam zu einer Weihnachtsfeier bei mir zu Hause eingeladen. Hanne wollte auf die Toilette, dort war es besetzt, und irgendwie hat sie sich auf der Suche nach einem weiteren Bad in den Keller verirrt und mein Fotostudio entdeckt. Eigentlich ist es immer abgeschlossen.«

»Wie hat sie reagiert?«

»Sie ist wütend geworden. Sehr wütend. Sie hat ihre Sachen genommen und ist gegangen. Ich bin ihr nachgelaufen und habe mich total zum Affen gemacht. Wir haben uns auf der Straße angeschrien. Ich weiß nicht, was in uns gefahren ist.«

Er schüttelte den Kopf.

»Haben Sie anschließend noch einmal über den Streit gesprochen?«

Der Zahnarzt schüttelte den Kopf. »Wir haben ihn mit keinem Wort erwähnt, sondern die Sache unter den Teppich gekehrt. Wie so vieles. Wir mussten ja schließlich zusammenarbeiten, da ging das nicht anders.«

»Wo waren Sie letzten Donnerstag zwischen achtzehn und dreiundzwanzig Uhr?«

»Das haben Sie mich schon einmal gefragt, und ich habe Ihnen darauf geantwortet. Ich hatte um halb vier meinen letzten Patienten, und anschließend bin ich noch eine Stunde in der Praxis geblieben … um Bürokram zu erledigen.«

»Allein?«

Seine Augen flackerten. »Nein.« Er seufzte tief. »Sussie hat mir geholfen.«

»Haben Sie ein Verhältnis miteinander?«

Jens-Peter Thorn nickte.

»Haben Sie Hanne an dem Abend gesehen?«

»Nein, sie hatte an dem Tag schon früh Feierabend, wie jeden Donnerstag. Ich wusste, dass sie ausgehen wollte, das hat sie mir erzählt, und es war ja auch recht offensichtlich …«

»Was war offensichtlich?«

Jens-Peter Thorn wand sich auf seinem Stuhl.

»Also, sie sah irgendwie glücklich aus und hat erzählt, dass sie sich mit jemandem treffen wollte … Sie ist nicht ins Detail gegangen, und ich habe auch nicht nachgefragt.«

»Und wann haben Sie Hanne zuletzt gesehen?«

Jens-Peter Thorn verdrehte die Augen, und Rebekka war auf einmal angewidert von diesem Mann und der gesamten Ermittlung, die sich so endlos in die Länge zog – ohne irgendwelche heißen Spuren, denen sie hätten nachgehen können. Und jetzt saß dieser Mann vor ihnen, mit einem Keller voller Fotografien von nackten Frauen.

»Am Nachmittag, wie ich Ihnen schon gesagt habe. Sie ist gegangen und hat gesagt: ›Bis morgen‹, und danach habe ich sie nicht mehr gesehen. Sie hat mir sogar noch zugelächelt, als sie gegangen ist.«

»Haben Sie Hanne getötet?«

»Nein«, antwortete der Zahnarzt. »Auf diese Frage habe ich doch schon mehrmals geantwortet. Ich habe sie doch geliebt.« Jens-Peter Thorn verbarg das Gesicht in den Händen.

Sie unterbrachen die Vernehmung und machten eine Pause. Vor dem Zimmer wartete Gundersen auf sie. Er blickte sie finster an.

»Glaubt ihr, dass er es war?«

Rebekka schüttelte den Kopf.

»Ich glaube nicht, dass er etwas mit Hannes Tod zu tun hat. Die Frauen auf Jens-Peter Thorns Fotos sind lebendig und nackt, nicht mit Designerkleidung ausstaffiert und ermordet. Außerdem ist er alt, und ich bezweifle, dass er überhaupt die Kraft hat, eine Leiche mehrere Hundert Meter durch den Schnee zu tragen.«

Sie beschlossen, Jens-Peter Thorn gehen zu lassen.

Rebekka sah ihm vom Fenster aus nach. Er ging vornübergebeugt den Bürgersteig entlang, seine Schritte waren schleppend, als würde eine unsichtbare Hand ihn immer wieder nach hinten ziehen.

FREITAG

Rebekka hatte gerade ihren Computer hochgefahren, als das Telefon auf dem Schreibtisch klingelte. Der Anruf kam vom deutschen Bundeskriminalamt.

»Wir haben ein paar Dinge gefunden, die einem gewissen Lars Peitersen zu gehören scheinen. In der Datenbank haben wir gesehen, dass nach ihm gefahndet wird.«

Rebekka sprang von ihrem Stuhl auf.

»Das stimmt, wir haben Lars Peitersen zur Fahndung ausgeschrieben. Er ist während einer laufenden Mordermittlung mit fünfzehn Millionen dänischer Kronen verschwunden, die er sich unrechtmäßig angeeignet hat. Was haben Sie denn gefunden?«

»Eine Sporttasche, die ein Portemonnaie mit etwas Kleingeld, seiner Versicherungskarte und seinem Führerschein enthielt. Außerdem schwammen ein paar Kleidungsstücke in der Nähe der Tasche. Sie müssen natürlich nicht von ihm sein, aber Tasche und Kleidung trieben an derselben Stelle im Wasser.«

»Im Wasser, sagen Sie?«

»Ja, wir haben Tasche und Kleidung aus dem Hafenbecken von Puttgarden gefischt.«

»Gibt es eine Spur von Lars Peitersen?«

»Leider nein. Im Hafenbecken ist keine Leiche gefunden worden, aber sie kann natürlich auch abgetrieben sein.«

»Seinen Pass haben Sie nicht gefunden?«, vergewisserte sich Rebekka.

Nachdem der deutsche Kollege erklärt hatte, der Pass sei nicht unter den Fundstücken gewesen, verband Rebekka ihn zu Gundersen weiter.

Sie fragte sich, ob Lars Peitersen wohl tot war. Und wenn ja – hatte er sich umgebracht, oder war er ermordet worden, weil er nur ein kleines Rädchen in einem viel größeren Spiel war? Oder hatten sie es mit einer weiteren Inszenierung zu tun? Angenommen, Hanne hatte seinen Betrug entdeckt und er hatte sie auf eine Weise umgebracht, die das Ganze wie einen makabren Mord aussehen ließ. Dann war er jetzt vielleicht mit dem Geld ins Ausland abgetaucht und war so clever gewesen, seinen eigenen Selbstmord zu inszenieren – in der Hoffnung, dass man die Fahndung einstellte.

Rebekka lehnte kurz den Kopf gegen die Nackenstütze und schloss die Augen, um ein wenig Kraft zu sammeln, bevor sie sich in die Arbeit stürzte.

Das Telefon klingelte einige Male, bis jemand abnahm.

»Tatjana Melchior, Mordkommission«, meldete sich eine Frau.

Ihre Stimme war klar und kühl und schüchterte ihn ein, obwohl die Frau am anderen Ende nur ihren Namen genannt hatte.

»Hier spricht Finn …«

»Welcher Finn?«, fragte sie leicht gereizt.

Der dicke Finn, der dicke Finn – hat ein Riesendoppelkinn.

Er geriet ins Stocken, während die Stimmen aus der Vergangenheit wieder aufstiegen. Er war auf dem Schulhof. Stand mit dem Rücken zur Wand, und Tränen liefen ihm die Wangen hinunter. Er spürte noch immer, wie die Backsteine durch das dünne T-Shirt gegen seinen Rücken scheuerten, während die Jungen um ihn herum immer lauter schrien: *Der dicke Finn, der dicke Finn – hat ein Riesendoppelkinn.*

»Mit wem spreche ich denn?« Die Stimme klang jetzt noch schärfer, wie splitterndes Glas.

Finns Hals wurde ganz trocken. »Mein Name ist Finn Nyholm«, sagte er schließlich.

»Worum geht es?«

»Äh … um meinen Nachbarn. Einen jüngeren Mann … er ist in den Dreißigern.«

»Ja.«

Finn zögerte erneut, fand es merkwürdig, dass diese Tatjana dazu nur »Ja« sagte. Es war unglaublich, wie viel Ungeduld in diesem kleinen Ja liegen konnte. Und was hatte er auch letztendlich beizutragen? Ein intuitives Gefühl, doch was sollte die Polizei damit anfangen? Von der Intuition bis zu den harten Tatsachen war es ein weiter Weg. Er atmete schwer in den Hörer. Am anderen Ende war es vollkommen still, und einen Augenblick fragte er sich, ob Tatjana Melchior aufgelegt hatte.

»Er hatte möglicherweise Besuch von dieser Frau …«

Er unterbrach sich selbst. Im Hintergrund war ein Telefonklingeln zu hören, und jemand lachte. Lachten sie über ihn? Bei dem Gedanken brach ihm der Schweiß aus, doch dann fiel ihm ein, dass weder die Ermittlerin noch ihre Kollegen ihn sehen konnten. Sein Puls normalisierte sich.

»Ich verstehe nicht ganz.« Die Polizistin klang genervt, als würde ihre Geduld mit jeder vergehenden Sekunde weiter strapaziert.

»Mein Nachbar hatte Besuch von einer Frau, die der Toten ähnelt, die man an diesem See gefunden hat.«

»Sie meinen Hanne Christoffersen, die vor einer Woche am Lyngbysee ermordet aufgefunden wurde?«

»Ja.«

»Nur damit ich Sie richtig verstehe. Sie sagen, dass Hanne Christoffersen bei Ihrem Nachbarn zu Besuch war?«

»Ich bin mir natürlich nicht sicher, aber … sie könnte es gewesen sein.«

»Wann meinen Sie die Frau gesehen zu haben, die Hanne Christoffersen ähnelte?«

Klang sie jetzt entgegenkommender? Er holte tief Luft, um nicht zu atemlos zu klingen, wenn er ihre Frage beantwortete.

»Ich habe sie an dem Abend gesehen, an dem sie verschwunden ist.«

»An welchem Abend? Es ist wichtig, dass Sie ganz genau antworten.«

»An dem Donnerstag. Dem Shawarma-Abend ...«

Finn versuchte, den fraglichen Abend in seinem Kopf zu rekonstruieren. Es war der Donnerstag, an dem sie das Video aufgenommen hatten, auf dem Hjørdis ihn zwangsgefüttert hatte, was er natürlich nicht sagen konnte. Und es war der Shawarma-Abend, wie jeden Donnerstag. Er mochte sein System, das jedem Tag ein spezielles Essen zuordnete. Freitag war Pizza-Tag. Bei Domino's Pizza kannte man ihn schon so gut, dass er nur seinen Namen nennen musste, und schon wurden zwei extragroße Familienpizzen zu ihm nach Hause geliefert. Samstag war Steak-Abend, wie sollte es anders sein, und zu dem Steak gab es Wein oder Bier, womit er das Fünfhundertgrammsteak mit Pommes frites aus dem Beefsteak House hinunterspülte. Sonntag war Burger-Abend. Es war eine echte Verbesserung, dass McDonald's inzwischen einen Lieferservice hatte. Früher hatte er sich mit dem MacDonald's vor Ort begnügen müssen, dessen Burger einiges zu wünschen übrig ließen. Montag war ...

Tatjana Melchior unterbrach seinen inneren Monolog.

»Shawarma-Abend? Was meinen Sie damit? Wir haben schon Hunderte von Anrufen bekommen. Deshalb möchte ich Sie bitten, sich an die Tatsachen zu halten. Wo und wann? Ganz konkret.«

Finn spürte sein Gesicht glühen. Unverschämte Menschen waren das Schlimmste, das er kannte. Er war selbst einmal einer von ihnen gewesen. Er wollte gerade etwas erwidern, als sie hinzufügte: »Was hatte die Frau, von der Sie sprechen, an?«

»Das war nicht so gut zu erkennen.«

»Wie meinen Sie das?«

»Es war schon dunkel, als sie nach Hause kamen. Von meinem Schlafzimmerfenster aus kann ich das Haus und den Garten meines Nachbarn sehen. Ich bin bettlägerig, wissen Sie, chronisch krank.«

Er erwähnte die Fettleibigkeit lieber nicht. Sie würde ihn womöglich weniger glaubwürdig machen.

»Sie haben sie also nicht deutlich gesehen?«

Er zögerte. Durch die Scheibe sah ihn eine Ringeltaube an, die auf einem Baum saß.

»Nein.«

»Warum glauben Sie, dass es sich bei der Frau, die Sie im Garten Ihres Nachbarn gesehen haben, um Hanne Christoffersen gehandelt hat?«

»Mir kommen auch immer mehr Zweifel, muss ich gestehen. Sie hat ihr einfach ähnlich gesehen, glaube ich.«

»Wieso rufen Sie uns denn überhaupt an, wenn Sie so starke Zweifel haben?«

»Ich habe vor Kurzem ein Foto der Ermordeten in den Nachrichten gesehen. Sie kam mir irgendwie bekannt vor, aber wenn ich näher darüber nachdenke, glaube ich eigentlich doch nicht, dass sie es war …«

»Das kann ich durchaus nachvollziehen. Aber Sie müssen auch verstehen, dass wir extrem viel zu tun haben. Wir stecken mitten in einer hektischen Ermittlung. Was wir brauchen, sind *relevante* Informationen, und nicht Leute, die unsere Zeit vergeuden …«

Einen kurzen Moment hatte er große Lust, ihr zu sagen, welcher Finn Nyholm er war. Oder gewesen war, besser gesagt, doch vermutlich würde sie keine Ahnung haben, von wem er sprach. Es war viele Jahre her, dass jemand sich die Mühe gemacht hatte, einen Artikel über ihn zu schreiben. Und jemand wie Tatjana Melchior interessierte sich mit großer Wahrscheinlichkeit nicht für die Werbebranche. Bestimmt las sie nicht einmal Zeitung.

Stattdessen legte er auf. Einfach so, ohne Weiteres. Irgendwie erwartete er, zurückgerufen zu werden. Was nicht passierte. Einen Moment blickte er nachdenklich vor sich hin, während die Scham langsam verflog. Er war seiner Bürgerpflicht nachgekommen oder hatte es zumindest versucht – mehr konnte er nicht tun. Er lehnte den Kopf gegen die Wand, griff nach der Rolle mit den Schokoladenkeksen und war ein wenig enttäuscht, als ihm wieder einfiel, dass das nicht seine Lieblingskekse waren, die Hjørdis sonst immer kaufte, sondern andere, deren Schokolade längst nicht so gut schmeckte. Er hatte nicht mit ihr geschimpft, denn er fand, dass sein enttäuschtes Gesicht Strafe genug war. Hjørdis hatte auch den Blick niedergeschlagen und schuldbewusst ausgesehen. Trotzdem stopfte er sich eine Handvoll in den Mund. Sie mussten schließlich vernichtet werden.

Langsam leerte er die Schachtel, wobei er das Gespräch mit Tatjana Melchior verdaute. Die Kekse wurden von seinen Zähnen zu Staub zermalmt, die Krümel kitzelten im Rachen, sodass er husten musste. Er warf einen Blick aus dem Fenster. Die Ringeltaube saß noch immer auf dem schwarzen Ast und sah ihn mit stechenden Augen an, während die Dämmerung heraufzog. Er starrte zurück, doch der Vogel wich seinem Blick nicht aus, sah ihn nur weiter mit seinen schwarzen Augen an, während das Haus hinter ihm langsam immer dunkler wurde, um schließlich in der Nacht zu verschwinden.

—

Liebe Astrid, vielen Dank für Ihre gestrige E-Mail. Sie drücken sich so treffend aus – es ist offensichtlich, dass Sie Ihr Leben mit Büchern verbracht haben. Auch ich liebe die Literatur …

Astrid las den Satz noch einmal, und ihr Herz schlug höher. Er war einfach wunderbar. Er mochte Bücher. Sie liebte ihn bereits ein ganz klein wenig.

Jesper schrieb, dass sie über die kurze E-Mail nicht enttäuscht sein solle. Er sei gerade auf dem Weg zu einer Konferenz, die das Wochenende über dauern würde, doch er werde ihr schreiben, sobald er zurück sei. Vermutlich am Montag.

Wie aufmerksam von ihm. Er wollte nicht, dass sie unruhig wurde. Vielleicht ahnte er bereits, dass sie zu den Menschen gehörte, die es schätzten, Bescheid zu wissen – damit sie sich nicht das ganze Wochenende fragen musste, warum er nicht antwortete.

Astrid schwebte durch die Wohnung und landete in der Küche. Eigentlich war Essenszeit, doch sie konnte sich nicht dazu überwinden, das Putensteak in die Pfanne zu geben, Champignons zu säubern und Kartoffeln zu kochen. Sie hatte zu viele Schmetterlinge im Bauch, um etwas so Banales zu tun. Auf einmal verspürte sie eine unbändige Lust, auswärts zu essen. Das tat sie viel zu selten. Doch mit wem sollte sie essen gehen? Liselotte war bestimmt schon zu Hause in ihrem Reihenhaus in Hedehusene, und ihre Mutter war zu alt, um ohne Vorbereitungen auszugehen. Ihre Zuversicht schwand. Der Gedanke an ein perfekt gebratenes Steak und ein großes Glas Rotwein verflüchtigte sich.

Sie öffnete erneut den Kühlschrank und hoffte, jetzt genug Energie zu haben, das Abendessen zuzubereiten, aber die hatte sie nicht. Deshalb schloss sie die Kühlschranktür und blieb einen Augenblick stehen, dann wanderte ihr Blick nach oben zum Weinregal, in dem mehrere Flaschen lagerten. Sekunden später hatte sie eine herausgenommen, abgestaubt und sich ein großes Glas eingeschenkt. Sie nippte an dem Wein, spürte die Muskeln angenehm schwer werden und ging zu ihrem Computer zurück, der im Esszimmer stand. Sie würde den Abend darauf verwenden, Jesper eine E-Mail zu schreiben. Wenn ihr die gut gelang, würde er sie vielleicht schon bald zum Essen ausführen.

»Mir kommt es so vor, als hätte ich unglaublich viel Zeit auf nutzlose Telefonate mit Bürgern verwandt, die einfach nur anrufen und Unsinn von sich geben.«

Tatjana sah sich im Kreis ihrer Kollegen um, die zu einem kurzen Briefing um den Besprechungstisch versammelt waren.

»Ich glaube, ich habe mit mindestens zwanzig verschiedenen Leuten gesprochen, die alle überzeugt waren, Hanne Christoffersen gesehen zu haben. Zu allen möglichen Zeiten, selbst nach ihrem Tod. Und an allen möglichen Orten, landesweit. Noch ein Anruf, und ich werde wahnsinnig.«

»Das gehört aber zu unserer Arbeit dazu«, konnte Rebekka sich nicht verkneifen einzuwenden. Tatjana ignorierte jedoch ihre Bemerkung, was sie ihr eigentlich nicht verdenken konnte. Rebekka musste sich eingestehen, dass sie einfach Lust hatte, Tatjana ein wenig zu sticheln – ungeachtet, wie kindisch das war.

»Die Tipps der Bürger sind für eine Ermittlung sehr wichtig«, sagte Gundersen diplomatisch und fügte hinzu: »Jedem Anruf muss nachgegangen werden, selbst wenn man das Gefühl hat, dass es vergeudete Arbeitszeit ist. Und vergiss nicht, dass die Chefs über alle informiert werden müssen.«

Tatjana seufzte tief und fuhr sich durch das kurze, blonde

Haar. Rebekka fiel auf, dass hinter ihrem Ohr eine Träne eintätowiert war.

»Das weiß ich doch. Vielleicht liegt es auch nur daran, dass ich bisher vor allem mit Bandenkriminalität zu tun hatte. Bei uns hat sich niemand getraut, den Mund aufzumachen.«

Ihre Bemerkung brachte mehrere der anwesenden Ermittler zum Lachen, und Rebekka hatte den Eindruck, dass Gundersen Tatjana mit einem Ausdruck ansah, der an Wärme erinnerte.

Ursula warf einen letzten Blick in den Spiegel. Sie war mehr als zufrieden. Er hatte sie gebeten, die Haare offen zu tragen. Er liebte Haare, hatte er gesagt, je länger und lockiger, desto lieber. Der erste Eindruck war immer der wichtigste, das wusste sie, und danach richtete sie sich. Jeden Tag.

Sie überprüfte den Inhalt ihrer Birkin Bag. Ein Portemonnaie mit ausreichend Geld – nicht dass sie damit rechnete, es zu brauchen, denn Jesper schien ein Gentleman zu sein, aber trotzdem. Ein kleiner, zusammenfaltbarer Regenschirm, falls es anfangen sollte zu regnen. Sie mochte keinen Regen. Regen konnte selbst das beste Make-up und die schönste Frisur ruinieren. Das Mineralpuder – in der Kälte wurde ihre Nase schnell rot und ließ sie wie einen Clown aussehen – und ein Lippenstift. Der Farbton Koralle passte perfekt zu ihrem sonnengebräunten Teint.

Draußen hupte das Taxi. Ursula warf sich den Nerzpelz über die Schultern, warf einen letzten Blick in den Spiegel und ging zu dem wartenden Wagen hinaus. Der Taxifahrer gehörte glücklicherweise nicht zu der redseligen Sorte, sodass sie ihren eigenen Gedanken nachhängen konnte, während sie auf die Autobahn nach Kopenhagen fuhren.

Sie freute sich. Dieses Gefühl war ganz ungewohnt, und es war das erste Mal, dass sie seit Ottos Tod so empfand. Einen kurzen Moment überwältigte sie die Trauer, wie eine Welle, die sich an den Klippen brach, und sie rang die Hände. Dann atmete sie tief durch. Die Brillanten an ihren Fingern glitzerten in der Dunkelheit, und langsam gelang es ihr, die Trauer zu verbannen. Sie durfte sich freuen. Otto hatte sie geliebt, und diese Verabredung hätte seinen Beifall gefunden.

Sie räusperte sich leicht, lehnte den Kopf gegen die Nackenstütze und stellte sich vor, wie es wäre, ihre Finger mit denen eines neuen Mannes zu verschränken, eines jüngeren noch dazu. Der Gedanke an festes Fleisch über kräftigen Muskeln entflammte ihre Begierde, und sie dachte schnell an etwas anderes – Pontus, Kamilla und die Enkelkinder und Otto, wie er auf der Stahlbahre im Krankenhaus gelegen hatte, blasser als das Laken, das seinen Körper bedeckte, doch gleichgültig, welches Bild sie festzuhalten versuchte, wanderten die Gedanken zu dem bevorstehenden Champagner mit dem jungen Jesper. Er hatte sie nach ihrer Schuhgröße gefragt. Sie hatte achtunddreißig geantwortet, und die Antwort schien ihn zufriedenzustellen. Sie hätte zu gerne gewusst, warum er sie danach gefragt hatte. Wollte er ihr ein Paar Schuhe schenken? Der Gedanke, wie sie ihre schlanken, pedikürten Füße unter seinem anerkennenden Blick in ein paar mit Diamanten besetzte Stilettos steckte, war das letzte Bild, das sie auf der Netzhaut hatte, als sie vor dem Radisson aus dem Taxi stieg.

In dem Moment, in dem Rebekka das Café betrat, strahlten sie Dortes Augen an. Schnell gesellte sich Rebekka zu ihr an den kleinen, runden Cafétisch, den Dorte in der Menschenmenge ergattert hatte. Sie umarmten einander und hatten sich kaum gesetzt, als Dorte auch schon ihren Ringfinger vor Rebekkas Augen schwenkte. Ein großer Stein funkelte in dem dämmrigen Licht.

»Guck mal.«

»Wow. Ist das ein Diamant?«

»So ist es. Andreas hat ihn mir geschenkt. Ist das nicht phantastisch, Bekka?«

Die Augen der Freundin leuchteten, und Rebekka musste sie einfach noch einmal umarmen. Gleichzeitig streifte sie der Gedanke, dass Niclas ihr noch nie etwas geschenkt hatte. Doch, einen Blumenstrauß, aber nichts Großes, Bedeutungsvolles. Dabei waren sie seit immerhin vier Monaten zusammen.

»Und ob. Was ist der Grund?«

»Es gibt keinen besonderen Grund.« Dortes Augen wurden feucht. »Das ist ja gerade das Phantastische. Er ist einfach verrückt nach mir, sagt er.«

»Wie … schön.«

Dorte schien ihr Zögern nicht zu bemerken, sondern begann mit einer längeren Erklärung, wie sie und Andreas eines Abends am Schaufenster eines Juweliers vorbeigekommen waren und gleichzeitig den Ring gesehen hatten, der jetzt ihren Finger schmückte.

»Heißt das, wir dürfen bald mit einer Verlobung rechnen oder sogar mit einer Hochzeit?«

Dorte lachte. »Immer mit der Ruhe, Bekka – ich bin ja nicht einmal von Hans-David geschieden. So schnell geht das nicht. Ich versuche einfach, das Hier und Jetzt zu genießen. Das ist mir immer so schwergefallen, aber Andreas bringt es mir bei.«

So war das auch mit Niclas, dachte Rebekka. Sie lebten im Hier und Jetzt – und trotzdem nagte das Gefühl an ihr, dass Niclas keine stärkeren Bande zwischen ihnen knüpfen wollte, als im Moment zwischen ihnen bestanden. Sie versuchte sich wieder auf Dortes begeisterten Bericht zu konzentrieren.

»Es ist das erste Mal in meinem Leben, dass ich mich so begehrt fühle, oder wie man das nennen soll. Andreas bemüht sich die ganze Zeit um mich. Er ruft an und schickt mir unablässig SMS. Er sagt, dass er meine Stimme nicht länger als ein paar Stunden entbehren kann.«

Sie bestellten sich Caffè Latte. An der Theke lockten diverse Obsttorten und Muffins, und Rebekka knurrte der Magen so laut, dass sie vorschlug, ein Stück Kuchen zum Kaffee zu essen. Dorte sah sie entsetzt an.

»Oh nein, ich nicht. Vielen Dank, aber du kannst ja gerne eines nehmen. Weißt du, Andreas mag keine dicken Frauen. Er verdreht förmlich die Augen, wenn er auf der Straße oder im Fernsehen jemand Dicken sieht.«

Dorte lachte hektisch. Rebekka ließ die Idee mit dem Kuchen fallen, und sie wendeten sich ihrem Kaffee zu.

»Er klingt etwas perfektionistisch«, konnte Rebekka sich nicht verkneifen zu sagen. Schon im nächsten Moment bereute sie es. Wieder einmal hatte sie wie ihre eigene Mutter geklungen. Das durfte nicht zur Gewohnheit werden.

»Wie schön für dich, dass er so aufmerksam ist«, fügte sie schnell hinzu, und Dorte nickte glücklich. Rebekkas Kommentar schien sie nicht verletzt zu haben.

»Guck, jetzt hat er mir wieder eine SMS geschickt.« Dorte hob das Handy hoch und zeigte Rebekka das Display. Sie lasen die SMS gleichzeitig. Andreas schrieb, dass er die Sekunden zählte, bis sie wieder bei ihm war. Dortes Augen leuchteten, und sie antwortete ihm sofort. Rebekka runzelte die Stirn. Nachdem Dorte die SMS verschickt hatte, sah sie Rebekka mit feuchten Augen an. »Manchmal habe ich Angst, dass es aufhört ...«

»Das kenne ich gut ...«

»Bei uns ist es etwas anderes. Niclas ist schließlich etwas älter als du, aber die elf Jahre zwischen mir und Andreas ... Ich weiß nicht – das kommt mir manchmal so viel vor.«

»Merkst du den Altersunterschied denn?« Rebekka trank einen Schluck von ihrem Kaffee. Er war lauwarm und schmeckte vor allem nach Milch.

»Nein, das nicht. Und Andreas sagt immer wieder, dass er verrückt nach mir ist. Ich meine, mehr Bestätigung kann ich wirklich nicht bekommen. Trotzdem stört es mich, dabei habe ich mir bis jetzt nie Gedanken über mein Alter gemacht ... Andreas sagt, dass er *mich* will. Mit allem, was dazugehört, mit Kindern und Haus ... Und wenn ich mir so schlimme Sorgen mache, denke ich an die ganzen Promis, bei denen die Frau älter ist. Gräfin Alexandra ist bestimmt vierzehn Jahre älter als dieser Martin, und Susan Sarandon ... Wow, er schreibt mir schon wieder. Er fragt, wann der Film anfängt.«

Eine Stunde später ließen sie sich in ihre Kinositze fallen. Dorte hatte auch Süßigkeiten und Limo abgelehnt, und aus Protest hatte Rebekka für fast hundert Kronen Süßes gekauft, das sie während des Films in sich hineinstopfte.

Es war sehr windig, als sie aus dem Kino kamen. Rebekka zog ihren Mantel enger um den Körper, während sie wartete, bis Dorte sich ihr Halstuch umgebunden hatte. Sie waren erst ein paar Schritte über den Axeltorv gegangen, als plötzlich ein dunkler Schatten vor ihnen auftauchte und sie zusammenfahren ließ.

»Andreas!«

Dorte machte sich von Rebekka frei und warf sich der Gestalt vor ihnen um den Hals.

»So ist es, mein Schatz. Ich konnte nicht länger ohne dich sein.«

Sie fielen einander in die Arme, während Rebekka zusah. Als Dorte sich schließlich aus der Umarmung löste, stellte sie sie einander vor. Andreas begrüßte sie freundlich. Seine Hände waren groß und warm – wie Niclas', stellte sie fest.

»Es geht noch nicht nach Hause, Schatz.« Andreas drehte sich zu Dorte um, die ihn überrascht ansah.

»Wie meinst du das?«

»Ich habe eine Überraschung für dich. Wir gehen ins Hotel. Ins Hotel Skt. Petri da unten. Das ist Luxus pur.«

»Wow, das ist nicht wahr«, quietschte Dorte vor Freude. Andreas lachte laut, und Rebekka spürte, wie sich eine Mischung aus Enttäuschung und Neid in ihr breitmachte. Sie unterdrückte sie sofort und zwang sich zu einem Lächeln. Dorte winkte ihr zu.

»Danke für heute Abend, Bekka. Es war total schön. Wir telefonieren, ja?«

Sie winkten beide, bevor sie ihr den Rücken zuwandten und Richtung Stadt gingen. Rebekka blieb im Wind stehen und sah ihnen nach, bis die Nacht sie verschluckt hatte.

SAMSTAG

Rebekka ließ der Gedanke an Jens-Peter Thorns ganz spezielles Fotointeresse nicht los. Sie hatten ungefähr die Hälfte des beschlagnahmten Materials durchgesehen, aber nichts Kriminelles oder Anstößiges entdeckt. An den Fotosessions waren keine Kinder beteiligt gewesen, und keines der weiblichen Modelle sah aus, als wäre es gegen ihren Willen dabei oder würde in irgendeiner Weise Schaden nehmen. Ganz im Gegenteil. Die meisten Frauen strahlten in die Kamera, während sie in allen möglichen Stellungen posierten. Rebekka taten sie einfach leid bei dem Gedanken, dass sich in diesem Moment lauter Polizisten, zum größten Teil Männer, jedes Bild genauestens ansahen.

Nach ein paar Stunden im Büro war sie nach Hause gefahren. Sie fühlte sich erschöpft, die Ermittlung stagnierte, und schließlich war Samstag. Reza würde um sieben zum Abendessen kommen. Anschließend wollten sie auf eine Party bei Rezas neuem Freund. Rebekka freute sich darauf, Hugo kennenzulernen. Ihr war klar, dass Reza ihr großes Vertrauen entgegenbrachte, indem er sie mitnahm.

Deshalb wollte sie ihm etwas Gutes tun. Sie hatte lange vor der Kühltheke im Supermarkt gestanden, um etwas Leckeres zu finden. Kochen gehörte nicht zu ihren Stärken, und wenn sie gestresst war, vergaß sie oft zu essen, obwohl sie eigentlich gern aß. Schließlich hatte sie den Supermarkt und die Idee, selber zu kochen, aufgegeben und war in ein Delikatessengeschäft gegangen, wo sie eine Vorspeise, ein Hauptgericht und ein Dessert erstanden hatte.

Deshalb nippte sie jetzt auch ganz entspannt an einem Glas Wein und hörte auf voller Lautstärke Lukas Graham, während sie die diversen Gänge anrichtete. Seit man die Leiche von Hanne Christoffersen gefunden hatte, war knapp eine Woche vergangen, und keine weiteren Frauen waren als vermisst gemeldet worden. Vielleicht war der Mord an Hanne doch persönlich motiviert. Und hoffentlich blieb es bei der einen Toten.

Ihre Gedanken kreisten erneut um Lars Peitersen. Ob er inzwischen irgendwo auf der Welt ein neues Leben begonnen hatte? War er Hannes Mörder? Und wenn ja – was war das Motiv? Oder war er selbst ein Opfer? Wenn er tatsächlich tot auf dem Meeresgrund lag – was sprach dann dafür, dass es Selbstmord war? Es konnte schließlich auch Mord sein.

Rebekka steckte sich eine Zigarette an, inhalierte mit gerunzelter Stirn und versuchte, den Salat mit nur einer Hand in eine Schale zu füllen. Es gelang ihr nicht, die Hälfte landete auf dem Küchentisch, und sie lachte über sich selbst, während sie ihn auflöffelte. Reza würde das gleichgültig sein, solange es schmeckte.

»Denkst du oft an ihn?«

Reza machte eine Kopfbewegung zum Foto von Robin, das auf der Fensterbank im Esszimmer stand. Entstanden war, es wenige Monate bevor Rebekkas jüngerer Bruder mit sieben Jahren in den Wellen der Nordsee ertrunken war. Rebekka war neun gewesen, als es passiert war. Sie waren allein an den Strand geschickt worden, während die Eltern nach einigen wunderbaren Wochen im Sommerhaus mit Packen beschäftigt waren. Die Atmosphäre stand ihr noch immer vor Augen: die flirrende Hitze, der klare, blaue Himmel, der weiße, brennende Sand unter ihren nackten Füßen und die hohen, schäumenden Wellen.

Rebekka kam gerade aus der Küche, blieb in der Tür stehen und betrachtete das Foto. Sie nickte.

»Ich denke jeden Tag an ihn.«

Sie stellte das Dessert auf den Esstisch: Tiramisu, Rezas Lieblingsdessert. Ihr Partner brummte zufrieden, wie erwartet, und sie saßen erneut in friedlichem Schweigen da, das nur vom leisen Klirren des Bestecks auf den Tellern unterbrochen wurde.

»Es ist sicher schwer, allein zu sein und keine Geschwister zu haben. Auch bei all dem, was gerade mit deinem Vater ist.«

Er sah sie mitfühlend an. Reza war der Älteste von vier Geschwistern, drei Jungen und einem Mädchen, und der Zusammenhalt innerhalb der Familie war groß – wenn man von Rezas Geheimnis einmal absah.

»Es ist hart, allein zu sein«, antwortete sie. »Und es ist besonders schwer, ein Einzelkind zu sein, wenn man eigentlich keins ist.«

Sie nippte an ihrem Wein, während sich der altbekannte Schmerz über Robin in ihrer Brust einnistete. Von dem Schuldgefühl zu erzählen fiel ihr leicht. Es fühlte sich dickflüssig an, schwarz und klebrig, wie Teer in ihrem Inneren. Schwerer war es jedoch, von der Trauer über den Verlust dessen zu reden, was hätte sein können.

Über die Jahre hatte sie oft davon geträumt, wie es ihnen zusammen ergangen wäre, würde Robin noch leben. Sie hatte sich immer vorgestellt, dass sie einander sehr nahestehen würden, eng miteinander verbunden wären, aber woher wollte sie das wissen? Häufig stellte man sich Dinge und Zusammenhänge vor, nur um dann von der brutalen Wirklichkeit überrascht zu werden.

»Ich habe keine Ahnung, wie die Alternative ausgesehen hätte. Die rosarote Variante kenne ich genau, das ist die, von der ich träume, aber wer sagt mir, dass es so geworden wäre? Meine Freundin Dorte hat auch einen kleinen Bruder, und sie haben kaum miteinander zu tun. Dabei ist es nicht mal so, dass sie sich nicht mögen würden, das tun sie ja, oder besser gesagt, sie haben nichts gegeneinander, aber sie haben eben auch nichts gemeinsam. Sie rufen sich nie spontan an, und wenn ihre Eltern sie nicht mehrmals im Jahr zu den obligatorischen Familientreffen einladen würden, dann würden sie sich höchstwahrscheinlich überhaupt nicht sehen.«

»Ich weiß genau, was du meinst. Ich mag meine Geschwister, aber angenommen, wir wären keine Geschwister – mit wem von ihnen hätte ich trotzdem Kontakt? Mit wem habe ich am meisten gemeinsam?« Er aß einen Löffel Tiramisu, während er über die Frage nachdachte.

»Mmm, schmeckt das gut.« Er zeigte mit dem Löffel anerkennend auf das Dessert.

Sie lächelte und studierte ihren Partner, wie er mit großem Behagen mehrere Löffel in sich hineinschaufelte.

»Du bedeutest mir etwas«, sagte sie leise. »Auch wenn wir keine Geschwister sind und uns auch noch nicht sehr lange kennen, bist du für mich wie ein Bruder. Aber du warst gerade dabei zu erzählen, mit wem du am meisten gemeinsam hast ...«

Er sah auf und lächelte sie vorsichtig an.

»Mir geht es genauso, Rebekka. Mit dir, meine ich.« Er zögerte kurz. »Von meinen Geschwistern habe ich wohl mit Sahar am meisten gemeinsam. Uns verbindet etwas Besonderes ...«

Sahar war die Jüngste von seinen Geschwistern. Sie ging in die letzte Klasse des Gymnasiums und war Reza zufolge sehr klug. Rebekka war ihr zweimal begegnet – das erste Mal, als Rezas Eltern sie im Herbst zum Abendessen eingeladen hatten, und das zweite Mal bei Reza, wo Sahar von heftigem Fernweh gesprochen hatte. Sie wollte die Welt sehen, am liebsten als Rucksacktouristin, bevor sie mit ihrem Medizinstudium begann. Sahars Wunsch traf bei den Eltern jedoch nicht auf Gegenliebe. Farida und Alireza waren zwar gut in die dänische Gesellschaft integriert, aber dennoch kam es hin und wieder zu einem Aufeinanderprallen der verschiedenen Kulturen und Religionen.

»Ich finde Sahar auch sehr sympathisch. Wie geht es ihr? Was machen ihre Reisepläne?«

Reza schüttelte den Kopf. »Aus der Weltreise wird nichts. Unsere Eltern widersetzen sich, und ich kann sie sogar verstehen. So eine Reise ist für eine junge Frau einfach nicht sicher genug.«

»Wollte sie denn nicht zusammen mit einer Freundin reisen?«, fragte Rebekka und schob die Schüssel mit dem Dessert zu ihrem Partner hin, der sich bereitwillig noch eine Portion auf den Teller häufte. Sie stellte fest, dass sie zu schnell gegessen hatte und keinen Bissen mehr hinunterbekam.

»Ja, aber trotzdem. Zwei junge Mädchen ...«

»Hör mal zu, Reza, jetzt klingst du wie eine ängstliche Oma. So eine Reise ist ganz toll für die Entwicklung. Ich wünschte, ich hätte eine Weltreise gemacht, bevor ich auf der Polizeischule angefangen habe.«

»Ich unterstütze sie ja auch, keine Sorge, aber ich wünschte, sie würde in Europa bleiben. Sie könnte doch als Au-pair nach Paris oder in die Schweiz gehen. Aber wenn ich ihr das vorschlage, sieht sie mich nur resigniert an. Sie will nach Peru und Brasilien und noch weiter ...«

Rebekka schaute ihn ernst an. »Ich finde, du solltest mit deinen Eltern reden und dich für Sahar einsetzen. Dabei kannst du dich gleich auch für dich selbst einsetzen. Vor allem jetzt, wo du Hugo begegnet bist.«

Sie sah ihn vielsagend an, und er ließ die Schultern ein wenig hängen.

»Das ist nicht so leicht, Rebekka. Außer dir weiß immer noch keiner davon ... Ich schaffe es einfach nicht, es ihnen zu erzählen. Meinen Kollegen nicht und meiner Familie schon gar nicht. Ich habe Angst, etwas loszutreten, was ich nicht steuern kann.«

Sie nickte langsam, während die Bedeutung seiner Aussage sich bei ihr setzte.

»Ich weiß sehr wohl, dass das schwer ist. Auch weil man es dir nicht ansieht, Reza. Verstehst du, was ich meine? Ich bin mir darüber im Klaren, dass das stereotyp klingen mag, aber bei den anderen Schwulen, die ich bisher in meinem Leben getroffen habe, habe ich immer gespürt, dass sie schwul waren. Bei dir ist das anders. Du wirkst wie ein ganz gewöhnlicher ... Mann.«

Sie musste über ihre eigene Formulierung lächeln. Egal, wie sie sich ausdrückte, es klang falsch.

»Das liegt daran, dass du keinen Gaydar hast«, wandte Reza mit einem schiefen Lächeln ein. »Viele Schwule haben so einen Radar. Wir spüren, wer zur rosa Mannschaft gehört, egal, ob jemand sich geoutet hat oder nicht.«

»Das mag ja sein, aber wenn es erst mal heraus ist, wirst du sehen, dass deine Angst übertrieben war, da bin ich mir sicher. Was soll schon passieren?«

»Rebekka, da wo ich herkomme, werden Schwule ermordet. Sie werden aufgehängt oder gesteinigt ...«

Reza griff nach seinem Weinglas und trank es in einem Schluck leer.

»Ja, aber deine Eltern wirken so tolerant ... Und ihr lebt schon seit mehreren Jahrzehnten hier.«

»Meine Eltern sind einigermaßen modern, aber es gibt durchaus Typen, die mir und meiner Familie massive Schwierigkeiten machen würden, wenn sie davon wüssten, dass ich schwul bin. Das kann ich meiner Mutter und meinem Vater nicht antun.«

»Ja, aber ...«

»Fuck, ist es schon so spät? Ich habe Hugo versprochen, dass wir da sind, wenn es losgeht. Er hat immer solche Angst, dass niemand kommt.«

Reza stand abrupt auf, und kurz darauf waren sie auf dem Weg zur Party.

Finn Nyholm konnte nur kurz einnicken. Eine nässende offene Stelle unter dem rechten Oberschenkel machte es ihm unmöglich, richtig zu schlafen. Er schmatzte leicht, blieb einen

Moment still liegen und lauschte in die Nacht. Kühle Nachtluft drang durch den Fensterspalt und verschaffte seinem verschwitzten Körper Erfrischung. Das Fenster stand immer auf Kipp, ungeachtet, wie kalt es draußen war. Wenn es geschlossen war, hatte er das Gefühl zu ersticken.

Plötzlich hörte er das Gartentor des Nachbarn über den Kies scharren. Er öffnete ein Auge und sah aus dem Fenster. Die Nacht war rabenschwarz und sternenlos. Kurz darauf schaute ein silberner Mond hinter dem Dach des Nachbarhauses hervor und warf sein blasses Projektorlicht in sein Fenster. Die Farben in Finns Schlafzimmer wechselten von Schwarz zu Grau, die Konturen der Möbel traten hervor. Es gab unterschiedliche Grautöne, dieser war glänzend und mittelgrau, wie die Federn der Ringeltaube neulich.

Ihm fiel auf, dass er angefangen hatte, auf die kleinen Nuancen des Lebens zu achten, über Details nachzudenken, die ihm früher bedeutungslos erschienen waren – genau wie die Sterbenden, die hin und wieder im Fernsehen zu sehen waren und von ähnlichen Erfahrungen berichteten. Er schauderte. War das eine Warnung? Dass er sich durch sein Übergewicht dem Tod näherte, war eine Tatsache, mit der er täglich konfrontiert wurde – deshalb hatte er auch ein Testament gemacht. Hjørdis sollte alles erben. Die Angst, an einem Blutgerinnsel im Gehirn zu sterben, mitten in einer Mahlzeit zu ersticken, marterte ihn. Er wollte nicht, dass sie ihn so fand … Lieber wollte er in einem Krankenhaus seinen letzten Atemzug tun.

Ein schlurfender Laut war zu hören, wie von schweren Stiefeln auf Kies. Er reckte den Hals, um besser sehen zu können. In diesem Moment verschwand der Mond hinter ein paar Wolken. Es blieben das Geräusch und seine Augen, die in die Dunkelheit blinzelten. Seine Neugierde war geweckt, er griff nach dem Fensterrahmen und zog sich mit einem kräftigen Ruck hoch.

Der Schmerz fuhr durch seinen Körper, und er stöhnte laut. Abrupt blieben die Schritte stehen. Finn hielt den Atem an und bewegte leicht den Kopf. Jetzt hatte er volle Sicht auf den dunklen Vorgarten des Nachbarhauses, der dicht mit Büschen und Bäumen bepflanzt war. Obwohl er niemanden sah, wusste er, dass dort unten jemand war. Warum war dieser Jemand plötzlich stehen geblieben?

Finn hielt den Atem an. Er befürchtete, das Geräusch seines Atems könne aus dem Fenster direkt in den Gehörgang der Person dort draußen schweben. Ein paar Schweißtropfen liefen über seinen Nasenrücken, und vorsichtig, ganz vorsichtig schüttelte er sie ab, indem er den Kopf bewegte. Die Schritte waren wieder zu hören. Seine Augen hatten sich inzwischen an die Dunkelheit gewöhnt, und jetzt nahm er deutlich die Silhouette eines Menschen wahr, der irgendetwas trug, was durch ein Gebüsch verborgen war. Finn hatte das dumpfe Gefühl, dass etwas nicht stimmte.

Die Gestalt war jetzt fast am Gartentor. Finn fluchte leise über sich selbst. Wäre er nicht so fett, könnte er zum anderen Fenster gehen und sehen, was sich dort unten tat. So war ihm das unmöglich. Die Wut über seine Situation wuchs ins Unermessliche. Wie war es so weit gekommen, dass er wie ein unbrauchbarer Sack Zement in den feuchten Laken lag? Warum hatte er das zugelassen? Er hatte nach Freiheit gehungert und geglaubt, sie zu bekommen, wenn er erst fett und arbeitslos war. Jetzt musste er widerwillig erkennen, dass er alles andere als frei war. Er war abhängiger, als er es je in seinem Leben gewesen war.

Mit einer letzten Kraftanstrengung hievte er sich von der Matratze hoch, biss die Zähne fest zusammen und versuchte, sein eigenes Gewicht mit den Armen zu halten. Das Bett wackelte unter ihm, das Herz hämmerte in seiner Brust, und der Schweiß brach ihm am ganzen Körper aus.

Die Gestalt versuchte jetzt, die Gartenpforte zu öffnen, was jedoch nicht gelang. Plötzlich bückte sie sich und legte ihre Last vorsichtig in den Schnee, der sich entlang der Steinplatten auftürmte. Silberklares Mondlicht breitete sich mit einem Mal über der gesamten Szenerie aus, und Finn sah deutlich, dass eine Frau dort im Schnee lag, unbeweglich, die Arme und Beine gebeugt, ganz still und steif…

Finn stieß einen halb erstickten Schrei aus, als er begriff, was er da gerade beobachtete. Die Gestalt drehte sich um, hob den Kopf, und eine Sekunde lang trafen sich ihre Blicke. Vor Entsetzen standen Finn die Nackenhaare zu Berge.

Im Haus drängten sich bereits die Gäste, als sie eintrafen. Obwohl die Zimmer mit Menschen vollgepackt waren, war nicht zu übersehen, dass Hugo Stil hatte. Exklusive Designermöbel, schöne Gemälde an den Wänden. Ein langer Esstisch war mit einem schweren, weißen Damasttischtuch, mehreren Kerzen, schwarzem Porzellan und kunstvoll angerichtetem Sushi in ovalen Schalen gedeckt.

In einer Ecke tat ein Discjockey seine Arbeit, und auch die Tanzfläche war voller Menschen. Rebekka zwängte sich hinter Reza her, der sich auf der Jagd nach Hugo durch das Gewimmel schob. Sie fanden ihn an der Bar, wo drei halb nackte Männer mit schwarzen Fliegen und passenden Jeans Drinks für die Gäste mixten. Hugo warf sich fast auf Reza, und Rebekka, die hinter ihm stand, war ein wenig verlegen. Kurz darauf drehte Reza sich um und stellte sie einander vor.

Hugo war ein großer, kräftig gebauter Mann. Die Beleuchtung bestand nur aus Kerzen und einer Discokugel, die an der

Decke glitzerte, und Hugos Augen schienen zu glühen, während er Rebekka ansah. Er hatte einen markanten Blick.

»Zwei Cosmopolitans für meine ganz besonderen Gäste«, sagte er zu einem der Barkeeper, und zwei Sekunden später standen die beiden Drinks vor ihnen.

Sie prosteten sich zu. Reza strahlte an Hugos Seite, und Rebekka freute sich für ihn. Hugo sagte etwas, was sie wegen der lauten Musik jedoch nicht verstand.

Die Stimme von Lady Gaga hämmerte durch die Lautsprecher, und die Leute um sie herum johlten und stürmten die bereits volle Tanzfläche. Hugo und Reza schlossen sich ihnen an.

»Komm mit«, rief Reza ihr zu, bevor Hugo mit ihm verschwand.

Rebekka blieb stehen und nippte an ihrem Drink. Er war ziemlich stark. Vor ihr wiegte sich ein Meer von Körpern im Takt der Musik. Sie schaffte es nicht zu tanzen. Die Erschöpfung saß ihr noch immer in den Knochen. Sie wünschte sich, sie würde in ihrem Bett liegen. Am liebsten mit Niclas, und wenn das nicht ging, wenigstens in schlafendem Zustand.

»Und, was sagst du?« Reza stand plötzlich vor ihr. Hugo war nirgendwo zu sehen. Rebekka zwang sich zu einem Lächeln.

»Nette Party und ganz schön viele Leute.«

»Wahnsinn, oder? Hugo kennt wirklich jeden.«

Reza sah sich in der tanzenden Menge um.

»Amüsierst du dich?«, fragte sie ihn, und er nickte eifrig.

»Es ist großartig. Hugos Freunde sind wirklich nett, finde ich, und für jemanden wie mich ist es so toll, dass ich einfach mal ich selbst sein kann. Niemand glotzt blöd. Niemand findet das, was ich tue, merkwürdig.«

Sie beobachteten eine Weile die anderen Gäste. Unter ihnen waren auch mehrere Männer in Frauenkleidern. Sie fielen durch ihr dramatisches Make-up, ihre glamourösen Perücken und ihre pompösen Kleider auf. Rebekka lächelte und versetzte Reza einen kleinen Stupser.

»Du erscheinst aber nicht mit Perücke und falschen Wimpern zur Arbeit, ja?«

Reza lachte. »Rezina, deine neue Partnerin. Nein, keine Sorge. Verkleidung und Make-up sind nicht mein Ding, aber faszinierend anzusehen finde ich es schon.«

»Na, dann bin ich ja beruhigt.«

Sie lachten, prosteten einander zu, und Rebekka war erleichtert, dass Reza trotz allem – Reza war. Kurz darauf musste sie aufs Klo. Reza erklärte ihr, wo sich die Toiletten im Erdgeschoss und im ersten Stock befanden. Rebekka kämpfte sich durch das Gedränge und entdeckte vor der Tür zur Toilette eine lange Schlange. Schnell lief sie die Treppe in die erste Etage hoch – im Moment schien noch kein anderer auf diese Idee gekommen zu sein. Sie sah sich um. Vor ihr lag ein längerer, mit Teppichboden ausgelegter Gang, von dem zu beiden Seiten mehrere Türen abgingen. Sie öffnete die erste, hinter der sich offenbar Hugos Schlafzimmer befand. Behutsam zog sie die Tür wieder zu und ging zur nächsten weiter. Die Tür zu einem verdunkelten Zimmer glitt auf. Sie trat ein, ihre Absätze versanken in der weichen Auslegeware. Es roch etwas stickig in dem Raum, und Rebekka blieb stehen, um ihre Augen an die Dunkelheit zu gewöhnen. Langsam offenbarten sich ihr die Konturen des Zimmers. Auf der einen Seite hingen Kleider an Ständern, auf der anderen Seite starrten sie reihenweise Kunststoffköpfe mit Perücken an. Rebekka trat einen Schritt zurück und spürte jemanden hinter sich. Sie erstarrte und drehte sich abrupt um. Es war Hugo.

»Du hast dich bestimmt verlaufen.«

»Ich suche die Toilette.«

»Dieses Zimmer gehört der Königin der Nacht«, sagte er leise und führte sie auf den Gang hinaus. »Die Toilette ist dort drüben.«

Finn wagte nicht zu atmen. Die Angst umklammerte seine Brust mit eisernem Griff und zerquetschte ihn von innen. Er rang nach Luft, während er die Vibrationen seines 291 Kilo schweren Körpers spürte, die das ganze Bett erschütterten. Was sollte er tun?

Panisch sah er sich in der Dunkelheit um. Es war zu riskant, das Licht anzuschalten, damit würde er sich endgültig verraten. Es bestand noch die minimale Chance, dass die Person dort unten glaubte, ein Gespenst gesehen zu haben, als sich ihre Blicke begegneten. Finns Handy steckte im Aufladegerät an der Tür. Hjørdis tat es dort hinein und kümmerte sich darum, dass es funktionierte, *falls* … Sie ging nie weiter darauf ein, was mit diesem *falls* wohl gemeint war, doch ihm war aufgefallen, dass ihre ohnehin schon dunklen Augen dabei noch etwas dunkler wurden und ihre Stimme tiefer, und jedes Mal verwirrte es ihn, wie unendlich genussvoll sie klang, wenn sie dieses Wort aussprach. Ob sie sich vorstellte, dass er binnen Kurzem hilflos und zu hundert Prozent abhängig von ihr sein würde? Für viele *feeders* und *gainers* war genau diese Hilflosigkeit – diese Unfähigkeit, sich zu rühren – das Ziel des Ganzen. Finn erschreckte dieser Gedanke weit mehr, als dass er ihm verlockend erschienen wäre, doch wie war es für Hjørdis? Freute sie sich womöglich darauf, seine Florence Nightingale zu sein? War sie deshalb damals bei ihm eingezogen? Und wo war sie jetzt, wo er sie so sehr brauchte? Er wagte nicht, nach ihr zu rufen, aus Angst, dass der Mann dort unten ihn hören könnte, und zudem bezweifelte er, dass sie überhaupt zu Hause war. Der Radiowecker auf der Kommode zeigte 01:31. Hjørdis war bestimmt noch in der Stadt, wie so oft am Wochenende. Meistens kam sie aber zum Schlafen nach Hause.

»Hjørdis«, sagte er in den leeren Raum, und seine Stimme klang fremd.

»Hjørdis«, wiederholte er noch einmal.

Irgendwo im Haus knarrte es leise, und sein Herz setzte einen Schlag aus. Ob sie doch da war? War sie nach Hause gekommen, ohne dass er sie gehört hatte? Er lauschte mit angehaltenem Atem. Niemand antwortete.

»Hjørdis?«

Er traute ihr durchaus zu, nicht zu antworten, um dann plötzlich mit ihrem blassen, ovalen Gesicht und ihren intensiven schwarzen Augen vor ihm in der Dunkelheit zu stehen. Er lauschte erneut. Jeder Muskel war unter den Fettfalten angespannt wie eine Feder, und trotz der kühlen Nachtluft rann ihm der Schweiß hinunter. Da war es wieder, das Knarren. Jetzt war er sich sicher. Jemand kam die Treppe herauf.

»Hjørdis?« Seine Stimme zitterte.

Die Schritte blieben stehen. Finns Puls raste. Er tastete nach dem Laptop, fand ihn zwischen den Kissen und klappte ihn vorsichtig auf. Die Schritte näherten sich zögernd. Fieberhaft loggte er sich auf seiner Website ein und stellte erfreut fest, dass ein treuer Fan, Timothy1977, online war. Er schrieb schnell.

Help me.

Die Schritte stoppten vor seiner Tür.

Hey Fattie – how are ya? Probably eating your guts out? :-D

Langsam wurde die Klinke heruntergedrückt. Finn schrieb fieberhaft weiter, während er am ganzen Körper zitterte.

Help me. My neighb...

Im Handumdrehen schob er den Computer unter sich, und im nächsten Moment glitt knarrend die Tür auf.

Die Gestalt füllte den Türrahmen aus. Finn begann zu zittern.

Er konnte das nicht steuern. Sein Körper führte ein Eigenleben – das Fett schwabbelte um ihn herum. Dann stand der Mann an seinem Bett. Finn sah vorsichtig zu ihm hoch, die Gesichtszüge des anderen waren in der Dunkelheit verborgen. In der nächsten Sekunde glitt der Mond aus seinem Versteck und schien dem Fremden ins Gesicht, dessen Mund sich zu einem kleinen Lächeln verzog.

SONNTAG

»Hier ist Pontus Winding. Ich mache mir Sorgen um meine Mutter, Ursula Winding. Ich bin heute Morgen bei ihr vorbeigefahren, weil sie nicht ans Telefon geht, weder an ihr Handy noch an den Festnetzanschluss. Ich hatte Angst, dass es ihr schlecht gehen könnte, ja dass sie womöglich umgekippt ist, aber sie ist überhaupt nicht da.«

»Das heißt doch noch lange nicht, dass ihr etwas passiert ist.«

»Doch, weil sie immer zu Hause schläft, egal, was sie am Abend vorhat. Wenn sie verreist wäre, wüsste ich davon, und außerdem geht sie immer an ihr Handy.«

»Wann haben Sie zuletzt mit ihr gesprochen?«, fragte Super und spielte an seinem verschlissenen Mousepad herum. Kein Wunder, denn Super war ein Computerfreak. Sobald er seinen Computer auf der Arbeit ausgeschaltet hatte, konnte er es kaum erwarten, nach Hause an seinen eigenen zu kommen, vor dem er den größten Teil seiner wachen Stunden verbrachte.

»Ich habe am Donnerstag mit ihr gesprochen – nachmittags. Sie hat erzählt, dass sie sich am Freitagabend mit einem Mann treffen wollte. Ich weiß nicht einmal, wie er heißt ...«

Super lächelte. Er kannte das nur zu gut. Ein Angehöriger meldete ein Familienmitglied als vermisst, nur um wenig später zu erfahren, dass der Betreffende natürlich am Leben und der Grund für sein Schweigen der war, dass er gerade nichts anderes als Sex im Kopf hatte.

»Sie taucht bestimmt bald wieder auf«, versuchte Super ihn zu beruhigen.

»Ich mache mir aber wirklich Sorgen.«

Pontus Windings Stimme zitterte leicht.

»Das verstehe ich gut. Deutet irgendetwas auf einen Einbruch hin, oder fehlt etwas?«

»Es ist nichts durchwühlt, aber der Computer fehlt. Der Computer meines Vaters steht gewöhnlich im Herrenzimmer.«

Super setzte sich mit einem Ruck auf. Eine Frau mit einem Date und ein verschwundener Computer?

»Ihr Computer ist weg, sagen Sie?«

»Ja.«

»Kann er zur Reparatur sein?«

»Das bezweifle ich sehr. Wenn er kaputt gewesen wäre, hätte sie ihn in den Müll geworfen und sich einen neuen gekauft.«

»Ja, aber kann nicht genau das der Fall sein?«, fragte Super hoffnungsvoll.

»Ich denke, das können wir ausschließen. Sie hätte mich bei dem Kauf eines neuen Geräts um Hilfe gebeten.«

»Ist Ihre Mutter viel im Internet unterwegs?«

»Nicht viel, aber doch regelmäßig. Sie hat irgendwann einen PC-Kurs gemacht, und es macht ihr Spaß, im Netz zu surfen. Den Mann, mit dem sie sich treffen wollte, hat sie übrigens auch im Netz kennengelernt.«

Verdammt, dachte Super und notierte sich Namen und Telefonnummer. Nach dem Gespräch dauerte es ein paar Sekunden, bevor er das Gefühl hatte, wieder richtig Luft zu bekommen.

Dann machte er sich auf den Weg zu Rebekka. Sie war nicht in ihrem Büro, sondern in der kleinen Teeküche, in der sie, die Stirn gegen einen der Oberschränke gelehnt, darauf wartete, dass der Kaffee durchlief. Sie bemerkte ihn nicht, und er betrachtete sie einige Sekunden. Das lange, dunkle Haar, den schlanken Körper, der in der letzten Zeit etwas mager und spitz um die Hüften geworden war, doch ihre schönen Züge kompensierten die jungenhaften Formen.

Super schlug mit den Knöcheln gegen den Türrahmen, und Rebekka zuckte zusammen und lächelte schwach, als sie ihn sah. Er erzählte ihr von dem Telefonat mit Pontus Winding. Rebekka konnte ihre Aufregung nicht verbergen. Sie griff so energisch nach der Glaskanne, dass der kochend heiße Kaffee auf den abgenutzten Linoleumboden schwappte.

»Jetzt hätte ich mich beinahe verbrannt«, rief sie laut. »Ach, egal, lass uns gleich losfahren.«

1987

Das Haus ist wieder still. Es fällt mir schwer, meine Freude darüber zu verbergen. Ich würde so gerne laut jubeln, doch alle um mich herum trauern – selbst mein Vater hat blutunterlaufene Augen.

Die Begräbnisfeierlichkeiten sind kurz. Draußen nieselt es. Der Himmel ist grau, die Bäume nackt, und die Erde unter unseren Füßen hat durch den harten Frost Risse. Der Sarg ist winzig klein, weiß und mit roten Rosen bedeckt. Die Gäste sind dieselben wie bei der Taufe, größtenteils entfernte Verwandte, doch jetzt haben sie ihre farbenfrohe Kleidung gegen schwarze ausgetauscht. Der Pfarrer ist ein großer, blasser Mann mit einer schweren Brille und einer leisen, monotonen Stimme. Man muss sich anstrengen, um ihn zu verstehen. Ich lehne mich auf der harten Holzbank zurück, schließe die Augen und wärme mich an dem Gedanken, dass meine Mutter wieder mir gehört. Alles wird wieder werden, wie es war.

In den Tagen nach der Beerdigung schleiche ich durch kühle, leere Zimmer. Ich balle die Fäuste und hüpfe ein wenig. Ich muss mich anstrengen, das Gesicht in die richtigen Falten zu legen, traurig auszusehen. Das fällt schwer, wenn man eigentlich Lust hat zu tanzen.

—

Ursula Windings schönes Haus lag an einem kleinen Privatsee. Die Kollegen von der Kriminaltechnik trafen gleichzeitig mit Rebekka und Reza ein. Sie zogen die Schutzkleidung über, während die Kälte in die Haut biss. Dann betraten sie die palaisartige Villa, die von großen Gemälden, Skulpturen und orientalischem Porzellan geprägt war. In der ersten Etage reihte sich ein Zimmer an das andere, es gab Balkone, Badezimmer, begehbare Schränke.

Nach ein paar Stunden standen sie wieder vor dem Haus und entledigten sich ihrer Schutzkleidung. Rebekka und die Kollegen waren verwirrt.

Eine Frau war verschwunden, ebenso wie ihr Computer, und ihrem Sohn zufolge hatte sie einen fremden Mann treffen wollen, den sie im Internet kennengelernt hatte. Rebekka zündete sich eine Zigarette an und inhalierte den Rauch bis tief in die Lungen. Pontus Winding hatte erklärt, dass seine Mutter sich mit ihrem Date am Freitagabend habe treffen wollen. Inzwischen war Sonntagnachmittag, und sie war noch immer nicht wieder aufgetaucht – weder tot noch lebendig.

Rebekka runzelte die Stirn und tröstete sich damit, dass einiges dagegen sprach, dass Ursula Winding das gleiche Schicksal ereilt hatte wie Hanne Christoffersen. Zum einen war Hanne zwölf Stunden nach ihrem Verschwinden tot aufgefunden worden, während Ursula Winding inzwischen anderthalb Tage verschwunden war. Zum anderen gab es einen gewissen Altersunterschied. Hanne war erst sechsundvierzig gewesen, Ursula hingegen war knapp sechzig Jahre alt.

Die Wahrscheinlichkeit, dass Ursula mit ihrem neuen Lover das Wochenende verbrachte, war groß – wäre da nicht der verschwundene Computer. Rebekka zog noch ein letztes Mal an ihrer Zigarette, drückte sie mit dem Absatz aus und hob sie auf, um den Ort nicht zu verunreinigen. Sie verabschiedete sich von den Kollegen, setzte sich in ihr kleines, kaltes Auto und fuhr unter einem rosa Himmel langsam Richtung Stadt.

Als sie an der Abfahrt nach Lyngby vorbeikam, wechselte sie abrupt die Spur und bog nach links ab. Sie fuhr zum Lyngbysee, parkte auf einem kleinen Platz einige Hundert Meter vom Prinsessesti entfernt und machte sich mit schnellen Schritten auf den Weg zu der Bank, auf der man vor einigen Tagen Hanne Christoffersen tot aufgefunden hatte. Allmählich wurde es dunkler. Die Luft war kalt, und sie schlug ihren Kragen hoch, während sie die Wege entlangspazierte. Eine Ente quakte im Schilf, ansonsten war alles vollkommen still. Nach weiteren fünf Minuten stand sie vor der Bank. Zu ihrer großen Erleichterung war die Bank leer. Rebekka blieb kurz stehen und blickte über den zugefrorenen See, wobei sie versuchte, ihre Gedanken zu ordnen.

Zwanzig Minuten später parkte sie einige Meter von Jens-Peter Thorns Haus entfernt, stieg aus und schlich sich im Schutz der Dunkelheit die Einfahrt hoch. Sie sah ihn durch das Küchenfenster. Mit einem orangefarbenen Geschirrtuch um den Bauch stand er vor der Spüle und wusch ab. Sie verbarg sich halb hinter ein paar Büschen und sah ihm zu, wie er Wasser in einen Topf füllte. Er drehte ihr den Rücken zu, um den Topf auf den Herd zu stellen, und tauchte kurz darauf wieder im Fensterrahmen auf, wobei er sich die Hände sorgfältig an einem Handtuch abtrocknete. Er blickte nicht auf und bemerkte deshalb auch nicht ihre Zigarette, die wie ein Auge in der Dunkelheit glühte.

Der Immobilienmakler von Home würde morgen Vormittag kommen, was bedeutete, dass das Haus auf Hochglanz gebracht werden musste. Es sollte so schnell wie möglich verkauft werden, damit sie ihre Finanzen in den Griff bekamen. Die Finanzkrise und die Stagnation auf dem Immobilienmarkt drohte sie finanziell zu ruinieren. Die Handwerker waren eifrig dabei, das neue Haus instand zu setzen, und die Ausgaben mehrten sich – die Böden von Dinesen hatten das Budget bereits gesprengt. Sie hatte es Christian noch nicht gesagt. Es würde ihn nicht freuen.

Tessa Bonfils seufzte tief, setzte die Stirnlampe auf und schlug vom Parkplatz aus den Weg ein, der zum See hinunterführte. Der Frost biss ihr in die Wangen, und die Kälte drang bereits durch die vielen Lagen Kleidung. Der Schnee knisterte unter ihren Füßen, und sie war ganz in ihre Gedanken versunken, als eine Gestalt aus der Dunkelheit auftauchte. Sie zuckte zusammen und trat ein wenig zur Seite, während sie auf dem schmalen Weg aneinander vorbeigingen. Der Puls hämmerte in ihrem Hals, und sie eilte weiter. Als sie sich ein paar Meter entfernt hatte, warf sie schnell einen Blick über die Schulter und stellte erleichtert fest, dass der Mann verschwunden war. Sie war wieder allein.

Sie atmete tief durch. Sonntagabends war es immer am schlimmsten. Vor ihr lag eine neue Woche mit dem ewigen Puzzlespiel, das jeden Montag aufs Neue begann: zwei Vollzeitjobs, drei Schulkinder mit Hausaufgaben und Hobbys und ein gesellschaftliches Leben – und alles musste irgendwie miteinander in Einklang gebracht werden. Am Dienstag musste sie darüber hinaus ihre Unternehmensanalyse vorlegen und auf deren Grundlage der Firmenleitung ihre Vorschläge für Rationalisierungsmaßnahmen unterbreiten. Victor musste vom Eishockey abgeholt werden, und Anna-Luccas Ballettschule hatte eine Aufführung. Christian hatte keine Zeit, weder für das eine noch für das andere, da in der Firma eine Vorstandssitzung anberaumt worden war. »Könntest du Mats in die Augen sehen, wenn ich nicht komme?« Nein, das könnte sie nicht, doch was sollte sie tun? Ihr eigener Chef sah sie bereits seltsam an, wenn sie sich kurz nach vier am Nachmittag mit roten Wangen verdrückte. »Sag mal, Tessa, wie viele Kinder hast du eigentlich?« »Drei«, flüsterte sie, während sie sich mit einem entschuldigenden Gesichtsausdruck aus der Tür schlich.

Tessa war unten am See angekommen. Er lag mit seiner glatten, schwarzen Oberfläche vor ihr. Das Licht der Stirnlampe glitt über den verschneiten Weg. Sie sah sich um. Sie war allein, nur von nackten, hohen Bäumen und einer Dunkelheit umgeben, die jede Sekunde dichter zu werden schien. Sie begann langsam zu laufen und stellte fest, dass der Weg am Lyngbysee spiegelglatt war. In der Nacht hatte es geregnet, gegossen nahezu. Sie wusste das, weil sie wieder einmal mit Atembeschwerden aufgewacht war. Trotzdem steigerte sie das Tempo. Jetzt musste sie nur noch ihre Gedanken unter Kontrolle bekommen, und Laufen war gewöhnlich die beste Medizin. Laufen war die Zeit, die sie für sich hatte – ihr ganz eigener Bereich.

Sie sprintete los. Die Abendluft war voller Schneeflocken. Tessa hörte ihre neuen Laufschuhe auf der gefrorenen Erde aufschlagen. Normalerweise entspannte sie dieses Geräusch – es war etwas, worauf sie sich freute, genau wie auf die frische Luft, die Möwenschreie und die Musik in den Kopfhörern –, doch jetzt verstärkte es nur noch den Stress. Wie ein Nagel, der langsam über eine Tafel kratzte. Sie spürte den Puls intensiv im Hals, und ihr war leicht übel. Sie lief weiter, steigerte das Tempo, während ihre Gedanken um die To-do-Liste kreisten. Für das Esszimmer mussten frische Blumen gekauft werden und Heidekraut für die Bäder – das würde in der Immobilienanzeige gut aussehen. Sie atmete schwer aus. Plötzlich kam ihr der Gedanke, dass sie am See, anders als sonst, nicht einem einzigen anderen Läufer oder Hundebesitzer begegnet war. Einen Moment flatterte die Panik wie ein Schmetterling in ihrem Bauch, und sie verspürte den Drang, nicht weiterzulaufen, sondern abzubrechen, zurück zum Auto zu gehen, nach Hause zu fahren, Kerzen anzuzünden und sich einfach aufs Sofa fallen zu lassen und in die Luft zu starren – bar aller Gedanken. Sie saß nie auf diesem verdammten Sofa.

Doch sie lief weiter. Sie musste ihr normales Tempo erreichen, um nicht zu frieren. Das Letzte, was sie jetzt brauchte, war eine Erkältung. Sie steigerte das Tempo noch einmal, doch ihr Lauf war unrhythmisch. Das Licht der Stirnlampe huschte von einer Seite zur anderen. Was war nur los mit ihr? Warum fand sie nicht ihren gewohnten Rhythmus? Warum ließ ihr Körper sie im Stich? Sie musste ihr wöchentliches Laufpensum absolvieren – sie musste fit sein.

Sie mühte sich jeden Tag ab, mit allem: dem Haus, den Kindern, mit Christian, ihrer Arbeit, dem Training und der Diät. Es durfte einfach nichts schiefgehen. Bei diesem Gedanken hämmerte ihr Herz unkontrolliert, und sie sah sich gezwungen, das Tempo ein wenig zu reduzieren. Das Unbehagen wuchs. Ihre Brust spannte, und das Atmen fiel ihr schwer. Ob sie gleich einen Herzanfall bekommen würde? Ihr Puls schoss in die Höhe, Schweiß lief ihr die Stirn hinunter, und sie blieb stehen, beugte sich vor und versuchte keuchend, ihren Herzrhythmus in den Griff zu bekommen.

Panisch sah sie sich nach irgendwelchen Passanten um – der Lichtkegel ihrer Stirnlampe flackerte über den See zu dem schwarzen Gebüsch und den Bäumen. Plötzlich war ein leises Rascheln zu hören. Sie atmete erschrocken ein und drehte den Kopf in die Richtung des Geräuschs. Das Licht fiel auf den Baum vor ihr, der auf sie zugerast kam. Sie schrie laut auf und blieb dann abrupt stehen. Sie musste zu ihrem Auto. Schnell.

Tessa machte eine Drehung um hundertachtzig Grad und lief davon. Das Licht flackerte in der Dunkelheit zwischen dem vereisten Weg und den Bäumen mit ihren krummen Ästen hin und her, die über den Weg ragten und wie Arme aussahen. Ein intensiver Schmerz schoss ihr in die Kehle. Wo zum Teufel war der kleine Pfad, der zum Parkplatz führte? War sie an ihm vorbeigelaufen, ohne ihn zu sehen?

Plötzlich hatte sie das Gefühl, ohnmächtig zu werden. Sie hielt sich an einer Laterne fest, spürte das kalte Eisen durch die feuchten Handschuhe. Ihr wurde schwarz vor Augen, ihre Beine gaben unter ihr nach, und sie begriff, dass es ernst war. Sie brauchte Hilfe. Sofort.

Sie hatte ihr iPhone im Handschuhfach des Audis liegen gelassen, denn es war zu beschwerlich, damit zu laufen, doch ohne das Telefon war sie verloren. *Hilfe.* Ihr Magen zog sich vor Angst zusammen, und das Herz schlug hart gegen das Brustbein. Verwirrt stolperte sie ein paar unsichere Schritte vorwärts. Der

Schmerz wurde stärker. *Hilfe*. Ihr wurde schwarz vor Augen. Trotzdem versuchte sie, schneller zu gehen.

Plötzlich sah sie in fünfzehn bis zwanzig Meter Entfernung eine Bank. Jemand saß darauf. Tessa winkte.

»Hallo!«, rief sie, während sie auf die Bank zulief. »Hilfe!«

Die Person auf der Bank antwortete nicht. Tessa schleppte sich mit allerletzter Kraft zu ihr hin. Je näher sie der Bank kam, desto deutlicher sah sie die Gestalt. Es schien eine Frau zu sein, und Erleichterung durchströmte sie. Gott sei Dank. Jetzt lagen nur noch wenige Meter zwischen ihnen. Die Frau reagierte noch immer nicht. Ob sie schlief? Oder taub war?

»Entschuldigung ...«, rief Tessa. »Können Sie mir bitte helfen? Mir ist plötzlich schlecht geworden ...«

Der Lichtkegel ihrer Stirnlampe beleuchtete die Bank und die Frau. Die Frau saß unbeweglich da und hatte die Hände im Schoß gefaltet. Ihr Gesicht, ihre Haare und ihren Körper bedeckte eine dünne Schneeschicht. Tessa griff nach dem Arm der Frau und zog daran, doch die Frau reagierte nicht, sondern fiel steif zur Seite wie eine Plastikpuppe, der man einen Stoß versetzt hatte. Tessa schrie laut auf, während sie in den Schnee sank.

1988

Ich sitze vor dem Schminktisch meiner Mutter und trage Mascara auf. Ordentlich. Ohne Klumpen. Meine Mutter ist beim Arzt. Wieder einmal. Wenn sie nicht beim Arzt ist, liegt sie im Bett und starrt vor sich hin. Sie ist dünn geworden, und ihre Augen sind groß, schwarz und starren ins Leere. Ich betrachte meine eingerahmten Augen. Sie sind grün und klar und haben einen unschuldigen Ausdruck, der mich überrascht.

Wenn ich mit ihr spreche, sieht sie durch mich hindurch. Wir sitzen nie mehr im Wintergarten, und wir gehen nicht mehr zur Bank am See. Ich sehne mich nach ihr. Sehne mich danach, ihr zuzusehen, wie sie sich schminkt, sehne mich nach ihren Liebkosungen und ihrem liebevollen Blick, aber am schlimmsten sind die Nächte. Ich kann sie durch das Haus wandern hören. Ihre Schritte sind federleicht, doch während sie geht, stößt sie einen hohen, klagenden Laut aus. Einen Laut, bei dem mir die Haare zu Berge stehen, einen Laut, der sich im Körper einlagert und nicht wieder verschwindet.

Eines Abends, als mein Vater auf Dienstreise ist, krieche ich in ihr Bett. Ich liege neben ihr und warte, dass das Kitzelspiel beginnt wie in der Zeit vor dem Baby, doch sie fasst mich nicht an. Sie liegt einfach steif neben mir, doch ich spüre ihren Blick – die schwarzen, schwimmenden Pupillen. Wie sie in dem spärlichen Morgenlicht daliegt, hat sie Ähnlichkeit mit der toten Agnes. Ich lege meine Hand auf ihre Brust, und meine Finger liebkosen durch das Nachthemd ihre Brustwarzen und gleiten weiter zu ihrem Schritt. Sie liegt vollkommen passiv da, doch als mein Finger unter die Slipkante gleitet, stöhnt sie leise.

Die tote Frau war mit winzig kleinen Schneeflocken bedeckt. Sie war zur Seite gekippt, das Haar war ihr ins Gesicht gefallen, doch die Hände lagen noch immer steif gefaltet in ihrem Schoß, genau wie bei der ersten Leiche. Sie trug eine kurze Pelzjacke, einen engen Wildlederrock und ein paar kniehohe Wildlederstiefel mit Fransen. Der Schnee, die nackten, schwarzen Bäume und die dunkle Nacht bildeten eine unheimliche Kulisse. Trotz des starken Make-ups war Rebekka sofort davon überzeugt, dass es sich bei der toten Frau um die verschwundene Ursula Winding handelte. Reza stimmte ihr zu.

Die Kriminaltechnik war bereits mit Zelten, Licht und Strom angerückt, und der Fundort war schon mit Kamera und Videokamera dokumentiert worden, bevor Rebekka und die anderen Kollegen zur Leiche durften. Rebekka fror, während sie kniend die Frau musterte. Sie wechselte alle paar Sekunden die Stellung, um nicht zu Eis zu gefrieren, und ihr Schutzanzug knisterte leise, wenn sie sich bewegte. Der kräftige Wind blähte die Schutzzelte auf, und das Atmen schmerzte bei der Kälte. Trotz des stürmischen Wetters war der Geruch von Chanel No. 5 deutlich wahrnehmbar. Stumm sahen Reza und sie dem Rechtsmediziner bei seiner Arbeit zu.

»Hat sie ihre Zehen noch?«, fragte Rebekka und spürte eine Art Erleichterung, als der Rechtsmediziner das bejahte. An beiden Füßen. Zumindest waren diesem Opfer die unfassbaren Qualen erspart geblieben, denen Hanne Christoffersen ausgesetzt gewesen war.

»Die Temperatur des Opfers beträgt achtzehn Grad, aber sie ist schon länger tot, denn die Leichenstarre ist völlig aufgehoben. Meinen vorläufigen Berechnungen zufolge ist sie seit ungefähr achtzehn Stunden tot, kann aber nicht so lange hier draußen gesessen haben, denn dann hätte man sie entdeckt. Sie wurde also nicht gleich nach ihrem Tod hierhingesetzt.«

Sie nickten ernst und ließen den Rechtsmediziner weiterarbeiten. Die Tasse Kaffee, die sie sich holten, half nicht gegen die Kälte, die sich bis in die Knochen vorgearbeitet hatte. Reza klapperte ununterbrochen mit den Zähnen. Sie redeten ein wenig mit den Kollegen von der Kriminaltechnik. Dann gingen sie zurück zum Rechtsmediziner, der sich langsam aufrichtete, als er sie kommen hörte.

»Auf dem Rücken und der Rückseite der Beine befinden sich rote Leichenflecken, die nicht zu ihrer Sitzposition passen. Ich schließe daraus, dass sie zuerst irgendwo gelegen hat, und zwar drinnen. Aber wir müssen abwarten, was die weiteren Untersuchungen ergeben.«

Reza und Rebekka zogen sich ein wenig zurück.

»Die Signatur ist dieselbe und der Modus Operandi mit großer Wahrscheinlichkeit auch«, sagte Rebekka. »Ich würde darauf wetten, dass auch dieses Opfer Alkohol und Ecstasy im Blut hat und anschließend langsam vergiftet wurde – möglicherweise mit Curare. Genau wie Hanne.«

»Es müsste dich doch freuen, dass du mit deiner ersten Vermutung recht hattest, dass wir es mit einem Serientäter zu tun haben, oder?«, sagte Reza, und seine braunen Augen suchten über dem Mundschutz ihren Blick. Rebekka nickte langsam, doch sie fühlte nicht den geringsten Triumph. Sie fragte sich vielmehr, was der Mörder ihnen vermitteln wollte. Die Szene war so unheimlich, dass allein der Anblick bei ihr ein Ziehen im Magen verursachte. Die Tatsache, dass der Täter denselben Ort wie beim letzten Mal ausgewählt hatte, überzeugte sie nur noch mehr, dass sie es mit einem Serienmörder zu tun hatten. Einen kurzen Moment wanderten ihre Gedanken zu Jens-Peter Thorn, und sie fragte sich, ob es ein Fehler gewesen war, ihn nach Hause zu entlassen. Als sie am späteren Abend in seinem Garten gestanden und ihn in der Küche gesehen hatte, da hatte er absolut nicht wie ein Mörder gewirkt, der ein paar Stunden später die Leiche von Ursula Winding auf die Bank am Lyngbysee bringen würde. Dabei konnte es natürlich genau so gewesen sein. Von dem verschwundenen Lars Peitersen fehlte weiterhin jede Spur. Wenn er noch lebte, konnte er in jedem x-beliebigen

Land auf der Welt, aber auch in der Nähe sein, ganz dicht bei ihnen.

Trotzdem war sie nicht davon überzeugt, dass einer der Zahnärzte hinter den Morden stand. Sie hatten beide gründlich überprüft, und außer einer Anzeige für zu schnelles Fahren war nichts dabei herausgekommen.

»Warum zum Teufel schminkt und verkleidet er sie, bevor er sie hierhinsetzt? Ich verstehe das nicht«, meinte Reza.

Vor Rebekkas innerem Auge flimmerte der Anblick von Perücken und Abendroben vorbei. Ihre Beine waren eingeschlafen, und sie stand auf, um sie etwas zu bewegen. Dann sah sie ihren Partner ernst an.

»Diese Bank muss für ihn eine besondere Bedeutung haben. Hier muss irgendetwas passiert sein, vielleicht verbindet er bestimmte Erinnerungen mit diesem Ort. Ich weiß natürlich nicht, warum er das tut, aber es ist absolut normal, dass Serienmörder bei ihren Morden gewissen Ritualen folgen. Ich denke, dass Hanne und Ursula ihn an jemanden erinnern. In der Regel findet sich der Grund für diese Art von Ritualmorden in der Vergangenheit, möglicherweise in der Kindheit. Wir sollten die Archive durchgehen und sehen, ob an dieser Stelle früher schon mal etwas vorgefallen ist, ein Verbrechen vielleicht.«

Gundersen kam mit Tatjana im Schlepptau angestapft. Er ließ seinen Unmut an ein paar Ordnungspolizisten aus, die ein Stück entfernt standen.

»Warum zum Teufel wurde das Gebiet hier nicht wie besprochen observiert? Warum habt ihr die Bank nicht überwacht?«, schrie er.

Die Kollegen murmelten etwas von mangelnden Ressourcen.

»Begreift ihr überhaupt nichts? Wir hätten ihn quasi auf frischer Tat ertappen können. Ich hoffe, die Techniker finden etwas Brauchbares, verdammt noch mal, Reifenabdrücke, DNA, *whatever*. Wir brauchen eine heiße Spur. Und zwar sofort. Was soll ich denn den Medien sagen? Natürlich haben wir von der verschwundenen Frau gehört, aber wir haben vergessen, den Ort zu überwachen …«

Gundersen blieb stehen und sah sich die Tote an, während sich die Anzahl der Falten auf seiner Stirn verdoppelte. Dann wanderte sein Blick zu Rebekka.

»Nun, Rebekka, wie ich sehe, kannst du deinen Triumph kaum verbergen.«

»Da irrst du dich gewaltig. Ich habe nur immer wieder meine Meinung gesagt. Es stimmt, ich war von Anfang an davon überzeugt, dass es bei dieser Sache um etwas sehr viel Komplizierteres als um ein Dreiecksdrama geht.«

»Es ist zu früh für irgendwelche Schlüsse. Wir haben keine Ahnung, ob Ursula Winding und Hanne Christoffersen einander gekannt haben. Ebenso wenig wissen wir, wie und ob die verschwundenen fünfzehn Millionen Kronen etwas mit den Morden zu tun haben. Wir wissen gar nichts, Rebekka, und ich muss gleich vor Presse und Bevölkerung treten und etwas Schlaues und Beruhigendes von mir geben. Scheiße!«

Mit diesen Worten drehte Gundersen sich um und marschierte auf die Autos zu, die an der spiegelglatten Straße hielten, während Rebekka und Reza ihm mit großen Augen nachschauten.

Auf dem Weg dorthin rutschte er mit dem Fuß aus und focht kurz mit Armen und Beinen, bevor er das Gleichgewicht wiederfand und in der Dunkelheit verschwand. Tatjana nickte ihnen kurz zu, warf einen Blick auf die Leiche und eilte ihrem Chef hinterher. Rebekka betrachtete sie. War ihr Haar hinten nicht ein wenig zu zerzaust?

»Das ist meine Mutter. O Gott, das ist meine Mutter, die da liegt.« Pontus Winding, ein gut gekleideter jüngerer Mann, blieb abrupt stehen, und die Gesichtszüge entglitten ihm. Rebekka und Reza hatten ihn zu Hause in Rungsted abgeholt und waren mit ihm zum Rechtsmedizinischen Institut gefahren, wo er die Frau identifizieren sollte, die man am Vorabend gefunden hatte. Er runzelte die Stirn und trat eine paar Schritte von der Stahlbahre zurück, auf der die Leiche von Ursula Winding lag.

»Aber das sind nicht ihre Sachen. So etwas würde sie nie tragen.«

»Das ist alles Designerkleidung. Chanel, Gucci ...«

»Ja, aber die Sachen sind alt, das sieht man doch.« Pontus Winding wirkte beinahe wütend. »Meine Mutter war immer nach der neuesten Mode gekleidet ...«

Er sah Rebekka empört an, bevor er die Hände vor das Gesicht schlug und heftig zu weinen begann. Sie legte ihm beruhigend den Arm um die Schulter und sprach leise auf ihn ein, während sein Weinen lauter wurde und wie ein brüllender Wasserfall zur Decke aufstieg.

Sie blieb neben ihm stehen, bis das Schluchzen in ein leises Schniefen übergegangen war.

»Ich bin mir darüber im Klaren, dass das angesichts dessen, was Sie gerade ... erleben, etwas anmaßend erscheinen mag ...«, begann sie.

Pontus Winding hob den tränennassen Blick, und Rebekka fuhr fort: »Wir müssen Ihnen ein paar Fragen zu den letzten Tagen im Leben Ihrer Mutter stellen. Für die Ermittlung ist das sehr wichtig – ich hoffe, Sie verstehen das.«

Er nickte. »Natürlich.« Der Geschäftsmann Pontus Winding meldete sich zurück.

Sie setzten sich in Inge Aamunds Büro, in dessen Regalen neben Stapeln von Obduktionsberichten auch das Modell eines menschlichen Gehirns lag. Pontus Winding rieb sich müde die Augen.

»Ich fürchte, ich kann Ihnen gar nicht viel sagen. Ich bin beruflich und mit meiner Familie, meiner Frau Kamilla und den Kindern, stark eingespannt.« Er zog an seiner Krawatte. Sie passte zum Hemd. Sanfte Bordeauxtöne. »Meine Mutter wollte mit jemandem ausgehen. Mit einem Mann. Das hat sie mir erzählt. Sie war auf meine Reaktion gespannt, schließlich ist es erst knapp ein Jahr her, dass mein Vater verstorben ist. Meine Eltern haben sich geliebt.« Pontus Winding bekam seine Stimme unter Kontrolle und fügte hinzu: »Natürlich habe ich das akzeptiert. Sie hat es verdient, wieder glücklich zu werden.«

Rebekka und Reza sahen den Mann ihnen gegenüber aufmerksam an.

»Was wissen Sie über die Verabredung?«

Er zuckte mit den Schultern. »Eigentlich nichts. Meine Mutter hat neulich angerufen. Sie wirkte richtig gut gelaunt. Normalerweise klingt ihre Stimme bekümmert oder traurig, aber neulich klang sie so wie zu Lebzeiten meines Vaters. Ich habe sie natürlich gefragt, weshalb sie so froh wirkt, und da hat sie mir von der Verabredung erzählt. Ihr hat ein Mann gefehlt, seit sie meinen Vater verloren hat – und sie ist kein Singletyp, wenn man das so ausdrücken kann.«

»Hat sie etwas über den Mann erzählt? Wie alt er ist, wie er heißt, wie er aussieht, was er macht oder etwas anderes?«

Pontus Winding dachte einen Augenblick nach, bevor er den Kopf schüttelte. »Nein, sie hat nur gesagt, dass sie im Internet jemanden kennengelernt hat und dass er sehr sympathisch zu sein scheint. Ja, und dass er Klasse hat. Er hat sie eingeladen – zum Champagner.« Pontus Winding lächelte. »Meine Mutter liebt so etwas. Männer mit Stil, die eine Frau verwöhnen.«

»Hat sie erwähnt, wo sie sich treffen wollten?«

Pontus Winding bekam feuchte Augen. Erneut schüttelte er den Kopf. »Ich habe sie gar nicht gefragt. Das bereue ich jetzt natürlich, aber ich hatte es eilig.«

Sie fragten ihn nach seinem Verhältnis zu seiner Mutter, doch an seiner Antwort war nichts Bemerkenswertes. Nach dem Gespräch bot Rebekka an, jemanden zu benachrichtigen, der ihn abholen könne, doch er lehnte ab und meinte, er sei es gewohnt, alleine zurechtzukommen.

»Sind Sie sicher, dass Sie klarkommen?« Rebekka sah ihn besorgt an, und er nickte.

Er ging ein paar Schritte die Treppe hinunter, dann blieb er stehen und drehte sich zu ihr um.

»Da ist noch etwas ...«

»Ja?«

»Meine Mutter hat doch etwas über diesen Typen gesagt ... mit dem sie sich treffen wollte.«

Rebekka hielt den Atem an.

»Er hat sie gefragt, welche Schuhgröße sie hat.« Pontus Winding schüttelte leicht den Kopf und fügte hinzu: »Das hat sie nur noch versessener darauf gemacht, ihn kennenzulernen. Sie war sich sicher, dass er ihr ein Geschenk kaufen wollte und deshalb danach gefragt hat ...«

Bei Pontus Windings Worten lief es Rebekka kalt den Rücken hinunter, eine Kälte, die ihren Körper nicht verlassen wollte, als sie kurz darauf zum Obduktionssaal ging, wo Inge Aamund und ihr Assistent Ursula Winding obduzierten.

Die Frau im Krankenbett sah Rebekka und Reza mit einem blassen Gesicht an, als sie ins Zimmer traten. Sie waren vom Rechtsmedizinischen Institut direkt ins Reichskrankenhaus hinübergegangen, wo die Zeugin Tessa Bonfils in einem Einzelzimmer lag. Sie stellten sich vor, und Tessa nickte müde, schloss halb die Augen. Sie mochte keine Dienstausweise mehr sehen.

»Sie haben gestern Abend die Leiche gefunden?«

Die Frau nickte leicht unter der weißen Decke.

Rebekka zog einen Stuhl zum Kopf des Betts, setzte sich und griff nach Tessas Hand. Ihre Haut war weiß mit deutlich hervortretenden blauen Adern, mehrere der Finger waren von Diamantringen geschmückt.

»Wie Sie inzwischen wissen dürften, wurde die Frau, die Sie gefunden haben, vermutlich von demselben Täter ermordet, der vor einer guten Woche bereits eine andere Frau umgebracht hat. Deshalb ist es für uns sehr wichtig zu erfahren, ob Sie gestern Abend etwas gehört oder gesehen haben, als Sie am See entlanggelaufen sind.«

Rebekka und Reza sahen Tessa aufmerksam an, die nachdenklich die Stirn runzelte. Ihre schmalen Hände flatterten unruhig über die weiße Decke und erinnerten Rebekka an den Umriss der Vögel über dem Lyngbysee – an die grauen Striche am weißen Himmel.

Dann schüttelte die Frau den Kopf.

»Ich habe nichts gesehen. Überhaupt nichts. Ich habe mich noch gewundert, dass ich alleine war – ich meine, in der Regel trifft man fast immer andere Läufer oder Hundebesitzer oder beides. Ich habe gedacht, dass das an der Kälte lag. Es war wirklich eisig gestern ... Glücklicherweise hat mich ein Läufer gefunden, ich weiß nicht, was sonst passiert wäre.« Sie zögerte kurz und wiederholte: »Es war richtig eisig.«

»Es waren minus zwölf Grad«, bestätigte Reza ihren Eindruck.

»Genau, und ich habe gedacht, dass ich deshalb so mutterseelenallein auf der Route war, aber es macht mir nichts aus, allein zu sein. Ich laufe auch oft im Wald, wenn ich meine Eltern außerhalb von Århus besuche, und *der* Wald ist wirklich einsam.«

»Sie haben gestern also niemanden gesehen und nichts gehört?«

»Nein, zumindest nicht während des Laufens, aber als ich geparkt habe …«

»Ja?« Rebekka hielt den Atem an.

»Ich habe einen Mann gesehen – auf dem Weg, der zum See hinunterführt.«

»Versuchen Sie, die Augen zu schließen und sich vorzustellen, dass Sie wieder auf dem Parkplatz sind.«

Tessa schloss gehorsam die Augen.

»Ich habe auf einem kleinen Platz geparkt, der zum Prinsessesti führt. Den kennt fast niemand. Als ich ausgestiegen bin, habe ich gesehen, dass noch ein anderes Auto dort stand. Ich habe mein Handy ins Handschuhfach gelegt, einen Schluck Wasser getrunken und die Stirnlampe angezogen, dann war ich startklar. Als ich zu dem Weg kam, der zum See hinunterführt, habe ich den Fahrer des Wagens gesehen.«

»Können Sie ihn beschreiben? Größe, Statur, Alter, besondere Kennzeichen …«

Tessa kniff die Augen fest zusammen und versuchte, sich die Details in Erinnerung zu rufen.

»Ich habe ihn nicht deutlich gesehen, muss ich zugeben. Es war dunkel, aber er war normal groß und von normaler Statur, ein bisschen breitschultrig vielleicht – er schien gut in Form zu sein. Vielleicht lag es auch an der Art, wie er sich bewegte. Er trug dunkle Kleidung und hatte eine Mütze tief in die Stirn gezogen, sodass ich sein Gesicht nicht sehen konnte. Wir sind einfach aneinander vorbeigegangen. Haben uns nicht gegrüßt oder so. An verlassenen Orten grüße ich Männer grundsätzlich nicht. Ich habe Angst, dass das … falsch verstanden werden könnte.«

Plötzlich erschien eine Krankenschwester im Zimmer. Sie lächelte Tessa kurz zu.

»Ich wollte Ihnen sagen, dass Sie gerne nach Hause können, wenn Sie möchten. Sowohl Ihr EKG als auch Ihre Blutergebnisse sind völlig normal. Ihnen ist schlecht geworden … das war alles, und wie der Arzt Ihnen bereits erklärt hat, ist Ihr Herz gesund.«

Die Krankenschwester nickte Rebekka und Reza freundlich zu, möglicherweise hielt sie sie für Angehörige von Tessa, was Rebekka veranlasste, ihr zu erklären, wer sie waren. Die Krankenschwester wurde rot.

»Tut mir leid, falls ich Sie gestört haben sollte.« Sie sah Tessa an und fügte hinzu: »Sie können, wie gesagt, gehen, wenn Sie möchten.«

Tessa machte einen gequälten Eindruck. »Ich weiß nicht, ob ich es schaffe, nach Hause zu gehen …«

Die Krankenschwester blieb in der Tür stehen und sah die blasse Frau an. »Wie gesagt, körperlich fehlt Ihnen nichts.«

»Ich fühle mich so schwach, so kraftlos …«

»Heißt das, dass Sie gerne noch eine Nacht bleiben möchten?«

Tessa nickte verzagt. »Gerne.«

Die Krankenschwester nickte verständnisvoll.

»Wir sind zurzeit nicht überbelegt, das dürfte also kein Problem sein. Lassen Sie uns das später besprechen.«

Tessa ließ den Kopf auf das Kissen fallen. Sie konnte die Erleichterung nicht verbergen, die sich auf ihrem Gesicht ausbreitete und für einen Augenblick die Sorgenfalten fortwischte.

Rebekka legte ihre Visitenkarte auf den Nachttisch. In der Tür drehte sie sich zu der Frau im Bett um, bedankte sich und fragte noch einmal, ob sie sich an irgendein Detail erinnern könne.

Tessa Bonfils presste ihre schmalen, blutarmen Lippen ein paar Sekunden fest zusammen – dann erhellte sich kurz ihr Gesicht.

»Ich erinnere mich an das Auto. Das muss ihm gehört haben, da sonst niemand da war, außerdem ist er darauf zugegangen, als wir aneinander vorbeigekommen sind. Es war ein Lieferwagen, glaube ich, so ein VW-Transporter, und er war weiß.«

Das Präsidium summte vor Aktivität. Der Mord an Ursula Winding hatte die Mordkommission ins Chaos gestürzt. Eine Horde Pressefotografen und Journalisten kämpfte um die besten Plätze bei der Pressekonferenz, die im Säulengang des Polizeipräsidiums abgehalten wurde. Gundersen war kurz angebunden. Er bestätigte, dass man eine weitere weibliche Leiche auf der Bank am Lyngbysee gefunden habe, auf der auch Hanne Christoffersen gefunden worden sei. Man jage einen Serienmörder, der sich mit Frauen mittleren Alters treffe und sie umbringe. Die Obduktion des letzten Opfers sei noch nicht abgeschlossen, und zur Tötungsmethode könne man noch nichts sagen. Zunächst einmal gehe man davon aus, dass es sich um das gleiche muskelentspannende Medikament handle wie beim ersten Mord – nämlich um Curare.

Darüber hinaus gab Gundersen preis, dass die Computer beider Frauen verschwunden seien und dass beide Opfer nicht ihre eigene Kleidung getragen hätten, als sie gefunden wurden. Damit schloss er die kurze Pressekonferenz und ging zur Tür, während die Fragen auf ihn nur so herabhagelten. Man wollte wissen, ob die Polizei nicht einen fatalen Fehler begangen habe, indem sie die Bank am Lyngbysee nicht überwacht habe. Und wie sei es für ihn, in seiner Position als neuer Leiter der Mordkommission, dass es in der Ermittlung noch immer keinen Durchbruch gab? Gundersen verscheuchte die Journalisten wie lästige Fliegen und verschwand mit ein paar Pressesprechern der Polizei im Gefolge.

Kurz darauf beorderte er alle zu einem Briefing.

Sie drängten sich in das Besprechungszimmer, wo die Heizungen glühten und die Fenster durch die Wärme von den vielen Menschen und der Kälte draußen beschlagen waren. Die Luft war schwer von verschiedenen Aftershaves, Schweiß und feuchter Kleidung.

Gundersen baute sich vor ihnen auf. Sein Anzug war zerknittert, das spärliche, graue Haar stand in alle Richtungen ab, und seine Augen glühten vor Feuereifer.

»Ich habe gerade eine Pressekonferenz abgehalten, weil ich mich dazu gezwungen sah. Von Hanne Christoffersens abgehackten Zehen, dem Parfüm und dem neuesten Tipp bezüglich des weißen VW-Transporters habe ich noch nichts preisgegeben. Das mit dem Transporter ist ja nicht sicher, und die Beschreibung des Fahrers ist noch gar nicht bestätigt. Den Namen des letzten Opfers habe ich nicht genannt, da es uns bisher nicht gelungen ist, die gesamte Familie zu unterrichten. Ich muss zugeben, dass wir uns in einer fast schon …«, er suchte nach den richtigen Worten, und alle folgen ihm mit angehaltenem Atem, »… wahnwitzigen Situation befinden. Wir suchen nach einem Mann, der seine Opfer höchstwahrscheinlich über das Internet findet. Die Frauen sind mittleren Alters, Single und haben langes Haar. Wir haben immer wieder diskutiert, was das für den Täter bedeutet und ob es Ähnlichkeiten zwischen den Opfern gibt – eine Verbindung, die wir möglicherweise übersehen haben.« Müde strich er sich über die Augen, bevor er hinzufügte: »Bei den Opfern handelt es sich zwar in beiden Fällen um Frauen mittleren Alters, doch es liegen vierzehn Jahre zwischen ihnen. Hanne war Single und hat ihrer Familie zufolge nie mit einem Mann zusammengewohnt. Sie hatte keine Kinder, hat als Zahnmedizinische Fachangestellte gearbeitet und in einer kleinen Wohnung im Stadtkern von Kopenhagen gewohnt. Ursula hingegen wohnte in einer mondänen Villa, hat nie gearbeitet und ist nach einer anscheinend langen und guten Ehe seit einem Jahr Witwe. Auf den ersten Blick also zwei völlig verschiedene Frauen. Was könnte sie miteinander verbinden?«

Ein Ermittler ergriff das Wort. »Wir haben bereits die Patientenkartei überprüft. Ursula Winding war keine Patientin der Zahnarztpraxis. Wegen des Altersunterschieds können wir ausschließen, dass die beiden Frauen zusammen zur Schule gegangen sind. Hanne Christoffersen kommt aus Fünen. Ursula Winding ist in Helsingør geboren und aufgewachsen. Auf den ersten Blick scheint sie leider gar nichts zu verbinden.«

Rebekka meldete sich zu Wort. »Trotz der vielen Unterschiede sehen sich die beiden Frauen in gewisser Weise ähnlich. Ursula Winding hat sich unglaublich gut gehalten. Sie hat ihrem Sohn zufolge mehrere schönheitschirurgische Eingriffe hinter sich und ging gut und gerne als zehn Jahre jünger durch, als sie tatsächlich war … Der gemeinsame Nenner ist der, dass beide ein schönes Gesicht hatten, halblanges kräftiges Haar, hohe Wangenknochen und eine fast identische Größe und Figur. Ich denke, dass ihr Aussehen wichtig für den Mörder ist – weil sie ihn an eine bestimmte Person erinnern. Er sucht nach einem ganz besonderen Frauentyp, dem die Kleidung und die Schuhe passen. Hanne hatte leider zu große Füße ...«

»Ein weiterer gemeinsamer Nenner ist auch, dass beide ein Date hatten, als sie verschwanden«, fuhr Reza fort. »Wir wissen mit Sicherheit, dass Ursula ihr Date im Internet gefunden hat, und auch Hanne hat über die Jahre mehrere Männer über das Internet kennengelernt. Unsere IT-Spezialisten haben ihre Profile leider nicht finden können, und auch ihre Handys sind verschwunden. Hanne Christoffersen hatte kein Festnetztelefon, im Gegensatz zu Ursula Winding. Wir gehen gerade die Anrufe durch.«

Gundersen nickte.

»Wir haben uns ja schon früher gefragt, ob der Täter sie wohl fotografiert hat«, meinte Rebekka. »Die Art und Weise, wie sie dasitzen ...«

»Was ist mit Jens-Peter Thorn? Er fotografiert«, erwiderte Gundersen.

Rebekka nickte und räusperte sich leicht. »Ich bin gestern bei ihm vorbeigefahren.«

»Bitte was?«

»Ich bin gestern Abend bei ihm vorbeigefahren. Ich habe ihn eine Zeit lang beobachtet. Er hat gerade abgespült ...«

»Rebekka, ehrlich. Begreifst du nicht, dass wir ein Team sind und jegliche Überwachung mit den Vorgesetzten abgesprochen werden muss – oder mit dem Einsatzleiter? Und ich nehme mal an, dass du nichts davon gewusst hast, Super, oder?« Gundersen richtete den Blick auf Super, der sich unbehaglich auf seinem Stuhl wand.

Rebekka versuchte, ihm zu Hilfe zu kommen. »Das war eine ganz spontane Idee von mir. Ich bin erst bei der Bank am Lyngbysee vorbeigefahren, und da war niemand. Dann bin ich zu Jens-Peter Thorn gefahren. Er hat gerade den Abwasch gemacht.

Ich war eine Stunde da. Jens-Peter Thorn hat einen absolut entspannten Eindruck gemacht. Er sah ganz sicher nicht aus wie ein Mann, der eine Stunde später eine Leiche zum Lyngbysee bringen wird. Man soll natürlich nie nie sagen, aber ich bezweifle, dass er die nötige Körperkraft hat.«

Gundersen sah sie ärgerlich an. »Nein, die hat er vermutlich nicht, trotzdem möchte ich dich bitten, dass du in Zukunft sämtliche Initiativen deinerseits mit deinen Vorgesetzten absprichst. Du kannst doch nicht im Alleingang ermitteln.«

Rebekka biss die Zähne fest zusammen. Die Reaktion ihres Chefs war, gelinde gesagt, übertrieben – und die Ungerechtigkeit brachte ihre Ohren zum Klingeln.

Es war spät, als Rebekka Richtung Valbygårdsvej fuhr. Als sie vor einigen Stunden das Polizeipräsidium verlassen hatte, wäre sie am liebsten nach Hause gefahren, um sich ins Bett zu legen und zu schlafen – erschöpft wie sie durch den Schlafmangel und die Arbeitsbelastung war. Trotzdem hatte sie sich gezwungen, zum Training nach Langebro zu fahren und anderthalb Stunden zusammen mit den anderen zu boxen. Beim Training hatte sie den Zusammenstoß mit ihrem Chef verarbeitet, und obwohl sie noch immer müde war, fühlte sie sich sehr viel besser.

In dem Moment, als sie das Treppenhaus betrat, spürte sie ihn. Auf der Fußmatte lag ein Strauß rosa Pfingstrosen – ihre Lieblingsblumen. Sie lächelte, als sie den Blumenstrauß hochhob. Ob der von …? Sie steckte den Schlüssel ins Schloss und stürzte in die Wohnung. Niclas stand in der Küche. Er schnitt gerade Brot auf und hatte bereits diverse Käsesorten auf einem rustikalen Teller angerichtet.

»Bist du das wirklich?«, rief sie.

»Höchstpersönlich.«

Er legte das Messer zur Seite und breitete die Arme aus. Sie warf sich hinein, und seine starken Arme schlossen sich um ihren Körper.

»Wahnsinn«, war alles, was sie sagen konnte, froh und überrascht zugleich. Er ließ sie los. Sein Gesicht war ein einziges großes Lächeln.

»Das ist eine Überraschung, was? Ich hatte eine Besprechung in Malmö und habe einen Abstecher hierher gemacht. Heute bleibt es bei Käse und Wein, aber mehr brauchen wir auch nicht, oder?«

Sie nickte zustimmend.

»Komm her.« Er zog sie an sich, hielt sie fest, und genau dort, mit dem Gesicht an seiner Brust, fühlte sie sich am wohlsten. Sie schloss die Augen, genoss den Augenblick. Er streichelte ihren Nacken.

»Ich stinke. Ich komme gerade vom Boxen, da gibt es keine Dusche«, sagte sie und entzog sich ihm, um Richtung Bad zu gehen. Er streckte die Hand nach ihr aus und zog sie in aller Ruhe aus. Sie ließ ihn gewähren. Sanft schob er sie ins Bad und stellte die Dusche an. Als das Wasser über ihr Gesicht lief, hatte er seine eigenen Sachen auf den Boden geworfen, und sie vereinten sich unter der warmen Dusche.

Als sie später, ineinander verschlungen, mit Wein, Käse und Nüssen auf dem Sofa lagen, konnte sie sich nicht zurückhalten.

»Ich habe dich mehrmals angerufen.«

»Mmm.« Niclas war in den Film vertieft, den sie sich gerade ansahen. Sie betrachtete seinen kantigen, hellbraunen Handrücken, als er in die Schale mit den Erdnüssen tauchte.

»Du verwirrst mich«, fügte sie hinzu.

Widerwillig löste er den Blick vom Fernseher.

»Ich habe nicht das Gefühl, dass wir zusammen sind. Jedenfalls nicht richtig.«

»Was ist denn, Rebekka? Liegen wir etwa nicht zusammen auf dem Sofa? Hatten wir nicht gerade wunderbaren Sex? Stehen keine Blumen auf deinem Küchentisch?«

Er rückte ein wenig von ihr ab. Es waren nur ein paar Zentimeter – und trotzdem verkrampfte ihr Magen sich. Sie biss sich auf die Lippe. Zu fest. Und schmeckte das Blut in ihrem Mund.

»Doch«, antwortete sie zögernd. »Entschuldige.« Sie sah ihn schuldbewusst an.

»Komm her«, sagte er nur und zog sie an seinen nackten Körper. Sie schmiegte sich gehorsam an ihn, spürte den kühlen Bezug der Bettdecke auf ihrer warmen, glühenden Haut. Niclas lachte, der Film schien lustig zu sein, doch ihre Sicht war verschwommen.

Rebekka schlief tief, als ihr Handy klingelte. Verwirrt setzte sie sich auf und wusste erst nicht, wo sie war. Sie erinnerte sich nur, dass sie auf dem Sofa gelegen hatten. Jetzt befanden sie sich in ihrem Bett, und sie war in einem chaotischen Albtraum gefangen, in dem Niclas jedes Mal, wenn sie ihn ansah, verschwand. Sie rieb sich kräftig die Augen und vergewisserte sich, dass er wirklich neben ihr lag, bevor sie den Anruf mit einem Schnauben entgegennahm.

»Es ist so weit.«

Zunächst hatte sie Schwierigkeiten, die Stimme am anderen Ende zuzuordnen, doch nach einigen Sekunden erkannte sie die hektische Stimme ihrer Mutter.

»Wir sind auf dem Weg nach Kopenhagen, ins Reichskrankenhaus. Sie haben eine neue Lunge für Vater.«

Rebekka war plötzlich hellwach.

»Wirklich? Er stand doch erst seit Kurzem auf der Warteliste.«

»Manchmal darf man doch auch etwas Glück haben, oder? Wenigstens einmal im Leben.« Die Mutter klang beinahe euphorisch und fügte hinzu, dass sie in ein paar Stunden in Kopenhagen sein würden. Rebekka sah verstohlen zum Wecker. Es war 01:58. Dienstagmorgen. Niclas brummte im Schlaf. Der Gedanke, ihn jetzt zurückzulassen, kam ihr unerträglich vor. Doch der Gedanke, die letzten Stunden vor der Operation nicht bei ihrem Vater zu sein, war noch schlimmer.

»Ich werde da sein.«

Die Gedanken wirbelten ihr durch den Kopf, als sie kurz darauf versuchte wieder einzuschlafen. Nach einer Stunde gab sie es auf und schlich ins Wohnzimmer, wo sie im Dunkeln eine Zigarette rauchte. Sie duschte und rüttelte vorsichtig an Niclas. Er war warm und schwer – und unmöglich zu wecken.

Sie holte sich Kleidung aus dem Schrank. Niclas schlief noch immer. Sein leises Schnarchen ließ sie innehalten. Er lag auf dem Rücken, mit ausgebreiteten Armen, entblößt, verletzlich. Als sie angezogen war, weckte sie ihn. Er blinzelte verwirrt, während sie ihm erklärte, was los war.

»Ich wusste gar nicht, dass dein Vater krank ist.« Seine Stimme klang rau, voller Mitgefühl und vielleicht ein klein wenig vorwurfsvoll.

»Leider.«

Er streckte die Hand aus und streichelte ihre Wange, eine Geste, bei der ihr die Tränen in die Augen traten. Einen Augenblick drückte er sie an sich, dann ließ er sie los.

»Sieh zu, dass du zu ihm fährst, Rebekka.«

Sie erhob sich widerwillig vom Bett und wischte sich die Augen mit dem Handrücken trocken.

»Mach's gut.«

»Mach's gut, Rebekka. Und pass auf dich auf.«

Sie musste sich zwingen, das Schlafzimmer zu verlassen, und war schon an der Tür, als ihr plötzlich ein Gedanke kam, der sie zurück in das verdunkelte Zimmer führte.

»Niclas?«

»Ja?«

Er hatte sich wieder hingelegt, Gesicht und Körper waren fast ganz unter der Decke verborgen.

»Bist du hier, wenn ich zurückkomme?«

Sie bereute die Frage in dem Moment, in dem sie über ihre Lippen kam.

»Ach, Rebekka.« Niclas klang nachsichtig, und trotzdem hörte sie deutlich einen Anflug von Irritation in seiner Stimme. »Denk jetzt nicht an mich. Spar dir deine Kraft für dich selbst auf – und für deinen Vater.«

Der Satz ließ sie erstarren, und plötzlich hatte sie ein Déjà-vu ihres ersten Dates vor einem halben Jahr, als Niclas morgens in einem Taxi davongefahren war, ohne ihr etwas zu versprechen. Obwohl sie zu diesem Zeitpunkt noch nicht in ihn verliebt und, rein formal, noch mit Michael zusammen gewesen war, erinnerte sie sich deutlich an seine letzten Worte, als er ihr die Wange gestreichelt hatte. Schauen wir, was passiert, hatte er damals gesagt, und jetzt beschlich sie dasselbe Gefühl: das Gefühl, ihn verloren zu haben, sie beide verloren zu haben.

Sie nickte steif und murmelte: »Mach's gut«, drehte sich um und ging in die frostklare Nacht hinaus. Als sie im Auto saß, stellte sie fest, dass sein Abschiedskuss zögerlich gewesen war.

Ihr Vater winkte ihr mit einer blassen Hand. Überall schwebten weiße Kittel und weiße Clogs lautlos über die grauen Linoleumböden, während ihr Vater auf den großen Eingriff vorbereitet wurde. Ihre Mutter war unten, um Kaffee zu holen, was ihnen ein paar kostbare Minuten alleine gab.

»Papa.« Sie nahm seine Hand, die sich plötzlich so dünn und zerbrechlich anfühlte, und sie drückte sie vorsichtig.

»Bekka.« Er sah sie mit feuchten Augen an. »Gut, dass du es geschafft hast.«

Sie nickte und strich ihm vorsichtig über das spärliche Haar.

»Alles wird gut, Papa. Da bin ich mir sicher.«

»Ich auch«, flüsterte er und hustete mühsam.

»Worauf freust du dich am meisten nach dem Eingriff?«, fragte sie und lächelte ihn vorsichtig an.

»Ich freue mich darauf, wieder richtig atmen zu können. Allein die Vorstellung, wieder spazieren gehen zu können, ohne Pausen, ohne Sauerstoff, einfach am Fjord entlangzulaufen und den Wind im Gesicht zu spüren, ohne außer Atem zu kommen.«

Sie betrachtete ihn, während er sprach, und merkte, dass ein neues Feuer in seinen Augen glomm. Dann sah er sie ernst an und drückte ihre Hand an seine Brust. Sie spürte sein Herz gegen ihre feuchte Handfläche schlagen.

»Rebekka, da ist etwas, das ich ...«

»So, jetzt wird es langsam Zeit.« Eine jüngere Krankenschwester mit einem Gesicht voller Sommersprossen betrat das Zimmer. »Haben Sie sich verabschiedet und bis bald gesagt?«, fragte sie mit einem warmherzigen Lächeln.

»Papa, was wolltest du mir sagen?«, fragte Rebekka und sah ihren Vater eindringlich an, der schwach den Kopf schüttelte.

»Nichts, mein Schatz. Verabschieden wir uns.«

»Bis bald.« Ihre Augen begegneten sich.

Einige Sekunden schlossen sich ihre Blicke umeinander,

dann legte sie vorsichtig den Kopf auf seine magere Brust, wagte nicht, ihr ganzes Gewicht einzusetzen.

»Papa.«

»Meine Bekka.«

Er strich ihr über die langen, dunklen Haare, genau wie er es in ihrer Kindheit getan hatte, wenn sie auf seinem Schoß gesessen und sich an ihn gelehnt hatte, zärtlich und beruhigend zugleich. Langsam richtete sie sich auf, und er sah sie ruhig an, wobei seine Augen einen ganz besonderen Glanz bekamen.

»Ich bin hier«, war alles, was sie sagen konnte, bevor das Weinen ihr die Kehle zuschnürte.

»Das weiß ich«, antwortete er ruhig und machte der Krankenschwester ein Zeichen, dass er transportbereit war. Ein Pfleger kam herein und schob das Bett aus dem Zimmer. Draußen auf dem Gang kam ihr ihre Mutter in Gesellschaft von zwei Krankenschwestern entgegen.

»O nein, ist es schon so weit?«, rief sie laut, als sie sah, wie er aus dem Zimmer geschoben wurde. Sie stellte den Kaffeebecher mit Schwung beiseite und beugte sich weinend über ihren Mann. Ein paar Krankenschwestern brachten sie behutsam fort.

Rebekka seufzte tief und folgte ihnen in das Zimmer, wo ihre Mutter in einen hellblauen Sessel gesetzt wurde. Sie weinte – heftig, laut und mit einer seltsam dunklen Stimme. Rebekka fühlte sich in die Zeit zurückversetzt, als Robin gestorben war und die Trauer der Mutter das Reihenhaus ausgefüllt hatte. In jedem Zimmer war die Luft schwer gewesen, gesättigt von ihrem endlosen Weinen.

Rebekka richtete sich auf und ging zu ihr, während sie sich bemühte, ihre eigenen Tränen zurückzuhalten. Sie griff ihre Mutter bei den Schultern und wiegte sie sanft hin und her, damit sie zu weinen aufhörte. Doch als sie einige Stunden später zur Arbeit gehen musste, schluchzte ihre Mutter noch immer.

DIENSTAG

Die vielen Stunden mit ihrer Mutter im Reichskrankenhaus hatten Rebekka jeglicher Energie beraubt. Sie hätte nach Hause fahren und schlafen sollen, trotzdem machte sie sich auf den Weg ins Präsidium. Sie konnte auf keinen Fall im Krankenhaus bleiben, bis die Transplantation vorüber war, doch sie hatte ihre Mutter in der Obhut fürsorglicher Krankenschwestern zurückgelassen.

Um an etwas anderes zu denken, stürzte sie sich in die Arbeit. Es gab genug zu tun. Sie wurden geradezu überschüttet mit Hinweisen zu Männern, die möglicherweise etwas mit den Morden zu tun hatten, und sie arbeitete sich systematisch durch die Listen, während draußen langsam die Sonne aufging. In regelmäßigen Abständen griff sie nach ihrem Handy, um zu sehen, ob eine Nachricht eingegangen war, doch es blieb stumm – weder ihre Mutter noch die Ärzte vom Krankenhaus meldeten sich.

Nach einer Weile schob sie die Listen beiseite und beschloss, einen anderen Ansatzpunkt zu finden. Als Reza anderthalb Stunden später auftauchte, begrüßte sie ihn mit neuer Energie.

»Was meinst du, wie viel Pontus Winding nach dem Tod seiner Mutter erbt?«

»Keine Ahnung, doch von deinem Tonfall zu schließen, wird es nicht wenig sein«, antwortete Reza und ließ sich auf seinen Bürostuhl fallen.

»Das kann man wohl sagen. Etwa dreißig Millionen Kronen. Und weißt du, was seine Frau macht?«

»Keine Ahnung.« Reza goss sich Kaffee aus der mitgebrachten Thermoskanne in eine Tasse. Rebekka hatte ihn oft damit aufgezogen, dass ihm der Kaffee im Präsidium nicht gut genug sei.

»Sie ist Anästhesistin. Im Krankenhaus in Hillerød. Und Anästhesisten haben bestimmt Zugriff auf Curare …«

»Glaubst du, Pontus Winding und seine Frau waren die Täter?«

Rebekka zuckte mit den Schultern. »Na ja, ein so großes Erbe ist doch ein durchaus plausibles Mordmotiv. Und weißt du was? Vielleicht ging es beim Mord an Hanne Christoffersen gar nicht um sie, sondern vielmehr um Ursula Winding. Ihr Mann Otto Winding ist seit einem Jahr tot. Nur sie stand dem Sohn noch im Weg, wenn er an das gesamte Erbe gelangen wollte. Womöglich war der Mord an Hanne Christoffersen dann nur ein Ablenkungsmanöver für den eigentlichen Mord an Ursula Winding. Pontus könnte sich gedacht haben, dass der Verdacht nicht auf ihn fallen würde, wenn es so aussieht, als sei seine Mutter als zweites Opfer eines Serienmörders ums Leben gekommen.«

Fragend sah sie Reza an, der ihr aufmerksam zugehört hatte, während er zurückgelehnt auf seinem Stuhl saß, die Hände im Nacken verschränkt. Ihr fiel ein Fleck an seinem Hals auf, der ganz nach einem Knutschfleck aussah.

»Eine interessante Theorie«, antwortete er und schloss einen Moment die Augen, um sich zu konzentrieren. »Wenn wir einmal davon ausgehen, dass deine Theorie stimmt und das Erbe das wahre Mordmotiv darstellt – warum macht er sich dann die Mühe mit der Kleidung, der Schminke und dem Parfüm?«

»Genau das ist ja das Geniale daran. Pontus Winding hat die Morde bis ins kleinste Detail geplant und versucht, sie als die Taten eines Serienmörders darzustellen – und dazu gehören nun einmal bestimmte gemeinsame Kennzeichen«, antwortete sie. »Wie auch immer, ich denke, wir sollten ihn zu einem eingehenden Gespräch herbestellen und ihn härter rannehmen.«

»Außerdem ist er ein jüngerer Mann«, meinte Reza.

Rebekka nickte. »Genau. Er fährt nur keinen weißen Transporter – den Wagen, den die Zeugin gesehen hat.«

Reza zuckte mit den Schultern. »Es ist ja auch nicht gesagt, dass das Auto, das Tessa Bonfils gesehen hat, etwas mit den Morden zu tun hat ...«

»Das wissen wir nicht«, sagte sie, und die Energie verließ sie. »Mir geht es nicht so gut, Reza. Mein Vater liegt in diesem Moment auf dem OP-Tisch. Er bekommt eine neue Lunge. Sie haben heute Nacht angerufen, und ich bin aus dem Bett gesprungen und ins Reichskrankenhaus gerast. Niclas ist noch bei mir zu Hause. Die Transplantation ist jetzt in vollem Gang, und ich halte es einfach nicht aus, mit den Händen im Schoß dazusitzen und zu warten.«

Sie wollte noch etwas sagen, doch ihre Stimme versagte. Eine Sekunde später stand Reza neben ihr. Er umarmte sie fest, und sie hätte am liebsten losgeweint, biss aber die Zähne zusammen.

»Das ist ja furchtbar, Rebekka«, sagte Reza und drückte sie noch fester an sich. »Wo steckt Niclas jetzt? Ist er nicht mit dir ins Krankenhaus gefahren?«

Sie schüttelte den Kopf.

»Ja, aber warum denn nicht?«, fuhr Reza fort.

»Er musste weiter. Im Moment ist er ziemlich beschäftigt mit einer wichtigen Ermittlung ...«

Sie wurden vom Klingeln ihres Telefons unterbrochen. Es war ihre Mutter, und Rebekka meldete sich mit einem Ziehen im Bauch.

Ihre Mutter klang erleichtert. Die Transplantation sei gut verlaufen, erzählte sie. Der Vater liege im Aufwachraum und Rebekka könne vorbeikommen, wann sie wolle.

Als sie auflegte, hatte sie das Gefühl, wieder besser Luft zu bekommen.

»Fräulein Holm.«

Simonsen breitete die Arme zu einer pompösen Begrüßung aus, als sie in dem hallenden Foyer des Präsidiums aneinander vorbeiliefen. Sie nickte ihm zu und ging, in Gedanken versunken, weiter zu ihrem Büro. Eben hatte sie ihren Vater auf der Intensivstation besucht und war unendlich dankbar, dass es ihm den Umständen entsprechend gut ging. Er war an ein Beatmungsgerät angeschlossen und durch die Gabe diverser Medikamente nicht bei Bewusstsein, doch allein der Anblick, wie er mit rosigen Wangen im Bett lag, war mehr, als sie zu träumen gewagt hatte. Jetzt gelte es abzuwarten, hatten die Ärzte gesagt.

Ihre Gedanken wanderten kurz zurück zu Simonsens Begrüßung. Er hatte die letzten Tage aufgekratzter gewirkt als sonst, was sie beunruhigte. Bei den Besprechungen sprach er lauter, ergriff ununterbrochen das Wort, und sein Lächeln auf dem sommersprossigen Gesicht wurde immer breiter, als wüsste er etwas, das die anderen nicht wussten.

Sie wollte gerade die Tür zu ihrem Büro öffnen, als hinter ihr jemand mit dröhnender Stimme ihren Namen sagte.

Gundersens kraftvolle Stimme war unverwechselbar. Sie drehte sich schnell um. Da stand ihr Chef und winkte sie zu sich.

»Rebekka, ich habe für vier Uhr heute Nachmittag eine wichtige Besprechung angesetzt. Es herrscht Teilnahmepflicht.«

»Okay«, antwortete sie und versuchte, so gleichgültig wie möglich auszusehen.

Was konnte so wichtig sein, dass Teilnahmepflicht angesagt war? Von einem Durchbruch konnte wohl kaum die Rede sein, das hätte sie gewusst, sie alle hielten sich gegenseitig per E-Mail auf dem aktuellen Stand. Konnte es mit dem Posten des stellvertretenden Leiters der Mordkommission zu tun haben? War das vielleicht auch die Erklärung für Simonsens strahlendes

Gesicht? Bei diesem Gedanken wurde ihr innerlich ganz kalt. Wie oft hatte sie davon geträumt, mit ihren Sachen in das kleine Büro des stellvertretenden Leiters zu ziehen, das leer stand, seit Gundersen Brodersens Platz eingenommen hatte.

In diesem Moment kam Tatjana strahlend auf sie zu. Sie nickte ihnen beiden zu, bevor sie sich an Gundersen wandte.

»Ich möchte gerne etwas mit dir besprechen, falls du Zeit hast.«

»Natürlich. Komm mit.«

Die beiden verschwanden in Gundersens Büro und schlossen die Tür hinter sich. Einen Augenblick stand Rebekka unschlüssig da, bevor ihr der Zusammenhang klar wurde. Tatjana würde zur stellvertretenden Leiterin ernannt werden. Das erklärte auch, warum Gundersen sie so schnell in die Abteilung geholt hatte. Bei dieser Erkenntnis flimmerte es vor ihren Augen, und sie ging schwankend in ihr Büro.

Reza telefonierte, als sie eintrat. Sie hängte ihren Mantel an den Haken, schaltete ihren Computer ein und ließ sich auf ihren Stuhl fallen. Auf dem kurzen Weg zu ihrem Büro waren ihr tausend Gedanken durch den Kopf gegangen. Wenn Tatjana zur stellvertretenden Leiterin ernannt wurde, würde sie selbst die Mordkommission umgehend verlassen, war ihre spontane Reaktion. Sie konnte einfach nicht unter jemandem arbeiten, der sehr viel weniger Erfahrung hatte als sie.

Reza beendete sein Gespräch und warf ihr über den Tisch einen besorgten Blick zu.

»Du bist ja ganz blass, Rebekka. Ist etwas passiert?«

Sie erzählte ihm von ihrer Vermutung und fragte ihn, ob er etwas wisse. Er schüttelte den Kopf.

»Ich hätte es dir doch erzählt, wenn ich etwas gehört hätte«, antwortete er gekränkt.

»Ich weiß. Ich bin einfach etwas von der Rolle. Zuerst habe

ich geglaubt, dass Gundersen Simonsen zu seinem Nachfolger bestimmt hat, doch jetzt bin ich davon überzeugt, dass Tatjana es wird.«

Reza zuckte mit den Schultern. »Es ist doch gar nicht sicher, dass es bei der Besprechung um diese Sache geht, aber da wir gerade beim Thema sind: Ich habe ja die ganze Zeit gehofft, dass du es nicht wirst. Das ist egoistisch, aber wenn du Chefin wirst, sind wir keine Partner mehr.«

»Ich würde dich auch vermissen, aber mach dir keine Sorgen, ich werde es nicht. Ich bin ja nicht mal zu einem Gespräch eingeladen worden. Es wird bestimmt diese Tatjana.«

»Warum bist du eigentlich so scharf auf den Chefposten? Ich könnte mir vorstellen, dass du dich auf einem Chefsessel langweilen würdest. Du bist so eine hervorragende Ermittlerin.«

»Mag sein. Ich weiß nur, dass ich schon als ganz junge Frau den Traum hatte, eines Tages Chefin zu werden. Ich glaube, es ist eine Art Streben nach Anerkennung. Du weißt schon, Mord ist ein Verbrechen, das alle interessiert, und wenn man bei der Aufklärung eines Mordes an vorderster Front steht, wird man so eine Art Volksheld. Das bringt Prestige, öffentliche Anerkennung, so einfach ist das.«

»Das Bedürfnis nach Anerkennung verstehe ich gut, obwohl ich selbst überhaupt keine Ambitionen in diese Richtung habe. Trotzdem finde ich, dass du diesem Aspekt zu große Bedeutung beimisst. Wichtig ist doch, was du de facto leistest – das ist viel wichtiger, als ein Aushängeschild zu sein wie Gundersen.«

Rebekka zuckte mit den Schultern. Zweifellos hatte Reza recht – und trotzdem war sie noch nicht bereit, ihren Traum ad acta zu legen.

Sie stürzten sich wieder in die Arbeit. Rebekka warf einen Blick auf die Wanduhr und versuchte, sich auf ihre ungelesenen E-Mails zu konzentrieren, doch wie sehr sie es auch versuchte, es gelang ihr nicht, und sie erwischte sich dabei, wie sie alle paar Minuten verstohlen zur Uhr sah, während sich ein Gefühl der Unruhe in ihr ausbreitete.

»Heute ist ein besonderer Tag, auf den ich mich schon lange gefreut habe.«

Gundersen rieb seine breiten Handflächen gegeneinander, während er die erwartungsvollen Blicke seiner Mitarbeiter registrierte. Er räusperte sich und wartete, bis es ganz still geworden war, bevor er fortfuhr.

»Inzwischen sind fast zwei Monate vergangen, seit ich zum Leiter der Mordkommission ernannt worden bin. Es war eine ereignisreiche Zeit – vor allem die letzten Wochen, in denen uns die beiden Mordfälle in Atem gehalten haben. Der Druck, der intern und extern auf uns lastet, ist so groß, dass ich mich gezwungen sehe, ein wenig früher als geplant eine wichtige Entscheidung zu treffen. Zunächst möchte ich betonen, dass ich mich in meiner neuen Rolle als Leiter der Mordkommission sehr wohlfühle. Bei meiner täglichen Arbeit brauche ich jedoch eine rechte Hand, einen Stellvertreter, wie ich einer für Brodersen war. Ihr alle wisst, dass mir sehr viel daran gelegen ist, die richtige Person für diesen Posten zu finden, und heute kann ich euch mitteilen, wen die Leitung und ich ausgewählt haben. Wir haben uns ganz bewusst nicht für denjenigen mit der meisten Erfahrung entschieden, doch die Person, die wir ausgesucht haben, besitzt Format und Willenskraft.«

Rebekka zuckte zusammen und sah erst zu Gundersen, bevor ihr Blick weiter zu Tatjana wanderte, die, wie üblich, mit einem Lächeln im Mundwinkel dasaß und ihren Chef bewundernd ansah. Tatjana Melchior, stellvertretende Leiterin der Mordkommission. Das konnte doch nicht wahr sein …

»Es ist mir eine Freude, euch den zukünftigen stellvertretenden Leiter der Mordkommission vorzustellen.« Gundersen machte eine dramatische Geste. »Jan Simonsen!«

Der Rest des Satzes ertrank im Klingeln ihrer Ohren. Sie schnappte nach Luft und hielt sie an, während ihr die Reichweite dessen, was sie gerade gehört hatte, bewusst wurde. Simonsen war soeben zum stellvertretenden Leiter ernannt worden. Die Anwesenden klatschten, und von weit her hörte sie Tatjana etwas sagen, woraufhin mehrere Kollegen in lautes Gelächter ausbrachen. Rebekka konnte nicht einmal so tun, als würde sie mitlachen, sie brachte es auch nicht fertig, sich umzudrehen und Simonsen freundlich zuzunicken. Stattdessen saß sie wie versteinert da, während die Wut jede Sekunde mehr Besitz von ihr ergriff, bis sie es schließlich nicht mehr aushielt und das Zimmer mitten in Gundersens Aufzählung von Simonsens überzeugenden Führungsqualitäten verließ.

»Es ist schon seltsam, dass du so groß bist.«

Die Mutter sah zu Astrid hoch, die sie nach draußen zu einem kleinen Spaziergang am See gelockt hatte. Sie war nur widerwillig mitgekommen, und jetzt gingen sie Arm in Arm und versuchten, eine Konversation in Gang zu bekommen, die für die Dauer des Spaziergangs reichen würde und nicht zu belastend war.

»Ich bin immer schon groß gewesen. Ich komme nach Vater.«

Nichts konnte sie zurzeit provozieren. Jesper hatte ihr am Vortag geschrieben. In seiner Nachricht hatte gestanden, dass er das ganze Wochenende an sie gedacht habe, so oft, dass er sich kaum auf die Konferenz habe konzentrieren können, auf der er gewesen sei. Jetzt sei er wieder zurück und freue sich darauf, sie besser kennenzulernen. Seine E-Mails waren das reinste Lebenselixier, und sie lief mit einem konstanten Bauchkribbeln durch die Gegend.

»Deine Tanten Aslaug und Esther waren auch sehr groß. Das war damals eher ungewöhnlich, und sie haben auch nie geheiratet.«

Astrids Blick schweifte über den zugefrorenen Sortedamssee. Einen Moment wanderten ihre Gedanken zu den beiden toten Frauen, deren Leichen man auf einer Bank am Lyngbysee gefunden hatte und über die die Regenbogenpresse nicht müde wurde zu schreiben. Sie schauderte. Was für eine schreckliche Vorstellung, auf eine solche Weise zu enden.

»Hörst du mir überhaupt zu, Astrid?«

»Ja, sicher.«

»Du bist so seltsam, Astrid. So geistesabwesend. Sieh mich mal an.«

Astrid sah ihre Mutter an, während sie versuchte, ihr Gesicht in normale ernste Falten zu legen.

»Hast du einen Mann kennengelernt, Astrid? Du hast so einen dämlichen Gesichtsausdruck.«

»Nein, Mutter.«

»Du lügst, Astrid. Ich sehe es dir an. Hör auf damit, du warst immer schon schlecht im Lügen. So etwas kannst du vor mir nicht verbergen. Könntest du mir bitte erzählen, was passiert ist?«

»Es ist nichts passiert, Mutter. Alles ist wie immer. Mein Leben ist sterbenslangweilig. Das sagst du doch auch immer zu mir.«

Sie spazierten ein paar Meter weiter den Weg entlang. Der

Schnee in der Stadt war fast geschmolzen, getaut durch die Wärme von Häusern und Menschen, nur hier und da gab es noch vereinzelte Schneeflecken, gelb von Hundepisse oder grau von Abgasen. Oder beides. Man müsste auf dem Land wohnen …

»So, jetzt reicht es. Ich kann nicht mehr.«

Die Stimme ihrer Mutter zitterte. Astrid zeigte auf ein Café.

»Möchtest du dort einkehren? Ich lade dich gerne auf einen Cappuccino ein, oder wie wäre es mit einer Tasse heißer Schokolade?«

»Ach, Astrid, das ist doch hinausgeworfenes Geld.«

Ihre Mutter blieb so abrupt stehen, dass auch Astrid gezwungen war anzuhalten. Es amüsierte sie ein wenig, wie viel Kraft noch in dem alten Körper steckte.

Die Mutter sah sie wütend an.

»Wir trinken zu Hause Kaffee. Wie immer.«

Eine Viertelstunde später nahm Astrid sich eine der halb vollen Thermoskannen vom Rollwagen im Gang. Es roch intensiv nach Putzmitteln und Urin. Auf dem Rückweg ins Zimmer ihrer Mutter warf Astrid einen Blick in den gemeinschaftlichen Fernsehraum. Die Flimmerkiste lief, es kamen gerade Nachrichten, doch der Ton war ausgeschaltet – trotzdem saßen ein paar Bewohner da, die mit leeren Blicken auf den Bildschirm starrten. Astrid schauderte bei dem Anblick. Die gealterten Körper. Die winterlich blassen Köpfe mit dem spärlichen Haarwuchs, den Leberflecken und den beinahe erblindeten Augen und die gekrümmten Hände, die nach irgendetwas zu tasten schienen, woran sie sich festhalten konnten. Nach einem Lebenssinn vielleicht. Nicht mehr lange, und du sitzt auch da, genau wie deine

Mutter, einsam und verbittert, sagte eine innere Stimme. Bei diesem Gedanken begann ihr Herz panisch zu hämmern.

Sie konnte kaum still sitzen, während sie ihren Kaffee tranken. Auf nichts anderes konnte sie sich konzentrieren, als schnellstmöglich nach Hause zu ihrem Computer zu kommen und nachzusehen, ob eine neue E-Mail von ihm eingetroffen war. Allein der Gedanke ließ ihren Körper vor Erwartung zittern.

Die Wut trieb Rebekka vorwärts. Als würden die anderen Autofahrer das spüren, ließen sie sie vorbei, und Rebekka fühlte sich wie ein abgefeuertes Projektil, bereit zu zerstören, was immer sie traf. Ihr Körper kochte. Zumindest kam es ihr so vor, als würde jede einzelne Muskelzelle brennen, und sie musste sich sehr konzentrieren, um beide Hände am Steuer zu halten und auf den Verkehr zu achten.

In Rekordzeit war sie in Klampenborg, wo Brodersen wohnte. Sie hatte ihn vorher angerufen und ihm die Situation wutentbrannt geschildert, und er hatte sie, ohne zu zögern, zu sich eingeladen, damit sie alles eingehend erörtern konnten.

Brodersen öffnete die Tür, bevor sie anklopfen konnte, und sie unterdrückte den plötzlichen Drang, sich ihm um den Hals zu werfen. Stattdessen reichte sie ihm die Hand. Er ergriff sie. Drückte sie.

»Komm herein, Rebekka.«

Der frühere Leiter der Mordkommission machte einen Schritt zur Seite, und Rebekka trat ein. Sie war noch nie bei ihm zu Hause gewesen.

Er führte sie in ein Wohnzimmer, von dessen Panoramafenster man einen Blick zum Wald hin hatte. Hier draußen lag noch immer eine dicke Schneeschicht auf den nackten Bäumen, und ein paar kleine Vögel wippten auf einer im Garten aufgestellten Garbe.

»Wie schön es hier ist«, meinte Rebekka. »Und so friedlich.«

»Am meisten liebe ich dieses Zimmer. Man kann die Tiere draußen beobachten. Manchmal kommt sogar Bambi vorbei. Wir haben immer hier gesessen, Marianne und ich ...«

Brodersen schwieg abrupt, und Rebekka errötete.

»Das tut mir so leid mit ... Marianne.«

Ihr war unwohl zumute. Sie war mit ihren Sorgen zu ihm gekommen, ohne zu bedenken, dass es erst einen Monat her war, dass Brodersen seine Frau verloren hatte. Mariannes Krankheit war der Grund dafür gewesen, dass Brodersen frühzeitig in Pension gegangen war. Leider hatten sie nur noch einen gemeinsamen Monat gehabt, bevor sie kurz nach Weihnachten eingeschlafen war.

»Entschuldige«, murmelte sie. »Ich hätte nicht herkommen sollen. Du hast deine eigenen Probleme ...«

»Du vergisst, dass ich dich gebeten habe zu kommen. Außerdem finde ich es befreiend, mich mit anderen Problemen als mit meinen eigenen zu befassen.«

Rebekka lächelte matt. »Na gut, wenn du meinst.«

»Was kann ich dir anbieten?« Brodersen machte eine Geste zu einem geschmackvollen Barschrank im Art-déco-Stil, und sie überlegte kurz, ob sie etwas Hochprozentiges nehmen sollte. Normalerweise trank sie so etwas nicht, doch jetzt kam ihr der Moment wie geschaffen für einen Whisky vor.

Sie setzten sich auf die bequemen Ledermöbel und stießen an. Der Whisky brannte in der Speiseröhre, und Rebekka musste husten.

»Möchtest du lieber etwas anderes, Rebekka?« Er sah sie lächelnd an, doch sie schüttelte energisch den Kopf.

»Nein, danke. Er schmeckt wunderbar«, sagte sie heiser, und Brodersen lachte laut.

»Wie wäre es, wenn ich runter in den Weinkeller gehe und uns stattdessen eine gute Flasche Rotwein hole?«

Sie wollte protestieren, aber er war bereits aus seinem Sessel aufgestanden.

»Ich kapituliere«, meinte sie lächelnd, und die Stimmung war plötzlich informell, ungekünstelt. Sie tranken den Wein, der, wie erwartet, ausgezeichnet war, und das Gespräch floss unbeschwert dahin. Sie sprachen vor allem über die Ermittlung, und Brodersen schenkte ihnen erneut ein, während er den Fall detailliert zusammenfasste. Er hatte immer ein phänomenales Gedächtnis gehabt und war gut darin, die wichtigsten Punkte in der unüberschaubaren Menge an Informationen zu sehen, die es in einer Mordermittlung immer gab.

Später servierte Brodersen einen winterlichen Eintopf mit mürbem Fleisch und viel Gemüse und Kräutern. Sie war überrascht, denn sie hatte nicht gewusst, dass Brodersen ein so hervorragender Koch war. Er holte noch eine Flasche aus dem Keller, vom weltbekannten Weingut Château Pétrus. Einen kurzen Moment zögerte Rebekka, denn Brodersens gemütliche Essküche drehte sich bereits ein wenig vor ihren Augen. Doch ihr war klar, dass sie diesen Wein unmöglich ablehnen konnte.

»Ich habe den Wein seit ein paar Jahren im Keller liegen. Ich habe immer gedacht, dass ich ihn für eine besondere Gelegenheit aufheben will, zum Beispiel für den Tag, an dem Marianne und ich erfahren, dass wir Großeltern werden oder so. Aber diesen Tag wird es nicht geben ...«

Brodersen schwieg, und Rebekka fühlte einen Kloß im Hals, während sie zusah, wie er den edlen Tropfen in zwei saubere Kristallgläser schenkte. Er reichte ihr das eine und hob das andere, um mit ihr anzustoßen.

»Ich hatte Lust, ihn jetzt aufzumachen, denn wenn mich diese Krebshölle eines gelehrt hat, dann ist es, die Gegenwart wertzuschätzen. Prost, Rebekka.« Brodersen sah sie an, und ihr fiel auf, dass seine Augen ein wenig blutunterlaufen waren. Sie war offensichtlich nicht die Einzige, die nicht mehr ganz nüchtern war.

Ihr Gespräch drehte sich nun um Gundersens Entscheidung für Simonsen. Aufmerksam hörte Brodersen ihr zu, während sie von der Ernennung erzählte, von ihren kontinuierlichen Kontroversen mit Gundersen und von Simonsens demonstrativer Überlegenheit, die ihr ohnehin schon auf die Nerven ging und die jetzt, wo er zum stellvertretenden Leiter ernannt worden war, nicht weniger irritierend sein würde.

»Du bist eine fähige Ermittlerin. Du bist selbstständig und klug, du denkst in originellen Bahnen, aber ich sehe dich eindeutig als den operativen Typ. Warum willst du überhaupt Chefin werden? Denk mal an den ganzen langweiligen Papierkram, an die endlosen Besprechungen, die Verantwortung für die Mitarbeiter, die Verpflichtung, nach außen hin das Gesicht der Polizei zu verkörpern, der ewige Prügelknabe zu sein ...«

Rebekka nippte an ihrem Wein und behielt ihn im Mund, während sie über die Frage nachdachte. Was Brodersen sagte, stimmte: Sie war eine fähige Ermittlerin, sie brannte darauf, die Erste vor Ort zu sein. Sie schluckte den Wein hinunter. Er schmeckte nach gebratenem Ei.

»Wahrscheinlich reizt mich die Macht«, räumte sie langsam ein. »Chefin der Mordkommission zu werden wäre der Beweis, dass ich etwas kann, dass ich etwas wert bin.«

Brodersen nickte. »Ich verstehe dich gut, Rebekka, und ich muss zugeben, dass ich es genossen habe, viele Jahre lang an der Spitze zu stehen, doch wenn ich im Nachhinein darüber nachdenke, sehe ich, dass es auch seinen Preis gehabt hat.«

»Darüber bin ich mir im Klaren. Ich habe dich ja über viele Jahre beobachten können.« Sie zögerte und trank einen weiteren Schluck von ihrem Wein. »Im Moment weiß ich nicht, was ich tun soll. In welche Richtung ich gehen soll.«

Brodersen sah sie ernst an. »Rebekka, du sollst wissen, dass du meine volle Unterstützung hast, ungeachtet, was du tust. Du kannst überall arbeiten. Ich sehe dich zwar in erster Linie als Ermittlerin hier in Dänemark – doch jemand wie du kann natürlich auch auf internationaler Ebene tätig sein. Sei froh, dass du nicht auf Simonsens Stuhl sitzt.«

Einer der Gründe, dass sie ihre Weiterbildung beim FBI gemacht hatte, war die Aussicht gewesen, vielleicht eines Tages einen internationalen Posten zu bekommen. Rebekka hatte sich dennoch immer als eine der führenden Ermittlerinnen in Dänemark gesehen, doch plötzlich gefiel ihr der Gedanke an eine internationale Aufgabe.

»Das ist gut zu wissen. Und du hast recht, es gibt andere Wege.«

»Es ist wichtig, dass du dir genau überlegst, was du willst, Rebekka. Man sollte nie voreilige Entschlüsse fassen. Mein bester Rat an dich lautet, dass du ihnen zeigen solltest, was du kannst. Du wirst diese Morde aufklären. Das weiß ich. Zeig es ihnen, Rebekka.«

Als sie ein paar Stunden später mit dem Taxi nach Hause in den Valbygårdsvej fuhr, konnte sie kaum noch gehen. Trotzdem war etwas von der früheren Last von ihr abgefallen, und ihr Körper fühlte sich leichter an.

Sie erinnerte sich an Brodersens Worte. *Du wirst diese Morde aufklären. Zeig es ihnen, Rebekka.*

MITTWOCH

»Glückwunsch zum neuen Job.«

Simonsen sah überrascht zu ihr hoch. Gleich morgens, als sie mit einem ziemlichen Kater aufgewacht war, hatte sie den Entschluss gefasst, ihm zu gratulieren. Sie hatte ihr Auto bei Brodersen abgeholt und auf der Rückfahrt beschlossen, es möglichst bald hinter sich zu bringen. Simonsen war natürlich schon in sein neues Büro umgezogen. Ein Stapel Umzugskartons stand in einer Ecke des kleinen Raums. Auf dem Schreibtisch thronte ein Selbstporträt. Sie hätte darüber gelacht, würde der Neid nicht noch immer in ihr schwelen.

»Danke, Rebekka.« Simonsen stand langsam von seinem Bürostuhl auf und streckte seinen kantigen Körper. Ein unangenehmes Schweigen entstand. Simonsens Spezialität waren zotige Witze und alberne Geschichten. Es kam nur selten vor, dass sein Mund stillstand, normalerweise hatte er immer einen dummen Spruch auf den Lippen, doch jetzt war er stumm und schien sich nicht recht wohlzufühlen. Rebekka empfand eine gewisse Genugtuung.

»Seit wann wusstest du, dass du den Posten bekommst?«

Simonsen schlug den Blick nieder und trommelte mit seinen langen Fingern auf die Rückenlehne seines Stuhls.

»Ich weiß nicht genau. Ein paar Tage oder so.«

Rebekka nickte, sagte aber nichts. Sie warf einen Blick aus dem Fenster. Die Scheiben waren grau vom Schnee und Matsch der letzten Monate.

»Ich war selbst überrascht, muss ich zugeben«, fügte er hinzu, als sie noch immer schwieg.

Sie nickte steif. »Okay, ich geh mal zurück an die Arbeit. Man sieht sich ...«

»Du weißt, wo du mich findest«, antwortete er. »Ich sitze hier, unter Papieren begraben.«

Sie ging mit geradem Rücken und dem Gefühl, dass Simonsens klebriger Blick ihr folgte. Sollte er doch unter seinen Papieren begraben werden.

1988

Ich bin genau zwölf Jahre, einen Monat und drei Tage alt, als es passiert. Ich spüre es sofort, als ich durchs Gartentor gehe. Dabei kann ich gar nicht sagen, was genau ich merke, ich weiß nur, dass etwas Furchtbares und Unabänderliches passiert sein muss. Die Angst pocht in mir und lässt mich die letzten Schritte zur Haustür laufen. Von der Gartenpforte bis zur Fußmatte sind es insgesamt sechsundzwanzig Schritte. Ich stürze mich fast auf die Tür. Normalerweise steht meine Mutter da, um mich zu umarmen, aber heute nicht. Ich reiße mir den Ranzen vom Rücken, krame mit hektischen Fingern den Schlüssel heraus, und ich bin den Tränen nahe, als es mir endlich gelingt, die Tür zu öffnen.

»Mama!«

Der Ruf dringt aus den Tiefen meines Körpers empor. Er wird in die Welt hinausgeschrien, mit all meiner Kraft. Niemand antwortet. Ich laufe wie in Zeitlupe, ich sehe mich selbst von außen, die Beine in der Luft, die Arme, mit denen ich vorwärtspaddele, als säße ich auf einem Floß. Als Erstes sehe ich im Wintergarten nach, doch hier ist es kühl und leer.

»Mama!«, rufe ich immer wieder, während ich die Treppe zum Zimmer meiner Mutter hinaufstürme. Die Tür ist nur angelehnt,

und ganz kurz höre ich ein Geräusch, eine Bewegung, und das Herz schlägt mir bis zum Hals. Bestimmt sitzt sie dort drinnen, sie sitzt vor dem Schminktisch, genau wie immer, und trägt mit ruhigen, streichelnden Bewegungen Make-up auf. Sie ist dort, uns trennen nur noch wenige Meter.

»Mama?«

Keine Antwort. Nur Stille. Das Zimmer ist leer, der Stuhl vor dem Schminktisch ist leer. Einen Augenblick stehe ich ganz still, ich atme stoßweise, mein Brustkasten hebt und senkt sich wie ein Blasebalg.

Dann laufe ich ins Schlafzimmer. Das Bett ist leer. Mutter ist nirgendwo. Sie hat keinen Zettel hinterlassen, dass sie irgendwo hingegangen ist. Sie ist einfach weg. Ist sie krank geworden? Ins Krankenhaus eingeliefert worden? Aber ihr Koffer liegt auf dem Schrank, und als ich die Schranktüren öffne, ist der Schrank voll von ihren Kleidern, ihrem Duft. Ich drücke die Nase in den Nerzpelz, atme tief durch. Der Duft wirkt wie ein Adrenalinkick. Ich stürze nach unten, bis in den Keller, sehe in die Waschküche, laufe um den Wintergarten und weiter zum See hinunter. Die Bank ist leer. Unsere Bank. Ich setze mich darauf. So findet mich mein Vater mehrere Stunden später. Ich bin völlig apathisch.

»Ich verstehe noch immer nicht, warum Sie mit mir reden wollen.«

Pontus Winding sah sie gekränkt an. Er saß auf der einen Seite des abgenutzten Besprechungstischs, Rebekka und Reza saßen auf der anderen. Vom Morgenverkehr auf dem H.C. Andersen Boulevard war ein leises Brummen zu hören, und hin und wieder drang das Klingeln eines Telefons oder ein lautes

Gespräch aus einem der umliegenden Büros zu ihnen herein. Rebekka sah Pontus Winding eingehend an. Er wirkte müde – seine Stirn hatte tiefe Falten, und seine Augen wiesen dunkle Ränder auf, als hätte er nicht geschlafen.

»Wir bedauern auch, dass das nötig ist. Sie erben nach dem Tod ihr Mutter eine beträchtliche Summe Geld, und ...«

Pontus Windings Augen verdunkelten sich.

»Wird mir irgendetwas zur Last gelegt? Wenn das so ist, möchte ich Sie bitten, meinen Anwalt zu kontaktieren.«

»Immer mit der Ruhe«, sagte Reza. »Wir wollen uns lediglich mit Ihnen unterhalten. Man legt Ihnen überhaupt nichts zur Last. Ein großer Teil unserer Arbeit besteht darin, mit den unterschiedlichsten Leuten zu reden ...«

»Ihre Frau ist Anästhesistin?« Rebekka fixierte ihn.

Einen Augenblick wirkte er verwirrt, dann nickte er.

»Warum fragen Sie?«

»Anästhesisten haben Zugang zu einem muskelentspannenden Medikament namens Curare. Sagt Ihnen der Name etwas?«

Pontus Winding schüttelte den Kopf.

»Ich habe noch nie davon gehört.«

»Das erste Mordopfer wurde mit diesem Stoff getötet. Curare wird als Teil der Narkose täglich in Krankenhäusern verwendet. Man stellt die Leute damit ruhig. Ihre Frau hat das vielleicht einmal erwähnt?«

Er schüttelte erneut den Kopf. »Hören Sie. Ich bin erschüttert über den Tod meiner Mutter. Es ist schrecklich, und ich frage mich dauernd, was er ... was der Täter wohl alles mit ihr gemacht hat. Ich kann nicht schlafen. Ich habe seit Samstag nicht mehr geschlafen.« Pontus Windings Stimme brach. »Ja, ich erbe eine Menge Geld, aber ich brauche es nicht. Mir gehört ein erfolgreiches Investmentbüro, und ich verdiene reichlich damit. Sie können sich gern meine Bilanzen ansehen. Und *falls* ich Geld gebraucht hätte, dann hätte meine Mutter es mir gegeben. Sie hat regelmäßig gesagt, dass ich nur sagen muss, wenn ich einen Vorschuss auf das Erbe brauche. Ich habe durch den Tod meiner Mutter nichts gewonnen. Er ist ein Verlust – denn ich habe jetzt keine Eltern, und meine Kinder haben keine Großmutter mehr.«

Nach einer Stunde ließen sie ihn gehen, nachdem sie sein Alibi ein weiteres Mal überprüft hatten. Er war Sonntagabend zu Hause gewesen. Seine Frau hatte das bestätigt, aber das taten Ehefrauen ja meistens.

———

»Rebekka, ich bin's. Hans-David, Dortes Ex.«

Rebekka war seit dem frühen Morgen im Büro und aß gerade ein Sandwich, während sie die E-Mails in ihrem Posteingang durchsah, als Hans-David anrief.

»Ich habe dich nicht vergessen«, antwortete sie, »wir sind immer noch Freunde.«

Hans-David lachte nervös. »Ja, sicher, das stimmt. Störe ich?«

»Das tust du, aber ich gehe mal davon aus, dass du anrufst, weil es wichtig ist.«

»Das ist korrekt.« Hans-David räusperte sich, und sie musste über seine höfliche Art lächeln. Das war so typisch für ihn, und sie merkte, dass sie seine Gesellschaft vermisst hatte.

»Ich rufe an, weil ich mir Sorgen um Dorte mache. Ich finde, sie hat sich in der letzten Zeit sehr verändert, und die Kinder scheinen nicht wirklich zu ihr zu wollen. Weißt du, was da los ist?«

Rebekka zögerte. Das war ein Minenfeld. Was sollte sie antworten? Sie war vor allem Dortes Freundin und ihr gegenüber loyal, unabhängig davon, wie sehr sie Hans-David mochte.

»Na ja, wir haben uns in der letzten Zeit nicht so oft gesehen«, begann sie. Ihr war klar, dass das nicht ganz stimmte, doch was sollte sie sonst sagen?

»Du bist mit den Morden bestimmt sehr beschäftigt ...«

»Das ist nicht der alleinige Grund«, gestand Rebekka und schob die Papiere vor sich beiseite. Auf ihrem Schreibtisch herrschte wie üblich ein Chaos aus Aktenstapeln, gelben Post-it-Zetteln und diversen halb vollen Kaffeetassen, von denen einige seit mehreren Tagen dort standen.

»Dorte ist auch sehr beschäftigt ...« Sie zögerte – plötzlich kam es ihr unpassend vor, Andreas zu erwähnen, obwohl Hans-David von der Beziehung wusste. Er erriet den Grund für ihr Zögern sofort.

»Ich bin mir durchaus darüber im Klaren, dass sie verliebt ist, aber es ist noch was anderes. Wir können fast gar nicht mehr miteinander reden.«

»Sie ist mit ... mit Andreas beschäftigt, aber ich glaube auch, dass die ganze Situation sie stresst ... Eine Scheidung ist anstrengend, und ihr müsst euch ja auch mit den Gefühlen der Kinder auseinandersetzen ...«

»Das ist es nicht, Rebekka. Sie isoliert sich, oder er isoliert sie. Dortes Mutter hat mich gestern angerufen, sie kann nicht mehr spontan bei ihrer Tochter vorbeikommen, wie sie das bisher immer getan hat. Dieser Andreas hat offenbar beschlossen, dass ihm das nicht passt.«

»Glaubst du nicht, dass sie einfach versuchen, die wenige Zeit, die sie für sich allein haben, zu verteidigen? Sie sind schließlich ineinander verliebt.«

»Sicher ... Ich hoffe, du hast recht. Ich finde es nur merkwürdig, dass Dorte sich von einem Mann in den Zwanzigern sagen lässt, was sie zu tun hat. Sie kennen sich schließlich erst einen Monat. Ehrlich gesagt.«

Sie sprachen noch kurz über die Kinder und legten mit dem Versprechen auf, einander anzurufen, falls etwas sein sollte. Kurz darauf war Rebekka wieder in ihre Arbeit vertieft – doch das Gespräch hing ihr noch lange nach.

Es war neblig und trüb, als Rebekka in ihrem Auto die Skelbækgade abfuhr. Den größten Teil des Vormittags hatte sie sich abwechselnd Sorgen um ihren Vater gemacht, der noch immer auf der Intensivstation lag, und über das Gespräch mit Hans-David nachgedacht, und außerdem ließ sie Brodersens Aufforderung, den Fall zu knacken, nicht los. Sie war durch die Gänge des Präsidiums gelaufen und hatte herumgegrübelt. Wenn sie es mit einem Serienmörder zu tun hatten, war es nicht unwahrscheinlich, dass er herumexperimentiert hatte, bevor er gewagt hatte, seine Phantasie in die Realität umzusetzen. Das war ein normales Vorgehen für diese Art von Verbrechern, das wusste sie aus ihrer Zeit beim FBI, wo einer ihrer Schwerpunkte Serienmörder und ihre Vorgehensweisen gewesen waren. Sollte ihre Vermutung richtig sein, war es naheliegend, dass der Mörder als Versuchsobjekte Prostituierte gewählt hatte. Und deshalb spähte sie in der Hoffnung aus dem Fenster, Annelie zu finden. Jetzt.

Rebekka hatte die Straßen mehrmals erfolglos abgefahren. Die Kälte ließ die meisten Prostituierten drinnen bleiben, und sie fluchte verärgert, dass sie nie Annelies Handynummer bekommen hatte. Sie hatte keine Ahnung, wo sie suchen sollte, wenn Annelie nicht an ihrem festen Platz auf der Straße stand. Sie konnte überall sein. Bei einem Kunden, im Drogenrausch oder tot.

Annelie war eine der Hartgesottenen im Milieu, und ihr enormes Wissen über Huren, Zuhälter und Dealer war der Grund, dass Rebekka sie in regelmäßigen Abständen bezahlte, um wichtige Informationen von ihr zu bekommen. Rebekka kannte ihr genaues Alter nicht, sie schätzte sie auf Mitte vierzig. Annelie hatte als Dreizehnjährige mit dem Anschaffen begonnen. Irgendwann hatte sie Rebekka von ihrem traurigen Schicksal erzählt. Es war die klassische Geschichte des vernachlässigten Mädchens, das Trost bei einem älteren Mann suchte, der sie mit Drogen in Berührung brachte. Hasch wurde von Pillen und Kokain abgelöst, das schließlich durch Heroin ersetzt wurde, und die Prostitution wurde schnell zu einer Notwendigkeit, um an das Geld für die tägliche Dosis zu kommen. Annelie war kokain- und heroinabhängig und hatte es trotz zahlreicher Entzüge nicht geschafft, clean zu werden. Das harte Leben auf der Straße zehrte an ihr. Sie hatte eine Leberentzündung, war HIV-positiv, und ihr Körper war oft voller Wunden und Geschwüre.

Rebekka spähte die fast leere Straße entlang. Plötzlich sah sie ein blasses Gesicht zwischen zwei Autos auftauchen. Sie stieg aus und kämpfte sich um eine Schneewehe herum zu der Frau vor. Es war eine sehr junge Prostituierte, an die Rebekka sich vage erinnerte, wenn auch nicht an ihren Namen. Es gab so viele von ihnen. Die junge Frau saß mit halb geschlossenen Augen da, an einen Zaun gelehnt und lediglich mit einer dünnen Windjacke bekleidet. Rebekka schüttelte sie am Jackenärmel.

»Hallo, Sie können hier nicht sitzen bleiben. Sie erfrieren noch.«

Die Frau antwortete nicht, sondern schnaubte nur. Rebekka schob ihren Arm unter ihre Achselhöhle, half ihr auf und schüttelte sie leicht.

»Wo wohnen Sie?«

Die Frau öffnete ein Auge und sah Rebekka mit einer winzig

kleinen Pupille teilnahmslos an. Sie zeigte mit einer verbundenen Hand nach links und murmelte: »Krusågade.«

»Kommen Sie. Ich fahre Sie nach Hause.«

Rebekka wartete die Antwort nicht ab, griff sich die Frau und trug sie mehr oder weniger zu ihrem Auto. Trotz der Kälte lief ihr der Schweiß in Strömen herunter. Als sie kurz darauf vor dem Haus in der Krusågade parkten, schwenkte Rebekka einen 500-Kronen-Schein vor ihren Augen. Die Augen der Frau öffneten sich ganz.

»Ja?«

»Ich begleite Sie hinein. Ich möchte Sie gerne etwas fragen.«

Die Frau stimmte zu, wie erwartet. In diesem Milieu konnte man für Geld alles kaufen.

Wenig später standen sie vor einer verkratzten Wohnungstür, und Rebekka musste der jungen Frau dabei helfen, den Schlüssel ins Schloss zu bekommen. Sie betraten eine kleine Wohnung, in der ihnen der Geruch von Hasch und Urin entgegenschlug. Der Dielenboden war mit Werbeprospekten übersät. Sie stiegen darüber hinweg und kamen in ein Wohnzimmer, dessen Fenster mit alten Decken verdunkelt waren. Rebekka zog eine davon herunter und warf einen Blick durch die schmutzige Scheibe.

Die Frau stellte sich als Heidi vor und sackte auf einem abgenutzten Ledersofa in sich zusammen. Der Wohnzimmerboden war ein Chaos aus Abfall, leeren Tüten, leeren Flaschen und Kleidung – bunt durcheinander. Rebekka hätte am liebsten auf dem Absatz kehrtgemacht, doch sie nahm sich zusammen und sah die junge Frau eindringlich an.

»Ich muss dringend mit Annelie sprechen. Sie müssen sie kennen. Sie arbeitet schon ewig auf der Straße.«

Heidi starrte sie teilnahmslos an und sagte mit schleppender Stimme: »Natürlich kenne ich Annelie. Alle kennen sie. Und ich kenne sie besonders gut.«

Dann schloss sie wieder die Augen. Rebekka schaltete eine Lampe an, die auf der Fensterbank stand, und sah erst jetzt, wie abgemagert die Frau war. Ihr Gesicht war ausgemergelt, die Wangen unter den stark hervortretenden Wangenknochen wirkten eingesunken, und die geschminkten Augen lagen tief in den Höhlen. An den Lippen hatte sie Herpes, und ihr dünnes Haar war in einem unbestimmbaren Hennarot gefärbt. Rebekka klopfte ihr sanft auf die Wange, und Heidis Augenlider glitten wieder auf.

»Bitte, Heidi, helfen Sie mir. Es ist wichtig.«

»Annelie ist tot.« Ihre Stimme zitterte.

»Wann ist sie gestorben?«

»Ach …« Heidi wuchtete sich auf dem abgenutzten Sofa ein wenig hoch. Sie zündete sich eine Zigarette an und blies den Rauch mit zusammengekniffenen Augen in die Luft. »Sie hat einen Entzug gemacht. Wieder mal. Sie hat wirklich geglaubt, sie schafft es, aber dann ist sie wieder eingeknickt. Am Ende hat sie eine Überdosis genommen.«

Rebekka hörte schweigend zu, während Heidi erzählte.

»Sind Sie von den Bullen?«, fragte die junge Frau plötzlich und sah Rebekka misstrauisch an.

»Ja«, antwortete Rebekka ruhig.

Heidi machte Anstalten, vom Sofa aufzustehen, war aber zu zugedröhnt, um sich zu erheben.

»Keine Sorge«, sagte Rebekka beruhigend. »Ich habe Annelie lange gekannt. Sie hat mir hin und wieder mit Informationen aus dem Milieu geholfen. Jetzt muss ich mir jemand anderen suchen.«

Heidi warf ihr einen kurzen Blick zu.

»Wie wäre es mit mir?«

»Sie sind zu jung. Ich brauche jemanden in Annelies Alter. Mir geht es um eine ganz besondere Information.«

Heidi antwortete nicht, und nach ein paar langen Minuten stand Rebekka auf und ging zur Tür.

Auf dem Weg trat sie gegen eine Flasche, die klirrend über den schmutzigen Holzboden kullerte. Sie war schon an der Tür, als Heidi ihr nachrief: »Kommen Sie zurück …«

Rebekka ging wieder ins Wohnzimmer.

»Ich werde jemanden finden, der Ihnen helfen kann. Was wollen Sie denn wissen?«

»Ich will wissen, ob eine von Ihnen einen Kunden gehabt hat, der sie umziehen, schminken … und vielleicht fotografieren wollte.« Sie sah die junge Frau forschend an. »Sie sind noch sehr jung. Wie gut kennen Sie das Milieu?«

»Wenn es jemand kennt, dann ich. Ich bin schon die zweite Generation.« Heidi lächelte schwach, ihr fehlte ein Vorderzahn, und für einen kurzen Moment sah Rebekka das junge Mädchen hinter dem verlebten Äußeren. Dann verschwand das Lächeln genauso schnell, wie es aufgeblitzt war, und Heidis Blick verdunkelte sich wieder.

»Wenn Sie wüssten, was manche Kunden wollen.«

Sie beendete den Satz nicht, und als Rebekka kurz darauf die Wohnung verließ, beschlich sie das Gefühl, zum Verfall dieser jungen Frau beigetragen zu haben.

»Du siehst total erschöpft aus, Rebekka.«

Super stand plötzlich vor ihr. Sie war so in ihre Arbeit vertieft gewesen, dass sie ihn nicht hatte kommen hören.

Sie schob den Bürostuhl zurück, strich sich das lange Haar hinter die Ohren und sah ihn an.

»Das sind wir doch alle.«

»Da hast du recht, aber du hast außer der Arbeit auch noch einen schwerkranken Vater. Nimm dir einen Tag frei, Rebekka.« Super sah sie eindringlich an.

Rebekka zuckte mit den Schultern.

»Ich habe keine Lust, den Fall abzugeben ...«

»Das sollst du auch nicht, aber nimm dir einen Tag frei. Schlaf dich aus, entspann dich, oder mach einen Kurztrip nach Stockholm, und besuch Niclas. Ihr habt doch noch Kontakt, oder?«

Rebekka nickte bestätigend.

»Das mit Simonsen macht es ja auch nicht leichter für dich«, fügte Super hinzu und sah sie forschend an.

Sie begegnete seinem Blick und reckte sich.

»Ich nehme mir einen Tag frei, wie du vorgeschlagen hast, aber das tue ich wegen meines Vaters und nicht weil Simonsen zum stellvertretenden Leiter ernannt worden ist.«

»Natürlich«, antwortete Super diplomatisch und verließ ihr Büro.

Sie teilte Reza ihren Entschluss per SMS mit, packte ihre Sachen zusammen, nahm ihren Mantel und verließ schnell das Büro.

»Das ist der Anschluss von Niclas Lundell. Hinterlassen Sie eine Nachricht. Das ist der Anschluss von Niclas Lundell. Hinterlassen Sie eine Nachricht. Das ist ...«

Rebekka hätte ihr iPhone vor Wut fast auf den Boden geknallt. Sie hatte Niclas in den letzten Stunden mindestens hundertmal angerufen und ebenso viele SMS geschickt, doch er beantwortete ihre Anrufe nicht. Wo zum Teufel steckte er? Sie zündete sich eine Zigarette an, inhalierte tief und rief noch einmal an. *Das ist der Anschluss von Niclas Lundell …*

Es war nicht das erste Mal, dass Niclas ihre Anrufe nicht beantwortete. Es hatte in der Zeit, seitdem sie zusammen waren, mehrere vergleichbare Situationen gegeben, und jedes Mal spürte sie eine unangenehme Eifersucht, wie sie sie früher nicht gekannt hatte.

Hatte er eine andere? Sie saugte kräftig an der Zigarette. Dieser Gedanke streifte sie nicht zum ersten Mal. Als sie sich im Herbst kennengelernt und auf Rebekkas Sofa einen One-Night-Stand gehabt hatten, hatte sie ihn eine Woche später in einem Anfall von Sehnsucht angerufen. Eine Frau war ans Telefon gegangen, und Rebekka hatte aus purer Verwirrung den Hörer aufgeknallt. Keiner von ihnen hatte diese Episode je zur Sprache gebracht, und obwohl sie mehrmals nahe daran gewesen war, hatte irgendetwas sie immer davon abgehalten.

Wagte sie nicht, ihn zu fragen, oder wollte sie die Wahrheit nicht wissen? Bei der Vorstellung, dass Niclas womöglich noch eine andere Frau hatte, wurde ihre Brust eng.

Hastig drückte sie die Zigarette aus und versuchte sich zu beruhigen. Natürlich hatte er keine andere. Sie hatte ihn zweimal in seiner Wohnung in Stockholm besucht, die absolut keine Spuren einer Frau aufwies. Arbeitete er undercover, oder war ihm etwas zugestoßen? Hatte er deshalb nicht einmal angerufen und gefragt, wie es ihrem Vater ging? Es war schließlich keine kleine Blinddarmoperation, der er sich hatte unterziehen müssen.

Eine Mischung aus Unruhe und Wut wütete in ihr, und sie rief ihn noch einmal an. Wieder erreichte sie niemanden. Sie seufzte und sah sich in der leeren Wohnung um. Was sollte sie anfangen? Ihre Eltern hatte sie besucht. Dorte war mit Andreas beschäftigt. Reza sah sie ohnehin schon die ganze Zeit. Sie versuchte es noch einmal bei Niclas, und als sie wieder niemanden erreichte, begriff sie, dass ihr jetzt nur noch eins blieb: Sie musste nach Stockholm. Sofort. Das hieß, dass sie das Boxtraining ausfallen lassen musste, doch das ließ sich nicht ändern.

Die Sehnsucht nach Niclas fügte ihr beinahe körperlichen Schmerz zu. Sie suchte im Internet nach Flügen in Richtung Stockholm, fand die billigste Verbindung zwischen Kastrup und Arlanda und zurück und buchte auf der Stelle. Anschließend eilte sie ins Bad, warf ein bisschen Wechselwäsche in eine Tasche und war wenige Minuten später aus dem Haus.

1996

Ich bin ungefähr zwanzig und studiere in den USA, als Agnes mich in meinen Träumen heimsucht. Sie schwebt mit ihren schwarzen, leeren Pupillen und ihrem ausdruckslosen Gesicht auf mich zu. Sie bleibt über meinem schmalen Bett auf dem Campus in der Luft stehen, will nicht weiterfliegen. Sie wird zu meinem Schatten und ist immer an meiner Seite.

Sie erinnert mich an meine Mutter.

Mama.

Es sind acht Jahre vergangen, seit sie verschwunden ist, und die Sehnsucht nach ihr wird mit der Zeit größer, fordernder.

Obwohl ich auf der anderen Seite des Atlantiks bin, kann ich es nicht lassen, mich nach ihr umzusehen. Auf dem Campus, in den Straßen der Stadt, in der ich lebe.

Ich kann es nicht lassen.

An einem Tag rieche ich im Walmart plötzlich ihren Duft. Ich folge der Duftspur. Eine reife Frau. Sehr gepflegt. Mit langen

Haaren und schlanken Beinen in hochhackigen Schuhen. Genau wie meine Mutter.

Ich folge ihr in meinem Auto. Sie fährt vor mir her, in einem zitronengelben Ford Thunderbird. Ihre Haare flattern im lauen Spätsommerwind. Sie sieht mich nicht.

Sie wohnt in einem kleinen Haus in der Johnson Street, einem Holzhaus in hellen Pastelltönen. Eine rote Septembersonne wirft ein warmes Licht auf die Umgebung. Die Luft ist träge, lau wie eine Liebkosung und gesprenkelt mit Insekten.

Ich parke gegenüber und beobachte sie. Den Sitz habe ich zurückgeschoben, die Scheibe heruntergelassen. Dunkle Sonnenbrille. Nach ein paar Tagen weiß ich, dass sie alleine wohnt. Kein Mann. Keine Kinder. Ihre Erreichbarkeit steigt. Ich stelle mir vor, was ich alles mit ihr machen werde.

Ich stoße absichtlich mit ihr zusammen. Sie lässt eine Tüte fallen. Ein paar Unterlagen flattern über den Bürgersteig. Schnell bücke ich mich und helfe ihr. Lächle sie auf meine ganz besondere Weise an. Sie bedankt sich verlegen. Ihr Gesicht ist genau vor meinem und gut zu sehen. Ich stelle fest, dass die Augenfarbe nicht stimmt. Die Mascara klumpt, und sie hat zu viele Falten. So sieht sie doch nicht aus. So sollte sie nicht aussehen. Sie ist nachlässig.

Ich spüre die Wut in mir aufflammen. Und bemerke ihre aufgerissenen Augen, als sie meine Verwandlung registriert. Sie macht auf dem Absatz kehrt, eilt zurück in ihr Haus. Knallt die Tür zu.

Das Geräusch von hochhackigen Schuhen auf der Flucht hallt in meinen Ohren nach.

—

Rebekka nahm ein Taxi vom Flughafen Arlanda in die Stockholmer Altstadt, wo Niclas in einer modernen Wohnung mit großen Glasfenstern und einer der besten Aussichten von Stockholm wohnte. Sie drückte auf den Knopf der Gegensprechanlage, aber er meldete sich nicht. Sie drückte noch einmal, konzentrierte all ihre Kraft in den Druck des Zeigefingers auf den Klingelknopf. Sie versuchte es noch einmal übers Telefon. Keine Antwort. Dann klingelte sie so lange, bis einer der anderen Bewohner sie schließlich hereinließ. Sie stürmte die Treppe hoch, ihr gefiel der kleine Eisenkasten von einem Fahrstuhl nicht, der so eng war, dass man wie in einer Sardinendose darin stand.

Atemlos kam sie in der obersten Etage an, schlich zur Tür, legte das Ohr an den kühlen Stahl und lauschte. Alles war still. Sie drückte auf die Klingel, doch hinter der Tür waren keine Schritte zu hören, kein Radio oder leise Stimmen. Mutlos ließ sie sich in die Hocke gleiten und stützte das Gesicht in die Hände. Was sollte sie jetzt tun? Sollte sie bleiben und warten? Vielleicht war er ja nur einkaufen gegangen? Oder er war auf Dienstreise? Sollte sie ins Stockholmer Präsidium fahren und sehen, ob er dort war? Oder sollte sie das Unternehmen abblasen, zurück zum Flughafen fahren und versuchen, mit einem anderen Flieger nach Hause zu kommen? Die Fragen schwirrten ihr durch den Kopf.

Plötzlich fühlte sie sich erschöpft. Sie wählte noch einmal sein Handy an – ohne Erfolg. Innerlich fluchend schleppte sie sich die Treppe hinunter. Sie betrachtete die einsetzende Dunkelheit, die Schneeflocken, die gegen die Glasscheibe der Tür flogen, und ihre Verzweiflung wuchs. Sie kämpfte sich wieder die Treppe hinauf und sank vor Niclas' Tür in sich zusammen. Unfähig, eine Entscheidung zu treffen, saß sie einfach nur mit geschlossenen Augen da.

Die Zeit verging. Plötzlich zuckte sie zusammen, als das Licht im Flur anging und sie von unten Bruchstücke einer leisen Unterhaltung hörte. Verwirrt rieb sie sich die Augen und hörte, wie der Fahrstuhl ansprang. Sie erhob sich mit schweren, steifen Beinen und fuhr sich mit der Hand durch die Haare. Kurz darauf ging vor ihr die Fahrstuhltür auf, und Niclas trat in Begleitung einer jüngeren, blonden Frau heraus.

»Rebekka.« Niclas blieb abrupt stehen und sah sie überrascht an. Er trug eine Sporttasche über der Schulter. »Was um alles in der Welt tust du hier?«

Der Frau hinter ihm schien die Situation unangenehm zu sein.

»Ich wollte dich besuchen«, antwortete Rebekka mit zitternder Stimme.

»Du hättest doch vorher anrufen können.«

Rebekka richtete sich zu ihrer vollen Größe auf.

»Das habe ich auch getan, aber du hast dich nicht gemeldet.«

Niclas wirkte einen Augenblick verwirrt.

»Stimmt, ich hatte das Handy die letzten vierundzwanzig Stunden ausgeschaltet. Wir hatten total viel zu tun ...«

»Verstehe.« Rebekka sah Niclas und die Frau an und fügte mit schriller Stimme hinzu: »Und jetzt werde ich dich auch nicht mehr stören. Du scheinst wirklich sehr beschäftigt zu sein.«

Sie griff nach ihrer Tasche und stürzte an ihm vorbei die Treppe hinunter. Die Tränen nahmen ihr die Sicht, und beinahe wäre sie der Länge nach hingefallen. Als sie die Haustür aufriss, schlug ihr die Kälte entgegen, doch sie beachtete sie nicht, sondern lief auf die verschneite Straße hinaus.

Die Arbeitstage erschienen ihr länger als je zuvor. Die Minuten schlichen dahin, und Astrid konnte den Feierabend kaum abwarten. Ihr Körper war vor Sehnsucht gespannt wie eine Feder, und es gab Augenblicke, in denen sie erwog, sich freizunehmen, nur um zu Hause bei ihrem Computer zu sein. So schnell wie möglich radelte sie abends nach Hause, in der Hoffnung, dass eine E-Mail von Jesper eingetroffen war.

Sie dachte nicht mehr an Schokolade, sie dachte überhaupt nicht mehr ans Essen, und sie merkte auch, dass die Hosen lockerer saßen und dass das Engegefühl fort war. Und wenn sie sich abends auszog, hatte sie an der Taille keine roten Abdrücke mehr von der zu engen Hose.

Liebe Astrid, ich habe den ganzen Tag an Dich gedacht, so oft, dass ich mich kaum auf meine Arbeit konzentrieren konnte, obwohl ich gerade an einem sehr spannenden und umfangreichen Forschungsprojekt arbeite …

Sie konnte seine Zeilen immer wieder lesen, und trotzdem fühlte sich jedes Wort wie ein süßes Bonbon an, wie Sonnenschein und Sternenstaub zugleich. Jesper schrieb ihr jeden Tag. Oder fast jeden Tag. Vorgestern hatte er ihr nicht geschrieben, und sie war nach Hause gehetzt, nur um zu sehen, dass keine neue E-Mail eingegangen war. Die Enttäuschung hatte ihr die Tränen in die Augen getrieben, und sie hatte mehr Willenskraft als sonst gebraucht, um nicht zum Kiosk zu laufen und sich Schokolade zu kaufen oder – noch schlimmer – ihn mit vorwurfsvollen E-Mails zu bombardieren. Doch es war ihr gelungen, und gleich am nächsten Tag hatte er ihr geschrieben und sich damit entschuldigt, dass er zu viel zu tun gehabt habe. Er sei Forscher, erzählte er, er mache Tierversuche und hoffe, dass sie das nicht abschrecke. Es seien medizinische Versuche, die nichts mit Kosmetik zu tun hätten, schrieb er, und Astrids praktisches Gemüt sah sofort ein, dass man alles versuchen musste, um die am besten geeigneten Medikamente zu entwickeln, mit denen man Menschenleben retten oder die Lebensqualität der Menschen verbessern konnte. Sie stellte sich Jesper zwischen den

Glaskolben und Mikroskopen vor. Ob er wohl einen Kittel trug? Doch es spielte eigentlich keine Rolle, was er anhatte – alles würde ihm gut stehen, dachte sie.

Rebekka hatte kein Zeitgefühl mehr, aber sie schätzte, dass sie etwa eine Stunde durch die Straßen von Stockholm gelaufen war. Trotz Wintermantel, Mütze und Schal hatte die Kälte von ihr Besitz ergriffen, und ihr Körper wurde langsam gefühllos. Zuerst hatte sie noch geweint, während sie durch den Schnee stapfte. Ein jüngeres Paar hatte sie gefragt, ob sie Hilfe brauchte, was sie jedoch verneint hatte. Inzwischen war es ganz dunkel, und der Wind war schärfer geworden. Sie beschloss, sich ein Taxi zu suchen, um zum Flughafen zu fahren. Gerade versuchte sie, einen Schneeberg zu bezwingen, um auf die Straße zu gelangen, als ein lauter Ruf sie innehalten ließ. Sie zögerte, spürte im nächsten Moment einen festen Griff um ihren Arm und drehte sich um. Niclas stand vor ihr, in einer offenen Jacke und klappernd vor Kälte.

»Ich habe dich überall gesucht, Rebekka. Das ist doch völlig verrückt, das Ganze.« Er sprach eindringlich auf sie ein, und einen Augenblick stand sie wie festgefroren auf der Straße, außerstande zu entscheiden, was sie in ihrem tiefsten Inneren wollte. Um ihre Liebe zu kämpfen erschien ihr plötzlich wie eine unlösbare Aufgabe. Sie räusperte sich.

»Wo ist sie? Die Frau, mit der du gekommen bist?«

»Du meinst Gunilla?«

»Keine Ahnung, wie sie heißt. Ich spreche von der Frau, mit der du zusammen warst …«

»Das war Gunilla, eine gute Freundin von mir. Ich war zwei

Tage nicht da, und dann habe ich mich mit ihr getroffen. Sie wollte etwas abholen …«

»Du brauchst nicht mehr zu sagen.«

Sie trat einen Schritt von ihm weg und wäre beinahe im Schnee ausgerutscht.

»Jetzt reicht es, Rebekka. Das ist doch völlig unangemessen, wie du dich verhältst.«

»Ich weiß nicht … ich weiß gar nicht mehr, was ich glauben soll …«

»Rebekka, verdammt. Du sollst mir glauben. Du gehörst doch zu mir, oder? Komm her.« Er streckte die Hand nach ihr aus und zog sie an sich. Dann drückte er sie an seine muskulöse Brust, und sie spürte, wie ihr Kampfgeist verflog, während der Schnee auf sie herunterrieselte. Sie war wie ein Klumpen Lehm in seinen warmen Händen.

»Entschuldige …«, murmelte sie leise. »Es ist alles so viel im Moment … mein Vater …«

»Ich weiß. Entschuldige, dass ich nicht angerufen habe. Ich war weg, wie gesagt, aber ich habe dir tonnenweise gute Gedanken geschickt. Wie geht es ihm?«

Er sah sie eindringlich an.

»Den Umständen entsprechend gut. Die Ärzte rechnen damit, dass er wieder gesund wird.« Sie zögerte kurz. Es waren so viele Schneeflocken in der Luft, dass man beim Sprechen unweigerlich welche in den Mund bekam. Sie schmolzen sofort auf der Zunge. Noch immer wagte sie nicht, ihm in die Augen zu sehen, sondern hielt den Blick weiter auf den verschneiten Bürgersteig gerichtet. Er sagte nichts, doch plötzlich fühlte sie seine kalte Hand unter ihrem Kinn. Langsam hob er ihr Gesicht an, und sie begegnete seinem Blick.

»Komm jetzt mit zurück. Mir ist höllisch kalt.«

Sein kräftiger Körper zitterte. Sie nickte zaghaft, er nahm ihre

Tasche, und zusammen liefen sie zurück zu dem Haus, in dem er wohnte.

In seinem Bett, einer Sonderanfertigung, die knapp vier Meter breit war und von einer Wand des geräumigen Schlafzimmers zur anderen reichte, wurde ihnen wieder warm. Anschließend lagen sie dicht nebeneinander unter der Decke, während es draußen schneite. Sie erzählte von der Transplantation, von Simonsens Beförderung und davon, wie die Ermittlung momentan stagnierte.

Als Niclas irgendwann zur Toilette ging, erwischte sie sich dabei, wie sie an der Bettwäsche schnupperte, doch sie roch nur nach Waschpulver und nicht nach einer fremden Frau.

Kurz darauf stand er in der Tür.

»Der Kühlschrank ist leer, aber ich hole uns eben was zu essen. Hast du einen besonderen Wunsch?«

Sie schüttelte den Kopf und sah ihn an. Jeans. Ein durchtrainierter Oberkörper. Ein Waschbrettbauch. Seine Bauchmuskeln bewegten sich beim Sprechen. Sie konnte den Blick nicht von ihm abwenden.

Als sie die Tür ins Schloss fallen hörte, stand sie auf und ging ins große Wohnzimmer. Die Fenster, die vom Boden bis zur Decke reichten, boten eine phantastische Aussicht auf die Stadt. Der Schnee erhellte den schwarzen Himmel, und zwischen den Millionen von weißen Flocken leuchteten ihr die Lichter Stockholms entgegen. Einen Moment blieb sie staunend stehen. Dann drehte sie sich um, und ihr Blick erforschte das Wohnzimmer. Das weiße Sofa in der Mitte, den riesigen Flachbildfernseher und den Schreibtisch mit Niclas' Computer in der Ecke. Sie ging hin und zögerte einen Augenblick, bevor sie die oberste Schublade aufzog. Sie enthielt ein paar Ladegeräte und einige Kugelschreiber. Sie schob sie wieder zu und öffnete die nächste. Mehrere Blöcke.

Siehst du, sagte sie wütend zu sich. Da ist nichts. Trotzdem zog sie die dritte Schublade auf. Unter einer Mappe lag ein Bilderrahmen, mit der Rückseite nach oben. Sie drehte ihn um. In dem Rahmen war ein Foto. Ein Hochzeitsfoto. Sie starrte es an und gefror zu Eis. Der Rahmen zitterte in ihrer Hand, und Tränen verschleierten ihren Blick. Das Foto zeigte einen breit lächelnden Niclas in Frack und weißem Hemd, der den Arm um eine sehr schöne, blonde Frau in einem weißen Brautkleid mit Schleier gelegt hatte. Sie sahen glücklich aus. Hinter ihnen war der Umriss eines Schlosses zu erahnen.

Sie schnappte nach Luft. Wie in Zeitlupe glitt ihr der Bilderahmen aus der Hand und fiel mit einem lauten Klirren zu Boden. Das Glas zersplitterte.

Einen Moment konnte sie sich nicht rühren, dann hörte sie ein Geräusch aus dem Treppenhaus und das leise Rumpeln des Aufzugs. Niclas? Vorsichtig hob sie die gerahmte Fotografie auf. Das Glas war völlig kaputt. Sie legte den Rahmen mit der Rückseite nach oben in die Schublade zurück und schob sie zu. Dann sammelte sie die Scherben auf und ging in die Küche. Sie wickelte die Scherben in mehrere Lagen Küchenrolle und warf sie in die schwarze Abfalltüte unter der Spüle. Gerade als sie die letzte Scherbe hineingeworfen hatte, kam Niclas zur Tür herein. Er sah aus wie ein Schneemann.

»Guck mal, wie ich aussehe«, sagte er lachend, und Rebekka versuchte mitzulachen, so gut sie konnte.

Er bat sie, die Tüten zu nehmen, während er sich aus dem Mantel schälte. Sie griff nach den duftenden Tüten.

»Oh, du blutest ja. Was ist denn passiert?«

Er zeigte auf ihre ausgestreckte Hand, von der das Blut herabtropfte. Sie zog die Hand an sich und hielt die Hand unter den Wasserhahn.

»Was ist passiert?«, fragte Niclas noch einmal.

»Keine Ahnung. Ich muss mich an irgendetwas geschnitten haben.« Sie versuchte, so belanglos wie möglich zu klingen.

Niclas holte eine Packung Pflaster, und sie versorgte den Finger, während er mit Besteck und Tellern hantierte. Er machte eine Flasche Wein auf und goss ihnen ein. Während des Essens gelang es ihr, die Ruhe zu bewahren und sich mit ihm zu unterhalten wie immer.

Sie liebten sich mehrmals im Lauf der Nacht, doch als Niclas eingeschlafen war, lag sie wach und sah dem Schnee zu, der draußen vom Himmel fiel. Die Schneeflocken wirkten groß und weich. Normalerweise hätte sie diesen Anblick genossen, doch jetzt konnte sie nur an das Hochzeitsfoto in der Schublade denken. Warum hatte er ihr nie erzählt, dass er verheiratet gewesen war? Es war nicht die Heirat an sich, die sie störte, sondern die Tatsache, dass er sie ihr verschwiegen hatte. Liebte er die Frau auf dem Bild noch immer? Wer war sie? Und wo war sie jetzt?

DONNERSTAG

Am nächsten Morgen erwachte sie schon früh nach nur wenigen Stunden unruhigen Schlafs. Es war ein frostklarer, schöner Tag. Die Sonne schien auf die Stadt, die dicker, weißer Schnee bedeckte. Sie hatte Niclas' getragenes Hemd angezogen und stand lange am Fenster, das Gesicht gegen das kühle Glas gepresst, und genoss die Aussicht. Plötzlich spürte sie ihn hinter sich, als er ihr zärtlich durch die Haare fuhr.

»Da bist du ja – meine ganz persönliche Charlotte Gainsbourg.«

Sie drehte sich zu ihm um. »Charlotte Gainsbourg?«

»Ja, die französische Schauspielerin und Sängerin. Hat dir etwa noch nie jemand gesagt, dass du ihr total ähnlich siehst? Besonders wie du jetzt mit deinen langen, dunklen Haaren in meinem Hemd dastehst.« Er lächelte und fügte hinzu: »Komm, es gibt Kaffee.«

Sie konnten noch kurz zusammen frühstücken, bevor ihr Flieger nach Hause ging.

Schweigend fuhren sie zum Flughafen. Niclas' Range Rover brummte leise vor sich hin, die Scheiben beschlugen, und Rebekka wusste nicht, was sie hätte sagen sollen. Er brachte sie bis in die Abflughalle, legte ihr seinen kräftigen Arm um die Schultern und drückte sie an sich. Sie erwiderte die Umarmung.

»Ruf an, wenn du da bist, dann weiß ich, dass du gut nach Hause gekommen bist.«

Über die Lautsprecher ertönte ein letzter Aufruf zum Gate. Niclas' Lippen streiften ihre.

»Guten Flug, Rebekka. Und gute Besserung für deinen Vater.«

»Danke.«

Als sie wenige Minuten später auf der Rolltreppe stand, warf sie noch einen schnellen Blick in die Vorhalle, doch Niclas war bereits in der Menschenmenge verschwunden. Im Flugzeug schloss sie die Augen und versuchte sich zu entspannen, doch es gelang ihr nicht. Sie war traurig. Niclas verbarg etwas vor ihr. Und es gab noch einen Grund, warum sie traurig war: Niclas hatte aufgehört, sie »Schatz« zu nennen.

Es schneite kräftig, als Rebekka auf dänischem Boden landete. Sie fuhr mit dem Taxi direkt ins Präsidium.

»Meine Güte, siehst du fertig aus«, sagte Reza und zog die Augenbrauen hoch, als sie das Büro betrat. »Ich hatte gedacht, ich würde eine ausgeruhte Partnerin sehen ...«

»Die letzten vierundzwanzig Stunden waren schockierend für

mich, und das ist vorsichtig ausgedrückt.« Sie biss sich fest auf die Lippe, um die Tränen zurückzuhalten, die bereits auf der Lauer lagen.

»Was ist passiert? Komm, trink eine Tasse Kaffee.« Reza erhob sich schnell mit der Thermoskanne in der Hand und schenkte ihr ein, während sie apathisch dastand. Ein leiser Seufzer entfuhr ihr, der sie auf beunruhigende Weise an ihre Mutter erinnerte. Sie trank einen Schluck. Der Kaffee war schwarz und stark, ein typischer Reza-Kaffee. Zehn Minuten später hatte sie sich ihm anvertraut. Die unbeantworteten Anrufe, das Warten im Treppenhaus, die blonde Gunilla und das Hochzeitsfoto, das versteckt in der Schublade gelegen hatte.

»Ich kann dich wirklich gut verstehen, dass du außer dir bist.« Reza drückte ihre Schulter. »Aber ich bin überzeugt, dass das alles nichts zu bedeuten hat. Ich meine, er ist bestimmt seit vielen Jahren geschieden und mag nur nicht darüber reden. Vielleicht war es eine schlimme Scheidung ...«

»Trotzdem, Reza.« Sie schnitt eine Grimasse. »Ich finde es schon merkwürdig, dass er nicht ein einziges Wort darüber verloren hat. Wir sind schon mehrere Monate zusammen und haben über alles Mögliche geredet. Ich habe ihm von Robin erzählt, und wir haben auch über Ehen und Kinder gesprochen.«

»Ja, schon – aber manchmal gibt es Dinge in der Vergangenheit, die man so für sich abgeschlossen hat, dass man nicht eine einzige Sekunde mehr darauf verschwenden will. Kennst du das nicht von dir selbst?«

Sie zuckte mit den Schultern. Auf einmal fühlte sie sich bleischwer. Erschöpft. Niclas war so weit weg, nicht nur rein physisch. Simonsen war zum stellvertretenden Leiter der Mordkommission ernannt worden, auch Dorte bewegte sich in einem völlig anderen Universum, und die Ermittlung stagnierte. Sie seufzte tief.

»Du hast vermutlich recht. Trotzdem wünschte ich mir, er hätte mir selbst davon erzählt. Jetzt schwelt es im Hintergrund.« Sie band ihr langes Haar zu einem Pferdeschwanz zusammen. Es duftete leicht nach Äpfeln. »Zumindest freue ich mich, dass es meinem Vater langsam besser geht. Er ist von der Intensivstation in ein normales Krankenzimmer auf der Transplantationsstation verlegt worden. Und ich habe immer noch dich, oder?«

Reza lächelte sie an. »Natürlich.«

»Apropos, wie läuft es eigentlich mit dir und Hugo?«

Reza verzog das Gesicht. »Ich weiß nicht so genau. Ich habe das Gefühl, dass ich nicht weiß, wo er eigentlich steht.«

»Wie meinst du das?«

»Wie soll ich dir das erklären? Also, zum Beispiel auf dem Fest neulich. Kurz nachdem du gegangen warst, ist er verschwunden. Einfach so.«

Die Königin der Nacht flimmerte an ihrem inneren Auge vorbei. Sie hatte Reza noch immer nichts davon erzählt, denn es erschien ihr so intim, als könnten sie noch nicht darüber sprechen.

»Und was hast du gemacht?«, fragte sie.

»Das Fest ist ohne ihn weitergegangen, aber ich fand es schon ein bisschen blöde, da herumzustehen und zuzusehen. Ich kannte ja fast niemanden ...«

In diesem Moment unterbrach Rebekkas Handy ihr Gespräch. Die Verbindung war schlecht, die Stimme am anderen Ende schnarrend, und Rebekka brauchte ein paar Sekunden, um zu begreifen, dass der Anruf von Heidi kam.

»Ich bin gerade bei Bess, und sie hat von einem Typen erzählt, der wollte, dass sie sich verkleidet oder so ...«

Rebekka merkte, wie ihr Puls in die Höhe schnellte.

»Erzählen Sie weiter.«

»Na ja, Bess hat sich mit ihm getroffen ...«

Rebekka sprang so schnell auf, dass ihr Stuhl hinter ihr umfiel. »Kann ich mit ihr sprechen?«

»Sie wirft gerade was ein .... Wir sind in ihrer Wohnung.«

»Wo sind Sie denn? Ich kann sofort kommen.«

Zehn Minuten später ließ sie das Auto in Vesterbro stehen, ein paar Meter von der Mariakirche entfernt, und hielt nach dem Haus Ausschau, das Heidi ihr beschrieben hatte. Sie eilte die Treppe hinauf und klopfte kurz darauf an eine Tür, die mit Graffiti übersät war. Die Tür glitt langsam auf, und ein süßlicher Geruch schlug ihr entgegen, als sie sich in die dunkle Diele drängte.

»Heidi? Bess?« Niemand antwortete. Sie schob die Tür zu einem Schlafzimmer auf, dessen Möblierung aus einem Bett bestand, über das ein schmutziges Laken geworfen worden war, und einem kleineren Tisch, der von Kerzenresten, Kondompackungen und versengter Alufolie überquoll. Dann hörte sie aus dem Wohnzimmer nebenan leises Gemurmel.

Sie öffnete die Wohnzimmertür. Hier roch es intensiv nach Marihuana, und als Rebekka den Rauch weggefächert hatte, sah sie Heidi und eine Frau mittleren Alters, offenbar Bess, auf dem Sofa liegen.

»Das ging aber schnell.«

Heidi lächelte sie schief an und zerrte leicht am Arm von Bess. Deren Alter war unbestimmbar, doch Rebekka schätzte sie auf fünfundvierzig bis fünfzig. Sie war zweifellos einmal schön gewesen, das war sie in gewisser Weise noch immer, doch jetzt waren ihre Züge in einer Mischung aus Schmerz und Wohlbehagen verzogen, einem Ausdruck, den Rebekka oft bei Drogenabhängigen gesehen hatte. Heidi rüttelte Bess an der Schulter.

»Hör mal, Bess, sie ist echt in Ordnung, obwohl sie bei den Bullen ist.«

Schließlich drehte Bess sich zu Rebekka um, die sich einen Hocker heranzog und sich setzte.

»Hallo, Bess. Ich heiße Rebekka Holm und bin Ermittlerin bei der Mordkommission.«

Bess machte ein schnarchendes Geräusch. Sie schien weit weg zu sein, als würde sie Rebekkas Anwesenheit überhaupt nicht bemerken.

»Sind Sie sicher, dass sie nicht zu viel genommen hat?«, erkundigte Rebekka sich bei Heidi. »Ich finde, sie schnarcht so seltsam.«

Heidi lehnte sich über Bess und sah sie kurz und desinteressiert an.

»Das macht sie immer. Sie kommt gleich wieder zu sich. Sie ist im Rausch immer ganz weit weg ... und dann: peng – ist sie wieder da. Außerdem kenne ich den Typen, bei dem wir das Dope gekauft haben. Das ist eigentlich immer in Ordnung.« Heidi wischte sich schniefend die Nase, und Rebekka fiel auf, dass sie noch schlechter aussah als letztes Mal. Ihre Augen waren blutunterlaufen, die Wangen eingefallen und die Wunden auf ihren aufgesprungenen Lippen gelb vor Eiter. Dabei war sie noch jung – höchstens Anfang zwanzig. Sie hätte eine Ausbildung machen, einen Freund und den Kopf voller Zukunftsträume haben sollen. Stattdessen saß sie in einer schäbigen Wohnung und war von dem Gedanken besessen, sich das Geld für den nächsten Schuss zu beschaffen.

»Okay, während wir warten, kann ich Ihnen auch schon mal erzählen, dass ich mich umgehört habe. Die ausländischen Mädchen habe ich außen vor gelassen, wie Sie gesagt haben, ich habe mich auf die weißen konzentriert.«

»Gut. Sind Sie sicher, dass Bess über irgendwelche Infos verfügt, die ich gebrauchen kann?« Rebekka sah die halb schlafende Frau zweifelnd an.

»Ganz sicher.« Heidi beugte sich noch einmal über Bess und kniff sie in die Schulter, woraufhin diese die Augen aufschlug.

»Was ist?« Bess starrte Rebekka kurz an, bevor sie die Augen wieder schloss. Heidi kniff sie erneut. Diesmal richtete Bess sich halb auf dem Sofa auf, ihre Augenlider glitten nach oben, doch der Blick war noch immer fern.

»Bess, wach auf, verdammt! Hier – trink einen Schluck von deinem Red Bull.« Heidi hielt Bess eine Dose an den Mund und zwang sie zu trinken. »Hör zu, wir kriegen Geld. Geld für Dope.«

Heidi hielt der Frau die Dose noch einmal an den Mund und zwang noch einen Tropfen in sie hinein. Es wirkte. Bess rieb sich die Augen und richtete ihren Blick auf Rebekka. Heidi erklärte Bess, was die Polizistin wollte.

»Ich bin mit so einem Typen mitgefahren«, erklärte Bess. Ihre Stimme war heiser, vermutlich vom jahrzehntelangen Rauchen.

»Wann?«

»Vor ein paar Wochen. Vielleicht vor einem Monat. Weiß nicht mehr genau ...«

Rebekka sah sie eindringlich an. »Bitte, Bess, das ist sehr wichtig – denken Sie gut nach, was passiert ist. Ich höre zu.« Sie holte ihren Notizblock heraus.

Heidi zündete sich eine Zigarette an, zog daran und reichte sie an Bess weiter. Die inhalierte tief und blies eine lange Rauchwolke ins Zimmer.

»Es war Abend. Ich hab hier unten auf der Straße gestanden, und mir ging's total beschissen. Ich brauchte Stoff, und zwar sofort. Da ist er plötzlich vorbeigefahren und hat angehalten.«

Rebekka notierte sich Stichworte.

»Ich bin zu ihm ins Auto gestiegen. Die meisten Kunden bedien ich im Auto, aber der Typ wollte mich mit nach Hause nehmen. Ich hab gesagt, dass das okay ist, weil er mir ordentlich Geld geboten hat.«

Bess zögerte.

»Lassen Sie sich Zeit, Bess. Was war dann?«

»Wir sind losgefahren. Er hat gesagt, dass er im Norden wohnt, etwas außerhalb. Beim Fahren hat er erzählt, dass er keinen Sex will. Dafür wollte er mir was anderes anziehen. Ich fand das merkwürdig … ich mein, normalerweise wollen die Männer Sex, und klar gibt es viele Perverse, aber ich hab noch nie einen Kunden gehabt, der mir nur was anderes anziehen wollte.« Sie drückte die Zigarette im Aschenbecher aus, der auf der Armlehne stand. Der Sofabezug hatte überall Brandflecken, und an mehreren Stellen sah das Schaumgummi aus dem Stoff hervor.

»Also, wir sind losgefahren, und er hat gesagt, er will in den Sachen nur ein paar Fotos von mir machen … und schminken wollte er mich auch. Das war schon abgefahren irgendwie. Plötzlich hatte ich so ein Gefühl, und das hat mir gesagt, ich muss weg. Ich hab ihm gesagt, ich will doch nicht, und hab ihn gebeten, mich zurück nach Vesterbro zu bringen. Das hat er nicht gewollt. Da hab ich ihn gebeten anzuhalten. Das wollte er auch nicht. Er ist einfach weitergefahren, und da hab ich eine Scheißangst bekommen. Ich wollte die Tür aufmachen, hab aber gesehen, dass sie keinen Griff hatte. Ich konnte gar nicht raus.«

Bess war blass geworden, doch sie erzählte weiter von dem beängstigenden Erlebnis. Heidi schüttelte eine neue Zigarette aus der Packung, zündete sie an, zog daran und gab sie an Bess weiter. Rebekka bekam selbst Lust zu rauchen und visualisierte schnell die Lungen ihres Vaters. Sofort verschwand der Drang wieder.

Bess atmete tief ein. »Ich hab geheult. Hab ihn angefleht, dass er mich gehen lässt, aber er ist einfach weitergefahren. Ich hatte solche Angst. So eine Angst hab ich noch nie gehabt, und das liegt echt nicht dran, dass ich in meinem Leben nicht genug Scheiße mitgekriegt hätte. Aber irgendwas war mit dem. Und der Typ ist einfach weitergefahren. Schließlich hab ich mit dem Fuß voll gegen das Seitenfenster getreten. Es ist kaputtgegangen, und ich hab die Hand rausgestreckt und am Türgriff gezerrt …«

»Wo war das?«

»In so einer schickeren Wohngegend, glaub ich. Aber ich hab keine Ahnung, wo. Jedenfalls hab ich die Tür aufgekriegt und bin aus dem Auto gesprungen. Ich bin am Straßenrand gelandet und hab mir verdammt wehgetan. Die Hände hab ich mir aufgerissen. Und ich war noch lange danach überall gelb und blau. Erinnerst du dich?«

Bess sah Heidi fragend an.

»Ja, und ob«, bestätigte Heidi und grinste. »Du hast ausgesehen, als wärst du in eine Schlägerei geraten!«

Bess lachte rau und leise, und Rebekka musste lächeln. Die beiden Frauen verband eine Vertrautheit, die in diesem Milieu nur selten vorkam.

»Er ist Ihnen aber nicht gefolgt?«, wollte Rebekka wissen, und Bess schüttelte den Kopf.

»Er hat angehalten. Ich hab da im Dunkeln gelegen und vor Schmerzen gestöhnt. Der Typ ist ausgestiegen. Ich war mir total sicher, dass er mich zwingt, wieder einzusteigen. Ich hab gedacht, jetzt ist es vorbei. Aber er hat nichts gemacht. Ich hab dagelegen und gestöhnt, und er hat nur ganz ruhig dagestanden und mich angesehen. Seine Augen waren ganz kalt, und sie haben mich angestarrt – die werd ich nie vergessen.«

»Erinnern Sie sich an das Auto?

»Ja, das war ein weißer VW-Transporter. Ein T5, da bin ich mir ziemlich sicher.«

Yes! Endlich ein Durchbruch. Rebekka spürte, wie das Adrenalin durch den Körper schoss. Ein weißer VW-Transporter, genau wie die Joggerin gesagt hatte. Der Mann sei dann weitergefahren, erklärte Bess. Zu Rebekkas großem Ärger konnte sie sich nicht an das Nummernschild erinnern.

»Warum haben Sie keine Anzeige erstattet?«

Bess lachte rau. »Was hätte das denn bringen sollen? Er hat mir schließlich nichts getan. Und ich bin doch nur eine verdammte Drogennutte. Außerdem hab ich das Nummernschild nicht gesehen.«

»Erzählen Sie mir von dem Mann«, bat Rebekka und hoffte, dass Bess sich an irgendetwas erinnern würde.

»Na ja, es war ja dunkel, als er mich aufgesammelt hat, aber ich hab gedacht, er ist noch jünger, so Anfang dreißig. Ich weiß nicht, warum ... Er hat so jung gewirkt irgendwie.« Bess schwieg. Rebekka ließ ihr Zeit zum Nachdenken. Nach einer Weile fuhr Bess fort: »Ich erinnere mich an seinen Blick, aber sein Gesicht hab ich nicht gesehen, das war die ganze Zeit im Dunkeln. Er hatte dunkle Sachen an und eine Schirmmütze. Vielleicht hab ich auch deshalb gedacht, er ist noch nicht so alt. Ich weiß es nicht. Er hat sich gewählt ausgedrückt, jetzt, wo ich drüber nachdenke. So fein irgendwie. Der hat bestimmt ordentlich Geld.«

Rebekka versuchte, noch weitere Informationen aus Bess herauszuholen, aber vergebens. Bess und Heidi wollten Geld für ihre Informationen, woraufhin Rebekka tausend Kronen auf den Tisch legte und sich bedankte. Heidi brachte sie zur Tür. Aus ihrem schmutzigen Socken lugte der große Zeh hervor. Im spärlichen Licht der Diele sah er bläulich aus.

»Und, was meinen Sie? Nützt Ihnen das was?«

Rebekka nickte. »Ganz bestimmt. Das bringt uns ein gutes Stück weiter. Jetzt habe ich etwas Konkretes, dem ich nachgehen kann.«

»Der muss ganz schön *creepy* gewesen sein, der Typ, mit dem Bess unterwegs war.«

Heidi öffnete die Tür. Rebekka verabschiedete sich und trat ins Treppenhaus. Heidi wollte die Tür wieder schließen, zögerte jedoch.

»Hören Sie – können Sie mich nicht weiter brauchen? Ich meine, kann ich nicht Ihre neue Annelie werden?«

»Ja, schon – aber es ist nicht so, dass ich dauernd mit Annelie gesprochen hätte.«

»Da rechne ich auch nicht mit. Nur hin und wieder.«

»Wir werden sehen«, antwortete Rebekka und ging die Treppe hinunter. Sie wollte ihr lieber nichts versprechen.

Heidi nickte. Sie schien Enttäuschungen gewöhnt zu sein.

»Ich habe ja Ihre Handynummer«, sagte Rebekka, als sie fast unten war.

Heidi nickte. »Ich kann Ihnen alles besorgen, was Sie wollen. Vergessen Sie das nicht.«

»Das werde ich mir merken.«

»Annelie wäre stolz auf mich.«

»Wie meinen Sie das?« Rebekka runzelte die Stirn.

Heidi machte einen Schritt auf sie zu. »Annelie war meine Mutter. Das hab ich doch gesagt. Ich bin schon die zweite Generation.«

Rebekka sah sie mit großen Augen an. Das Licht im Treppenhaus ging aus. Heidi machte es wieder an.

»Ja, aber ...« Rebekka konnte ihre Verwirrung nicht verbergen. »Warum haben Sie das nicht gesagt? Ich hatte ja keine Ahnung ... Sie nennen sie Annelie und nicht Mama?«

»Das ging nicht anders. Schließlich waren wir Kolleginnen. Und, können Sie mich brauchen?«

»Sie sind hartnäckig«, sagte Rebekka und musste lächeln. Sie spürte Heidis Blick, der sie nicht losließ. »Und ich mag hartnäckige Menschen«, fügte sie hinzu und ging weiter die Treppe hinunter.

»Danke!«, rief Heidi ihr nach.

»Du wirkst so ... verändert. Und etwas abgenommen hast du auch, wie es scheint. Neulich warst du beim Friseur, und jetzt schminkst du dich sogar. Bist du verliebt, oder was ist los?«

Liselotte sah sie über das transportable Bücherregal hinweg forschend an, und Astrid beugte sich schnell über ein paar Bücher, die sie mit ruhigen Bewegungen zurück an ihren Platz stellte. Liselottes Fragen verwirrten sie.

Ob sie verliebt war? Und ob! War ihr das so deutlich anzusehen, obwohl sie ihre innersten Gedanken für sich behielt? Die eine Hälfte von ihr würde gern alles erzählen, sich der Kollegin mit der blondierten Kurzhaarfrisur anvertrauen, doch die andere Hälfte war dagegen. Es war zu früh, etwas zu verraten, sie wollte sich um nichts in der Welt zum Gespött machen. Liselotte war mit mehreren gemeinsamen Kollegen befreundet, und sie konnte es geradezu vor sich sehen: ihre mitfühlenden Blicke, wenn Liselotte ihnen erzählte, dass Astrid – natürlich – mal wieder in der Liebe enttäuscht worden sei.

»Verliebt – ich?« Sie lachte laut auf und warf der Kollegin einen verstohlenen Blick zu, woraufhin diese sich von ihrem Lachen anstecken ließ.

»Ich weiß schon, dass das weit hergeholt erscheinen mag, aber ich musste dich einfach fragen. Du wirkst so anders als sonst. Du wirkst ... ach, ich weiß nicht. Glücklicher, vielleicht?«

Astrid antwortete nicht.

»Du siehst auch wirklich ... gut aus. Deshalb habe ich gedacht, dass du womöglich ...«

»Aber das ist nicht so«, stellte Astrid fest und fügte etwas milder hinzu: »Ich verspreche, dir Bescheid zu geben, wenn der Prinz auf seinem weißen Ross vorbeigeritten kommt.«

Liselotte lachte, während sie Astrid einen neuen Stapel Bücher reichte. Astrid seufzte erleichtert und kniete sich vor das Regal. Ihre Hüfte tat weh, und plötzlich verfluchte sie ihre Arbeit mit den staubigen Regalen, den nörgeligen Kunden und dem endlosen Sortieren. Sobald sie in einem Regal Ordnung geschaffen hatte, brachten die Leute das System wieder durcheinander. So hatte sie das Grundgefühl, nie fertig zu werden. Nie.

Wann war endlich Feierabend? Sie warf erneut einen Blick auf ihre Armbanduhr.

Die Einladung war heute Morgen gekommen. Jesper wollte sich mit ihr treffen. Er könne nicht länger warten, hatte er geschrieben und sie auf einen Champagner in eine neu eröffnete Champagnerbar in der Innenstadt eingeladen. Nur sie beide.

Allein bei dem Gedanken zeigten ihre Mundwinkel nach oben. Morgen. Morgen. Morgen.

»Wenn ich du wäre, würde ich diese Alleingänge bleiben lassen. Die gehen einigen ganz schön auf die Nerven, das weiß ich, auch wenn ich natürlich keine Namen nennen kann. Es heißt unter anderem, dass deine wechselnden Partner es nicht immer leicht gehabt haben.«

Simonsen sah sie mit kaltem Blick an, während er sprach. Er hatte sie zu einem »kleinen Gespräch« in sein Büro zitiert, und bereits da war ihr klar gewesen, dass sein »kleines Gespräch« die erste in einer Reihe von Machtdemonstrationen war, denen noch viele folgen würden.

»Was meinst du eigentlich, verdammt noch mal?« Das war alles, was ihr dazu einfiel. Ihre Stimme klang höher und aggressiver als beabsichtigt, und es ärgerte sie, dass sie ihre Wut über Simonsens Anschuldigungen nicht besser verbergen konnte.

»Ich rede davon, dass du ständig dein eigenes Ding machst.«

»Ich gehe mal davon aus, dass du auf mein Gespräch mit der

Prostituierten Bess anspielst. Ich bin direkt hierhergefahren und habe Gundersen davon erzählt. Das steht in der Akte mit einer Kopie an alle Ermittler. Verdammt, das ist ein Durchbruch …«

»Hier geht es nicht darum, welche wichtigen Informationen du beschaffst. Ich spreche von dir und deinen Methoden. Du bist eine Einzelgängerin, und die können wir hier in der Abteilung nicht gebrauchen. Wir sind ein Team. Dazu fordert Gundersen uns auch immer wieder auf. Trotzdem gehst du deine eigenen Wege …«

Sie erinnerte sich kurz an ein paar Kontroversen aus der Vergangenheit. Es war nicht das erste Mal, dass man sie als Einzelgängerin bezeichnete, und genau genommen hatte sie tatsächlich einiges getan, das nicht in Einklang mit den Regeln gestanden hatte. Tatsache war jedoch, dass es meistens gut ausgegangen und ihr Vorgehen von unschätzbarer Bedeutung für die jeweilige Ermittlung gewesen war. Ihre Handlungsweise hatte hin und wieder zu Zusammenstößen mit den Kollegen geführt, doch nie waren sie so gravierend gewesen, dass sie nicht längst vergessen worden wären.

»Ich habe wirklich keine Ahnung, wovon du sprichst. Worum geht es hier eigentlich?«

»Ich wiederhole nur, was man so sagt«, unterbrach sie Simonsen und fuhr sich mit der Hand durch das steife, gegelte Haar.

Rebekka spürte den Zorn in sich aufsteigen. »Das ist ganz schön bequem, einfach den Tratsch von ungenannten Quellen weiterzugeben, finde ich.«

»Rebekka, ich versuche nur, dich zu führen. Auf echt kameradschaftliche Weise.«

Sie sah Simonsen eindringlich an und registrierte, dass in seinen eisblauen Augen nichts Kameradschaftliches zu erkennen war.

»Ich komme sehr gut ohne diese Art kameradschaftlicher Führung aus«, antwortete sie kühl und ging zur Tür, während sie seine Augen wie Stiche in ihrem Rücken spürte.

»Ich habe dich hiermit gewarnt.«

Die Kälte in seiner Stimme erfüllte sie mit Unbehagen, und sie knallte die Tür fest hinter sich zu.

»Reza, wir gehen dem selber nach.«

Rebekka sah ihren Partner eindringlich an. Weniger als zwei Minuten waren vergangen, seit sie Simonsens Büro verlassen hatte. In der kurzen Zeit hatte der Wille, diejenige zu sein, die die Morde an Hanne und Ursula aufklärte, die Wut abgelöst.

Rebekka erklärte ihm schnell, was sie vorhatte.

»Im Großraum Kopenhagen gibt es sieben Autoglaser. Wir sollten sie anrufen und uns erkundigen, ob sie sich an einen weißen VW Transporter T5 erinnern, bei dem sie in den letzten Monaten die Vorderscheibe auf der Beifahrerseite repariert haben.«

»Gut, tun wir das. Aber ehrlich gesagt, Rebekka, glaubst du, dass irgendeine Verbindung zwischen den Morden und dem Erlebnis dieser Prostituierten besteht?«

»Wir suchen nach einem jüngeren Mann, der einen weißen VW-Transporter T5 fährt. Die Beschreibungen von Bess und der Joggerin, Tessa Bonfils, von dem Mann und seinem Auto sind identisch. Lass es uns versuchen. Ich kann nicht garantieren, dass etwas dabei herauskommt, aber was sollen wir sonst tun? Ich habe den Eindruck, als hätten alle aufgegeben, selbst wenn Gundersen und Simonsen sich bei jeder Besprechung aufplustern. Wir haben keine DNA-Spuren, die Lars Peitersen mit den Morden in Verbindung bringen, und obwohl Jens-Peter Thorn ganz eindeutig ein unangenehmer Typ ist, besteht kein Grund zu der Annahme, dass er etwas mit den Morden an Hanne und Ursula zu tun hat.«

Sie machten sich an die Arbeit. Bereits beim dritten Anruf hatte Rebekka Glück. Ein Autoglaser in Birkerød meinte sich mit Sicherheit daran zu erinnern, vor knapp einem Monat einen weißen VW-Transporter mit einem zerbrochenen Fenster auf der Beifahrerseite zur Reparatur dagehabt zu haben. Er versprach, in der Buchhaltung nachzusehen und zurückzurufen, sobald er den Namen des Besitzers nachgesehen hatte. Rebekka jubelte laut, als sie auflegte.

Reza holte ihnen Mittagessen, während sie warteten. Üppig belegte Smørrebrød. Sie aßen schweigend.

»Du?« Rebekka wischte sich den Mund mit einem Stück Küchenrolle ab. »Ist es schwierig, mit mir zusammenzuarbeiten?«

»Warum fragst du?«

»Ich habe nur gehört ...«

Rebekka war sich nicht sicher, ob sie Reza von dem Tratsch erzählen sollte. Sie würde es nicht ertragen, wenn er der gleichen Meinung wäre wie Simonsens ungenannte Quellen.

»Angeblich finden es ein paar ungenannte Personen schwierig, mit mir zusammenzuarbeiten.«

»Ich schätze mal, das hat dir Simonsen erzählt?« Reza lächelte sie schelmisch an.

»Genau.«

»Hast du etwas anderes von ihm erwartet?«

»Eigentlich nicht.«

»Was genau hat er gesagt?«, fragte Reza und sah sie neugierig an, als das Klingeln des Telefons sie rettete.

———

Rebekka klingelte an der Tür. Lange. Neugierig sah sie sich in dem zugewachsenen Garten um. Das Tor war aus massivem Eisen und die Hecke hoch, sehr viel höher als die erlaubten zwei Meter. Das Haus wirkte heruntergekommen, an mehreren Stellen blätterte die Farbe ab, doch es bestand kein Zweifel, dass es einmal prachtvoll gewesen sein musste – das schönste in der ganzen Straße. Sie schaute sich um, sah aber weder ein Auto noch einen Carport.

Ein gleichaltriger Mann in einem hellblauen Hemd und mit wassergekämmtem Haar öffnete die Tür. Einen kurzen Moment war sie von seiner Schönheit überwältigt: Er war groß und breitschultrig, hatte hübsche, grüne Augen und trotz der sonnenarmen Jahreszeit einen hellbraunen Teint. Sie konnte den Blick kaum von ihm abwenden.

»Äh ... Rebekka Holm, Mordkommission, Polizei Kopenhagen«, stotterte sie verwirrt und zeigte ihren Dienstausweis.

»Aleksander Dam.« Er schaute sie überrascht an. »Mordkommission, sagten Sie?«

Sie nickte.

»Wie kann ich Ihnen helfen?«

Er lächelte sie entgegenkommend an, und sie erwiderte sein Lächeln vorbehaltlos.

»Sind Sie der Besitzer eines VW-Transporters T5?« Sie warf einen kurzen Blick auf den Zettel in ihrer Hand und las die Ziffernfolge des Nummernschilds vor.

Aleksander Dam nickte zustimmend.

»Ich nicht, aber mein Vater hatte so einen. Sie machen mich neugierig, warum fragen Sie?« Sein Lächeln wurde noch eine Spur breiter.

»Ich suche nach dem Besitzer des Wagens. Das Seitenfenster auf der Beifahrerseite wurde vor einem Monat eingeschlagen. Ich habe den Autoglaser in Birkerød ausfindig gemacht, der das

Auto repariert hat. Seinen Informationen zufolge wohnt der Besitzer des Autos in diesem Haus.«

Sie zeigte auf das Haus.

»Ich erinnere mich ziemlich genau, dass die Scheibe eingeschlagen war, aber da hatte ich das Auto gar nicht. Der Wagen hat meinem Vater gehört, wissen Sie? Ich habe ein eigenes Auto und fahre meistens Fahrrad, weshalb ich den Transporter verliehen habe. An einen meiner Kollegen. Er hat ihn noch immer.«

Rebekka runzelte die Stirn.

»Kann ich mit Ihrem Vater sprechen?«

Das schöne Lächeln verblasste.

»Mein Vater ist tot.« Die schönen grünen Augen wurden ein wenig feucht.

»Bitte entschuldigen Sie«, sagte Rebekka betroffen. »Es war wirklich nicht meine Absicht ...«

Sie machte einen Schritt auf ihn zu, doch der Mann wehrte mit der Hand ab.

»Das konnten Sie doch nicht wissen. Er ist erst vor ein paar Monaten gestorben, und es berührt mich noch immer.« Er zögerte, bevor er hinzufügte: »Das hier ist mein Elternhaus. Ich habe es geerbt, genau wie das Auto, aber das fährt, wie gesagt, mein Kollege. Ich werde mit ihm darüber reden.«

»Ich würde auch gerne mit ihm reden. Wie heißt er?«

»Er heißt Jesper. Jesper Teisbæk.«

Rebekka runzelte die Stirn. Jesper Teisbæk. War das nicht ...?

»Jesper und ich sind beide Wissenschaftler.«

Na also, *der* Jesper Teisbæk.

»Ich habe mich vor nicht allzu langer Zeit mit Jesper Teisbæk getroffen«, sagte sie.

Aleksander Dam sah sie überrascht an. »Was für ein Zufall. Die Welt ist klein.« Er lächelte sie freundlich an.

»Ich hatte etwas mit ihm zu besprechen. Hat er erzählt, wie die Scheibe zu Bruch gegangen ist?«

»Er hat gesagt, dass jemand versucht hat, es aufzubrechen.« Aleksander Dam zuckte mit den Schultern. »Es besteht wohl kein Grund, an seinen Worten zu zweifeln, oder?« Er sah sie fragend an, und sie schüttelte den Kopf.

»Vermutlich nicht«, antwortete sie, bedankte sich und ging den Gartenweg hinunter.

Jesper Teisbæk. Curare und ein VW-Transporter mit einer kaputten Seitenscheibe.

———

»Spreche ich mit Astrid Hemmingsen?«

»Das bin ich.« Sie drückte das Handy ans Ohr. Soeben war sie mit ihren Einkäufen zur Tür hereingekommen – ein paar Lebensmitteln und einem schönen Unterwäscheset aus der Wäscheabteilung des Kaufhauses Illum –, als das Telefon klingelte. Die Nummer war unterdrückt, und einen kurzen Moment glaubte sie, dass er, Jesper, sie anrief. Allein der Gedanke ließ den Puls in den Schläfen pochen.

»Hier spricht Janne Lorensen vom Pflegeheim Sølund«, stellte sich die weibliche Stimme am anderen Ende vor.

»Ja?«, stammelte Astrid und umklammerte den Hörer noch fester.

»Es geht um Ihre Mutter …«

Das Herz blieb ihr fast in der Brust stehen. Jetzt war er da, der Augenblick, den sie sich jahrelang vorgestellt hatte, vor allem im letzten Jahr, in dem ihre Mutter oft gekränkelt hatte. *Es tut uns leid, Ihnen mitteilen zu müssen, dass Ihre Mutter heute Nacht still eingeschlafen ist.*

»Ist sie tot?«, rief sie verwirrt.

»Tot?«, wiederholte Janne Lorensen. »Nein, so schlimm steht es glücklicherweise nicht. Sie hat nur hohes Fieber und leichte Atembeschwerden. Der Arzt hat sie vorsichtshalber eingewiesen. Vermutlich hat sie eine Lungenentzündung, aber keine Sorge, sie ist bestimmt bald wieder gesund. Ich bin sicher, dass alles gut gehen wird, obwohl ich natürlich nichts garantieren kann. Bei älteren Menschen weiß man ja nie ...«

»Ja, aber ...« Astrid pulte verwirrt etwas Tapete von der Wand. Ihr Herzschlag fand in seinen Rhythmus zurück. Es wäre jetzt auch mehr als unpassend. Mit der Champagnerbar und allem.

»Bitte entschuldigen Sie, wenn ich Sie erschreckt haben sollte. Das war nicht meine Absicht, aber wir müssen die Angehörigen benachrichtigen, wenn ein Bewohner ins Krankenhaus kommt. Ihre Mutter liegt in Bispebjerg.«

Astrid notierte sich die Station und die Zimmernummer, verabschiedete sich und blieb einen Augenblick stehen, um sich zu sammeln. Nicht zu fassen, dass sie gehofft hatte ... Plötzlich hatte sie das Gefühl, als würde sich die Wand in der Diele um sie schließen. Sie zog am Kragen ihres Rollkragenpullovers und hatte das Gefühl, keine Luft mehr zu bekommen.

Jetzt musst du dich aber zusammenreißen, sagte sie streng zu sich selbst, während sie mit ihren Gefühlen kämpfte. Wenn sie eines Tages wirklich stirbt, sind deine Gefühle verbraucht. Alle. Sie versuchte, sich dieses düstere Szenario vorzustellen, doch der Gedanke fühlte sich eher befreiend als unerträglich an.

Das Biologische Institut lag verlassen in der Winterdämmerung. Rebekka parkte auf dem leeren Parkplatz und ging zum Eingang. Ihr Dienstausweis verschaffte ihr bei dem Pförtner Einlass, und sie wanderte durch die langen, sterilen Gänge, bis sie vor Jesper Teisbæks Büro stand.

Durch die Glasscheibe in der Tür sah sie seine Haarspitzen, die über dem Bildschirm hervorguckten. Sie klopfte kräftig an, und er fuhr erschrocken hoch. Als er sie wiedererkannte, runzelte er leicht die Stirn. Dann winkte er sie herein.

»Bitte entschuldigen Sie, dass ich Sie noch einmal störe. Ich werde mich kurzfassen. Mir ist zu Ohren gekommen, dass Sie sich von Ihrem Kollegen Aleksander Dam ein Auto geliehen haben.« Sie las Marke und Nummernschild von einem Zettel ab.

Jesper Teisbæk sah sie zunächst verständnislos an, dann hellte sich sein Gesicht auf.

»Richtig. Aleksander und ich arbeiten seit vielen Jahren zusammen. Er hat das Auto von seinem Vater geerbt, und da er einen anderen Wagen besitzt, war er so freundlich, mir den Transporter zu leihen.«

»Wie lange haben Sie ihn schon geliehen?«

»Mmm, das weiß ich nicht so genau. Ein paar Monate schon. Warum fragen Sie? Worum geht es hier eigentlich?«

»Einiges deutet darauf hin, dass gerade dieses Auto eine wichtige Spur bei einer Mordermittlung darstellt.«

»Wie bitte?« Jesper Teisbæk sah sie schockiert an.

»Die Fensterscheibe auf der Beifahrerseite war kaputt?«, fuhr Rebekka fort, wobei sie ihn eingehend studierte.

»Ja.« Er sah verwirrt aus.

»Wann ist das passiert?«

»Das weiß ich nicht genau. Ich bin eines Morgens heruntergekommen, und da war die Scheibe kaputt. Verdammt ärgerlich. Ich gehe davon aus, dass jemand versucht hat, das Auto zu stehlen, obwohl da eigentlich nichts zu stehlen ist. Ich habe Aleksander natürlich gleich angerufen und es ihm erzählt, es ist schließlich sein Auto, und dann habe ich mich nach einem Autoglaser umgesehen, der die Scheibe reparieren konnte.«

»Hatten Sie jemals Kontakt zu einer älteren Prostituierten mit Namen Bess?«

Jesper Teisbæk wich einen Schritt zurück, als hätte sie ihn geschlagen.

»Nein, das hatte ich nicht«, sagte er indigniert. »Ich verstehe wirklich nicht ...«

»Wir wissen, dass der Transporter, den Sie momentan fahren, von einer Prostituierten identifiziert wurde. Sie hat erklärt, dass der Fahrer, ein jüngerer Mann, keinen Sex von ihr verlangt habe, sondern ihr bestimmte Kleidungsstücke anziehen und sie schminken wollte ...«

Jesper Teisbæk wich noch einen Schritt zurück.

»Das war ich nicht«, sagte er gekränkt.

»Ich glaube Ihnen nicht.« Sie begegnete seinem Blick. Er hatte seine Augen zu zwei schmalen Schlitzen zusammengekniffen.

»Sagen Ihnen die Namen Hanne Christoffersen und Ursula Winding etwas?«, fuhr sie fort.

»Nein, ich kenne niemanden, der so heißt ...« Er wurde blass und fügte leise hinzu: »Sind das die Namen der ermordeten Frauen?«

Sie nickte.

»Warum fragen Sie mich danach? Glauben Sie, dass ich etwas damit zu tun habe?«, flüsterte er fast.

»Ich glaube gar nichts. Ich frage Sie nur, ob Sie die Frauen gekannt haben«, antwortete sie ruhig. »Der Transporter, den Sie fahren, ist von mehreren Zeugen in Verbindung mit den beiden Mordfällen gesehen worden. Sie alle haben erklärt, dass das Auto von einem jüngeren Mann gefahren worden sei, wie Sie einer sind.«

Er schüttelte unmerklich den Kopf. »Ich verstehe überhaupt nicht ...«

»Haben Sie das Auto vielleicht weiterverliehen?«

»Nein, es wird nur von mir gefahren. Es steht allerdings die meiste Zeit auf dem Parkplatz hier unten ...«

Sie fragte ihn nach einem Alibi für die Abende, an denen Hanne und Ursula verschwunden waren, doch er konnte für die fraglichen Zeitpunkte keines vorweisen.

»Ich bin immer hier. Es kommt oft vor, dass ich hier draußen schlafe. Das wissen alle.«

Sie nickte ihm ernst zu und ging dann mit festen Schritten zum Ausgang.

»Mir ist die Sache sehr unangenehm«, sagte er hinter ihr.

»Mir geht es nicht anders«, antwortete sie ruhig.

Als sie vom Parkplatz fuhr, wanderte ihr Blick zu der Stelle des Gebäudes hoch, an der sie Jesper Teisbæks Büro vermutete. Das Licht war ausgeschaltet, doch sie sah kurz ein undeutliches, blasses Gesicht im Fenster, das sofort wieder verschwand.

Der rote Sandsack baumelte vor ihr, und sie schlug hart zu, spürte sein massives Gewicht gegen die Boxhandschuhe schlagen und das leises Rasseln der Kette, die bei jedem Schlag ächzte. Sie legte ihre ganze Kraft in die Schläge: Jab, Cross, Hook, Uppercut, Jab, Cross, Hook, Uppercut, wiederholte sie leise und spürte den Schweiß an ihrem Körper hinunterlaufen. Sie beachtete die anderen nicht und hörte auch nicht die Rufe des Trainers, sondern konzentrierte sich ganz auf den Sack.

»Okay, Rebekka.«

Die Stimme des Trainers drang zu ihr durch. Sie ließ die Arme sinken und drehte sich atemlos zu ihm um.

»In deinen Schlägen liegt so viel Kraft, dass ich mich frage, auf wen du so wütend bist«, sagte er lachend und fügte hinzu: »Du hast wirklich Talent, das muss ich sagen.«

Er lächelte sie anerkennend an, und sie erwiderte sein Lächeln. Nette Worte waren zurzeit Mangelware in ihrem Leben.

»Danke«, sagte sie und wischte sich den Schweiß von der Stirn.

»Du solltest nur den rechten Ellenbogen ganz hochnehmen, wenn du zuschlägst. Mach ansonsten ruhig so weiter.«

Er nickte ihr zu und ging weiter.

Sie trank einen Schluck Wasser und nahm ihre harten Schläge gegen den Sack wieder auf.

Gundersen … Simonsen … Teisbæk … Niclas …?

Nach dem Training wankte sie zu ihrem Auto hinaus. Ein bleicher Mond glitt hinter ein paar Wolken hervor, und obwohl die Temperatur weit unter dem Gefrierpunkt lag, spürte sie die Kälte nicht. Trotz ihrer Erschöpfung fühlte sie sich warm und stark. Kommt nur her, dachte sie und startete den Wagen.

Sie gab beim Zurücksetzen ordentlich Gas und hinterließ eine breite Reifenspur im Schnee.

FREITAG

»Was zum Teufel treibst du, Rebekka?«

Gundersens laute Stimme hallte ihr durch die Gänge entgegen. Rebekka erstarrte. Sie war gerade die Treppe hochgelaufen, ihre Haare waren noch feucht von der morgendlichen Dusche, aber sie fühlte sich endlich einmal ausgeruht.

Allein der Anblick ihres Chefs, der mit hochgezogenen Schultern und zusammengebissenen Zähnen dastand, verriet ihr, dass er mehr als wütend war. Jesper Teisbæk, natürlich. Sie hätte es sich fast denken können. Aber sie bereute nichts davon. Dieser Transporter spielte eine wichtige Rolle. Trotzdem spürte sie die Angst im Magen. Was, wenn er sie von dem Fall abzog?

»Ich möchte dich sofort in meinem Büro sehen.«

Sie folgte ihm den langen Flur entlang. Die unverputzten Wände verstärkten das Echo ihrer unterschiedlich schnellen Schritte.

Der Leiter der Mordkommission schloss nachdrücklich die Tür hinter ihnen. Sie betrachtete die schmutzige Fensterscheibe. Draußen war schemenhaft der Verkehr auf dem H. C. Andersen Boulevard zu sehen.

»Ich habe einen Anruf von Jesper Teisbæk bekommen. Ich muss dir wohl nicht sagen, wer das ist?«

Rebekka antwortete nicht. Sie spürte, wie sich sein Blick in sie hineinbohrte – als könne er allein durch die Kraft seines Blicks alle Informationen, die er haben wollte, aus ihr herausholen.

»Ich bin erschüttert, dass du ihn auf eigene Faust für verdächtig erklärt und ihn anschließend damit konfrontiert hast, ohne zuerst mit uns anderen zu reden, vor allem aber mit deinen Vorgesetzten.«

Rebekka begegnete seinem Blick. »Ich habe Jesper Teisbæk überhaupt nichts angelastet. Ich habe ihm lediglich ein paar wichtige Fragen gestellt. Er fährt den Transporter, in dem die Prostituierte Bess mitgenommen wurde und den die Joggerin Tessa Bonfils am Lyngbysee gesehen hat, eine halbe Stunde bevor die Leiche von Ursula Winding gefunden wurde. Jesper Teisbæks Aussehen passt zu den Beschreibungen des Barkeepers, aber auch von Tessa Bonfils und Bess. Außerdem arbeitet Jesper Teisbæk täglich mit Curare. Was willst du mehr?«

Ihre Blicke begegneten sich. Gundersen seufzte tief.

»Ich bin vollkommen einig mit dir, dass dieses Auto überprüft werden muss, aber das muss ordentlich gemacht werden – den Regeln entsprechend und nicht kopflos. Sonst verpfuschen wir das Ganze. Es sprechen starke Indizien gegen Jesper Teisbæk, sicher, aber wir haben keine Beweise. Keiner der Zeugen konnte den jüngeren Mann genauer beschreiben. Keiner konnte sich an das Nummernschild des Transporters erinnern. Und außerdem ist das kein seltenes Auto … Hast du überprüft, wie viele VW-Transporter T5 im Großraum Kopenhagen gemeldet sind?«

»Ja, aber nur bei diesem war das Seitenfenster eingeschlagen«, wandte sie ein.

»Aufgrund eines versuchten Diebstahls. Bist du dir darüber im Klaren, wo Jesper Teisbæk wohnt?«

Sie nickte. »In Ydre Nørrebro.«

»Genau. Versuchter Autodiebstahl in Ydre Nørrebro. In meinen Ohren klingt das ziemlich plausibel. Im Übrigen konnte Bess sich nicht daran erinnern, was genau an dem Abend passiert ist. Falls es überhaupt passiert ist.«

»Was willst du damit sagen?«, fragte Rebekka empört. »Glaubst du ihr nicht? Warum sollte sie lügen?«

»Hör mal, Rebekka, wir sprechen hier von einer Drogennutte. Für einen Schuss würde die dir alles erzählen. Sie hat gewusst, dass du bezahlen würdest, und das Einzige, worum es in ihrem Leben geht, ist Geld. Geld für Stoff …«

»Sie hat nicht gelogen. Ich konnte die Angst in ihrer Stimme hören, als sie mir die Geschichte erzählt hat …«

»Halten wir uns an die Fakten. Das Auto ist durchaus interessant. Bringen wir einen Peilsender an und sehen wir, wohin Jesper Teisbæk so fährt.«

Rebekka nickte. Peilsender waren wichtige Werkzeuge, wenn die Polizei verfolgen wollte, wo sich ein Verdächtiger aufhielt.

Das Gerät wurde versteckt angebracht, ohne dass der Verdächtige etwas davon ahnte, sodass man die Fahrtroute über einen Sender im Präsidium verfolgen konnte.

Gundersen räusperte sich und fuhr fort: »Ich frage mich auch, ob wir uns mal Jesper Teisbæks Computer vornehmen sollten. Dafür brauchen wir natürlich eine richterliche Genehmigung, aber es könnte interessant sein, was er so im Netz treibt. Lass uns jetzt erst mal mit dem Auto anfangen. Allerdings sollten wir darüber unsere anderen Verdächtigen nicht vernachlässigen: Jens-Peter Thorn, der nicht nur darauf steht, Frauen zu fotografieren, sondern auch in das erste Opfer verliebt war, Lars Peitersen, der ebenfalls ein Motiv hatte, und Ursula Windings Sohn, der bald ein beträchtliches Erbe antreten wird.«

»Stimmt, aber keiner von ihnen fährt einen weißen VW-Transporter.« Diesen Einwand konnte Rebekka sich nicht verkneifen.

Tausend Schmetterlinge flatterten in Astrids Bauch umher, als sie sich für den Abend zurechtmachte.

Sie hatte den Tag damit begonnen, ihre Mutter im Krankenhaus in Bispebjerg zu besuchen. Ella hatte während ihres Besuchs geschlafen, doch eine freundliche Krankenschwester hatte Astrid versichert, dass es ihrer Mutter nach einer intravenös verabreichten Dosis Penicillin bereits wieder besser gehe und dass sie höchstwahrscheinlich im Lauf des Tages oder allerspätestens morgen zurück nach Sølund verlegt werden würde.

Voller Dankbarkeit fuhr Astrid zur Arbeit. Ihre Mutter lebte. Und sie selbst hatte sich selten so lebendig gefühlt. Sie schwatzte mit den verschiedenen Bibliotheksbesuchern und mischte sich in der Mittagspause lautstark in die Unterhaltung der Kollegen ein.

Die letzten Stunden zogen sich hin, doch endlich war der Arbeitstag vorbei, und sie trat kräftig in die Pedale, um so schnell wie möglich nach Hause zu kommen. Es waren nur noch zwei Stunden, bis sie ihn treffen würde. Ihre seit etwa zehn Tagen bestehende virtuelle Bekanntschaft würde in die Realität verlagert werden. Sie konnte es kaum erwarten.

Sie stellte sich schnell unter die Dusche und seifte sich gründlich ein. Dann wusch sie ihre langen Haare und knetete die teure Haarkur in die Spitzen, wie der Friseur es ihr geraten hatte. Während sie sie einwirken ließ, schrubbte sie Arme und Beine kräftig mit dem Hanfhandschuh. Ihre Haut wurde rot und warm, doch das war ihr egal. Talgpickel und dergleichen mussten weg. Ihre Haut sollte babyweich sein. Mühsam stützte sie ein Bein an den Fliesen der Duschkabine ab, während sie den Rasierer langsam an ihren langen Beinen hinuntergleiten ließ. Die dunkelbraunen Haare, die überall hervorguckten, verschwanden in Seifenschaum und Wasser.

Als beide Beine von Haaren befreit waren, fiel ihr Blick auf das Dreieck in ihrem Schritt, und sie runzelte die Stirn. Immer wieder hatte sie gelesen, dass die jüngere Generation rasierte Frauen bevorzugte. Glatt rasierte. Sie erinnerte sich an ihre eigene Jugend, in der man darauf Wert gelegt hatte, möglichst natürlich zu wirken. Keinen BH unter dem T-Shirt, Schweißgeruch und Haare in Schritt und Achselhöhlen.

Sie dachte kurz nach. Jesper gehörte einer anderen Generation an als sie, er war immerhin fünfzehn Jahre jünger, und sie wollte ihn um nichts in der Welt enttäuschen. Vorsichtig ließ sie den Rasierer über das Schambein gleiten und bereute es schon im nächsten Moment, doch da war es zu spät. Die Haut brannte leicht, und lange, schwarze Schamhaare steckten im Rasierer. Ein paar Tropfen Blut versickerten im Abfluss. Verdammt. Jetzt musste auch der Rest ab, alles andere würde merkwürdig aussehen.

Sie cremte sich mit einer neuen Bodylotion ein, die die Verkäuferin im Drogeriemarkt ihr empfohlen hatte. Sie roch leicht zitronig. Als jugendlich hatte die Verkäuferin sie beschrieben, und Astrid hatte gleich zwei Flaschen gekauft. Sie verkroch sich in ihrem Bademantel, während sie darauf wartete, dass die Lotion eingezogen war.

Schließlich holte sie die Schachtel aus dem Warenhaus Illum und packte die neue Unterwäsche aus dem Seidenpapier, das geheimnisvoll zwischen ihren Fingern knisterte. Sie betrachtete das Set – ein Höschen mit einem passenden BH in einem schönen Hellgrauton. Sie war dem Rat der erfahrenen Verkäuferin gefolgt. Weiß sei etwas für junge Mädchen, hatte sie gesagt, Schwarz passe für wilde Mädchen, und Grau sei ein ausgezeichneter Kompromiss. Das Höschen hatte zudem noch einen leicht straffenden Effekt, wie die Verkäuferin betont hatte. Astrid fuhr mit den Fingern über die Spitzenkante, und sie zitterte wohlig bei dem Gedanken, was an diesem Abend noch alles passieren konnte.

Rebekka schlich sich in das Krankenzimmer. Ihr Vater schlief. Sein dunkelgraues Haar glänzte leicht in dem dämmrigen Licht, und die Decke hob sich im Rhythmus seines ruhigen Atems.

Sie setzte sich auf den Stuhl, der neben seinem Bett stand, nahm seine Hand und streichelte zärtlich seinen bläulichen Handrücken. Er schlief tief, und sie wollte ihn nicht wecken, doch sie hatte das Gefühl, dass er ihre Anwesenheit spürte. Draußen fielen die Schneeflocken sanft von dem mit Sternen übersäten, blauschwarzen Himmel, und plötzlich fühlte sie sich mutterseelenallein, wie sie mit der schmächtigen Hand des Vaters in ihrer dasaß.

Als sie wenig später wieder auf dem menschenleeren Krankenhausflur stand, kam eine Schwester vorbei und lächelte ihr freundlich zu.

»Läuft alles nach Plan?«, fragte Rebekka besorgt.

Die Krankenschwester nickte. »Ihr Vater ist nicht mehr der Jüngste, und bei älteren Patienten dauert die Genesung oft länger. Das ist ganz normal. Ihre Mutter ist ja die meiste Zeit hier, und wir merken, dass ihm das guttut.«

Rebekka bedankte sich und fuhr mit dem Fahrstuhl ins Foyer des Krankenhauses hinunter.

Fünf Minuten später klopfte sie an die Zimmertür ihrer Mutter im Patientenhotel. Niemand antwortete. Sie schob die Tür einen Spaltbreit auf und trat ein. Ihre Mutter saß in einem Sessel und schlief. Leises Schnarchen war zu hören. Sie hatte gelesen, als der Schlaf sie übermannt hatte, und das Buch war auf den Boden gefallen. Rebekka hob es auf und legte es auf den kleinen Tisch neben dem Sessel. Ihre Mutter schnaubte leicht im Schlaf.

Rebekka betrachtete sie einen Moment. In den gealterten Zügen ihrer Mutter erkannte sie plötzlich etwas von sich selbst wieder, etwas, das ihr vorher nie aufgefallen war. Es hatte immer geheißen, dass sie ihrem Vater ähnlich sehe.

Sie nahm ein Wollplaid von dem kleinen Sofa und deckte ihre Mutter vorsichtig zu. Dann verschwand sie in der Dunkelheit.

Sie sah ihn in dem Augenblick, in dem er die Champagnerbar betrat. Wie üblich war sie zu früh dort gewesen, sie hatte es noch nie geschafft, zu irgendeiner Verabredung zu spät zu kommen. Sie hatte sich in die hinterste Ecke gesetzt, wo es diskret und dunkel war – so hatten sie es vereinbart. Sie folgte ihm mit den Augen. Er sah gut aus. Besser als auf dem Bild, das er ihr gemailt hatte, und einen Moment hätte sie beinahe einen Rückzieher gemacht, doch dann trafen sich ihre Augen, und sein Gesicht verzog sich zu einem breiten, warmen Lächeln, das ihre Unsicherheit größtenteils schwinden ließ.

»Jesper.« Er reichte ihr die Hand und ergriff ihre. Sein Händedruck war fest, trocken und kräftig. Sie blinzelte verwirrt und versuchte, etwas Kluges oder einfach nur etwas Freundliches zu sagen, doch die Worte wollten nicht über ihre Lippen. *Jetzt machst du alles kaputt, Astrid. Das sieht dir ähnlich. Immer machst du alles kaputt. Dein Verhalten ist selbstzerstörerisch und destruktiv. Das war schon immer so.*

»Was möchtest du trinken? Champagner liegt in diesem Lokal besonders nahe, aber vielleicht trinkst du ja lieber Weißwein …?«

Galant war er auch noch. Es war fast zu schön, um wahr zu sein. Sie sah sich in der Champagnerbar um. Sie war noch nie in einem solchen Lokal gewesen und saugte alle Eindrücke in sich auf. Die internationale Atmosphäre, die gestärkten weißen Tischdecken, die Kerzen und die leisen Unterhaltungen der anderen Gäste auf den roten Plüschsofas um sie herum.

»Champagner klingt gut. Danke.« Sie spürte ihre Wangen glühen und senkte den Blick.

»Du siehst phantastisch aus.« Er lächelte sie bewundernd an, und sie pries sich glücklich, dass sie sich mit der Schokolade beherrscht hatte. Auch das neue, straffende Höschen hatte gehalten, was es versprochen hatte. Kurz darauf kam er mit zwei langstieligen Gläsern mit Champagner zurück, von denen er ihr eins reichte. Er hatte schöne, breite Hände, von denen sie ihren Blick kaum abwenden konnte. Immer schon hatte sie Hände geliebt.

Sie stießen an. Die Champagnergläser glitzerten im Schein der Kerzen, und ihr Kopf war plötzlich völlig leer und ihr Hals trocken. Sie spürte Jespers intensiven Blick auf sich ruhen und sah ihn verlegen an, ohne es zu wagen, ihm direkt in die Augen zu sehen.

Jesper erzählte ihr, dass die Champagnerbar die erste ihrer Art in Kopenhagen und bereits äußerst beliebt sei. Sie fragte sich einen Moment, ob er fand, dass sie für das Lokal gut genug angezogen war. Sie redeten über die Finanzkrise, und Jesper erzählte von dem Haus, das er gerade von seinem Vater geerbt habe. Er habe beschlossen, es nicht zu verkaufen, da es so viele Erinnerungen beherbergte.

Kaum hatten sie ausgetrunken, als Jesper aufsprang und mehr Champagner holte. Sie prosteten sich zu und tranken. Astrid fühlte sich gut, der Champagner prickelte in ihrem Körper, und ihr war ein wenig schwindelig. Eigentlich sogar ziemlich schwindelig.

»Du hast so schönes Haar. Das ist mir als Erstes aufgefallen, als ich dein Foto gesehen habe.« Jesper strich ihr eine Locke hinters Ohr und streifte ihren Clip, der zu Boden fiel. Beide beugten sich hinunter, um ihn aufzuheben. Er war schneller und reichte ihr den kleinen Perlenclip. Dabei berührte er ihre Finger.

»Entschuldige«, sagte er und lächelte.

Astrid bemühte sich, den Ohrclips wieder zu befestigen. Sie merkte, dass ihre Hände sich anders anfühlten als sonst – als wollten sie ihr nicht gehorchen.

»Es überrascht mich, dass du Clips trägst. Die meisten Frauen haben Ohrlöcher.« Er lächelte freundlich, während er das sagte, aber da war irgendwas in seinen Augen, was sie nicht zuordnen konnte.

»Ich habe mich nie getraut, mir Ohrlöcher stechen zu lassen«, gab sie zu und lachte rau.

»Warum nicht? Hast du Angst, dass es wehtun könnte?«

Sie nickte, und er begann zu lachen. Sie stießen erneut an, und das Gespräch plätscherte unbeschwert dahin. Er erzählte von seiner Arbeit, die er so liebte. Dabei ging es um irgendwelche Betäubungsmittel und Weichtiere. Mit Leidenschaft berichtete er von den Versuchen, an denen er gerade arbeitete, und sie musste ihn die ganze Zeit ansehen, während er redete. Er sah gut aus – viel zu gut, und er war viel zu jung für sie. Sie merkte, dass sie einen Schwips hatte. Er fragte sie nach ihrem Leben, und der Alkohol löste ihr die Zunge. Das Lokal begann sich langsam um sie zu drehen. Sie griff kurz nach der Sofakante, aus Angst zu fallen.

»Du fragst dich vielleicht, warum ich hier sitze, Astrid. Zusammen mit dir?«

Seine großen Augen sahen sie forschend an. Sie schlug den Blick nieder, fokussierte ihre Hände und nickte verhalten.

»Reife Frauen haben mich schon immer fasziniert, Frauen, die ihr Leben gelebt haben, Frauen, die talentiert und erfahren sind. So wie du.«

Er legte seine breite Hand auf ihre. Sie fühlte sich warm und stark an. Astrid sah zu ihm hoch. Sie hörte nicht, was er sagte, sah nur seine wohlgeformten Lippen, die sich bewegten, während er sprach. Wie es sich wohl anfühlen mochte, die eigenen Lippen auf seine zu pressen? Schmeckten sie süß oder leicht salzig? Plötzlich war sein Mund ganz nahe an ihrem Ohr. Er flüsterte ihr zu, dass sie jetzt zu ihm nach Hause fahren würden, um einen kleinen Nachtimbiss zu sich zu nehmen und so weiter. Und so weiter? Sie kicherte dämlich.

Er erhob sich und reichte ihr ihren Mantel und ihre Tasche. Sie stand ebenfalls auf und versuchte, sich den Mantel anzuziehen. »Du hast Schuhe mit hohen Absätzen an?«, sagte er, und sie wollte ihm antworten, sich entschuldigen, dass sie gelogen hatte, doch die Sätze klumpten sich in ihrem Hals zusammen. Auch die Arme wollten ihr nicht richtig gehorchen, und er beeilte sich, ihr in den Mantel zu helfen.

War sie so schnell betrunken geworden? Sie lächelte dämlich – und wäre beinahe gefallen. Mit einem festen Griff um ihren Arm führte er sie schnell zum Ausgang. Sie fühlte sich seltsam kraftlos, als hätte sie keine Kontrolle mehr über ihren Körper, und spürte Panik aufsteigen. Sie brauchte frische Luft und atmete erleichtert auf, als sie kurz darauf auf dem Bürgersteig vor der Champagnerbar standen. Der Wind fuhr ihr in die Haare und ließ sie in alle Richtungen fliegen. Die Stadt drehte sich, und die Häuser neigten sich vor und zurück – genau wie die parkenden Autos.

»Komm, ich helfe dir. Gib mir deine Tasche.« Er nahm sie ihr ab, bevor sie protestieren konnte, und sie ließ sich willenlos über den eisglatten Bürgersteig die menschenleere Straße hinunterführen. Ein Taxi fuhr langsam an ihnen vorbei, suchend, doch sie blieben nicht stehen, gingen weiter, und sie spürte seine eiserne Entschlossenheit. Eine Entschlossenheit, wie sie sie noch nie bei einem Menschen erlebt hatte.

Sie sah ihn mit verschleiertem Blick an. Jesper öffnete eine Autotür, und wenige Sekunden später saß sie festgeschnallt auf dem Beifahrersitz. Er sprang auf den Fahrersitz und fuhr los. Sie fuhren aus der Stadt hinaus, während das Radio leise Musik spielte. Draußen tobte der Wind. Die Meteorologen warnten davor, das Haus zu verlassen, und sie musste über ihren Wagemut lächeln.

Jesper wirkte konzentriert, in gewisser Weise verbissen, und sie hatte Angst, ihn jetzt schon enttäuscht zu haben. Sowohl mit ihrem Schwips als auch mit ihrer Körpergröße. Sie spürte Übelkeit aufsteigen und lehnte den Kopf gegen das kühle Autofenster. Döste kurz ein.

Plötzlich, sie hatte jegliches Zeitgefühl verloren, hielt das Auto in einer kleinen, dunklen Straße. Jesper öffnete die Tür und half ihr auf den Bürgersteig hinaus. In der Dunkelheit konnte sie eine ältere Villa erahnen. Jesper schob vorsichtig eine schwere Gartenpforte auf, als hätte er Angst, jemanden zu wecken. Irgendetwas ließ sie innehalten. Er merkte ihr Zögern, drehte sich schnell zu ihr um und lächelte sie strahlend an. Sie schmolz dahin. Er hatte das großartigste Lächeln, das sie je an einem Menschen gesehen hatte, ein Lächeln, das mitten ins Herz traf. Ein Windstoß erfasste sie, sie schwankte kräftig und kreischte auf.

»Still, Astrid«, sagte er, und seine Stimme hatte etwas Drohendes.

Sie ging den Gartenweg entlang und fühlte sich wacklig auf den Beinen, die schwer waren und ihr nicht gehorchten. Glücklicherweise war der Weg geräumt, doch durch den Nachtfrost waren die Steinplatten glatt, und der Wind blies so stark, dass sie sich konzentrieren musste, um nicht hinzufallen. Sie spürte Jesper direkt hinter sich, wie eine vibrierende Wärme. Im nächsten Moment spürte sie ihn schon in sich, stellte sich vor, wie sie ineinander verschlungen dalagen, und wurde feucht.

»Da sind wir.«

Seine Stimme klang plötzlich rau, sexy, und sie schluckte. Sie traten in eine große Diele. Er schloss schnell die Tür hinter ihnen, und ihr fiel auf, dass sein Gesichtsausdruck sich veränderte. Er wirkte nicht länger verbissen, sondern erleichtert. Er nahm ihr den Mantel ab, und einen kurzen Augenblick fragte sie sich, wo ihre Tasche war, doch dann dachte sie, dass er sie bestimmt noch hatte. Sie überlegte, ob sie ihre Stiefel ausziehen sollte. Sie waren ein wenig nass von dem Schnee und würden möglicherweise den Boden volltropfen. Andererseits würde sie sich ohne Schuhe nackt vorkommen. Sie entschloss sich, sie anzubehalten, und putzte sich gründlich die Füße auf der Fußmatte ab, wobei sie sich mit einer Hand an der Wand abstützte.

Sie nahm eine Bewegung hinter sich wahr und drehte sich auf ihren geleeartigen Beinen um. Jesper erstarrte. Hatte er etwas in der Hand?

»Was machst du da?«, fragte sie und musste augenblicklich kichern. Das Ganze kam ihr plötzlich so komisch vor. Hier stand sie mit einem jüngeren, gut aussehenden Mann. Sie – Astrid Hemmingsen. Wer hätte das gedacht?

Jesper lächelte strahlend und ließ die Hand sinken.

»Ich wollte dir nur helfen«, sagte er und versteckte die Hand hinter dem Rücken. »Was möchtest du trinken? Hättest du gern einen Whisky oder lieber ein Glas Sherry?«

»Wenn du einen Weißwein oder noch etwas Champagner hättest, wäre das ganz wunderbar«, antwortete sie und bereute es sofort. Jetzt war sie ganz eindeutig unverschämt. Wenn er nun keinen Weißwein oder Champagner im Haus hatte, würde ihre Antwort ihn in Verlegenheit bringen. Sie merkte, wie sie rot anlief, und senkte beschämt den Blick.

»Natürlich habe ich einen Weißwein da. Setz dich schon mal ins Wohnzimmer.« Er führte sie durch die Küche und den Essraum ins Wohnzimmer. Die Möbel waren ein wenig altmodisch, doch dann fiel ihr ein, dass er das Haus von seinem Vater geerbt hatte. Jesper schaltete eine Stehlampe neben dem Sofa an und ließ sie allein.

Sie saß mit gefalteten Händen auf dem Sofa und wartete. Einen Augenblick schloss sie die Augen, wodurch ihr nur noch schwindeliger wurde, weshalb sie sie schnell wieder aufmachte. Vielleicht hätte sie ihn besser um ein Glas Wasser bitten sollen.

Sie konnte ihn in der Küche hantieren hören, und sah sich um. Vor ihr war eine Doppeltür aus Glas. Vorsichtig stand sie vom Sofa auf, wobei sie sich an einem Sessel festhielt, um das Gleichgewicht nicht zu verlieren. Wie hatte sie von zwei Gläsern Champagner so betrunken werden können? Sie schaffte es bis zur Glastür, öffnete sie und trat in einen altmodischen Wintergarten, dessen Sprossenfenster alle in den schwarzen Garten hinausgingen. Durch die dicke, weiße Schneedecke konnte sie die Konturen der Hecke und der umstehenden hohen Bäume erahnen. Draußen heulte der Wind und ließ die Fenster leise klirren. Astrid schauderte.

An einer Wand hing eine Reihe gerahmter Fotografien. Sie trat näher. Die Bilder waren in Schwarz-Weiß und größtenteils alt. Vermutlich Porträts von verstorbenen Verwandten, dachte sie und sah sie sich genauer an.

Ihr Blick fiel auf ein Porträt von drei ähnlich aussehenden jungen Frauen mit hochgesteckten Haaren in engen, schwarzen Kleidern mit einem kleinen weißen Spitzenkragen, die dicht nebeneinandersaßen. Die Frauen rechts und links blickten in die Kamera, während die Frau in der Mitte mit einem toten Gesichtsausdruck ins Leere starrte. Astrid runzelte die Stirn und trat noch näher heran, um besser sehen zu können. Irgendetwas an dem ausdruckslosen Gesicht der Frau ließ ihr die Nackenhaare zu Berge stehen. Sie trat einen Schritt zurück, nahm eine Bewegung hinter sich wahr und drehte sich erschrocken um. Jesper stand direkt hinter ihr.

»Aha, du studierst also den Stammbaum.« Er machte eine Geste zur Wand, und sie sah ihn beschämt an. Hoffentlich fand er nicht, dass sie herumschnüffelte.

»Entschuldige bitte«, murmelte sie. »Die Fotografie, die dort hängt, ist etwas ganz Besonderes.«

Er nickte. »Das sind meine Urgroßmutter und ihre beiden

Schwestern.« Er reichte ihr ein Glas Weißwein. »Bitte schön, ich mag diesen Weißwein sehr. Er ist nicht zu süß und nicht zu sauer und hat ein wunderbares Aroma.«

Dankbar nahm sie das kühle Glas entgegen, während sie fieberhaft überlegte, was sie sagen könnte, von ihr aus durfte es ruhig ein bisschen sexy sein.

»Was für ein schöner, alter Wintergarten«, stammelte sie schließlich und machte eine entsprechende Bewegung mit dem Glas, dass der Wein überschwappte und an ihrer Hand hinunterlief. Sie nahm das Glas in die andere Hand und versuchte, die nasse Hand an ihrem Oberschenkel trocken zu wischen. Jesper schien es nicht zu bemerken.

»Ich habe als Kind viele Stunden hier verbracht, zusammen mit meiner Mutter. Das war unser Lieblingsplatz.« Er lächelte und strich ihr eine Haarlocke aus dem Gesicht.

»Du siehst ihr übrigens ähnlich«, fügte er hinzu.

Sie versteifte sich leicht.

»Das war ein Kompliment. Ich habe meine Mutter geliebt.«

Wer konnte das schon mit Überzeugung sagen! Sie lächelte ihn warm an. Sie sah jemandem ähnlich, sie erinnerte ihn an etwas Wertvolles in seinem Leben. Der Gedanke belebte sie.

»Wenn du Lust hast, können wir uns hier hinsetzen. Es gibt zwar keine Heizung im Wintergarten, aber ich kann ein paar Decken holen.«

Er schaltete eine Le-Klint-Lampe an, die in einer Ecke stand, und verschwand.

Astrid trank einen Schluck Wein. Er schmeckte wunderbar. Sie verstand nicht viel von Wein und Jahrgängen, sondern verließ sich auf ihre Geschmacksnerven. Was würde jetzt wohl passieren? Würden sie nur hier sitzen und reden, bis sie mit einem Taxi nach Hause fuhr oder …?

Plötzlich war ihr furchtbar schwindelig. Sie ließ sich schwer auf der Gartenbank nieder. Auf dem Sofatisch vor ihr lag ein Album. Mit zitternden Händen griff sie danach – sie musste ihren Blick auf irgendwas fokussieren. Das Album war älteren Datums, und auf den ersten Seiten klebte jeweils ein Foto. Die Fotos zeigten alle das gleiche Motiv: Ein kleiner, blonder Junge – Jesper, nahm sie an – saß neben einer schönen Frau, vermutlich seiner Mutter. Beide blickten mit ernsten Gesichtern in die Kamera.

Irgendetwas war merkwürdig an diesen Fotos. Astrid blinzelte und hob das Album bis an die Augen, um besser sehen zu können. Jedes Foto war in der Mitte leicht verdickt, als wäre es durchgerissen und wieder zusammengeklebt worden. Sie fuhr mit den Fingern über die Bilder und spürte die Unebenheit. Sie sah sich das erste Foto genauer an. Die Frau auf dem Bild blickte starr vor sich hin – irgendwie künstlich, genau wie die Frau auf dem alten Familienporträt an der Wand.

Astrid war plötzlich unbehaglich zumute. Sie blätterte schnell weiter und fühlte sich noch unbehaglicher. Die Frau auf dem nächsten Foto war nicht dieselbe wie auf dem ersten, sah ihr aber ähnlich. Außerdem kam sie Astrid irgendwie bekannt vor. Sie kniff die Augen zusammen, während sie die Gesichtszüge der Frau studierte. In dem Moment tauchte Jesper in der Tür auf. Sie sah zu ihm hoch. Er hatte eine Decke unter dem Arm und irgendwas in der Hand – sie konnte nicht sehen, was es war. Er lächelte nicht mehr, sondern sah sie nur mit einem seltsamen Ausdruck in den Augen an. Sie lächelte unsicher, während sie auf das Fotoalbum zeigte.

»Ich wollte nicht herumschnüffeln. Ich wollte nur mal hineinsehen und ...«

Er ging die drei Stufen in den Wintergarten herunter, die unter seinem Gewicht knarrten.

»Das ist merkwürdig«, fuhr sie fort und merkte, dass sein

Schweigen sie nervös machte. Hoffentlich war er nicht sauer, dass sie sich das Album angesehen hatte. »Ich habe den Eindruck, als würde ich die Frau auf dem Bild kennen ...«

Astrids Blick wanderte wieder zu der Frau auf dem Bild. Sekunden später schnürte sich ihr vor Angst die Kehle zusammen. Jetzt wusste sie, woher sie die Frau kannte. Es war das Mordopfer, Ursula Irgendwas, die in den letzten Tagen in allen Zeitungen auf der Titelseite gewesen war. Schnell hob sie den Kopf und sah, wie Jesper sich wie in Zeitlupe näherte. Seine Mundwinkel zeigten in einem steifen Lächeln nach oben, bei dem ihr sämtliche Körperhaare zu Berge standen. Sie ließ das Album los, stand so schnell wie möglich von der Bank auf und taumelte rückwärts auf die Tür zu, die in den Garten führte, während ihr verschleierter Blick ihn festhielt.

Astrid spürte den kühlen Türgriff in der Hand und versuchte, ihn hinunterzudrücken. Er bewegte sich nicht. Ihre Arme fühlten sich wieder so merkwürdig an, wie gekochte Spaghetti. Sie wollten ihr nicht gehorchen. Sie versuchte es noch einmal. Die Tür ging nicht auf.

»Astrid, was treibst du da?« Er sprach liebevoll zu ihr, als wäre sie ein Kind, während er langsam auf sie zuging. Hatte er denn überhaupt keine Angst, dass sie floh? Oder wusste er bereits, dass ihr das nicht gelingen würde?

»Astrid, hör sofort auf damit. Komm zu mir.«

Er breitete die Arme aus. Schnell drehte sie sich um und nahm die Tür mit den dünnen Sprossenfenstern in Augenschein, die sie von der Freiheit trennte, während sie sich fragte, ob sie es wagen sollte, sich gegen das Glas zu werfen.

»Jetzt werde ich langsam wirklich böse, Astrid.«

Seine sanfte Stimme verursachte ihr Kopfschmerzen. Sie atmete tief durch und warf sich gegen die Tür, die mit einem Knall zersplitterte, als ihr Körper durch sie hindurchbrach. Die kleinen Scheiben zerbrachen, die Glasscherben flogen klirrend auf den Boden, während Astrid in die Nacht hinausstürzte. Sie spürte den eiskalten Schnee unter sich, taumelte und lag wenig später auf allen vieren. Gerade wollte sie sich aufsetzen, als Jesper auf ihr landete. Der Zusammenstoß nahm ihr den Atem, und sie wälzten sich in dem eiskalten Schnee. Ein Vogel in der Hecke neben ihnen schlug erschrocken mit den Flügeln.

In diesem Moment kam der Mond hervor und erhellte die Szenerie mit seinem bleichen Schein. Jesper gewann schnell die Oberhand. Er drückte sie in den Schnee, der kalt und nass durch ihre Kleidung drang. Sie sah direkt in sein Gesicht und konnte nicht glauben, was sie sah. Seine schönen Züge waren zu einer hässlichen Grimasse verzerrt. Seine Augen hatten einen wahnsinnigen Ausdruck angenommen, und sie erkannte ihn kaum wieder. Voller Panik schrie sie auf, es musste doch Nachbarn geben, die sie hörten! Sie spürte, wie sich seine Hände um ihren Hals schlossen. Sein Griff wurde fester, und sie hatte das Gefühl, als zerdrücke er ihr die Kehle. Sie keuchte laut und trat wild nach ihm, woraufhin er sie nur noch fester würgte. Ihr wurde schwarz vor Augen. *Jetzt stirbst du, Astrid. Jetzt stirbst du.* Die Stimme in ihr war nicht panisch, eher nüchtern konstatierend, und sie gab ihre Gegenwehr auf und driftete weg. Ihr mangelnder Widerstand ließ ihn seinen Griff lockern. Kühle Nachtluft strömte in ihren wunden Hals. Sie keuchte laut. Da spürte sie auf einmal, wie sich eine Nadel in ihren Nacken bohrte, und ihr Körper erschlaffte.

1988

Ich bin mit einem Satz wach. Jemand schreit, furchtbar und laut, als würde ein großer Bär brüllen. Es gibt keine Bären in Dänemark. Ich springe aus dem Bett. Meine nackten Füße landen auf den kühlen Dielenbrettern – das Haus ist im Winter nur schwer warm zu bekommen. Morgen ist es zwei Wochen her, dass meine Mutter verschwunden ist.

Ich laufe die Treppe hinunter. Hat mein Vater so geschrien? Ist meine Mutter nach Hause gekommen? Die Hoffnung flattert kurz in meiner Brust, erlöscht jedoch abrupt, als ich in den Wintergarten hinunterkomme und meinen Vater herumwandern sehe, während er wie ein Wilder herumgestikuliert. Seine Augen glänzen in dem schwachen Licht. Sein Mund ist offen wie ein Krater, und mitten auf dem Boden liegt das Fotoalbum, unser Fotoalbum. Um das aufgeschlagene Album herum fliegen überall winzig kleine, zerrissene Papierfetzen herum. Ich stoße einen lauten Schrei aus, werfe mich auf den Boden und greife mir das Album. Die Hälfte eines jeden Fotos fehlt, die Hälfte, auf der meine Mutter zu sehen ist. Die Fotos zeigen nur noch mich.

»Neiiin!«

Ich schreie erneut. Auf dem Boden suche ich nach den Fetzen meiner Mutter. Mein Vater hat jedes Bild von ihr zerrissen. Ich sammle jeden einzelnen Fetzen vom Boden auf, muss aber bald einsehen, dass sie zu klein sind, um sie zusammenzusetzen, damit wieder meine Mama daraus wird. Die Tränen strömen mir aus den Augen und fallen auf den Boden, doch ich achte nicht darauf, sammle weiter jeden Fetzen ein und drücke ihn in meinen Händen zusammen.

»Hör auf zu heulen.«

Mein Vater sieht wütend zu mir herunter.

Ich richte mich auf und stürze die Treppe hoch in mein Zimmer. Er folgt mir nicht.

Ich verstecke die Fetzen in einer Schachtel in meinem Zimmer.

Wir sprechen nie mehr darüber.

Obwohl Frau Larsen im Haus gründlich sauber macht, finde ich im Wintergarten noch lange Fetzen von meiner Mutter. Sie liegen in den Ritzen der Dielen, in den Ecken und zwischen den Polstern der Gartenbank.

Astrid schwebte in einem Wirbelsturm in Schwarz-Weiß davon. Sie wirbelte durch die Luft, schneller und schneller, ihr Körper war schwer und die Luft knapp. Keuchend kämpfte sie um Sauerstoff, und erst allmählich sickerten die Erinnerungen bei ihr durch. Vorsichtig blinzelte sie mit dem einen Auge. Dann dämmerte es ihr. Sie konnte sich erinnern, dass sie in Jespers Wintergarten gesessen und in irgendetwas geblättert hatte. Sie erinnerte sich an ihren Fluchtversuch und an den Schmerz im Nacken, als Jesper ihr die Spritze gegeben hatte – vor allem aber erinnerte sie sich an den unheimlichen Blick, mit dem er sie angesehen hatte, während sie langsam in seinen Armen erschlafft war.

Astrid spürte, wie die Angst durch ihren Körper schoss. Was für ein Teufelszeug hatte er ihr gespritzt? Sie wusste nicht, wie lange sie bewusstlos gewesen war und was er währenddessen mit ihr gemacht hatte. Das Herz hämmerte in ihrer Brust. Ihr Hals schmerzte, er war noch immer wund von seinen Händen. Sie lag auf etwas Hartem, Kühlem und hörte, dass jemand in der Nähe herumhantierte. Jesper.

Plötzlich spürte sie seine Finger an ihrem Ohr. Das Herz blieb ihr fast in der Brust stehen, und sie wollte gerade jeglichen Widerstand aufgeben, als ein starker brennender Schmerz durch ihr Ohrläppchen fuhr. Stach er ihr Ohrlöcher? Sie lag mucksmäuschenstill da und wagte nicht, sich zu rühren.

Ein Klicken war zu hören, im nächsten Moment schien ein blendendes Licht über ihr auf, und sie bemühte sich, nicht zu blinzeln. Erst als sie hörte, wie sich seine Schritte entfernten, öffnete sie vorsichtig das eine Auge. Über ihr brannte eine große Lampe – eine Art Operationsleuchte. Am Rand ihres Gesichtsfelds bewegte sich eine grün gekleidete Gestalt. Hatte er sich einen OP-Kittel angezogen? Wollte er sie operieren? Die Angst traf sie wie ein harter Schlag in den Magen. Sie hörte etwas klirren, und sie sah schnell an sich hinunter. Ihre eigene Kleidung war verschwunden. Stattdessen trug sie eine Bluse, die über der Brust leicht spannte. Die Gestalt drehte sich zu ihr herum, und sie schloss schnell die Augen. Tu, als wärst du bewusstlos, ermahnte sie sich.

Sie spürte ihn dicht neben sich. Sie konnte ihn riechen. Der Duft, den sie vor wenigen Stunden noch genossen hatte, verursachte bei ihr jetzt starke Übelkeit. Seine Hände fuhren über ihr linkes Ohrläppchen, hielten es fest, und dann kam der Schmerz, scharf und brennend. Sie brauchte ihre ganze Willenskraft, um nicht zu schreien, und zwang sich, ganz still zu liegen. Das war schwerer, als sie gedacht hatte. Ihr Körper arbeitete gegen sie. Er wollte sich vor Schmerzen krümmen, instinktiv dagegen ankämpfen. Er wollte keuchen, stöhnen, schreien, heulen. Doch wenn sie dem nachgäbe, dann wäre sie erledigt. Ihre einzige Chance zu entkommen, bestand darin vorzugeben, bewusstlos zu sein. Sie wartete.

SAMSTAG

Das Telefon klingelte endlos. Rebekka seufzte. Sie musste sich zwingen, noch einen Anruf entgegenzunehmen. Sie hatte jetzt stundenlang mit Leuten telefoniert, die meinten, etwas zu der Ermittlung beitragen zu können. Ein mit hellseherischen Fähigkeiten begabtes Medium, das man aus mehreren Fernsehsendungen über Gespenster kannte, hatte gerade angerufen und lange und eindringlich mit ihr gesprochen. Es sei bei einer Seance von beiden Opfern kontaktiert worden, und sie hätten ihm erzählt, dass der Täter im Theatermilieu zu finden sei. Es könne sich durchaus um einen Schauspieler handeln, hatte ihr das Medium im Flüsterton erzählt und hinzugefügt, dass das Haus des Täters voller Kostüme und Perücken sei. Bei dieser Information runzelte Rebekka unwillkürlich die Stirn. Doch sie konnte nach dem Gespräch ihren Gedanken nicht zu Ende führen, bevor schon der nächste Anruf kam.

Sie schloss einen Moment die Augen, ehe sie sich meldete.

»Hallo, hier Janne Lorensen. Entschuldigen Sie, dass ich Sie störe – Sie müssen wahnsinnig viel zu tun haben mit den beiden Morden.«

Rebekka kniff die Augen fest zusammen und versuchte sich zu konzentrieren.

»Ich rufe vom Pflegeheim Sølund an«, fuhr die Frau am anderen Ende fort. »Eine unserer Bewohnerinnen, Ella Hemmingsen, macht sich Sorgen um ihre Tochter.«

Rebekka unterdrückte ein Seufzen. »Sie sind hier bei der Mordkommission gelandet …«

»Ich weiß, aber Ella Hemmingsen hat darauf bestanden, dass ich bei Ihnen anrufe. Ihre Tochter Astrid meldet sich nicht auf ihrem Handy.«

»Ja, aber …«

»Der Grund für Ella Hemmingsens Sorge ist, dass die Tochter auch nicht zur Arbeit erschienen ist.«

»Diese Astrid, von der Sie sprechen, ist doch erwachsen, oder?«

Die Frau am anderen Ende lachte kurz auf. »Im Prinzip ja. Sie ist fünfzig. Nein, sie wird bald fünfzig. Ich meine, dass Ella Hemmingsen etwas von einem runden Geburtstag erzählt hat, der in Kürze ansteht. Nun gut, sie hat darauf bestanden, dass ich bei der Arbeit ihrer Tochter anrufe und mich erkundige. Astrid ist Bibliothekarin in der Zentralbibliothek in der Krystalgade. Ich habe mit einer ihrer Kolleginnen gesprochen, die sich ebenfalls große Sorgen macht. Astrid ist heute nicht zu ihrem Wochenenddienst erschienen, und sie hat weder angerufen noch eine schriftliche Krankmeldung geschickt. Das würde sie normalerweise tun. Die Mutter und die Kollegin beschreiben Astrid als äußerst pflichtbewusst …«

»Ich kann Ihnen leider nicht weiterhelfen. Erwachsene Menschen haben das Recht, zu verschwinden und sich nicht zu melden.«

»Die Kollegin hat sich solche Sorgen gemacht, dass sie in der Mittagspause zu Hause bei Astrid vorbeigegangen ist, aber es hat niemand aufgemacht.«

Rebekka gähnte leise und wollte gerade wiederholen, dass das nicht unmittelbar ein Fall für die Polizei sei, als die Frau hinzufügte: »Ella Hemmingsen macht sich besondere Sorgen wegen der unaufgeklärten Frauenmorde. Sie hat ihrer Tochter nämlich vor Kurzem geraten, sich über das Internet einen Mann zu suchen, und jetzt hat sie in der Zeitung gelesen, dass die ermordeten Frauen ihrem Täter womöglich genau dort begegnet sind.«

Rebekkas Interesse war plötzlich geweckt. Sie warf einen

schnellen Blick auf den Kalender und fragte nach, wann Ella Hemmingsen zuletzt mit ihrer Tochter gesprochen habe.

»Astrid hat sie gestern Morgen im Krankenhaus besucht, wo Ella Hemmingsen zu dem Zeitpunkt noch lag. Seitdem hat sie nichts mehr von ihrer Tochter gehört.«

»Weiß die Mutter denn sicher, dass ihre Tochter über das Internet einen Mann kennengelernt hat?«

»Nein, das nicht. Ich habe den Eindruck, Mutter und Tochter sind nicht so vertraut, wie Ella Hemmingsen es gerne hätte.«

Rebekka versprach, über die Sache nachzudenken, und legte auf. Einen Augenblick starrte sie gedankenversunken vor sich hin. Die erste Frau, Hanne Christoffersen, war an einem Donnerstag verschwunden. Dann waren acht Tage vergangen, bevor der Täter erneut zugeschlagen hatte. Jetzt lagen sieben Tage zwischen dem Verschwinden von Ursula Winding und dem Nicht-Auftauchen dieser Astrid Hemmingsen. Falls sie denn verschwunden war. Die Wahrscheinlichkeit, dass sie einen Herzanfall hatte und tot in ihrer Wohnung lag, war beträchtlich größer.

Rebekka seufzte und nahm noch einen Anruf entgegen. Trotzdem ließ sie das Gespräch mit Janne Lorensen nicht los, und eine Stunde später beschloss sie, der Sache nachzugehen.

Rebekka ging eilig durch die Schwingtür, die in die Vorhalle der Bibliothek führte, und weiter in die Abteilung für Kunst und Literatur in der ersten Etage, wo Astrid Hemmingsen arbeitete. Ihre Augen wanderten über die wenigen Menschen, die dort oben zwischen den breiten, mit Büchern vollgestopften Regalen umherstreiften, während sie eine von Astrids Kolleginnen zu finden versuchte. Nach wenigen Minuten sah sie eine Frau mittleren Alters mit kurzem, gebleichtem Haar, die ein Regal mit Büchern in eine Ecke schob.

»Entschuldigen Sie, ich suche nach einer Liselotte ...?«

»Das bin ich.« Die Frau sah Rebekka fragend an, die ihren Dienstausweis vorzeigte und sich vorstellte. Liselotte wurde blass.

»Oh, ich hoffe doch nicht, dass Astrid etwas passiert ist«, sagte sie.

»Das glaube ich nicht, aber ich möchte Ihnen gern ein paar Fragen stellen. Können wir irgendwo in Ruhe reden?«

»Natürlich.«

Liselotte führte sie in ein kleines Hinterzimmer, das erwartungsgemäß von oben bis unten voller Bücher war. Eine Leuchtstoffröhre flimmerte an der Decke. Rebekka kam sofort zur Sache.

»Wenn ich es richtig verstanden habe, ist Astrid Hemmingsen nicht zur Arbeit erschienen. Sie und auch Astrids Mutter machen sich große Sorgen – Sie sind sogar bei ihr zu Hause vorbeigegangen, ohne sie jedoch anzutreffen. Stimmt das?«

Liselotte nickte. Rebekka musterte die Frau, deren Gesicht in dem gnadenlosen Licht ziemlich faltig wirkte.

»Astrid hätte heute Morgen um neun hier sein sollen, doch sie ist nicht erschienen. Das sieht ihr überhaupt nicht ähnlich. Ich habe sie immer wieder angerufen, aber ihr Handy ist ausgeschaltet. Ich mache mir wirklich Sorgen, dass irgendetwas nicht stimmt.«

»War sie krank, oder hat sie einen deprimierten Eindruck gemacht?«

Ein Lächeln erhellte Liselottes Gesicht. »Überhaupt nicht, ganz im Gegenteil. Sie war schon lange nicht mehr so fröhlich. In der letzten Zeit hat sie abgenommen, war beim Friseur und hat sich neue Sachen gekauft. Ich arbeite seit fast zwanzig Jahren mit Astrid zusammen, und ich habe noch nie erlebt, dass sie etwas aus sich gemacht hat. Ich bin mir sicher, dass sie einen Mann kennengelernt hat. Das ist für mich die einzig plausible Erklärung, warum sie plötzlich auf ihr Aussehen achtet.«

»Hat sie von einem Mann gesprochen?«

Liselotte schüttelte ihre kurzen Haare. »Nein, ich habe sie sogar gefragt, ob sie jemanden kennengelernt hat, was sie hartnäckig bestritten hat, aber das ist typisch Astrid. Was das angeht, bekommt man kein Wort aus ihr heraus. Sie ist störrisch, sehr störrisch, und wenn sie sich etwas in den Kopf gesetzt hat, dann hält sie daran fest. Von den Arbeitskollegen kenne ich sie am besten, da bin ich mir sicher – faktisch bin ich ihre einzige Vertraute.«

»Noch eine letzte Sache: Es ist sehr persönlich, aber es ist wichtig.« Rebekka sah Liselotte eindringlich an, die entgegenkommend nickte.

»Hat Astrid Hemmingsen jemals von jüngeren Männern gesprochen? Ich meine, dass sie jüngere Männer gleichaltrigen oder älteren vorzieht?«

Liselotte dachte eine Weile nach. »Nein, das nicht, aber jetzt, wo Sie es erwähnen, fällt mir ein, dass sie sich nie sonderlich für gleichaltrige Männer interessiert hat, weder für Kollegen noch für Bibliotheksbesucher. Wir anderen haben hin und wieder etwas gesagt, wenn uns jemand gefallen hat, sie aber nie.«

Rebekka biss sich nachdenklich auf die Lippe. Womöglich lag Astrid Hemmingsen krank oder sogar tot zu Hause, vielleicht lag sie auch in den Armen irgendeines Mannes. Ihre Abwesenheit musste wirklich nichts mit den Morden zu tun haben. Und trotzdem war da etwas, auf das sie zwar nicht den Finger legen konnte, das Rebekka aber trotzdem veranlasste, ins Pflegeheim Sølund und nicht ins Präsidium zu fahren.

1988

Ich erinnere mich, wie ich in den Straßen unseres Viertels nach meiner Mutter suche. Immer wieder gehe ich zurück zur Bank am See, zu unserer Bank. Jedes Mal, wenn ich mich ihr nähere, hoffe ich, dass sie dort sitzt, wie sie es immer getan hat. Ich kann ihre Hand vor mir sehen, die auf die abgenutzte Sitzfläche zeigt und mir zu verstehen gibt, dass ich mich setzen soll.

Ich setze mich und schaue auf das dunkle Wasser hinaus, sehe ein Kanu, das vorbeigleitet, die hohen, sich wiegenden Rohrkolben und höre den Laut der schnatternden Enten. Ich gehe die Wege entlang, spähe zwischen die vielen knorrigen Bäume, betrachte das Moos auf den Steinen, überquere die kleinen Holzbrücken und bleibe stehen, während ich mich anstrenge, bis auf den Grund des Sees zu blicken.

Ich fahre jetzt öfter nach der Schule in die Innenstadt von Kopenhagen und nehme den Zug bis zum Bahnhof Nørreport. Um mich herum wimmelt es von Menschen. Sie erinnern mich an krabbelnde Insekten, an Spinnen oder Tausende von Ameisen in einem Ameisenhaufen im Wald. Meine Beine tragen mich schnell die Treppe hinauf, ins Licht empor, und ein Teil des Unbehagens schwindet.

Ich schlendere die Købmagergade hinunter, über den Kultorv mit der Zentralbibliothek, am Rundetårn vorbei, den ich noch nie bestiegen habe. Ich gehe zum Kaufhaus Illum und zum Amagertorv mit dem Storchenbrunnen. Ich biege nach rechts ins Strøget ab, Richtung Rathausplatz. Ich halte nach meiner Mutter Ausschau. Mein Blick streift jedes Gesicht, dem ich begegne, aber ich finde sie nicht, und nach vielen Stunden nehme ich den Zug nach Hause.

Ich wiederhole diese Touren. Sie werden immer häufiger, ich kaufe mir von meinem Taschengeld eine Monatskarte, eine rote Plastikkarte, die ich in meinem Ranzen verstecke. Ich verbringe jeden Nachmittag in der Stadt und lerne sie langsam kennen. Ich esse bei Marstrand ein Marzipanteilchen. Ich trinke eine Limonade in einem neuen Café, das Zeze heißt. Den Namen lasse ich auf der Zunge zergehen. Zeze. Der Salomon-Ranzen lastet schwer auf meinen Schultern. Mit meiner Jacke der Firma Ball und meiner Jeans, stonewashed natürlich, sehe ich wie ein ganz gewöhnlicher Teenager aus. Ich laufe mir auf diesen endlosen Touren die Sohlen meiner Vans-Schuhe ab, aber das macht nichts. Ich kann mir einfach ein Paar neue kaufen. Ich bekomme reichlich Taschengeld – so reichlich, dass ich hin und wieder nicht weiß, was ich damit anfangen soll. Manchmal sitze ich mit einem Bündel Banknoten und einem Feuerzeug im Keller. Ich zünde die Scheine an, einen nach dem anderen. Ich sehe gern zu, wie sich die Motive der Geldscheine, die Hausspatzen oder die Eidechse, in der orangeroten Flamme zusammenrollen und in schwarze Asche verwandeln.

Es ist dunkel, wenn ich von meinen Touren nach Hause komme. Frau Larsen ist schon gegangen, aber sie hat mir etwas zu essen in den Kühlschrank gestellt. Ich esse im Wintergarten, während die zunehmende Dunkelheit mich umfängt. Das Essen ist kalt, aber das macht mir nichts. Seit meine Mutter verschwunden ist, fühle ich nichts mehr. Mein Vater kommt nur an den Wochenenden nach Hause geflogen. Dann sitzen wir uns schweigend gegenüber und essen. Nach dem Essen spielen wir eine Runde Tischtennis im Keller, doch das Spiel macht keinem von uns Spaß und ist schnell überstanden. Mein Vater gewinnt immer.

—

Rebekka parkte ganz in der Nähe des Pflegeheims Sølund und zog den Schlüssel aus dem Zündschloss. Gerade wollte sie aussteigen, als sie plötzlich Dorte und Andreas sah, die aus einer größeren Toreinfahrt kamen. Andreas schien wütend zu sein. Er ging mit wutverzerrtem Gesicht vorneweg. Dorte lief hinter ihm her. Sie weinte und griff nach seinem Jackenärmel. Er drehte sich schnell zu ihr um, packte sie und drückte sie gegen die Hauswand, wobei er irgendetwas schrie, das Rebekka nicht verstehen konnte. Dorte verbarg das Gesicht in den Händen. Ihr Körper zuckte, sie schien heftig zu weinen.

Rebekka saß wie paralysiert da und beobachtete die Szene. Sie wollte eingreifen, konnte sich jedoch nicht von der Stelle rühren – ganz so, als sähe sie einen Film im Fernsehen. Schließlich nahm Andreas Dorte am Arm und führte sie ein paar Meter die Straße hinunter. Er öffnete eine Autotür und stieß sie ins Wageninnere. Dann knallte er die Tür hinter ihr zu. Wenig später fuhren sie an Rebekka vorbei. Sie starrte ihnen mit großen Augen hinterher, während sie um die Ecke bogen und aus ihrem Blickfeld verschwanden.

Sie lief zur Toreinfahrt und studierte die vielen Namensschilder. »Andreas Bruun – Photographer Fashion and Portrait« stand auf einem von ihnen. Porträts.

Die kalte Luft war plötzlich voller kleiner, harter Schneeflocken. Rebekka zog ihren Schal fester um den Hals und lief in der einsetzenden Dunkelheit zum Pflegeheim hinüber.

1988

»Jetzt gibt es nur noch uns beide.«

Mein Vater sieht mich über den Esstisch hinweg ernst an.

Ich antworte nicht, sondern stochere weiter im Essen herum. Auf der Bratensoße hat sich bereits eine Haut gebildet. Die Erbsen sind über den Teller verteilt, genau wie die Mohrrüben. Um es ein bisschen gemütlicher zu machen, steht eine Schale mit Chips aus dem Supermarkt auf dem Tisch.

»Du.« Vater sieht mich an. Er hat einen bohrenden Blick, dem man nicht ausweichen kann, der einen zum Antworten zwingt.

»Ja.« Ich begegne seinem Blick.

»Jetzt reden wir nicht mehr davon. Jetzt müssen wir uns auf die Zukunft konzentrieren.«

Zwei Monate sind vergangen, seit meine Mutter verschwunden ist. Die Polizei war mehrmals bei uns. Niemand hat sie gefunden, es steht nur fest, dass ihr Mantel, ihre Handtasche, ihre Geldbörse und ihr Pass fort sind. Das sagt mein Vater. Ansonsten sagt er nicht viel. Er ist noch immer der stumme Recke, und ich gehe ihm, so weit wie möglich, aus dem Weg. Ich sorge für mich, stehe allein auf, frühstücke und gehe in die Schule. Die Tage, an denen mein Vater auf Dienstreise ist, kocht Frau Larsen mir Essen, das ich im Ofen aufwärmen kann. Ansonsten sorge ich für mich selbst.

Den größten Teil meiner Zeit verbringe ich im Zimmer meiner Mutter. Ich hole ihre Sachen hervor, lasse meine Finger über Pailletten, Pelze, Seide und Leinenstoffe gleiten. Ich benutze ihr Make-up. Ich trage Lidschatten auf, mit leichten Fingern, wie sie ihn meiner Erinnerung nach aufgetragen hat: Er darf der Haut nicht aufgezwungen werden, man muss ihn langsam aufbauen – so erzielt man das beste Ergebnis. Ich kann stunden-

lang dasitzen und mein eigenes Spiegelbild ansehen, genau wie meine Mutter es getan hat.

Fünf Minuten später stand Rebekka leicht atemlos in Ella Hemmingsens Zimmer. Die ältere Dame lag wie eine Mumie unter einer großen, weißen Decke. Rebekka stellte sich vor und erklärte, dass sie dem Anruf gerne nachgehen wolle. Ella Hemmingsen hustete rasselnd, und Rebekka schickte ihrem Vater einen liebevollen Gedanken.

»Danke, dass Sie gekommen sind. Ich weiß das zu schätzen.« Die ältere Dame hievte sich mühsam in eine sitzende Stellung hoch. Rebekka half ihr, schob ihr ein paar Kissen als Nackenstütze hin und reichte ihr das Wasserglas, das auf dem Nachttisch stand.

Ella Hemmingsen trank und räusperte sich dann.

»Ich bin gerade nach einem Kurzaufenthalt im Krankenhaus nach Hause gekommen. Eine leichte Lungenentzündung, aber jetzt bekomme ich Penicillin, und es heißt, dass ich wieder gesund werde. Wie immer. So leicht wird man mich nicht los.« Sie gluckste ein wenig, bevor ihr hellwacher Blick wieder ernst wurde.

»Wissen Sie, ich mache mir große Sorgen um meine Tochter. Ich habe zuletzt am Donnerstag mit ihr gesprochen. Sie war zwar gestern Morgen bei mir, aber da habe ich geschlafen. Später ist sie nicht mehr an ihr Handy gegangen, und als ich heute Morgen auf ihrer Arbeit angerufen habe, hat man mir gesagt, dass sie auch dort nicht erschienen sei. Man kann viel über Astrid sagen, aber pünktlich und ordentlich ist sie immer gewesen. Wenn ihr etwas dazwischenkommt, gibt sie Bescheid.«

Die Stimme klang schroff. Es bestand kein Zweifel, dass mit der alten Dame nicht gut Kirschen essen war, aber trotzdem zitterte ihre Oberlippe leicht, während sie mit Rebekka sprach.

»Liselotte, die Kollegin Ihrer Tochter, hat die Möglichkeit erwähnt, dass Astrid jemanden kennengelernt haben könnte, bei dem sie vielleicht gerade ist«, sagte Rebekka, woraufhin Ella Hemmingsen lachte. Ihr Lachen ging in einen heftigen Hustenanfall über, der mehrere Minuten dauerte. Als sie sich endlich wieder beruhigt hatte, standen ihr die Tränen in den Augen. Rebekka konnte nicht beurteilen, ob sie vom Lachen oder vom Weinen kamen.

»Astrid hat seit Jahrzehnten keinen Freund mehr gehabt, aber ... Reichen Sie mir doch bitte mal das Etui mit den Zigarillos da drüben.« Rebekka, die neugierig auf die Fortsetzung war, nahm die Zigarillos aus dem Regal und gab sie der alten Dame.

»In der letzten Woche hat sie einen recht geistesabwesenden Eindruck gemacht«, fuhr Ella Hemmingsen fort. »Und dann war da ja noch die Sache mit den Haaren.«

»Mit den Haaren?«

»Ja. Sie ist plötzlich zu einem dieser teuren Modefriseure gegangen und hat sich die Haare machen lassen. Inklusive Färben und so ... Das hat sie noch nie gemacht. Es kann also schon sein, dass an dem Gerede etwas dran ist ...«

»Haben Sie über Männer gesprochen?«

Der Zigarillorauch breitete sich langsam im Zimmer aus, und Rebekka sehnte sich nach einer Zigarette.

»Ja und nein. Ich habe sie quasi dazu aufgefordert, sich einen Mann in diesem Internet zu suchen.«

Rebekka sah sie konzentriert an, und Ella Hemmingsen warf ihr einen erschrockenen Blick zu.

»Dieser Täter hat die beiden Mordopfer auch über das Internet gefunden, nicht wahr?«, flüsterte sie.

»Machen Sie sich keine Sorgen. Im Moment deutet nichts darauf hin, dass Ihrer Tochter etwas passiert ist.«

»Mag sein, aber es gibt doch wohl einen Grund dafür, dass Sie hier sind, oder?«

Ihre Blicke begegneten sich kurz. Rebekka stand auf.

»Haben Sie einen Schlüssel zur Wohnung Ihrer Tochter?«

»Ja, er liegt zusammen mit dem Haustürschlüssel in der obersten Schublade neben dem Fenster.«

Rebekka holte die Schlüssel und spürte das kühle Metall in der Hand, während sie auf den See hinaussah. Dann blickte sie wieder Ella Hemmingsen an.

»Wenn Sie mir die Adresse geben, fahre ich bei ihr vorbei.«

Die alte Dame kritzelte die Adresse auf einen Zettel. Als sie ihn Rebekka gab, drückte sie leicht deren Handgelenk.

»Versprechen Sie mir, dass Sie sie finden.«

Rebekka zog ihre Hand zurück und versuchte sich an einem Lächeln.

»Ich bin mir sicher, dass es Ihrer Tochter gut geht ...«

Die grauen Locken nickten.

»Wenn ich Astrid richtig einschätze, hat sie das mit dem Internet und den Männern nicht einmal versucht. Sie macht in der Regel das Gegenteil von dem, was ich ihr vorschlage, und diesmal hoffe ich bei Gott, dass sie nicht auf meinen Rat gehört hat.«

Astrid kroch vorsichtig die Kellertreppe hoch. Auf jeder Stufe hielt sie kurz inne, um zu lauschen.

Sie hatte das Gefühl, stundenlang still gelegen zu haben, während Jesper sie hergerichtet hatte. Er hatte ihr die Finger- und Zehennägel lackiert und sich große Mühe gegeben, ihr das

Gesicht zu schminken. Zum Schluss hatte er sie mit Parfüm überschüttet, und sie hatte sich zusammenreißen müssen, um nicht zu niesen.

Irgendwann hatte er das grelle Licht über ihr ausgeschaltet und den Keller verlassen. Sie hatte noch lange dagelegen, bevor sie gewagt hatte, sich zu regen. Vorsichtig hatte sie erst den einen und dann den anderen Fuß geschüttelt und irgendwann begriffen, dass sie sich wirklich bewegen konnte. Sie lebte, und der Lebenswille ergriff Besitz von ihr. Sie hatte sich vorsichtig aufgesetzt und festgestellt, dass sie sich in einer Art fensterlosem OP befand, dessen Boden und Wände gefliest waren.

Dann war sie von der Stahlliege gekrochen. Ihr Körper fühlte sich noch immer seltsam schwer an, und sie konnte sich nur unbeholfen bewegen. Vorsichtig hatte sie an jeder Tür gerüttelt, doch alle waren verschlossen. Die Treppe nach oben war der einzige Fluchtweg. Sie krabbelte die Stufen hinauf, während die Angst so heftig in ihr wütete, dass sie das Gefühl hatte, gleich explodieren zu müssen.

Die Tür zur Diele war angelehnt. Sie schob sie ein wenig auf und spähte hinaus. Ein wenig graues Tageslicht fiel durch das einzige Fenster. Ihre Mäntel hingen noch immer an den Haken, und die Zeitung lag ordentlich zusammengefaltet auf der Fußmatte. Die Haustür mit dem großen Metallschloss befand sich nur wenige Meter vor ihr. Die Tür, die sie retten, die sie hinaus in die Freiheit führen konnte.

Kalter Schweiß lief ihr den Körper hinunter, während sie vornübergebeugt auf ihr Ziel zuschlich. Sie erreichte die Tür, griff nach dem Knauf, doch sie ließ sich nicht öffnen. Ihre Hände zitterten, während sie darum kämpfte hinauszugelangen. Es musste glücken. Es musste …

»Astrid, was machst du da?«

Sie fuhr zusammen.

»Stopp, Astrid.« Seine Stimme war leise, und er kam ihr ganz nahe.

Sie drehte sich ruckartig um. Ihre Körper stießen zusammen. Er starrte sie mit einem glasigen Blick an, in der Hand hielt er eine Kanüle.

Schlagartig schwand all ihre Energie. Sie stand wie versteinert da und starrte ihn an.

»Du kommst nicht hinaus.«

Sie konnte das Lächeln in seiner Stimme hören.

»Ja, aber ...«

Draußen scharrte das Gartentor über den Kies, Schritte näherten sich. Sie erstarrten beide, und einen Moment trafen sich ihre Blicke. Der Laut kam näher, es bestand kein Zweifel, dass jemand die Vortreppe heraufkam. Kurz darauf öffnete sich der Briefkastenschlitz. Ein Brief und ein Stapel Werbung glitten leise hindurch und landeten auf der zusammengefalteten Tageszeitung. Astrid war klar, dass sie jetzt handeln musste. Sie öffnete ihren Mund, doch schon in der nächsten Sekunde schloss Jesper ihn mit seiner großen Hand und drückte Astrid wie in einem Schraubstock gegen die Tür. Es klang, als würde der Postbote auf den Laut hin einen Augenblick stehen bleiben, doch dann hörten sie, wie seine Schritte sich wieder entfernten, bevor sie ganz verschwanden.

Jesper ließ sie los, und sie spürte die Tränen aufsteigen.

»Ich will nicht sterben«, schluchzte sie. »Ich habe solche Angst zu sterben.« Sie schaute ihn flehend an.

Jesper streichelte ihre Wange.

»Du darfst nicht weinen. Du ruinierst das Make-up. Ich habe so lange dafür gebraucht. Du bist nicht annähernd so schön wie meine Mutter.«

Es klang vorwurfsvoll. Sie schluchzte weiter.

»Hör auf, Astrid. Es wird nicht wehtun.« Der Satz ließ sie nur noch lauter weinen. Sie konnte sich nicht beherrschen. Sie weinte, wie sie noch nie geweint hatte, weder über ihr Leben ohne Liebe noch über die ständigen Zurechtweisungen ihrer Mutter. Nichts davon konnte sich mit dem Schmerz messen, den sie in diesem Augenblick empfand, in dem sie einsah, dass ihr Leben zu Ende war.

»Ich verspreche dir, dass ich gut auf dich aufpassen werde.«

Jesper sprach sanft und liebevoll mit ihr, was ihre Angst nur noch verstärkte. Sie zitterte am ganzen Körper, Arme und Beine wippten auf und ab, sie hatte keine Kontrolle mehr über ihre Gliedmaßen.

»Jesper«, flüsterte sie. »Lass mich gehen. Ich verspreche dir, dass ich niemandem etwas verrate. Das bleibt unser Geheimnis. Nur unseres. Lass mich gehen. Ich möchte so gerne leben ...«

»Das geht leider nicht.« Er machte eine bedauernde Geste. »Ich brauche dich.«

Zwanzig Minuten später verschaffte Rebekka sich Einlass in Astrid Hemmingsens Wohnung in der Nansensgade. Es roch muffig, unter anderem nach verfaultem Blumenwasser, doch den charakteristischen süßlichen Leichengeruch konnte sie nicht ausmachen. Sie ging schnell durch Küche, Essraum und Wohnzimmer, die einen sauberen und ordentlichen Eindruck machten. Ihr fielen die schweren Möbel, die geblümten Gardinen und die dicken Teppiche auf. An der Schlafzimmertür blieb sie stehen und hielt den Atem an. Die Toten wurden meistens in ihren Betten gefunden. Langsam öffnete sie die Tür und steckte den Kopf ins Zimmer. Sie atmete tief durch, während sie sich umsah, und empfand augenblicklich Erleichterung. Keine Spur von Astrid Hemmingsen. Das einen Meter sechzig breite Bett war ordentlich gemacht, und vor einem älteren Toilettentisch lag ein Bademantel lässig über einem Hocker.

Rebekka trat ins Bad – auch hier keine auf dem Boden zusammengesunkene Astrid. So weit, so gut. Sie konnte den Fall jetzt eigentlich abschließen. Trotzdem beschloss sie, sich die Wohnung noch einmal genauer anzusehen. Neben dem Toilettentisch befand sich eine Pappschachtel, in der zwischen dem zusammengeknüllten Seidenpapier eine gefaltete Quittung steckte. Marie Jo. BH und Slip. 849 Kronen.

In einer Ecke des Esszimmers fiel ihr ein Tischchen auf, vor dem ein Stuhl stand. Ob das Astrids Schreibtisch war? Auf dem Tisch lagen ein Mousepad und eine schnurlose Maus, doch es gab keinen Computer. Rebekka trat näher heran. Auf der Tischplatte war ein schwacher Rand zu sehen, dessen Umriss zu einem Laptop passte. Sie spürte das Adrenalin durch den Körper schießen, durchsuchte sämtliche Schränke und Schubladen, doch der Computer war nicht da.

Rebekka runzelte die Stirn, während sich die leichte Sorge, dass Astrid etwas passiert sein könnte, in höchste Alarmbereitschaft verwandelte.

»Das ist Astrid Hemmingsen«, sagte Rebekka zu ihren Chefs und Kollegen und hielt ein Foto hoch. Sie hatte es in der Wohnung von Astrid Hemmingsen gefunden und sich von deren Kollegin Liselotte bestätigen lassen, dass Astrid heute ungefähr so aussah wie auf dem Bild – bis auf die Haare.

»Astrid Hemmingsen ist neunundvierzig, Single und seit gestern verschwunden. Ihr Computer ist ebenfalls weg, und wir befürchten, dass sie sich in großer Gefahr befindet. Falls sie überhaupt noch lebt.«

Mehrere ihrer Kollegen hielten schockiert den Atem an, während Rebekka kurz über die bisherigen Ergebnisse berichtete.

»Es könnte zwar sein, dass Astrid ihre komplette Zeit mit einem Mann verbringt, den sie gerade erst kennengelernt hat, ebenso könnte ihr Computer zur Reparatur sein – doch ich bin fest davon überzeugt, dass sie in Gefahr schwebt. Es ist wichtig, sie so schnell wie möglich zu finden.«

Trotz der hektischen Ermittlungen in den letzten Wochen, die für alle Kollegen mit Wochenend- und Abendschichten verbunden gewesen waren, spürte Rebekka, dass alle auch weiterhin ihr Bestes geben würden, um die furchtbaren Morde aufzuklären, und wenn sie irgendwie verhindern konnten, dass ein weiterer Mord geschah, waren sie bereit, ihr Privatleben noch einmal hintanzustellen.

»Wir haben an Presse, Rundfunk und Fernsehen bereits eine Suchmeldung herausgegeben. Außerdem suchen wir nach Zeugen, die glauben, Astrid gestern Abend gesehen zu haben. Der Täter hat sich bestimmt in einer Bar oder einem Restaurant mit ihr getroffen, wie er es auch mit Hanne und Ursula getan hat. Ich denke, wir sollten uns auf Jesper Teisbæk konzentrieren und ihn zur Vernehmung hierherbestellen. Er ist unser Hauptverdächtiger – wir haben erst gestern Abend über ihn gesprochen. Jesper Teisbæk leitet ein Forschungsvorhaben, bei dem ein muskelentspannendes Mittel namens Curare zum Einsatz kommt. Mit diesem Medikament wurde Hanne Christoffersen vergiftet und aller Wahrscheinlichkeit nach auch Ursula Winding. Außerdem fährt Teisbæk einen weißen VW-Transporter T5, der allerdings nicht ihm gehört. Er hat ihn sich von einem Kollegen geliehen.«

Rebekka trank einen Schluck Wasser und berichtete dann von dem Gespräch mit Bess, deren Beschreibung des Autofahrers gut auf Teisbæk passte. Die Kollegen hörten ihr aufmerksam zu, selbst Gundersen und Simonsen schwiegen und lauschten.

»Ich habe selbst zweimal mit Jesper Teisbæk gesprochen«, fuhr Rebekka fort. »Er sieht gut aus, macht einen intelligenten Eindruck und ist in den Dreißigern. Er hat kein Alibi für die Abende, an denen Hanne und Ursula verschwunden sind, sagt aber, dass seine Versuche sehr zeitintensiv seien und er oft so in seine Arbeit vertieft sei, dass er Ort und Zeit vergesse. Häufig scheint er sogar an seinem Arbeitsplatz zu übernachten.«

Während Gundersen wieder das Wort ergriff, tauchte die Episode mit Dorte und Andreas vor Rebekkas Innerem auf. Ihre Meinungsverschiedenheit schien heftig gewesen zu sein, und sie bereute, dass sie nicht aus dem Auto gestiegen war und eingegriffen hatte. Doch sie war so verblüfft gewesen, dass Dorte sich vor Andreas so klein gemacht und sogar geweint hatte. So hatte sie ihre Freundin noch nie erlebt.

Sie biss sich fest auf die Lippe und beschloss, Dorte anzurufen und sich zu erkundigen, wie es ihr ging, sobald sie die Möglichkeit dazu hatte.

Es klopfte an der Tür zum Besprechungszimmer. Gundersens Sekretärin steckte den Kopf herein, und die Aufmerksamkeit der Anwesenden richtete sich auf sie. Niemand störte Gundersen, es sei denn, er hatte etwas wirklich Wichtiges auf dem Herzen.

»Die Toxikologen haben sich zum Fall Ursula Winding gemeldet. Sie ist an einer Curare-Vergiftung gestorben. Besonders bemerkenswert ist offenbar, dass das Opfer einiges an Gegengift im Körper hatte. Genau wie Hanne Christoffersen.«

Die Sekretärin nickte kurz und verließ das Zimmer. Einen Augenblick war es totenstill – nur das schwache Rauschen der Heizung war zu hören.

Dann hob Gundersen den Blick. »Gut. Super und Simonsen,

ihr fahrt sofort zu Jesper Teisbæk und bringt ihn her.« Dann verteilte er zügig die weiteren Aufgaben.

Rebekkas Finger trommelten auf die Tastatur. Reza und sie warteten darauf, dass Super und Simonsen Jesper Teisbæk ins Präsidium brachten. Gundersen hatte Rebekka und Simonsen mit der Vernehmung beauftragt, und sie hatte sich mental vorbereitet. Jetzt hoffte sie nur, dass sie sich mit Simonsen einigen konnte. Sie seufzte tief und stützte den Kopf in die Hände.

»Willst du auch etwas vom Kiosk?«

Sie zuckte zusammen. Reza stand im Mantel vor ihr. Er sah müde aus.

»Äh, ja, danke.«

»Und was?«

Sie sah ihn geistesabwesend an.

»Einfach irgendwas. Und danke.«

Kaum war Reza gegangen, nahm sie ihr Handy und rief Dorte an. Doch ihre Freundin meldete sich nicht. Rebekka zögerte. Dann versuchte sie es mit der Festnetznummer. Es klingelte mehrere Male, bevor sie Almas Kleinkinderstimme am anderen Ende hörte. Rebekka ließ sich Zeit für das Mädchen, hörte sich an, wie es im Kindergarten lief, und erfuhr, dass sie gerade Fernsehen guckten – Mama, Andreas, Anton und Alma. Die Kleine wollte wissen, ob Rebekka mit Mama sprechen wolle? Rebekka verneinte schnell, bat das Mädchen, alle zu grüßen, und legte auf. Sie schloss einen Augenblick die Augen. Die Situation bei Dorte wirkte idyllisch und friedlich. Sie seufzte erleichtert. Es konnte kaum etwas Schwerwiegendes passiert sein, wenn sie zusammen mit den Kindern vor dem Fernseher saßen. Der Auftritt hatte vermutlich dramatischer gewirkt, als er in Wirklichkeit gewesen war.

Sie hatte auf einmal Lust auf ein Glas Wein, um ihre schmerzenden Schultern und Arme nach den stundenlangen Telefonaten und der Bildschirmarbeit zu betäuben. Vor allem aber sehnte sie sich nach einer Pause von den vielen Gedanken und Theorien, die sich in ihrem auf Hochtouren laufenden Gehirn förmlich überschlugen. Sie stand auf, trat ans Fenster und betrachtete die Dunkelheit dort draußen. Die Schneewehen entlang des Bürgersteigs. Den Wind. Sie atmete ein paarmal tief durch, und die Lust auf ein Glas Wein schwand wieder.

Sie fröstelte. Normalerweise war sie nicht der Typ, der sich nach Sonne und Sommer sehnte wie viele ihrer Kollegen und ein Großteil der dänischen Bevölkerung. Ganz im Gegenteil, sie mochte den Winter, die Kälte und die nackte, pure Landschaft, doch in diesem Augenblick wünschte sie sich weit weg. Sie stellte sich vor, wie sie im hohen Gras lag, vielleicht auf einer duftenden Wiese, während die Sonne ihr Gesicht wärmte und eine Hummel schläfrig über ihr kreiste.

Wie eine Schlafwandlerin kehrte sie zurück an ihren Platz. Im nächsten Moment kam Reza mit roten Wangen und einer schweren Plastiktüte in der Hand herein.

»Meine Güte, ist das windig draußen«, sagte er fröhlich.

Sie nickte ihm zu. »Ich kann das Heulen des Windes bis hier drinnen hören.«

»Schau mal, was ich dir mitgebracht habe.« Reza packte seine Einkäufe aus der Plastiktüte. Ein paar Flaschen Limonade, eine Tüte Schweinekrusten – Rezas Lieblingssnack, worüber sich Rebekka schon oft amüsiert hatte – und ein paar Tüten Lakritz, die er ihr zuwarf. Sie bedankte sich und konnte sich gerade noch eine Handvoll in den Mund stecken, als das Telefon klingelte. Es war Super. Er erzählte, sie hätten Jesper Teisbæk nicht finden können. Er sei weder an seinem Arbeitsplatz noch in seiner Wohnung, doch der Transporter stehe auf dem Parkplatz vor seinem Institut.

»Fuck.« Rebekka raufte sich frustriert die Haare, während sie Reza auf den aktuellen Stand brachte. Sie erhob sich und drehte auf dem abgenutzten Boden ihre Runden, während ihre Gedanken in alle Richtungen davongaloppierten.

»Komm runter, Rebekka. Wir wissen nicht einmal, ob Jesper Teisbæk unser Täter ist oder ob diese Astrid Hemmingsen überhaupt in Gefahr ist...«

»Ich bin aber davon überzeugt, dass sie in Lebensgefahr schwebt, Reza. Astrid Hemmingsen ist verschwunden. Ihr Computer ist verschwunden. Jesper Teisbæk ist verschwunden. Das finde ich ziemlich beunruhigend. Was machen wir jetzt?«

»Wir können wohl nicht viel anderes tun, als zu warten«, antwortete Reza ruhig.

Sie ließen sich auf ihre Bürostühle fallen. Schon bald war Reza in seinen Computer und seine Schweinekrusten vertieft. Er kaute sie gründlich und ausgiebig, eine nach der anderen. Das mahlende Geräusch trieb Rebekka langsam in den Wahnsinn, doch ihr Partner schien seinen Snack so zu genießen, dass sie es nicht über sich brachte, ihn zu bitten, die Tüte beiseitezulegen. Sie seufzte und rutschte auf ihrem Stuhl hin und her. Was sollte sie nur tun, um die Wartezeit zu überbrücken?

Sie ging ein weiteres Mal die telefonischen Hinweise durch, die auf einem gemeinsamen Server gespeichert waren. Systematisch arbeitete sie sich vor. Sie hatte jegliches Zeitgefühl verloren, als sie plötzlich auf einen Hinweis stieß, der erst vor einer halben Stunde eingegeben worden war. Ein Mann namens Finn Nyholm meinte, Hanne Christoffersen am Abend ihres Verschwindens im Garten seines Nachbarn gesehen zu haben. Rebekka las schnell weiter. Dem Kollegen zufolge war der Mann einer von unzähligen unglaubwürdigen Bürgern, die täglich die Polizei mit ihren Anrufen belästigten, nicht zuletzt wenn es um spektakuläre Mordfälle ging. Rebekka stellte fest, dass die Notiz von Tatjana Melchior unterschrieben war. Offenbar war der Anruf bereits vor über einer Woche eingegangen. Sie runzelte die Stirn. Warum war er erst jetzt eingegeben worden? Sie wollte die Telefonnotiz gerade wegdrücken, als ihr Blick auf die Adresse des Zeugen fiel. Sie blinzelte und musste noch einmal hingucken. Dann stand sie ruckartig auf. Der Zeuge, Finn Nyholm, schien ein Nachbar von Aleksander Dam zu sein. Aleksander Dam – der Besitzer des weißen VW-Transporters, den Jesper Teisbæk sich ausgeliehen hatte und aus dem Bess nur mit knapper Not entkommen war.

»Reza, hör mal bitte kurz zu«, sagte sie und informierte ihn über die Telefonnotiz. »Lass uns zu diesem Finn Nyholm fahren und dem Hinweis nachgehen.«

Reza schnitt eine Grimasse. Die Tüte mit den Schweinekrusten war fast leer. »Jetzt? Es ist acht Uhr abends.«

»Wir müssen etwas tun, während wir warten. Und ich finde es schon ziemlich auffällig, dass der Zeuge neben Aleksander Dam wohnt. Ich meine, das kann doch kein Zufall sein, oder?«

1988

Eines Tages ist die Katze da.

Ich kann mich nicht mehr erinnern, wer sie uns gegeben hat – ich weiß nur noch, dass sie zusammengerollt, mit gestreiftem Fell und schrägen, gelblichen Augen, in einem Korb liegt, als ich eines Tages aus der Schule nach Hause komme.

Frau Larsen hat ihr Sahne und Krabben gegeben, und sie habe alles ausgetrunken und aufgefressen, erzählt sie mir zwitschernd. Die Katze gehöre jetzt mir, erklärt sie mir anschließend. Sie kreuzt die Arme über ihrem gewaltigen Busen und sieht mich abwartend an. Ich bin mir darüber im Klaren, was sie von mir erwartet. Freudenschreie, Dankbarkeit oder wenigstens eines meiner berühmten Lächeln, doch ich kann ihren Erwartungen nicht gerecht werden. Stattdessen lasse ich die Schultasche auf den Boden fallen und setze mich an den Tisch, wo meine Milch und mein Nachmittagsimbiss bereitstehen. Ich esse und trinke schweigend. Ich habe noch immer kein Wort gesagt, und ich kann sehen, dass mein Schweigen sie ärgert. Sie nimmt es persönlich, was sie wirklich nicht sollte. Ich toleriere sie ja. Nur die Katze würde ich gerne loswerden.

Die Woche vergeht.

Die Katze kreist jedes Mal, wenn ich aus der Schule nach Hause komme, um mich herum. Sie reibt sich an meinen Beinen, springt mir auf den Schoß, wenn ich mich hinsetze. Ich trete nach ihr, und sie flüchtet maunzend vor mir. Ich jage sie durch das Haus, werfe Dinge nach ihr, sobald ihr kleiner, grau gestreifter Kopf um die Ecke guckt. Bücher, Kissen, spitze Bleistifte, mein Lineal und eines Tages meinen Zirkel, dessen Spitze ihre Pfote erwischt, woraufhin sie laut aufheult.

Sie meidet mich. Hält sich tagelang versteckt, kommt aber trotzdem immer wieder zurück. Sie mag auf Frau Larsens Leckerbissen nicht verzichten.

Ich fange an, ihr aufzulauern. Sie schleicht über die Dielenbretter, und ich genieße es, ihr erschrockenes Gesicht zu beobachten, ihr Fauchen und ihren gekrümmten Rücken, wenn ich plötzlich aus meinem Versteck hervorspringe.

Ich stelle mir vor, wie ich sie töte. Dabei zeichne ich mit Bleistift verschiedene Todesszenarien fein säuberlich auf grobes

Papier. Soll sie ertränkt, zu Tode gequetscht, überfahren, lebend begraben, in der Tiefkühltruhe im Keller schockgefrostet oder doch lieber verbrannt werden …? Die Möglichkeiten sind zahlreich, nur die Phantasie setzt ihnen Grenzen, und ich bin tagelang guter Laune, während die Szenarien immer schneller an meinem inneren Auge vorbeiflimmern.

Eines Nachmittags, als es draußen in Strömen regnet, passiert es. Spontan. Ich sitze wieder einmal am Schminktisch meiner Mutter. Ich habe die Wimperntusche perfekt aufgetragen. Meine Augen sind dramatisch eingerahmt, klebrig vor Mascara, und ich will gerade die Hand nach dem Lippenstift ausstrecken, als ich am Rand des Gesichtsfeldes eine Bewegung wahrnehme. Es ist die Katze. Sie hat sich nach oben in ihr Zimmer gewagt. Ins Zimmer meiner Mutter. Lautlos stehe ich auf. Unter meinen Füßen fühlt sich der rosafarbene Teppichboden wie weiches Fell an. Die Katze sitzt am Nähtisch und leckt sich die Pfoten. Atemlos bewege ich mich auf sie zu. Ich kann den Blick nicht von ihr abwenden. Im Zimmer ist bis auf das Trommeln des Regens gegen die Scheibe kein Laut zu hören. Ich greife nach der Nähmaschine und spüre das kühle Eisen unter meinen Fingern. Ich hebe sie vom Tisch hoch. Sie ist schwer. Meine Arme zittern leicht. In diesem Moment sieht mich die Katze. Doch es ist zu spät. Ich habe die alte Singer-Nähmaschine bereits losgelassen. Sie fällt zu Boden. Ein gedämpfter Knall ist zu hören, als die Katze unter ihr verschwindet, und dann ein Knirschen. Ich gehe in die Hocke. Die Katze maunzt kläglich, Blut sickert langsam unter der Maschine hervor und wird vom dicken Teppichboden aufgesaugt. Ich bücke mich und sehe auf der anderen Seite der Nähmaschine eine kleine, grau gestreifte Pfote unter dem schwarzen Eisen hervorgucken. Ein freudiges Gefühl breitet sich in mir aus. Mein inneres Orchester spielt zum Tanz auf, selbst der Klang der Regentropfen ändert sich, von Moll zu Dur.

Ein plötzliches Geräusch lässt mich aufblicken. Mein Vater steht in der Tür. Mit seiner kräftigen Gestalt füllt er die Türöffnung aus. Sein Blick wandert zu der Nähmaschine hinunter und bleibt an der Katzenpfote in der Blutlache hängen. Langsam hebt er den Kopf. Unsere Blicke begegnen sich, die Luft zwischen uns ist zum Schneiden.

Mein Vater schweigt, als er die Nähmaschine zurück auf ihren Platz stellt. Er holt eine Plastiktüte, legt die Katze hinein und wirft sie in den Mülleimer neben dem Gartentor. Er bittet Frau Larsen, den Teppichboden zu reinigen, da »leider ein Unglück passiert« sei.

Wenig später liegt sie auf den Knien und schrubbt, während ihr die Tränen die runzligen Wangen hinunterlaufen und im Seifenwasser verschwinden. Obwohl sie all ihre Kraft einsetzt, geht das Blut nicht ganz weg, sondern hinterlässt einen bräunlichen Fleck auf dem rosa Teppichboden. Jedes Mal, wenn ich ihn sehe, lässt mich der Fleck kurz innehalten, und ein Film läuft vor meinem Inneren ab. Ich kann die Szene nicht oft genug sehen.

Ein paar Wochen später hat Vater mir einen Platz im Internat Herlufsholm besorgt.

Sie klingelten an der Tür zu Finn Nyholms Einfamilienhaus. Rebekka warf einen verstohlenen Blick zur Villa nebenan, wo alles dunkel und verschlossen war. Der kalte Wind toste, und der Frost schmerzte in den Gesichtern. Über ihnen glänzte ein schöner Sternenteppich. Rebekka drückte noch einmal auf die Klingel. Drinnen wurde Licht angeschaltet, und ein Klappern war hinter der Tür zu hören, bevor sie langsam aufging. Eine junge Frau stand vor ihnen, blass, mit blauschwarzen Haaren und großen, ovalen Augen. Sie wirkte verschlafen. Rebekka und Reza wiesen sich aus und baten darum, mit Finn Nyholm sprechen zu dürfen. Die Frau erbleichte, und ihre blauschwarzen Augen wurden noch dunkler.

»Ich verstehe nicht...« Sie schob sich eine dicke Haarsträhne hinter das Ohr und sah sie abwartend an. Rebekka trat ungeduldig von einem Fuß auf den anderen. Der Frost drang durch die Kleidung, sie hatte am ganzen Körper Gänsehaut.

»Hier soll ein Finn Nyholm wohnen.«

»Finn ist tot«, antwortete die Frau tonlos.

Es fiel ihnen schwer, ihre Überraschung zu verbergen. Nach einigen Sekunden räusperte Rebekka sich.

»Wir werden uns wohl etwas ausführlicher miteinander unterhalten müssen. Dürfen wir hereinkommen?«.

Die junge Frau trat zur Seite und ließ sie in eine größere Diele mit abgenutztem Linoleumboden in einem hässlichen, eierschalenfarbenen Ton. Es roch leicht säuerlich, wie nach alten Milchkartons. Hjørdis Clemmesen stellte sich vor und erzählte, dass sie seit fast zwei Jahren hier wohne. Sie führte sie in eine ältere Küche, die Rebekka gut gefiel. Die Schranktüren mit der an einigen Stellen bereits abgeblätterten blauen Farbe verliehen ihr eine Gemütlichkeit, die vielen modernen Küchen fehlte. Rebekka und Reza nahmen Platz, und Hjørdis zündete eine Kerze an, die auf dem blank gescheuerten Tisch stand. Die Zugluft brachte die orangerote Flamme zum Tanzen.

»Wann ist Finn Nyholm gestorben?«

»Am Sonntag. Ich habe ihn gefunden ...« Hjørdis' Stimme zitterte leicht.

»Wie alt ist er geworden?«

Hjørdis zuckte mit den Schultern, wodurch ihr brauner Pullover hinunterrutschte und eine blasse, mollige Schulter zum Vorschein brachte. Sie erinnerte Rebekka an eine der Frauen auf den Gemälden von Rubens: blass, samtweich und aufreizend.

»Mitte vierzig. Ganz genau weiß ich es nicht. Wir haben nie über sein Alter gesprochen. Für Finn war das Alter nur eine Zahl, die sich zu nichts gebrauchen lässt, hat er immer gesagt.« Sie lächelte kurz.

»Wie ist er gestorben?«, fragte Rebekka und runzelte die Stirn.

»Ich habe ihn, wie gesagt, gefunden. Am Sonntag. Ich war Samstagabend in der Stadt und bin nachts nicht heimgefahren ...« Ihre Stimme war leise und sanft wie dicker, schwarzer Samt. Sie schloss halb die Augen, bevor sie hinzufügte: »Ich bin erst vormittags nach Hause gekommen. Ein bisschen schlechtes Gewissen hatte ich schon, weil ich ihm nicht Bescheid gesagt hatte, dass ich nicht nach Hause kommen würde. Nicht dass er das erwartet hätte ... wir waren schließlich kein Paar oder so.« Eine leichte Röte breitete sich auf ihren blassen Wangen aus. Rebekka betrachtete sie und hatte das Gefühl, dass Hjørdis ihnen etwas verschwieg.

»Sobald ich zu Hause war, bin ich zu ihm hochgegangen, und da saß er im Bett, mit einem merkwürdigen Gesichtsausdruck.« Hjørdis' Stimme zitterte heftig. Die Sache schien sie noch ziemlich mitzunehmen.

»Wie meinen Sie das?«, wollte Reza wissen.

Hjørdis stand einen Moment lang nachdenklich da, bevor sie antwortete. »Sein Kopf war nach hinten gefallen, aber seine Augen waren offen, erschrocken ...«

Sie schwankte und musste sich gegen den Küchentisch stützen. Rebekka zog ihr einen Stuhl heran und bat sie, ebenfalls Platz zu nehmen. Reza setzte Teewasser auf, während Rebekka der jungen Frau langsam den Rest der Geschichte aus der Nase zog. Sie hatte die 112 angerufen, aber weder die Sanitäter noch der Arzt hatten etwas tun können. Es war zu Ende gewesen – Finn war seit mindestens sechs Stunden tot, hatten sie geschätzt und ihn mitgenommen.

»Woran, meinte der Arzt, ist er gestorben?«

Der Wasserkocher klickte, und Reza goss den Tee auf.

Ein ironisches Lächeln glitt über Hjørdis' Gesicht. »Finns Tod hat eigentlich niemanden überrascht. Nicht einmal mich. Er war extrem übergewichtig, man könnte auch sagen extrem fettleibig. Zuletzt hat er 291 Kilo gewogen. Den größten Teil des Tages hat er in seinem Bett gelegen. Er hatte sogar Schwierigkeiten, zur Toilette zu gehen. Er hat oben gewohnt und ich unten.«

»Wie ist er denn dann oben zurechtgekommen?« Rebekka warf einen Blick in die Diele, von wo eine Wendeltreppe in die erste Etage führte. Sie wäre gern hinaufgegangen, um einen Eindruck zu gewinnen, wie Finn Nyholm gelebt hatte.

»Ich bin ihm zur Hand gegangen«, erklärte Hjørdis. »Ich habe für ihn eingekauft, seine Laken gewechselt, seine Sachen gewaschen und ihm im Bad geholfen. All so was.«

»Haben Sie Geld dafür bekommen?«

»Ich wohne hier umsonst.«

Inzwischen war der Tee fertig, und Reza reichte Hjørdis eine Tasse mit dem heißen Getränk. Sie pustete hinein.

»Ist er schon beerdigt worden?«

Hjørdis nickte. »Am Freitag.« Sie seufzte tief. »Wir waren nicht viele in der Kirche, aber es war trotzdem eine schöne Beerdigung. Er wäre zufrieden gewesen. Seine Urne wurde in einem anonymen Grab beigesetzt.«

»Wie war Ihr Verhältnis?«

»Gut.« Sie nippte an ihrem Tee. Rebekka fiel auf, dass ihr winzig kleine Schweißperlen auf der Oberlippe standen, was ihr Gefühl, dass sie ihnen etwas Wichtiges verschwieg, nur noch verstärkte.

»Wir waren kein Paar, falls es das ist, was Sie glauben. Wir waren so eine Art ... Freunde ... oder zwei Menschen, die die gleiche Lebensauffassung teilten.«

»Wovon hat Finn gelebt?«

»Er hat sein Büro verkauft und das Haus hier bar gekauft. Darüber hinaus bekam er Rente. Er konnte wegen seines Übergewichts nicht arbeiten.«

Hjørdis schniefte. Ein Baum draußen vor dem Fenster schwankte im Wind, sein Ächzen ließ die Scheiben klirren. Es war ein leises, kontinuierliches Klirren – wie ein Alarm.

»Er war einer der wichtigsten Leute in der Werbebranche. Das weiß ich, weil ich ihn gegoogelt habe, bevor ich zugestimmt habe, hier einzuziehen. Ich wollte schließlich wissen, mit was für einem Menschen ich mir das Haus teile. Ich habe einiges über ihn gefunden. Früher hat ihm einmal eine der innovativsten Werbeagenturen Dänemarks gehört. Finn hat an der Hochschule unterrichtet und stand hinter einigen ziemlich guten Werbekampagnen. Und dann hat er plötzlich alles aufgegeben, von einem Tag auf den anderen. Er hat das Haus hier gekauft und angefangen zu essen.«

Rezas Augen wurden immer größer, ohne dass er etwas dagegen tun konnte, woraufhin Hjørdis ihn zaghaft anlächelte. Sie hatte Grübchen in den Wangen.

»Er hat das so gewollt. Er wollte essen. Das war seine Entscheidung. Und er war glücklich.«

Mit einem leichten Seufzen trank sie ihre Tasse aus.

Sie baten darum, die obere Etage sehen zu dürfen. Rebekka ging direkt hinter Hjørdis und hatte dadurch ihr wiegendes Hinterteil vor Augen. Auf der obersten Stufe drehte Hjørdis sich plötzlich mit einem bekümmerten Gesichtsausdruck zu ihnen um.

»Warum sind Sie eigentlich hier?«

»Finn hat uns vor einer Woche angerufen, das muss kurz vor seinem Tod gewesen sein. Er meinte, etwas gesehen zu haben, das für den Fall wichtig sein könnte, an dem wir gerade arbeiten. Es geht um die Morde an zwei Frauen mittleren Alters, Hanne Christoffersen und Ursula Winding. Sie haben bestimmt davon gelesen?«

Hjørdis nickte. »Na klar, auch weil der Fundort der Leichen gar nicht so weit weg ist von hier. Aber ich weiß mit Sicherheit, dass Finn nichts damit zu tun hatte … Er war nie draußen und … so war er nicht.« Röte schoss in die Wangen der jungen Frau, und ihre Stimme zitterte vor Wut. Die schnurrende Katze wetzte die Krallen.

»Wir verdächtigen ihn ja auch gar nicht, er verfügte nur möglicherweise über Informationen, die wichtig für uns hätten sein können. Hat er Ihnen gegenüber irgendetwas erwähnt?«

Hjørdis schüttelte den Kopf. »Nein, und ich verstehe auch nicht, was er gesehen haben soll. Er ist doch nie vor die Tür gekommen. Es ist mindestens ein Jahr her, dass er draußen war.«

»Haben Sie jemals über die Morde gesprochen?«

Hjørdis schüttelte den Kopf, während sie sich auf den Treppenabsatz zubewegten.

»Kennen Sie Ihre Nachbarn?«

»Unsere Nachbarn? Welche meinen Sie?«

»Den jüngeren Mann in der Villa links. Aleksander Dam.«

»Eigentlich nicht. Ich weiß nur, dass dort ein Mann wohnt und ein älteres Ehepaar auf der anderen Seite. Wir nicken uns kurz zu, aber wir kennen nicht einmal unsere Namen.«

»Sagt Ihnen der Name Jesper Teisbæk etwas?«

Hjørdis schüttelte den Kopf.

Inzwischen standen sie vor einer geschlossenen Tür, von der die Farbe abblätterte. Hjørdis legte ihre mollige Hand auf die schwarze Klinke, drückte sie aber nicht hinunter.

»Ich weiß nicht, ob es Finn gefallen hätte, dass ich Ihnen seine Höhle zeige. Er war ein sehr privater Mensch.«

»Finn hat uns angerufen. Es ist wichtig.«

Zögernd öffnete Hjørdis die Tür zu einem verdunkelten Zimmer. Es roch muffig – nach altem Schweiß und etwas unbestimmbarem anderen, süßlich, eklig, sodass Rebekka übel wurde. Sie schluckte. Hjørdis schaltete eine kleine Lampe an, und ein großes Zimmer offenbarte sich vor ihren Augen. Es hatte zwei Fenster, von denen eins zur Straße und eins zu Aleksander Dams Haus hinausging. Unter einem der Fenster stand ein Bett. Darüber hinaus gab es in dem Zimmer einen mittelgroßen Kühlschrank, einen Fernseher, ein Regal, einen Sessel und einen größeren Kleiderschrank.

Rebekka ging zu dem Bett unter dem Fenster und sah hinaus. Ein großer Baum beeinträchtigte den Blick, doch ansonsten hatte man direkte Sicht auf Aleksander Dams zugewachsenen Garten. Sie biss sich auf die Lippe. Im Nachbarhaus war alles dunkel, doch sie konnte das schwere Efeu erkennen, das sich im Wind bewegte. Es raschelte.

»Ist Ihnen im Nachbarhaus in der letzten Zeit irgendetwas aufgefallen?«

Sie drehte sich zu Hjørdis um, die mit den Schultern zuckte und sie verständnislos ansah.

»Was sollte das denn sein?«

»Damenbesuch vielleicht?«

Ein Lächeln huschte über Hjørdis' runde Wangen.

»Das, denke ich, können Sie ausschließen. Ich glaube nicht, dass unser Nachbar auf Frauen steht, wenn Sie den jüngeren, gut aussehenden meinen. Er guckt nicht einmal in meine Richtung. Und das tun Männer in der Regel, sowohl jüngere als auch ältere. Ich bin ziemlich überzeugt, dass er schwul ist.«

Reza erstarrte für einen kurzen Moment, doch Hjørdis schien

es nicht zu bemerken. Ihr Blick war stattdessen auf einen Laptop gerichtet, der auf der Fensterbank zur Straße hin lag.

»Den würden wir gerne ausleihen.« Rebekka machte eine Geste in Richtung Laptop.

Etwas wie Angst tauchte in Hjørdis' Augen auf. »Ich glaube nicht, dass Finn das gefallen hätte.«

»Hjørdis, vergessen Sie nicht, dass Finn *uns* angerufen hat.«

Die Frau schlug den Blick nieder.

»War die Tür verschlossen, als Sie nach Hause gekommen sind und Finn gefunden haben?«, wollte Rebekka wissen.

»Ja. Wir schließen sie immer ab.«

»Sind Ihnen offene Fenster oder andere Anzeichen aufgefallen, die auf einen Einbruch hindeuten könnten?«

Sie schüttelte den Kopf, heftig.

»Hatten Sie den Eindruck, dass jemand im Haus gewesen ist? Jemand Fremdes?«

Erneutes Kopfschütteln.

Dann dämmerte der jungen Frau etwas, und die letzte Farbe, die noch in ihren Wangen gewesen war, verblasste.

»Wir haben einen Hausschlüssel unter der Türmatte liegen. Das war Finns Idee – zum einen weil er sich oft Essen beim Bringdienst bestellt hat, und die Boten dadurch selbst zu ihm hochkommen konnten, aber vor allem zu seiner eigenen Sicherheit. Falls ihm schlecht werden sollte und ich nicht da wäre, könnten sich die Sanitäter selbst Einlass verschaffen. Und dann hat es doch nichts genützt, als es so weit war ...«

Hjørdis seufzte tief und fügte hinzu: »Aber jetzt, wo Sie danach fragen: Eine Sache hat mich wirklich etwas gewundert ... Als sie ihn mitgenommen hatten, habe ich seinen Laptop unter der Matratze gefunden – da, wo er gesessen hat. Ich fand es merkwürdig, dass er ihn dort abgelegt hatte, als hätte er ihn verstecken wollen.«

Rebekka warf Reza einen kurzen Blick zu. Dann sah sie Hjørdis eindringlich an.

»Ich spüre, dass Sie Finn sehr gemocht haben, Hjørdis.«

Die junge Frau nickte unmerklich, während ihre Augen feucht wurden.

»Wir brauchen den Laptop. Wir müssen herausfinden, ob irgendetwas darauf ist, das uns weiterhilft.«

Hjørdis rührte sich nicht. Sie stand wie erstarrt vor ihnen, während Tränen ihre runden Wangen hinunterliefen. Reza nahm den Computer. Sie gingen zur Tür. Hjørdis stand immer noch reglos da. In der Tür drehte sich Rebekka zu ihr um.

»Machen Sie sich keine Sorgen.«

In dem Moment brach Hjørdis schluchzend zusammen.

Rebekka legte ihr beruhigend die Hand auf die Schulter.

Da wandte Hjørdis ihr das tränennasse Gesicht zu und rief: »Ich war das!«

Rebekka und Reza starrten sie mit großen Augen an.

»Ich war das«, wiederholte sie schluchzend. »Das ist alles meine Schuld. Ich habe ihn umgebracht.«

»So. Jetzt bist du schön, Mama.«

Astrid registrierte die Stimme wie von weit her. Sie klang verzerrt, als gehörte sie einem Kind, und plötzlich kamen ihr Zweifel, ob es ihr Kind war, das mit ihr sprach. War sie Mutter geworden, oder träumte sie nur?

Ein Blitz zuckte vor ihren Augen, doch sie konnte sie nicht öffnen. Die Muskeln waren blockiert. Sie konnte sich nicht rühren, nicht einmal den kleinen Finger, und sie konnte nicht atmen, was noch viel schlimmer war. Sie war gelähmt. Ihr Kopf schien zu zerspringen, und sie spürte, wie ihr Herz kämpfte, um sie am Leben zu erhalten. Sie begriff, dass sie im Sterben lag. Mit jeder Sekunde sickerte das Leben aus ihr heraus, und sie hatte das Gefühl, über den Wolken zu schweben, auf etwas Weißes, Angenehmes zu. Sie gab ihren Widerstand auf, ließ sich treiben.

Dann wurde ihr plötzlich eine Maske über Mund und Nase gestülpt. Frischer Sauerstoff wurde in sie hineingepumpt. Das weiße Licht verschwand, und der Körper nahm hungrig den Sauerstoff auf. *Danke, lieber Gott, danke …*

Im selben Moment wurde ihr die Sauerstoffmaske abgenommen, und wieder war sie dem Gefühl des langsamen Erstickens ausgeliefert, das mit jeder Sekunde stärker wurde. Ihre Lungen schienen zu explodieren, ihr Hals wurde eng, und ihr Kopf stand kurz vor dem Platzen, als ihr die Maske erneut aufs Gesicht gesetzt wurde und die Lungen ein weiteres Mal gesättigt wurden. Für eine kurze Weile.

Und so ging es weiter.

»Ich hätte mich nie darauf einlassen dürfen, ihn zwangszufüttern. Hätte ich bloß abgelehnt, dann würde er jetzt noch leben.«

Hjørdis weinte herzzerreißend. Sie saßen im Präsidium, und ihr Anwalt versuchte leise, sie zu beruhigen, was ihm jedoch nicht gelingen wollte. Ihre Tränen flossen weiter, als wäre ein Damm gebrochen.

»Zwangsfüttern?« Rebekka sah sie verständnislos an.

Nach und nach erzählte Hjørdis ihnen von den Zwangsfütterungsvideos auf der Homepage. Rebekka und Reza warfen sich im Lauf des Gesprächs ein paar vielsagende Blicke zu, ansonsten hörten sie konzentriert zu, während die bizarre Geschichte ihren Fortgang nahm. Als Hjørdis ihren Bericht beendet hatte, brach sie schluchzend zusammen.

»Hjørdis, bitte beruhigen Sie sich«, sagte Rebekka. »Soweit ich das verstanden habe, waren Sie sich einig, was die Fressorgien angeht.«

Hjørdis nickte, und Rebekka fügte hinzu: »Ich bin mir sicher, dass Sie nichts mit Finns Tod zu tun haben. Sie haben uns erzählt, dass Finn ungefähr dreihundert Kilo gewogen hat. Sein Gewicht hätte ihn mit Sicherheit früher oder später umgebracht.«

Rebekka brachte ihr Papiertaschentücher und eine Cola, während Reza versuchte, an Finns Todesbescheinigung zu kommen, um herauszufinden, ob man ihn vor seiner Verbrennung obduziert hatte.

Es war kurz vor zehn Uhr abends. Der Schneesturm hatte noch zugenommen. Die Fenster waren so sehr von Schnee bedeckt, dass man nicht mehr hinaussehen konnte.

»Wir werden das alles aufklären, Hjørdis«, wiederholte Rebekka. Ihre Gedanken kreisten unablässig um die verschwundene Astrid und Jesper Teisbæk, der noch immer nicht aufgetaucht war. Im Moment interessierte es sie weniger, inwieweit Hjørdis eine Mitschuld daran traf, dass Finn ein wenig früher verstorben war, als zu erwarten gewesen war.

Sie beschlossen, die Fortsetzung des Gesprächs mit Hjørdis zu vertagen, und die junge Frau wurde zu einem wartenden Taxi hinuntergebracht, das sie nach Hause bringen sollte. Anschließend sahen Rebekka und Reza sich mit glasigen Augen an. Das Präsidium leerte sich langsam.

Rebekka versuchte, ihre Gedanken zu ordnen, doch es gelang ihr nicht. In ihrem Kopf herrschte Chaos.

»Ich weiß allmählich nicht mehr, wo in diesem Fall oben und unten ist. Wir haben einen Streifenwagen zu Jesper Teisbæks

Privatadresse geschickt und einen an seinen Arbeitsplatz. Wir haben einen Peilsender an seinem Auto angebracht …«

»Wir haben auch Leute am Lyngbysee«, warf Reza ein.

Rebekka schloss die Augen und massierte mit den Fingern ihre schmerzenden Schläfen.

»Alles deutet auf Jesper Teisbæk hin, und trotzdem ist da irgendwas an der Geschichte von diesem Finn Nyholm, was mir nicht gefällt …«

»Es ist in jedem Fall seltsam, dass sein Nachbar ausgerechnet Aleksander Dam ist beziehungsweise war – der Mann, dem das Auto gehört … und der mit Jesper Teisbæk zusammenarbeitet.«

Reza öffnete eine Flasche Limo und leerte sie zur Hälfte. Rebekka schüttelte den Kopf, als handelte es sich dabei um eine Tüte mit Puzzlestücken – in der Hoffnung, sie würden ein neues, sinnvolles Muster ergeben, wenn sie auf dem Boden landeten.

»Was machen wir mit Aleksander Dam? Wenn wir überhaupt etwas machen?« Reza sah seine Kollegin fragend an.

Sie zuckte mit den Schultern. Finn Nyholm hatte sie angerufen, weil er glaubte, er habe eine Frau in Aleksander Dams Haus gehen sehen, die der ermordeten Hanne Christoffersen ähnlich sah. Doch das bewies noch lange nicht, dass sie es auch wirklich gewesen war – Finn war sich selbst nicht sicher gewesen, doch nichtsdestotrotz gehörte Aleksander Dam der weiße VW-Transporter mit dem kaputten Seitenfenster. Den Jesper Teisbæk sich ausgeliehen hatte. Rebekka glaubte nicht an Zufälle.

»Sollen wir uns mal Finn Nyholms Computer vornehmen?« Sie nickte in Richtung des flachen, silbergrauen Laptops, der auf Rezas Tisch stand, und fügte hinzu: »Die Techniker können sich erst morgen darum kümmern, doch wenn wir es schaffen, uns einzuloggen, können wir schon mal sehen, was darauf ist. Ich habe Hjørdis nach Finns Passwort gefragt. Sie wusste es nicht, tippte aber auf zwei Möglichkeiten: Hjørdis oder Precious – das ist der Name einer streunenden Katze, die hin und wieder für ein paar Tage vorbeigekommen ist und mitgegessen hat. Was meinst du?«

Ihr Partner warf ihr einen müden Blick zu, und ihr schlechtes Gewissen meldete sich. Sie warf einen Blick auf die Uhr an der Wand.

»Weißt du was? Fahr nach Hause. Ich sehe ihn mir allein an, und dann setzen wir uns morgen noch mal zusammen dran.«

Reza schüttelte den Kopf. »Nein, nein, lass uns das gleich machen.«

Sie ging zu ihm hinüber und griff nach seinen Schultern.

»Ganz ehrlich, ich sehe dir an, dass du total fertig bist. Fahr nach Hause. Es ist spät, und vor morgen früh kommen wir ohnehin nicht weiter.«

»Bist du sicher?«

»Ganz sicher.« Sie lächelte ihn überzeugend an.

Reza streckte sich, stand auf und sammelte seine Sachen zusammen. Während sie Finn Nyholms Laptop aufklappte, zog er seinen Mantel an, sagte: »Gute Nacht, falls du noch zum Schlafen kommst«, und ging.

Mit dem Passwort »Hjørdis« wurde ihr der Zugang verweigert. Dann versuchte sie es mit »Precious«, und eine Sekunde später befand sie sich auf einer Homepage, die einem »Mister Fat Finn« gehörte. Ob das Finn Nyholm war?

Die Begrüßungsseite zeigte eine Nahaufnahme, die den ganzen Bildschirm ausfüllte, und Rebekka brauchte einige Sekunden, um zu verstehen, was sie da sah: einen blassen, wabbeligen Bauch. Sie klickte weiter. Mehrere kurze Videofilme waren hinterlegt, von denen sie den obersten öffnete. Eine Nahaufnahme von einem weit aufgerissenen Mund, in dem etwas steckte. Rebekka blinzelte. Die Kamera zoomte langsam wieder weg, und sie sah einen schwer übergewichtigen Mann, der festgebunden auf einem Bett lag. An seinem Mund war ein Rohr befestigt. Die Kamera wackelte leicht, als würde jemand dagegenstoßen, und Hjørdis erschien im Bild. Sie trug ein schwarzes Fischernetzkleid, das ihre Formen gut zur Geltung brachte. Hjørdis redete auf Englisch liebevoll mit der Kamera, dann sagte sie etwas zu dem Mann, bei dem es sich zweifellos um Finn Nyholm handelte. Er konnte nicht antworten, doch Rebekka sah, wie sein schwerer Körper sich bewegte. Hjørdis hob die Hand, in der sie eine Kanne hielt, und goss deren flüssigen Inhalt in einen Trichter, der im Rohr an Finns Mund mündete. Bei diesem Anblick drehte sich Rebekka der Magen um, und sie spulte schnell vor.

Als sie am Ende des Films angekommen war, brauchte sie einen Augenblick, um zu verdauen, was sie gerade gesehen hatte. Etwas Ähnliches war ihr noch nie untergekommen, obwohl sie als Ermittlerin der Mordkommission über die Jahre so einiges gesehen hatte.

So wie sie es einschätzte, hatte Finn sich freiwillig ans Bett binden lassen. Sie atmete tief in den Bauch hinein und klickte zum Chatroom weiter. Ein Nutzer namens FatFan schrieb:

You are killing yourself. Not that I mind – but hang in there. And promise to post new clips asap. Really enjoyed the last one. Had a hard on. For days! Yours always. FatFan.

Rebekka runzelte die Stirn, während sie die gesamte Unterhaltung las, die mit einem Beitrag von einem anderen Nutzer begann, der sich Timothy1977 nannte.

Hey Feedee Finn glad to see you online. What's up? Timothy1977
Help me.
Hey Fattie – how are ya? Probably eating your guts out? :-D
Help me. My neighb...

Die Haare standen ihr zu Berge, als ihr langsam der Sinn dessen, was sie da gerade las, bewusst wurde.

Finn Nyholm hatte Angst gehabt, als er starb. Er hatte Hilfe gesucht, war jedoch unterbrochen worden, während er auf seiner Homepage chattete. Seine letzten Worte waren: *My neighb ...* Mein Nachbar. Der Chat hatte am Sonntag um 01:34 Uhr stattgefunden. Es war der Tag, an dem man neunzehn Stunden später Ursula Winding tot auf der Bank gefunden hatte.

War Finn vor Schreck das Herz stehen geblieben? Oder war er ermordet worden? Weil er etwas gesehen hatte? Seinen Nachbarn? Der einzige Nachbar, dessen Haus Finn Nyholm von seinem Zimmer aus hätte sehen können, war Aleksander Dam. Rebekka erhob sich verwirrt.

Aber welche Rolle spielte dann Jesper Teisbæk?

Rebekka griff nach ihrem Mantel und stürzte aus dem Büro.

VOR ZWEI MONATEN

»Deine Mutter ist tot.«

Dieser Satz setzt das Ganze in Gang.

Dieser Satz, der in nur wenigen Sekunden meine Seele zerspringen lässt. Ich bin ein Kartenhaus, das in sich zusammenfällt.

»Deine Mutter ist vor vielen Jahren gestorben. Ich konnte es dir nicht sagen. Ich wollte dich nicht traurig machen. Wir haben auch so weit auseinander gewohnt. Ich habe gedacht, dass ich es dir erzähle, wenn du zurück nach Dänemark kommst, aber die Jahre sind vergangen, und ...«

Die Stimme meines Vaters ist dünn und nicht länger seine. Seine äußere Hülle ist noch immer groß, wie er da in seinem

Bett im Pflegeheim liegt, doch die Muskeln sind verschwunden, und die Haut hängt runzlig um seinen Körper. Seine Bärenhände ruhen auf der Decke, sie sind nicht mehr gefährlich.

Meine Mutter ist tot. Mir schnürt sich die Kehle zusammen, und ich höre mich nach Luft schnappen. Heißt das, dass ich sie nie mehr sehen werde? Ihren Duft nie mehr einatmen werde, mein Gesicht nie mehr an ihren Körper drücken und sie nie mehr spüren werde? Die Hoffnung, wieder mit ihr vereint zu sein, hat mich in den zwei Jahrzehnten, die seit ihrem Verschwinden vergangen sind, aufrechterhalten. Jetzt ist die Hoffnung zunichtegemacht.

Der Gedanke ist so schrecklich, dass mir die Tränen in die Augen treten. Ich weine sonst nie. Seit Vater alle Fotos von meiner Mutter zerrissen und mich an jenem Abend aufgefordert hat, endlich mit dem Heulen aufzuhören, habe ich keine Tränen mehr vergossen, doch jetzt tropfen sie aus meinen Augen wie aus einem undichten Gartenschlauch und landen auf dem grau gesprenkelten Boden.

»Wann ist sie gestorben?«

»Sie ist gestorben, als du ungefähr zwanzig warst. Ich habe einen Brief von den Behörden bekommen. Sie hat in Deutschland gewohnt, in Heidelberg. Sie hat als Kellnerin gearbeitet und allein gelebt. Das hat man mir gesagt.«

»Woran ist sie gestorben?«

»An Krebs. Sie haben gesagt, dass es schnell gegangen ist.«

»Sie?«

»Ihre deutschen Ärzte. Ich habe kurz mit ihnen korrespondiert. Sie ist dort unten beerdigt. In einem anonymen Grab. Ich wollte nicht, dass sie zu Hause bestattet wird. Was hätte uns das gebracht, dir und mir? Für uns war das Vergangenheit. Außerdem warst du zu dem Zeitpunkt in den USA – wir hatten ja kaum Kontakt.«

»Warum hast du nicht geschrieben? Oder mich angerufen?« Ich kann den Vorwurf in meiner Stimme hören. Die Wut lässt die Sätze anders klingen, vibrierend und gefährlich.

»Du warst so weit weg. Ich ... habe es nicht geschafft.«

Mein Vater klingt müde. Er hat fast keine Kraft mehr, und die wenigen Male, die ich ihn besuchen komme, will er, dass ich schnell wieder gehe.

»Jetzt habe ich gar nichts mehr von ihr. Du hast alle Fotos von ihr zerrissen ... Wie soll ich mich jetzt an sie erinnern?« Der Zorn wütet in meinem Körper.

»Du musst dich eben in Gedanken an sie erinnern ...«

Ich schüttele den Kopf und stehe von dem harten Stuhl auf, auf dem ich sitze. Ich bin überrascht, dass ich überhaupt aufstehen kann, da ich vor lauter Wut am ganzen Körper zittere. Draußen stieben Schneeflocken in der Dunkelheit vorbei. Durch die Wände ist die Titelmelodie der Fernsehnachrichten zu hören. An der Tür zum Gang hängt ein Weihnachtsherz. Das Pflegepersonal hat bereits für die bevorstehenden Feiertage geschmückt. Ich habe das Herz einmal mit meiner Mutter gebastelt. Offenbar hat er es aufbewahrt. Damals hat das Herz mich mit Freude erfüllt, jetzt erfüllt es mich mit Hass – und erinnert mich daran, was ich verloren habe.

»Bist du so lieb und hilfst mir? Es tut weh, so zu liegen.«

Mein Vater dreht den Kopf von einer Seite zur anderen. Er hat immer Probleme mit dem Nacken gehabt, mehrere Bandscheibenvorfälle und jetzt auch noch Arthrose. Ich ziehe das Kissen unter seinem Kopf weg. Er liegt mit geschlossenen Augen da und stöhnt leise, es ist offensichtlich, dass er Schmerzen hat. Ich knülle das Kopfkissen zusammen. Meine Wut nimmt zu. Ich spüre, wie mein Blutdruck in die Höhe schnellt, und plötzlich drücke ich ihm das Kissen aufs Gesicht. Ich drücke, so fest ich kann, und er leistet keinen Widerstand, gar keinen. Ich verstehe, dass er genau das will. Er will sterben. Ich lockere den Druck ein wenig – lasse das Kissen einfach fest auf seinem Gesicht liegen. Trotzdem rinnt mir der Schweiß herunter. Läuft mir über das Gesicht und vernebelt mir die Sicht.

Ich sehe mich von oben. Ich sehe mich selbst dastehen und meinen Vater langsam umbringen. Ich lächle. Ein letztes Zucken durchfährt den Körper meines Vaters, bevor er ganz schlaff wird. Ich hebe das Kissen ein wenig an. Betrachte ihn einen Moment, bevor ich das Kissen wieder in seinen Nacken stopfe. Dann lösche ich die Wandlampe und verlasse leise das Zimmer. Ich bin fast am Ausgang, als jemand meinen Arm berührt. Ich zucke zusammen und drehe mich schnell um. Die Nachtschwester, Jette heißt sie, mit einem roten Pagenkopf und braunen Knopfaugen, lächelt mich freundlich an. Ich finde meine Fassung und meine erwachsene Stimme wieder.

»Mein Vater schläft endlich. Es ist wichtig, dass er nicht geweckt wird. Es ging ihm schlecht, er war sehr unruhig und hatte Schwierigkeiten mit dem Einschlafen.«

Sie nickt und tätschelt mir kurz den Arm.

»Natürlich. Ich werde dafür sorgen, dass er nicht geweckt wird. Ich habe heute hier unten Nachtwache. Sally ist oben.«

Ich habe keine Ahnung, wer Sally ist, aber ich zwinge mich zu einem Lächeln, zu einem breiten Lächeln, und Jette fühlt sich geschmeichelt, das sehe ich.

Ich eile durch die Schwingtür ins Freie. Die Kälte sticht mir ins Gesicht, es schneit kräftig, und die Schneeflocken landen auf mir, überall. Normalerweise ärgert es mich, wenn ich nass werde, doch heute ist es mir gleichgültig. Ich spüre die Freude durch meinen Körper strömen, und als ich zu meinem Auto gehe, kommt mir die Idee.

Rebekka lief den dunklen Gang hinunter. Ihre Schritte hallten. Sie sah in Supers Büro. Leer. Sie lief weiter, während das Adrenalin durch ihren Körper strömte. Sie versuchte es an der nächsten Tür. Im Halbdunkel saß jemand am Computer und drehte sich um, als Rebekka die Tür öffnete. Es war Tatjana.

»Bist du die Letzte hier?«, fragte Rebekka atemlos.

»Ja, aber das ist doch auch nicht so verwunderlich.« Tatjana nickte in Richtung Wanduhr. Es war fast elf.

»Wir müssen zu Aleksander Dam. Sofort. Das ist der Kollege von Jesper Teisbæk. Ich habe gerade entdeckt, dass Dam mit großer Wahrscheinlichkeit unser Täter ist. Er hat vermutlich die verschwundene Astrid Hemmingsen in seiner Gewalt. Wenn sie überhaupt noch am Leben ist.«

Rebekka sprach so schnell, dass sie über ihre eigenen Worte stolperte.

Tatjana erhob sich verwirrt und fuhr sich mit den Händen durchs kurze Haar und sah Rebekka an. »Ehrlich gesagt habe ich keine Ahnung, wovon du sprichst.«

»Ich weiß, dass das etwas chaotisch klingt, aber ich weiß auch, dass ich recht habe. Ich erkläre es dir im Auto. Kommst du?«

Rebekka drehte sich um und stürzte auf den Gang hinaus, während sie sich vergewisserte, dass sie ihre Dienstwaffe bei sich hatte. Tatjana folgte ihr. Einige Minuten später saßen sie im Auto.

An der ersten roten Ampel sagte Rebekka: »Du hast heute eine Telefonnotiz auf den Server geladen, es ging um einen Anruf von einem Zeugen, Finn Nyholm.«

Tatjana schwieg.

»Du hast den Anruf schon letzten Freitag entgegengenommen«, fügte Rebekka hinzu.

Tatjana schlug die Augen nieder. Es wurde grün. Rebekka drückte das Gaspedal durch.

»Stimmt. Ich habe vergessen, die Notiz hochzuladen ... Das habe ich erst heute gemerkt und ...«

Tatjanas Stimme versiegte.

»Finn Nyholm ist tot.«

»Was ist er?« Tatjana riss die Augen auf.

»Auf den ersten Blick scheint er eines natürlichen Todes gestorben zu sein. Es hat sich nämlich herausgestellt, dass er fast dreihundert Kilo gewogen hat. Das Sonderbare ist nur, dass er beim Chatten gestorben ist. Er hat gerade noch geschafft zu schreiben, dass er Angst vor seinem Nachbarn hat. Sein Nachbar ist Aleksander Dam. Ihm gehört der weiße VW-Transporter T5. Und bei seinem Forschungsprojekt verwendet er Curare.«

»Das ist nicht wahr ...«

Tatjana schlug die Hände vor den Mund. Ein Windstoß schob das Auto leicht auf die andere Fahrbahn. Rebekka korrigierte schnell den Kurs.

»Ich fühle mich schuldig, dass ich seinem Tipp nicht nachgegangen bin«, sagte Tatjana leise. »Was, wenn sein Tod kein Zufall ist? Verdammt.«

Rebekka nickte. Sie schwiegen eine Weile, bevor Tatjana fragte: »Wissen Gundersen oder Simonsen, dass wir auf dem Weg zu ihm sind?«

Rebekka spürte den forschenden Blick der Kollegin, und einen kurzen Moment fragte sie sich, ob Tatjana möglicherweise kalte Füße bekommen hatte.

»Nein. Gundersen geht nicht an sein Handy, aber ich habe ihm eine Nachricht hinterlassen, und Simonsen habe ich eine SMS geschickt. Wir haben keine Zeit, auf sie zu warten. Astrid Hemmingsen kann tot sein, bevor sie sich melden. Hast du deine Waffe bei dir?«

Tatjana nickte. »Natürlich.«

»Sie sind möglicherweise zu zweit. Aleksander Dam und Jesper Teisbæk.«

Rebekka sah, wie die Kollegin schluckte. Sie konzentrierte sich wieder auf die Straße.

»Du kannst aussteigen, wenn du willst. Oder im Auto warten, während ich reingehe.«

»Nein.«

Die Antwort kam prompt. Rebekka lächelte. Tatjana war gar nicht so anders als sie selbst – trotz ihrer engen Beziehung zu Gundersen. Rebekka hatte Lust, sie nach dieser Beziehung zu fragen, tat es aber nicht. Sie brauchte diese Minuten, um sich mental auf das Zusammentreffen mit Aleksander Dam vorzubereiten.

Die restliche Fahrt verlief schweigend. Draußen heulte der Wind, und die Nacht war frostklar und brüchig, wie wenn man mit der Kufe eines Schlittschuhs so fest über das Eis fuhr, dass es sprang.

Sie rollten leise die spiegelglatte Straße entlang. Die Häuser lagen Seite an Seite, wie schwarze Kolosse mit verdunkelten Fenstern. Die Bäume bogen sich kräftig im starken Wind und knarrten laut. Rebekka parkte ein gutes Stück von Aleksander Dams Gartentor entfernt.

Lautlos stiegen sie aus dem Auto und schlossen vorsichtig die Türen. Die Dunkelheit war so kompakt, dass sie gerade ihren eigenen Umriss ausmachen konnten. Rebekka ging mit der Gewissheit den Bürgersteig entlang, dass Tatjana direkt hinter ihr war, das gab ihr eine enorme Sicherheit. Genau wie Rezas Gegenwart – damals. Die Erinnerungen an den Morgen übermannten sie plötzlich, und sie spürte, wie ihre Beine unter ihr nachgaben. Die Angst schnürte ihr die Kehle zu und ließ sie nach Luft schnappen. *Reiß dich zusammen, Rebekka. Verlier nicht den Fokus – lass dich nicht von der Angst besiegen.* Sie blieb stehen und atmete tief durch. Streckte sich, biss die Zähne zusammen und legte eine Hand an den Griff ihrer Pistole.

Auf Dams Grundstück schob sie vorsichtig das schwere Gartentor auf. Es scharrte über den Kies. Sie hatte vergessen, ihre Handschuhe anzuziehen. Das Eisen fühlte sich eiskalt an, und ein Schauer lief ihr das Rückgrat hinunter.

Sie bewegten sich lautlos den spiegelglatten Gartenweg entlang und die drei Stufen zur Haustür hoch.

Das Haus lag dunkel und still vor ihnen – doch von drinnen war gedämpftes Licht zu erahnen. Tatjana drückte auf die Klingel. Rebekkas Blick wanderte zu dem Fenster hoch, an dem Finn Nyholm gesessen haben musste, und das leere, schwarze Fenster starrte zurück – wie ein Auge. Ein paar Sekunden tat sich nichts, dann hörten sie Schritte, die langsam näher kamen, und kurz darauf ging die Tür auf, und gelbes Licht strömte ihnen entgegen.

»Ja, bitte?« Aleksander Dam sah sie überrascht an.

»Ich weiß nicht, ob Sie sich an mich erinnern? Rebekka Holm.« Sie zeigte ihm ihren Dienstausweis. »Und das ist meine Kollegin, Tatjana Melchior. Entschuldigen Sie, dass wir Sie so spät noch stören.« Rebekka lächelte ihn so überzeugend wie möglich an und fuhr fort: »Im Zuge unserer Ermittlungen sind ein paar Details aufgetaucht, die es erforderlich machen, dass wir mit Ihnen reden.«

»Jetzt?« Aleksander Dam warf einen Blick auf seine Armbanduhr. Eine tiefe Falte bildete sich zwischen seinen Augenbrauen. Er war eindeutig nicht glücklich, gestört zu werden.

»Leider ja. Die Zeit arbeitet in diesem Fall gegen uns, wir suchen nämlich nach einer verschwundenen Frau.«

Die Falte wurde noch tiefer.

»Ich verstehe nicht …?«

»Dürften wir bitte hereinkommen?«

»Es ist schon sehr spät.« Aleksander Dam rührte sich nicht von der Stelle.

»Sie können auch gerne mit aufs Präsidium kommen, wenn Ihnen das lieber ist.«

Sie ließ ihre Stimme wie beiläufig klingen, während sie die Hand zur Faust ballte und hoffte, dass er sie einließ. Sie *mussten* in dieses Haus. Sie wusste das – sie spürte es in ihrem ganzen Körper.

»Na gut, dann kommen Sie.« Er ließ sie widerwillig in die dunkle Diele, von der aus eine schön geschwungene Treppe in die erste Etage führte. »Ich hoffe, Sie machen es kurz. Ich war gerade auf dem Weg ins Bett, als Sie geklingelt haben. Momentan bin ich beruflich sehr eingespannt, da ich gerade ein größeres Forschungsprojekt abschließe. Da arbeite ich auch an den Wochenenden.«

»Es wird nicht lange dauern«, versicherte sie ihm mit einem Lächeln, das er jedoch nicht erwiderte. Vielleicht war er tatsächlich immun gegenüber weiblichem Charme.

Er führte sie durch die Küche und an einem Esszimmer vorbei ins Wohnzimmer. Sie nahmen in zwei Sesseln Platz, während er einen Moment stehen blieb und fragte, ob sie etwas trinken wollten. Sie lehnten wie aus einem Mund dankend ab und baten ihn, sich ebenfalls zu setzen. Aleksander Dam nahm mit steifen Bewegungen und angespanntem Kiefer Platz.

»Ich bin mir sicher, dass Sie Ihre Zeit vergeuden.«

»Das sehen wir anders. Wir sind uns sicher, dass Sie uns weiterhelfen können.«

»Ich verstehe noch immer nicht, warum Sie zu mir kommen und mich nach einer verschwundenen Frau fragen. Ich habe keine Ahnung, wovon Sie reden. Ich weiß nicht einmal, um was für eine Frau es geht. Ich verfolge die Berichterstattung der Medien nicht, dafür bin ich zu beschäftigt.«

Rebekka nickte. »Das verstehen wir gut, und wir werden Ihnen auch sagen, worum es geht, aber fangen wir mit etwas anderem an. Kennen Sie Ihren Nachbarn zur Rechten, Finn Nyholm, einen ziemlich kräftigen Mann?«

Aleksander Dam schüttelte den Kopf. »Nein, spontan sagt mir der Name nichts, aber um ehrlich zu sein, kenne ich meine Nachbarn überhaupt nicht. Ich arbeite, wie gesagt, sehr viel, und wenn ich nicht arbeite, trainiere ich. Im Grunde bin ich nur zum Schlafen zu Hause.« Er lachte kurz und freudlos.

Rebekka nickte erneut. »Das kenne ich nur zu gut. Trotzdem weiß man doch meistens, wer neben einem wohnt, zumindest vom Sehen. Eine jüngere Frau wohnt auch dort.«

»Ich muss Sie leider enttäuschen.« Aleksander Dams Kiefer war angespannt. Er war auf der Hut, ohne Zweifel. »Wenn Sie sich für meinen Nachbarn interessieren, warum klingeln Sie dann nicht bei ihm?«

»Das ist leider nicht möglich. Er ist nämlich tot.«

Aleksander Dam wurde blass, wahrte jedoch die Fassung.

»Tot? Jetzt verstehe ich überhaupt nichts mehr.«

»Finn Nyholm ist am Sonntag gestorben, und zwar direkt nachdem er etwas beobachtet hatte«, sagte Rebekka. »Etwas Wichtiges.«

Aleksander Dam sah sie ausdruckslos an. »Ich muss gestehen, dass mich das nicht klüger macht.«

»Ich werde versuchen, es Ihnen zu erklären. Zu ihrer Rechten«, sie zeigte in Richtung von Finn Nyholms Haus, »hat bis zu seinem Tod vor knapp einer Woche ein Mann namens Finn Nyholm gewohnt. Vor seinem Tod ist es ihm noch gelungen, uns einen wichtigen Hinweis zu den Morden an Hanne Christoffersen und Ursula Winding zu geben. Sie haben doch bestimmt von den beiden Mordfällen gehört. Die Medien haben in der letzten Zeit ausführlich darüber berichtet.«

Aleksander Dams Gesicht zeigte keinerlei Reaktion. »Ich verstehe immer noch nicht, was das mit mir zu tun hat.«

Gerade seine fehlende Reaktion überzeugte Rebekka, dass er genau der Mann war, den sie suchten. Sie spürte, wie sich die Stimmung im Wohnzimmer veränderte. Sie musste sich schnell etwas einfallen lassen, wenn sie und Tatjana nicht unverrichteter Dinge gehen wollten. Sie setzte ihr freundlichstes Lächeln auf.

»Ich verstehe gut, dass das verwirrend klingt, aber es geht noch immer um Ihr Auto und Ihren Kollegen Jesper Teisbæk. Meine Kollegin wird Ihnen das genauer erklären.« Sie wechselte schnell einen Blick mit Tatjana, die zustimmend nickte, und fügte hinzu: »Darf ich bitte mal Ihre Toilette benutzen?«

»Natürlich, sie ist draußen in der Diele, ich werde ...« Aleksander Dam stand bereitwillig auf, doch sie kam ihm mit einem Lächeln zuvor.

»Ich finde sie schon – Tatjana Melchior wird währenddessen das Gespräch fortführen.«

Rebekka verließ schnell das Zimmer und ging durch die Küche in Richtung Diele. Sie warf einen Blick in die Spüle und stellte fest, dass dort zwei Gläser standen, das eine voll und das andere halb leer. War das Lippenstift an dem leeren Glas? Sie ging weiter, während ihr Gehirn auf Hochtouren arbeitete. *Ecstasy in Alkohol ist ein gefährlicher Cocktail. Die Mischung macht einen willenlos und außerstande, auf sich achtzugeben.*

In der Diele befanden sich rechts von ihr zwei Türen. Die erste führte in die Gästetoilette. Sie schaltete das Licht an, schloss die Tür, drehte den Wasserhahn auf und überdachte kurz ihre Möglichkeiten. Ihr Instinkt sagte ihr, dass Aleksander Dam auf die eine oder andere Weise in die Mordfälle involviert war. Obwohl Jesper Teisbæk das Auto fuhr. Arbeiteten sie womöglich nicht nur auf wissenschaftlichem Gebiet zusammen? Ob sie die Morde gemeinsam begangen hatten? Vorsichtig trat sie wieder in die

Diele. Aus dem Wohnzimmer waren leise Stimmen zu hören. Sie atmete tief ein, streckte die Hand nach der Klinke der anderen Tür aus und öffnete sie vorsichtig. Im Dunkeln erahnte sie eine Treppe, die nach unten führte. In den Keller. Sie atmete tief durch, doch von unten war bis auf ein monotones Summen, das vermutlich von der Heizung kam, nichts zu hören. Langsam schlich sie die Treppe hinunter, tastete sich mit den Händen an den Wänden vor, bis sie am Fuß der Treppe angekommen war. Es war dunkel, stockdunkel, und sie brauchte einen Augenblick, um sich zu orientieren. Ihr Herz schlug hart in ihrer Brust. Sie spielte mit hohem Einsatz, es musste einfach gut gehen.

Als ihre Augen sich an die Dunkelheit gewöhnt hatten, sah sie, dass sie in einem fensterlosen, weiß gefliesten Raum stand. Es roch stark nach Desinfektionsmitteln. Sie machte einen Schritt in den Raum hinein und stieß gegen einen Metalltisch, der laut schepperte. Langsam bewegte sie sich vorwärts und öffnete vorsichtig die erste Tür, auf die sie stieß. Knarrend ging sie auf, und Rebekka trat in einen kleinen Raum. Der Mond schien schwach durch das hohe, vergitterte Kellerfenster, an den Wänden entlang stapelten sich Plastikkisten. Ein seltsamer Geruch schlug ihr entgegen, der bei ihr Übelkeit erregte. Zunächst konnte sie ihn nicht einordnen, doch dann wusste sie, dass er sie an den Zoo erinnerte. Warm und animalisch.

Mit angehaltenem Atem ging sie weiter und kam zu einer weiteren verschlossenen Tür. Sie blieb kurz stehen und warf einen Blick über die Schulter. Niemand folgte ihr, alles war dunkel. Die Tür war mit einem massiven Riegel verschlossen, den sie zur Seite schob. Ihr Körper zitterte vor Adrenalin, die Kleidung klebte ihr am Körper, und ihr Herz pochte laut. Hinter der Tür befand sich ein großer Raum, in dem über einem kleinen Tisch eine Lampe brannte. Einen Augenblick stand sie wie versteinert da. Sie konnte nicht glauben, was sie sah. Der Raum erinnerte an eine Kulisse. Auf einem großen, dunkelbraunen Plüschsofa saß völlig reglos eine Frau mit Locken, einer Sonnenbrille im Haar und kräftigem Make-up. Trotzdem erkannte Rebekka sie sofort. Astrid Hemmingsen.

Mit einem Satz war sie bei ihr und stellte fest, dass sie einen leblosen Eindruck machte und stark nach Parfüm roch. Als Rebekka die Hand nach ihr ausstreckte, spürte sie etwas Steifes im Rücken der Frau. Eine Art Metallbügel verlief an der Wirbelsäule entlang bis zum Nacken und hielt sie aufrecht. Rebekka schleuderte den Bügel zur Seite, brachte Astrid Hemmingsen in eine liegende Stellung und beatmete sie künstlich. Dabei sah sie sich um und stellte fest, dass eine Sauerstoffmaske, wie Sanitäter sie benutzten, auf dem Boden neben dem Sofa lag. Schnell stülpte sie der Frau die Maske über das Gesicht, und kurz darauf veränderte sich deren Gesichtsfarbe von Hellgrau zu Hellrot. Rebekka fuhr noch einige Sekunden mit der Beatmung fort, dann holte sie ihr Handy heraus und forderte im Flüsterton einen Krankenwagen an.

Sie hatte gerade aufgelegt, als sie von oben einen lauten Schrei hörte, gefolgt von einem Poltern, das so klang, als würden Möbel umgeworfen. Rebekka erstarrte und lauschte. Dann hörte sie Schritte. Jemand kam die Treppe heruntergelaufen. Wer war das? Tatjana oder Aleksander Dam? Oder gar Jesper Teisbæk? Die Schritte waren schwer, und ihr wurde ein wenig mulmig zumute, als ihr klar wurde, dass sie Tatjana wohl ausschließen konnte. Sie griff nach ihrer Pistole, spürte das kühle Metall in der Hand und zwang sich zur Ruhe. Dann versetzte sie der Lampe einen so heftigen Stoß, dass sie auf dem Boden zerbrach. Es wurde dunkel. Als sie zurücktrat, streifte sie das Bein von Astrid Hemmingsen. Sie hockte sich hinter das Sofa, während die Schritte näherkamen. Die Tür ging auf. Sie machte sich ganz klein und hörte ihren eigenen angespannten Atem. Was zum

Teufel war mit Tatjana passiert? Die Angst ergriff sie mit einer solchen Wucht, dass sie nach Luft rang. Sie spürte Aleksander Dams Nähe. Er musste mitten im Raum stehen, ungefähr dort, wo Astrid Hemmingsen saß. Also weniger als einen Meter von ihr entfernt. Rebekka drückte sich an die Wand, während sie die verschiedenen Optionen durchging. Sie musste weg von hier, aber wie?

Plötzlich klingelte ihr Handy laut in der Hosentasche.

Sie keuchte, und eine Sekunde später wurde ein Schuss auf sie abgefeuert und schlug in die Wand direkt hinter ihr. Rebekka warf sich zur Seite. Ein weiterer Schuss ging in ihre Richtung. Sie suchte hinter dem Sofa Schutz und entsicherte ihre Waffe, während die Gedanken durch ihren Kopf wirbelten. Was sollte sie tun? Vorsichtig stützte sie sich mit der Hand auf dem Boden ab und fühlte etwas Glattes. Eine Parfümflasche. Ihre Finger tasteten die viereckige Form und die kleine Sprühdüse. Schnell warf sie den Flakon in den Raum, und im selben Moment schoss Aleksander in die Richtung, in die sie die Flasche geworfen hatte. Das war ihre Chance. Sie sprang hinter dem Sofa hervor, zielte im Dunkeln in seine Richtung und schoss. Ein lauter Knall war zu hören, gefolgt von einem Schrei. Sie hatte ihn getroffen. Etwas Hartes rutschte über den Zementboden und knallte gegen die Wand. Seine Pistole hoffentlich. Rebekka kroch vornübergebeugt auf die Tür zu und hatte sie fast erreicht, als sich ein menschlicher Körper auf sie warf. Sie kippte um und knallte mit der Stirn auf den Zementboden. Für einige Sekunden wurde alles schwarz um sie herum, während der Schmerz durch ihren Körper jagte. Weit entfernt hörte sie das Dröhnen von Schritten, die sich langsam entfernten.

Sie stöhnte laut auf vor Schmerz, während ihr das Blut warm und klebrig die Stirn hinunterlief. Dann richtete sie sich mühsam auf, bis sie eine sitzende Stellung erreicht hatte. Einen Augenblick hatte sie einen Tunnelblick und sah nichts als verschwommene Dunkelheit. Sie schüttelte leicht den Kopf, und ihre Augen konnten wenigstens schemenhaft die Umgebung erkennen. Sie stellte fest, dass sie trotz ihres Sturzes noch immer die Pistole in der Hand hielt. Mit viel Anstrengung gelang es ihr aufzustehen. Eine Weile stand sie schwankend da. Dann fiel ihr Astrid Hemmingsen ein. Sie lief zu ihr und versorgte sie schnell mit Sauerstoff.

Einen kurzen Moment kämpften die Gefühle in ihr. Sollte sie Astrid Hemmingsen weiter beatmen oder lieber zu Tatjana hochlaufen? Sie pumpte noch einige Male, dann lief sie, so lautlos wie möglich, die Kellertreppe hoch. Bei jedem Schritt pochte ihr der Kopf. Sie kam in die Diele und schlich weiter, während der Mond seinen silbrigen Schein durch das Fenster warf. Auf dem Boden waren Blutspritzer. Sie hatte ihn getroffen. Mit gezogener Waffe folgte sie der Blutspur, war jedoch gezwungen, alle paar Sekunden stehen zu bleiben und sich das eigene Blut aus dem Gesicht zu wischen, bevor sie weitergehen konnte.

Das Licht im Erdgeschoss war ausgeschaltet, doch sie hörte ein leises Jammern, dem sie durch Küche, Esszimmer und Wohnzimmer folgte, bis sie zu einer großen Glastür kam, die offen stand. Sie blieb in der Tür stehen und sah in einen alten Wintergarten, in dem es eiskalt war. Der Mond schien herein, und mitten im Mondschein saß Aleksander Dam mit Tatjana vor sich auf dem Boden. Er hielt sie eng an sich gedrückt, als würden sie sich umarmen. Tatjanas Augen waren geschlossen, und ihr Gesicht glänzte – von Blut. Sie stöhnte schwach, und mit jedem Atemzug war ein leises Röcheln zu hören, bei dem sich Rebekka der Magen umdrehte. Was zum Teufel hatte Aleksander Dam mit ihr gemacht?

»Lassen Sie meine Kollegin los! Sie braucht Hilfe!«

Ihre Stimme zitterte in der Dunkelheit. Die Schatten um sie

herum vibrierten. »Lassen Sie sie los. Es ist vorbei. Ich habe Hilfe angefordert. Es ist eine Frage von Sekunden, bis sie hier sind.«

Aleksander zerrte an Tatjana, und ihrer Kehle entwich ein tiefer, rasselnder Laut. Rebekka machte ein paar Schritte in den Wintergarten und zielte mit der Pistole auf Aleksander Dams Silhouette.

»Sie sollen sie loslassen, habe ich gesagt. Ansonsten schieße ich!«

Ihre Stimme hatte die gewohnte Stärke zurückgewonnen, und sie richtete sich zu ihrer vollen Größe auf, obwohl ihre Hände so stark zitterten, dass die Pistole leicht schwankte. Sie atmete tief ein und schmeckte Blut.

Aleksander Dam stieß einen Laut aus, den sie zuerst für ein Schluchzen hielt, doch dann begriff sie, dass er lachte, ein Lachen, das den Wintergarten erfüllte und bei dem es ihr kalt den Rücken hinunterlief.

Sie zielte und wollte gerade abdrücken, als der Mond auf die verschlungene Silhouette der beiden schien und sie erkannte, dass Aleksander Dam eine Kanüle gegen Tatjanas Halsschlagader drückte. Curare? Dam sah sie mit brennenden Augen an. Der Mond verschwand hinter einer Wolke und ließ sie in kompakter Dunkelheit zurück. Plötzlich fror Rebekka in ihrem Mantel.

»Wenn Sie jetzt schießen, Rebekka Holm, stirbt Ihre Kollegin. Es bedarf nur einer einzigen Bewegung ...«

Er verzog die Lippen zu einem Lächeln und bewegte leicht den Arm, als wollte er ihr die Kanüle in die Halsschlagader rammen.

»Stopp!« Rebekka trat einen weiteren Schritt vor. Jetzt trennte sie nur noch ein Meter, sie konnte fast die Hand ausstrecken und Tatjana berühren, die noch immer in sich zusammengesunken zwischen Dams Beinen saß.

»Legen Sie die Pistole weg«, befahl er. Sie dachte kurz nach und kam zu dem Schluss, dass die Kollegen inzwischen im Anmarsch sein mussten.

»Schieben Sie sie zu mir herüber«, sagte er. »Sofort. Machen Sie schon.«

Wo zum Teufel blieben die Kollegen? Ein paar Sekunden stand sie ratlos da, während ihr lauter widersprüchliche Gedanken durch den Kopf jagten. Die schwer verletzte Tatjana, die sterbende Astrid Hemmingsen im Keller. Plötzlich war der Klang von Sirenen zu hören, die sich rasch näherten.

»Legen Sie die Pistole weg, oder sie stirbt!«, brüllte Dam. Rebekka bückte sich und legte die Pistole auf den Boden.

»Schieben Sie sie zu mir herüber. Mit dem Fuß.«

Ihre Schuhspitze berührte die Pistole, und sie versetzte ihr einen vorsichtigen Stoß.

»Noch mal, und zwar in meine Richtung. Sonst stirbt sie.«

Sie gab der Pistole einen kräftigeren Stoß, sodass sie unter der Gartenbank landete, außer Reichweite von Aleksander Dams begierigen Händen. Die Sirenen waren jetzt ganz nahe.

Sie machte einen Schritt und trat auf etwas. Ihr Fuß rutschte zur Seite, es gab ein hässliches Geräusch, und sie sah schnell zu Boden. Sie stand auf einem aufgeschlagenen Album. Eine Seite war in der Mitte durchgerissen.

»Neiiin!«

Aleksanders Schrei zerriss die Luft.

»Meine Bilder!«, schrie er. »Meine Bilder ...«

Sie wollte den Fuß wegnehmen, blieb jedoch hängen, und ein weiteres Geräusch von reißendem Papier war zu hören.

Aus dem Augenwinkel sah sie, wie Aleksander sich erhob und sich auf sie werfen wollte. Wie in Zeitlupe ballte sie die Hand zur Faust, zog den Arm zurück und landete einen perfekten *Hook*, der ihn genau an der Schläfe traf und sofort zu Boden gehen ließ.

Blitzschnell zog sie Tatjana zu sich herüber. Die Sirenen draußen waren verstummt, und Blaulicht flackerte durch die Fenster des Wintergartens. Sie hörte Stimmen, und jemand schlug fest gegen die Haustür. Wacklig kam Aleksander Dam auf die Beine. Eine kurze Sekunde standen sie sich gegenüber, die Blicke ineinander verhakt. Dann bleckte er die Zähne wie ein Raubtier, bevor er sich – ohne Vorwarnung – die Kanüle in den Hals stieß.

Rebekka schrie auf. Ein Schrei, der ganz tief aus ihrem Inneren kam und in den Wintergarten wogte, ihn ausfüllte und durch die dicken Mauern zu den Kollegen hinausdrang, die sich gegen die Haustür warfen und wenig später das Haus stürmten.

1980

»Es gibt nur drei Fotos von mir als Kind. Nur drei. Außer den Fotos, die in der Schule gemacht wurden.«

Die Stimme meiner Mutter klingt traurig. Ich sehe sie erschrocken an. Normalerweise ist ihre Stimme froh, voller Lachen, und die Änderung in ihrem Tonfall beunruhigt mich. Wir sitzen auf der Bank im Wintergarten. Draußen regnet es. Ein schwerer, grauer Regen – dicke Tropfen trommeln gegen die kleinen Fensterscheiben und erinnern mich an Kinderhände auf einer Trommel.

»Viele meiner Freundinnen hatten Fotoalben. Mit Bildern von ihnen und ihren Eltern und mit Fotos von ihren Reisen. Ich war so neidisch auf sie, daran erinnere ich mich bis heute. Deshalb habe ich dieses Album für dich angelegt.«

Meine Mutter zieht ein dunkelblaues Album mit goldener Schrift aus dem Fach unter dem Sofatisch hervor. Sie schlägt die erste Seite auf. Mitten auf der Seite klebt eine Fotografie. Ich erkenne mich als Baby. Meine Mutter sitzt hinter mir, hält meinen molligen Körper fest und lächelt.

»Gefällt es dir?«

Ich nicke.

»Das Album gehört dir. Nur dir. Ich werde die schönsten Bilder von dir und mir einkleben. Wenn du erwachsen bist, kannst du sie dir ansehen. Und dich erinnern.«

Ein breites Lächeln breitet sich auf dem Gesicht meiner Mutter aus, und ihre geschminkten Augen strahlen mich an.

Ich lege meine kleine Hand auf das Fotoalbum. Sie legt ihre darauf. So sitzen wir eine Weile da. Es hört auf zu regnen, aber der Himmel ist schwer und grau wie ein Deckel. Meine Mutter seufzt leicht.

»Du musst gut darauf aufpassen, Aleksander. Versprich es mir.«

Ich nicke ernst und drücke das Album fester an mich.

SONNTAG

Hinterher konnte Rebekka sich kaum noch erinnern, was wann passiert war. Sie versuchte, den Kollegen die Ereignisse der Nacht in chronologischer Reihenfolge zu schildern. Man gab ihr Kaffee und eine warme Decke, und man klopfte ihr auf die Schulter. Die Kollegen ließen sie nicht aus den Augen, vor allem Reza nicht. Neue Energie erfüllte die Mordkommission, doch Rebekka empfand keine Freude.

Immer wieder fragte sie nach Tatjana, und die Antwort war jedes Mal die gleiche: »Sie liegt auf dem OP-Tisch im Reichskrankenhaus. Sie hat eine Blutung im Gehirn, und die Ärzte haben einen Shunt gelegt für den Fall, dass das Gehirn anschwellen sollte.« Auf Rebekkas Nachfrage, wie ernst es sei, folgte nur Schweigen.

Auch Astrid Hemmingsen schwebte in höchster Lebensgefahr. Man hatte ihr sofort ein Gegengift gegen Curare injiziert und sie an ein Beatmungsgerät angeschlossen. Es bestand kein Zweifel, dass ihr Gehirn über eine längere Zeitspanne nur mangelhaft mit Sauerstoff versorgt worden war. Was das genau für ihre Zukunft bedeutete, konnten die Ärzte noch nicht sagen.

Aleksander Dams Selbstmordversuch war vereitelt worden. Rebekka hatte ihm durch Mund-zu-Mund-Beatmung das Leben gerettet, woran sie sich allerdings nicht mehr erinnern konnte. Wie sich herausstellte, hatte ihr Schuss nur Aleksander Dams Schulter gestreift. Die Fleischwunde war genäht worden, und man hatte ihn in ein bewachtes Einzelzimmer verlegt. Die Kollegen von der Kriminaltechnik waren gerade damit beschäftigt, in Dams Villa Spuren zu sichern. Das Haus war eine Goldgrube, was Beweismittel gegen ihn anging.

Nicht nur Rebekkas Stirn war stark angeschwollen, sondern auch ihr rechtes Auge war beinahe zu. Sie musste grinsen, als sie sich im Spiegel sah.

Trotzdem konnte sie nicht nach Hause fahren. Sie konnte sich nicht schlafen legen, obwohl alle sie genau dazu aufforderten.

»Ich kann dich gern nach Hause bringen«, schlug Reza vor und bot ihr an, ihre Mutter anzurufen.

»Nein, nein«, wehrte Rebekka ab. Sie wollte einfach nur eine Weile alleine sein.

Schließlich ließen sie sie in Ruhe, und sie saß ganz still da und schaute aus dem Fenster, betrachtete den hellroten Morgenhimmel, der langsam über den Dächern der Stadt heraufkroch.

Neue Kollegen erschienen morgendlich frisch zur Arbeit – sie hörte es allein an ihren raschen, federnden Schritten draußen auf dem Gang, doch sie konnte sich nicht rühren. Konnte nicht reden. Nur dasitzen.

MONTAG

Rebekka erwachte – zerschlagen und mit steifen Gliedern. Sie sah sich einen Augenblick verwirrt um und stellte erleichtert fest, dass sie in ihrem eigenen Bett lag. Wie war sie vom Präsidium nach Hause gekommen? Hatte Reza sie hergebracht? Mühsam richtete sie sich auf und hatte das Gefühl, als wäre ihr Kopf tonnenschwer. Als sie aufstand, wurde ihr schwindelig, und sie musste sich an der Wand abstützen. Sie warf ihre Sachen auf den Boden, das T-Shirt war steif von getrocknetem Blut, und stellte sich unter die Dusche.

Anschließend fühlte sie sich ein wenig besser, kam jedoch zu dem Schluss, dass sie mit dem Autofahren besser noch ein paar Tage warten sollte. Sie nahm ein Taxi ins Präsidium und humpelte die Treppe eher hoch, als dass sie ging. Mehrere Kollegen kamen ihr entgegen und beglückwünschten sie.

Reza sprang bei ihrem Eintreten auf und bot ihr sofort seine Hilfe an, und Rebekka bat ihn lachend, sich ein bisschen zu entspannen. Sie hatte mit ein paar kleinen Schrammen überlebt und kam sehr gut alleine zurecht. Reza bestand darauf, ihr zumindest einen Kaffee zu holen, und sie ließ ihm seinen Willen, während sie ihren Computer hochfuhr. Eine Menge E-Mails waren im Posteingang, unter anderem von mehreren Journalisten, die sie um ein Exklusivinterview anbettelten, da sie eine der Hauptpersonen der dramatischen Ereignisse war. Sie löschte sie alle.

Reza stellte eine Tasse kochend heißen Kaffee vor sie auf den Tisch.

»Danke.« Sie sah zu ihm hoch. »Wo ist eigentlich Gundersen?«

Reza sah sie beklommen an. »Er sitzt in seinem Büro. Allein. Er hat erklärt, dass er nur mit seiner Sekretärin oder Simonsen reden will, von den Pressekonferenzen einmal abgesehen.«

»Gibt es etwas Neues von Tatjana?«

Reza schlug die Augen nieder.

»Leider nein. Sie schwebt noch immer in Lebensgefahr.«

Das Schuldgefühl überrollte sie, und sie biss die Zähne fest zusammen.

»Hey!« Reza hob den Blick und sah sie an. »Das ist nicht deine Schuld, Rebekka. Du hast dich absolut korrekt verhalten.«

»Ich weiß nicht … Im Nachhinein betrachtet, hätte ich wohl besser auf Verstärkung warten sollen, bevor wir hineingegangen sind.«

»Tatjana kommt aus der Abteilung zur Bekämpfung von Bandenkriminalität, Rebekka. Sie hat reichlich Erfahrung.«

»Trotzdem …«

Rebekka versuchte, sich auf die Arbeit zu konzentrieren, aber es gelang ihr nicht. Immer wieder sah sie die Szene im Wintergarten vor sich, wie Aleksander Dam die verletzte Tatjana mit eisernem Griff festhielt. Sie wurde das Bild einfach nicht los. Kurz darauf ging sie zum Büro ihres Chefs.

Sie klopfte laut an die Tür, und es vergingen einige lange Sekunden, bevor Gundersen »Herein!« rief. Vorsichtig öffnete sie die Tür und trat ein. Gundersen saß zurückgelehnt auf seinem bequemen Schreibtischstuhl. Er sah nicht auf, als sie eintrat, doch sie war davon überzeugt, dass er wusste, wer da gekommen war. Sie blieb mitten im Zimmer stehen, unsicher, ob sie sich setzen oder stehen bleiben sollte. Sie blieb stehen.

»Habe ich nicht gesagt, dass du zu Hause bleiben sollst?« Er sah sie noch immer nicht an, sondern schaute weiter aus dem Fenster.

»Ich habe eine legitime Entschuldigung. Ich erinnere mich an nichts von dem, was gestern geschehen ist.«

Ihre vorlaute Antwort zauberte ein flüchtiges Lächeln auf das Gesicht ihres Chefs, aber er kommentierte sie nicht, sondern räusperte sich lediglich.

»Ich wollte nur ... es geht um Tatjana«, begann sie.

»Ich bin mir darüber im Klaren, dass Tatjana einen eklatanten Fehler begangen hat, was Finn Nyholm angeht.«

»Ja, aber ...«

»Ich weiß das, und ich werde das zur Sprache bringen, sobald sie wieder da ist ...« Seine Stimme versiegte.

»Aber deshalb bin ich gar nicht hier« Sie schluckte. »Ich komme nur, um zu sagen, dass es mir wirklich leidtut. Das mit Tatjana ... Ich hoffe, dass es ihr bald wieder besser geht. Ich ... Entschuldige.«

Sie hob den Blick und sah ihn an. Er sah verhärmt aus. Die sonst so rosige Gesichtshaut war grau, und er hatte dunkle Ringe unter den Augen. Ihre Blicke begegneten sich kurz, bevor er sich wieder dem Fenster zuwandte. Er seufzte tief.

»Du brauchst dich nicht zu entschuldigen. Wir gehen mit unserem Job ein Risiko ein. Das wissen wir alle.«

»Trotzdem. Ich wünschte ...« Sie atmete tief durch. »Wie geht es ihr?«

Gundersen seufzte tief. »Schlecht, leider. Sie liegt noch immer im Koma. Die Ärzte wissen nicht, ob sie durchkommt, und falls sie durchkommt ... wie es ihr dann geht.«

Gundersens Stimme zitterte. Rebekka hatte ihn noch nie so erlebt, und sie fühlte sich außerstande, etwas Angemessenes zu sagen. Eine fürsorgliche Umarmung kam auch nicht infrage.

»Du magst sie sehr, nicht wahr?« Sie sah ihn an. Einen kurzen Augenblick glaubte sie, dass er nicht antworten würde, doch dann nickte er langsam und begegnete erneut ihrem Blick.

»Tatjana bedeutet mir sehr viel. Das weiß ich eigentlich erst, seit ich mit ihrer Hand in meiner an ihrem Krankenbett gesessen habe ...«

Gundersen begrub das Gesicht in seinen riesigen Händen, und sie schluckte. Weinte er? Und wie lange liebte er Tatjana schon? Gleichzeitig wunderte sie sich, warum er sie in die Mordkommission geholt hatte, was strikt gegen die Regeln war, wenn sie ein Verhältnis hatten.

»Es ist nicht so, wie du denkst, Rebekka.«

Sie wollte protestieren, unterließ es jedoch, als sie Gundersens intensiven Blick spürte.

»Ich kenne Tatjana seit vielen Jahren. Ich habe sie über die Arbeit kennengelernt ... Ich war damals als junger Ermittler auf Lolland und habe in einem Fall von Kindesmisshandlung und Verwahrlosung ermittelt. Und dabei bin ich ihr das erste Mal begegnet.«

Gundersen fuhr sich müde über die Augen. Rebekka verstand noch immer nicht. So alt war Tatjana doch auch nicht, dass sie damals zusammengearbeitet haben konnten.

»Es ist fast dreißig Jahre her. Tatjana war eins der Kinder der Familie, gegen die wir ermittelt haben.«

»Ja, aber ...«

»Sie war fünf, als wir genug Beweise zusammenhatten, um das Haus zu stürmen. Ich werde nie vergessen ...«

Seine Stimme brach. Rebekka machte einen Schritt auf ihn zu, doch Gundersen stoppte sie mit der Hand.

»Es ist in Ordnung. Ich war damals noch ziemlich grün, aber selbst heute, nach so vielen Jahren, werde ich nie diesen Anblick vergessen. Sie war an ein Bett gefesselt. Schmutzig, stark unterernährt, und sie hatte überall blaue Flecken. Genau wie die anderen Kinder ...«

Rebekka ließ sich Gundersen gegenüber auf einen Stuhl fallen.

»Wie furchtbar«, entfuhr es ihr. Gundersen nickte verbissen.

»Ich habe nie etwas Ähnliches gesehen. Nie. Es waren fünf Kinder, und sie lebten in den ärmsten Verhältnissen. Das Haus war ein ehemaliger Bauernhof, voll mit Hausschwamm, es gab nur eine Toilette, und die war so verstopft, dass die Familie einfach auf den Boden gemacht hat. Alles war kaputt, vollgepinkelt. Die Kinder hatten fast nichts an und haben nur von Cornflakes, Brot und Wasser gelebt. Und das, was man ihnen angetan hat ...« Er atmete tief durch. »Wenn du dir die schlimmsten Fälle von Kindesmisshandlung und Pädophilie vorstellst ...«

»O mein Gott ...«

Rebekka schwieg, ihr fehlten die Worte.

»Ich habe sie losgebunden und freigelassen. Und statt Angst zu haben wie die anderen Kinder, weil wir das Haus gestürmt hatten, hat sie einfach meine Hand genommen und festgehalten. Sie wollte mich nicht loslassen.«

Er räusperte sich.

»Langer Rede kurzer Sinn, ich konnte sie nicht vergessen. Die Eltern sind ins Gefängnis gekommen und die Kinder ins Kinderheim, um anschließend an verschiedene Pflegefamilien vermittelt zu werden. Ich konnte es so arrangieren, dass Tatjana zu meiner Cousine und ihrem Mann kam. So konnte ich ihre Entwicklung aus der Nähe verfolgen.«

»Und sie dazu inspirieren, Polizistin zu werden«, sagte Rebekka mit einem kleinen Lächeln.

Gundersen zuckte mit den Schultern. »Es ist Tatjanas eigener Verdienst, dass sie es so weit gebracht hat. Deshalb ertrage ich es auch nicht, wenn ihr jetzt etwas passiert.«

Sie wurden von Gundersens Sekretärin unterbrochen, die den Kopf zur Tür hereinsteckte. Jesper Teisbæk war aufgetaucht. Gundersen griff nach dem Telefon auf seinem Schreibtisch. Sie erhob sich schnell und ging zur Tür. Dann wurde um sie herum alles schwarz.

DONNERSTAG

Rebekka verbrachte einen Tag und eine Nacht im Krankenhaus und noch zwei weitere Tage in ihrer Wohnung, wo sie die meiste Zeit schlief. Sie merkte, dass ihre Mutter sich um sie herum zu schaffen machte, sie hörte ihr Handy mehrmals vibrieren, und sie erinnerte sich schwach, dass sie in regelmäßigen Abständen kaltes Wasser und warme Suppe bekommen, ansonsten aber tief geschlafen hatte, wenn sie nicht gerade durch fragmentarische Bilder von Kanülen und einem Hochzeitsfoto in Schwarz-Weiß gestört wurde.

Dann schlug sie die Augen auf. Ihre Mutter saß an ihrem Bett. Draußen war es hell.

»Du siehst sehr viel besser aus, Rebekka.«

Eine kühle Hand streifte ihr Gesicht. Ihre Mutter setzte sich auf ihre Bettkante. Es war mindestens dreißig Jahre her, dass sie das das letzte Mal getan hatte. Rebekka richtete sich schlaftrunken auf. Ihr Kopf pochte noch immer, aber sie spürte, dass sie auf dem Weg der Besserung war.

Ihre Mutter holte ihr eine Tasse Tee und gab ihr das Handy. Rebekka hatte viele entgangene Anrufe und einige SMS. Die meisten von Niclas.

»Dein Freund Niclas hat mehrmals angerufen«, sagte ihre

Mutter. »Ich bin schließlich ans Telefon gegangen und habe mit ihm gesprochen. Er hat sich große Sorgen gemacht, aber ich habe ihn beruhigt. Ich glaube, das hat ihn gefreut. Er hat dir einen großen Blumenstrauß geschickt. Er steht auf dem Sofatisch. Soll ich ihn hierherstellen?«

»Gern, danke.« Rebekka versuchte zu lächeln, doch jegliche Mimik verstärkte ihre Schmerzen. Wenig später kam ihre Mutter mit einem schönen Strauß roter Rosen zurück. Rebekka bat sie, die Vase auf die Fensterbank zu stellen, damit sie die Blumen vom Bett aus sehen konnte.

»Wie geht es Papa?«, fragte sie.

»Es geht langsam aufwärts. Ein Physiotherapeut arbeitet jetzt mit ihm, aber er ist noch immer sehr schwach.«

Die Mutter sah plötzlich bekümmert aus. Rebekka nahm ihre Hand und drückte sie.

Ihre Mutter sagte, dass sie für ein paar Tage nach Hause fahren wolle. Sie vermisste ihre gewohnte Umgebung. Rebekka versprach, ihren Vater zu besuchen.

Reza war da, als sie in ihrem Büro auftauchte. Er umarmte sie und hängte ihren Mantel auf. Sie ließ sich auf ihren Stuhl fallen, sah ihren Partner erwartungsvoll an und bat ihn zu erzählen, was während ihrer Abwesenheit passiert war.

Er ließ sich nicht zweimal bitten. Astrid Hemmingsen war zu Bewusstsein gekommen und hatte die Vergiftung ohne Nachwirkungen überstanden. Sie war aus dem Krankenhaus entlassen worden, und es ging ihr den Umständen entsprechend gut. Aleksander Dam war dem Haftrichter vorgeführt und der Morde an Hanne Christoffersen und Ursula Winding sowie des Mordversuchs an Astrid Hemmingsen und Tatjana angeklagt und ins Westgefängnis überführt worden. Sie hatten ihn mehrmals zu vernehmen versucht, aber er hatte sich geweigert, ihre Fragen zu beantworten, und nur schweigend mit verschränkten Armen dagesessen.

Rebekka nickte so eifrig, wie ihr schmerzender Kopf es zuließ, und meinte: »Das ist eine häufige Reaktion von Serienmördern. Er hatte die Macht, als er seine Opfer gefangen hielt und langsam umbrachte. Jetzt sitzt er in Haft, und die einzige Macht, die ihm noch bleibt, ist die zu schweigen. Uns hinzuhalten und die Familien der Opfer leiden zu lassen, indem er ihnen die Antwort schuldig bleibt, was mit ihren Angehörigen passiert ist.«

Reza nickte anerkennend.

»Das musst du Gundersen erzählen. Ihn bringt Aleksander Dams Schweigen fast um den Verstand. Ich weiß, dass er es kaum erwarten konnte, dass du zurückkommst und versuchst, ihn zum Reden zu bringen.«

»Ich bezweifle, dass es mir gelingen wird, auch nur ein einziges Wort aus ihm herauszubekommen. Das ist, wie gesagt, seine letzte Bastion, aber ich versuche es gern. Ich bin gespannt, ihn wiederzusehen.« Bei den Erinnerungen an Aleksander Dams Keller pochte ihr Kopf heftig. Eine blutende Tatjana flimmerte an ihrem inneren Auge vorbei. Sie wagte kaum zu fragen. Sie blickte auf – und spürte Rezas Blick. Wieder einmal konnte er ihre Gedanken lesen.

»Tatjana geht es besser«, sagte er, bevor sie die Frage stellen konnte. »Sie liegt noch immer im Krankenhaus, aber ich weiß, dass Gundersen kurz mit ihr gesprochen hat.«

Die Erleichterung sickerte durch ihren Körper. Dann fiel ihr Jesper Teisbæk ein.

»Was ist mit Jesper Teisbæk? Als ich in Gundersens Büro umgekippt bin, hatte man ihn gerade ausfindig gemacht.«

»Der Grund, dass wir ihn nicht finden konnten, war der, dass er bei einem Freund war, um mit ihm zu besprechen, was er tun sollte. Nach deinem letzten Besuch hat ihm langsam etwas gedämmert. Er hat das Institut verlassen und ist durch die Straßen gelaufen, bis er schließlich bei einem Freund gelandet ist. Nach einem stundenlangen Gespräch konnte der Freund ihn schließlich dazu überreden, sich bei der Polizei zu melden. Wir haben ihn vernommen. Er ist zutiefst erschüttert. Wie es aussieht, hat Aleksander Dam in seinen eigenen Datingprofilen Jesper Teisbæks Identität benutzt. Astrid Hemmingsen hat das bestätigt. Sie hat geglaubt, mit Jesper Teisbæk verabredet zu sein. Es hat sich auch gezeigt, dass Aleksander Dam noch einen Schlüssel für den Transporter hatte. Er hat das Auto benutzt, um seine Opfer zu transportieren. Vermutlich hatte er sein Fahrrad hintendrin, dafür ist in dem Transporter genug Platz. Jesper wohnt ja mehr oder weniger im Institut, er hat sogar ein Bett da draußen.«

»Und was ist mit dem Haus …?«

In dem Moment kam Super herein. Er hatte etwas in der Hand, das er vor sie auf den Tisch legte.

»Guck mal, was die Techniker in seinem Haus gefunden haben.«

Es war ein zerfetztes Fotoalbum. Die Vorderseite war halb herausgerissen und die erste Fotografie zerrissen.

»Das ist das Album, auf das ich getreten bin«, sagte Rebekka. »Aleksander Dam ist total ausgeflippt, als es passiert ist, er hat gebrüllt und geschrien.«

»Das Album ist ein wichtiges Beweismittel. Sieh dir mal die Bilder an.«

Rebekka blätterte vorsichtig in dem Album und begriff kaum, was sie da sah. Fotos, deutlich älteren Datums, von einem kleinen, blonden Jungen, in dem sie Aleksander Dam erkannte. An die Fotos des Jungen waren Bilder neueren Datums geklebt worden. Sie zeigten stark geschminkte Frauen, Hanne Christoffersen und Ursula Winding.

»Wir sind noch nicht ganz sicher, da Aleksander Dam sich weigert, mit uns zu reden, aber das Album ist wahrscheinlich das Motiv für die Morde. Es sieht ganz so aus, als wären die Fotos von Aleksander Dam und seiner Mutter aus irgendeinem Grund zerrissen worden. Wir glauben, dass er versucht hat, die zweite Hälfte der Fotos zu rekonstruieren, indem er nach Frauen gesucht hat, die seiner Mutter ähnlich sahen, und zwar so, wie sie damals aussah, und denen er ihre Kleider angezogen hat und ... Wir haben auch die Bilder von Astrid Hemmingsen entwickelt.«

Rebekka schüttelte den Kopf.

»Mir fehlen die Worte. Das ist so makaber ...«

Super nickte und schloss vorsichtig das Album. Sie sah zu ihm hoch.

»Was wissen wir über seinen Hintergrund?«

»Sein Vater ist vor anderthalb Monaten gestorben und hat ihm das Haus, den Transporter und eine ansehnliche Summe Geld hinterlassen. Es hat uns Zeit gekostet, nach der übrigen Familie zu suchen, doch wir konnten die Cousine seines verstorbenen Vaters ausfindig machen. Sie hat erzählt, dass Aleksander Dams Mutter spurlos verschwunden ist, als er noch ein Junge war.«

»Hat die Cousine gewusst, warum die Mutter verschwunden ist?«

Super nickte. »Ihre kleine Tochter ist gestorben. Sie haben sie tot in ihrer Wiege gefunden, als sie zwei, drei Monate alt war. Plötzlicher Kindstod, vermutlich. Die Mutter ist völlig zusammengebrochen und nie mehr sie selbst geworden. Nach ein paar Monaten ist sie spurlos verschwunden. Aleksander war zu dem Zeitpunkt ungefähr zwölf.«

»Das muss hart gewesen sein.« Super nickte.

»Bestimmt. Aleksander und seine Mutter haben sich sehr nahegestanden, hat die Cousine erzählt. Als ich nachgefragt habe, was sie damit meint, hat sie gesagt, dass das Verhältnis zwischen Mutter und Sohn irgendwie ungesund gewirkt habe. Der Vater hat offenbar die meiste Zeit im Ausland gearbeitet. Aleksander und seine Mutter waren währenddessen allein zu Hause.«

»Ich wüsste zu gerne, was aus der Mutter geworden ist.« Rebekka runzelte die Stirn.

»Darüber liegen uns derzeit keine Informationen vor«, antwortete Super. »Dafür kreisen wir langsam Lars Peitersen ein. Die Recherchegruppe hat gerade angerufen und mitgeteilt, dass er seine Platinkarte in einem Hotel in Cannes benutzt hat. Bald haben wir ihn.«

Die interne Leitung piepte. Es war Gundersen. Er bat Rebekka in sein Büro.

Er stand am Fenster, als sie hereinkam, und drehte sich langsam zu ihr herum.

»Wie geht es dem Kopf?«

»Besser, danke.«

»Ich habe deinen Einsatz dem Polizeidirektor gegenüber lobend erwähnt. Auch Brodersen hat das getan, das weiß ich.«

»Danke.« Sie war plötzlich verlegen.

»Du hast sicher schon gehört, dass Aleksander Dam schweigt.«

Sie nickte.

»Die Beweislast gegen ihn ist so überwältigend, dass wir sein Geständnis nicht zwingend brauchen, aber es gibt einfach noch sehr viel, was wir nicht wissen. Außer dem Fotoalbum, das Super dir zeigen wird, haben wir die Kleidung der Opfer gefunden, ihre Schlüssel und ihre Computer. Ihre Taschen und ihre Handys sind nicht wieder aufgetaucht, möglicherweise hat er sie in der Stadt entsorgt. Er hatte sich unten im Keller einen richtigen OP-Raum eingerichtet, mit Skalpellen, Kanülen und diversen Medikamenten, darunter auch Curare und das entsprechende Gegengift.« Gundersen atmete schwer und fügte hinzu: »Wir haben auch die Zehen von Hanne Christoffersen gefunden …«

Rebekka wurde schwarz vor Augen. Sie erinnerte sich plötzlich an den scharfen Geruch nach Raubtierkäfig, der ihr im Keller entgegengeschlagen war.

»Sie lagen in einer Schachtel im Keller. Mumifiziert. Sie sahen fast wie große Rosinen aus, wären da nicht die Nägel gewesen …«

Rebekka schloss die Augen. Gundersen schien ihr Unbehagen nicht zu bemerken, als er ihr vorschlug, mitzukommen und einen weiteren Versuch zu unternehmen, Aleksander Dam zum Sprechen zu bringen. Sie willigte ein, während der Kopfschmerz sich wie ein Eisenring um ihren Schädel legte.

Aleksander Dam saß unbeweglich vor ihr.

Seit einer Stunde saßen sie so da. Keiner von ihnen hatte etwas gesagt. Rebekka hatte darum gebeten, mit ihm alleingelassen zu werden. Gundersen hatte widerwillig zugestimmt und wartete draußen mit einem Vollzugsbeamten.

Eine untergehende Sonne zog hellrote Streifen über den grauen Himmel. Das Licht im Vernehmungszimmer änderte sich.

»Ich möchte gerne begreifen, warum Sie getan haben, was Sie getan haben. Ich bin mir darüber im Klaren, dass die Fotografien in dem Album Ihnen viel bedeuten oder bedeutet haben.«

Sie sah ihn an. Er erwiderte ihren Blick nicht, sondern starrte auf die leicht fettigen Tassen, die auf dem Tisch zwischen ihnen standen.

»Ich denke, die Fotos haben ursprünglich Sie und Ihre Mutter gezeigt. Haben Sie versucht, die fehlende Hälfte der Fotos zu rekonstruieren?«

Sie schaute ihn forschend an, doch er verzog keine Miene.

»Warum sind die Bilder von Ihrer Mutter weg? Wer hat sie zerrissen? Waren Sie das oder jemand anderer?«

Aleksander Dam wirkte noch immer unberührt von ihren Fragen.

»Ihr Nachbar hat Sie gesehen. Finn Nyholm. Er hat es noch geschafft, seine Beobachtungen auf seinem Laptop festzuhalten. Ihr Transporter ist von mehreren Personen gesehen worden, und Ihr Nachbar hat Sie beobachtet. Haben Sie auch Finn umgebracht?«

Sie versuchte es noch von mehreren anderen Einfallswinkeln her, musste aber schließlich aufgeben.

Als sie den Raum verließ, warf sie einen letzten Blick über ihre Schulter und sah, dass Aleksander Dams Lippen sich zu einem winzigen Lächeln öffneten.

DONNERSTAGABEND

Ich habe versucht, mir die Erinnerungen ins Gedächtnis zurückzurufen. Ich habe versucht, mich so detailliert wie möglich an die Geschichte zu erinnern.

Mein Vater hat das Ganze in Gang gesetzt. Als er mir die Wahrheit gesagt hat. Die Wahrheit über meine Mutter.

Als Kind habe ich nach ihr gesucht. Tag für Tag, Woche für

Woche, Monat für Monat. Ich habe nie damit aufgehört. Ich habe nur dafür gelebt, sie wiederzutreffen, sie wiederzusehen, ihren Duft einzuatmen.

Ich habe mich entschieden zu schweigen. Auf keine der Fragen zu antworten.

Sie reden die ganze Zeit davon, dass ich die Frauen umgebracht habe.

Begreifen sie denn gar nichts?

Die Frauen waren Auserwählte, sie waren etwas Besonderes. Ich habe sie gut behandelt, freundlich zu ihnen gesprochen, sie verwöhnt und so schön gemacht, wie sie noch nie in ihrem Leben gewesen sind.

Ich treibe die Polizei in den Wahnsinn. Ich habe die Verzweiflung in ihren Augen gesehen, ihren Eifer, mich zum Reden zu bringen. Sie haben abwechselnd um mein Vertrauen gebuhlt, sich bei mir eingeschmeichelt. Ich bin unerschütterlich. Das hat mich meine Mutter gelehrt. Die innere Ruhe zu bewahren, wenn Chaos um einen herrscht.

Ich bin meiner Mutter beraubt worden. Ich wollte mich nur an sie erinnern können, meine Erinnerungen bewahren. Das ist alles.

FREITAG

»Aleksander Dam hat sich erhängt. In seiner Zelle. Sie haben gerade angerufen.«

Super riss die Tür zu Rebekkas und Rezas Büro auf. Rebekka sprang von ihrem Stuhl auf und sah ihren ältesten Kollegen bestürzt an.

»Ist das wahr?«

Super nickte. »Leider ja. Wir haben eben einen Anruf aus dem Westgefängnis bekommen. Ein Arzt hat ihn für tot erklärt. Die Leichenschau läuft gerade.«

Reza war ebenfalls von seinem Platz aufgestanden. Die Frustration war mit Händen zu greifen. Nichts war schlimmer, als eine Anklage gegen einen Mörder vorbereitet zu haben und diese dann ohne Gerichtsverhandlung und Urteil fallen lassen zu müssen.

»Wie ist es ihm gelungen, sich umzubringen?«, fragte Rebekka verärgert.

»Er hat sich mit seinem Hemd erhängt.«

»Warum zum Teufel wurde er nicht videoüberwacht?«

Super zuckte mit den Schultern.

»Ich meine, es dürfte wohl niemanden überraschen, dass er suizidgefährdet war«, sagte Rebekka wütend. »Er hat sich vor meinen Augen umzubringen versucht. Was hatte er denn noch zu verlieren? Er konnte sein Fotoprojekt nicht beenden, sein letztes Opfer ist ihm entkommen, seine Mutter ist tot, genau wie sein Vater. Sein Leben war vorbei.«

Super sah sie eindringlich an. »Wir können nichts daran ändern, Rebekka, aber komm bitte mit ins Besprechungszimmer. Gundersen will mit uns reden.«

Super verschwand wieder. Lautes Stimmengewirr war aus den umliegenden Büros zu hören, während sich die Neuigkeit in der Abteilung herumsprach.

»Verdammte Scheiße.«

Rebekka trat mit dem Fuß nach den Papierstapeln unter ihrem Schreibtisch. Sie kippten nacheinander um und zogen die anderen im Fallen mit sich.

»Wie ihr vermutlich alle wisst, hat der Fall Aleksander Dam eine unerwartete Wendung genommen. Aleksander Dam hat sich heute Nacht entschlossen, seinem Leben ein Ende zu bereiten. Er hat weder einen Abschiedsbrief noch ein Geständnis hinterlassen.«

Die Stimmung im Besprechungszimmer war gedrückt. Gundersen atmete ein, es klang fast wie ein leichtes Röcheln. Seine Gesichtsfarbe war röter denn je, und zum ersten Mal verspürte Rebekka so etwas wie Mitleid mit ihm. Es war nicht leicht, wenn einem als Leiter der Mordkommission ein Fall aus den Händen glitt. Natürlich wurmte so etwas jeden einzelnen Ermittler in der Abteilung, doch für Gundersen bedeutete es auch eine Niederlage nach außen. Einen Prestigeverlust.

Rebekka sah auf die Straße hinunter, wo eine grelle Wintersonne endlich den letzten Schneewehen zu Leibe rückte. Dann richtete sie die Aufmerksamkeit wieder auf ihren Chef.

»Trotz dieses für uns alle unerwarteten Endes kann der Fall abgeschlossen werden. Die Beweislast gegen Aleksander Dam ist erdrückend, und es ist erwiesen, dass er hinter den Morden an Hanne Christoffersen und Ursula Winding sowie den Mordversuchen an Astrid Hemmingsen und Tatjana steht. Wir arbeiten natürlich weiter daran, den Fall formal abzuschließen.«

Alle nickten zustimmend, doch der Eifer war verflogen. Die Möglichkeit, ganz in Aleksander Dams Universum einzudringen, war für immer entschwunden.

Rebekka war gerade in ihr Büro gekommen, als ihr Handy klingelte. Das Display zeigte, dass es Niclas war. Sie meldete sich, während sie einen Stapel schwerer Akten von ihrem Schreibtisch ins Regal räumte.

»Rebekka, ich bin's, Niclas. Wie geht es dir?«

»Mir geht es gut.«

»Was ist mit deinem Kopf?«

»Nichts ... er tut nur etwas weh.«

Ein kurzes Schweigen entstand.

»Du ... ich habe das Bild gefunden.«

Sie zuckte zusammen. Ihre Hände waren plötzlich kraftlos, und die Akten fielen auf den abgenutzten Teppichboden, Klarsichthüllen rutschten heraus und verteilten sich überall. Sie wollte etwas sagen, irgendetwas, doch es kam kein Wort über ihre Lippen.

»Es ist kaputt«, fügte er hinzu. Er klang müde. »An einigen Scherben klebte getrocknetes Blut ... Ist das von dir?«

Langsam kehrte ihre Kraft zurück. Sie hatte in seinen Sachen herumgeschnüffelt, das war ganz sicher nicht in Ordnung, aber schließlich war er derjenige, der ihr etwas Wichtiges verschwiegen hatte. Eine Ehe.

»Ich habe das Foto gefunden«, gab sie zu. »Ich hatte so ein Gefühl ... und trotzdem muss ich zugeben, dass mich der Anblick des Bildes so aus der Bahn geworfen hat, dass es mir runtergefallen ist ... Entschuldige bitte.«

»Deshalb hast du also geblutet?«

»Ja.«

»Warum hast du nichts gesagt?«

»Warum hast du nichts gesagt?«

»Rebekka ...« Niclas zögerte. Seine Stimme klang anders, traurig, und ihr Magen verkrampfte sich. Was würde jetzt kommen? Was würde das bedeuten – für sie?

»Rebekka«, wiederholte er. »Ich möchte dir wirklich gern von meiner Vergangenheit erzählen, aber nicht am Telefon.«

Sie biss sich auf die Lippe. Sie hatte versucht, von dem verdammten Hochzeitsbild zu abstrahieren, doch es suchte sie weiter heim – nicht nur tagsüber, sondern auch in ihren Träumen.

»Okay.«

»Vor mir liegen ein paar arbeitsreiche Wochen. Ich stecke mitten in einer ganz besonderen Undercover-Ermittlung. Sie hat mit ... meiner Vergangenheit zu tun.«

Rebekka schloss kurz die Augen. Sie war verwirrt. Wovon sprach er?

»Ich komme nach Kopenhagen, sobald die Ermittlung abgeschlossen ist. Versprochen. Machen wir das so?«

»Einverstanden.«

»Bis bald, Rebekka.«

»Bis bald«, sagte sie leise.

»Pass auf dich auf«, fügte sie plötzlich hinzu, aber da hatte er bereits aufgelegt.

Rebekka fühlte sich völlig abgekämpft, als sie nach Hause kam. Sie musste die Wohnung nicht länger durchsuchen, sondern ließ ihre Tasche und ihren Mantel einfach zu Boden gleiten. Sie wanderte durch die dunkle Wohnung zu ihrem Sofa und setzte sich, zappte kurz durch die Kanäle, bevor sie den Fernseher ganz ausschaltete. Sie blieb still liegen und starrte die weiße Decke an, während die Dunkelheit sich um das Haus legte.

Kurz darauf hatte sie genug Kraft gesammelt, um in die Küche zu gehen. Sie schaffte es nicht, sich etwas zu kochen, entdeckte jedoch noch etwas Knäckebrot und eine Scheibe Käse, die sie in sich hineinzwang, während ihre Hände zum Weinregal wanderten. Sie zog eine Flasche heraus und wollte sie gerade öffnen, als sie merkte, dass sie überhaupt keine Lust auf Wein hatte. Sie legte sie wieder zurück und stand einen Augenblick ratlos in der Küche herum. Schließlich griff sie nach einer Flasche Mineralwasser, die sie mit ins Wohnzimmer nahm. Dort hüllte sie sich in eine Decke ein und blieb apathisch sitzen, führte nur die Flasche zum Mund und trank und schluckte. Immer wieder. Bis das Telefon klingelte.

»Ich glaube, dass Michael bald heiratet.«

Die Stimme ihrer Mutter schnarrte wie üblich, und Rebekka hielt das Handy ein wenig vom Ohr weg, während die Lust auf ein Glas Wein mit jeder Minute des Gesprächs wuchs. Nur ein Glas. Ein einziges Glas.

»Ich bin ihm heute beim Einkaufen begegnet. Wir grüßen uns immer – du weißt schon, wir nicken uns freundlich zu, aber heute ist er stehen geblieben und hat mich gefragt, wie Papas Transplantation gelaufen ist. Das war doch unglaublich nett von ihm, findest du nicht?«

Rebekka murmelte etwas, das an ein Ja erinnerte, und trank einen Schluck Wasser.

»Was machst du, Rebekka? Trinkst du? Das würde ich mit deinem Kopf nicht tun. Die Ärzte haben doch gesagt, dass es Wochen dauern kann, bis du wieder ganz gesund bist.«

Typisch, dass sie alles hörte.

»Ich trinke Mineralwasser. Warum?«

»Ich habe ihn natürlich auch gefragt, wie es ihm geht. Ich denke schon, dass ich das jetzt kann, wo eine gewisse Zeit vergangen ist, seit du dich von ihm getrennt hast.«

Rebekka schaffte es nicht, sie zu korrigieren. Sie hatte mit Michael Schluss gemacht, aber faktisch war er es gewesen, der nicht damit hatte leben können, dass sie so weit auseinander wohnten.

»Na schön, wie dem auch sei, er hat erzählt, dass es ihm gut geht, und es klang so, als käme es von Herzen. Er hat gesagt, dass er eine neue Liebe gefunden hat, und dann hat er mir seinen Ring gezeigt.«

Ihre Mutter saugte Luft ein, wie sie das immer tat, wenn sie zum Höhepunkt eines Gesprächs kam. Rebekka griff nach den Zigaretten und zündete sich eine an. Sie hatte tagelang nicht geraucht.

»Was sagst du dazu?«, fragte ihre Mutter ungeduldig, als Rebekka noch immer schwieg.

»Was soll ich denn dazu sagen? Schön für ihn.«

»Ja. Wie läuft es eigentlich mit dir und Niclas? Es war richtig nett, neulich am Telefon mit ihm zu reden, obwohl ich finde, dass die Stockholmer schwer zu verstehen sind, aber er hat sich Mühe gegeben, deutlich zu sprechen.«

»Gut läuft es. Ich habe ihn seit Längerem nicht gesehen. Er steckt im Moment mitten in einer wichtigen Ermittlung, aber wir wollen uns bald treffen.«

»Vater und ich freuen uns auch darauf, ihn irgendwann einmal kennenzulernen. Wenn du ihn uns denn vorstellst.«

Rebekka sehnte sich danach, das Gespräch zu beenden. Sie seufzte leise.

»Natürlich, Mutter, aber er wohnt nun einmal in Stockholm, wie du weißt.«

»Ja, aber funktioniert das denn, Rebekka? Du fandest es doch schon schwierig, dass Michael hier gewohnt hat – in Ringkøbing. Jetzt musst du bis nach Stockholm. Und das mit euren Jobs …«

»Mama, ich muss leider los.«

»Ja, aber …«

»Ich war heute bei Papa«, sagte Rebekka schnell. »Er wirkt ein bisschen müde, finde ich.«

»Das Ganze war hart für ihn. Er sagt auch, dass er sehr müde ist. Ich komme übermorgen nach Kopenhagen zurück.«

Sie legten auf, und Rebekka starrte einen Augenblick wie hypnotisiert vor sich hin. Dann drückte sie die Zigarette im Aschenbecher aus.

SAMSTAG

Die Sonne schien von einem blauen Himmel, als Rebekka und Reza sich am Gråbrødretorv trafen. Sie suchten sich einen Platz vor einem großen Café mit Wärmelampen. Rebekka besorgte ihnen Decken, während Reza Bier holte.

»Skål.« Sie stießen miteinander an, und Rebekka trank einen großen Schluck. Sie fühlte die kalte Flüssigkeit durch die Kehle gleiten und wischte sich den Schaum von der Oberlippe. Obwohl sie eindeutig Wein bevorzugte, musste sie zugeben, dass ein kaltes Bier gerade an einem Tag wie diesem einfach phantastisch schmeckte. Sie sank in ihren Stuhl und zog die Decke fester um sich. Die Luft war kalt, doch die Sonne wärmte das Gesicht. Rebekka schloss die Augen, genoss den Augenblick, das Gurren der Tauben auf dem Kopfsteinpflaster um sie herum, den Klang der fröhlichen Stimmen und das Klirren von Gläsern. Den Geruch von Bier, Kaffee, Parfüm, Zigarettenrauch und Stadt – einer Großstadt, die langsam aus dem Winterschlaf erwachte und verschlafen dem Einzug der neuen Jahreszeit entgegensah.

Rebekka warf Reza einen verstohlenen Blick zu und stellte fest, dass er den Moment ebenso zu genießen schien wie sie. Zurückgelehnt saß er auf seinem Stuhl, das Gesicht den goldenen Strahlen der Sonne zugewandt und ein kleines Lächeln in den Mundwinkeln. Rebekka schloss wieder die Augen und war kurz vor dem Einschlafen, als ihr Handy in der Manteltasche klingelte. Sie zuckte vor Schreck zusammen, und einen kurzen Moment lang erwog sie, das Klingeln zu ignorieren, den Augenblick in der Sonne noch ein wenig länger zu genießen, doch dann siegte die Vernunft. Es konnte Gundersen, ihre Mutter, Dorte oder Niclas sein.

Sie nahm das weiße iPhone in die Hand, erkannte die ersten vier Zahlen des Reichskrankenhauses und meldete sich mit klopfendem Herzen.

»Sie sprechen mit Schwester Annelise Marcussen von der Transplantationsstation.«

Das Telefon fühlte sich plötzlich schwer in der Hand an.

»Ist etwas passiert?«, fragte Rebekka und hörte die Panik in ihrer eigenen Stimme.

»Ihr Vater hat leider eine ernst zu nehmende Infektion bekommen.«

»O mein Gott.« Rebekka hatte das Gefühl, als würden alle Geräusche um sie herum verschwinden.

»Wie ernst ist es?«

»Sehr ernst, leider. Wir haben Kontakt zu Ihrer Mutter aufgenommen, und sie wird kommen, so schnell sie kann. Aber Ihr Vater will auch mit Ihnen reden, jetzt, unter vier Augen. Ist das möglich?«

»Ja.« Rebekka stand so abrupt von ihrem Stuhl auf, dass er nach hinten kippte. »Ich komme sofort.«

Sie legte auf und sah, dass Reza sich erhoben hatte, als ihm der Ernst des Gesprächs bewusst geworden war.

»Was ist passiert, Rebekka?« Er streckte den Arm aus und streifte ihren Ärmel, sie spürte nichts, sah ihn lediglich mit tränenverschleiertem Blick an.

»Es geht um meinen Vater. Er hat eine lebensgefährliche Infektion bekommen und mich gebeten, zu ihm zu fahren. Er will allein mit mir reden, hat die Krankenschwester gesagt.«

Rebekka knöpfte ihre Jacke zu. Plötzlich traf sie ein kalter Windstoß, und die Haare standen ihr zu Berge, und ihre Zähne begannen zu klappern.

»Du bist ganz blass.« Reza umarmte sie auf seine unbeholfene Art, und sie erwiderte die Umarmung, ließ ihren Kopf einen Augenblick an seiner Schulter ruhen, bevor sie ihn losließ.

»Ich bin nur schockiert, dass es ihm plötzlich so schlecht geht. Die Transplantation ist doch gut verlaufen, und jedes Mal, wenn ich ihn besucht habe, ging es ihm ein wenig besser.«

»Was kann ich tun? Soll ich mit ins Krankenhaus kommen?«

Reza sah sie fragend an, doch sie schüttelte sachte den Kopf. »Das ist lieb von dir, aber ich schaff das schon.«

Rebekka ging schnell die Straße hinunter. Der Wind wehte ihr das lange, dunkle Haar ins Gesicht. Sie blieb stehen, um es nach hinten zu schieben. Schnell drehte sie sich um und blickte zurück. Reza stand noch genau da, wo sie ihn zurückgelassen hatte, und schaute ihr nach. Sie hob die Hand und winkte, und er winkte mit einem ernsten Gesichtsausdruck zurück.

Die große Kerze auf der Torte flackerte. Fünfzig Jahre in Wachs. Astrid lächelte zufrieden über ihr Werk. Eine Othellotorte. Das Lieblingsgebäck ihre Mutter – zumindest eine Gemeinsamkeit. Vorsichtig trug Astrid die Torte in das Zimmer ihrer Mutter. Ihre Mutter saß zurückgelehnt in ihrem Sessel, mit offenem Mund und der Zeitung auf der Brust. Sie sah friedlich aus, fast sanftmütig, und Astrid musste lächeln.

Sie stellte die Tortenplatte vorsichtig auf den Wohnzimmertisch und ging in die Küche, um eine Kanne Kaffee zu holen. Auf dem Rückweg betrachtete sie sich kurz im Spiegel. Sie zog den Rollkragen höher, damit die Male am Hals nicht zu sehen waren, und blieb einen Moment stehen. Dann lächelte sie ihrem Spiegelbild zu. Das kurze, rötliche Haar stand ihr, daran bestand kein Zweifel, obwohl sie Tränen in den Augen gehabt hatte, als die Locken der Schere gewichen waren. Sie musste aber zugeben, dass es sich befreiend anfühlte, das schwere Haar los zu sein. Sie strich sich die Haare hinter die Ohren und sah die Ohrlöcher, den einzigen physischen Beweis dafür, was sie in Aleksander Dams Haus durchlitten hatte.

Die kleinen Löcher waren jedoch nichts im Vergleich zu den psychischen Nachwirkungen, unter denen sie täglich litt, den Albträumen – so lebendig, als säße sie noch immer herausgeputzt vor der Kulisse im Keller, außerstande, sich zu bewegen, außerstande, richtig zu atmen, während Aleksander Dam sie mit der Kamera verewigte. Der Psychotherapeut hatte ihr versprochen, dass es besser werden würde, aber es sei wichtig, darüber zu sprechen, ihre Gefühle in Worte zu fassen, und sie musste zugeben, dass es sich gut anfühlte, in dem weichen Sessel mit der Schachtel Kleenex neben sich zu sitzen und einfach zu reden.

Astrid warf einen letzten Blick auf ihre Ohren. Sie überlegte, ob sie die Löcher nutzen und sich ein paar Ohrringe kaufen sollte. Sie hatte immer von großen Kreolen geträumt.

Mit leichten Schritten ging sie zurück ins Wohnzimmer, schraubte den Deckel von der Kaffeekanne und hielt sie ihrer Mutter unter die Nase. Wie erwartet zuckte die Mutter in ihrem Sessel zusammen, und die schwache Andeutung eines Lächelns, das die Mundwinkel im Schlaf leicht nach oben gezogen hatte, wurde von dem üblichen säuerlichen Zug abgelöst, als sie blinzelnd zu Astrid hochsah.

»Was machst du eigentlich, Astrid? Warum stehst du da und fuchtelst mir mit der Kaffeekanne vor der Nase herum?«

»Ich habe frischen Kaffee gekocht, Mutter, und sieh mal, was da auf dem Tisch steht. Eine Othellotorte, dein Lieblingsgebäck. *Unser* Lieblingsgebäck.«

Astrid nickte in Richtung Tisch, und der Blick ihrer Mutter folgte der Bewegung. Sie atmete ein, wodurch das Gebiss im Oberkiefer ein schmatzendes Geräusch von sich gab, doch Astrid kannte es und wusste, dass sie zufrieden war. Ihre Mutter griff nach der Armlehne und richtete sich im Sessel auf.

»Dann sollten wir vielleicht ...« Ihre Mutter sah sie abwartend an. Astrid lächelte, ein Lächeln, das tief aus ihrem Inneren kam und sich auf ihrem Gesicht ausbreitete. Sie konnte es nicht zurückhalten. Ihre Mutter runzelte die Stirn.

»Astrid, worauf warten wir? Willst du den Kuchen nicht anschneiden?«

»Ja, aber zuerst will ich die Kerze ausblasen.« Sie atmete tief ein. Die Kerze auf der Torte flackerte leicht in der einsetzenden Dämmerung. Für einen kurzen Augenblick sammelten sich die Niederlagen und Sorgen ihres Lebens in Astrids Brust zu einem steinharten Klumpen, doch dann pustete sie alles aus, ließ los. Die Flamme verlosch sofort, und sie aßen schweigend, während sie auf den schwarzen, glänzenden See und die gelblichen Lichter der Autos auf der Øster Farimagsgade hinaussahen, die wie unzählige Orientierungspunkte im Dunkeln wirkten. Man entschied selbst, welche Richtung man einschlug.

»Irgendwie ist es schon ärgerlich, dass du vor deinem runden Geburtstag keinen Mann gefunden hast.« Die Mutter sah sie über die Kante ihrer Brille hinweg an.

Astrid zuckte leicht mit den Schultern. Sie hatte gerade *Mrs Dalloway* für den Mann mit den freundlichen Augen zur Seite gelegt. Es hatte sich gut angefühlt, ihm eine SMS zu schicken, dass das Buch zum Abholen bereitlag. Astrid lächelte bei dem Gedanken und aß vorsichtig einen Bissen Torte. Sie spürte den Blick ihrer Mutter auf sich ruhen.

»Ja«, antwortete sie, »aber jetzt sitzen wir hier und lassen es uns gut gehen, nicht?«

Sie aßen ein paar Sekunden schweigend.

»Das ist eine herrliche Torte, die du da gemacht hast.«

»Danke, Mutter.«

»Das hast du immer gut gekonnt, Astrid. Deine Kuchen sind unübertroffen.«

Eine unerwartete Wärme machte sich in ihrem Körper breit.

Heute Nachmittag würde sie sich die größten Ohrringe kaufen, die sie finden konnte. Sie musste sich nur noch entscheiden, ob ihr Gold oder Silber besser stand.

»Rebekka.«

Die Stimme ihres Vaters war so schwach, dass sie sich ganz nah zu ihm hinabbeugen musste, um zu verstehen, was er sagte.

Sie hatte ein Taxi zum Reichskrankenhaus genommen, und eine Krankenschwester hatte sie kurz auf den aktuellen Stand gebracht. Aufgrund der Infektion versagten langsam die Organe. Es war ernst. Die Chance, dass er sich wieder erholte, liege unter zehn Prozent, hatte die Krankenschwester gesagt, und Rebekka hatte das Gefühl gehabt, dass der Linoleumboden unter ihren Füßen schwankte.

»Papa, ich bin da«, sagte sie ruhig und drückte seine Hand. Sie betrachtete das bleiche, eingesunkene Gesicht ihres Vaters, die glänzenden Augen und den Brustkasten, der sich jedes Mal wölbte, wenn er versuchte zu atmen. Sie prägte sich jedes Detail seiner Gesichtszüge ein, falls er denn ... Allein bei dem Gedanken, dass es das letzte Mal sein könnte, dass sie ihn lebend sah, liefen ihr die Tränen die Wangen hinunter, und sie drückte seine Hand noch ein wenig fester. Eine Maschine piepte leise neben seinem Bett. Sie sah zu den verschiedenen farbigen Zahlen hoch, von denen sie nicht wusste, was sie anzeigten, dann konzentrierte sie ihren Blick wieder auf ihn.

»Du wolltest, dass ich alleine komme«, begann sie.

Ihr Vater nickte, und seine dunklen Augen, die sie von ihm geerbt hatte, leuchteten auf.

»Das wollte ich, ja. Ich wollte mit dir reden, Bekka – bevor Mama kommt. Ich wollte dir etwas erzählen.«

Sie nickte ernst und setzte sich auf dem harten Stuhl besser zurecht.

»Du hast einen Bruder, Rebekka«, flüsterte er.

Sie runzelte die Stirn. Wovon redete er? Ihr kleiner Bruder Robin war doch seit drei Jahrzehnten tot.

»Du meinst, ich *hatte* einen Bruder.«

»Nein, ich rede nicht von Robin, Bekka. Ich rede von meinem anderen Sohn.«

Mein anderer Sohn? Sie schnappte nach Luft. Was phantasierte ihr Vater da? War er bereits so umnebelt, dass er unzusammenhängend redete, fehlte seinem Gehirn Sauerstoff, erfand er deshalb so merkwürdige Geschichten?

»Papa, ich verstehe nicht ...«

»Das ist ein Geheimnis, Bekka. Mein Geheimnis.«

»Ja, aber ...« Rebekka erkannte ihre eigene Stimme nicht wieder, sie klang so fremd. Ihre Blicke begegneten sich, und das schwache Summen der Krankenhausheizung und der Überwachungsinstrumente erfüllte einen Augenblick das Zimmer, bevor ihr Vater fortfuhr: »Als Mama und ich uns kennenlernten, hatte ich gerade eine Beziehung mit einer anderen Frau ...« Ihr

Vater atmete rasselnd, bevor er fortfuhr: »Mama ist nun einmal ... Mama. Du weißt schon, es muss alles so laufen, wie sie es will, und meistens setzt sie sich ja auch durch. Sie wollte mich, und ich war ... ja, was war ich? Gespalten, trifft es wohl am besten. Mama hatte einen starken Willen, während die andere Frau, Nina, empfindsamer, sanfter war, mehr wie ich, und deshalb habe ich mich schließlich für deine Mutter entschieden. Ich habe gedacht, dass unsere Verschiedenheit einer Ehe guttun würde, der Dynamik ...« Er rang nach Luft, hatte Schweißperlen auf der Stirn, und seine Hand fühlte sich feucht an in ihrer. »Das Problem war nur, dass Nina schwanger war, als ich sie verlassen habe. Sie wusste es zu dem Zeitpunkt noch nicht, und ich habe es auch nicht gewusst, außerdem war eine Abtreibung damals nicht möglich. Legal, meine ich.«

Rebekka machte den Mund auf, doch sie konnte nichts sagen, nur atemlos auf die Fortsetzung warten.

»Nina war unglücklich und wütend, als ich mit ihr Schluss gemacht habe, und deshalb habe ich erst viele Monate später von der Schwangerschaft und von dem Kind gehört. Kurz nach unserem Bruch ist Nina nach Kopenhagen gegangen, und ein halbes Jahr später wurde der Junge geboren. Über Umwege habe ich davon erfahren, auch dass es ein Junge war. Ich habe ihr geschrieben, dass ich natürlich für das Kind bezahlen würde, wenn wir uns darauf einigen könnten, die Vaterschaft geheim zu halten. Ich habe nie eine Antwort bekommen, sie ist durch meinen Brief bestimmt noch wütender geworden. Kein Wunder. Ich war ein Feigling, ein Schwächling ...«

Die Stimme ihres Vaters brach, und seine braunen Augen füllten sich mit Tränen.

Rebekka senkte den Blick. Ihr fehlten noch immer die Worte angesichts dieses Geständnisses. Das konnte ihr letztes Gespräch sein, und da erzählte er ihr, dass sie einen Bruder hatte.

Außer Robin. Sie merkte plötzlich, wie wütend sie war. Ihr Vater bemerkte ihren plötzlichen Stimmungswandel, doch während er, konfliktscheu wie er war, in einer solchen Situation normalerweise nervös geworden wäre, nickte er heute nur verständnisvoll.

»Ich weiß, dass das schwer ist, Bekka. Es ist ein Schock für dich, das zu erfahren, und es ist schwer für mich, es dir zu erzählen, aber ich weiß nicht, ob ich es diesmal schaffe, und ich will nicht begraben werden, ohne dass du Bescheid weißt.«

»Weiß Mama davon?«

Langsam schüttelte er den Kopf. »Nein.«

Er schwieg. Die Stille zwischen ihnen war kompakt.

»Was ist mit dem Jungen?«, fragte Rebekka schließlich und sah ihren Vater aufmerksam an.

»Anfangs fiel es mir nicht so schwer, das muss ich zugeben. Ich wusste ja nicht, was mir entging. Nina ist, wie gesagt, nach Kopenhagen gezogen, sie hat mir keine Probleme gemacht, und ich hatte ihn nie gesehen, wusste nur, dass es ein Junge war. Aber später, als du und Robin geboren wurdet, war es immer schwerer, damit zu leben. Ich vermisste ihn plötzlich. Ich vermisste meinen unbekannten Erstgeborenen, wahrscheinlich weil du und Robin die Elternliebe in mir geweckt hattet. Ich habe mehrmals überlegt, es deiner Mutter zu sagen, ich war so nahe dran, aber der Mut hat mich jedes Mal im Stich gelassen. Als Robin dann starb, wusste ich, dass die Chance für immer vorbei war. Nie würde ich deiner Mutter erzählen können, dass ich, ich allein, noch einen anderen Sohn hatte. Deshalb habe ich nichts gesagt.«

Er sah sie mit einem gequälten Gesichtsausdruck an.

»Rebekka«, flüsterte er heiser. »Ich hoffe, dass du mir verzeihst. Ich weiß sehr wohl, dass ich dich nicht darum bitten kann, aber ich hoffe, dass du es tust.«

Sie konnte nichts sagen, konnte sich lediglich vorbeugen und vorsichtig ihren Kopf auf die arthritischen Hände ihres Vaters legen. In ihrem Inneren zitterte sie heftig. Ein Bruder. Sie hatte einen Bruder. Einen, der lebte. Einen großen Bruder. Außer dem heftigen Schuldgefühl, das sie seit Robins Tod mit sich herumschleppte, hatte sie ihr Leben lang auch eine Sehnsucht nach Geschwistern gequält, und diese Sehnsucht war mit der Zeit nicht schwächer geworden, sie hatte nur irgendwann gelernt, damit zu leben, und immer einen Anflug von Neid gespürt, wenn die Leute um sie herum Anekdoten von ihren Geschwistern preisgaben. Reza erzählte oft von seinen Geschwistern – und selbst Dorte konnte hin und wieder eine Geschichte über ihren Bruder auftischen, obwohl sie ihn nicht oft sah.

Rebekka versuchte zu atmen, doch es fiel ihr schwer, sie hatte das Gefühl, als hätte ihr jemand einen Schlag in die Magengrube verpasst. Sie versuchte, sich diesen unbekannten Bruder vorzustellen, einen Fremden, mit dem sie die Hälfte ihrer Gene teilte, aber sie konnte nur die Erinnerung an Robin heraufbeschwören. Sie spürte den Blick ihres Vaters auf sich ruhen.

»Ich verstehe gut, dass du dich überrumpelt fühlst, Bekka, und ich gehe auch davon aus, dass du wütend auf mich bist, aber falls die OP nicht gut verlaufen sollte ...«, er seufzte laut, »... habe ich immerhin meine Pflicht getan und dir die Wahrheit gesagt. Was du mit deinem Wissen anfängst, ist deine Sache. Ich habe keine besonderen Erwartungen.«

»Hast du ihn nie gesehen?«

»Doch.« Ihr Vater nickte schwach. Sein Kopf erschien ihr plötzlich groß im Verhältnis zu seinem abgemagerten Körper.

»Ein einziges Mal. Ich hatte beruflich in Kopenhagen zu tun und habe zu Nina Kontakt aufgenommen. Ich war mir sicher, dass sie mich wegen meines früheren Verhaltens abweisen würde, doch sie hat Großmut bewiesen, wie sie das immer getan hat, und mich zum Abendessen eingeladen. Und da saß er dann, mein Junge. Er muss damals zwölf gewesen sein ... Robins Tod lag schon ein paar Jahre zurück. Ich habe Robin so sehr vermisst, dass ich beinahe wahnsinnig geworden wäre, und die Sehnsucht wog doppelt schwer, weil ich nicht die Möglichkeit hatte, meinen anderen Sohn zu sehen. Es hat gutgetan, ihn zu treffen. Er ähnelt dir und Robin, er hat die gleichen dunklen Haare und die gleichen braunen Augen.«

Ihr Vater hob den Blick und sah sie an. Während er schwieg, waren nur sein schwerer Atem, die piepsenden Geräte und von draußen leise Schritte und das Geräusch eines Rollwagens mit klirrenden Gläsern zu hören, der den Gang entlanggeschoben wurde.

»Es war trotz allem ein schöner Abend«, fuhr er fort. »Du weißt ja, dass solche Situationen auch furchtbar unangenehm sein können. Es war das erste und letzte Mal, dass ich ihn gesehen habe. Er weiß, dass es mich gibt ... Ich wollte mich nicht in sein Leben drängen, ich weiß ja gar nicht, ob er den Kontakt zu mir wünscht.«

»Wie heißt er?«

»Ulrik. Ulrik Malling.«

»Weiß er von Robin und mir?«

Der Brustkasten ihres Vaters wölbte sich.

»Keine Ahnung, Bekka. Ich weiß nicht, wie viel Nina ihm erzählt hat. Irgendwas bestimmt, die meisten Kinder fragen ja nach ihren Eltern. Aber ... seit dem Besuch vor achtundzwanzig oder neunundzwanzig Jahren hatte ich weder zu ihm noch zu Nina Kontakt.«

Sie nickte, während die Worte langsam zu ihr vordrangen und sich setzten. Tränen brannten in ihren Augen.

»Wo wohnt er? Was macht er?« Plötzlich strömten die Fragen nur so aus ihr heraus, und sie musste sich selbst bremsen. Ihr

Vater rang so heftig nach Atem, dass die Venen an seinem Hals wie blaue, gewölbte Schlangen hervortraten.

»Ich weiß es nicht …«, antwortete er flüsternd. »Mehr weiß ich auch nicht, als ich eben gesagt habe, Bekka.«

Die Tür zum Krankenzimmer ging auf, und ihre Mutter trat atemlos ein.

»Jetzt bin ich wieder da, Erling«, sagte sie laut, schälte sich aus ihrem Mantel, warf ihn über einen Stuhl und trat zu ihnen. Sie küsste ihren Mann auf die Stirn. Dann sah sie Rebekka an, legte ihr die Hand auf die Schulter und drückte sie.

»Ich verstehe gut, dass dich das mitnimmt, Rebekka. Die ganze Sache ist wirklich furchtbar …«

Rebekka nickte – ihr Körper war plötzlich wie aus Blei. Ihr Vater griff nach ihren Händen und drückte sie so fest, dass es fast wehtat, doch das war nichts gegen den Schmerz, der in ihrem Inneren wütete. Ihr Vater lag im Sterben, und sie hatte einen neuen Bruder bekommen. Langsam stand sie auf. Ihre Beine schwankten unter ihr.

»Entschuldigt mich bitte. Ich brauche etwas frische Luft.«

Ihre Eltern nickten. Rebekka zog ihren Mantel an. In der Tür drehte sie sich um, und ihr Vater sah sie mit brennenden Augen an. Dann verließ sie das Zimmer, ließ die piepsenden Geräte hinter sich und ging tränenblind den Gang hinunter zum Fahrstuhl. Eine Krankenschwester kam an ihr vorbei und sah sie mitfühlend an.

Ein Hubschrauber landete brummend auf dem Dach, als Rebekka das Krankenhaus durch den Haupteingang verließ. Sie holte die Zigaretten aus ihrer Tasche, schlug mit zitternden Fingern eine aus der Packung, zündete sie an und sog gierig den Rauch bis tief in die Lungen. Während des Rauchens wanderte sie auf und ab.

Die Sonne guckte hinter den Dächern im Blegdamsvej hervor,

und Rebekka war tief in ihre eigenen Gedanken versunken, als ihr Blick zufällig auf dem Grünstreifen neben dem Bürgersteig landete. Aus der braunen, harten Erde, die mit Resten von altem Schnee bedeckt war, lugte ein einzelnes Schneeglöckchen hervor. Rebekka blieb einen Moment stehen und betrachtete es. Eine leise Freude erfüllte sie. Sie hatte nicht nur Robin, sondern noch einen Bruder. Er hieß Ulrik. Ulrik Malling. Die Wut, nichts von seiner Existenz gewusst zu haben, verflog ein wenig und wich einer Mischung aus Neugier und einer tiefen Sehnsucht. Nach einem völlig unbekannten Menschen.

DANKE

Mein viertes Buch. Ich muss mich in den Arm kneifen vor Freude darüber, dass mein Kindheitstraum, Kriminalromane zu schreiben, wirklich wahr geworden ist.

Es ist mir eine tägliche Freude, mit dem Rebekka-Universum zu arbeiten, und ich bin zutiefst dankbar, dass mein Kopf voller Ideen ist, wie es mit Rebekka, Reza, Tatjana, Gundersen, Niclas und Dorte in den folgenden Büchern weitergehen soll.

All das habe ich zum großen Teil euch – meinen phantastischen Lesern – zu verdanken. Ich bin überwältigt und gerührt über die riesige Resonanz auf meine Bücher. Eure positiven Rückmeldungen sind für mich die schönste Motivation, wenn ich am Computer sitze und über Rebekka schreibe.

Das Leben eines Autors lässt sich über lange Strecken mit dem eines Einsiedlers vergleichen. Zum Glück genieße ich das Privileg, meine Geschichte während des Schreibprozesses mit vielen inspirierenden Menschen diskutieren zu können. Deshalb möchte ich mich gerne bei all denen bedanken, die mir bei meiner Arbeit geholfen haben.

Zuallererst danke ich meinen beiden Helden, dem Rechtsmediziner Nikolaj Friis Hansen und dem Polizeirat der Reichspolizei (NEC) Jens Damborg dafür, dass sie sich ein weiteres Mal in Sachen Rebekka Holm engagiert haben. Ihr seid großartig – und ich weiß eure Hilfe sehr zu schätzen.

Ein herzlicher Dank gebührt den Kolleginnen aus meiner Schreibgruppe, Pernille Bolø, Louise Urth Olsen, Sol Slej, Maren Uthaug und Helle Vincentz, für euren klugen Input zum Buch.

Danke, Jan Kaae-Ploug Svensson, für deine guten Ideen.

Ein Dankeschön an Helle Elvilda Rosenstand und Joachim Rosenstand für ihre guten Ratschläge und dass sie immer zur

Verfügung stehen, wenn es darum geht, Werbefilme für meine Bücher zu drehen.

Ich danke meinem Lektor Jacob Søndergaard für die ausgesprochen gute – und amüsante – Zusammenarbeit.

Danke auch an die Mitarbeiter der Gyldendal Group Agency, weil sie dafür sorgen, dass meine Bücher auch Leser in anderen Ländern erreichen.

Ich danke Jo Hermann dafür, dass er meine sprachlichen Schnitzer ausbügelt.

Ein besonderer Dank geht an meine Familie und meine Freunde – weil ihr immer da seid, auch wenn wir uns nicht so oft sehen, wie wir gerne würden.

Morten, ich danke dir, dass du mich als Autorin so unterstützt.

Julie Hastrup, im März 2013

LUST AUF MEHR UNTERHALTUNG?

Dann sollten Sie unbedingt umblättern. Hier erwartet Sie eine exklusive Leseprobe aus dem Thriller von Julie Hastrup: »Vergeltung«.

DIE NACHT VON SAMSTAG, 25. AUGUST, AUF SONNTAG, 26. AUGUST

Das Fahrrad schlingerte so stark, dass es in Annas Bauch kribbelte, als sie den unebenen Waldweg hinunterfuhr. Sie musste laut lachen, und der Klang ihres Lachens zerriss die Stille des dunklen Waldes. Es nieselte, und sie stellte sich vor, wie die Baumkronen über ihr zu einem schützenden Regenschirm zusammenrückten. Sie schloss die Augen und radelte weiter, während sie ihren keuchenden Atem und das rhythmische Surren der Reifen vernahm, öffnete den Mund und ließ den Regen auf der Zunge zergehen. Die milde Nachtluft war feuchtigkeitsgeschwängert, es duftete nach frischer Erde, und Annas langes feuchtes Haar berührte sanft ihre nackten Schultern.

In der Diskothek hatte sie ihren Spaß gehabt. Dieser dunkelhaarige Typ, Alex, war zwar schüchtern, aber süß gewesen. Sie hatte sich von seinem Aussehen nicht abschrecken lassen, hatte etwas Weiches hinter der harten Fassade erahnt. Als er sie nach ihrer Handynummer gefragt hatte, hatte sie sie auf eine Serviette gekritzelt und sie ihm mit einem koketten Lächeln hingeschoben. Er schien sich zu freuen, doch dann hatte sie ihm plötzlich die Serviette aus der Hand gerissen. Warum, wusste sie selbst nicht. Er hatte sie festgehalten, seine Finger bohrten sich in ihren Oberarm, hart, aber nicht unangenehm, als wollte er sie beschützen. Tränen hatten in ihrer Kehle geprickelt, und sie hatte sich losgerissen. Er hatte sie nur verwundert angesehen, mit den Schultern gezuckt und auf dem Absatz kehrtgemacht. Sie hätte es ihm gerne erklärt, war aber davon ausgegangen, dass er es nicht verstehen würde. Er war sofort in der dunklen, wogenden Menge aus Menschenkörpern verschwunden, doch seine Berührung hatte noch lange auf ihrer Haut gebrannt.

Anna spürte einen harten Stoß, riss erschrocken die Augen auf und sah gerade noch, dass sie den Schlagbaum gerammt hatte, der den Fruerwald von dem kleinen Parkplatz direkt am Fjord trennte, bevor sie das Gleichgewicht verlor, auf dem Weg landete und unter ihrem Fahrrad begraben wurde. Ihr Knie brannte, sie spürte warmes Blut ihr Bein hinunterlaufen, und der rechte Ellenbogen tat weh. Sie rieb leicht darüber und richtete sich schwankend auf.

Eine dunkle Wolke enthüllte einen bleichen Mond, und sie hatte das Gefühl, dass sie nicht allein war. Sie hielt den Atem an, blieb still stehen und lauschte, hörte aber nur ihren eigenen hämmernden Puls und das schwache Rauschen des Fjords.

»Ist da jemand?«

Der Wind trug ihren Ruf davon und einige Sekunden stand sie unschlüssig da, unsicher, was sie tun sollte. Dann sprach sie sich gut zu. Natürlich war da niemand. Ihre Phantasie spielte ihr einen Streich. Sie bildete sich dauernd irgendetwas ein. Das sagte ihr Vater auch oft. In dem Gebüsch am Weg raschelte es. Sie drehte den Kopf in die Richtung, aus der das Geräusch kam, erahnte die kompakte Kontur eines Strauchs in der schwarzen Dunkelheit, konnte aber sonst nichts erkennen. Die Angst auf ihrer Haut fühlte sich an wie spitze kleine Nadeln. Sie nahm ihren ganzen Mut zusammen, umfasste den Lenker fester und zog das Fahrrad an dem Schlagbaum vorbei. Auf halbem Weg stieß ihr Fuß gegen etwas Hartes. Sie beugte sich vor, um zu sehen, was es war. Ein großer Ast versperrte den Weg, und sie streckte den Arm aus, um ihn fortzuschieben.

Der Schlag kam überraschend und hart. Anna fiel über den Ast, der sie an der Stirn erwischte. Etwas Warmes, Klebriges lief ihr über das Gesicht. Sie versuchte aufzustehen, bekam jedoch einen weiteren Schlag auf den Hinterkopf, und ihr Gesicht wurde auf den Boden gedrückt. Ihr Mund füllte sich mit Erde und kleinen Steinen, sie wollte laut schreien, aber der Schrei blieb ihr im Hals stecken. Sie spürte den Atem eines Fremden dicht neben sich. Und den Duft von etwas Bekanntem. Ein weiterer harter Schlag. Ein lautes Knirschen. Jetzt lief ihr das Blut in den Mund. Übelkeit überrollte sie, und langsam wurde alles grau. *Komm, komm, du musst hier weg.* Sie wollte nach dem Ast greifen oder nach einem scharfen Stein, wollte sich verteidigen, kämpfen, doch ihr Körper gehorchte ihr nicht mehr. Sie spürte im Rücken einen stechenden Schmerz. Wieder und wieder. Und hörte ein seltsames Röcheln. Plötzlich kamen ihr Zweifel, ob das Röcheln nicht von ihr kam. Langsam verstummten alle Laute. Ihr letzter Gedanke, bevor alles schwarz wurde, war: »Jetzt sterbe ich«, und auf die eine oder andere Weise tröstete sie das. Jetzt konnte ihr niemand mehr etwas anhaben.

Der Sonntag war ein schwarzer Tag, ein Tag voller Melancholie. Er kroch unter die Haut und erfüllte den Körper langsam mit einer Apathie, gegen die nur schwer anzukommen war. Rebekka hatte Sonntage gehasst, seit sie neun Jahre alt war. Seitdem hatte sie versucht, sie mit jeder Menge Aktivitäten vollzupacken oder, wenn es mit den Verabredungen nicht so klappte, sie zu verschlafen, damit der verhasste Tag so schnell wie möglich von einem weit vielversprechenderen Montag abgelöst wurde.

Sie stand in ihrem geräumigen, neu eingerichteten Büro mit Aussicht auf das Tivoli und hatte ihren letzten Fall fast fertig archiviert. Sie stellte den schweren, grauen Ordner geräuschvoll ins Regal. Seit knapp drei Jahren gehörte sie zur mobilen Spezialeinheit der dänischen Reichspolizei. Als einzige Frau. Ein begehrter Job, der nur den tüchtigsten Polizisten offenstand. Sie und ihre Kollegen waren gut und gerne zweihundert Tage im Jahr unterwegs, um der Polizei vor Ort bei schwierigen Fällen zu helfen. Rebekka liebte ihre Arbeit. Ihr Chef, Torsten Krogh, hatte ihr mehrmals zu verstehen gegeben, wie zufrieden er mit ihrer Arbeit war, und auch von ihren Kollegen wurde sie als eine der »Jungs« akzeptiert. Ihr Ton untereinander war rau und der Zusammenhalt stark, und Rebekka fühlte sich zum ersten Mal als Teil einer Gemeinschaft.

Sie sah sich zufrieden in ihrem Büro um. Sie hatte schon lange ein Auge auf den Raum geworfen. Er lag im fünften Stock und bot eine grandiose Aussicht auf die Attraktionen des Tivolis und den Rathausturm, und als er frei geworden war, hatte sie Torsten Krogh in den Ohren gelegen, ihn ihr zu geben. Genau genommen war das Büro zu groß für eine Person, vor allem wenn diese die meiste Zeit außer Haus arbeitete, doch Torsten Krogh war – zu ihrer großen Freude – ihrem Wunsch trotzdem nachgekommen. Rebekka seufzte leise, während sie die Nase gegen die kühle Fensterscheibe drückte und eine Taube beobachtete, die in der kühlen Morgensonne auf dem Fenstersims saß.

Ihr Gurren war fast schon meditativ, und einen Moment verlor sie sich in ihren Gedanken.

Vom Rathausturm schlug es deutlich elf Mal. Sie war heute früh aufgewacht, war erst eine Runde im Søndermarken gelaufen und dann ins Präsidium gefahren. Jetzt war der Papierkram erledigt, es gab hier für sie nichts mehr zu tun. Selbst die Blume auf dem hellen Schreibtisch hatte sie gegossen. Kurz streifte sie ein Gefühl von Einsamkeit, und sie wählte schnell Dortes Nummer. Die Freundin lud sie auf einen Kaffee ein und etwas optimistischer griff Rebekka nach ihrem Mantel und verließ das menschenleere Gebäude.

Michael Bertelsen wurde von dem hartnäckigen Läuten des Telefons geweckt. Einen Moment wusste er nicht, ob es Tag oder Nacht war. Dann erinnerte er sich an den abendlichen Einsatz in der Disco in der Fußgängerzone und folgerte, dass es Tag sein musste, auch wenn er sich über die genaue Zeit nicht im Klaren war. Er tastete nach dem schnurlosen Telefon und fand es unter der zweiten, ordentlich zusammengefalteten Decke in dem breiten Doppelbett.

»Bertelsen«, murmelte er in den Hörer, während er sich die Augen rieb. Sie gewöhnten sich langsam an das Licht, und er warf einen Blick auf den Radiowecker: 11.03 Uhr.

»Michael, hier ist Teit. Im westlichen Teil des Fruerwalds, gleich bei dem Parkplatz ist eine junge Frau gefunden worden, ermordet. Anna Gudbergsen. Zweiundzwanzig Jahre.«

Michael setzte sich verwirrt im Bett auf.

»Was?«

»Sie wurde niedergeschlagen und durch mehrere Messerstiche getötet. Auf den ersten Blick sieht es nach einem Sexualverbrechen aus. Thorkild Thøgersen untersucht gerade die Leiche. Komm, so schnell du kannst, hier raus.«

Während Teit Jørgensen ihm genauere Informationen und Anweisungen gab, spritzte Michael sich Wasser ins Gesicht und unter die Arme. Dann hüpfte er auf einem Bein durch das Schlafzimmer und versuchte, Hose und Socken anzuziehen.

»Gib mir zehn Minuten«, sagte er, »dann bin ich da.«

—

Das Handy klingelte durchdringend, als Rebekka gerade das Auto vor Dortes kleinem Genossenschaftshaus einparkte. Es war ihr Chef, Torsten Krogh.

»Rebekka. Hör zu. Eine junge Frau ist auf einem Waldweg in Westjütland ermordet worden. In einem Blutrausch mit dem Messer niedergestochen. Möglicherweise vergewaltigt. Ich schicke dich allein hin. Du weißt natürlich, dass so etwas eigentlich nicht zu unseren Aufgaben gehört, aber ein alter Freund, Kriminalkommissar Teit Jørgensen, hat mich um Hilfe gebeten, deshalb werde ich tun, was ich kann. Um die Technik kümmern sich die Kollegen aus Århus.«

Rebekka spürte ein Kribbeln im Magen. Seit Inkrafttreten der neuen Polizeireform hatten sie nur noch selten mit den klassischen Mordfällen zu tun, für die die Spezialeinheit ursprünglich zuständig gewesen war. Jetzt waren ihre Aufgaben eher politisch ausgerichtet, was zur Folge hatte, dass die Ermittler bestimmten Bereichen wie Prostitution, Menschenhandel, Rockerszene und Bandenkriminalität eine höhere Priorität einräumen und die einzelnen Polizeidistrikte ihre Mordfälle trotz mangelnder Erfahrung selbst lösen mussten. Als Rebekka sich seinerzeit bei der Spezialeinheit beworben hatte, hatte sie vor allem das Interesse an den traditionellen Mordfällen zu diesem Schritt bewogen, und sie war bei Weitem nicht die einzige Ermittlerin, die über diese Entwicklung unglücklich war.

»Wo genau in Jütland?«, fragte sie und bemühte sich, nicht übereifrig zu klingen.

»In Ringkøbing.«

Ringkøbing. Ringkøbing. Ringkøbing.

Kalte Angst durchfuhr Rebekka, vernebelte ihren Blick und ihr Mund wurde trocken. Wie von ferne nahm sie wahr, dass Torsten Krogh in irgendwelchen Papieren wühlte, während die Welt sich um sie zusammenzog.

»Im Fruerwald. Man hat sie nahe dem westlichen Zugang zum Wald gefunden. Rebekka, Rebekka, bist du noch da?«

Langsam kehrte sie in die Wirklichkeit zurück.

»Ich war nur etwas überrascht. Ich komme doch selbst aus Ringkøbing.«

»Stimmt. Das trifft sich gut.«

Torsten Krogh klang begeistert und versorgte sie noch mit weiteren Informationen, bevor er auflegte.

Rebekka sank im Autositz in sich zusammen und starrte mit leeren Augen vor sich hin. Ringkøbing, ausgerechnet. Sie hatte die ersten neunzehn Jahre ihres Lebens in dieser Stadt verbracht und war bei der erstbesten Gelegenheit geflüchtet. Und seitdem nicht mehr zurückgekehrt. Ihre Eltern wohnten noch immer dort. In demselben gelben Reihenhaus mit dem Kiesweg davor, ein beharrliches Zeugnis aus einer anderen Zeit.

Jemand klopfte gegen das Autofenster. Rebekka richtete sich verwirrt auf und sah durch die Scheibe Dortes fröhliches Gesicht. Sie öffnete die Autotür.

»Was treibst du denn da? Bist du eingeschlafen?«

»Ich muss nach Ringkøbing, jetzt sofort. Dort ist ein Mord passiert.«

Sie schwankte fast aus dem Auto in die Arme von Dorte, die sie mit großen Augen anstarrte.

»Arme Bekka. Das kannst du nicht machen. Die finden bestimmt jemand anderen. Ich meine ... wegen Robin und so.« Dorte drückte liebevoll ihren Arm.

»Nein ... nein, ich muss das machen.« Rebekka nahm sich zusammen. »Das ist mein Fall, und ich muss jetzt los. Ich *will* jetzt los. Das ist nur so total verrückt. Ich meine, die ganzen Jahre habe ich alles Erdenkliche angestellt, um mich von dieser Stadt fernzuhalten, und jetzt bin ich plötzlich gezwungen zurückzukehren.«

»Du hast keine Zeit mehr für einen Kaffee, oder?«

»Nichts zu machen, das müssen wir nachholen.«

»Okay, verstehe ... als die gute Polizistinnenfreundin, die ich bin«, lachte Dorte. Dann wurde sie ernst.

»Wissen deine Eltern, dass du kommst?«

»Nein. Ich habe es selbst gerade erst erfahren. Ich werde sie natürlich anrufen, mal sehen, was passiert, wenn ich da bin. Ich weiß nur, dass ich höllisch viel zu tun haben werde.«

——

Alles war rot. Michael trat unwillkürlich einen Schritt zurück, als er Anna Gudbergsens Leiche sah. Der Anblick war so unbeschreiblich makaber, dass ihm die Galle bis in den Mund stieg. Er konnte sie nicht ausspucken, musste sie wieder hinunterschlucken.

Anna Gudbergsen lag auf einer kleinen Lichtung in dem dichten Gebüsch, das den Waldweg säumte. Sie lag auf dem Rücken, die Beine gespreizt, ein Arm schlaff neben dem Körper, der andere, den sie sich schützend vor das Gesicht gehalten hatte, verharrte steif in einer unnatürlichen Position. Sie trug ein geblümtes Sommerkleid mit Spaghettiträgern, das bis über den Bauch hochgezogen war und ihren Unterleib bloßlegte. Ihr Seidenslip, der einmal weiß gewesen sein musste, war jetzt blutdurchtränkt und hing ihr um die schmalen Fesseln. Eine Sandale lag neben ihr, die andere saß am linken Fuß. Überall war dunkelrotes geronnenes Blut, und ihr langes blondes Haar war von dünnen Blutstreifen durchzogen und hatte sich in Blättern und Ästchen verheddert. An der linken Wange klaffte eine Wunde, Arme und Beine waren mit Blutstreifen überzogen, und Bauch und Unterleib wiesen tiefe, schwarze Einstiche auf, die von einem Messer herrühren mussten. Nur die Augen waren unverletzt. Anna Gudbergsens große grüne Augen starrten ausdruckslos in den Himmel.

Michael schluckte. Schloss für einen Moment die Augen, um sich eine Verschnaufpause zu verschaffen, Kräfte zu sammeln und die vielen Eindrücke des Tatorts zu verdauen. Um ihn herum summte es vor Leben, mehrere Beamte teilten den Tatort in Felder auf.

»Ganz schön brutal, was?« Er spürte, wie ihn jemand an der Schulter packte und sah seinem Freund und Kollegen David Johansen in die Augen. Michael nickte stumm.

Die Luft war voller schwarzer Punkte, Schmeißfliegen, die emsig über der Leiche schwirrten. Es roch süßlich. Michael wurde erneut von einer heftigen Übelkeit übermannt und ermahnte sich, das Frühstück in Zukunft nicht mehr ausfallen zu lassen.

Der Rechtsmediziner Thorkild Thøgersen, der kurz vor der Pensionierung stand, gesellte sich zu ihnen.

»Århus ist im Anmarsch«, brummte er und kratzte sich die grauen Bartstoppeln. »Ich bin hier gleich fertig.«

»Kannst du schon was sagen?«

»Sie ist heute Nacht gestorben – irgendwann zwischen zwei und vier Uhr morgens. Wie du siehst, hat die Leichenstarre in der Kiefermuskulatur und in Teilen des Oberkörpers bereits eingesetzt. Außerdem haben die Schmeißfliegen angefangen, Eier in die Wunden zu legen.«

Michael beugte sich über die Leiche, sah die winzigen Punkte in den klaffenden Wunden und spürte umgehend den Drang, sich zu übergeben. Er schluckte schnell, und der alte Rechtsmediziner fuhr fort: »Jemand hat mehrere Male mit einem scharfen Gegenstand auf sie eingestochen, vermutlich mit einem ganz normalen, ungefähr fünfzehn bis zwanzig Zentimeter langen Küchenmesser. Ich möchte wetten, dass es an die zwanzig Stiche sind.«

Thorkild Thøgersen schüttelte den Kopf und zeigte auf Anna.

»Wenn man den Kopf vorsichtig dreht, sieht man deutlich, dass sie ein paar kräftige Schläge auf den Hinterkopf bekommen hat. Durch die langen Haare ist das schwer zu erkennen, aber das sieht ganz nach Gehirnmasse aus, die ausgetreten ist.« Michaels Blick folgte dem runzligen Finger, der auf eine gräuliche Masse zeigte, die den Waldboden bedeckte. Thorkild Thøgersen blickte ihn finster an und konstatierte: »Aber die eigentliche Todesursache lautet vermutlich Tod durch Erwürgen.«

Michael runzelte überrascht die Stirn.

»Guck mal.« Der Rechtsmediziner zeigte auf ihren Hals. Ein Großteil des dünnen Halses war mit eingetrocknetem Blut bedeckt, doch dort, wo die bloße Haut zu sehen war, erkannte das geschulte Auge eine Reihe kleiner blauer Blutergüsse. Michael nickte und hockte sich neben ihn.

»Sieh dir mal ihre Augen an«, sagte Thorkild Thøgersen. »Siehst du die kleinen punktförmigen Blutungen? Ein weiterer Anhaltspunkt, dass sie erwürgt wurde. Mehrere der Messerstiche waren tief und tödlich, da hat jemand wirklich ganze Arbeit geleistet. Hinzu kommen die Schläge auf den Hinterkopf und das Strangulieren. Es wundert mich, dass der Täter, wie soll ich sagen, so gründlich vorgegangen ist, doch das muss ich glücklicherweise nicht verstehen, das ist euer Job. Hast du dir übrigens das Gebüsch angesehen?«

Michael drehte den Kopf, sein Blick folgte Thøgersens Hand, und er sah die winzigen Blutspritzer auf den grünen Büschen und Pflanzen, die die Sonnenstrahlen wie Pailletten glitzern ließen.

Thorkild Thøgersen kramte in den Taschen seines weißen Schutzanzugs und förderte eine vergilbte Packung Ga-Jol zutage. Er öffnete sie und bot Michael davon an.

»Vermutlich ist sie bei der Schranke niedergeschlagen worden. Ein großer Ast versperrt dort den Weg – vielleicht eine Falle –, dann hat der Täter sie ins Gebüsch gezerrt und sein Werk beendet. Okay, ich sehe zu, dass ich etwas zu essen bekomme, während ich auf Århus warte.«

Thorkild Thøgersen erhob sich schwer aus seiner sitzenden Position, blieb einen Augenblick stehen und starrte gedankenverloren vor sich hin.

»Das ist schon merkwürdig. Vor ungefähr zwanzig Jahren hatten wir einen ähnlichen Mord. Ich war gerade von Odense hierhergekommen. Wie hieß die Frau noch? Lene ... Lene irgendwas. Sie ist gar nicht so weit von hier ermordet worden, etwas weiter den Fjord runter. Auf sie wurde auch mehrere Male mit einem Messer eingestochen. Das war mein erster Fall als Rechtsmediziner hier in der Stadt. Der hat Eindruck auf mich gemacht, das kannst du mir glauben.«

Thorkild Thøgersen sah Michael verlegen an, der nickte und sich mit steifen Beinen erhob. Im Inneren verfluchte er seine schlechte Kondition.

»Wurde der Mord aufgeklärt?«

Thorkild Thøgersen schüttelte langsam den Kopf, hob die Hand zum Gruß und verließ mit müden Schritten den Tatort.
